我和荣光都归你

[上册]

战七少——著

青岛出版社
QINGDAO PUBLISHING HOUSE

图书在版编目（CIP）数据

我和荣光都归你/ 战七少著. —青岛：青岛出版社，2020. 1

ISBN 978-7-5552-8630-1

Ⅰ. ①我… Ⅱ. ①战… Ⅲ. ①长篇小说—中国—当代 Ⅳ. ①I247.5

中国版本图书馆CIP数据核字(2019)第232922号

书　　名 我和荣光都归你

著　　者 战七少

出版发行 青岛出版社

社　　址 青岛市海尔路182号（266061）

本社网址 http://www.qdpub.com

邮购电话 010-85787680-8015　13335059110

0532-85814750（传真）　0532-68068026

责任编辑 贺　林

责任校对 耿道川

特约编辑 孙小淋　李双榆

装帧设计 蒋　晴

照　　排 梁　霞

印　　刷 三河市科茂嘉荣印务有限公司

出版日期 2020年1月第1版　2022年8月第6次印刷

开　　本 32开（880mm×1230mm）

印　　张 16.5

字　　数 350千

书　　号 ISBN 978-7-5552-8630-1

定　　价 59.80元（全二册）

编校印装质量、盗版监督服务电话　4006532017　0532-68068638

建议陈列类别：畅销·青春文学

目录

〔上册〕

目录 [下册]

第一章　Bey神回归

“那些事情不是我做的，我只是想好好地打比赛……”

莫北走进来的时候，看到的就是她哥在电话里放低姿态努力争取参加比赛的样子。

可电话那边的人显然不想给他这个机会，甚至还换了一个人接：“莫南，你还是这么天真，那些事情是不是你做的，重要吗？就算是我让人陷害你，又怎样？你现在手伤了，和个废物有什么区别！不要再为难经理了，就算经理帮你说话，其他队员也不会同意你回来拉低我们的水平。”

啪！清脆的挂断声让莫南的手一僵。很显然，俱乐部因为他不再有利用价值，已经做了舍弃他的决定。不甘心，他真的很不甘心！

“哥。”一道略微冰冷的嗓音从身后传来。

莫南回过头，看到了妹妹，正打算收起自己的一身狼狈。

“接下来的比赛，我替你打。”

“什么？”莫南被惊到了，一双眸子摇晃出了水光。

莫北手插在裤袋里，轻笑：“怎么，你不相信我的水平？”

“我怎么会不相信你的水平？”莫南呢喃着，“可……”

莫北漫不经心地打断了他：“我们两个长得一样，那个圈子的人谁都没有见过我，我伪装成你，也没有人会怀疑。”

确实如此，除了少数几个人之外，没有人知道那个秘密。

三年前，风靡荣耀A区，让无数玩家追捧，却在最风光的时候隐退的国服第一，性别为女。如果是她复出的话，就连莫南都想象不到会造成什么样的轰动！

“你真的要去？”

“当然。”莫北说着，拿起了剪刀，对着自己的长发就是一剪刀，再侧过眸来的时候，黑色碎发带出了隐隐的光芒，“我得告诉那些人，我哥不是谁想欺负就能欺负的！”

一个月后，高铁站。

因为是假期，站台上的人格外多。就在那中间，身形清隽的少年却非常惹眼，青涩的身体套上深色的西装外套之后，有种惊心动魄的帅气。

已经有不少女孩子在朝着这边看了。来接人的小助理汪冬冬，在看到这一幕之后，不由得愣了愣。

他怎么都没有办法把眼前这个优雅的少年和之前那个一输了比赛就砸键盘的人联系在一起。

这人到底是怎么了，该不会是被鬼附身了吧？

莫北来之前见过汪冬冬的照片，按照她哥的意思，助理是他唯一信任的人。

“冬冬。”莫北走了过去。

汪冬冬一副被猫叼了舌头的模样：“你染、染头发了！”

难怪汪冬冬总觉得对方不一样了，原来是对方染头发了。一定是因为这样，他才会产生对方变优雅了的错觉！

“嗯，染了。”莫北想起她哥那头扎眼的黄毛，淡声道，“怎么？不好看？”

还没等汪冬冬回答，两个人突然遇到了限流，一阵一阵的尖叫声没有预兆地响了起来。

“啊啊啊！K神，我最爱的K神！”

人山人海中，到处都是高举着的海报，粉丝们热情似火。

莫北低头，看到了脚底下被主人遗落的应援海报，上面写的是“K神”，下面写的是“我喜欢你”。

莫北下意识地弯腰将应援海报捡了起来……

汪冬冬却在旁边像是恍然明白了什么："南哥，你是知道了K神在采访的时候，说过喜欢干净一点的人，所以你才会把头发染成黑色，你也太有心机了！"

莫北张了张嘴，她想说她的头发一直都是这个颜色，不过想起她现在扮演的是她哥，只能扬了下嘴角，颇为无奈。

"南哥，真的！为了我还能活下去，你真的不能再像以前一样了！"汪冬冬一脸严肃，"你也别想在这里和K神偶遇，走，我们现在就走！"

"太夸张了你。"莫北苦笑道。

"你忘了你上次是怎么抱着人家的大腿，要向人家表白的了？"汪冬冬宛如一个行走的表情包，"我夸张？我当时最夸张的就是没有去阻止你！"

莫北顿了一下，到了嘴边的话被噎了回去，她？抱着别人的大腿，表白？

"快，我们快走！"汪冬冬还在催促，他是怕莫南一见K神，就走不动了！

莫北也没有多做解释，隐约间可以看到人群追堵中那黑红相间的队服。作为过几天就去报到的新成员，她的行李箱里有一套与之一模一样的队服。

还真是有缘分……莫北薄唇勾了一下，就想着要去人最少的那个出站口，却没想到她刚一转身就撞进了一个人的怀里。

"K神！"

跟在男人身后的助理想要把自家少爷拉开，但是已经来不及了。

鼻尖蹭过，莫北还没来得及感觉到疼，好闻的气息就全数涌进了鼻腔。

对方看着她，眉心皱起，背脊因为弯曲而微微弓起，队服因为她的蹭拽，微微向下滑了些，露出了里面性感的锁骨。莫北惊魂一瞥间，那半透明的冷白肤色，仿佛上好的瓷玉。

莫北意识到，她好像在对方的怀里？她脸上沾了男人胸膛的余温，烧得她有点发蒙，四肢也跟着顿住了。

大概是靠得太近，在莫北抬眸的时候，仿佛连那人的呼吸都能碰触到。好在对方戴着口罩，纯黑的口罩遮住了脸，只露出一双渗着清冽的大眼睛，那眼神异常淡漠……

她认识这个人，即使他脸上戴着黑色口罩，她也认识他。

莫北至今还清晰地记得，一年前，自己在屏幕上看到的画面：一个人影在后方没有任何队友支援的情况下，一路杀上对方血池，以一对五，绝地反击，获得了总冠军。

从此之后，莫北就记住了那个游戏ID——King。他是国服第一打野，最具人气的选手。一张脸堪比当红巨星，很多投资商都想要找他拍广告。

无奈，他神格太高，家庭背景太深，以至于一些媒体都不敢胡乱报道。

当然，对方并不认识她。

人来人往，莫北还没有动。

汪冬冬伸手按在了自己的脑门上，完了，无论是他还是莫南，都完了！

汪冬冬现在非常怀疑，自己被莫南套路了，知道K神今天会在，才会选在这个点回来！

越想越觉得有可能，汪冬冬想哭！毕竟大家都不瞎，就算莫南把头发染了，那张脸也没有变。

果不其然，对方的助理在看到莫北的相貌之后，直接爆发了："你、你、你，又是你！你还真是贼心不死，上次混进后台，这次装粉丝！我说过多少次了，离我们K神远一点！听不懂吗？"

他是真没有想到，男人花痴起来也这么吓人！这个莫南，是圈子里出了名的喜欢蹭人热度的人。上次的事情已经让人不高兴了，莫南怎么还敢来！

这一边，莫北却拧了下眉："装粉丝？"

"你还想否认？你看看你自己手里的东西！"助理要疯了，要知道少爷最讨厌的就是这些同性恋。

莫北低头，顺着助理的目光看过去，她的行李箱上还放着那张海报，这……还真是一个完美的误会："我可以解释。"

"我不想听。"男人开了口，眸色慵懒得就像一缕还未散去的晨雾，隔着黑色口罩都能听出那嗓音里的不耐烦。他大概是因为感冒了，情绪都没有控制住，有些隐隐的戾气，"放手，然后滚。"

滚？在听到这个字之后，莫北歪了下头，缓缓地笑了，接着抬起手来，海报被扔进了一旁的垃圾桶。

干脆，利落！

接着，她将手插进了裤袋，漫不经心地偏头，说道："确实不用听，毕竟我不过是捡了垃圾要丢。"

四目相对，两人的气场竟然不相上下！

顿时，无论是对方的助理还是汪冬冬，嘴巴都张大了。

他们刚刚看到了什么？莫南竟然把K神的海报丢进了垃圾桶？再加上他的话，就像是平地扔下了一枚炸弹。

但扔炸弹的那人却宛如没事人一般，手握行李箱，漫不经心地说道："冬冬，走了。"

"哦，哦，是！"汪冬冬游魂一样地跟上，总觉得这世界有那么一点不真实。

另一边，K神的助理已经气疯了："这个'同性恋'，他以为他是谁，之前那么想要巴上少爷您……"

"够了。"男人的嗓音还有些发沉，语气却是淡淡的，身姿挺拔地朝着另一边走了过去。

电梯门合拢，他没有再说话，只是抬起眼来，深邃如夜的眸朝着莫北离开的方向看了一眼，眉梢微微一挑……

助理知道自家K神心情不好，也不敢再说下去。

那个莫南，手段真的是越来越高明了，刚才那算什么，欲擒故纵吗？

有着同样猜测的人，还有汪冬冬。他开着自己的奇瑞QQ，越想越觉得不对劲儿，偏过头去，开始喋喋不休："我知道你因为喜欢K神，什么招数都打算用上。但你也要想一想，K神是多聪明的人，会看不出来你刚才那是欲擒故纵吗？"

莫北正单手撑着下颌，打量着车窗外的风景，听到这句话之后，用手指敲了一下自己的侧脸："我？欲擒故纵？"

明明是再普通不过的动作，由少年做出来，却清雅得入了骨。

汪冬冬愣了一下，这个"非主流"真的有些不一样了。

可到底是哪里不一样，他又说不出来，他只感觉这人浑身都散发着让人舒服的气质。

舒服？怎么会？

一定是他今天起得太早，失去了最基本的判断能力，"非主流"不给他惹事已经是谢天谢地了。

汪冬冬摇了摇头，把幻觉甩掉之后，认认真真地开了口："不是欲擒故纵是什么，当着K神的面把海报扔了，就是想让K神对你另眼相看。你不用说，我也懂。”

莫北扶额。

“不过，说真的，男神，你要到此为止，你再惹点什么事出来，公司肯定会开除我。算我求你了，就算你喜欢K神，也放在心里偷偷地喜欢好吗？”

莫北语速很慢：“你好像误会了，我不喜欢他。”

汪冬冬呵呵了两声：“不喜欢？你以为大家都是瞎的？你忘了你之前做过什么事了吗？”

莫北挑眉，不慌不忙地问道：“那你倒是说说，我做了什么事？”

好不容易来了个吐槽的机会，汪冬冬从头数到了尾，潜入后台，作风放荡，强蹭热度等。

说完之后，汪冬冬虎声虎气地停车：“你还有什么好说的？”

“没有。”

确实没有，莫北偏眸。

“所以说，矜持一点，不要再去惹K神了。”汪冬冬话多，到了大厦里还在说。

莫北基本上也搞清楚是怎么回事了，淡淡地掀了一下眼帘：“好。”

汪冬冬莫名地就被这么一个字给噎到了，“非主流”什么时候变得这么听话了？他以前说什么，对方都会当作没听到，完全不会把他的忠告放在耳朵里。

今天，这是怎么回事？

诧异了一天的汪冬冬，已经有些头重脚轻了。他看着那道修长的身影走进学校之后，才意识到了一个问题，“非主流”居然没有找借口逃课？

奇迹，这简直就是个奇迹！

莫北本人倒觉得没什么，作为一个高中生，当然要先来学校报到。

只不过，当她穿着西装外套，拿着书包出现在教室门口的时候，原本热闹的教室一下子就安静下来了！

莫北的性格本就淡漠，正是时下小女生最喜欢的冰山美少年。再加上她穿着西装微微带出来的禁欲气息，那一瞬，唯一让人感觉到的就是惊艳！

“这是谁，好帅！”

“新来的老师吗？”

"有这样的老师，妈妈再也不用担心我的学习了。"

"等一下，不是老师吧，你们看他坐的那个位置！"

"莫，莫南？"

这怎么可能？

全班人的眼睛都睁大了，似乎根本没有办法将眼前的冰山王子和那个火气冲天的莫南联系到一起。

好不容易，一个"黄毛"找回了自己的声音："南、南哥？"

"嗯？"莫北知道这个"黄毛"，是她哥在班上的朋友，赵健健。

"南哥，你怎么变成这个样子了？你这个样子，咱们还怎么去对面A大收那些好学生的保护费！"赵健健叫起来的声音也是一绝。

莫北已经数不清楚自己是第几次叹气了，她哥到底做了多少她不知道的事。

"南哥，你别总叹气，我知道你因为比赛的事心情不好，但咱们可是和对面A大约了架，就今天傍晚后操场。你要不去换套衣服吧，拯救一下形象？"赵健健说得认真，"要不然，他们不知道咱们的凶狠！"

莫北把书包一放，嗓音淡淡地说道："先好好上课。"

好，好，上，课？

赵健健从来没有想过，这四个字会从"逃课大王"南哥嘴里说出来！他南哥什么时候好好上过课？

赵健健不信邪了，约架这么重要的事不商量一下？完全不符合他南哥的人设。

他干脆拿出了手机，在微信小群里发了一句："南哥，在吗？"

名媛："你叫南哥干吗？"

狼狗："估计是没烟了，要烟抽。"

黄毛："约架，正经事，别插嘴。"

名媛："那确实是正经事，南哥，快出来！"

书桌里的手机一直在振，那样的响动让莫北侧了一下淡漠的眸，赵健健用眼神示意对方看手机。

南哥的确把手机拿了出来，可下一秒钟，赵健健只收到了一条微信提示。

"你的老大南哥"已退群？这就尴尬了！那今天的架到底还约不约？

很显然，约不约并不是莫北一个人说了算的。当她拎着书包，准备去解决一下住宿问题的时候，一群人在校外的操场上，看到她的第一眼还没认出来，再看第二眼，烟都掉了。他们伸手将人拦了下来："瞧瞧这是谁，我们的职业选手莫大少爷，可惜，现在成了废物一个。"

"怎么还染了黑发，拿上书包了，这是准备重新做人？"其中一个男孩弯下腰，眼神里充满厌恶，"像你们这种渣子学校出来的人，就该烂到底，还妄想巴上K神？呵，要点脸吧！"

闻言，莫北目光扫了一下。

赵健健远远地看着，意识到事情不对，立刻跑了过来，压低声音，劝他性格火暴的南哥说道："别冲动，我们人少，打起来不划算。"

二对多，这在游戏里就是要被团灭的节奏啊。

更何况他南哥就是表面看上去还行，打起架来完全是纸老虎。嗯，必须想个策略快点逃才行，赵健健偏眸，就想给他南哥使眼色。

可还没等到他眨眼，他就听到耳边突地响起了一道风声。

是A大的人举起了棒球棍。死定了，这一下他和南哥都死定了！

就在赵健健护着头，准备原地打滚的时候，嘭！刚刚站在原地的莫北，长腿一侧，先是踢翻了最近的那个人！接着，她将书包往前一扔，夹着风声直直地甩在了另外一个人的脸上。

旁边那个男孩见状就想举棍，没想到少年手上的书包竟然还会回来，不过是单手拎着的书包带，强烈的回冲感就打得他头都晕了半天。

赵健健已经看傻了。

他们没有被团灭，反而是对方……好像被打得有点惨。

不过，他还是第一次看人打架打得这么漂亮。他南哥竟然还在打架的间隙，扯了一下自己衬衫的衣领，随后侧过身去，又是帅气的一脚。

他南哥完全不给对方丝毫还手的余地也就算了，还没有半点要流汗的意思。打完之后，他南哥半倾着身，还伸手拍了拍书包上的土。

他南哥颇有气质地站在那儿，侧脸棱角分明，就如同行走的画报，完全不像才打过架，更和以前火暴如雷的他，完全不同。

最重要的是"南哥"竟然侧过头来，声音轻柔地问了一句："没事吧？"

赵健健刚想开口，就听一道小奶音从不知道什么地方传了过来，还有点咳嗽的意思："小哥哥，我没事。"

哎，哎？那句"没事吧"，竟然不是"南哥"冲他说的？

这样的"小奶音"在约架的操场上，着实惹人注目！毕竟，谁来约架还带个孩子啊！

反正赵健健这边是停下了动作，神情复杂地看向了地上。

没错，是地上。"小奶音"太小，穿条小背带裤，黑色的带绒小羽绒服，还戴着口罩。"小奶音"脚上的那双鞋赵健健认得，一只鞋就够赵健健一个月的生活费了！

有五岁吗，小兄弟？这么炫富，过分了啊！

A大的那些人还不服，在那儿嚷嚷着："有本事你给我等着，莫南！"

这一嚷不要紧，"小奶音"直接伸手抱住了"南哥"的长腿！

莫北低眸，看着眼前这个陌生的小男孩，伸出手来，摸了摸对方毛茸茸的头，嗓音还是淡的："别怕。"

"嗯。""小奶音"睁着一双睫毛长得过分的大眼睛。

莫北稍微抬了下头，把地上的棒球棍捡了起来，清冷地看向那群人："还要打？"

那气场强得顿时让空气凝固。

A大的人一边后退，一边向上跳，场面非常搞笑："我们就忍你这一次！"

用"落荒而逃"来形容A大的人一点都不过分，他们想不明白，这个莫南怎么突然之间这么能打了？

场子空了之后，莫北拿着书包，重新看向了那个抱着她长腿的小男孩。

小男孩也在看她，他的眼睛长得很漂亮，给她一种微妙的熟悉感。

赵健健作为一个旁观者，忍不住问了："南哥，这个小富娃，你认识？"

"不认识。"莫北又一次低眸，她也是刚才注意到了有这么个小男孩在，才会把书包甩出去，不然棒球棍下来，恐怕会伤到他。

"那，这怎么办？"

学校不让养孩子啊……

赵健健一个糙汉，真没接触过这么小的孩子。

莫北没说话，先是迈了一下腿，"小奶音"没松手，跟着她走，还隔着黑色的小口罩咳嗽了一声。

莫北干脆偏头："你去哪儿，我送你回去。"

"小奶音"眼睛一亮，声音从口罩里传了出来："小哥哥，我想去对面。"

对面？A大？

赵健健像是见鬼了一样："小兄弟，讲真的，你觉得让我南哥带你去A大合适吗？我南哥才刚和A大的人干完架，去A大，那不等于羊入虎口？"

更何况他南哥在A大的名声真的是一言难尽。他南哥去了之后，会被打死！

"小奶音"闻言，半垂下头："可我哥哥在那儿，我是来找哥哥的。"

莫北手上还拿着书包，看了一眼马路对面的A大，神情很淡。

赵健健摇摇头："不行，我南哥不能去。小兄弟，你是新来的，大概不懂，我们C大和A大，向来都是水火不容的，就算要去也得叫上十几号人才……"

"走吧。"莫北漫不经心的两个字，让赵健健骤然一僵。他接着扭过头去，看向了他南哥，只见那个冰山王子一样的人，一手拎着书包，一手牵着"小奶音"，迈开长腿，朝着对面走了过去。

"不是，南哥，就算你要去，也戴个口罩，保证人身安全啊！"

赵健健在后面喊着，莫北连头都没有回一下。

"小奶音"倒是看了赵健健一眼，说了声："拜拜。"

过马路的时候，莫北随口问了一句："你怎么跑到操场去的？"

"小奶音"闻言，回复起来还有些郁闷："司机给哥哥打电话的时候，听到有人约了他来操场打架，我就以为他在这里。结果人没找到，我还走丢了。"让哥哥知道又要说他笨了。

"你哥哥没在刚才那批人里？"莫北的声音很淡。

"小奶音"在这个时候，展现了他的傲娇："那些人长得丑，打起架来还不顾及小孩子，怎么会有我哥哥？小哥哥，我告诉你，我哥哥长得可帅了，经常用他那张脸迷惑粉丝。"

如果是别人，肯定会问："你哥哥是做什么的，怎么会有粉丝？"

但莫北的性格就是，不喜欢打听别人的事，生性淡漠，却又带着温润，世家公子一样："送你到这里可以吗？"

A大校门口，莫北就那样单手拿着书包，背影挺拔地站着。

她不用特意去看，用余光就能看到A大那些学生充满厌恶的目光。

尤其是一些男孩子，在看到莫北之后，眼神里充满了不善，准备随时动手！

远处，赵健健不知道从哪里找了一条粉色围巾，缠在脸上之后，趴在墙上朝着这边看了一眼，接着缩回去，低头看手机。

黄毛："兄弟们，在吗？在吗？完了，南哥今天一定是脑子坏掉了，他现在正站在A大门口，看向他的充满杀气的眼光越来越多了。我是该逃还是该逃呢？"

名媛："等着，不能扔下南哥，我化好妆立刻飞奔过去！"

赵健健一看这回复就不靠谱，你一个男的化什么妆？

算了，他戴着这么娘的围巾，应该不会被认出来，赵健健刚走过去，就顿住了。因为就在他南哥的左首边，嘻嘻哈哈地走过来了三个人。

那三个人穿着纯白色的队服，好像是刚从外面回来。他们在看到莫北之后，脸上浮出了再明显不过的讥讽。

赵健健眸中闪过一丝慌乱："是陈逾他们。"

陈逾，那个用手段取代莫南成为之前战队打野新人的人？

他身上的技术，都是莫南教的。

他不行的时候，莫南开了直播替他涨粉。

可这个人却联合俱乐部一起摆了莫南一道。

莫北抬眸，眼角划过一丝寒芒，将目光放在了站在最中间的那人身上……

陈逾得意得很，毕竟现在他最大："我说，莫南，你是不是走错了地方，谁给你的勇气来A大？"

"难不成是来求陈哥对你网开一面的？"

"陈哥和你说话呢，你怎么也不理一声？"

有人伸手，想将莫北推到角落，可那人并没有想到，他的手腕会被莫北捏住，疼痛感传来的时候，他竟然挣脱不掉！

"打游戏最重要的就是这一双手。"莫北侧过脸去，在那人耳边说道，"你可要好好珍惜了。"

那人疼得一张脸都白了，这个总是任由他们乱说话的人居然敢还手！

“你给我等着！你以后休想再在电竞圈混！”

莫北松手，就那么一手拿着书包，一手插进了裤袋：“我等着。”

漫不经心的尾音，说明了她没有把这份威胁放在心上，那人气得脸都青了。莫北自己带着抱着她长腿的“小奶音”进了学校。

“莫南！”那人张牙舞爪地就想冲进去。

陈逾伸手挡住了他，看着那道背影，眯起了眼：“一个手伤了的废物，管他做什么？更何况俱乐部那边已经发了声明，他早就被开除了。再怎么折腾，最多也就是个赔笑的。”

那人像是冷静了一点：“可那家伙刚才的态度显然是没有把你放在眼里，他是不是还有什么想法？”

陈逾笑了，有些冷淡地说道：“他有想法，战队也不会再要他。你去告诉大家一声，就说莫南死追K神，都追到A大来了。”

“没问题，这种事，我在行！”

走进A大的莫北，倒是也能感觉到四面射来的目光，但腿上一直挂着个“小奶音”，不能说停就停。

“就到这里吧，小哥哥。”

当“小奶音”的嗓音响起的时候，跟在后面一直伪装的赵健健终于松了一口气。小兄弟真明智，再往前走，我就算有围巾，也带不走南哥了。幸好，幸好。

不承想，那“小奶音”下一句竟然是：“小哥哥，你也喜欢打游戏吗？我哥哥也是，要不，你等见到我哥哥再走？他这个人也就打游戏厉害点，人长得帅一点，还有很多人喜欢，其他的没什么。”

赵健健听后顿时郁闷了，自己嘀咕着：“小兄弟，你给我说说，你哥这样都不行，还想怎么办？能不能给我们凡人留口饭吃。有本事你说，你哥哥是谁？”

莫北没有理睬身边这个摘了围巾的人，低下眸来，对上了那张戴着口罩的小脸，言简意赅地说道：“我还有事。”

很淡的四个字，“小奶音”明显失望了：“那我们能不能留个联系方式，等到下次见面的时候，我就能把我哥哥介绍给你了。”

莫北抬眸看了一下远处，不像是有人会来的样子，正在犹豫。

“小奶音”又道：“我担心我哥哥又把我忘了，要是那样的话，我还可以再找小哥哥。”

莫北闻言，报了一遍自己的手机号和微信号。

“小奶音”偏着头，认认真真地听着。

莫北见状，拉开书包拉链，抽出了纸、笔，把自己的联系方式写了上去。

“小奶音”高高兴兴地接了过来：“对了，小哥哥，我还没有自我介绍，我叫封临，你可以叫我‘小奶临’。”

封临？这名字怎么有点耳熟？

赵健健还在回味，莫北就已经拎起书包准备走了。

大概是因为那一身带着禁欲感的打扮，A大这边的人竟然只是盯着莫北，并没有一拥而上。

当然，这只是其中一个原因，还有一个原因就是，他们在等着K神亲手收拾这个渣。

“我说封大少爷，你真不打算去会会那个来咱们A大捣乱的同性恋？他可是冲着你来的。”

光影摇曳中，只听那道修长、挺拔的身影的主人说了一句：“无聊。”

另一个人便又是一阵笑：“我猜你也是这个态度，不过明天的架，你可得在，不能再让C大的人这么狂妄下去了。”

问的人并没有得到回应，不过他很清楚对方的性格，只要不拒绝，露个脸还是行的。

“等一下，你这是要去哪儿？”

“找人。”光影中的人终于露出了那张脸，可惜还是戴着黑色的口罩，只能看到一双眼，慵懒疏离，带着不耐烦。

至于找的是谁，当他转过拐角的时候，一个穿着黑色羽绒服的小男孩，直接冲了过来，一把抱住了他的腿：“哥哥，你去哪儿了？我找了你好久，我都替妈妈担心你了。”

他似乎笑了一下，伸手拍了拍小男孩的脸，尾音有点冷：“临坑坑，你把我要说的话全都说了，是觉得乱走不用挨揍？”

“小奶音”摇头：“我没有乱走，我听到电话里你说要去打架，我是想去阻止你。打架多不好，再叫一次家长，妈妈又该停掉你的零用钱了。”

“我弟弟还真是深谋远虑。”那人漫不经心得很，手指在碰到他弟手上的东西之后，顿了一下，“这是什么？”

小男孩摸不透他哥的情绪，好不容易有了别的话题可以聊，立刻一脸认真地道：“这是救下我命的小哥哥送给我的。小哥哥也很喜欢打游戏，所以我为了报答这份救命之恩，我打算晚上带他飞一把。”

“呵，救你一命还真是惨，游戏生涯都要结束了。”

这句话堵得小奶临半晌没有缓过劲儿来。他哥肯定不是亲的。然而，在微博上，没有粉丝不知道，K神是个“弟控”。

封奈一只手插着裤袋，另外一只手弹了弹那张纸：“等有机会谢谢你这个小哥哥。”

“必须的！”小奶临很高兴，他觉得他哥哥和小哥哥一定能和平相处，毕竟这两个人都这么帅……

事实证明，小奶临的确还是个孩子。A大的老大和C大的老大怎么可能会和平相处？用“天敌”来形容他们再贴切不过。

此时，莫北已经走出了A大。

赵健健只想用“奇迹”来形容这一趟旅程。

而A大这边的女孩子们，却在看到站在她们校门口的冰山美少年时，磨磨蹭蹭着不想走。

只是靠近莫北一点，她们的脸都会泛红。毕竟莫北太帅了，主要是气质，淡漠得让人心动。

赵健健都看傻眼了，以前他们来A大，从来没有享受过这样的待遇！

可惜，他们不能再享受了，再待下去，A大的人反应过来，一定会把他和他南哥按在这儿，可劲儿揍。

“南哥，我们去吃一顿怎么样？庆祝一下十年来C大第一次打败A大！”

这绝对是他们C大的骄傲！

莫北看了一眼手机：“不了，我还有事。”

“刚才你和‘小奶音’说的不是你逃跑的理由吗？”赵健健有点蒙。

莫北又想叹气，最后想想算了：“明天见。”

“明天一定见，A大不服，要再约。”赵健健是想把这句话喊出来的，无奈地点不太对，只能看着他南哥越走越远。奇怪，他南哥会有什么事？

对于莫北来说，确实有一件大事，那就是转会。这对职业电竞选手来说，寻常也不寻常。毕竟如果战队对自己好的话，没有哪个人想要转会的。当然也有其他的情况，比如遇到了更好的发展，但她哥莫南都不是，而是被算计、排挤走的。

黄昏，图海俱乐部。

这个俱乐部就在C大附近，不过是更靠近公司建筑群。

俱乐部的经理王俊早就看烦了莫南，随便以一个价格就把人给卖了。

“真是想不到，居然还有其他战队会收你，我看对方应该不知道你的战绩吧。”

王俊看都没有看合同内容，将名字一签：“实在混不下去了，可以再回来。你这张脸，打比赛不行，还是很适合做直播的，弄点搞笑视频什么的，说不定还能火起来。”

这样的话，对于一个职业电竞选手来说，简直就是侮辱。

汪冬冬在旁边听得攥紧了拳头，生气归生气，他又怕“非主流”忍不住，直接现场发飙，到时候到了网上又是黑点，那可真就万劫不复了。

整理好情绪之后，汪冬冬刚想劝“非主流”冷静点，却见少年已经站了起来，宛如世家公子一般，伸手接过了文件，轻轻一笑，压低了声音：“你管理的战队，不太值得我再回来。为了给你的宝贝外甥让道，你连我是‘同性恋’的言论都能编造出来。王经理，都是一个圈子的，我们总会再见面的。”

一句话，成功地让王俊沉了眸，但是修养告诉他，不至于和这么一个玩意儿较真。他阴沉沉地笑道：“我倒要看看，你这句话最后打的是谁的脸！”

转会程序完成，莫北只带了一份协议走。

俱乐部的实习生们在看到这一幕之后，也都不甚在意，毕竟莫南的利用价值早就没有了，这是大家心知肚明的事，所以也就没有人知道，在合同的右下角，写着一个足以让人尖叫的名字：黑炎。

唯有坐回车里的汪冬冬，在看到他家非主流给他的文件时，结巴了：“新、新东家是黑、黑、黑炎战队？我认识的那个黑炎战队？”

莫北漫不经心地嗯了一声：“这个战队，打游戏的没人不认识吧？”

“也对……对个屁！”汪冬冬几乎有点口无遮拦了，“黑炎怎么会要你，谁都知道你……”

说到这里，汪冬冬突然顿住了，悄悄地看了一眼少年的脸色。

意外地，对方竟没有生气，反而开了口：“半个月前，黑炎在网上招新成员，我试了一下，试中了。”

那样平淡的语气让汪冬冬听得都诧异了：“黑炎这么好进？”

“还行。”莫北把玩着手机，并没有多谈。

汪冬冬是个傻白甜，总感觉天上掉了无数次馅饼，总算有一次砸到他们头上了，顿时泪流满面：“幸运，太幸运了！”

“嗯。”莫北偏过头去，有些困。

汪冬冬却骤然一个刹车，表情都变了：“去黑炎，那不就是和K神一个战队了？”

莫北没答话，换了个姿势，将头靠在了车窗上，脖颈处还挂着那副黑色耳机。

汪冬冬按住自己的头，抓狂似的来回晃：“我就知道，我就知道事情没有这么简单，你为了K神真的是什么努力都做了啊！等等，一个战队那就意味着报到之后，你们要睡在同一个公寓里……莫南！南哥！求你，千万不要在同居的时候做出什么事来！”

他气势汹汹地转过头去，自己苦心嘱咐的那个人，竟然已经睡了过去……

这一下汪冬冬是真的不知道该笑还是该哭了，好不容易那人醒了，又淡漠地拒绝人于千里之外。

他还是觉得以前的“南哥”好沟通，毕竟他能知道对方在想什么！现在，他觉得这张如霜似雪的俊脸上，根本一丝情绪都看不出来！

而且，黑炎怎么会要“南哥”？K神允许他进队吗？

该不会……

汪冬冬双眸一闪：“黑炎那边不知道报名的是你？”

“比赛可以匿名，只要地址对，不妨碍收邀请函和队服。”莫北的嗓音很淡。

非主流说得很有道理，可汪冬冬问这些并不是因为这个啊。

“南哥，你说他们见了你，会不会一气之下就想毁约之后打你出来？”汪冬冬有的时候都害怕自己的猜测，毕竟太准！

莫北闻言，眉头挑了一下，双手插进了裤袋，只给了汪冬冬九个字：“我是他们的特邀选手。”

特邀选手？

汪冬冬这下眼睛睁得更大了。

如果说手没伤，以莫南的实力或许还可以进黑炎，但怎么也达不到特邀选手这个地步吧？还是说他回了老家一趟，突然之间技术大涨？

汪冬冬心里的疑惑越来越深。

莫北并没有解释，伪装这种事，解释得越多，漏洞越大。亦真亦假最能迷惑人，打游戏也是一样。更何况三天之后，是她去报到的日子，和一群男孩子住在一起，才是她最该注意的事。

莫北的目光闪了闪，掏出了手机，又复习了一下“如何和直男相处”的教程。

汪冬冬是她的生活助理，他倒了杯可乐递过去，一窥屏差点把可乐喷出来：“南哥，你现在装直男，已经没用了吧？连粉丝都知道你是同性恋了，公关都做不回来。”

莫北一动，避开了他的可乐，手指干净得很，嗓音还是淡的：“以后会回来的。把这里擦一下，你该走了。”

大概是那人的气场太足，衰了一年的汪冬冬心里竟也升起了一丝希望，说不定这次入黑炎真的能成为一次转折。

不过，他还是担心，凭借莫南的实力，能不能在那里面站住脚。

如果汪冬冬看到了接下来的一幕，肯定不会再有这样的顾虑。

夜色降临，咔嗒咔嗒的声音响彻这个只容得下一个人居住的公寓。

电脑前，十根修长、白皙的手指迅速地变化着位置，精准的滑动，漂亮的走位，仿佛连袖口都能带出风来。只见屏幕上，一道白衣飘飘的人影，其所行之处，寸草不生，打得对方痛不欲生，六分钟就投降了。

“大哥，你杀人就杀人，能不能不要让人这么害怕？”

“对面的刺客小哥哥，加个好友呗，我是女孩子哦，求带我飞。”

莫北看着公屏上的消息，略微顿了一下手指。阔别三年，这个游戏仍然没有变，里面的人还是这么有趣，倒是她的手速有点慢了……

莫北低下眸来，右手动了动，把衣领扯开，接着将桌子上的矿泉水拿起来，正准备喝的时候，旁边的手机亮了，一条很可爱的微信验证消息弹了出来。

“小哥哥，猜猜我是谁，可以给你提示哦，帅帅的还会卖萌的，被你揉过头。”

今天那个小男孩？莫北笑了笑，手指一动，按了通过。

手机那边的小奶临一下子就从床上蹦了起来，原地转了两圈之后，冲到了刚刚洗完澡的人面前，把手机一举：“小哥哥通过我的验证了。我就说，这个世界上除了你之外，谁都会觉得我很可爱。”

“那是你的小哥哥还没和你一起打过游戏。”那人嘲弄地笑了一声，一只手按着毛巾，一只手插进了裤袋，态度非常随意。他只穿了一条纯黑的长裤，赤裸着上半身，线条流畅的人鱼线，在光线下薄而饱满，诱人得很。

“临坑坑。”

最后三个字，那人在说的时候，手指一扬，毛巾自动地盖上了小奶临的脸。

只见小家伙一把扯掉毛巾，大大的眼睛眯了一下，像是非常不爽他哥说他坑：“我现在就去找小哥哥打游戏，哼。”

“随便你，别上我的大号。还有，给我充电。”那人将棉被一掀，修长的身形躺进去，只伸出一只手来，朝着小奶临做了个“出去”的手势，那神情懒得让人想揍他。

小奶临撇了撇嘴：“不就仗着自己好看吗？哼，除了好看和玩游戏玩得好，哥哥，你还会什么，你说说？”

“打架。”棉被里的人很不要脸地扔出了两个字。

小奶临简直无语了，算了，谁让这是他哥哥呢，他还是去找小哥哥玩吧。

对比之下，小哥哥多么好啊。

迈开小腿，把耳机一戴，小奶临并没有出去的意思，反而坐在了他哥的房间里，用小手指戳着手机：“小哥哥，看这里，看这里，你有没有时间，我们来打手机游戏好不好？”

叮的一声，发送成功。

莫北在收到这条消息的时候，正打算开第三局，手指一顿，眸色很淡：“好。”

“那我邀请你！”小奶临是激动的，“小哥哥你级别高不高？”级别太高的话，在对战中遇到的人也难对付，这一点小奶临还是知道的。

莫北扫了一眼她半个月前才申请的新号："不高。"

小奶临笑了："那太好了，小哥哥，你放心，我不坑的，也不叫'临坑坑'！"

大概是觉得小家伙太可爱了，莫北的嘴角撇了撇，浅笑着嗯了一声。

接着，游戏开始，小奶临一上来就选了个坦克，一边往前面走，一边用语音认真地说着："小哥哥，一会儿打起来的时候，你就站在我的身后。你放心，我肉厚，会保护好你的！"

然而，真正打起来的时候，"小哥哥，救我，救我！""我后面，后面！""啊，左边，左边！""要死了我，这一次我肯定会……"

还没等小奶临说完，只见手机屏幕上，一道俊逸人影如同风一般地朝着小奶临这个方向掠了过来，右手抬起，先是布下了一个剑阵，接着长剑横扫，不仅仅是速度快，还有那精准的走位，将其中三个人都困在了其中，银光落下，逃无可逃。

于是，小奶临就傻傻地听着耳机里传来了一道又一道的音效。

First blood（第一滴血）！

Double kill（双杀）！

Triple kill（三杀）！

三杀，整整三杀！

小奶临震惊了，呢喃出了一句："太帅了。"

确实是帅，帅得对方根本不想继续打！

"对面的刺客，你护着一个肉干吗？"

"到底谁才是你们的坦克？"

"能不能按套路玩游戏啊，大哥，想哭！"

莫北没有说话，不动声色地打着对面的野，打得对面直接崩了。

小奶临从头看到尾。他掰着小手指头数过了，小哥哥一共杀了十三个人，就死过一次，死的那次还是在对面泉池死的。小哥哥简直就是秀飞全场！帅，太帅了！

小奶临彻底激动了，一把游戏不够，拉着莫北又打了一把，身形在沙发上动来动去的。他完全没有意识到躺在床上的哥哥，向他投来的目光。

他越是这样，越是引起了封奈的注意。

封奈漫不经心地挑了下眉头，半个小时了，临坑坑还没有来找他求救？不正常。

封奈站了起来，侧脸俊美，黑发还有些凌乱，双腿修长得很，踱步朝着小奶临的方向走了过去。

那边像是结束了，只听小奶临对着微信说着："小哥哥，我们下次再玩好不好，我一点都不坑对不对？"

封奈半弯着腰，低过眸去，看到的就是那边的回复，一个"嗯"字，非常淡，也不知道他弟在兴奋什么，封奈伸手，直接将手机抽了回来，没兴趣再看。

小奶临一愣，朝着封奈看了过去！

"哥，我还没和小哥哥说晚安！"

封奈闻言，只扫了一眼手机的电量，把充电器的线找了出来，语气淡淡地问道："那和我有什么关系？"

小奶临："你是我的亲哥哥吗？"

"现在可以不是。"封奈单手插进了裤袋，本来是想将手机锁屏，没想到滑到了游戏的成绩。

五连胜的对战记录，全都显示着"碾压"两个字，非常惹眼。

小奶临也看到了，炫耀似的说道："我小哥哥很厉害吧？比你厉害多了，全场带我飞。你总说我坑，小哥哥刚才说了，说别人坑的人，是因为他能力不够，不能一杀五，哼！"

封奈点开微信页面，果然有这么一句话，只不过语气不一样。微信聊天记录里的这句话好像只是在叙述事实。

"没话说了吧？"小奶临第一次觉得他赢了他的毒舌哥哥，他站在沙发上，腰板都挺直了。

封奈给了他一个"呵"字："低端局，有什么好说的？"

小奶临不服气："我小哥哥不只在低端局厉害，你没见过他打游戏，根本不懂，他肯定是个高手。算了，我不和你说了，手机给我，我要和我小哥哥聊天！"

"晚上十点半了，你睡觉的点已经过去很久了，还在这儿和我谈条件，是想让我通知家里人把你领回去？"封奈站在那儿，上半身还是赤裸着。

小奶临一听"领回去"三个字，妥协了："好吧，那如果小哥哥发来消息，你就替我说句晚安。”

封奈没说话，只偏了下头，小奶临立刻跑路。

封奈将目光收回来，刚好那边发来了一句：“早点睡。”

封奈从来都不会和谁聊微信，连他的队员找他，都要做好被他拉黑的准备。

无论是微信还是QQ，他都很少碰，原因就是之前填资料时公布过，加他的人太多。

这一次，偏偏是他弟惹下的。不过就刚才那样的战绩，对方还说临坑坑不坑?

那人有耐心，家教应该还不错，再加上对方还帮过临坑坑，封奈想了想，修长的手指微抬起来，按在了触屏上……

“再来一局。”

莫北看着手机浮动出来的消息，总觉得哪里不太对，大概是语气没有刚才萌了，不由得打过去了两个字：“本人？”

封奈眉头挑了一下，手指在屏幕上摩擦了半晌之后，像是在打算什么，目光一闪一灭，最终回过去了一句：“小哥哥，你为什么要问我这个问题哦？”

嗤，他弟说话的语气，还真的是……模仿起来，都让人起鸡皮疙瘩。

熟悉的语气又回来了，莫北才放下心，回复道：“没什么，不早了，今天就先到这儿，睡吧。”

这么冷淡？封奈慵懒地往后一靠，有些漫不经心地继续打字：“那小哥哥，我们明天再约吧，好不好？”

明天？莫北想了一下课程表：“可以，明天晚上七点我会上线。”

这么好说话？封奈又看了一眼刚才的游戏战绩，修长、白皙的手指落下：“那我就提前上线等小哥哥了。”

莫北嗯了一声之后，想到对方还是个小孩子，又想起师父以前教过她的话，清冷着一张俊脸，又回了一条消息过去：“晚安，么么哒。”

么，么，哒?

封奈手指一停。

毕竟，对着一个男人，他实在打不出“么么哒”这三个字。他只回复“晚安”的话，又不像他弟的语气，唉，小奶临那个家伙，平时卖什么萌啊？

封奈的一双桃花眼，眼梢上挑，手臂就那样搭在一侧，像是有些累。他最终把手机随意一扔，缓缓地闭上了眼。

莫北没有再看手机，毕竟，明天要点名。

第二天，早上八点半。

学生们在看到那个坐在窗边的少年时，集体傻眼。这不正常！莫南怎么会这个点出现在这里？他一般会来上课吗？

明明被很多人注视，莫北那张侧脸却丝毫没有改变，依旧俊美。

少年今天没有穿西装，穿的是黑色外套，拉链拉到了最上面，只露出了下颌处的那一抹弧线。窗外有轻而薄的花瓣随风飞来，落在了他黑色的碎发上，被他拿下来，轻轻地吹开。

女同学们已经全体“阵亡”了！他怎么能这么冷、这么帅？

这一次的尖叫声没有控制住，差点让踩着点进来的赵健健丢掉自己的牛肉包子。

不过，下一秒钟，他还是大张着嘴巴……

什么情况？南哥？“旷课大王”南哥居然在，还带了书和资料！他这样一副正儿八经的好学生样子，还怎么和对面的A大约架？啊？

赵健健真的是闹心了，连掉了牛肉包子都没有去管。他坐下来之后问了一句：“南哥，你是不是忘了今天还要继续约架的事？”

莫北偏头，语气淡淡地回了他四个字：“没忘，不去。”

赵健健深吸了一口气：“南哥，你不正常了你知道吗？什么都别说，事关我们C大的荣誉，是男人就上啊。”

莫北单手撑着下颌，不说话，就那么看着他，那目光有点冷。

赵健健往后缩了缩，又缩了缩，小声嘀咕着：“反正是不能取消了，更何况我可是接到消息了，K神也来，点名来和你单挑的。”

K神？

莫北在听到这个称呼之后，想起了高铁站的那一幕。果然，有的人不过是一张脸长得帅而已。

“有兴趣了吧？我就知道，一提K神，你绝对有兴趣！”赵健健拿出了手机，“我现在就联系他们，约！”

可以说，这是个非常完美的误会了。莫北并没有答应，而封奈，则是放学之后，必须走某条路。于是，当天傍晚，就出现了这样的一幕：二十几个学生，往那儿一站，手上还拿着棒球棍，对立而站。

一边是C大的学生，一边是A大的学生。所有人都知道这是要来一场大战了。一些学生纷纷避路而走，就是不想惹上麻烦。偏偏莫北和封奈，都是那种不愿意绕远路的人，所以，两个人就这么对上了。

毫无预兆，又在情理之中。

不同的是，封奈在看到前面的情况之后，脚步顿了下，随便找了一棵树靠了过去。那意思很明显了，等到清了场子，他再走。而他那个样子，看起来也是嚣张得很。

赵健健他们站在那儿，看着十几个A大学生身后那个倚在树下的人，还是有点打战的，毕竟对方是K神。

转过头去，赵健健的第一反应，就是找他们的“南哥”，并且放低了声音：“南哥，你看，K神就在那儿。”

操场那边，A大和C大分界线的那条路本来就很窄，也就是说就算是对峙，距离也并不远。所以，莫北顺着赵健健所指的方向看过去的时候，见到的就是那道漫不经心的人影。那人脸上还戴着黑色的口罩，口罩上露出来的眼睛倒是很引人注目，但很显然，他并没有看这边。大概是不屑，他独自拿着一本书，斜靠在树上。

这样的情况，他还在看书？

“K神每次都这样。”赵健健继续说着，“让人猜不到他什么时候会动手。”

莫北没说话，而是一手插着裤袋，一手拎着书包，继续朝着右侧踱步过去，侧脸棱角冷冽。

除了俊美之外，她身上还有一种说不出的薄凉。

她这样后背直挺、双腿修长地站在一群随时都会干起架的少年中，自然是出挑得很，几乎第一眼就能让人注意到。

但落在A大的人眼里，莫北这样的态度，不是示威就是挑衅，尤其是这个人昨天还刚收拾了他们!

胳膊上还缠着纱布的人第一个忍不住了，直接嚷了起来：“莫南，你以为你还能走？”

莫北只抬眸朝着这边扫了一眼，她什么时候说过她要走了？这样的场子，不打一架，不合适。

但有一点，她师父说过，擒贼先擒王，即便这句话用到这里有那么一点不合适，可莫北的目光依旧掠过这些人，直接锁定在了那道修长的人影上。

被忽视的那人，看这家伙连理都没有理他，火气一下就冲到了脑门，抡起手上的棒球棍就朝着莫北这边敲了过来！

可让他没有想到的是那个人的动作会比他更快，砰的一声响，又是那该死的书包！

他被砸得有些变形了的下巴和扭曲着的表情看上去有点儿惨。

“莫南，你有本事别玩阴……”

他这个“阴”字还没有说完，就见眼前那人不知道怎么的，竟把他们的重重包围都冲破了，像是有轻功一样。

那人的动作又快又漂亮，还没等他们反应过来，那人已经一把揪住了他们K神的衣领！

从某种程度上来说，被殃及了的封奈伸出手臂去一挡，眼神都有些冷：“滚。”

又是这个字？

莫北没废话，一张俊脸淡漠，直接动手。

封奈呵了一声，干脆利落地一脚还了回去，还看什么书？

A大的老大和C大的老大都打起来了，别人还会愣着吗？

随着赵健健的一声：“兄弟们，上啊！”群架就这么开始了。

棒球棍抡下来的时候，是真的疼。没有哪一个人脑子想不开，要再去挨一下的。

老实讲，他们只不过是展示一下气势，不料，两个老大打得那么认真。

王不见王，大概说的就是这个样子。空气中除了凌厉的风声，就是那两道人影帅气的动作。

莫北的后背挨了一脚，按照她不吃亏的性格，肯定会还回来。所以，现在封奈的嘴角都带出了淡淡的青色。

比起那边的群架，这边的对战就精彩得多了。

两个人没拿棒球棍，不是脚下带风，就是拿着衣服当作打架工具，甩出去的时候都能抡倒一片。

要不是那边有老师吹着哨子跑过来，估计两个人是谁都不肯放过对方了。

赵健健是反应最快的，伸出手去拉他南哥："别打了，南哥，老师！是咱们学校的老师！"

莫北收了手，衣服都是脏的，后背肯定有脚印，这一点让她有点不满意。

因为站在她对面的那个人，自始至终身上的衣服都是干干净净的，甚至他看向她的目光，都阴沉发冷。

而站在旁边的A大的人，大概是谁都忘不了，他们K神动手时的样子了。他的衣服掀起来的时候，腰上还覆盖着一层薄薄的肌肉。

要知道K神自从开始打游戏之后，就再也没有动过手，更是对这种事漫不经心，鲜少参与。不得不说，莫南这个人是真的有毒！

有老师跑过来，群架自然会停，不只是停，怕写检讨的学生还会跑。敢留在这儿的，估计也只有莫北和封奈了，两个人都没有再动手。

即便如此，他们那随时能碰撞出来的火花，也让过来的老师脸色都沉了下去："莫南，又是你！"

通常在这个时候，莫南绝对会发火，莫北没有，而是淡淡地说了一句："我错了。"

那老师一愣，彻底没话接了，这怎么接？

赵健健也愣了，妈呀，他南哥这是什么操作？

老师总要找个人开刀："还有你，赵……"

赵健健的反应很是迅速："老师，我也错了。"他跟他南哥学！

可他没想到，那老师却一个反手打在了他的后脑勺上："态度不诚恳。"

赵健健无语。他南哥面无表情就是态度诚恳，他这样就是态度不诚恳，老师，你区别对待你知道吗？

有外人在，教训自己学校的学生，总得留面子，那老师侧过身来，对上的就是封家少爷那张脸。

无论是对方的家世还是其他，都不在他的管辖范围内，他也惹不得，只想着早点把C大这几个不成器的学生带回去。

封奈也没说话，单手插着裤袋，眼睛没有放过莫北，那眸子里甚至泛着淡淡的寒芒，让人看了不寒而栗。

接着，他一抬手，指了指自己受了伤的嘴角，俊美的脸在摘掉口罩之后，更是帅气逼人。

莫北明白他的意思，大概就是这伤，他迟早要讨回来。这人似乎忘了他踹她一脚的事。莫北一脸冷漠，接着也抬手，不过指向的却是自己的后背。

封奈那双眼睛缓缓地眯了起来。

两个人都明白，这场架大概就是没完没了了。

等散了之后，赵健健问："南哥，你怎么真动手啊？"

莫北碰了一下后背，疼得目光一淡："不然呢？

赵健健眯眼："你给我说说，你动手是想让K神对你另眼相看吗？"

莫北懒得再纠正别人对某些事的误会，拿了药准备回家涂。后背受伤势必会牵扯到手臂。

看来因为这一次的打群架，去黑炎战队报到的事，她还得往后拖一拖。

另一边，今天晚上还有一个小时直播任务的封奈刚一打开摄像头，直播房间就炸了，满屏看过去都是弹幕！

"K神，你的嘴怎么了？"

"青了一片呀，看上去像是被人打的。"

"怎么可能，我家K神会被打？开、玩、笑！"

弹幕太多，封奈想不看到都难。

不过封奈的直播风格向来都是只露脸十秒钟，任何问题都不回答，打满一个小时游戏，就会下线。

"你们有没有发现，今天K神虐人虐得格外狠，这是第三次五杀了，不会嘴上的伤真的是被人打的吧……"

啪。封奈随手把黑色耳机一摘，关了摄像头，嘴角还带着笑，不过眼神却是冷淡的。

他顺手摸出口袋里的烟，本来想叼一根，想起公寓里还有个小孩，又推了回去，无聊地倾身过去，拿了小家伙一颗糖。

"哥哥。"小奶临见他直播完了，凑过一张小俊脸来，大大的眼睛里写满了讨伐，"你为什么就这么喜欢打架呢？"说完之后，他还小大人一样长叹了一口气，"你这个样子怎么跟我回家见妈妈？"

封奈慵懒地往后一靠："谁说我要回家？"

"好吧，不回。"小奶临双手撑着自己的小脸，"都青了一片，哥哥，你不疼吗？”

封奈呵了一声：“疼，怎么不疼？你哥我还是第一次脸上挂彩。”

嗯？怎么总觉得哥哥情绪不太对，小奶临还想再说点什么，突然看到放在一边的手机屏幕亮了：“是小哥哥！”他的小手立刻伸出去，就想要拿手机。

封奈却比他更快了一步，漫不经心地说道：“洗澡水好了，先去洗澡。”

“可小哥哥给我发信息了呀！”小奶临不太想动。

封奈咬着嘴里的糖：“不洗澡，我让老王过来，接你回家。”

小奶临真的是想咬他哥：“我去洗澡，洗完澡出来，你给我手机！”

“嗯。”封奈应得有点心不在焉。

小奶临觉得他哥的信誉实在是太差，可是又没有办法，只能抱着毛巾，一步三回头地走向了浴室。

封奈看着人进去，目光落在了那条信息上。

“游戏，来吗？”

他倒是挺守时。封奈的手指往左侧一滑，眸色很浅地切换成了他弟的语气：“当然要来！小哥哥，我等你很久了呢。”

微信的另一边，莫北看到那行字，就脑补成了小男孩的脸，眼睛大大的戴着小口罩，有点小可爱的样子，等人的时候应该也很乖。想起师父的教导，她不由自主地就又回复了那三个字过去：“么么哒。”

看到消息的封奈，手指再次顿住了。

封奈觉得自己有必要抽空问下临坑坑，他认的这个小哥哥，怎么这么喜欢给人发“么么哒”这种词，不知道会让人产生误会吗？

好在这次不用封奈回复，直接上游戏就行。

封临用的号本来就是封奈用来熟悉英雄属性的小号，职业选手偶尔想玩游戏的时候，总不能用大号上，更不用说King这个游戏ID的影响力，一上来指不定会引起什么样的动荡。

房间是莫北开的，封奈看也没看就选了个刺客位置。

莫北眉头挑了下，发了个“？”。毕竟在这个游戏里，刺客很考验操作者的技术。

封奈看到那个问号之后，瞬间明白了对方在想什么，回复道：“昨天看小哥哥玩这个角色好厉害哦，我也想试试。”

莫北扫了屏幕一眼，表情不变，师父说过，不能打击孩子的积极性。

“好。”莫北说完，把角色让了出来，换了一个位移法师。

这么好说话？怪不得讨临坑坑的喜欢……

封奈的手指轻敲着自己的侧脸，那是他思考时惯用的动作。游戏一开，他就送了一条人命。

很显然，他是故意的，毕竟以临坑坑的技术，不送人头根本不可能。

不过，封大少爷送人头的目的，并不只是伪装成他弟，更多的是想看看这个“小哥哥”到底有多大的本事。

于是，一条人命还不算，他整整送了三条，出城就死，死得这边的其他队友都无奈了：“刺客，能别再送了吗？”

封奈漫不经心地一手操控着角色，像是没有看到那行字，正准备去送第四条，就在这个时候，只见屏幕上那人一个技能闪进，原本要打在他身上的伤害，全数被那人挡了下来。

封奈手指一顿，就听耳边传来了一道淡淡的嗓音：“撤。”

隔着耳机，声音总会失真，所以封奈并没有把这个好说话的“小哥哥”和那个打他脸的仇人联系在一起。但他也没有撤，毕竟左手都离开了屏幕，于是，屏幕上的两个人都死了。

队友直接开了语音：“刺客，你真的好坑啊，别人救你，你还把人卖了。”

封奈只打算送人头，并没有想过要害临坑坑的这个“小哥哥”，可这波确实是他的锅。

封奈修长的手指抬上来，正打算好好打，就听耳边又响起了那道清冷的声音：“他操作还不熟练。”

封奈闻言，目光深了深，临坑坑认的这个“小哥哥”，好像不只是好说话，连人也不错。

于是，封奈话锋一转，按了一句话过去：“小哥哥，我是不是太笨了哦？下次我不选这么难的角色了。”

“没什么，一开始都这样。”莫北努力让自己的声音听上去不要太冷，“多练练就行。”

封奈打消了再送人头的想法，手指侧过去，回复道：“好的。”

没有了某大神刻意的捣乱，局势瞬间发生了改变，倒不是封奈决定好好打了，毕竟他现在的身份还是临坑坑，总不能前面菜得要命，后面秀得飞起，让局势改变的是莫北……

原本对方都摘了五个人头，本以为胜券在握了，毕竟那头的刺客如此坑，可谁能想到，一个法师会过来蹲他们的蓝buff（野区蓝怪，buff在游戏中，指的是一种可以增强自身能力或者技能的野怪）？

那个法师不仅把他们的野怪buff带走了，还利用三段位移形成了花阵，长袖挥舞间，一口气杀了他们两个人！

这还没有完！他们本以为，这都残血了，自己上去能收。谁能想到，那个法师利用草丛一个技巧的走位，再一个回转，竟然避开了他的大招？

这还不算什么，最重要的是，他动不了，是那个法师的自带技能！

莫北没有给谁逃走的机会，侧脸清冷，手指一动黏住对方，阵法设下，残血反击！

三杀！

这样的成绩在顺风局，或许还算正常，可这是逆风局。在落后对方五个人头的情况下，还能一个人拿下三杀，这考验的就不仅仅是思维了！

手速、技术、对游戏的熟练度和对地图的记忆力，缺一不可！

游戏里，等封奈漫不经心地走过去的时候，这一场屠杀已经完了，所以封奈并没有看到莫北的操作。但即便如此，三杀在那儿挂着，也不像是这个级别会打出来的成绩。

封奈目光一闪，落字就是一句：“小哥哥，你玩的是小号吧？”

“嗯。”莫北戴着耳机，右手背过去，眉心微拧，快速地结束了这一场游戏。

封奈卖萌卖得像：“真的是好厉害哦，小哥哥，你的大号是什么呀？”

莫北没有回答这个问题，而是随口问了一句：“你今天怎么没开语音？”

对方昨天全程都在喊救命，今天虽然也死了很多次，但也太安静了。

封奈修长的手指一顿，回复道：“哥哥在睡觉，打扰到他不好。”

“你哥……”封奈听着对方像是想说点什么，最后顿了顿，声线淡淡地说道，“算了，以后再来学校找你哥，别去后操场。”

封奈慵懒地向后一靠，有些好奇了：“为什么呀？”

“没什么。”莫北觉得打架这种事和一个小奶娃说不好，尽量让自己的语调听起来不那么冷，“睡吧，么么哒。”

封奈的手指再次顿住了，毕竟这次和之前都不一样，是语音版的……

封奈偏了下眸，刚想回复。

“哥，哥！洗发水跑进我的眼睛里去了！快救我！救我！呜呜呜呜……”

浴室里，小奶临揉着自己的眼，一头湿漉漉的黑毛还带着卷，正在那里假哭。

封奈单手抽了一块浴巾，一步将人捞起来。要知道，当哥的动作温柔不到哪里去，不过小奶临还是得到了拯救，等眼里的泡泡被擦干净之后，小大人一样地松了一口气。

他穿着小裤衩就坐在了沙发上，他哥不让他坐床，亲弟弟都不让坐，哼！还是小哥哥好！

小奶临想着，就把手机拿了过来，正要发信息。

这是什么？这……这……

“哥！”小奶临刚洗完澡，小脸又白又嫩，“为什么会有这样的聊天记录，我今天明明没有和小哥哥说话！”

封奈刚才急着捞人，忘了删除聊天记录，现在被临坑坑堵着去路，只能居高临下地扫了他弟一眼：“临坑坑同学，你是不是忘了，是谁昨天说让我帮他回消息的？”

小奶临闻言，揪了一下自己的头发，小手指头点在了屏幕上：“那也没有让你说这么多啊，你还和小哥哥约游戏。还有，你为什么也这么叫人家？哥，你和小哥哥一样大吧，还叫人家‘小哥哥’？”

封奈双手一环，嘴角带着笑往旁边一靠：“临坑坑，我帮你回消息，身份是你，语气当然要模仿你。怎么，你还觉得有问题？”

小奶临毕竟还单纯，再加上他哥的态度太理直气壮，所以：“好吧……”小奶临原本还想着出来之后能和他小哥哥聊聊天的，现在全泡汤了，“以后小哥哥再来消息，哥哥不要帮我回了。”

封奈态度散漫，不甚在意地嗯了一声。

小奶临的小手指在那儿戳了戳，并没有注意他哥眼底闪过的光……

第二章　王不见王

窄小的公寓里，莫北正背着手，给自己上药。倒不是有多严重，只是过几天就要入战队，成为公众人物之后，这样的打架行为是不能再有了。

所以，她必须在这之前，把学校的事情解决。也不知道那位K神为什么敢参与这场群架。哦，对了，当时他戴着口罩。

莫北面上清冷，还没入战队就想找队长打一架的心情，大概没人会懂。

不过，大概那人比她更想要揍人，这是莫北在了解黑炎战队的时候，打开某个直播看到的。他的颜值粉很多，回放弹幕上很多人都在喊“老公”。

当然，最重要的就是有人在问，他嘴角上的伤是怎么来的。

莫北自然也看到了，在听到这个问题之后，那人冷下去的眸，看来，他们之间还完不了。

莫北这样想着，药效上来，半躺在沙发上就睡着了，黑色碎发垂下来，遮住了她清隽的侧脸。

第二天，封奈就被训了。

虽然训他的那个人，语气听上去比较像是哀求：“K、K神，算我输了，从昨天开始我就一直被媒体轰炸，所有人都在问我，你脸上的伤是怎么回事，该不会真的是被……”

“被人揍的。”封奈截了那人的话，手上的鼠标晃了晃。

那人一噎。

封奈轻笑，叼了根烟："怎么？不相信？"

"是有点梦幻。"那人呢喃着，突地正色道，"K神，咱们战队可全靠着你这张脸拉赞助呢。还有，职业选手打架影响不好，肯定会有人揪住这件事不放。"

封奈站了起来，掸了掸战服上的烟灰，眼底有寒芒划过："纠正一下，不是打架，是正当防卫。不是告诉过你，我是被揍的那个吗？"

可是你的表情完全看不出来，你是被揍的那一个，你现在就一副不找回场子来，我跟你姓的模样！

"到点了，去上课，我的新辅助什么时候来？"封奈问得漫不经心。

那人开始低头翻资料："说是下周就来报到。"

封奈偏眸。

那人没有理会，继续说道："姓名、年龄、性别都还不知道，新辅助好像比较内向。"

"算了。"封奈将目光收了回来，临坑坑的那个小哥哥，今天再看一下他的打法，应该就能看出来对方是谁。

可惜，莫北并不是天天都上线。正儿八经上高中的经验，莫北没有，她在江城那边上的是技校。考虑到这边的课程会不一样，她提前看了书，毕竟参加比赛的话，如果有哪一门挂科，就会被取消资格。而当她拿起笔开始做试卷上的题的时候，赵健健再一次震惊了！

他们南哥居然在认真做题，没有睡觉，没有抓阄，也没有丢骰子！

说一下，丢骰子答题是C大的特色，丢中哪个选哪个。这还是他们南哥带起来的潮流，怎么如今……赵健健握着手里的骰子，再看看他旁边的南哥，不协调，实在是不协调！

好不容易时间到了，赵健健刚要松口气，就见他南哥要走。

"南哥，南哥！"赵健健立刻伸手将人拽住，"别走正门，我接到了消息，真的，A大那边的人设下了天罗地网要堵你，据说还是K神下的命令。"

莫北偏眸："他？"

"南哥，你不要告诉我，你没有想过你打了K神的下场。直播你看了吗？他嘴角还青着呢，"赵健健摇头，"他肯定轻饶不了你。"

莫北嗓音淡淡地说道："这我知道。"

"那你还走正门？"赵健健双眸一睁。

莫北把书包一拎，面色不改："今天不走了。"

"那、那还好。"赵健健反应了一会儿，哈哈大笑了起来，"南哥，你终于恢复正常了，我还以为你会像昨天一样，那么不要命呢。"

莫北没说话，明知道有人堵她，她还往枪口上撞，没有人打架是这么打的。她拿着书包，迈开长腿，身高一米七以上的她，气质还是冷的。

她走过去的时候，已经有女同学在窃窃私语了："怎么办，总感觉这个莫南，越看越有感觉。"

高冷的莫北，实在让人看得心痒，跟在旁边的赵健健，也体验了一把"学校红人"的感觉。他本来以为就这样，可以从后门走回家的。

站在C大门口，打算堵人的A大学生，也都在转了三圈之后放弃了。

谁能想到，就在这个时候，莫北的手机上来了三条语音信息。

"小哥哥，你在吗？"是小奶临，他这时候正坐在A大的篮球场旁，还戴着小口罩，但表情却是高兴的，一头黑色小卷发，大大的眼睛像是能放光，"我今天生日哦，哥哥给我买了一个大蛋糕，我请小哥哥吃好不好？这两天小哥哥都不在，我好想小哥哥哦。"

莫北在听第一条的时候，是打算上了车之后再回的。

等她听到第三条，脚步一顿，回了四个字："你在哪儿？"

小奶临见有回复，一下子跳了起来，奶声奶气地用语音回复道："我就在A大哦，离你很近。"

"A大……"莫北的手指停了停，眉心微拧。

小奶临眨巴着大眼睛，不明所以："对啊，A大，就上次小哥哥你送我来的地方，你们学校对面。"

语音开的是免提，赵健健也能听到，他心道，小兄弟啊，你这是让南哥去自投罗网呀，南哥他不会去的。

谁知道，莫北侧过眸去看了赵健健一眼："口罩。"

"什么？"赵健健不明白。

莫北下巴微仰，指了指他的书包。

碍于那气场太强，赵健健不由自主地把一沓口罩往前一送，看着他南哥偏头戴上，眼睛瞪大了："南哥，你不会真的就为了个小孩儿……"C大的学生和A大的学生可是宿敌啊！

“他生日。”清清冷冷的三个字已经说明了一切。

赵健健看着那人把外套一扯，修长的身形直直地朝着A大走了过去。

这绝对是会被打死的啊！赵健健咬了咬牙跟上：“南哥，你要是真的想去，咱走西门，那儿人少。”

那孩子到底是什么属性的，早不过生日晚不过生日，偏偏这个时候过！

小奶临那边迟迟没有接到他小哥哥的回信，还有点小紧张，毕竟他哥只允许他拿一个小时的手机，到时间了，手机还回去，他就没有办法和小哥哥联系了。

封奈也看出了临坑坑的着急，慵懒地倚在栏杆那儿，漫不经心地问道：“你刚刚说，你小哥哥就在A大对面？”

“对啊，小哥哥是C大的学生嘛，当然在对面。”小奶临软绵绵的手指又戳戳手机，嗓音里还有点失落。

封奈看了一眼那边放着的蛋糕，长腿一收，有些想笑：“那你不用等了，C大的学生不可能来A大。”

“上次小哥哥就来送我了！”小奶临刚反驳了一句，手机便又响了，那上面写着两个字：“等我。”

小奶临的眼睛再次亮了起来，献宝一样地将小手举高：“你看，小哥哥让我等他呢！”

封奈意外地挑了一下眉头，临坑坑的这个小哥哥还真是……该说对方有魄力吗？A大的学生和C大的学生关系紧张成这样还敢来？封奈想到这儿，把另外一个手机拿了出来，将刚才没回复的消息回了一条：“今天看到有C大的学生过来，都别动。”

“封大少，你又在想什么，下面的那些人可是为了你组织了一群人去堵莫南了。”

封奈的声音里透着慵懒：“我想堵人，还用他们？让人都回来。”

“确实也得回来，莫南那家伙滑得像个泥鳅，现在都不知道在哪儿。”说到这里，那人突地顿住了，叫出了声。

封奈听着语音，仍旧有些漫不经心地问道：“怎么？”

“莫南！”手机那边有些杂音，“这家伙又来了，就在西门，肯定又想祸害咱们学校的姑娘！”

封奈对这个给自己破了相的人，并没有多大的好感，扫了一眼身旁捧着小脸等消息的小奶临，笑意浅浅地说道："临坑坑，我离开一会儿，三分钟之后回来。你别乱跑，就你那路痴属性，乱跑的话，你小哥哥很有可能会找不到你，懂？"

小奶临戴着小口罩哼了一声，他哥还是这么不会说话，以后肯定没有女朋友！

另一边，A大西门。

赵健健在看到眼前的人之后，脸色都变了！怎么这么背，他们一过来就遇到了专门堵他南哥的那群人？

那帮人早就憋着火气，现在看到戴着口罩的莫北，举起棍子来就要抡。

"莫南，你真以为我们A大没人了吗？"

砰！莫北目光一动，身形漂亮地闪过，那一棍结结实实地打在了垃圾箱上。

这还不算，赵健健眼看着他南哥把那人的手臂拽着，拉扯之间，侧身避开了一道又一道的棍影，最后将人一推，丢给了他一句："上墙。"

赵健健啊了一声，还没反应过来，莫北已经一踹旁边的树干，长腿半斜，利用树的反作用力，单手扒上了墙沿，连衣摆都甩出了风。

赵健健是想学他南哥来着，可一脚踹下去，他整个人都栽在了那儿，幸亏他南哥拉了他一把！

A大这边的人怎么都没有想到，莫南这家伙会上墙，不甘心地想要有样学样，却发现墙真的不是你想上就能上的！呼啦啦地倒了一群！

莫北的神色很淡，攀上墙之后正打算往下跳，突地，一个银白色的打火机朝着她这边唰的一声飞了过来！

莫北双眸一眯，身形一个晃荡差点倒回来。好在她反应够快，稳住了双腿，侧身朝着打火机的主人看了过去。

那人这次没有戴口罩，双手插着裤袋，黑发凌乱地覆盖在额上，皮肤白皙到了几乎透明。

就是这样的人，他的嘴角贴了一个创可贴。

封奈勾着薄唇笑了，眼底却冷得很："怎么？来了A大，不下来抽根烟再走？"

莫北没说话，一张脸神色淡漠，唰的一下，将打火机还了回去，只是那力道里还夹着凌厉的风。

封奈伸手握住，深邃的眸在看到墙上那道修长的人影跳出去之后，一点点变得暗沉。他摊开手来，掌心都有些泛红。

旁边站着的人，大气都不敢出。

而从A大出来的莫北也好不到哪里去，膝盖的位置同样有点泛红，不过这并不影响她的行动。

赵健健却是一脸惊魂未定的神色："这也太吓人了。南哥，咱能别再去A大了吗？"

确实不能再去了，莫北回眸看了一眼那面墙，现在脑海里还残留着那人看她时的寒光，大概就是很不爽却还得克制自己的感觉。

莫北清楚，因为对方是职业电竞选手，所以才会在刚才没有下狠手，但没下狠手，不代表他不想下狠手。

莫北碰了碰自己的掌心，把手机从裤袋里掏出来，打了一行字过去："抱歉，我这里突然之间有事，不能过去了，生日快乐。"

小奶临本来特别高兴的，一听到消息提示音，就立刻点开，可看了消息之后，他的声音都蔫了："没关系的，小哥哥先忙吧，我哥哥在，有人陪我的。"

莫北听着那明显失落还想要安慰她的小奶音，只有一个想法，如果不是那位K神，她不会连小朋友的约都不能赴……

A大篮球场，封奈远远地就看到了他弟那颗垂下去的小脑袋，不用猜他也知道发生了什么事："你那小哥哥爽你约了？"

小奶临的情绪不是很高，却也不忘替他小哥哥辩解："他是突然之间有事要忙。"

封奈甩了甩自己的手，目光还有点冷。不过在弯下腰来的时候，气息就变了，他修长的手指微屈，敲在了小奶临的头上："好了，你把你小哥哥约来这里，本身就是在为难他，他不能来正常。"

"为什么呀？"小奶临问道。

封奈简单地说了一下A大学生和C大学生之间积累已久的恩怨，并没有提自己就是带头人之一。

小奶临聪明，一只手抱着他哥的长腿，一只手拎着自己的蛋糕，都有些懊恼了："哥哥，你应该早告诉我这些，那样我就不约小哥哥来A大了。我们可以去C大找他呀，反正这么近！”

封奈呵了一声，慢条斯理地说道：“这真是个好主意，临坑坑同学，你觉得我去C大很安全吗？”

“你不是打架很厉害的吗？”小奶临眨着一双大眼睛，说道，“哦，我明白了，哥哥，你怕C大的学生堵你。”

封奈偏头，垂眸看着某小孩，慵懒地开口：“职业选手不让打架，不是害怕，懂？”

“你脸上的伤还不是打架打来的？”小奶临低头想要吃一口他哥给他买的糖，却发现自己还戴着口罩，又呢喃了一句，“可是好奇怪哦，小哥哥明明答应我要来的。”

封奈没有听他弟后面的话，毕竟不只是脸，连手上的伤都是同一个人弄的。

封奈抵着舌尖上的薄荷糖，眼底的温度渐渐地冷下去……

小奶临的表情却和刚才不一样了，因为他的小哥哥又发来了信息。

一句“周六，帮你补过生日”让小奶临抱着封奈的腿上蹿下跳了很久，嘴里还喊着：“去吃蛋糕，去吃蛋糕，把小哥哥那一份也吃掉！”

封奈有不少朋友，他却从来没有见过他弟这么喜欢过谁。对方是什么人都不清楚，他弟就敢和对方走得这么近。不过，对方既然是C大的学生，有了名字或是照片，想要找出来也不是很难。

说起这个来，临坑坑的这个小哥哥，还真是一点都不符合时代潮流，朋友圈里一张自拍照都没有也就算了，连风景照都很少。

那天打完游戏之后，封奈就看过对方的资料信息，倒不是因为对方的游戏技术有多好，纯粹是因为他要知道他弟接触的是个什么样子的人。

毕竟临坑坑才刚满五岁。结果，看完之后……他饿了。

那人的朋友圈很单一，句式也简单，比如：“今天做了豉汁排骨。”

接着，就是一张配图，新鲜出锅的肉，还飘着香气，颜色分明很容易就能让人食指大动……

C大还有厨艺这么好的人？真是没看出来。封奈心不在焉地想着，完全没有去细究。

另外一边，跟着他南哥回到小公寓的赵健健，原本饿了正打算叫外卖，却被一盘色泽诱人的炒饭给惊着了！

他南哥是从哪里偷来的饭？没有外卖小哥啊！

等一下，让他顺一顺流程。他南哥一进来，就让他换鞋。不，这不是重点，关键是，他南哥好像丢下了一句："等我五分钟。"说完，他南哥就进了厨房，再出来的时候，手里就多出来了两盘炒饭？

赵健健瞪眼，一个只会吃泡面的人，什么时候学会做饭的？

就算难吃他也认了，谁让他南哥现在这么能打，A大的扛把……真的好吃！

"南哥，你这手艺，实在是绝了！"

赵健健一边竖着大拇指，一边胡吃海塞，舌尖都是火腿肠的味道，香得不得了。

被夸的莫北，脸上神色未变。当年帝盟解散之后，不是没有过茫然期，她甚至不知道去哪里，也不知道该做什么。毕竟，她最喜欢的就是电子竞技。

后来，师父告诉她："帝盟，从来都不是一个虚名。"

她才放下一些东西，进了一所技校，学了厨师专业，将爱好变成做美食，偶尔还会开个直播，不露脸的那种。

莫北曾经想过，如果帝盟不在了，那她大概永远都不会再拿起鼠标。

她也这样做了，隐退埋名。等到这次回来，她才发现，总有一些东西是忘不掉的。

那些过往，像是埋在你身体里的记忆，越是在你挥动鼠标的时候，越是鲜明。她，最喜欢的还是电子竞技，因为这样才能离曾经更近。并且，那些人不该这么糟蹋她哥。

莫北偏头看了一眼自己泛红的掌心，黑色的碎发垂下来，眸底是隐隐的光。看来，她是时候去新战队报到了，在这之前，还是先赴一下小朋友的约吧。

莫北从小就是个没有情绪的人，小时候她哥经常叫她"小面瘫"，长大之后倒是浑然天成的高冷气质。所以即便她围上格子围裙，也不显丝毫的女气，反而显得更加温润如玉。

赵健健没有白吃这一顿饭，听他南哥的指挥去了趟超市，又是买面粉，又是买鸡蛋，还买了一大堆巧克力。

他南哥这是要做什么？电竞打不了了，他南哥接下来是要当家庭煮夫吗？

“南哥，你这样真的不好。”赵健健一脸认真地对着低眸整理烤箱的少年说道，“太有损你C大大佬的形象。”

莫北戴着防护手套，偏了偏眸，气场强得厉害。

赵健健闭了嘴，在那样清冷的目光下，乖乖地转身，说了一句：“南哥，回见。”说完，他迅速地带上了门。

少了人打扰的莫北重新将视线放在了烤箱上。

就在这个时候，等着吃晚饭的小奶临，好不容易捞到了手机，就想和他小哥哥聊聊天。他的小手指头戳在了屏幕上，奶声奶气地问道：“小哥哥，小哥哥，在吗？”

莫北听到语音之后，摘掉手套，空出手来，回了一个“在”字过去。

封奈坐在他弟的旁边，扫一眼，就看到了这条消息。

小奶临没有看到消息，还在那儿开心地发着语音：“小哥哥，我在餐厅里面，正等着上菜哦，你在做什么啊？”

莫北先是拍了一张照片，紧接着就打了三个字发过去：“做蛋糕。”

“哇！”小奶临看得眼睛都亮了，忍不住挺直了小身板，“蛋糕？是给我的吗？”

莫北嗯了一声。

小奶临彻底坐不住了，拉着他哥炫耀：“你看小哥哥，正在给我做蛋糕呢。”

封奈将目光落在了那张照片上，不知道是不是旁边放着一个黑色烤箱的缘故，那只拿着牛奶的手，显得格外白皙，手腕很细。看得出来，对方围了围裙，还是那种居家必用款。临坑坑的这个小哥哥，还真是不符合C大学生该有的气质。

想到这里，封奈的脑海里突地蹿出了一道立在墙上的修长人影。要说不符合C大学生该有的气质，那个叫莫南的人最近好像也一样了。

不过，莫南还真是不讨人喜欢。封奈偏过头去，指尖碰了碰微红的掌心，深邃的眸又冷了下去，漫不经心地说道：“临坑坑，你小哥哥这张图没露脸，怎么？是长得难看？”

“我小哥哥才不难看！他帅得很，如果他也开直播的话，就没你什么事了。”小奶临哼了一声，“哥，你就是忌妒我小哥哥多才多艺，和你一点都不一样。”

封奈笑了：“你说得对，我和你的小哥哥一点都不一样，毕竟你哥不需要多才多艺，靠颜值就能吃饭。”

小奶临：“……”

他已经不想吐槽他哥的无耻了，继续低着头给他的小哥哥发信息。

封奈则是在想C大那边长得帅的学生有哪几个人，无论得到怎样的线索，他也从来没有把这个会做蛋糕的“小哥哥”和莫南联系在一起过。

莫北那边更不用说，毕竟小奶临太萌。按照一般的推测，谁也不会把这样的孩子和那个出了名的高冷电竞大神放在同一个画面里去想。再加上莫北和封奈不同，她从不翻别人的朋友圈。

“喂。”封奈扫了一眼沉迷在发信息中无法自拔的弟弟，将手机一抽，“吃饭。”

小奶临鼓起了脸：“说好今天让我玩手机的。”

“说好这种事，是看我心情的，你不知道吗？”封奈侧手，把虾饺放在了他弟的盘子里。

小奶临愤愤不平地吃着，咬一口，再咬一口，就把他哥无耻的事给忘了。

封奈察觉到了手机在振动，目光偏了偏，上面只显示着一条信息：“周六见。”

周六？他应该没事。俱乐部那边放了几天假，周六还在假期范围内，他干脆不套信息了，打算直接去看一看。

封奈的手指侧了过去，职业电竞选手手速自然快，一句：“好哒，小哥哥。”他三两下就发了过去。

还在为美食奋斗的小奶临，并没有注意到他哥的这个动作……

距离周六，还隔了一天，而周末，莫北就要去新战队报到了。

来自汪冬冬的嘱咐肯定不少：“南哥，我真怕你周末去报到的时候，会被黑炎的人打出来。”

莫北并没有告诉汪冬冬，她已经和某队长打过了两架，也不缺见面再来一架。她修长的手指慢条斯理地折着纸盒，神色波澜不惊：“战队内部不许动手，这是黑炎的规定。”

汪冬冬一听，对啊，在集体公寓不能动手。那他南哥，还是能混进去的。

不过有一件事，汪冬冬一直都想问。

“南哥，你进去是打什么位置的？黑炎有K神在，不可能让别人打刺客吧。”

莫北手指一按，眸色淡淡地看着蛋糕盒成形，不甚在意地给了他两个字：“辅助。”

“辅助？”汪冬冬被一口水噎着了，“你打辅助？”

这完全不搭边好吗？即便技术不如从前了，“非主流”也是个刺客出身啊。

莫北的情绪很淡，并没有多说什么。

汪冬冬却担心得很：“刺客的打法和辅助不一样吧？会不会上去之后被虐得很惨？”

现在网上的风向已经很不好了，多少人都在等着看莫南的笑话，如果这次他再缓不过来，那他的职业生涯就彻底完了。

莫北听出了汪冬冬的想法，语气淡淡地说道：“只要玩得好，用什么位置，都能天秀。”

这话确实说得没错。汪冬冬被少年那强大的气场震得好一会儿才反应过来，没错个什么啊，你这么淡定的语气，害得我差点相信了你会玩辅助！

汪冬冬深吸了一口气：“南哥，真的，这次咱们稳一点行不行？”

莫北知道汪冬冬是什么意思，她哥除了刺客之外，很少玩别的位置。

为了避免以后麻烦，莫北侧过脸去，漫不经心地开了口：“这次回家，我专门练过辅助，不然黑炎为什么会收我？”

“原来是这样！”汪冬冬眼前一亮，“我说呢！”

莫北将白色的风衣外套穿上，整个人的禁欲感又强了几分：“我要出去，你在这里，还是回公司？”

“啊？我回公司。”汪冬冬这次注意到少年手上拎了一个蛋糕，“不是，南哥，你这是去干吗？”

莫北懒得解释那么多，干脆扔出了一句：“约会。”

汪冬冬喜得差点连水杯都没端住：“南哥，你终于放弃追K神这个不切实际的想法了！约会好啊，就该爷们一点！”

莫北没做回应，低头用手机打了一行字："我出发了。"

小奶临收到消息的时候，正在用力拉他哥起床。

从他这个角度看过去，只能看到床上那人整张脸都透在了光中，黑色的碎发垂下来，搭配着他高挺的鼻梁，俊美得让人有些眼晕。

连睡觉都能睡出性感慵懒味道的，大概也只有封奈了。圈子内，大多数选手的作息都不正常，所以没有一个早上能起来的。封奈更是如此，毕竟有人说过，K神只有在打游戏的时候才是清醒的。

平时的状态，他基本上就是机场也睡，休息室也睡，总是戴着口罩，把黑色战服拉到底，将整张白皙、俊美的脸都埋进去，浑身都透着高冷的气息。粉丝想要送礼物，都没有办法送。

她们的K神，实在是太难接近。

但此时……

"哥，你跟着我做什么啊？"小奶临非常不解，他今天不用去公司吗？助理哥哥都来了啊，不是来接他哥的？

助理也不明白，他家大神突然之间改变行程是为什么，是不放心自家弟弟？

封奈嚼着薄荷糖，因为起得早再加上嘴角的青色还在，气压依旧有点低，倒是语气有些漫不经心："临坑坑，谁告诉你，我在跟着你？今天公司没派车来，懂？"

同行的助理纳闷了，刚刚大神明明叫他把公司的车扔在了停车场，这……

他正犹豫着，就见他家K神似笑非笑地扫了他一眼，那眸底还透着清冷，意思是什么可想而知。助理迅速换了话题，把手中的平板电脑拿出来，递给了戴着口罩的封奈："K神，你看看这个。"

"掐架？"封奈扫了一眼，慢条斯理地说道，"这有什么好看的，无视不就行了？"

助理压低声音说道："我确实想无视，但这个莫南，真的是改不了他那臭毛病了！"

莫南？

封奈偏眸，指尖碰了下嘴角："他说了什么？"

"还能有什么，还是陈年老调。说什么他入这个圈，不是因为喜欢电竞，完全是因为大神你，还说要好好努力，下次还能和大神你一起喝咖啡。我真是醉了，我们什么时候和他喝过咖啡，这个人蹭起热度来，完全没脸没皮。”助理越说越愤愤然，别说他家大神的粉丝，就连他都不能忍了，想要亲自上阵开撕！

封奈听到最后，咬薄荷糖的动作顿了一下：“莫南写的？”

“可不是。”助理把平板电脑抬高，“还是用微博发的，一看就是故意的。”

封奈把玩着手机，食指修长、透明、好看，目光深深浅浅，语气有点漫不经心：“不是他。”

“嗯？”助理怎么也没有想到他家大神居然会为蹭他热度的那个同性恋开脱！这剧情发展得有些不对吧！

即便是在这样的目光下，封奈仍旧只是撑着下颌，将拉链一拉。

虽然他还有场子要从对方身上找回来，但这并不代表，他没有分辨力。莫南那么冷的人，给他个场外指导，估计也写不出这么谄媚的微博。

助理看了半晌，干脆换了个方式开口：“大神，你和莫南……”

“有仇。”封奈用两个字，终结了这个话题。

助理知道，大神不喜欢那个蹭热度的人！

不得不说，助理的理解方向完全错了！

封奈口中的“有仇”，完全是和他脸上的伤有关的私人恩怨。

作为微博账号的现任主人，莫北也看到了那条被攻击疯了的微博。

汪冬冬着急得很：“南哥，你怎么前脚刚告诉我，要出去约会，后脚就偷偷发了一条微博？你和K神没有那么熟吧，总不可能你今天约的人是K神吧？”

莫北听着那边的声音，很理解他为什么会是这个反应，手指一动，声音很冷静：“不是我。你可以想一下，我周末就要去黑炎报到了，完全没有理由在这种时候发一条这样的微博出来。如果是要攀关系，我何不等入队之后再发？”

闻言，汪冬冬一下子顿住了：“是啊。”

莫北穿着浅色风衣，一手拿着手机，一手插着裤袋，眉眼不变，俊美又清冽：“俱乐部那边是不是还有我的微博登录账号和密码？”

汪冬冬又被问得一愣：“这，我……”

莫北的嗓音很淡："以前你是什么样子都可以过去，但冬冬，你是我的助理，一些零碎的事情该怎么做，你最起码心里要有点数。"她这是很明确地在拿话点汪冬冬了。汪冬冬清楚，这次会出这种事，完全是因为自己工作上的失误。他作为助理，肯定要在第一时间想到这种事。

游戏ID是归俱乐部那边，微博他们却是可以带走的。

按照俱乐部的一贯作风，人走了，彻底没有了利用价值，肯定是往死里打压的，无论是用什么办法。

他怎么就把这么重要的事忘了！汪冬冬抓了一下自己的头发，刚想要道歉。

"我也有错。"莫北的声音再次传了过来，仍旧没有什么波澜，"慢慢来吧，不着急。"

"好，我也会多注意。"

重新来过，他作为助理，确实疏忽了。

汪冬冬看着屏幕，手指一动开始打字……

另外一边，挂了电话的莫北，再看向手机时，上面就出现了一条语音消息。

小奶音从手机那头传了过来："小哥哥，你在哪里？我到了你说的附近了。"

莫北："我在街道拐角处的店铺，店铺的牌子是白色的。"

通过手机那头语音的描述，封奈朝着还在那儿兴奋的小奶临抬了抬下巴："你小哥哥的位置。"

"原来是这儿啊！"小奶临等车停了，把口罩一戴就跳下了车。

他走了几步，才觉得不对劲儿："哥，你为什么要跟着我？"总不能这么巧，他哥也去这个地方吧？

封奈单手插着裤袋，白瓷般的手指之间还夹着一个纯黑的打火机，整个人看上去异常帅气，即便他的脸已经被口罩遮住了："我电话在你手上，不跟着你，去哪儿？"

小奶临很想说，那我把电话还给你，但是没有了手机，他就没有办法和他小哥哥联络了。他真的是好气哦，但是还要微笑，谁知道他哥会做出什么来。

"那你一会儿不要吓到我小哥哥。"小奶临嘱咐着他哥。

封奈眼角一挑，波澜尽在其中：“那就要看小哥哥的心理承受能力了，不是每个人都能在见到我之后不激动的。”

助理就跟在这一大一小的后面，听到他们家K神这句话之后，默默地捂住了自己的脸。K神在弟弟面前，实在是太无耻!

小奶临倒是早已习以为常，有了小哥哥的蛋糕在前面等着他，就让他哥跟着吧，谁让手机不是自己的呢。

白嫩嫩的小脸鼓了鼓，他正要一鼓作气地挤进街口，却发现他哥把腿伸了过来，小奶临伸手，一把抱住。有的时候，他哥也不是完全没有用处的。

封奈垂眸看着他弟，漫不经心地笑了下。

街巷是这个古城里的景区，休息日的时候，人确实很多，你来我往，熙熙攘攘的。

就是在这样的人群中，一个人，双手插兜踱步向前走着。由于背着光看不清表情，像是一道黑色剪影，再加上他那头凌乱的黑发，明明很酷，却因为长腿上多出来一个小男孩，显得格外具有反差萌……

封奈的脸上戴着黑色口罩，刻意地避免露出脸。

不打游戏的人或许不清楚，封奈到底有多火。非要形容的话，大概就是明明不是娱乐圈的人，粉丝数量却直逼一线明星，所以他出门的着装也就和普通人不一样了，战服外面永远罩着一件带帽子的黑色外套。

孤傲的帅，说的大概就是他这种。

助理跟在后面，也是为了避免有人把封奈认出来，毕竟外面不比学校。实际上，选手们平时都很少出门。作息是一方面，等他们醒了之后，即使不比赛也有每天要完成的训练量。当然，他们还有一定的直播时长。

在直播方面，封奈向来是最随心的，大部分时间都是在虐杀局，露脸多长时间看心情。

所以，有一点封奈说得倒也没有错，粉丝鲜少有看到King不激动的，毕竟现在大部分的年轻人都玩电竞游戏。

助理觉得自己一会儿得在旁边压压气氛，别太引人注目。不得不说，助理的想法没毛病，前提是如果他们要见的人，不是莫北的话。

小奶临放开了他哥的腿，在推开店铺的玻璃门时，能听到风铃声在响。

坐在窗边的莫北，手上拿着一杯咖啡，穿着浅色的风衣外套，围着英伦风的大格子围巾，左臂的衣袖微微卷起，抬眸朝着门边望了过去。

朝门边望第一眼的时候，莫北并没有看见封奈，因为进来的只有小奶临。

下一秒，玻璃门又被推开，一个穿着黑色长款外套的人走了进来，再普通不过的款式，穿在他身上也显得他气质出众。那人戴着黑色的口罩，只露出一双深邃的眼睛。

高铁站一次，群架一次，被堵一次，有了三次接触之后，莫北想不把对方认出来都难。

咖啡杯换了个手拿，莫北眸底明显清冷了几分。

封奈也看到了那个自己最近总想从他身上找回场子的人，单手插着裤袋，侧过眸去，将目光放在了那人的脸上。

两个人之间的距离并不远，莫北甚至能看清楚，那人在看向她时眸里溢出的寒芒。

真的是无语了，封奈是同样的心情，怎么偏偏是今天碰到？换哪一天，他都能从这人身上把场子找回来。

助理就在封奈的身后，早在进来的那一秒，他的脸色就变了。

这个喜欢蹭人热度的同性恋怎么会在这里？该不会又像上次在高铁站一样，知道了他家大神的行踪，提前来蹲点的吧？刚解决完微博上的事，再看到罪魁祸首，助理的情绪实在好不到哪里去。他在想着要不要上去，找个理由把人赶走，但又一想，这里是公共场所，谁都能来，他心里就更气了。

这个莫南怎么就这么阴魂不散呢？莫北接触到了那助理的视线，咖啡杯又换了一个手拿。她在想，如果一会儿真的打起来，要怎么先把小奶临安顿好。

不得不说，这一点和封奈的想法有些不谋而合，因为封奈从不在他弟面前动手。

他正打算改天再把场子找回来，就要跨步，将人掠过的时候，小奶临就像是一道拦不住的小龙卷风一样，冲到了对方的身边，脆生生地叫了一声：“小哥哥！”

大概是小奶临太招人喜欢了，莫北笑了下，嘴角微扬，单手绕过去，轻轻地拥了一下这个抱住她腿的小奶娃。她拥抱人的时候，也带着一种清冷，就如同青竹寒梅融不进尘嚣一般。

小奶临却是高兴的，回过头去又喊了一句：“哥，你快过来，小哥哥在这里呢！”

封奈当时心里的第一反应，可想而知是什么，一双眸子变幻莫测。

莫北的手指也顿了一下，眸子微抬。

两个人几乎不约而同地抛出了差不多一样的问题。

“他就是你哥？”

“他就是你小哥哥？”

小奶临闻言，睁着大大的眼睛说道：“对啊，怎么了呀？”

没怎么，不过是他们都想把对方打死。

封奈肯定不会告诉小奶临，他小哥哥就是那个把他哥嘴角伤了的人。主要是封奈完全没有预料到，自己模仿他弟叫对方“小哥哥”的人，会是莫南。封奈更没想到莫南是一个会做饭、有耐心，甚至为了哄小奶临睡觉，还会发“么么哒”的人。

小奶临的小哥哥是……莫南？

封奈第一次知道什么叫作心情复杂。

“没什么。”封奈淡淡地说道，眼睛却没有从某人身上移开。

莫北亦然，眼神清冽淡漠，但眼前的情况完全不在她的预料之内。

两个人远距离接触还好，现在就隔着一个小奶临，彼此眼中的冷淡，几乎能将整个店铺冻结起来。

也只有小奶临没有发现这其中的问题，毕竟他觉得自己现在最幸福了！他现在有哥哥，有小哥哥，还有巧克力味的奶油蛋糕！

小奶临伸手碰了一下那个放在桌上的蛋糕盒，奶声奶气地说道：“哥哥，你为什么不坐呀？”

坐在哪里？封奈扫了那儿一眼。像这种开在街巷里的店铺，往往都不大，并且非常文艺。同时也就意味着，一坐下来，他的腿或许都能碰到莫南的腿。他和莫南，什么时候成了能坐在同一张桌子旁的关系了？

助理在旁边看着，心里就一个感觉，特别直观的翻译就是，不会吧！

在车上的时候，他就听出来了，这位“小哥哥”很讨人喜欢。他的意思是不仅仅讨小少爷的喜欢，就连他们家大神对“小哥哥”似乎也蛮有好感。不然的话，也不可能连“没派车”这种谎话都说得出来，分明就是特意为了跟着小少爷一起来见“小哥哥”的。至于现在这种情况，真的是太尴尬了……他要不要找个借口拉着他家大神走？

就在助理刚生起这个念头的时候，封奈一侧身，坐在了莫南的对面。就像封奈想的那样，两个人的腿都很长，这样一坐下，什么多余的空间都没有了。

小奶临还没有注意到这里的气氛呢，见他哥坐下了，又低下眸去研究那个大蛋糕。

莫北看向坐在她对面的那个人：他仍旧戴着黑色的口罩，眼睛深邃得很，见她看过来，还抬起手来，指了指自己的嘴角。

他和当初在后操场上，一样的动作。莫北的双眸眯了一下，这是不打算翻篇的意思？很好，她也一样。

小奶临抬起眸来的时候，刚好见到他哥的动作，疑惑地眨了眨眼。

封奈顺势将口罩一摘，露出了清清浅浅的笑，全然没有了刚才指嘴角时的戾气："临坑坑同学这段时间承蒙你的照顾了，小哥哥。"

最后那三个字，他说得极慢。

莫北也听出了里面的另外一层意思，不然凭借着某位大神的秉性，又怎么会特意叫她"小哥哥"？

她挑了下眉头，淡淡地说道："没什么，小奶临长得可爱，不像有些人。"

"有些人"指的是谁，封奈心里有数。

两个人看着彼此，一个嘴角含笑，一个满脸淡然，眸底却都是寒的。

在一旁看着的助理，甚至觉得他们两个会一言不合打起来。虽然他并不知道为什么他们家大神不像以前一样，看见谁都忽略得彻底了。但这气氛，真的有点水深火热啊。明明是要掀桌子的架势，那两个人是怎么表现出一派"我们是第一次见面"的表情来的？

对于这一点，助理也很是佩服，想来想去，原因也只有一个了。助理将目光放在了还抱着莫北的长腿、正研究蛋糕的小奶临身上。小少爷真是个福星，把全世界最不可能的事变成了可能。

"小哥哥，你把蛋糕做得这么漂亮，我都舍不得吃了。"小奶临连说起话来都是讨人喜欢的，"小哥哥，你真的好厉害，我哥就什么都不会。"

闻言，封奈是第一个做出反应的，漫不经心地开口："是啊，你小哥哥最厉害。"

他话语中的敷衍，很是明显。

莫北再一次感叹了物种的神奇，作为亲兄弟，小奶临和某大神的差距还真大啊。

察觉到了对方的目光，封奈呵了一声，坐在那儿什么都不做，一张脸即便长得再俊美，也不知道为什么，就是让人感觉到了挑衅。

两个人的教养都在告诉自己：不要撕。最起码在小孩面前，不能打起来。

莫北摸了摸小奶临的头，侧脸虽然依旧没什么表情，却不难看出眼睛里面的温度来："补给你的生日礼物。"

"我好喜欢！"小奶临抱着莫北就是一顿蹭，摘了口罩的小脸都比平时红，"说起生日来，我要向小哥哥道歉。我不知道你们C大的人不方便去A大，如果早注意到这一点的话，我就不约小哥哥去A大了。后来还是我哥告诉我的，说你们C大的学生去A大有危险。"

莫北闻言，漫不经心地朝着对面扫了一眼，她很好奇，某大神是以什么样的心境来和小奶临说这件事的。

封奈则是眼皮挑了一下，他有预感接下来临坑坑说的话，会让场面更尴尬，干脆伸出手去，用冰激凌堵住了他弟的嘴。

可惜，小奶临也是有执念的，咬了一口之后，又道："对了，小哥哥，那天你是有什么事，突然之间就不能来了哦？我本来还想介绍我哥给你认识呢。"

这就真的是尴尬了！那天莫北为什么没有赴约，封奈就算之前不知道原因，现在也知道了：被他们A大的人堵了。最重要的是莫北和他又打了一架，虽然莫北一直在墙上，但他俩都挂了彩。

小奶临还在眼巴巴地等答案。

莫北抬眸，朝着那个漫不经心的人看了一眼。

封奈甩锅甩得很有技巧，轻轻笑道："小哥哥，你看我做什么？"

莫北面色清淡地听着某大神叫自己"小哥哥"，大约也猜到了对方的无耻程度。

助理在旁边站着，是真的诧异。他们家大神和平时截然不同，到底是为什么？不过好在他们家大神那双眸子还是冷的。不然的话，他还真以为他们家大神和莫南的关系很好呢。

可"小哥哥"这个称呼，到底是……怎么叫出来的？

莫北不想让孩子等太久，随口说了一句：“那天突然想起来没带礼物，空手去见你，总是不太好。”

这个答案让小奶临更加喜欢他的小哥哥了：“没有礼物也不要紧的，能见到小哥哥，我就很星湖（幸福）！”

封奈在旁边听着，转动了一下打火机，心里嗤了一声，临坑坑这些甜言蜜语到底是从哪里学来的？

不过，封奈偏过眸去，扫了某人的侧脸一眼。这人没有揭穿他，倒是让他有点意外。这人这样的行为，又让封奈想起了之前和这人一起打游戏时的情景，无论他再怎么送人头，这人都没有恼，甚至还打出了一把天秀。

算了，他们还是先休战，场子是要找回来，可很明显，不是今天。

难得，这边的气氛稳了下来，小奶临又想开口，封奈突地想起自己做过的那些事，如果让对方知道，他的脸还要不要？毕竟是仇家。于是，封大少爷干脆先开了口：“不是要吃饭吗？”

“对了哦，要吃饭！”小奶临摸着自己的小肚子，“我从刚才起就很饿很饿了。小哥哥你是不知道，本来我可以很早就出门的，但是哥哥太贪睡，起床之后就扔给我一瓶奶，让我自给自足。”

封奈呵了一声：“还会用‘自给自足’这个成语，不错啊，临坑坑。”

小奶临偏头，鼓着脸颊，真的是一点都不想搭理他哥。他哥为什么要跟着他和小哥哥一起吃饭啊？

封奈原本是想走的，毕竟他和莫北只要有一点火，就有可能打起来。但为了防止他弟弟这个坑再说出点什么，当然是留在这儿，亲自监督最安全。

果不其然，小奶临的话还没说完呢。总要给两个人做介绍的，他一边吃着炸薯条，一边对着莫北说道：“小哥哥，你应该只知道我哥是A大的学生，还不知道他打游戏很厉害吧？他是职业电竞选手哦，以后我们三个可以一起打游戏。不过我哥哥平时太喜欢打架了，小哥哥你看到了吧，到现在他脸上还挂着彩。既然小哥哥是C大的学生，以后能不能帮我看着我哥哥一点？你们俩的学校挨得这么近，让他不要总是这么不听话，他还要打比赛呢。”

说到最后，小奶临还有点担心。

助理在旁边听着，也觉得这个办法好，可关键是，小少爷，你让谁看着大神不好，让莫南看着……先不说他们两个现在是那种一言不合就要开打的关系，就是放在以前，莫南他都会监守自盗的啊！

偏偏小奶临还没有意识到他的话有什么不对的地方，小脑袋偏着又问了一句：“小哥哥？”

你哥这次不和我打，已经是奇迹了。你还让我看着他，别让他打架。这对我和他来说，难度系数都有点大。莫北总不能这么告诉小孩，只是冷着一张俊脸，淡淡地嗯了一声，手指还替小奶临擦了一下脸。

助理真的不想再看这个事态发展了，总觉得自从他走进这家餐厅之后，整个人都是蒙的。

倒是封奈用餐巾拭了一下唇角，还是有点疼，他突地笑了，俊美的脸上带着莫名的情绪：“哦？那以后还得让小哥哥好好看着我才行呢，毕竟有的时候我火气上来，就不管对方是谁了。”

莫北听出了他话里的意思，修长的手指转动着咖啡杯，说道：“说得对，以后我会经常去A大那边逛一逛。”

封奈轻轻勾唇：“那真是欢迎了。”

小奶临完全听不出来这两个人是在约架，捧着奶茶喝了一口道：“哥，我们上次不是说好了吗，小哥哥去A大太危险了，我们以后一起去C大玩。”

临坑坑同学又开始给他哥挖坑了。

莫北低眸问小奶临：“他会去C大？”

“哥哥答应了，还说他不怕被堵。”小奶临说得认真，“还好小哥哥不像我哥哥一样喜欢打架。嗯，也不对……”像是想到了什么，聪明的小奶临皱起了眉心：“我第一见小哥哥的时候，小哥哥就是在打架啊。那A大的学生和C大的学生关系这么差，你们两个……”

“不认识。”

“没见过。”

两道声音同时响起，一道冷淡，一道慵懒，前所未有地默契，以至于助理在邻桌都想咳嗽两声，好在，他能忍！

小奶临却笑开了花：“我就知道我哥见了小哥哥一定会喜欢的，好在你们两个之前没有过矛盾，幸好幸好。”

这话，要怎么接？助理真的想说，小少爷你是不上网，你看下微博，这两个人的粉丝都掐成什么样了。还有，你这位小哥哥，之前没少蹭大神的热度。大神喜欢他？怎么可能！小少爷你从哪里得出来的这个结论，是从这两个人的面和心不和得出的吗？

封奈什么大风大浪没见过？他低低一笑，说道："是啊，没有过矛盾，我怎么会和这么优秀的小哥哥有矛盾？"

莫北不动声色地看了他一眼。

助理在旁边也觉得稀奇，他也挺佩服这个同性恋的，无论大神说什么话，这人居然都能接住。毕竟大神很少在人前表露出这么无耻的一面。还是小少爷厉害啊，助理想着，又将目光落在了小奶临的身上。

小奶临浑然不觉，毕竟开心嘛。

"要不要吃蛋糕？"莫北淡淡地问道。

小奶临点头，他最期待的一刻终于来了："要的，要的！"

莫北伸出手去，将盒子解开，白皙如玉的手指拿起刀来，随便切一下就是花形。

小奶临的眼睛都跟着亮了起来："小哥哥，你好厉害！"

"没什么。"毕竟在技校学过，莫北把切好的一朵花放到了小奶临的面前。

小奶临吃了一口之后，一脸幸福地说道："小哥哥，你给我哥哥也切一块吧，他最爱吃蛋糕了。"

被点名了的封奈："……"

莫北倒是朝着这边看了一眼，那眼神很明白，没想到这样的人还喜欢吃甜食。

封奈往后一靠，手里拿着打火机，脸上带着淡淡的笑，眼底却没有笑意："那就劳烦小哥哥给我切一块了。"

莫北的嗓音很淡："别再叫我'小哥哥'了。"

封奈笑容一收，眼神彻底冷了。

不过，蛋糕他还是要吃的，毕竟表面功夫要做足。小奶临还在旁边看着，并且认为他哥和他小哥哥很搭，这让封奈想找回场子都不行。

封奈浅笑着从对面那人手里把蛋糕接了过来，入口即化的巧克力夹杂着牛奶的香气，在舌尖绽开的时候，他修长的手指顿了顿，脸上的表情却没有变，只听着他弟在旁边说着："真的好好吃哦，小哥哥。"

封奈没有说话，给他弟补过生日这顿饭，吃得看似平静，实际上他和莫北每一刻都可能打起来。好在两个人都熬过去了，没有用拳头来招呼对方。

小奶临却觉得时间过得太快了，要分开的时候，提议道："哥哥，你也抱抱小哥哥吧？下次见面，你们就是好兄弟了呀。"

抱？谁？莫北难得眉头一挑，助理也差点栽倒。

这，这……抱？有点危险吧？

唯有封奈，几乎不会拒绝他弟的要求，并且在看到莫北眉心微拧时，嘴角也跟着勾了起来。

莫北是觉得某人不可能会做什么，毕竟他们两个还有一场架要打。更何况资料上显示，K神有洁癖……

可出乎意料的是，封奈突地伸出了手，修长的身形半倾，脸上还戴着口罩，掌心落在了她的背上。跟着就是响在她耳边的低沉的充满磁性的声音："真是很高兴认识你，小哥哥。"

莫北从来都没有离谁这么近过，垂在一侧的手指顿了顿。

她又听到那人声音淡淡地说道："只是这次不打，下次就不一定了。"

莫北闻言，心道下次见面你也打不了，毕竟，她明天就会去公寓报到，而黑炎战队内部禁止打架，最起码，在公寓内不能打……

这样的拥抱，无论怎么看都称不上友善。可偏偏这两个人都长得很好看，早在封奈做出动作的时候，旁边就有妹子在看了，更不用说……

"他还贴着那人的耳朵说话！啊啊啊，我能脑补一万字出来！"

助理听着那风向有点偏，赶紧开口提醒他们家大神："少爷，晚上公司还有个会。"

无论这个拥抱友善不友善，到了腐女的眼睛里就是有情况！这都不算什么，最怕他们家大神被认出来，放到网上去！

不知道是不是越担心什么就越会发生什么，助理这个念头刚起，那边就有人说："咦？怎么感觉这背影像我家K神。"

"但凡看到个帅气小哥哥你就说像你家K神。"

"不是，这次是真的像。"

"你家K神会在大庭广众之下抱个男的？"

"怎么可能？我家K神是钢铁直男好不！"

"那不就行了？"

"应该是我认错了，可是好像啊，我发张照片，让K神的其他粉丝认认……”

照片上抱人的那道身影是谁，K神的粉丝们也不好确认，虽然这挺拔的背影与她们K神有百分之七十的相似度。

但身形这回事还真不好说，说不定只是背影像呢。而且他们家K神，从来不去这么文艺、清新的地方。有这时间，他肯定会去睡觉。

然而，为了非主流，一直潜伏在K神粉丝群里的汪冬冬却在看到那张照片之后，差点被嘴里的泡面呛死：“咯咯，咯咯咯！”

不可能吧！南哥，你这是要做什么？

莫北带着小奶临回到公寓，看到的就是汪冬冬这副样子。

小奶临对待别人，小脸还是挺冷峻的，并没有说话，只是那一双大眼睛看着汪冬冬，心里想着，果然小哥哥还是应该和他哥做朋友，其他的人都太邋遢了。

汪冬冬从没想过他南哥会领一个孩子回来，姿态都来不及收。

莫北看了他一眼，随手把抽纸扔过去，面色仍旧冷峻得很。

小奶临问：“小哥哥，他是你朋友吗？”

“助理。”莫北蹲下身来，替小人儿解了围巾。

小奶临又看了汪冬冬一眼：“和我哥的助理一点都不一样。”

喂，你那嫌弃的语气太明显了好吧？再说你这种富家小少爷的做派，一看你哥就是做明星的。明星的助理和电竞选手的助理能一样吗？我们糙！汪冬冬这话是想要说的，奈何他南哥一眼扫过来，他莫名就被震到了。

“不对，我要说的不是这个！”汪冬冬指着电脑上的照片，“这是你吧！不要否认！”

莫北看了一眼，淡淡地挤出一个“嗯”字。

汪冬冬一噎，他南哥还真不否认？接着，他看了一眼那个小人儿：“南哥，借一步说话。”他觉得，性取向这种事，当着小孩子的面说，毕竟不太好！

莫北给小奶临拿了个游戏手柄，跟着汪冬冬去了楼道。

汪冬冬还在唉声叹气，烟抽了半根，颇为深沉地问道：“抱你的那人，圈外的还是圈内的？”

莫北单手插着裤袋：“重要？”

“南哥，你不懂作为一个助理我现在的心情。”刚说好要热血一下，你就给我实锤你是同性恋了，我总要想一下以后的公关工作怎么做吧！他汪冬冬可是很认真的！

莫北也不是个喜欢打击谁积极性的人，给了他一个答案：“圈内的。”

“圈内的？”汪冬冬揪了一把自己的头发，“南哥，不是我说，真的，你要找个圈外的影响还小点，你怎么总喜欢吃窝边草呢！”

莫北看了他一眼：“喜欢吃窝边草？你语文是不是体育老师教的？”

“算了。”汪冬冬烟抽完了，深吸了一口气，“你说吧，那人到底是谁，是谁我都承受得住！”

“King。”

汪冬冬又想抓头发了：“南哥，我问你那人是谁，你提K神做什么，你……啊？等一下！你的意思是那人是K神！”

莫北淡淡地答道：“嗯。”

汪冬冬大张着的嘴巴几乎能塞进一整个茶叶蛋：“不是，南哥，说这样的谎，真的没有意义。”

莫北抬眸，接着笑了一声，那嗓音有点冷。

汪冬冬立刻明白了，是真的！

“你和K神，你怎么会？我是说K神怎么会……抱，抱……唉，我的妈，这……”

汪冬冬不知道该高兴，他们终于实锤蹭到热度了，还是该纠结，如果这事让K神的粉丝们知道了，他南哥会不会被打死。

“你离开的时候说你去约会，结果就和K神抱在了一起，你们……”

从汪冬冬零星的话语里不难听出，他误会了什么。

莫北没有回答这个问题，反而插着裤袋，轻笑道：“冬冬。”

汪冬冬一顿，毕竟他南哥现在很少笑！

“嗯？”

“你知道King脸上的伤，是谁打的吗？”莫北在说这句话的时候，表情很平淡。

汪冬冬有一种非常不好的预感！

“我。”莫北说这句话的时候，有点漫不经心，“他也让我挂了彩，那个拥抱，是他在和我约架。”

汪冬冬：“……”

你们打电竞的都这么会玩吗？用拥抱来约架？

“南哥，你这样，还怎么去黑炎报到？”汪冬冬这次是真想哭，“你和K神的关系……”

还没等到他说完，不知道为什么，他南哥突地将外套往他脸上一扔。

房门被推开了，刚刚那个小男孩走了出来，手里拿着游戏手柄：“小哥哥，这个键要怎么玩哦？”

莫北垂眸接过来，修长的手指动了几下。

小奶临立刻笑了：“小哥哥好厉害！助理叔叔还要和小哥哥说话吗？”

“不，他要走了。”莫北的神情没变，顺手带上了门。

被外套扔脸，莫名被驱逐的汪冬冬无语中……算了，他还是回家消化一下，他南哥和K神永远都不会和平相处的这个事实吧。

公寓里，小奶临拿着游戏手柄，小脸红扑扑的：“小哥哥，我好像刚才听助理叔叔提到了我哥的名字。”

莫北对小孩不会撒谎，转移了话题：“嗯，我和你哥明天会成为队友。”

“真的？”小奶临的眼睛瞬间亮了，“太好了！这件事我哥还不知道吧？小哥哥不要说哦，等明天给他个惊喜。”

估计不会是惊喜了。不过这话，莫北肯定不会说，只淡淡地应了个“好”字。

小奶临又兴奋地和他小哥哥打了一把游戏，到七点才被自己家的司机接了回去……

是夜，黑炎总部，假期正式结束，难得所有成员都在，胖经理敲了敲桌面：“看到了？”

正在打瞌睡的猫猫熊一顿，战服外套都掉了，立刻竖起了他那对白玉猫耳，虎牙露在一边，以表示自己很乖：“看到了，看到了。”

“哦？你看到什么了？”胖经理气极。

猫猫熊立刻扭过头去问他家ADC：“我应该看到什么？”

“新人。”长相俊美的寒昔给了他一个白眼，接着长腿一搭，“我们队有新人了，明天报到。”

猫猫熊立刻上前：“谁啊？打什么位置的？手速快吗？长得是不是和我一样帅？能让你挑中，应该特别厉害吧！这么卖关子，不会是个妹子吧！哈哈哈，妹子好！我们战队最缺的就是妹子啊！我说，你好歹发个照片再给大家开会成吗？撩人就要一撩到底，半途而废算怎么回事？”

胖经理：“手速快不快，King最清楚。”

“嗯？”猫猫熊瞪圆了眼，一脸惊讶，“老大亲自挑的？”能入队长的眼，那得多厉害！

封奈倒是有些漫不经心，并没有想要回答任何问题的意思。

深知老大性格的猫猫熊也没有多问，开始转过头去，用手机搜消息。他就不相信一点内容都没有。他查了半天，确实没有内容，难道是老大把认识的高手挖过来的？这是猫猫熊的第一反应。

彼时的他，还不知道他们家老大和他们一样，也没有见过这个新辅助。

“现在先来了解一下你们新队友的打法。”胖经理说着，点开视频，“到时候还需要你们彼此配合和熟悉。”

这些人平时虽然爱打闹，但一旦涉及正事，就会变得非常认真。

屏幕上是一个玩刺客的角色，精准的走位和过快的手速，人们只看见一道白影掠过，对面的野区就迅速没了。

“这样的打法……”猫猫熊顿了顿之后，又偏过头去小声说道，“总觉得好像在哪里见过。”

寒昔给出了答案：“A区首杀王的剪辑视频。”

经由他这么一提醒，猫猫熊想起来了：“看到和Bey打法像的人，就收进战队，老大对Bey的执念也太深了吧……不会是Bey本人吧？”

“Bey已经隐退了，不太可能。”腾灰往后一靠，“不过能模仿出韵味来，应该也不简单，真好奇咱们这位新队友是谁……”

第二天，黑炎基地门前就出现了一个谁都意想不到的人——莫北。

汪冬冬不敢继续送，他怕K神看到他南哥，会忍不住把他轰出去。

莫北倒是没有这种心理负担，等汪冬冬走了之后，便准备按门铃。

就在这个时候，门突然开了，一道熟悉、修长的身影出现在了莫北的眼前。他像是出来抽烟的，手上还拿着打火机，黑色的碎发有些凌乱。

莫北手指一顿，移开了目光。

封奈则上下打量了下莫北，接着伸手，将门关上，干脆利落。

砰！他不想和人在公寓打架，要打，也得在没人的时候打。

“老大，谁啊？”坐在电脑前的猫猫熊，兴致勃勃地回眸，“是不是咱们的新队员来了？”

“不是。”

“那是？”

封奈单手插着裤袋走过去，漫不经心地答道：“路人。”

“啊？”

路人，是谁？

门外，莫北顿了一下，再次按了下门铃。

这么冷的天，她站在外面，他回去睡，怎么想都不太公平吧？

唰！门又开了。这一次，他直接就着姿势压低了身形，俊美的脸逼近了莫北，周身都散发出一种说不出的不耐烦：“你……”

啪！

莫北右手一动，在男人开口之前，就将他按在了玄关处的墙壁上，胳膊横在对方的胸膛上，像是没看到男人那一瞬间的神色变化。她神情清冷地说道：“你好，先自我介绍一下，我是来报到的新人辅助，莫北向南。”

封奈偏了下头，碎发微微遮盖了他的眼睛，却没有挡住他眼底划过的诧异：“你？”

“是我。”

“手先拿开。”封奈的嗓音很淡，“你要用这样的姿势和我谈？”

莫北这才发现他们离得太近了，近得她甚至能感受到对方因为感冒和往常不一样的气息。

好像太暧昧了，莫北也意识到了自己这么压着他，有些不妥，刚要松手，那边就传来了一阵惊呼！

莫北侧眸，就见两个穿着战服的男孩站在那儿，他们的脸上写满了震惊。

这、这、这是什么情况？

这个莫南是疯了吗？追人都追到他们公寓来了！还、还、还壁咚老大！

“喂！”其中一个男孩显然被气到了，尖尖的虎牙露着，一把拽住了莫北的手。

“嗯？”莫北好看的眉头一挑，“你有事？”

猫猫熊哈了一声：“什么叫我有事？你看看这儿是哪里？这儿是我们黑炎的公寓，你这家伙到底是怎么混进来的？还对我们家老大那样……”

“那样？”莫北打断了他的话，“哪样？我是吻了他还是强了他？”

“你还想怎么样，你都壁咚老大了还不够？你……”猫猫熊“你”不出来了，因为他家老大正看着这一幕，那双浅色的眸，冰冷得让人头皮发麻。

莫北也意识到了这一点，侧眸向那边看了过去。

那人修长的身躯倚着墙，眼睛看着她宛如看一个物品，一双眸，平静得看不出什么来。可他嘴角上的伤，还残留着青色。

“怎么证明你是？”

大概是因为感冒，他的声音里还带着一丝沙哑。

莫北走近的时候，他还皱了一下眉。

倒是旁边站着的三个男孩，彼此看了看，一头雾水。什么怎么证明？这是什么情况？

一般这种时候，是个人都会胆怯，莫南以前不是这样的吧？他确实敢跑到他们的后台，可也不是这个样子的。

莫北的态度却仍然未变。她将手机打开，接着一转，让靠在墙上的男人看着游戏画面：“我的昵称，莫北向南。”

“什么？”

封奈还没有反应，离莫北最近的猫猫熊叫了起来：“你是我们的新队员？”

第三章　同住一房

这世界是怎么了？根本无法接受！明明看昵称是个妹子啊，怎么可能是这个爱蹭热度的人？

猫猫熊被打击了，直接坐回沙发！

莫北则淡淡地说道："现在我们之间应该没有误会了，以后还请多多指教。"

谁说没有误会？误会大了！

腾灰眯眼，他没想过这个人会是他们的新队友。

在场唯一情绪没有变化的就是封奈。他单手揉着脖颈，走回了座位，漫不经心地说道："你的房间在二楼，不要弄出声响，不是你的东西就不要动。其余的，有人会告诉你。"

封奈的嗓音真的是清冷到不能再清冷了。看来，她的队友们都不是很欢迎她。这一点莫北也有过心理准备，并没有多说什么，直接拎着行李上了楼。

公寓里的气氛，明显和之前不一样了，他们谁都没有想到期盼已久的新人，会是在圈内名声不太好的莫南。

本来准备好的庆祝仪式，他们全都失去了兴趣。

"他不会真的是个同性恋吧？"

“谁知道，不过他脾气不好是真的，还喜欢把事情推到别人身上，他最好别把他那一套用在黑炎这边。”

“该不会老大都不知道莫北向南是他吧？”

封奈听着，修长的手指夹着根烟，脑子里都是他在选赛中看到的影像，灵活的走位，神准的预判，以及打野时残留下来的技术。他还以为是那个曾经打败他的人，毕竟风格像，操作也像。直到刚才看到莫南登录了ID，他才发现，是他想太多。

毕竟那个人，早就隐退了……

封奈弹了弹烟灰，想起了那房间里还有别人，本来要进去的脚步顿住了，唇色都有些泛白。

他要是知道新来的辅助是他一直想要约架的人，又怎么会答应和别人住一个房间……

楼上，莫北刚扯开外套，站在浴室里，打算洗洗睡。

那个男人走了进来，把抽了一半的烟扔进了烟灰缸，眼皮半挑，慵懒地看着她：“出来，谈谈心。”

那嗓音没有一点人情味。

“可以。”莫北回了两个字，身上的黑色T恤后帽掀着，很普通的打扮，衬得她的气质清新脱俗。

她踱步走出来，两个人面对面地长身玉立，竟有一种和谐的感觉。

封奈散漫地靠在床栏上，修长的身形有些偏，微微侧了下脸，就像是在谈论今天的天气：“你以前什么样子我不管，但有一点，来了黑炎，就要收敛一些，我没什么耐心。”

这人的话说得漫不经心，却句句都是警告。

莫北闻言，将左手撑在了他身后的床栏上，微侧着脸，缓缓说道：“我也没什么耐心，不喜欢总是被怀疑。”

“哦？”封奈站直了身体，单手插进了裤袋，“那是你的事，不在我的考虑范围之内。”

莫北：“……”

这个人一开口就能把天聊死，和小奶临一点都不像兄弟。

他最好还是不要说话了，一说话就会破坏那张脸的美感。

莫北将目光收回来，扯了一下衣领之后，就打算躺到床上补觉。但是，这男人想做什么？还不走？

“还有事？”莫北站在床边侧眸，手指已经拉开了上面的薄被，那举动很明显是在下逐客令。

没想到那人散漫地看了她一眼之后，竟拉开一侧的木柜，扯了一条毛巾出来。接着他一低头，半弯着腰，修长、漂亮的手指撩起衣摆从下往上一拽。

他的动作很快，也很帅气。可莫北却愣在了原地：“你做什么？”

封奈随手将刚脱下来的上衣扔到了一旁，只穿着一条纯黑长裤，黑色的头发有些凌乱，流畅的人鱼线在灯光下显得薄而饱满……

莫北下意识地移开了目光。除了她哥之外，她还没有像这样看过别的异性。

但让她又一次愣住的，是封奈接下来的话。

“洗澡。”他只说了两个字。

莫北拧眉：“洗澡？在这里？”

“这房间的另外一半是我的。”封奈进浴室之前，侧了一下头，“所以管好你自己，右边那个衣柜是你的，左边那个你最好不要动。”

砰。木门被关上。

即便是性格冷静的莫北，也在听到这个消息之后，表情有了明显的改变，甚至在那一瞬间，控制不住地飙了句脏话。

职业打游戏的人听觉都特别灵敏，所以封奈自然听到了莫北说的那句脏话。

那句脏话，被莫北用清清澈澈的嗓音说出来，就像石子打进了河水里，并不让人觉得讨厌。

莫北的表情，封奈也在进来之前收进了眼底，虽然淡漠，但可以看出来并不喜欢和他住在一起。

很好。他们总算有一个观点是一样的了，这会省掉不少麻烦。

封奈打开花洒，雾气弥漫中，又想起了当年他在游戏里输掉的那一幕。

确实该到此为止了，他总是这样找一个人的影子，并不像他……

门外，莫北正低着头，思考着怎么避开可能存在的一些风险，与封奈住在一个公寓和与他住在一个房间，是两个概念。好在现在刚开春，她穿的衣服还没有那么薄，若是……

莫北冷静地分析着，再抬眸的时候，封奈已经走了出来。他单手拿着毛巾按在头上，黑色的发梢还在不停往下滴水，他没有穿上衣！

这样的情况是休息不好的，整个房间都散发着男人的气息，薄荷烟草香混合着沐浴露的清新。他也没有要吹头发的意思，斜斜地靠在那儿，头上还顶着毛巾，漂亮的肩颈线条，一直延伸到微微凹下的腰脊。他侧身点了一根烟，咬在了薄唇间，帅得有点不像真人。

大概是因为距离太近，那人有所察觉地朝着她这边扫了一眼。两人的视线第一次凌空对上。

很快他就开了口："睡觉的时候，麻烦也把头转过去。"

这是把她当成喜欢偷窥的人了？莫北面色平静，没有说话，半侧着身子拿出了手机，漫不经心地玩着。她似乎在用实际行动说，除了揍你，我对你丝毫不感兴趣。

封奈好看的眉头挑了挑，将烟掐灭之后，又出去了一趟。被他警告的那人，全程都没有再看他，那背影，意外和谐。

真的是难得，在没有他弟的情况下，他们两个也没有打起来。封奈嗤笑了一声，有些心不在焉。

莫北确实没有抬头，拿着手机回了一条信息："我已经住进了黑炎战队的公寓，没有人认出来，放心。"

回完这条信息之后，没过多长时间，莫北就闭上了眼。大概是太累了，连手机在振她都没有察觉，这一觉睡得意外地好。

倒是第一次和陌生人睡一个房间的封大少，不太适应……

按灭照明灯之后，他还是没有睡意，再去浴室的时候，刚好能看到莫北睡着时的脸，睫毛格外地长，整张脸干净得有些过分……

封奈的脚步顿了一下，深邃的眸里没有什么情绪。

莫北并不知道自己的睡相还有治疗别人失眠的作用，等到她再睁开眼的时候，外面的天已经亮了。

和大多数年轻人一样，她起得也很晚，只是没有晚过旁边床的某大神。

有其他人还在睡觉，莫北在洗漱的时候，不会弄出多大的动静，但是手机铃声响了起来！

那样嘈杂的声响，换来的是旁边床某大神的眉心轻拧。他翻了个身，薄被从他的腰间散开，分明是一种对周围喧闹格外不耐烦的情绪。

莫北注意到了，立刻拉开门，拿着手机走了出去，声音放轻："喂，有事？"

"你怎么会和他住一个房间？莫北，妹妹！你惨了！要是被他的粉丝知道，你睡了她们的K神，她们会找你拼命的，你信不信？"

莫北的态度倒是很冷淡："是一个房间，不是一张床，算睡？"

她这一句话本来是在解释，可没想到，隔壁房间的人一推门，听到的就是她这一句。

两个人对视了一眼，莫北看到了男孩眸里的惊愕，心想糟了。

果不其然，男孩整个人都激动了起来，虎牙露在外面，像是只奓了毛的猫，很符合他的名字："'是一个房间，不是一张床，算睡？'莫南，你还想怎么样？真的要把老大睡了？我就知道，你加入我们战队另有目的！"

莫北今天穿的是战队的黑色制服。她又开了口，对着电话那边的人说："先挂，我这里有点事。"

收了手机之后，她才抬眸，对上了男孩的视线，面无表情地说道："你误会了。"

"我误会？"猫猫熊气得双颊都红了，"刚才我就应该给你录音！我！"

"我"字之后，猫猫熊就说不下去了，因为好死不死的，他的肚子突然叫了起来！

猫猫熊一顿。

莫北也愣了片刻："饿了？"

"谁，谁饿了？"猫猫熊年纪也就那么大，在说谎方面尤其不擅长。

莫北哦了一声，淡淡地说道："你不饿，我饿了，不如我去煮个饭，咱们坐下来边吃边谈？"

猫猫熊本来是想很有气节地拒绝的！敌人给的食物，怎么能吃？

但偏偏那人已经拉开了冰箱的门，像是在思考，随手拿了点什么出来："冰箱里的东西太少，只够煮个面。"

煮个面就想收买他？猫猫熊很有原则地双手环胸，刚要开口，就听见了开火的声音。

那人已经将锅里放上了油，将鸡蛋两下打碎，入锅的那一瞬间，逸出来的香气已经入鼻。

猫猫熊的眸子都睁大了，不自觉地吞了吞口水。

要知道，黑炎战队的所有成员都是标准的技术宅男。技术宅男的特点是什么？撸剧、游戏，不会做饭！

寒昔倒是很喜欢做饭，说自己是个有厨师梦想的电竞大神。

连米都煮不熟的人，做的饭能吃吗？

老大在吃了一口之后，只给了他家ADC一句话："要么收手，要么退队。"可见其难吃程度。

现在，猫猫熊居然在和尚公寓里闻到了炒鸡蛋的香味！猫猫熊感动地又向前走了一步。

莫北注意到了他的小动作，做饭对于她来说并不难，看过她朋友圈的人都知道。

毕竟从某种意义上来说，她也是个美食主播。不过因为不露脸，所以很多人都在猜测她到底是男还是女。

她就像那时候在游戏里一样，A区骨灰级玩家，全服第一打野，却没有人知道，她在真实生活中是什么样的，甚至连她的性别和年龄都是谜。

莫北将灶火一关。再出来的时候，她的手里已经多了两盘色泽诱人的蛋炒面："尝尝。"

猫猫熊挣扎又挣扎，最终还是没有抵抗住美食的诱惑，一边挥动着木筷，一边大声说道："你不要以为一盘面就能收买我，打听到老大的消息！我对老大很忠心的，绝对不会告诉你，他喜欢的人是谁！"

"他还有喜欢的人？"那位大神眼睛都长到头顶上了，居然还能喜欢上谁，莫北挑眉，蛮稀奇的。

猫猫熊已经眯眼沉醉在香气中了，顺势说道："怎么没有？A区以前的战神，Bey！"

"A区？Bey？"莫北脸上露出了难以形容的神情，就连吃面的动作都停住了。

猫猫熊扫了对面的人一眼，颇为傲娇地说道："我就知道你没有听过这个名字，Bey神没打过职业竞赛，但只要有他在，一血肯定是他的。他所到之处寸草不生，秀到不行，帅得很！"

莫北该怎么告诉对方，你说的那个特别厉害的Bey神，就坐在你的面前，刚才还给你炒了一盘面。

而且，我还什么都没有问，你就把你老大的信息都透露完了，少年，你这样真的好吗？你的忠心在哪里？

不过，她在网上并没有说过自己的性别，并且当时因为年龄小，很多信息都没有公布。那位K神怎么会喜欢自己？

莫北不动声色地把筷子放下："会不会是你误会了？你是从哪里看出来老大喜欢那个Bey神的？"

"这还用看吗？我用我完美的大脑想一想，就能得出结论！"猫猫熊吃完往后一仰，拍了拍自己的肚皮，"看在你饭做得这么好吃的分儿上，我悄悄地告诉你一个秘密，你看老大他很厉害对吧？从来都没有人单杀过他对吧？这都是假象，他……"

说到这里，猫猫熊骤然顿住了，接着一回头，又迅速地回了过来！

啊，老大？他是什么时候站在那儿的！要死！猫猫熊缩了下双肩，就打算悄悄移走。

谁知，那道修长的身影早他一步，挡住了他的去路，接着就是那熟悉到不能再熟悉的声音："怎么不继续说了？我还想要听一听下面的故事呢。"

"老大，我错了！"猫猫熊想了想，痛心疾首，"我不应该接受敌人的糖衣炮弹，因为一碗面就失去了节操。"

封奈哦了一声，半挑着眉头："比起这个来，我更好奇你是怎么用你那颗榆木脑袋，得出我喜欢Bey这个结论来的。"

"难道不是？"猫猫熊瞪圆了一双眼，"你不是一直都在等着那个人回来吗？为了他，你还……"

"给你两个选择。"封奈没等他说完，就打断了他，"一、闭嘴，二、退队。"

猫猫熊立刻站定，不说话了！

莫北听话听到一半，心里当然会好奇，脸上却依然清冷。

毕竟作为当事人之一，她完全不记得，那时候她在网上还有一个叫作King的小迷弟。

莫北想，她需要消化一下，毕竟，他们之间还有架要打。如果对方是她的小迷弟，还真有点不好下手……

但，封大少爷罚人都喜欢搞连带责任，转过头来，看着她，缓缓说道："知道战队的规矩是什么吗？"

为了不暴露身份，莫北在来的时候，已经掌握了关于黑炎的很多资料，这种问题还是能回答的。

"禁止聊八卦，比赛之前不许谈恋爱，更不能睡粉丝。"

闻言，猫猫熊震惊地冲着她瞪大了眼，你怎么连这个都知道，不愧是老大的追随者！老大采访时随口说的话，你居然也能倒背如流！

莫北已经懒得再去看猫猫熊了。

封奈却淡漠得很，看着她，拿了根烟出来："那只是对外的说法。"

莫北："嗯？"

"对内，战队的规矩只有一条。"封奈双指夹着香烟，漫不经心地抬眸，"不能惹我不开心。"

莫北："……"

他越是这样，她就越是想知道，当年到底发生了什么，会让这位眼睛高过头顶的人对她有好感。

封奈将烟点了，含在薄唇间："你们俩，这周每天多训练一个小时。"

猫猫熊很悲痛，打算求情："老大……"

封奈："三个小时。"

"还、还能这样加的？"猫猫熊傻眼了，不过好在还有人和他做伴！

"莫南，你还不快点过来训练？"

莫北："我坐哪儿？"

"倒数第二个位置。"猫猫熊压低了声音，"老大旁边的位置，兄弟，哥哥祝福你。"

莫北意外地扬了扬眉。

猫猫熊："你不要误会，是大家都怕挨着老大坐，你才能坐在那里。"

莫北淡淡地说道："能理解。"

这能理解？猫猫熊眼底划过了一丝诧异。不知道为什么，他总觉得眼前这个莫南和他印象中的不太一样了，虽然表情很少，但脾气很好，竟然还会做饭，这和传言差太多了……

封奈像是刚接完一个电话，将眸偏了过来："不用练了，上楼去把那俩人也叫醒。"

"咦？"老大这么好的吗？

封奈轻呵了一声："做什么梦，先出门参加活动，活动结束后继续训练。”

猫猫熊：“……”

下午两点，犬牙直播后台。

这场活动对黑炎来说并不算大，但由于其他战队也在，场面倒是热闹得很。

莫北看了一眼，最安静的就是封奈。

封奈从头到尾都没有露出他那张脸来，战服外面套了一件黑色外套，脸上还戴着口罩，手上拿着手机，大概是因为感冒，连眼皮都懒得掀一下。

可即便如此，他一出现，还是吸引了所有人的视线。

有些人好像天生就是这样，不在娱乐圈里，却自带星光。现场有很多封奈的小迷妹，莫北没走几步，就听到“好帅好帅”的声音飘了过来……

她是新人，并没有在镜头之内，只需要坐在旁边。莫北向来话少，这时候就像是不存在一样。

封奈他们就要进直播间了，里面温度太高，穿着外套总归不方便。

听完编导的建议之后，他环视了一圈，眉心微拧，接着，散漫地勾了勾手指。

莫北挑眉，这是在叫她？

“什么……”她那个“事”字还没说出口，头顶就被凌空罩了一件黑色外套，熟悉的薄荷烟草香扑面而来，莫北一愣，这什么意思？

“拿着。”封奈像是在随便聊天，“新人就该有新人的样子，你说呢，小哥哥？”

莫北并没有什么表情，大概也知道了，这人因为找不回场子，心有不甘。再加上战队里，除了她之外，其他的人都要进直播间。估计那位是迫不得已才把外套给她的。

不然的话，以他那洁癖程度，才不会让谁碰他的衣服。这样的人，能活到现在，还被万千少女喜欢，还真是个奇迹。

隔着玻璃，莫北这边也挺热，所以她一坐下来，就把口罩摘了，方便她看访谈进展。

说是访谈，全程说话最多的却是主持人。

封奈能回答一个字的绝对不会回答两个字，一副“什么时候能结束”的慵懒姿态。

主持人额头上都冒汗了，这可是直播呀！

莫北这个位置，刚好能看到主持人尴尬十足的笑。嗯，她完全相信某人有把天聊死的本事。

看了差不多三分钟，莫北抱着外套站了起来，刚打算去买瓶水，身后就传来了一声惊呼：“莫南哥，你怎么会在这里？”

那声音并不大，甚至带着娇气，却让莫北顿在了那儿。

因为会这样叫她哥的不是别人，正是那个她哥曾经想要带回家的女朋友，杨梦若。

莫北侧眸，对上了一个扮演着游戏里的角色的网络主播。那个主播化着淡妆，长相很美，一开口却是要给人定罪：“你不会又和上次一样，想要蹭谁的热度吧？”

莫北没有说话，她在想，她哥在外面，到底都经历了一些什么，才会以那种狼狈不堪的姿态回到家，不仅仅是手伤吧，这里面或许还有最亲近之人的背叛。

毕竟没有哪个女朋友，即便是前女友，对着前男友随口说出来的就是诬蔑，她哥虽然反应迟钝了点，但不傻。

莫北清楚地记得，她哥还火的时候，杨梦若打电话过来哭：“莫南哥，怎么办？我的人气一点都没涨，再这样下去，公司肯定会把我开掉，你能不能帮帮我……”

她哥没有拒绝，莫北了解她哥，他从小的愿望就是娶个媳妇回家，又怎么会拒绝自己的女友？

然而，结果却是，她哥的帮助并没有换来恩情，而是被反咬一口，还是连血带肉的反咬。

“蹭热度？蹭谁的热度？”莫北的语气很淡，眸底的颜色也一样淡。

那女孩像是有点恨铁不成钢：“莫南哥，我们少说也认识一年了，你现在什么样子，整个圈子都知道。俱乐部那边已经不要你了，你又怎么可能出现在这里？过来分明就是想要蹭热度的，你现在走，还能给自己留点面子。”

莫北站了起来，单手揽着那件外套，并不打算回应。

杨梦若脸都要僵了，这草包的反应怎么和以前不一样了？按照她所想的，这个草包应该站起来和她大吵一架才对。他怎么会这么冷静？

杨梦若刚想要反驳的时候，就见不远处渐渐走来了一道人影，她连话都不说了，低着头，眼眶通红，又带了些义愤填膺。

“这是怎么回事？”身后又是一道声音传了过来，是陆一凡。她哥曾经的挚友，还有跟在他身后的，以前图海的人。

只是他脸上的厌恶像是针，一根根地扎进了莫北的眼里。

原来，你是这么看我哥的，看那个曾经手把手教了你一年游戏的好友！莫北侧在一旁的手有些收紧。

杨梦若已经扑进了那人的怀里，眼泪还在眼眶里打转，温柔地说道：“莫南哥又想蹭别人的热度，我劝他，他不听。”

陆一凡的目光就如同刀子一样，射了过来。

跟来的陈逾更是找到了借口要打抱不平：“莫南，你还是不是男人？梦若平时对你就像是对待亲哥哥一样，你倒好，一而再再而三地来你不该来的地方，你有资格站在这儿吗？”

莫北换了只手拿外套，仍旧没有说话。

不知道为什么，陈逾竟然感觉到了压力，他的嗓子就像被堵住了一样：“你！”

陆一凡挡住了陈逾的手，视线并没有移开：“莫南，你蹭别人热度是板上钉钉的事。想让我帮你，也想过要蹭别人的热度，这些都有实锤，你早就该给大家一个解释了。”

陆一凡说的话，仿佛很公平、理智。

莫北的手指停了一下，目光微冷：“解释？我只想好好打比赛，现在看来，有些人不想让我好好打。”

杨梦若仿佛很怕他们吵起来一样，扯了扯陆一凡的衣袖：“一凡，不要再说了，莫南哥很明显不会听人劝。”说着，她看向莫北，“莫南哥，这里是我们公司，只有受到邀请的人才能来，闲杂人等谢绝入内。你既然这样冥顽不灵，我就只好让保安请你出去了。”

就在这时，那边过来了几个人，是刚刚做完访谈的猫猫熊他们。

封奈走在最后面，单手插着裤袋，仍旧是那副慵懒的姿态。

原本热闹的气氛在遭遇前面的情形之后，渐渐降温。

“这是怎么了？”腾灰面对这样的情形多少有些好奇。

陆一凡站在那儿，扫了莫北一眼，才道：“没什么，像上次一样，不该进来的人进来了而已。”

腾灰的第一反应就是新辅助做过的事，这情况有点不好开口。

莫北抬了下眸，视线很淡，转身要走。

突地，一道有些冷淡的嗓音响了起来，只有两个字：“外套。”

莫北偏过头来，扬手一扔。

封奈接住，随意一披，语气并没有什么变化，像是在提醒，又像是在叙事：“擅自离队，有惩罚，你想好再走。”

莫北在听到这句话之后，脚步停了，找了个地方站着，俊美的侧脸看不出任何情绪。

倒是陈逾一震，难以置信地看向了腾灰：“擅自离队？这是什么意思？”

各战队的成员都认识彼此，腾灰摸了摸鼻子，有那么一点点别扭：“这……莫南是我们招的新辅助。”

“什么？”杨梦若眸子都瞪圆了，这怎么可能？

站在她旁边的还有图海战队的几个人，此时他们的脸也都颜色各异，要知道黑炎可是这里的每个人都想去的战队。

那个他们以为再也不行、已经被毁掉的莫南，竟然加入了黑炎？这件事他们无法接受，忌妒比震惊来得更快！

陆一凡也皱起了眉头，黑炎战队的成员到底在想什么，竟然会接受这样一个人？

他知道从封奈那儿得不到什么答案，干脆转向了腾灰：“还是好好想一想吧，收了他，他再做出什么事来，受牵连的层面就太多了。”

“唉。”腾灰是不知道说什么的。

由此，人们也看出来了，莫南进黑炎这个事，并不能服众。

莫北就在旁边听着，没有说一句话。

游戏没有变，她仍然可以在里面，找到当初残留的东西。只是环境变了，这一切都让她觉得陌生。她在帝盟的时候，每个人都团结在一起，没有人会费尽心机地要把其他人拉下来。

可现在不一样，当你没有了利用价值，或是得到了太多，就会有人为了得到他想要的，不惜插你一刀。刀子多了，就不会有人在乎什么是真、什么是假。

这就是她哥待了一年的圈子吗？

那一瞬间，像是失去了所有说话的兴趣，莫北站在那儿，眸色难辨。她的手指动了动，手机上还有她哥让她注意点的信息。

汪冬冬那句话，原来并不是随口说出来的。而她哥，又是为什么把自己锁在房间里三天？不仅仅是因为手伤和被退队，是她了解得太少。

见莫南站着，脸上没有表情，陈逾还想说点什么，就见一直站在那儿把玩着手机的封奈，掀了掀眼帘，戴上口罩之后，连嗓音都透着慵懒："黑炎的人，走了。"

陈逾一顿，将要说的话咽了回去。

腾灰和猫猫熊跟上，莫北还站在那儿，目光淡淡的。

封奈侧眸："不走？是打算被罚？"

莫北一顿，这才迈开了长腿。

她那张脸不会有什么表情，倒是跟着商务车来的助理，在看到莫北之后，嘴都张大了。

这……昨天才刚见过，今天又见，到底是什么孽缘？

最重要的是，这个莫南怎么也上来了，而且周围的人还没有反应。

"新辅助。"封奈只扔了三个字给他。

新、新、新辅助？助理觉得自己有点缺氧。车子开了，他有点浑浑噩噩的。他突然之间想起来，最近公寓有个房间坏了，向来单独住一个房间的K神好像这一次被安排了舍友。

助理进屋的时候，差点摔跤，迅速地拉住了旁边的猫猫熊："昨天公寓没出事？"

"没啊，能出什么事？"猫猫熊反问了一句。

助理没有说话，他其实想问，那两个人有没有打起来。毕竟他对昨天那个充满火药味的拥抱，还记忆犹新。

猫猫熊却误会成了别的，拍了拍他的肩，说道："你放心，莫南要是有什么想法，老大早就废了他了。不过就目前来看，莫南好像还挺守规矩的。"

"我现在担心的不是这个！"助理说话的时候，眼看着那边他家K神朝着他这边扫了一眼。

他立刻把想说的话都吞了回去。看来，K神并不想让人知道他和莫南的恩怨。

也对，毕竟那天K神还叫莫南“小哥哥”来着。这要是让战队里的其他人知道，那场面也是够震惊的。估计当时K神也没有想到，他们等的新辅助，会是莫南……

一个战队，不是你想融入就能立刻融入的。进了公寓之后，莫北就去了房间，行李箱里还装着一个红轴键盘，那是她哥给她的。

垂眸，她手指微动，信息却怎么也发不出去。要问什么呢？为什么遇到这么多事不说？或许是因为不说比说了要面对的东西少。毕竟，没有人会相信。

莫北一动，黑色的碎发垂下来，隐隐地只留下了一圈印记。

她转动了方向，点开了小奶临的头像，发了一句话过去：“要不要打游戏？”

就在这个时候，坐在楼下的封奈，手机突地响了……

那是一条来自“小哥哥”的微信，封奈的目光朝着上面扫了一眼。

他一开始的时候并没有回复，毕竟面对一个自己想与其约架的人，这种信息他确实不想回。

直到助理准备好晚饭，那个人还没有出现，封奈又朝着屏幕页面看了看，打出了一行字：“我是他哥。”

封奈的指尖都到了“发送”那儿，却被对方再次发来的消息打断了：“你最近不是想玩刺客吗？可以练手。”

封奈在看到那句话之后，指尖动了动，把内容换成了：“临坑坑这么菜，你还让他玩刺客？”他再一次将指腹移了过去。

坐在封奈对面的猫猫熊，完全不知道出了什么事，就知道他们家老大，平时把手机这种东西拿出来，不是打游戏就是订外卖，什么时候发过信息？老大这次还打了删，删了再打，这是什么情况？

猫猫熊觉得不太对，转身看过去的时候，只来得及看见一个昵称。

小，小……小哥哥？

老大给谁存的昵称是“小哥哥”？简直惊悚！

与此同时，莫北收到了信息，只有一个字：“好。”

她没有去想为什么今天小奶临的语气有了变化。毕竟现在的莫北，唯一想要做的就是去游戏里发泄一些压在心里的东西。

两个人进了竞技场，各自挑选了游戏角色。

封奈明显地注意到了一点，今天的莫南在操作上毫无章法，选了个坦克，并没有保护输出，而是直接硬刚。

他杀的人是多，同样，死的次数也不少。

直到一把游戏快要结束的时候，那边略微清淡的嗓音才传了过来："怎么不说话？"

这一句话出来，封奈还没有怎么样，倒是让餐桌上其余的人都将视线集中在了他身上。

老大不仅陪人玩游戏，还陪人语音。关键是，那声音还听不出来到底是不是个妹子。

这还不是重点，重点是老大居然打了一行字过去："人太多，不方便说话。"

猫猫熊和寒昔立刻对看了一眼，战队内一向话不多的俊美ADC寒昔，第一次知道自己也属于"人太多"行列……

唯独助理一个人默默地抬头，看了一眼二楼的位置。他想，他需要好好消化一下，这剪不断理还乱的关系。

封奈的手指敲打着杯沿，有些漫不经心，眸子里并没有多少温度，以至于连助理都不明白他家K神这是什么意思。

他准备接受那个莫南了？不太像。可为什么要装成小少爷叫莫南"小哥哥"！

至于楼上的莫北，她看着走在自己旁边的游戏角色，笨拙得可爱，确实是小奶临的操作风格。

殊不知，那是封奈一只手操作着在和她玩。

莫北时不时地会说一句："跟着我，注意草丛。"

封奈挑眉，这人在面对临坑坑的时候，和让他脸上挂彩时的狠劲儿，完全不一样。

两个人并没有玩太长时间的游戏，毕竟还有训练。到了结尾的时候，莫北习惯性地发了一句"么么哒"过来。

封奈反正早就习以为常了。倒是一直在旁边收拾外卖盒、实际上在偷瞄的助理，在看到这句话之后，手上的一个饭盒没拿住，差点泼一桌。

么么……么么……么么哒……

助理抬眸看向了他们家K神。

封奈刚退出了游戏，手上还把玩着手机，迎上了他的目光，嘴角还微微有些上挑。

对视之下，助理㞞了，根本不敢问，为什么莫南都冲你发“么么哒”了，你竟然一点反应都没有。你不是最讨厌男的对你这样吗？

咔嗒咔嗒的键盘敲击声，像是旋风一样席卷了整个公寓。电竞选手基本上一坐下来，训练时间至少就是两个小时。

封奈去拿烟盒的时候，连看都不看一眼，今天也一样，却碰到了莫北的手。他忘了，从今天开始，他旁边有人了。

带着凉意的触感让他的眉心微微拧了一下。接着，他偏头，点烟，再转过头去直接打游戏，不露任何本人画面。

无论是粉丝还是黑粉，都习惯了封奈这个样子。他们说一大堆话，他基本上也不回应。

他若是回应，就是：“嗯？脸比技术还好看？反驳什么？这条我承认，帅到这种地步确实少见。”

每次这种话一出来，身为粉丝，都觉得汗颜。更别说黑粉，恨得到处嘲讽他。

猫猫熊也知道到了他们老大开直播的时间，本来是想看看能不能随机匹配进去的，没想到不能。他再偏过头去看看，戴着黑色耳机，还在做着基础训练的新辅助。

对方好像对老大怎么直播一点都不感兴趣。说好的狂热呢？不过……

“莫南，你为什么还在做基础训练？”猫猫熊摘了耳机，随口问了一句，“你该不会是最近才练的辅助吧？”

没想到，那人偏了下眸，回了淡淡的一个字：“嗯。”

猫猫熊脑子里瞬间就空白了。

他们战队招了一个刚开始练辅助的“新人”。万里挑一，里面的那个“一”？

寒昔话少却直戳重点：“莫南，擅长位置，刺客。”

猫猫熊眼睛都瞪圆了：“那老大把你招进来做什么？信仰辅助？”

莫北没说话，眸色很淡地继续敲打着键盘。

猫猫熊意识到自己的直白太伤人了：“那什么，我不是那个意思，我是说……你好端端的刺客不打，怎么来打辅助了？辅助和刺客不一样你知道吧？不，不对，你肯定知道，你……”

“被前战队赶出来，我无处可去。其他战队不收我，只有黑炎收队员时条件里没有这一条，不过黑炎只缺辅助。”莫北说道，“所以我打辅助。”

他们完全没有料到会得到这么一个答案，不仅仅是猫猫熊顿住了，就连正喝水的寒昔，手指也停了一下。

当时的气氛是有点微妙的，一般来说，这种气氛并不会维持太久。因为除了封奈之外，猫猫熊也要做直播，弹幕瞬间多了起来。

“新辅助是谁？该不会真像大家说的那样，是那个莫南吧？”

“黑炎到底怎么回事？收这种人，还想不想打比赛了？”

“如果新辅助是莫南，我就脱粉……”

关于新辅助的消息，战队打算在三天之后做官宣。可现在看来，已经没有必要了，有人将消息提前放了出去，而莫南很不受粉丝的欢迎。

他们这次招的新辅助，有可能不会待太久了……

当天晚上，黑炎的队长封奈就接到了一个电话。

“问我意见？”封奈站在窗前，偏头点了一根烟，含在唇间，漫不经心地一笑，“那要看他比赛的时候技术过不过关，现在战队里缺少辅助，打得好就留下，打不好就走。”

“嗯，就这意见。”大概是困了，封奈说话时都带着鼻音，修长的身形半靠在那儿，“别的？没想法，如果没别的事，我就先挂了。嗯，睡觉。”

猫猫熊走过来拿水的时候，听到的就是这一段，多少有些不可思议：“老大，真想不到你会替莫南说话。”

封奈侧眸：“那你真应该好好再听一听，我到底说的是什么意思。”

“打得好就留下，打不好就走。”猫猫熊重复完，呃了一声。

封奈的嗓音淡淡的，将手插进了裤袋，长腿也立直了，说道：“黑炎一向都是这样，不然怎么别称叫‘不要脸战队’？”

猫猫熊本来听前面觉得没有问题，听到后面的时候，呵呵呵了三声。他们被称为“不要脸战队”，还不是因为老大你一被嘲就说自己帅！你好意思甩锅给战队吗你！

是夜，两个人第二次共睡一室。和第一次不同，这一次封奈进来的时候，隔壁床上的人还没有回来。

随手将钥匙扔在了衣柜上，封奈淡漠的眸朝着那边扫了扫，抽了条毛巾走进了浴室。

莫北并没有走远，她坐在小区的长椅上，黑色的发被吹得有些凌乱，侧脸却看不出丝毫的情绪。

当时，她哥就是这种感觉吗？没有一个人站在他这边，因为人们要的就是这个结果。

莫北几乎能想象到，他是以什么心情回家治疗手伤的。

他的手不知道能否恢复，外伤加上长期的劳损，对一个职业电竞选手来说，意味着什么显而易见。纵然如此，他却还想要回来，即便这里没有一个人欢迎他。

莫北想起小时候，她喜欢打游戏，他也喜欢。可是他们的零花钱只够买一张亚洲赛的入场券，父亲也并不赞成一个小女孩痴迷游戏这种东西，她哥就把她的裙子一穿，笑嘻嘻地说："去吧，哥帮你挡着。"

莫北垂眸，手指一紧，收回了思绪。莫南什么样子，她最清楚。他为什么还是想要回来？大概是因为心底还有东西没有完全被浇灭。那就趁着它奄奄一息的时候，她重新点燃它。

莫北站了起来，身上的风衣被吹得猎猎作响，背影孤傲地融入了夜色。

凌晨十二点半钟，她推门进公寓的时候，猫猫熊正在翻冰箱，嘴里嘀咕着："给我一袋牛奶也好，为什么都是生的？"说完之后，他一个侧眸，轻轻地咳了一声，"那什么，饿吗？"

猫猫熊的眼神透露着什么，基本上已经很明显了。

莫北把脱下来的风衣，随手放在了椅子上，淡淡地问道："想吃什么？"

"就上次那个炒面非常不错！"猫猫熊眼睛都亮了。

莫北看了一眼冰箱："食材不够。"

"那……"猫猫熊身子一虚。

莫北掀了下眼帘，脸上没有任何情绪："你去那边等，我看着做。"

闻言，猫猫熊感动得快要哭了。

猫猫熊一旦饿起来，真的是会丧失理智的。

再加上饿的也不是猫猫熊一个人，原本喝着水的寒昔，在闻到厨房里飘出来的香气时，自动拿好碗筷，坐在了餐桌旁边，他话少，只要吃得到就行。

他也不知道莫北要做什么，只能隐约听到很有节奏的落刀声。她像是在切肉，又像是在切菜。

就是这个声音，让湿着一头黑色短发的封奈，从楼上走了下来。他的嘴角还挂着一抹笑，只是那笑意并没有到达眼底："寒昔，我好像说过，让你别大晚上的做你的黑暗料理，非要大家像上次一样吃了之后，连第二天打比赛都没体力吗？吃了你做的饭，明天下午的友谊赛不用谁来打，直接投降就行，毕竟你是敌军第六人，毒……"

说到这里，封奈住嘴了，因为他看到站在厨房里系着围裙做饭的人并不是寒昔……

莫北站在那儿，无疑是惹眼的，毕竟在这个年纪，没有人真正会刀工。

那挺拔的背影长身玉立在厨房时，总会给人造成视觉上的冲击感，更不要说菜刀落下再起，娴熟的动作和她浑身的淡漠形成了鲜明的对比。

封奈想到了他弟之前收到的某张做蛋糕的照片，面上多了些漫不经心。

腾灰却忐忑得很，不断地小声问着队友："你确定莫南会做饭？"

猫猫熊凑过去咬耳朵："放心，我吃过。"

莫北并没有想到她进一趟厨房再出来，客厅里会多出来一整队的人。

她的双手端着一个电饭锅，袖口微卷，脸上的情绪很淡。除了那位和她有过节儿的队长，每个人面前都摆好了碗筷。

她的侧脸清淡如初。倒是坐在餐桌前的人们有些失望，毕竟听响动，应该会有很多菜。就算没有，也不能只给他们一口白饭吃，可他们确实没有听到油响。算了，这个点，有米饭也是好的。对于消夜不是外卖就是泡面的他们来说，也算是意料之外了，最起码，没闻到煳味。

想到这里，全队的人都朝着寒昔的方向看了一眼。

黑暗厨神寒昔："……"

莫北没有看别人，把电饭锅放在餐桌中央之后，又踱步进了厨房。等她再出来的时候，手上多了一个小白碗，那白碗里像是装着什么调料。

猫猫熊只觉得鼻间刚刚飘过去一阵香味，就见那人将电饭锅一开，热腾腾的水蒸气扑面而来的时候，竟是勾人食欲的香味！

旁边的人这才看清楚，那并不是一锅普通的白米饭，锅里不仅有火腿肠，还有鸡肉丁、土豆丁、黄瓜丁、胡萝卜丁，都融进了米饭里，香得一塌糊涂。

莫北一扬手，碗里的汤汁入味，焖饭的香味彻底掩盖不住了。

她侧着俊脸，用饭勺搅拌了两下，淡淡地说道："可以吃了。"

餐桌旁已经有人傻眼了，飞快地挥动着木筷，好吃得连话都顾不上说！

然而那锅焖饭，封奈并没有吃，只在那儿慵懒地把玩着打火机，黑色的发尖还有些湿。

封奈推门走进卧室的时候，旁边床上已经有人了。那个人像是刚刚洗漱完，头发湿得厉害，穿着宽大的黑色T恤衫，看上去完全没有了在操场上和他动手时的狠劲儿，倒是那种从内到外的冷漠还在。

封奈没说话，将打火机随意地扔在了床头柜上。

莫北做完饭就上了楼，洗漱的时候格外谨慎，就是为了避开封奈洗漱的时间。

现在见封奈也上来了，她侧过身去想拿毛巾。

两个人在一个房间里迎面对上，身高虽然有着一定的差距，可气场，仍是谁都不让谁……

她要过去。

他要过来。

两个人的距离非常近，肩膀险些都要碰到，如果不是莫北下意识地侧了下身，肯定会碰到。

此时，封奈正双手插着裤袋，多少有些居高临下的味道。

莫北没有理他，打算继续往前走，封奈却开口了，嗓音淡淡的：“楼下那些人不是临坑坑，仅仅凭着一顿饭，改变不了任何人的决定，黑炎看重的是你到底能不能打。”

莫北抬眸，脸上表情还是清冷的。

封奈却一笑，眼睛里并没有多少暖意：“我不管你以前是什么状态，来了黑炎，就要做好自我调节。”

莫北的情绪很淡：“知道。”

“你知道最好。”封奈走了过去。

莫北也进了浴室，拿到了自己想要拿的毛巾。

就这样，两个人又共同度过了一个晚上。

在这方面，仍旧是封大少爷不习惯，自己的房间多出一个人，翻来覆去到很晚才睡。

莫北和上次一样，一扯棉被就睡，只露出那浅色的侧脸，其他地方都被包裹得严严实实。

封奈起夜的时候，又一次看到了那张脸。那张脸只有在睡觉的时候，看上去才像是十八岁，莫北平时老派得很，脸上也没有什么表情，莫北到底是怎么做到丝毫没有心理压力发“么么哒”给临坑坑的?

这样的问题注定是无解的。唯一有解的就是，第二天，还没到中午，封奈就接到了一个电话。

他顶着一头乱糟糟的黑发坐了起来。

那张脸依然帅气得很，甚至还带着笑，但就是这个时候的老大最危险。这是全队成员都知道的事，所以根本没有人敢在这个点，叫封奈起床。

除非是……

“哥，你起床了没？没起的话，可以再睡一会儿哦。”

封奈呵了一声，缓缓说道：“临坑坑，你等着。”

话音刚落，就隐约听到那边的小人儿奶声奶气地说道：“妈妈，哥哥说让我等着。”

不到一秒钟，封奈耳边的声音就变了，温柔得很：“奈儿，你让临临等着做什么？”

“没什么。”封奈听出了那边的人是谁，顿时收敛了气焰。

“临临说，你们战队新去了一个小哥哥，救过他的命，还给他做过蛋糕吃。”瑶池的嗓音很好听，毕竟是音乐世家出身，涵养、气质都不错，“你多照顾照顾。”

封奈彻底不用睡了，拿着手机站了起来，淡淡地说道：“那人不需要照顾。”

“需要！如果你不照顾小哥哥，我就把你装成我和小哥哥说话的事，告诉小哥哥！”小奶临唯一能想到的不让小哥哥被退队的方法，就是威胁他哥了。

封奈闻言，原本想要进浴室的步子停了下来，那里面有人，至于是谁，不用想都知道。

他漂亮、狭长的眼，微微地眯了一下，危险的气息比任何时候都浓。

见哥哥不说话，小奶临也是有些心虚的，小手指头对着戳了戳：“哥，小哥哥人真的很好，你就照顾他一下，没准他还能给你做好吃的。”

他已经做过了，不过这种话，封奈并不打算告诉临坑坑：“为了别人，威胁你哥？”

小奶临垂眸，嘀咕了一句："不威胁，你不放在心上。"

封奈听后，轻描淡写地说了一个呵字。

小奶临干脆换了个话题："哥，小哥哥人呢？"

"浴室。"封奈这两个字刚说完，左首边半磨砂的玻璃门就被拉开了。站在那儿的是刚刚洗漱完的莫北，面容俊美，嘴角还带着水汽，脖子上则搭着一条纯黑的毛巾。

在看到封奈之后，她微微地侧了一下脸……

封奈修长的手指顿了一下，浅色的眸落在了那儿。

他们之间的距离，只有半个手臂，连水汽似乎都能碰到。

再一次见到对方赤裸着的上半身，莫北淡定了许多，但还是不想直视，刚一将头偏开，手机那头就传来了一道奶声奶气的嗓音："是不是小哥哥出来了？我听到门响了。哥，你把电话给小哥哥。"

封奈随手就将手机扔到了莫北的手里，推门走进了浴室。

莫北也没有在意他的态度，现在他们没有打起来，已然是奇迹了。

这个电话，他大概也不想让她接，偏偏电话那边的人是小奶临。

"喂。"莫北的嗓音一如往常，没有多少波澜，黑色的发尖还滴着水。

封临可开心了："小哥哥！"

莫北刚嗯了一声，手机那边就换了声音，柔和得像是水："你好，我是临临的母亲。这孩子一回来就和我说了，说你不只救了他，送他回去，还给他做了一个生日蛋糕。"

小奶临的母亲？

也就是……莫北抬眸，朝着浴室的方向看了一眼，隐约还可以看到那道修长的背影。

她一瞬间不知道该怎么接话好，想起师父的教导，顿了半晌，才道："阿姨好。"

瑶池浅笑了起来："什么时候你有时间，让阿姨请你吃顿饭？"

"不用麻烦。"原本莫北就话少，这个电话接得她更不会说话了。

瑶池顿了一下，笑意盈盈地说道："真的是和临临说的一样。你不用有心理负担，到时候我们不出去，就在家里吃。他最近也要上学了，他哥又忙，如果你能来的话，他肯定会很高兴。"

"是的，小哥哥你快来，来了可以让你做饭，我们家的厨房特别特别大哟！”小奶临凑到了手机旁边。

那声音大得连走出来的封奈都能听到，他慵懒地向后一靠，朝着对面的人伸出了右手。那意思很明显了，就是让莫北把手机还给他。

莫北右手一抬，将手机扔给了他。

由于不想碰到对方，他俩的沟通基本就是靠扔来扔去。

封奈只对着手机说了一句话："战队近期都没有假期，所以临坑坑，你也不要再有什么其他念头。"

在这一点上，莫北倒是和他想法一致。

住在一个公寓已经是极限了，还去对方家里做饭？不太可能。

瑶池很快一笑："那就等战队有假期的时候，你和临临的这位小哥哥一起回来。"

闻言，他俩都沉默了。

一个靠在那儿眉心微拧，另外一个表情清冷。无论是哪种表情，俩人都是不愿意。

瑶池笑意未减："怎么？听临临说你们的关系很好，属于一见如故的类型，我也想看看是什么样子的人能让你一见如故。毕竟你从来都没有和谁这么快就成为朋友，尤其是你长大了之后。"

一见如故？谁？和谁？

他俩在听到这个词的时候，手上的动作都顿了顿。

尤其莫北，发愣的表情更是明显。

瑶池没有给自家儿子拒绝的机会："就这么说定了，到时候我去接你们。"她转头就挂断了电话。

封奈听着那边的响动，知道没有办法挽回了，随手将手机塞进裤袋："听到了？不想去我家演戏，就想个办法。"

莫北明白这位大神的潜在意思，她最好再找个借口别去他家，不然场面又会和上次见面时一样。

不过莫北确实没时间，因为明天就是她的首秀。而今天，她仍然在练习辅助的基础操作，这让猫猫熊在旁边看得一脸着急，这人怎么还在练基础？明天的友谊赛，他能行？

猫猫熊的担忧不是没有道理的，毕竟连老大都说过，黑炎战队看的是你能不能打，不能打的话，莫南照样会被退队。

猫猫熊想到这儿，侧眸又看了一眼那个面无表情的人，心里纳闷极了，莫南这家伙怎么一点都不紧张？

“少爷们，开饭了！”助理的两只手拎了一大堆外卖，兴致勃勃，满脸红润。

当他看到坐在那儿的莫南时，脚步控制不住地顿了一下。已经有很长时间，助理都是只订四个人的饭了。这次亦然，可现在战队里是五个人，多了一个莫南。

助理想要改正这个失误已经来不及了。

队员们都饿得够呛，尤其是猫猫熊，已经捂着肚子走了过来。在场的所有人都意识到了饭菜数量的问题。当然，也包括莫北。

她望过去，没有任何的情绪波动，只是甩了甩手打算出门买一份。

“每个人的米饭分出五分之一来。”突地，一道漫不经心的嗓音响了起来。

说话的人是封奈，他站在那儿，身上披着纯黑的队服。

接着，他单手插着裤袋走到了助理面前：“这个月的奖金没了。”

“是。”助理低头抹一把冷汗。

倒是腾灰朝着这边看了一眼。他有点不明白，为什么老大要为了那个莫南为难助理。在他看来，实际上莫南并没有资格做他们的队友，助理没有把莫南算在内也无可厚非。现在网上还到处都是莫南做过的事。

有的时候，腾灰也佩服莫南，都这样了，他还出来打比赛？他难道就没有一点自尊心吗？

“这次的比赛，K神不能上，不然实力相差太大。”饭后，助理传达着公司的意思，“我现在说下出场名单，寒昔、腾灰、莫北向南。”

在听到自己的名字就和莫南挨着之后，腾灰的眉心皱了一下。

算了，反正有寒昔，到时候就算莫南太坑，光靠他们俩也能赢，也没有什么其他需要注意的地方。

唯一要注意的事项，助理得单独和新辅助说，就把莫北叫到了一边。

“那什么，莫南，”助理轻咳了一声，由于刚才工作上的失误，他说话的语气也收敛了很多，“网上闹得太厉害，这次友谊赛的时候，你注意着镜头，离K神远一点，不然粉丝会不满。而且K神本身也不喜欢这种，毕竟你蹭热度的事还没过去，就怕……”

“好。”

助理的话还没有说完，就被这个字打断了。

莫北看向他，眼神很淡，没有丝毫的波澜，她眼里能够倒映出来的只是远处屏幕上的游戏画面：“还有其他事吗？”

大概是对方的态度太过于淡然，总让他觉得不太真实，助理硬生生地顿了一下：“没了……”

莫北没有再说什么，径直走向自己的座位，重新戴上了耳机，修长、白皙的手指点了点，又是新一轮的基本训练。

敲击键盘的声音由弱变强，像是已经进入了某种状态。

那张俊美的脸，似乎完全没有因为战队成员的排斥而有任何变化。

倒是原本去接水的猫猫熊在听到两人的对话之后，再看坐在他侧边的莫南时，莫名就有种心里发涩的感觉。

他决定了，看在对方给他做了两顿饭的分儿上，他要安慰安慰新队员！说话不方便，猫猫熊干脆打字。接着，他再趁封奈去冰箱拿水的时候，站了起来，用手指了指自己的电脑屏幕，示意莫北看。

莫北虽然不知道猫猫熊要做什么，但还是将视线落了过去。

“让你离老大远一点也是为你好。”

莫北看完之后，面色如常。

猫猫熊以为对方没有明白自己的意思，又打了一行字在自己的电脑上：“老大向来不喜欢男人对他做什么奇怪的动作，倒不是针对你。主要是他在游戏里被人骗过婚，所以有心理阴影了，才会这么抵触同性恋。”

莫北手指一顿，目光放在了不远处的挺拔身形上，他这样的人也会被骗婚？

猫猫熊摇了摇头，继续在键盘上噼里啪啦地打字：“看你的样子，就知道你不相信。老大在打职业竞赛之前，在游戏里就很厉害了，很多妹子都倒追他，他从来都没有看上眼过。后来也不知道怎么回事，带了个不爱说话的徒弟。那徒弟性子非常冷，两个人为了过任务，就结了婚。这也没什么，最重要的是越到后面，老大投入的感情就越多。有一天还郑重其事地当着我们的面，问那妹子想不想在现实里发展一下，没想到那妹子过了半天才回复了一句话，你猜她回复的是什么？”

莫北越听越觉得这个事情有一种非常违和的熟悉感，脸上有了少见的情绪，连眉心都微微拧起。她在想，应该不会有这么巧的事，挥动鼠标的手却停了下来："我是个男孩？"

"你怎么知道？"猫猫熊震惊得双眸都瞪大了，就又想要背过身，无奈老大已经拿了水走了回来。

他只能迅速地将游戏页面放大，不然被老大看到就麻烦了！

可老大却在这时候将一只手搭在了他的肩上，就那么半弯着腰，声音里带着逼人的压迫感："新英雄好玩吗？"

猫猫熊硬着头皮点了点头："非常好玩！"

"是吗？"封奈的手指一下又一下地敲着猫猫熊的肩，慢条斯理地说道，"那你缩小游戏页面，放个技能给我看看。"

猫猫熊已经开始不由自主地吞咽口水了："老大，放技能不用缩小游戏页面吧？"

"平时不用。"封奈一笑，猫猫熊的汗都开始往外冒，"今天我格外想看你用小页面操作。"

猫猫熊心里煎熬极了，知道躲不过去，干脆将鼠标一放，一副早死早超生的模样……

原本隐藏着的对话框再也没有了遮拦，就这么显现了出来。

封奈浅色的眸落下，视线在那上面一扫，眸色明显地淡了几分："看来还是安排给你的任务太少了，才让你有时间来八卦这些有的没的。"

听着那嗓音，猫猫熊的头皮又是一麻。

封奈则单手插着裤袋站直了身体，漫不经心地说道："莫南。"

莫北知道作为当事人之一，肯定会被点到名字，脸上的表情倒是没有什么变化。但她的内心却不是那么平静，尤其是在她猜中某个答案之后，就更加无法直视眼前这张俊美得过分的脸了。

好在也不用多看，因为很快，她和猫猫熊就被罚去清扫卫生间了。

猫猫熊戴了一个橡胶手套还不够，他还把自己整个人都包了起来，手上拿着一个马桶刷，蹲在那里："你说老大他到底是怎么看到游戏页面下，有对话框的？"

莫北没有说话，可她却知道，作为一个金牌刺客，无论是视野还是观察都会比常人敏锐。

更何况你动来动去，一脸兴奋的八卦样子，也不太像是正在认真训练。

"不过，你是怎么猜到那个答案的？"猫猫熊侧过脸来，问道。

莫北手指一动，没有说话。

猫猫熊也不需要她来回答他，抱着马桶："算了，这个不重要，肯定是我刚才的话，戳中老大的伤疤了，他才会这么罚我。都说少年时期的恋爱最纯洁，老大肯定是被伤透了，才会对谁都不感兴趣。"

莫北偏过眸去，问道："你还记得那人的游戏ID是什么吗？"

"当然记得！"猫猫熊完全没有意识到自己正在被套话，挥动着马桶刷，"不得不说，那个人真的是太有心机了，你说有哪个男孩子会起一个'乖徒儿'的游戏名，这根本就是在故意卖萌。"

莫北低头，不用再问了，那个骗婚的人，是她无疑了。

"乖徒儿"这个游戏名，她起得很早。那时候帝盟还在，是她用来练习英雄的小号。

一年半前她也确实用这个号在游戏里结过一次婚。因为对方并不会一直问东问西，再加上对方那一人入敌营，掠光敌军野区的打法，让她莫名觉得亲切。那也是她第一次主动在游戏里加好友。

后来就像猫猫熊说的那样了。

只不过，莫北确实没有想过她那句话会造成那么大的影响。

猫猫熊还在那儿摇头："你是不知道那时候老大有多生气，几乎是对方上一次线，就邀请对方单杀一次。"

莫北默不作声。

猫猫熊一拍马桶盖："这事原本到这儿就完了，老大也说了让他杀够十次就算两清，谁知道那人第二天开始就像失踪了一样，这不是骗婚是什么？老大为了他，还专门弄了套情侣装！"

闻言，莫北一顿，手上的洁厕灵成功地掉在了猫猫熊的头上。

猫猫熊原本就嫌卫生间里脏，现在被这么一砸，整张脸都变形了，恨不得一头扎进水里，好好地洗洗自己："莫南，你一个职业电竞选手，怎么连东西都拿不住？"

"抱歉。"莫北那张脸，看不出来有任何情绪。

所以，猫猫熊也就更加不会意识到，自从他说了某件事之后，莫北心里微妙的变化。

一般来说友情是怎么发展的，普通人肯定是吃吃喝喝。有谁能想象得到，只不过一起洗了个卫生间，再出来的时候，猫猫熊已经把莫北当成了朋友，好哥们一样地拍着对方的肩：“刚才我们说的话，你一定要当成秘密埋在心里，谁来问你都不能说，明白吗？”

莫北慢条斯理地将橡胶手套摘掉，淡淡地说道：“好。”

猫猫熊看着莫北连打扫卫生间时身形都帅气挺拔，就更加不明白网上的那些传闻到底是怎么来的了。这么高冷的人，真的在暗恋老大吗？

然而自从知道“游戏结婚，始乱终弃”这件事之后，莫北再看到封奈那张俊美的脸时，总会避开。

不过，封奈真的没有给人当时在游戏里的感觉。莫北停顿了一下，又朝着右边看了一眼。

封奈的一头黑发凌乱，手上拿了一瓶矿泉水，这次上半身倒是穿了衣服。

大概也是因为多住进了一个人，他不太喜欢被谁注视，只不过那白色的T恤衫穿和没穿也没有多少区别，领口很大，露出了一大片白皙的肌肤，锁骨线条分明。

那些叫他“老公”的女友粉没有说错，他的皮肤比女孩子还要好，可偏偏气场在那儿摆着，一挑眉，便是谁都压不住的凌厉。

这大概就是，人们都觉得他不好惹的原因。应该还有一点，比如，这人打起架来是真的很狠，不然她的后背不会到现在还有点泛青。

当然，对方也是一样，嘴角仍旧贴着一个白色的创可贴。这就更加让他的气质凸显了出来，确实不好惹……

莫北正想着，忽然就见封奈将头偏了一下，浅色的眸落在了她的脸上，依旧是慵慵懒懒的样子，警告的意味却非常明显，似乎就像他说的那样，他不喜欢被人看。

莫北这次没有找场子，毕竟自己是骗婚者，于是不动声色地换了视线点。她突然想起之前小奶临说过希望她每天都能带他玩游戏的事之后，拿起手机，发了一条微信过去。

下一秒钟，只听叮咚一声，隔壁床就传来了响动，时间几乎不差丝毫。

莫北偏眸，朝着那边看了过去，一双深邃的眼漆黑得就像是夜，眼神里带着淡淡的探究。

顿时，整个房间都像是陷入了一种微妙的气氛。

因为那声音响得太是时候了……

第四章　意外初吻

封奈当然能感觉到那道目光，在停了一下之后，不动声色地将手机抬起，换了好友页面，用低沉、慵懒的嗓音说道："等周一再说。"

很快，封奈的手机又叮咚了一声，对面来信息了，一脸蒙的一句："周一说什么？"

封奈没有再回复，而是按灭了手机，踱步来到床边，动作没有丝毫的影响，毕竟他的目的已经达到了。

而莫北则是打消了心里那种莫名的感觉，等了大概三分钟，也没有收到小奶临回复的信息。

莫北就没有继续等，毕竟明天早上九点多还有一场友谊赛要打。

然而莫北并不知道，就在她侧过身的下一秒，她旁边床上的某位大神，重新按亮了自己的手机，点开了最上面的那条未读信息，而信息显示的发件人，就是"小哥哥"这三个字。

封奈扫了一眼之后，又将目光放在了不远处的背影上。

毕竟，就像粉丝们说的，K神是个没有心的男人。

熄灭灯光之后，房间重新归于平静。

这是两个人在一个房间同睡的第三晚。

不知道是不是因为白天听到的事情，睡着之后的莫北做了一晚上的梦。

梦里一开始他们还好好地玩着游戏，后来就是她被他全服追杀，没有一刻是安宁的。

当然，这都不是重点，重点是梦里的她差点就泄露了真实身份。

因为这一点，莫北醒过来的时候，眉心还是微拧着的。

猫猫熊还以为新辅助是在担心今天比赛的事，安慰道："吃饱一点，好好打。"

莫北神色如常，淡淡地嗯了一声。

坐在最边上的腾灰却不以为然，吃完早餐之后，第一个上了车。

起得这么早，无论是谁，都不愿意多说话。

封奈更是连一点东西都没有吃，坐在那儿，慵懒中透着冰冷。等到上了商务车之后，他更是把黑色口罩一戴，交代了寒昔一点事之后，把外套拉链一拉，很明显是在补觉。

其他的队员也是一样，除了莫北之外基本都在休息。

会场到了，车窗外能看到很多应援横幅。

车门拉开，还能听到很多喊声，尤其封奈出现的时候。

莫北走在队伍的最后面，脸上戴着黑色口罩，碎发垂下来，不发一言。

粉丝们却没有忽视她，开始偏过头去议论。

"那是谁？感觉好帅。"

"穿着战服啊，肯定是新队员。"

"不会吧，新队员不就是那个莫南吗？"

"莫南？那个说自己只想好好打游戏的戏精？怎么可能！"

"反正黑炎战队我只认以前的人，新队员什么的，呵呵，人品不好，就不要来拉低整个战队的层次了。"

那声音不仅仅莫北能听到，就连走在她前面的腾灰也听得分明。

甚至，他还侧过眸来朝着莫北看了一眼。并不是他排外，连粉丝都知道的事，新辅助心里就没点数吗？

莫北当然感觉到了这道目光，但她没有丝毫情绪外露。越是这样，腾灰越是觉得这人虚伪。

算了，反正等到打完这场比赛，莫南自己应该也就清楚了，他根本不配留在黑炎。

距离比赛开始只有不到一个小时的时间了，明星战队的成员都会有造型师在后台为他们服务。

毕竟封奈那张脸，每次露面，都会引起流量动荡。

造型师粉底液都打开了，却见对方连摘口罩的意思都没有，只是慵懒地掀了下眼帘："不用，谢谢。"

造型师偏过头，朝着助理看了过去。

助理立刻说道："少爷，得化，有镜头。"

封奈不以为然地把拉链一拉，侧过眸去对猫猫熊说道："比赛开始之前叫醒我。"

"没问题，老大！"猫猫熊比了个OK的手势。

助理简直要抓狂了，怎么没问题？K神就以这么一副没睡醒的状态上镜？他有预感，黑粉们又要开始嘲讽他家K神了。

相比较之下，莫北安静得很，哪怕化妆师的眼中写满了惊艳。

她的皮肤真的是太好了，脸型长得也好，这是化妆师自从看到莫北之后，最直观的感觉！

长期熬夜打游戏的人，都或多或少有黑眼圈。莫北却不一样，大概是肤色偏浅的原因，那张脸干净得几乎没有瑕疵，弄得化妆师都不知道该怎么下手了，最后只在鼻梁上打了点高光。

镜子里的少年，那双眼变得更加深邃了。化妆师看着看着脸就红了起来。

再加上莫北本就高冷，不知不觉中带出来的气质，更是能让人心跳加速。

以至于化妆师走出去的时候，都在和同事小声说："太帅了，黑炎的新队员，真的是太帅了。"

同样也在化妆的腾灰，在听到这阵议论声之后，眉心拧了拧，偏头朝着莫南的方向看了一眼。他以前就听说莫南老是靠着一张脸在圈里吸粉，就算打失误了，也没人说什么，现在看来真是这样。

腾灰站了起来，和莫北擦肩而过时，声音压得有些低："如果你以为黑炎和你以前所在的战队一样，那你就大错特错了。在黑炎，谁打得不好，谁就得立刻卷铺盖走人，靠脸没有用。"

莫北没有说话，只是侧了一下眸。

腾灰仍然看着前面："有点自知之明，一会儿不要拖我和寒昔哥的后腿。”

说完这句话，腾灰就走到了前面，坐在了队友们的旁边。

不用出场的猫猫熊正在刷消息，嗤了两声：“竟然都来了！这些人真是的，连我们打友谊赛都想要围观吗？”

“估计是想看老大。”腾灰也看到了那条“黑炎一出，众战队都来观看比赛”的标题，并且用了半个版面来介绍封奈。

“要是我，我也得看着点，老大的打法太拉仇恨，上次陆一凡他们两个人联手都没有拦住他。”猫猫熊说道，“好在我不用站在老大对面，不然一整场都会提心吊胆的，连游戏都打不了。”

被议论的人把拉链一拉，露出了那张邪佞、俊美的脸，一头黑发还有些凌乱。

只见他伸出手来，按了按自己的后颈，左右动了动，动作帅气得很：“我让你叫醒我，没让你吵醒我。”

猫猫熊道：“不是老大，是小灰他们就快上场了。”

封奈懒得再说话，只伸出手来，指尖点了点自己的手腕。

猫猫熊看到时间之后立刻闭嘴了，怎么还有半个小时？不过莫南怎么看上去一点都不紧张？作为盟友，他是不是应该说点什么？

这一犹豫，他就犹豫了十分钟，等他再想开口的时候，封奈已经拎着一瓶矿泉水，走了过来，将要上场的三个人叫到了一边，嗓音里带着一些漫不经心，与其说是嘱咐，倒不如说是随便说两句：“你们也听到了，今天来了很多人，就算是友谊赛，也不要打得太菜。”

“我和寒昔哥是没问题，就是不知道别人……”腾灰意有所指地侧了下眸。

被看着的莫北，眸子很慢很慢地抬了一下：“我也没问题。”

这是她到了这里之后说的第一句话。没有什么情绪，却因为眼角带出的冷冽，让看到这一幕的人，有些猝不及防。

封奈垂眸，目光从莫北的脸上扫过，停留的时间并不短。

莫北就那么迎上了封奈的视线，仍然是刚才的表情，像是应了那句“王不见王”。

倒是猫猫熊在旁边看得大气都不敢出一声。他不得不佩服莫南，敢坐在老大旁边也就算了，被老大这样盯着看，竟然还一点都不慌。

猫猫熊如果知道封奈嘴角上的创可贴是怎么来的就不会这样想了。

封奈像是想到了什么，突地一笑，单手插进了裤袋："既然这样，零死，做得到吗？"

"零死？"猫猫熊圆润的眼睛一睁，"老大，你不是那个意思吧？"

"我就是那个意思。辅助不像核心位置，做到零死并不难。"封奈看着眼前的人，漫不经心地继续说道，"做不到，可以不答应，这不过是额外的要求。"

这样的"额外"也过分了吧，猫猫熊张了张嘴，想要说点什么，莫北却在这个时候开了口："可以。"

闻言，猫猫熊一下子将头偏了过去，要不要玩这么大啊，兄弟，你做不到被赶出战队怎么办？

封奈的眸色深了深，接着侧眸看向腾灰："听到了？"

腾灰没想到自己会被点名，手指一顿："老大……"

"以后有问题拿到台面上来说。"封奈打断了他，"尤其是内部矛盾。"

腾灰听着他的话，点了点头，心里却想着，老大对莫南这个人了解得还是太少，才会把事情当作内部矛盾来解决。

一个擅长刺客的人，突然转型做辅助，在基地每天都在做最基础的训练，一点实力都没有。这样的人不过是个混子。实际上腾灰会这么想并不奇怪，毕竟人对人的印象，都是通过身边的人来渲染的。

腾灰和陈逾的关系不错，陈逾又怎么会说莫南一句好话？陈逾当然是什么样的脏水都要往莫南身上泼一点的。

人毁万人踩，就是这个道理。

今天陈逾也来了，他来就是想要看看那个手都伤了的废物还能做什么。

他已经和与黑炎对战的战队的成员打过招呼了，让他们比赛开始之后，专门堵莫南。

一个还在做基础训练的辅助，根本就不堪一击。再加上黑炎的其他成员根本不欢迎莫南，要踩扁他就更容易了……

九点二十分，比赛倒计时开始。

现场已经有不少人伸着脖子朝着屏幕上看了。

机位拉高，解说员的嗓音传来："亲爱的观众朋友们，又见面了。今天不同的是，除了我之外，现场还来了一位特别解说员，让我们欢迎人美嘴甜的梦女神，杨梦若！”

“你们好。”杨梦若穿着一身白裙，看上去还有点羞涩，“我是业余的，一会儿说得不好的地方还请大家多多包涵。”

“肯定包涵！”粉丝们把手中的应援牌摇晃得直响，“女神，我爱你！”

杨梦若笑道：“好了，废话不多说，让我们请出我们最期待的出赛战队！星际与黑炎！”

唰的一声，两侧的门同时打开！

封奈走在黑炎队伍的最前面，肩上披着纯黑色的战服，里面是白色衬衫。黑色的短发仍然有些凌乱，却在灯光打在他脸上的时候，丝毫不显落拓，反而显得孤傲、慵懒，俊美依旧。

跟着走来的就是寒昔，紧接着是猫猫熊，再接下来是腾灰。莫北走在最后面，扣着外套的帽子，身形挺拔，整个人隐约透着不凡。

没有哪个粉丝会关心一个陌生面孔，可让他们失望的是，K神居然不出战！

“搞什么啊，K神不参赛也就算了，让个爱蹭热度的人上场，还有什么看头！”

不满的声音不仅弹幕上有，现场也有。

但莫北就好像没有听到一般，仍然保持着和刚才一样的坐姿。没有人注意到她戴着的黑色护腕，也就更加不会有谁知道，就在那里面绣着能让所有喜欢这个游戏的人，都为之疯狂的两个字——帝盟。

那个唯一曾经拿下过世界冠军，却在巅峰时神隐的战队。

这种时候本来就气氛紧张，偏偏杨梦若在这时候又笑了一声：“对于黑炎的新辅助，我只想说希望这一次他能静下心来，好好比赛。毕竟电竞赛场上看的是实力。”

可就是因为这样的语句，众人看向莫北时越发厌恶了。果然，这人一直以来想的就是如何卖人设，不然的话梦女神也不会这么说。

莫北也听到了杨梦若的声音，伸手将黑色的耳麦一戴。

腾灰就坐在她的右首边，低沉着嗓音说道：“不要忘了你自己说过的话。”

莫北清楚那是什么意思，手指轻轻敲着键盘，进入了游戏页面。

解说员趁着空当，问旁边的杨梦若："梦若，你觉得哪个战队赢面大？"

杨梦若故作苦恼："从阵容上来看，黑炎这边略微弱了一点。毫不夸张地说，这一场比赛，黑炎有可能会很难打，毕竟新队员的水平大家都知道，并不是很强。"

"确实如此。"说到这里，解说员加快了语速，"好了，我们可以看到，双方已经进入了游戏场地……等一下，黑炎的辅助在做什么？"

"技能都带错了。"观众们都皱起了眉，"这个莫北向南到底会不会玩啊？"

粉丝们更是开始吐槽了："辅坦（血量特别厚的辅助，通常自带控制技能）带打野，呵呵，我看这把黑炎真的不用打了，垃圾选手，肯定要输。"

腾灰看到这一幕之后，直接放弃了莫北，连发集合他都没有过去。

倒是对面的星际战队，想起了之前陈逾告诉他们的消息，直接朝着莫北的方向掠了过去。

陈逾看得嘴角都歪了，莫南要死！

猫猫熊紧张："咦？莫南那家伙在搞什么？"

封奈也将目光落在了莫北身上，一双眸子深邃得让人猜不出来是什么意思。

奇怪，莫南身上到底有什么值得老大这么研究的？

猫猫熊猜不出来了，他现在只恨不得告诉莫南，让莫南立刻撤。

可已经来不及了，因为对方已经一个长枪架起，子弹精准地打在了莫北的身上。

莫北的血量有了明显的下降，星际的刺客更是伺机而动，准备来个大招暴击，直接将人收割！

然而，就在下一秒钟，不可思议的事情发生了！他竟然失去了攻击目标？

星际的刺客眼珠转动着，右手不由自主地停了下来，却见原本应该消失的人影，竟出现在了他的身后！

他甚至连对方的动作都没有看清，就听到耳机里传来了一声足以敲进人心的游戏特效，First blood！

第一滴血！

人们刚想欢呼，却在即将张嘴的时候都呆住了！

拿下第一滴血的竟然不是星际这边的刺客，而是莫南！这怎么可能？

陈逾上一秒还在幸灾乐祸地等着看戏，下一秒他的脸都僵了。

腾灰也愣了一下，甚至还以为是自己看错了屏幕上的击杀信息。他转过头去，震惊地看着坐在他旁边俊脸微侧、不发一言挥动着鼠标的莫南。腾灰这才发现，这个人的手速极快，快得一点都不像是他平时在基地里做基础训练时的样子。

猫猫熊看得两眼都发直了，一脸惊呆了的表情："老大，你看到了没有？"

封奈怎么可能会看不到？封奈那双淡色的眸划过了一道芒。

镜头在一瞬间拉近，给了莫北一个特写，游戏的视角也锁定在了那儿。

杨梦若见状，偏了偏头，像是很单纯地在分析局势："有的时候比赛中，运气也会占一部分。星际这边的人，单单一看，就是已经做好了让莫南有去无回的准备。"

她这寥寥几句话，就隐晦地把莫北拿下的首杀说成了是运气使然。

赛场上的一些观众也这么认为，道理很简单，他们刚才还说莫南是废物，现在废物拿了一血，那就相当于在打他们的脸。所以他们觉得这就是运气，还在希望星际给莫南一个教训。

而游戏里的杨旭也已经举起了手中的狙击枪，枪口对准了莫北，眼看着射出去的流弹就要打中对方，直接收割。

然而就在这时候，人们真切地感觉到了什么叫精准又无形的走位。屏幕上，人影完美地避开对方的射击之后，纵身一跃逼近了杨旭。

紧接着，人们就听到了从游戏里传来的第二道特效：

Double kill！

双杀！

莫北向南竟然拿下了双杀？！

几乎是一瞬间，整个现场就像是静止了一样！

除了少年修长手指的点击，任何声音都听不到了。

莫北的操作宛如一个响亮的巴掌，直直地扇在了杨梦若的脸上，让她再想说"运气"两个字都说不出。

杨旭更是愣住了，右手仿佛不是自己的了。唯一的感觉就是太快了，快得让他根本来不及做出任何反应。

屏幕上，那个冰山一样的少年，靠着超强输出，成功地击杀掉了暴君大buff!

全队经济翻倍！开局才三分钟，居然连暴君都没了！

这一下不仅是普通观众，就连其他职业战队的人，也都朝着这边看了过来。

观众席上的陈逾，脸色越来越难看。

星际城池被摧毁的声响，从大屏幕上响起，漫天的银花落下。莫北偏头，摘掉了戴在头上的黑色耳机，俊美的侧脸充满了禁欲感。

全场MVP（最优秀选手）。

无论是输出、防御，还是参团率，莫北都是最高，还有一点没有人注意到，也是最重要的，零死!

猫猫熊已经不知道该做什么表情了，只是张大了嘴看着莫北朝着他走了过来，呢喃道："真的是零死啊，兄弟。"

莫北仍然话很少，只淡淡地嗯了一声。

腾灰就站在莫北身后，宛如被人揍了一拳。这个人到底在想什么，训练的时候，他明明一直都在做基础练习。为什么一到赛场上就完全不同了?

不清楚莫北身份的腾灰并不明白，对于一个曾经横扫整个战区的游戏天才来说，基础训练比起厮杀来，更能让她熟悉游戏角色……

比赛结束，全队回程聚餐。

这场友谊赛获胜的经过让助理都觉得有些不可思议，开车的时候，都不忘频繁地朝着身后看。

车内的气氛有些微妙。

封奈把玩着银质的打火机，一双狭长的眸子落在了最后面的莫北的身上，深深浅浅的，不知道在想什么。

商务车到了地方。

餐厅藏在巷子里，门前挂着的是两个大红灯笼，类似大宅门的装修。这里的铜锅涮肉堪称一绝，没有预约，肯定吃不到。

当然也有例外，餐厅经理在看到封奈的时候，还没等谁开口，已经迎了上来，脸上还挂着笑："封少，您来了？"

封奈单手夹着烟，微微地点了下头。这一刻，能很清楚地让人明白他的出身，虽然他什么都没有做，但那种与生俱来的矜贵，似乎就像磨灭不掉一般："你们先进去。"

猫猫熊早在闻到肉香的时候就受不了了，第一个朝着里面冲了进去。

莫北依旧是走在最后面的。

原本，餐厅经理是不会注意到这个人的。偏偏就在这一秒，封奈又开了口，一副慵懒的样子："莫南，跟我过来一下。"

莫北长腿一停。餐厅经理这才注意到站在他右侧的这个男孩，帅得有些扎眼。

餐厅经理不由得朝莫北多看了一眼。

这时候，封奈已经单手抵着莫北的肩膀，将人按在了角落里，连带着身体都向下压了压："辅坦带打野，这种打法，你跟谁学的？"

想起猫猫熊之前说过的话，莫北长袖下的手顿了一下，接着侧眸，不冷不热地回答道："在网上看见有人这样打过。"

"是吗？"封奈浅色的眸，在莫北的脸上来回浮动，似要找出那里面的破绽。

面对这样的压力，莫北连眸色都是淡的，脸上没有丝毫的情绪："队长，你是不是应该先把你的手拿开，我们再来谈。"

封奈另外一只手还夹着烟，就垂在那一侧，霸气十足，这样的他仿佛才是A大的老大。

他维持着动作没有变，那张俊美的脸被灯光打得万分妖娆："你该不会以为，成了我的队员，我就会轻易饶了你吧？"

"没有。"莫北抬眸，眼神清冷，"要现在约一架？"

封奈闻言，目光朝着不远处一扫，将手收了回去："周一下午，后操场，单约。"

莫北见状，也知道来人了，她跟在封奈身后就要走进去，却被猫猫熊一把拦了下来："兄弟，刚才老大到底和你说什么了，还把你压在了墙上。好在是老大压你，换成你压老大的话，我还以为你忍不住向老大表白了，准备强吻呢。"

莫北的表情难得地有了变化，动作也顿了一下："以后少点脑补。"

"老实讲，你今天打的那一场比赛，看得我快吓死了。"猫猫熊伸手搭上了莫北的肩，要知道整个战队里他最矮，好不容易来了个只比他高一点的可以搭肩，肯定要搭一下，“乍一看，还以为你就是那个骗婚的‘乖徒儿’呢。那家伙以前和老大一起玩游戏的时候，就喜欢玩辅坦带打野。老大宠他呀，什么都让着，连野区资源都给他。不过后来我再看就不像了，毕竟那家伙可没有你这么好的走位和意识，还有你那手速……”说到这里，猫猫熊顿了顿，“那个人不可能有，太惊人了！”

莫北不动声色地听着猫猫熊的分析，听到前半句的时候心里还有点跌宕起伏，到了后半句，基本上已经平静了。

看来操作得不好也是有好处的，能减少别人的怀疑。那时候她是单手训练，确实很坑。并且，她也从来没有想过，有一天她会真的来打辅助。

想起刚才，那人按着她的肩膀，问她打法是向谁学来的时候，眸底浮动的戾气，莫北决定将“乖徒儿”这个号，永远封存……

大概是因为周末，聚完餐之后，封奈并没有立刻回公寓。

猫猫熊说：“老大很有可能今天会在家里过夜，刚才我听到老大的电话响了。”

封奈的电话确实响了，也不知道临坑坑都和他妈说了些什么，现在他妈已经开始恩威并施地让他必须带着“小哥哥”这种生物回家了。

很久没有一个人住的莫北，这下总算能放松一下了。由于之前有封奈在，她洗澡都要掐着点，今天房间里只有她自己。

莫北自然而然地就放下了防备心，打算进浴室之后好好泡泡澡。

她想着，便将头一压，双手拽着衣摆从下往上一拉，再露头的时候，已然换成了莹白的上半身。绷带落下，显现出少女的圆润胸部。她将花洒打开，水滴洒下的声音逐渐变大。

突地，外面传来了一道开门声，原本应该留宿封家的封奈，在看到地上那半敞着的行李箱之后，慵懒的眼皮先是挑了挑。

接着，他在看到一个东西之后，微微地愣了一下。

内衣?

女士的?

莫南这家伙有病吗?

封奈好看的眉头一挑，用手指钩出那东西来，朝着浴室的方向走了过去。

那一刻，周遭安静极了！

关上花洒之后，莫北能清楚地听到外面的响动。她虽然不知道对方在做什么，但是那样清晰的脚步声，就像是突起的鼓点一样，缓缓地朝着她这边而来。

她仿佛连呼吸都停止了一般。

嗒！嗒！嗒！

一下又一下地像是敲进了她的心脏，好似能回荡出声响来。

电光石火间，她眼睛一眯，将纯白的长浴巾一抽，身形一转，手指一紧，将自己整个人都裹在了那里面。

封奈推开浴室门的时候，隔着模糊不清的磨砂玻璃，看到的就是这样一番景象。

少年背对着他站在花洒下，碎发打在脖颈后，身上披着浴巾，直垂到膝盖上方。下面是白到几乎透明的长腿，没有穿鞋，就那么赤脚立在地板上，发尾还在滴水，透着一股子干净、清新的味道。

大概是意识到他进来了，莫北侧过眸来，问道："有事？"

封奈没想到莫北会在里面洗澡，看着那人莹润、洁白的侧脸，顿了一下，淡声说道："出来，谈谈。"

啪，随着木门关上的声响，莫北抬起的手才放了下来，忽略掉心脏的跳动，没有停顿片刻，拿过白布绷带来，熟练而又快速地从后背绕过，将那引人遐想的盈盈身段束了起来……

有了刚才的突发情况之后，莫北这一次束胸束得更紧了，穿上纯黑的连帽衫之后，就更加不会让人认为她是女孩子了。

封奈正散漫地靠在床栏上，看到她之后，微微侧了下脸："你平时有特殊癖好？"

什么特殊癖好？

莫北如果没有看错的话，那人应该是冷笑着问她这个问题的。

"你是不是又误会了什么？"

"误会？"封奈站直了身体，嘲弄地弯了下薄唇，接着右手一钩，将刚才拿着的东西，提了起来，居高临下地看着她，漫不经心地问道，"这也是误会？"

他的手指越是修长、白皙，越是能衬托出他手上钩着的那个东西有多扎眼。

纱织的黑色文胸，带子很细，还能清楚地看到上面的钩扣，明明是很清纯的款式，也不知道为什么，在封奈的手指下，无端端地多了一分暧昧。

莫北的瞳孔骤地一顿。

封奈踱步走近，全身散发着一种危险的气息。

莫北却在这个时候迎上了他的眸，语气冷淡，没有什么波澜："这不是误会，这是我妹妹上次用我的皮箱落在里面的，我没取出来。"

封奈狭长的眸眯起，莫南的资料上确实写着有个妹妹。

想到这里，他拿在手里的东西也变得有些烫手了，直接扔到了对方那儿："以后将这种东西收好。"

莫北没有说话，只看着那人拿起了旁边响起来的手机，她应该更小心一点才对。

"知道了，等有了假期再说。"封奈已经开始讲电话了，虽然在轻笑，却不是那么愉快，"他去不去，我不能决定，我会告诉他。"

封奈挂掉电话之后，双眸又看向了他现阶段的舍友："你还真是救人一命胜造七级浮屠，临坑坑的小哥哥。"

后面那"小哥哥"三个字他说得有些淡。

莫北也听出来了那大概是没有什么耐心了的意思。收好东西之后，她就发了一条消息给小奶临："去你家吃饭的事不要再提了，乖。"

嗡。封奈手里的手机屏幕亮了。上次之后，他已经把微信提示音调成了振动。

所以，莫北并不知道，她发送的微信到底被谁收到了。

封奈扫了一眼那内容之后，总算满意了，但信息已经显示了已读。如果不回复的话，根本不符合临坑坑的性格。

所以，他只能又按照他弟的语气打了一句话过去："知道了哟，小哥哥。"

发完这句话之后，封奈就打算睡觉了。他可不想再装什么小狗逗谁开心。他却在侧眸时，刚好看到了对方那两条修长、纤细的腿，如同瓷玉一样透亮、白皙……

这一幕，让他顿了顿，不自觉地将脸偏了过去。接着，他把手机一扔，随意地点了根烟，看来还是得让莫南早点搬出去。他确实不太习惯和别人一起住……

这一晚，两个人睡得相安无事。

有些低气压袭来的时候是第二天一大早，如今的情况是A大和C大刚好门对门……两人要一起去上学？

助理看看一脸平静的莫北，再看看已经戴上黑色口罩、摆明了不想说话的K神。

这要怎么办？

助理有些犹豫了，刚要开口，大神慵懒的声音像是还没睡醒："还不上车？"

助理试探性地把车门打开，看着莫南也低头坐了进来，这才松了一口气。

但一路上，两个人都没说过一句话，直到在拐角处的时候，封奈才抬了下眸："停车。"

"啊？"助理不太明白这是什么操作，"少爷，还有几百米呢。"

"我走过去。"封奈把耳机一摘，转过头去对着莫北说道，"别忘了今天的约。"

"不会，还是我走过去吧。"莫北的侧脸清冽，说话间已经跳到了车外，衣摆被风微微扬起。

封奈只看了一眼，就将目光收了回来，舌尖抵着薄荷糖，眸色晦暗不明。

助理一脸蒙，他当然不明白，如果让A大的学生和C大的学生看到，两个老大坐着同一辆车来上学，肯定会炸窝……

上课的内容，莫北依旧是选择性地听了，只是今天A大那边格外安静。

赵健健总觉得哪里不对劲儿，上课时朝他南哥扔字条："南哥，A大那边绝对是想要搞事！你得小心！"

莫北并没有告诉他，不是A大要搞事，而是她和那位K神约了架。以那位的影响力，想要让A大的学生不去后操场，轻而易举。

唯有赵健健还喋喋不休："南哥，我们为什么要走这个方向？后操场这么凶险的地方，最近还是不要去了吧？A大那群人就等着堵你呢！"

莫北侧了下眸，淡淡地给了他三个字："约了架。"

"约架这种事，不一定非要今……等等！"赵健健一个二级跳，"南哥，你刚说什么？约了架！你等等，我通知兄弟们！这一次气势上绝对不能输！”

赵健健说着就要发信息召集人马，莫北伸出手去挡住了他的动作：“我和封奈单独约的架，一对一打。”

赵健健僵在了那儿，舌头都像是被猫叼走了：“你和封、封、封少约了架？”

莫北淡淡地嗯了一声。

“南哥，你听我说，这架不能打，封少他上一次是没有准备，才会挂彩。真打起来的话，那个人你根本……”

赵健健的话还没有说完，就被他南哥撑着护栏一跃的动作给震到了。他也尝试着去翻后操场的护栏，毕竟这样走省时间，可……他跃不过去。不知道是他腿太短，还是怎样。

总之，他南哥只丢给他一句：“你回去吧。”说完，他南哥就拎着书包走了。

他南哥那挺拔的背影真是帅得很啊。怪不得最近女同学们看到他南哥的时候，都有点要疯！

等一下，他周围怎么这么多人？个个都是A大的学生，他现在叫他南哥回头，来得及吗？

此时，学校后操场，封奈已经在等了。大概是因为职业，无论什么时候，他的脸上都戴着一个大大的黑色口罩，光是露出的那一双眼，就能让人联想到“俊美”两个字。

再加上今天约了架，所以他提前准备好了棒球棍。其中一根就被他漫不经心地拎在了手里。他靠着栏杆，在看向拎着书包走来的莫北时，他的眼皮掀了掀，接着站直了腰，目光扫向莫北：“拿一根。”

莫北看向地上的棒球棍，目光很淡，单手插着口袋，半弯下腰将棍子拿了起来，冷冷地说道：“无论谁输谁赢，打过之后，之前的事就翻篇。”

封奈嗯了一声，仍旧是慵懒的样子：“避开几个位置，手和肩膀都不能打，大后天你还有比赛。”

莫北面色不改地问道：“比赛？”

“我安排的。”封奈说这句话的时候，侧眸看了一下手上的棒球棍，“这次你打刺客位。”

莫北双眸抬起，她在猜测，这个人为什么会突然之间让自己改变位置，明明她是辅助。想来想去，总归还是那么一条，他是不是看出了什么……

“我进来的时候，标明的位置是辅助。”莫北说道。

封奈哦了一声，那语调慵懒得有点欠揍：“还记得黑炎的队规是什么吗？听我的。”

莫北闻言，侧脸多了几分凌厉。

封奈却在这个时候，就那么偏过头去，黑色的短发甩了下：“好了，现在可以清算我们之间的旧账了。”

“好。”莫北攥紧了棒球棍，无论做什么，只要转移掉对方对她的怀疑就好。

唰！棒球棍落下，两个人几乎是同时出手的。衣摆像是都能被风吹起来，两人的身手同样漂亮。无论是避开的姿势，还是挥动手臂时的侧颜，都足够让看到他们这个状态的女孩们疯狂。

大概是因为他俩的实力太相当了，才会连续两次将棒球棍对上，谁都没有在谁那里讨到真正的便宜。

而另一边，被围堵的赵健健，就差敞开自己的怀，大喊“非礼”“救命”了。如果他是个妹子的话，这招还能用。可惜，他是个汉子。

赵健健正要抱头，准备迎接对面挥过来的拳头，就听一道软糯的嗓音，从不远的地方响了起来：“你不是那天和小哥哥在一起的怪哥哥吗？”

小哥哥？

怪哥哥？

赵健健下意识地睁眼看说话的人，是那个长得一脸王子相的小孩！

“喂，你怎么在这里？”

赵健健还是很有义气的，知道他南哥疼这小孩，立刻喊道：“你快走！”

没想到那小孩非但没走，反而还转过头对着A大的人说道：“这个人是我小哥哥的朋友，你们别打他。”

小哥哥？是谁？A大的人面面相觑。不管怎么样，人是不能打了。在小少爷面前动手，他们那位“弟控”老大，绝对会让他们尝一口好果子。

小奶临就那么站在一群人前面，继续说着：“怪哥哥，怎么就你一个人，小哥哥呢？”

被十几个曾经和他约架的A大学生看着，赵健健表示压力很大，就想找个借口开溜："啊，南哥啊，南哥他还没走。"赵健健一边说着，一边目光闪烁，"我带你去找他怎么样，小弟弟？"

"好。"小人儿的眼睛很大，说起话来却像个大人，"但是如果找不到小哥哥的话，这些人再打你，我就不拦着了。"

赵健健腹诽着，你一个小孩子这么聪明做什么，而且你在我南哥面前分明不是这个样子的！

他带着小孩走一步，A大的那些人就会跟着走一步。迫于无奈，赵健健只能把小孩往正确的方向带。

希望没有打扰到他南哥的约架，不过这孩子到底是谁呀，怎么A大的人这么听他的？赵健健越想越觉得不对劲儿。

而A大的人也意识到了什么，眸子一顿："临少爷，等下。"

那个方向，不是老大约架的方向吗？可这时候，已经来不及了……封临已经转过了那个护栏圈。

原本脸上挨了对方一拳的封奈，正打算回敬莫北的时候，突地双眸一顿，直接伸出手去，将莫北往树林的方向一拽。

莫北眉头一挑，刚要开口，就被对方的手直接捂住了唇。

那人甚至还压低了身子，将另外一根手指竖在了自己的唇前，做了个让她收声的动作，一双浅色的眸子被夕阳照着，像是能酝酿出一层层光晕……

由于藏的地方实在是小，两个人离得很近，近到彼此的气息都能闻到。

莫北的脸上并没有什么表情，毕竟对方突然停下来，肯定是有他的理由的。

很快，莫北就看到了那个理由。

走在赵健健前面的小人儿，还穿着一身小西装，脖子上系了个黑色小领带，正睁大着一双眼睛，不知道在找什么。

是封临。他怎么会在这里？

两个人四目相接，就意识到了，他们问彼此的是同样的问题。并且很快，两个人达成了共识：不能被发现。

现在他们两个人的样子，一看就是刚刚打过架。无论是莫北还是封奈，脸上都有那么一点点的彩。问题虽然不大，但也违背了他们之前在封临面前所说的"一见如故"。所以，他们必须继续藏着，即便用这样贴近的姿势。

封临个头矮是看不到那两个人的，只是左转转右转转，神情颇为失望。

倒是A大的带头人在看到那边的情况之后，直接愣在了那儿。那以额头几乎都要抵着对方额头的姿势，躲在树林里的人，真的是他们老大吗？

他惊得差点叫出来，却被封奈一个眼神制止了，封奈的目光很是寒冷。

那人一噎，什么话都不敢说了。

“怪哥哥，你不是说小哥哥在这里吗？为什么没他的影子？”

旁边，封临到处张望着，也没有看到人。

赵健健看天看地就是不敢看某个方向：“啊，啊？你小哥哥，你小哥哥他……他应该是走了，没错，他走了！”

“这么早就回去了吗？”封临的耳朵耷拉了下来，还背着自己的小书包，“我还没放学就过来了，为的就是把小哥哥劫去我家。”

莫北听着不远处的童音，目光偏了偏。

封奈的动作仍然没有变，只是看向莫北的眸，变得有些深沉。

莫北很清楚那是警告的意思，她伸出手来，指了指封奈捂着她唇的手，眼神依旧冷淡。

封奈将手收了回去，但眸色没有变，反而擦了一下自己带伤的唇角。

两个人都想要离对方远一点，无奈地方就那么大，只要动一下，就有可能被发现，但又不能维持着这么一个动作待很久。

尤其是封奈，个子高，腿又长，在这个地方，很明显伸展不开。

这时候，封临沮丧着一张小俊脸刚要迈开步子，就见地上有个黑黑的东西，他迈着小短腿，一下子跑了过去。

封奈见状，又握着莫北的手腕，往自己的方向一拽。之前两个人之间最起码还有一点点距离，即便是可以忽略不计的距离，可现在，莫北就像是整个人被封奈按进了怀里，就是为了不让接近这个地方的封临看到。

赵健健在旁边看到时已经不知道该说什么了。

这画面会不会太狗血了？因为两个人的身高差，莫北的头顶刚好到封奈下颌的位置。她也没有办法再抬眸，因为一动的话就会碰到对方。

除了她哥之外，莫北从来都没有和第二个男生靠得这么近过。因为要保持平衡，她的手甚至还在他的腿上。

封奈偏着眸，黑色的头发随着微风晃着，露出那双眸时，却微微拧着眉。是因为另外一个人存在感极强。从莫北头顶传来的清香，就在封奈的鼻息间，带着微微的果香。这家伙，用的什么洗发水？

封奈将头稍微歪了一下，但他仍然能感觉到对方的手就撑在自己腿上……

“嗯，这个……”封临弯着腰，小手拿起了一个东西，“这不是哥哥经常戴的口罩吗，怎么会在这里？”

确实是老大的口罩，几乎不用想，A大的领头人也能猜测到，这应该是那两个人在打架的时候，被弄掉在地上的。

赵健健仿佛刚反应过来一件事，嘴巴都张大了，结结巴巴地说道：“你、你哥、你哥哥是、是封少？”

他总算想起来“封临”这个名字为什么会这么耳熟了，封临和K神都姓封啊。他以前怎么就没有想到呢？他和南哥都做了什么？

尤其是他南哥都做了什么？他南哥把K神的弟弟，当自家弟弟养了，还包接包送。这到底是什么样的孽缘？

封临却有些疑惑了：“怪哥哥，你为什么是这个表情？我哥哥和小哥哥关系可好了，你不要一副世界末日来临的样子。”

关系好？

赵健健和A大的领头人同时看向了一个方向。那两个人脚底下还各自放着一根棒球棍，这叫……关系好？

封临一定对“关系好”这三个字有什么误会。A大老大和C大老大，怎么可能会关系好？

一山不容二虎这个说法，早就有了。更何况，谁会放过让自己脸上挂彩的人……

他们总算明白为什么那两个人要躲起来了，原来是不想让封临看出什么破绽来。

封临的双颊鼓了起来：“不过哥哥最近太坑了，让他带小哥哥去家里，他总是不答应，还非得让我亲自出马。明明小哥哥是我的，他还老是……”

说到这里，封临像是想起了什么，突地一顿，赵健健倒来了兴趣：“他还老是怎么？”

坐在地上长腿半弯的封奈，在听到这个问句之后，眸子朝着那边扫了过去，那目光极冷。

赵健健后脊一寒，深刻地觉得他真的是冒着要死的危险问的这个问题。

毕竟，每一个敢八卦封大少的人，下场都不会太好。

“没什么，我要继续去找小哥哥。”

封临才不会告诉别人，他哥冒充他喊小哥哥一起玩游戏的事，这可是他以后“威胁”哥哥能用到的最好的办法。

作为亲哥，封奈当然明白临坑坑是怎么想的，薄唇轻轻地抿了一下，双眸时刻看着那个小人影。

莫北也在注意距离问题，觉得差不多了的时候，一抬起头……

“你……”

封奈“你”后面的话没有说完，整个人就都停在了那儿。不再是那副漫不经心的样子了，因为他侧过脸来低眸的时候，唇瓣碰到了一个东西。那东西很软，那是他的第一反应。软到两个人都在那一瞬间，宛如被施了魔法一样，手指僵硬在了原地。

在黄昏下能清楚地看到，那黑色眸子的变化，无论是封奈的，还是莫北的，都有些微微的动荡。

他们的心跳声变得有些不规律了，仿佛能听到响动一样。两个人都坐在地上，莫北的手还放在封奈的腿上。

那样的姿势，确实很适合接吻，但……又怎么可能真的接吻？

仅仅是唇瓣的轻碰，就已经让封奈一下子将人推到了一边，接着，擦了一下自己的唇。

莫北这次被推，倒是没说什么，因为她也在做和封奈一样的动作。毕竟，如果可能的话，她也想把对方推开。

两个人都站了起来，谁都没有开口说话，那气氛是真的尴尬。

无论是面色平静的莫北，还是不发一言的封奈，都没有想过，会出现刚才那一幕。

架是完全打不下去了，封奈甚至少见地深吸了一口气：“你刚才好好的抬什么头？”

“我是想站起来。”莫北的语气还是淡淡的。

封奈没有再看那个人，整理了一下衣服：“这件事，最好别让第三个人知道。”

“我也是这么想的。”莫北将棒球棍放下，弯腰将书包拎了起来，另外一只手则插进了裤袋，神色依旧淡漠。

他俩都决定直接忘掉这件事。

接着，他们同时朝着校门口的方向走了过去。

封奈的脸上总是戴着口罩，所以经常会让人觉得他很酷。因此，并没有人知道，他的初吻莫名其妙地没了。

封奈的右手攥了攥，下意识地又想要去擦嘴，但这样的动作，实在不像是他会做的。

于是，他继续往前走着，只是全身散发出来的气场绝对不友善。

莫北也同样如此，背影看上去像是比平时还要清冷几分。

两个人明明是朝着同样的方向在走，却硬生生地走出了一种“你最好不要来惹我”的感觉。

然而暂时丧失思维的他们，并没有想到，一拐弯会看到那个他们刚才用尽办法来躲开的临坑坑，身形不由得顿了顿……

封临却高兴坏了，一边叫着“小哥哥”，一边朝着莫北的方向跑了过去。

莫北和封奈想要避开，却已经来不及了。

封临已经看到了他们，像踩着个小风火轮一样朝着莫北冲了过来，莫北躲都躲不过。

莫北怕封临会摔倒，连忙伸手把他扶稳。

此时的封临乖巧可爱，睁着一双宝石一样的黑眼睛：“小哥哥，你去哪里了哇？我找你找了好久。”

莫北刚要开口，封临的眉头就皱了起来，像是毛毛虫一样，看了看她，又看了看他哥。

糟了，莫北手指一顿，已经预料到他接下来要说什么了。

“咦？小哥哥，你和哥哥脸上是怎么回事？”

这个问题问得实在很戳心。

没有拦住人的赵健健又开始抬起头来看天，假装自己并不存在，他真的是替他南哥和封少尴尬，一见如故什么的这种牛也是可以吹的吗？

A大的老大和C大的老大一见如故……这句话说出去，谁信？谁信！

不过，封奈在听到他弟的这个问题之后，并没有多大的反应，仿佛刚才和莫北打架的人并不是他一样。他反而半弯下腰去，用手指轻弹了一下封临的脑门，神情慵懒地问道：“小孩子问这么多做什么？”

封临伸出两只爪子去护住了自己的头，大眼睛一眯：“哥，你又去打架了对不对？”

“嗯，打架了。”封奈站直了身子，“和你小哥哥一起打的，把对方打了个落花流水。”

什么对方？赵健健听到这句话之后，一脸蒙，两个大佬明明是在对打啊。

莫北也淡定地接过了封奈的话，修长的手指还碰了碰自己脸上的划痕：“这伤应该是对方留下的，我和你哥刚才都没有注意。”

赵健健闻言，迅速将头一扭，看向了他南哥那张清秀的脸。真的没想到，他南哥原来是个演技派。

什么“这伤应该是对方留下的，我和你哥刚才都没有注意”，绝对是骗人的！在A大或C大的地盘内，除了他们互相打，有谁敢在他们脸上动拳头？

不过很显然，封临对这方面的认识不是特别深。一听到他哥和小哥哥一起去打别人了，他莫名地还有点兴奋：“原来是这样，怪不得我哥的脸又挂彩了。小哥哥，以后我哥再叫你去打架，你一定要保护好他，他打架可不行了，还总是喜欢去和人凑热闹。前两天也不知道是不是遇到了心狠手辣的人，直接打得他那嘴角，连吃饭都疼，唉。”

说到最后，封临还像个小大人一样，长叹了一口气。

这口气叹得莫北没有接话，她总不能告诉封临，那个心狠手辣的人就是她吧？

倒是封奈朝着莫北那边扫了一眼。赵健健觉得那目光，太像是要把他南哥直接干翻了事的样子。

封临并没有意识到在场人之间的微妙气氛，还在那儿吐槽着：“我哥那几天整个人都很烦躁，每次他照镜子，我都能看到他在那儿冷笑，估计是想给对方一个教训。我哥这人就是受不了别人在他脸上动拳头。小哥哥，你是不知道我哥他有多爱惜自己的脸，每天晚上他都会敷……嗯……嗯……”

后面的话封临讲不出来了，因为封奈直接蹲下来，捂住了小人儿的嘴：“临坑坑，你是想要这一个月都吃不到肯德基吗？如果是的话，你就继续说。”

闻言，封临立刻伸出小手，做了个自己会闭嘴的手势。

封奈这才把人放开，单手插进了裤袋。

路过这边的学生越来越多，赵健健意识到了一个问题，悄悄地凑到了他南哥的跟前："南哥，我们走吧。这样站着，一会儿说不定还会被A大的人围攻。最重要的是，同学们看了，搞不好会以为你又想从K神身上蹭热度，你想想，再想想！"

莫北没有回答赵健健的话，她确实不想在这里站着。

毕竟现在，她和那一位应该都想尽快把后操场的那一幕忘掉。

可偏偏就在这个时候，封临又开了口："小哥哥，你跟我回家吧。"小奶临一边说着，一边拉住了莫北的手，可怜巴巴地在那儿看着莫北，"如果不把你带回去的话，妈妈肯定再也不让我单独来找哥哥了。"

以莫北的性格，基本上很难拒绝小朋友，尤其像这种喜欢撒娇的小朋友。

封奈的眉头挑了一下，一把将小人儿抱了起来，说道："临坑坑，你别装可怜，这招没用。和你小哥哥说再见。"

小奶临根本不理会他哥，一张小脸看上去落寞极了，看一眼莫北，又看一眼，最后连浓密的睫毛都半垂了下去。

见状，莫北伸出手去将人拦了下来，只说了四个字："我跟你去。"

封奈的那双眸子不由得眯了起来："你确定？"

封奈话里的警告意味很浓。

莫北单手插着裤袋，目光微淡："吃顿饭也没什么。"

"随便你。"封奈把衣领一竖，率先上了商务车。

车子里的气氛总体来说是有点怪的，无论是莫北还是封奈都撑着下颌，各自看着窗外。

坐在那两人中间的封临，偏头看看这个，再偏头去看看那个，眉心拧了起来："好奇怪，小哥哥，你和哥哥怎么都不说话呢？关系好的人到了一起不是有说不完的话吗，就像我见到小哥哥之后，就会话很多一样。"

关系好？负责开车的助理，默默地被噎了一下。

"我话少，一直这样。"莫北语气偏冷，说出来的话，也很让人信服。

封临想了一下他小哥哥打游戏的时候，确实也是酷得不行。

封奈则漫不经心地朝他呵了一声："你以为我们像你们幼儿园的小朋友一样，关系好就要多说话？"

封临不理会他哥的嘲讽，他哥他最清楚，脸上有了伤之后，就会毒舌。

“啊，有伤。”封临低头，折腾了一阵儿，“哥，你帮小哥哥贴一贴。你自己也照下镜子，够不到的地方就让小哥哥帮你贴，省得到时候让妈妈看见扣你零花钱。”

让那两个人互相给对方贴创可贴？助理一不小心手打滑，车子差点变道！

莫北刚要开口，脸上就被人直接按上了一个东西。

确实是创可贴，顺带着还有那人修长的手指，泛着丝丝的凉意，就如同现在他唇边的笑：“要好好珍惜这张脸，小——哥——哥——”

虽然嘴上这么说，但是那手指按在她脸上的力道并不大，倒是随之而来的薄荷烟草香有些浓，这大概和他经常抽烟有关。

而且贴完一个之后，他就收回了手，像是应付什么差事一样。他为的是什么很明显，就是为了不让封临看出什么来。

封临确实也满足了：“这样才像好朋友。小哥哥，你也给哥哥贴一个。他太高，我都够不到。”

莫北是无所谓的，拿了个创可贴过来。

“不用。”封奈拒绝得很干脆，戴上口罩，双眸微闭，“到家了叫我，临坑坑。”

封临嘀咕了一句：“知道了。”说完，他又偏过头去对着莫北问道，“小哥哥，我哥在战队的时候，也经常这样吗，就知道睡？”

莫北淡淡地嗯了一声。

封奈是能听到这边的声音的，修长的身形动了动。

作为一个宇宙钢铁直男，亲了一个男的这件事，对于封奈来说，总归是很抗拒的。即便那家伙确实长得不错，他也不好这一口。

封家，位于别墅区，在这个区域，所有的建筑都是欧式风格。

远处站着一个穿着白色长裙的窈窕女子，气质柔美，一点都看不出来她的年纪。类似管家的人正替她撑着一把遮阳伞。

车门一打开，封临就朝着那个女子跑了过去：“妈妈，妈妈，我把小哥哥带回来了！”

瑶池一把将小儿子抱住，接着抬眸，目光落在莫北身上，笑道：“临临每天都说，他认识了一个很好的小哥哥，没想到是这么帅的一个人。听说你现在也是黑炎战队的队员了，在奈儿手底下做事很累吧？”

莫北反应了一秒，才意识到“奈儿”指的是谁，淡淡地回答道：“没有。”

“真难得会有人不吐槽他的。”瑶池这下是真的开心了，“怪不得临临说你们一见如故，现在已经是很好的朋友了。”

莫北想说这个是真没有，但她并不想让眼前这两个她都很有好感的人失望。

封奈趁着别人转身的瞬间凑到莫北边上：“一会儿快点吃完，然后说战队有任务必须走，明白吗？”

莫北嗯了一声，从某种程度上来说，他们两个人的想法基本一样。

小奶临却非常兴奋，进去之后，就拉着莫北的手，到处转。

“这就是哥哥的房间，他不喜欢别人进他的房间。我每次去，他都会揪着我的衣领把我扔出来，还扬言只有他未来的妻子才能和他住一个房间。”

听小奶临的意思，那人确实有很严重的洁癖。

如果让那人知道，她不仅是“乖徒儿”，还是个女孩子，那人估计会把她直接从房间踢出去吧，更不可能让她留在战队，所以身份的事，绝对不能泄露……

封临推开门之后看着他哥正在洗手池边上，非常疑惑地问了一句：“哥，大白天的，你刷什么牙啊？”

封奈修长的手指顿了一下，微微地倾斜着身体：“吃饭之前刷个牙有问题吗？”

“话是这样说没错，”封临单手摸着下巴，“可是你以前这个点从来都不刷牙的啊。”

封奈漫不经心地走过来：“今天想刷，不行？”

封临觉得他哥今天脾气暴躁，真的是太不好了：“哥，你以后能不能和小哥哥学一学，都是一个战队的队员，又是好朋友，你们的性格差太多了。这样下去，你的那些女友粉都会脱粉的。”

“哦？你说得很对，我会好好改的，临坑坑同学。”封奈这一句明显是在敷衍他弟，是因为他看到了一旁的莫北。

不过他并没有和莫北说话，而是拿了盒烟，走到了露天阳台上，为的就是不让封临吸二手烟。

莫北看着那道半倚着阳台的修长身影，眸子动了动，她很清楚他为什么会在这个时候刷牙，虽然那算不上一个吻，但是两人的嘴唇确实碰到了。哪怕直到现在，好像自己的唇瓣上还残留着对方的气息。莫北想到这里，抬起手来，下意识地用手背擦了一下唇，却刚好碰到那人抽完了烟，将目光落了过来。

两个人隔着阳台的玻璃窗，视线相对，都明白此刻对方在想——后操场的那个意外。就是因为这样，两个人之间的气氛才会变得有些微妙。

这样的微妙封临看不出来。

瑶池却在那两个人坐在一起吃饭的时候，撑着下巴，突地问了一句："你们两个是发生什么事了吗？"

莫北还以为瑶池是看出了她脸上的伤，手指不由得动了一下贴在那上面的创可贴。

瑶池却轻轻地笑了起来："不是这个，临临已经告诉我了，奈儿被对面学校的人堵了，是你帮奈儿解的围。"

莫北和封奈都没有说话，毕竟小奶临在想象力这方面，确实发挥得很好，居然还加上了他哥被堵这个细节。

瑶池继续说道："男孩子之间都容易产生小摩擦。奈儿上中学那会儿，个子没长起来，经常被堵，我以为到了大学会好一点，他应该不会受欺负了，没想到还是有这种事发生。莫南，你们俩的学校挨得近，阿姨能不能拜托你，以后多帮帮奈儿？"

莫北听到这里，大概明白是怎么回事了。

那一位上A大附属初中的时候，经常被堵应该是事实，但被堵之后，他应该并没有被欺负，而是把对方打了个落花流水……

莫北面色未变地将嘴里的饭菜咽下去，嗓音淡淡地嗯了一声。

瑶池的眼睛都亮了，伸手握住了莫北的手："那我们家奈儿就交给你了，南南。"

第五章　初次同床

莫北："……"

这从"莫南"到"南南"的称呼，变化得也太快了吧，莫北看着自己被握住的手，心里总算明白小奶临的撒娇特技是从哪里学来的了。

饭刚吃完，类似管家的人就从外边走了进来，肩上还被暴雨打湿了。

"少爷，出去的那条路刮倒了一棵树，今天应该是回不去了。"

封奈闻言，修长的手指一顿："联系过道路抢修人员吗？"

"联系过了，外面风大雨也大，还夹着冰雹，没办法现在进行道路抢修。要等到雨停了之后……"

封奈听到这里，眉心缓缓地拧了起来，却听身后传来了一道轻柔的浅笑："回不去不是刚好吗？虽然家里没有客房，但你房间的床是加大款的，今天你就和南南一起住在家里。"

封奈："……"

莫北："……"

意思是让他们两个睡同一张床？封奈肯定是不会同意的，让他和别人睡一个房间已经是他的极限了。所以，他眼睛里都写着拒绝。莫北更是不想，毕竟她是女孩子。然而，他们撒的谎，跪着也要圆好。

"你们两个怎么都这副表情？"瑶池脸上露出疑惑，"你们不是好朋友吗，都是男孩子，睡在一起又怎么了？还是说你们其实是在骗我和临临，实际上，你们两个一点都不要好？”

封奈将外套的拉链一拉，俊美的侧脸上带着一贯的慵懒神色：“我们能有什么事？要留宿，总要多给我一床被子吧？”

“被子有很多呀。”小奶临插话，“哥哥，我可以把我冬天盖的小棉被给小哥哥盖，就是有点短，你睡觉的时候，不要忘了给小哥哥盖着点。”

是夜。

“洗洗睡吧，临坑坑同学。”封奈漫不经心地偏眸，但给小奶临拢被子的动作，却一点都不敷衍。

可小奶临觉得他哥一点都不可爱，刚才小哥哥都知道给他一个晚安吻，他哥就会捏他的脸。

不到入睡的时间，封奈和莫北都还能找借口不进卧室，现在他俩都没有了借口，不进卧室是不可能的。这种时候不住在一个房间，摆明了就在说他们刚才的一举一动其实都是在演戏。

于是，出现了这样的画面：

莫北抱着一床棉被，淡淡地说道：“刚才从小奶临的房间出来，我看到隔壁有房间空着。”

封奈偏了偏头，将衣领扯开，用漫不经心的语调说道：“我说这位小哥哥，你是不是真以为我们家这么大，却没有客房？”

莫北长腿一顿。

封奈将外套扔在了那儿，将袖口解开：“我妈这么做，不过就是为了测试一下，我们两个的关系到底好不好。”

那就解释得通了，莫北把棉被放下。

封奈此时已经踱步到了衣柜那里，直接掀开了自己的衣摆，莫北连忙将视线移到了另外一处。

封奈倒是没有觉得自己赤裸着上半身有什么不对，半弯着腰，从床头的小冰箱里拿了一瓶矿泉水出来，头微抬，看向莫北：“猜拳吧。”

莫北还是不太习惯看一个男孩这样赤裸着上半身，但是不去看，反而会让人怀疑，只好淡定自若地迎上了他的视线：“猜拳？”

“谁输了谁睡地上。”封奈轻笑了一声，唇边还是凉的，向莫北走近了一点，“不然，这位小哥哥还真有和我一起睡的心思？”

莫北神色清冷地抬眸："你想多了，队长。"

"最好没有。"封奈漫不经心地抬起了右手，"一局定胜负。"

莫北也伸出了手。

一秒钟后，输了的封奈眼睛眯了一下，刚要侧身去拽床上的被子，就见他旁边的人把单手按在怀里的棉被往地上一铺，没有丝毫情绪："这里是你家，喧宾夺主的事我不会做，更何况这场饭局是我答应的。"

原本封奈确实觉得这场饭局对方并不应该来，明明知道相处会尴尬还来封家？现在，封奈相信了这人似乎就只是因为喜欢他弟，不想让他弟失望。

封奈偏过眸去，直接弯腰，将地上的棉被一拎扔到了床上，漫不经心地说道："后天你有比赛，睡地上，如果影响到了你那天的状态，谁负责？"

说到这儿，他将床上的枕头打横过来，放在了床铺的正中央，淡淡地说道："别越线，越线的话，我会揍人。"

这意思是一起睡？

莫北神色淡漠地把另外一个枕头也放倒了，说道："我睡左边。"

"随便你。"封奈拿了东西就进了浴室。

听着那里面的水声，莫北才意识到一个新的问题——她要在这里洗澡。

上次的内衣事件已经让她明白，想要做成自己想做成的事，在身份方面就必须谨慎再谨慎。

"到你了。"

果不其然，那人一出来，就把一条没有用过的白色毛巾扔给了她。

封奈仍旧赤裸着线条分明的上半身，人鱼线隐约地被收进了黑色短裤。

他的发梢还滴着水，走近的时候，清新的男士沐浴露味道颇浓。

男士沐浴露……好在莫北已经习惯这个味道了，伸出手去将毛巾接住，进了浴室。她将绷带拆开，洗干净全身之后，再缠上，甚至为了让自己看上去更自然，她故意没有穿得很整齐。

男孩子都是这个样子吧，洗完澡根本不在意上半身什么状况，裤子也是一样。

果不其然，那人在看了她一眼之后，就没有再看第二眼。

莫北用毛巾将头发擦干，刚伸出手去要掀左边的被角，突地就听那人把玩了一下打火机，冷冷地问道："你穿成这样，是什么意思？"

莫北情绪不改地看着他，显然是不明白他的意思。

封奈继续说道："如果不是知道你看我并不顺眼，你这个样子，我会误会你的性取向。"

"性取向？"莫北一顿，"直男难道不都是这样？"

封奈又打了一下打火机，舌尖抵着薄荷糖："这位小哥哥好像对直男有什么误会，有哪个直男洗完澡之后，衣领拉得这么低，炫耀你的锁骨？要么穿好，要么把上衣直接脱了。有些事我要提前说清楚，我不好你们这一口。"

莫北："你想多了。"

四个字，莫北说得不冷不热，为了体现自己直男的干脆，掀开棉被就躺了上去。

果不其然，封奈没有再说话。

他看着她上床来的时候，好像有点嘲讽。

莫北不动声色地将目光迎上去。

猝不及防地，封奈就对上了莫北那张干净、好看的脸。

自从出现后操场上的意外之后，他们的距离就再也没有这么近过。

封奈觉得睡一张床什么的，真不是一个好提议，不过，也就一个晚上，打几把游戏，就过去了。

于是，到了深夜，整个房间里，只有他们微乎其微的呼吸声。

可即便中间隔着枕头，也能察觉到身侧躺着一个人，别说封奈，就连莫北也少有和谁同床共枕的经验，刚想换个姿势，她的长腿就碰到了什么东西。

封奈原本操作着游戏角色的右手一顿，目光朝着这边扫了过来。

莫北也拧了下眉心，毕竟没想到会碰到对方，小奶临的棉被确实太短了。因为她要不断地往上面拽棉被，所以才会造成这样的处境。

不过，这一次封奈倒是什么都没有说，应该是看出来了她碰到他的原因，只是将身体朝着右边又动了动。

这样一来，两个人也就真的是各自睡一边了，中间空余的地方大到甚至还能塞进一个人去。

但两人仍然睡不着。

莫北睡不着是出于警惕心，身份不能被察觉。对方不睡，她是不会睡的。

封奈睡不着，完全是因为不习惯床上多出来一个人。

在他开第三局游戏的时候，伸手按了按自己的脖颈，偏过眸去就能看到旁边背对着他的侧影。

小哥哥什么的真是麻烦的存在，临坑坑怎么就对他这么执着?

莫北并不知道封奈是怎么想的，只等着那人睡着之后再合眼。

结果，一个小时过去了，两个小时过去了，她还是能察觉到淡淡的蓝光。她好不容易等那人将手机放下，也是大约四个小时过后的事了，窸窸窣窣的响声之后，那人才躺平了身体。

莫北心想总算可以睡了，却在将近凌晨的时候，突地感觉到了一阵温暖，还带着熟悉的薄荷气息。

莫北睁开眼，看见的就是他近在咫尺的盛世美颜。距离太近，近到他的薄唇几乎都能碰到她的发。

冷静如莫北，伸出手去将人推开。

十分钟后，她又睁开了眼。她总算知道这位K神为什么要放个枕头在中间了，因为他会越线。并且这一次，她还推不开这人了。

莫北唯一能感觉到的就是那人的气息会不断地打在她的侧脸上，以及能听到不属于自己的心跳声。

不过，胜在暖和。封临给她的棉被太短，这个人的体温倒是适中得很。

本来打算一夜不睡，等着第二天让某位K神看自己杰作的莫北，撑不住地闭上了眼……

第二天，早上八点，阳光透过落地窗照进来。

封奈向来对睡眠环境的要求很高，这样的光线已经足够终止他的睡眠。

封奈并没有意识到他是抱着人睡的，他先是微拧了下眉心，身形动了一下，只感觉到唇瓣碰到了什么东西，有点软有点温。

等到他睁开眼之后，黑色的瞳孔骤然放大!

啊!

这是他的第一反应。

尤其是，他唇瓣碰到的东西，更是让他眉心拧了拧。

两个人离得太近，近到连少年睫毛的颤动都能扫到他的脸，封奈眸色一深。

莫北也醒了，意识到脸颊上的气息是什么之后，身形也顿了一下。

那并不算吻，只不过是碰到了脸，并且一触即离。

“怎么回事？”耳边是那人刚睡醒时的嗓音，带点磁性。

莫北的面色清淡如初，示意他去看位置，意思是“你过界了”。

封奈看着那人的样子，慢条斯理地回到了自己那儿，又开了口：“小哥哥平时那么能打，怎么关键的时候不推开我？”

他这样的反问，多少有些无耻。不过，他本来就是这样一个人。

可莫北却什么情绪都没有，只给了他五个字：“推过，没推动。”

闻言，封奈将目光重新放在眼前那张好看的脸上。他倒是忘了，临坑坑的这个小哥哥，包容心格外好，之前打游戏就能看出来。

这样一来，封奈后面的话倒是不能说了。

莫北说完就想起来，可这时候封奈也动了，两个人的长腿又碰到了一起。

封奈一顿，身子向后一仰：“你先。”

莫北没有再耽误时间，等到封奈穿好上衣的时候，她已经洗漱完了。

两个人是一前一后下的楼，他们对刚才的事只字未提，毕竟太尴尬，倒是两人眼底的青色明显得很。

瑶池看了，问道：“这是没睡好？”

“没什么。”封奈继续低头吃饭。

小奶临那双黑色的眸子圆溜溜地转向另一个人。

莫北淡淡地说道：“被子不够用。”

瑶池听到这儿，笑了：“是我疏忽了，临临盖的棉被太小，确实不适合南南。等南南下次过来，我让人准备新的。”

下次？

莫北和封奈在听到这两个字的时候，一个淡漠地正在吃油条，另外一个慵懒地将手臂搭在椅子上。

谁的脸上都没有表现出来什么情绪，但他们心里的想法却是一样的，不会有下次。

“少爷，道路抢修人员已经来了，三分钟之后应该就能通行，要不要先上车？”

封奈漫不经心地嗯了一声。

这一次是真的要走了，莫北却在上车的时候，被封夫人拉住了手：“南南，不要忘记答应阿姨的话，去了学校帮阿姨看着奈儿点。谈恋爱什么的，也要告诉阿姨。你放心，阿姨不干涉他，就是觉得这孩子从小到大都没喜欢过谁。他倒是很早之前上网的时候，认识了一个什么网友，还老是想着上线，后来他就把网线拔了去打职业竞赛了，也不知道是不是那时候受了什么刺激。唉，阿姨还是很想看看他喜欢别人时的样子的，肯定好玩。”

莫北听着封夫人的话，可以确定，那个“网友”有百分之九十的可能性……就是自己。

现在连封夫人都提起了这件事，可见封奈认真的程度。

莫北越发觉得“乖徒儿”那个号，确实不适合再出现。偏偏她还要去那个号上拿些当时在游戏里打出来的稀有材料做装备。看来她得避开在战队的时间，来登录这个账号。

莫北想着，俊脸微微侧了侧，朝着某位大神的方向看了过去。

封奈仍然是补眠的姿势，手臂垂到了一侧，黑色的发有些凌乱，却丝毫不影响他的帅气。黑口罩大得几乎能将他的整张脸都遮住，唯一能看到的就是他浓密的睫毛，根根分明……

他们之间的这种冰点状态一直到了战队公寓都没有变。

本来他们训练时就是挨着坐的，打了几盘之后，封奈烟瘾犯了，就想伸出手去拿烟。可就在这个时候，他的旁边又多出了一只手。

是莫北，她应该是正在打游戏，头上还戴着黑色的耳机，她打的角色没有蓝了，正在城池里加蓝。

不经意间两只手碰到了一起，两个人侧眸，看一眼之后，又赶紧收回视线，气氛顿时变得有点尴尬。

猫猫熊还在调侃对手：“哎哎哎，追不到，我又跑了，是不是好气呢？”他调侃完对手，又对粉丝们说道，“玩法师就要这么皮，中路不皮，怎么偷对方的小野猪？小野猪是什么，就是钱！这个游戏胜利的关键是什么，朋友们记住了，经济，经济！”

倒是摘了耳机踱步过来的ADC寒昔，将目光落了过来，他向来话少，但遇到这种情况，还是多看了一眼。

老大和他们的新辅助，什么情况？

封奈偏眸，迎上了寒昔的视线，心不在焉地挑了一下眉头。

寒昔明白了，这是“闲人勿近”“闲话别问”的意思，看来真的是有状况……

今天黑炎战队的训练内容有点令人头疼，要准备小号和大号，去等级低的竞技场连打三把团队对战，再去等级高的竞技场打三把团队对战。为的就是锻炼个人技巧，以及在完全没有队友配合的状况下，要如何赢得比赛。

这样打下来，猫猫熊都有点虚了："太难了，为什么这里的局这么难，15杀都输？兄弟，趁着老大也在刷任务，我们双排一把吧！"

莫北："你低段位的没过？"

猫猫熊发了个哭的表情过来："连跪三把，我的奖金都输没了。"

莫北："你邀我。"

猫猫熊："这才对！"

猫猫熊刚打完这三个字，莫北就听到猫猫熊朝着耳麦喊了一句："从这场开始，我要让整个峡谷的人都瑟瑟发抖！"

猫猫熊的直播间，有很多同人图，很容易被点到。

莫北的页面刚停在那儿，坐在她旁边的人，像是要弹烟灰，身体朝着这边偏了偏……

这样的角度，他肯定是看到了。下意识地，莫北就想要发个暗号提醒猫猫熊。封奈又怎么可能会让莫北有机会做这种事？他直接将右手伸了出去，挡住了红轴键盘，接着勾唇一笑，那眼里没有多少温度："呵，性取向正常？"

莫北面色清冷："误点。"

"你觉得我会信？"封奈似乎并不在乎会听到什么答案，漫不经心地将那键盘往自己这边移了一点，打了三个字过去："猫猫熊？"

"在呢在呢。"猫猫熊一边做任务一边直播，因为有显示器挡着，并没有注意到这边的状况，"莫南，兄弟，你等下，看见对面的刺客了吗，让我来制裁他！因为老大的心结，我很久没有在游戏里装过女孩子了，看着哈。"

莫北刚看到猫猫熊的这句话，公屏界面上就出现了一行字："打刺客的那位小哥哥不要追着我跑了，交个朋友好不好，我是萝莉音哟。"

对面刺客："……"

"就是现在，莫南，捶他！"

莫北没有动，主要是鼠标和键盘都不在她手里。

猫猫熊着急了："快捶他啊！"

然而就在这个时候，封奈单手敲了几个字过去："萝莉音？嗯？"

"等一下，你这语气怎么这么像老……""老大"两个字还没有打完，猫猫熊的动作就顿住了，突地一下站起来，朝着那边看了过去。结果可想而知，他和莫北又去打扫卫生间了。

卫生间里，猫猫熊哀怨地看着莫北："哥们，你应该给我一个暗号的。老大也是，为什么不一上来直接教育我，还要潜伏一段时间？"

莫北淡淡地说道："大概是看你装女孩装得正起劲儿，不想打断你。"

猫猫熊的眼睛都瞪大了："你是认真的吗？"

莫北面色清冷地说道："开玩笑。"

"莫南，兄弟，你以后不要再开玩笑了，你这张脸实在不适合开玩笑。"猫猫熊心有余悸地想要拍拍自己的心口，却在下一刻顿住了，"我刚刚是不是说了'萝莉音'？"

莫北偏眸："嗯。"

"完了，要死，要死！"猫猫熊压低了声音，"你知道吗？那时候老大就是在耳麦里听着那边是萝莉音，才觉得那个'乖徒儿'很特别的。谁知道那家伙居然用了变音器，虽然最后承认自己是男的的时候，和老大坦白了。但自此之后，你懂的，'萝莉音'什么的，最好不要在老大面前提起。"

莫北闻言，手指停了下："到现在也这样？"

"此仇不共戴天，难道你不觉得吗？"猫猫熊愤愤地擦着马桶盖，"因为这件事，我有时候想弄个女号玩玩，都得背着老大。老大在游戏里看到有男的玩女号，都是直接暴捶一顿。"

莫北淡淡地说道："既然以前相处得不错，而且那人现在也不上线了，忘了不是更好？"

"你不懂。"猫猫熊说到这里，长叹了一口气，"老大被伤的可是他纯纯的少男心。"

莫北想，"纯纯的少男心"，这几个字用来形容那个人实在是有点不搭啊。

但这也让莫北有了心理上的预期，"乖徒儿"那个号，确实很危险。

如果让某大神知道她不仅让他的脸挂了彩，还是那个在网上向他"骗婚"的"乖徒儿"……估计到时候连小奶临在场都不管用了。

不过，即便如此，给她的时间也不多了。她必须把当年收集好的材料做成装备转到现在这个号上来。如果没有像样的装备，凭借她现在这个账号打辅助，速度一定会大受影响。看来，她只能再找合适的时机了。

在这之前，她还要想一想，后天的比赛该怎么打，她和她哥打刺客时的手法并不相同，甚至有着天壤之别，连风格都不一样。

莫北担心会有人怀疑现在的她。陆一凡曾经是她哥最好的朋友，不少东西都是从她哥身上学走的，最了解她哥的打法。

然而陆一凡早就不把她哥当兄弟了。有的人就是这样，你教会了他，他就会不满足。当你没东西再教给他的时候，他就觉得他可以取代你。陆一凡是她必须瞒住的人，她现在最重要的事就是调整打法。自从帝盟解散之后，她就没有再打过刺客位，连在游戏里都是打的辅助，所以才会用“乖徒儿”那个号。

和现在不同的是，那时候她的辅助打得并不好，因为改不掉打刺客时往前冲的习惯，刚一上线的时候还很不适应，经常会有队友说：“天哪，这辅助怎么回事，不保护人，总往野区跑？”

直到匹配到一个叫“慵懒”的人，那人打的是刺客，在她帮他打完蓝buff之后，发了句话过来：“辅助，下把一起组队。”

她答应了。

他的打法凶。

她打辅助同样凶。

两个人意外地合拍，就每天一起上线做任务升级。

那时候帝盟已经解散了，但让她放弃游戏根本不可能。可以说在她没有想好将来要做什么的这段时间里，都是“慵懒”一直在游戏世界里陪着她。

所以，哪怕是现在，莫北都没办法把眼前这个高傲、毒舌的人和那个温柔体贴的“慵懒”联系在一起，而且那时候她不是没有问过他的长相。

毕竟当时他在游戏里已经很有名了，很多人都会在他进入游戏之后观战。

莫北不知道他当时是不是因为被问烦了，才会回一句：“还行，戴个眼镜，不网恋，别加我。”

于是在莫北的印象中，“慵懒”应该是一个很有书卷气的学生。

莫北想到这儿，侧眸又朝着偏头点烟的封奈看了一眼。

书卷气？他完全没有，倒是帅气、邪佞得很。

学生？这一点还算正确，毕竟他是A大的老大。

封奈发现了莫北的目光，就那么夹着烟打着泡面盖，漫不经心地抬了下眸：“你煮？”

莫北神色清淡，伸手拿过他放在桌上的碗面，利落地打开了天然气灶，放了个小砂锅上去。

砂锅并不是基地里的，而是莫北自己带过来的。砂锅这种器皿，很适合蒸、煮、煨，莫北此刻还在砂锅里放了一个鸡蛋，鲜香成分溢出得越多，煨出的汤的滋味就越鲜醇。

面好了之后，封奈没有立刻动筷子，舌尖抵着那颗薄荷糖：“你觉得我和猫猫熊一样，吃一口你做的东西，就会对你有所改观？”

莫北淡淡地说道：“我只是看不下去你的厨艺。”

原本被香味吸引过来的猫猫熊在墙角听到这句话之后，果断地冲着走过来的莫北竖了一个大拇指：敢这么回老大，厉害了我的兄弟！

封奈看着丢下一句话便走掉的莫北的背影，狭长的眸眯了眯。

猫猫熊趁机将爪子伸了过来，打算捞口面吃，简直太香了。晚上十点，闻到这种味道的，又有谁忍得住？

他肯定想吃！可他刚把筷子拿起来，手腕就被人用打火机敲了一下。

“谁让你动的？”

说话的人是封奈，缓慢的语速再加上那冷冷的视线，让猫猫熊不由得头皮有些发麻：“反正莫南煮的，老大你又不吃。”

“这是我的面，我为什么不吃？”封奈慵懒地往那儿一坐。

猫猫熊：“那老大拨给我半碗。”

封奈吃着面，话说得慢条斯理：“等你哪天不再装萝莉音了再说。”

猫猫熊：……记仇这样的缺点，老大你是不打算改了吗？

猫猫熊认为自己是被殃及的，说到底都是因为那个“乖徒儿”，老大那时候还觉得“乖徒儿”萌。猫猫熊装什么音不好，偏偏装萝莉音，害得自己现在都不能在老大面前有点兴趣了，唉！

猫猫熊在旁边受虐似的闻着面香，他觉得老大还是有良心的，肯定会分他一口吃。

果不其然，他这个念头刚一升起，就见老大停下了动作，一只手夹着面，另外一只手滑动着手机页面，不知道在看什么……

等下，是游戏。

老大在和人双排？到底是哪个妹子，让老大的表情都不对了！

让封奈陪一个他不久前才亲过的男生打游戏，这对他来说，无疑是一种不太好的体验。但临坑坑是不可能拒绝他的小哥哥的。比起被对方发现他在网上卖萌来，还是一装到底更好一点。

猫猫熊为了八卦，又把头探过去，不看还好，一看差点把嘴里的水吐出来。

老大居然在喊救命！

屏幕上的原话是这样的："小哥哥，救命。这里有人在追杀我，好可怕！"

他忍不住了，好想笑，怎么办？就在他忍得很辛苦的时候，封奈的眼皮掀了一下，漫不经心地问道："好看吗？"

"太有意思了，老大。真没想到，你装起嫩来这么……"猫猫熊后面的话说不出来了，因为那双眼太冷，冷得他双肩一缩。

不过，那个"小哥哥"到底是谁？老大怎么还在那个人面前装起嫩来了？

要知道，能让老大隐藏起本性的，只有当初的那个"乖徒儿"。毕竟为了不把妹子吓跑，老大当时还尽量不毒舌来着。现在，这种伪装技能又出现在老大身上了，想来想去，就是有故事！

而此时，手机屏幕显示的游戏画面是，玩刺客的莫北，就像夜里的影子杀手一样，利用技能，突地出现在了封奈的身边，身形一侧，替封奈挡下暴击的同时，右手长剑一挥，带走了对面正在追杀封奈的战士……

这一幕，让封奈浅色的眸变深了一些。莫北的打法变了？

莫北还不知道手机那头的人在想什么，以为封临是被吓到了，开着语音说了一句："别怕，有我在。"

通过电子产品传来的声音和平时说话的声音有那么一点不同，但还是让离开一段距离的猫猫熊，突地回了下头。好奇怪，他刚刚怎么听到了他厕所好哥们莫南的声音？

注意到了猫猫熊的动作，封奈漫不经心地戴上了耳机，这期间他还不忘学着他弟的语气回复："谢谢小哥哥。"

一场排位赛下来，封奈喊了不下七次救命。

队友很豪爽地表示："ADC妹子，你别总让刺客保护你，我才是坦克，我保护你。"

妹子？这两个字成功地让封大少爷眉头一挑，直接右手一个有技巧的走位，让原本来切他的战士，直接被秀飞，死了。

这时候莫北还在刷野区，并没有看到这个过程。

倒是站在一旁的坦克蒙了，怎么ADC妹子突然之间变得这么彪悍了？

他连跑都没有跑过去，就、就杀人了？

对面的战士更是在死了之后，用公屏刷了一句话："对面的ADC，你个演员！"

莫北刷着boss，淡淡地问了一句："什么情况？"

坦克刚想打字，就见有人比他更快地打了一行字："小哥哥，那人被我杀了之后还骂我。"

坦克："……"

"知道了。"莫北向来话少。

对手的心态直接被打崩了："刺客，你不抓ADC老抓我，什么意思，我一个战士你抓了有什么用？杀5死，我还怎么打？讲点道理好不好？"

坦克见状，直接公屏留言："兄弟，别反抗了，遇到夫妻档就是这样，谁让你刚刚说了ADC妹子，我家刺客肯定不能忍。"

ADC妹子？夫妻档？

封奈看着这几个字，狭长的眸眯了眯，但伪装没有丢，只要莫北在的时候，他就各种不行。

莫北一不在，战士来了，封奈直接一技能带走。

无论是他们战队里的坦克，还是对面的战士都发现了这一点，这ADC真的是有点问题。

但战士已经不敢再说什么了，他怕他再开口，对面的刺客直接杀到他怀疑人生。

现在带妹子的小哥哥们，都这么凶残的吗？这个妹子也是，非常会装，明明打得很好，非要装得很菜。这都是什么套路？是想让刺客小哥哥对她怜香惜玉？

这路人战士是有点蒙的。

封奈完全没有把其他人的感官放在眼里，喊救命不过是想要将某人的打法看得更清楚点。

Bey的痕迹没有了，难道以前真的只是他的错觉？

封奈低眸，又看了一眼手机上掠过游戏地图的人影，随着敌方城池的被摧毁，“胜利”两个字，出现在了屏幕上。

紧接着，就是莫北发来的语音消息：“今天先到这儿，明天再陪你玩。”

封奈刚想回复，消息就又刷新了，只有一句：“么么哒，晚安。”

因为是语音消息，透过耳机再传到耳朵里，清冷的语气变得柔和了。“么么哒”这三个字，在这个时候响起来，封奈修长的手指不自觉地顿在了那儿。如果他们没有亲过，他脑海里还没有具体的画面，一旦亲过就不一样了。

猫猫熊并没有听清这两个人的谈话，只听到老大那边一个“嗤”字就又开始了游戏。

刚才的坦克也被邀了进来，这不是重点，关键是“封临”ADC妹子一上来就锁定了刺客位！

还是和他对打？

“妹子，你这样，会被我虐的。”没消息回过来，妹子的性格怎么有点高傲？

不太像啊，她刚才不是还冲着别人喊“小哥哥”的吗？那坦克还在想着，突地只见眼前身影一闪，还没等他抬手放技能，就被对方一个长枪上挑，打下去了三分之一的血。

“妹子，不是我说你，你怎么能和一个坦克对着干呢，你这样会死的，我告诉你……”

坦克说着，一个转圈就想要使出眩晕技能，但还没等他按，他就死了。

“不是吧，妹子！”

封奈这时候开了语音，漫不经心地反问道：“叫谁妹子呢？”

坦克：“呸，怎么是个男的？”

就在他说这句话的时候，再一次被封奈杀了。坦克现在也不反抗了，就是有一点他不太明白：“大神，你为什么要虐我，我们上一把是队友啊。”

封奈打了个哈欠，有些欠揍地说道：“你可以简单地理解成我因为‘么么哒’三个字心情不好，或者想想你自己说过的话。”

么么哒？和么么哒有什么关系？坦克想破了脑袋都想不出来，他说错了什么。

封奈提醒他：“谁告诉你，我和那家伙是夫妻档？”

坦克抓狂了：“你刚刚可是很软很软地喊人家‘小哥哥’，一被抓就让人家来救你，不是夫妻档是什么？”

封奈看着那些话，眉心微微拧了下，太烦，全是不靠谱的脑补，直接暴击带走。

接着，封奈下了他弟的账号，将手机一收。他踱步回了自己的座位，上了King的账号，准备直播这周的份额。

猫猫熊还在看，就是想从他家老大脸上看出一些蛛丝马迹来，奈何，一开直播，他家老大就更加云淡风轻了，根本什么都看不出来。

不过，粉丝们的感觉还是很灵敏的。

“K神今天的打法是不是比平时还要凶？”

“比起这个来，只有我觉得K神嘴巴的颜色和平时不一样吗？”

“坏人，不许打我K神的主意，我知道你在想什么！”

“好想亲一口！”

看到最后这个弹幕的时候，灵感仿佛一道光一样，从猫猫熊脑海中一闪而过。

老大今天不断地抬手用手背蹭唇，不断地……难道是？

猫猫熊凑过来，等到封奈结束直播之后，冒着必死的危险问了一句：“老大，你该不会被谁亲了吧？”

莫北洗漱完从楼上刚下来，听到的就是这句话，脚步在那儿顿了一下。

封奈侧头将黑色的耳机一摘，漫不经心地扔在了那儿，冷笑道：“你从哪里来的这种错觉？”

猫猫熊被那气场震得咳了一声，手速很快地将莫北一拽，挡在了自己的前面：“兄弟，你看看老大的嘴，像不像被人亲过？”

莫北黑色的头发上还带着水汽，并没有预料到这一拽，她和封奈的距离变得很近了，近到封奈甚至能闻到莫北头上洗发水的味道。

莫北也在看他，准确来说是在看他的唇。他的唇形状好看且薄，中央还泛着淡淡的红。这样的人，如果去亲谁，大概没有人能拒绝。

封奈在听了猫猫熊的话之后，反而慵懒地往那儿一靠，看向莫北时，舌尖抵出了他那颗薄荷糖："说啊，猫猫熊问你呢。"

莫北知道，某大神是想给她出难题，毕竟亲没亲，他们两个都清楚。

她不咸不淡地说了一句："吃过泡面之后，嘴都会泛红。"

"听到了？"封奈单手插着裤袋，朝着身侧扫了一眼。

猫猫熊蔫了，当着封奈的面也不敢问。等封奈上去之后，他才拦住莫北："莫南，兄弟，你帮我分析分析，到底是谁亲了老大，他绝对不是吃泡面吃的。你是不知道今天老大擦了多少次嘴，一定有情况！"

莫北没说话，只觉得某大神的洁癖程度果然名不虚传。

猫猫熊还在那儿说着："他最近还总是和人甜蜜双排，说不定是被圈内人亲了。"

莫北挑眉："甜蜜双排？"

"嗯，很甜蜜。"猫猫熊摸了摸下巴，"对方的技术应该还不错，我知道了……女主播！"

莫北淡淡地哦了一声。

猫猫熊这时才想起了什么，脸上有些尴尬："我都忘了，你和某个女主播……咯，你们真的有过一段，不是你在蹭热度？"

"不是。"莫北将矿泉水瓶一扔，随意地站在那儿，猫猫熊从这个被圈内人不屑的人身上，感觉到了冷意。

莫南从住进来开始，虽然话少，但相处起来并不会让人感觉到不舒服。

猫猫熊能感觉到，莫北并没有撒谎，可杨梦若确实当着所有人的面，否认过这个说法，并一直在强调"只是普通朋友"。

"会不会是你把好朋友和男女朋友搞混了？"

莫北侧过脸来，淡淡地问道："好朋友？杨梦若是这么说的？"

猫猫熊没接话。

这段关系，一直都是杨梦若在主动，甚至当初去酒店开房的都是杨梦若。那时候她哥还说，等他出名以后，要把杨梦若娶回家。

她哥有很多事，都说不出口吧，不想变成和对方一样的人，所以沉默再沉默。有的时候，她在想，她哥是不是已经对电竞失望了……

猫猫熊还从来没有见过他们家新辅助露出过沉思的表情："莫南，你不会是还喜欢她吧？"

“没有。”莫北抬腿刚绕过门框，就看见了双手插着裤袋的封大少，也不知道他在那里站了多久。

两个人擦肩而过，并没有交谈。

倒是猫猫熊见莫北上了楼，不由得担心地问了封奈一句：“老大，你说我刚才是不是说错了什么话？莫南这样子太有问题了。”

封奈的眸子偏了一下。

猫猫熊长叹了一口气：“真看不出来莫南是这么长情的人，要是影响到明天的比赛怎么办？”

封奈还是一贯的漫不经心：“如果一个女人就能影响到他的比赛，那他就可以直接回家了。”

猫猫熊还是热心肠：“不行，老大，我得帮帮莫南！明天的比赛如果赢了，我们就叫上主播联谊吧！”

封奈对这种事向来不感兴趣：“随便你。”

“那我就去约了！”猫猫熊觉得自己简直太聪明了。这样一来，不仅能制造莫南和杨梦若的见面机会，到时候还能看看，老大到底和哪个女主播有情况。

基地二楼，封奈走进房间的时候，屋里一盏灯都没有亮。

他站在那儿，侧眸扫了一眼旁边床上的人影，眉心不由得拧了拧。

“喂。”

原本已经闭上眼的莫北，听到对方的嗓音后动了动：“有事？”

“这位小哥哥，”封奈压低了身子，看着莫北，眼里没有什么波澜，“两场友谊赛，赢了之后就能留在黑炎；无论哪场，输一次就要走。”

莫北淡淡地说道：“我知道。”

“那就整理好你自己。”封奈抬起身子，“我不关心你的私人情感，但有一点，别影响比赛。”

莫北不明白，什么私人情感？

封奈却已经像往常一样，背对着她躺在了床上。

这一夜，相对于之前来说太平了很多。

第二天早上，莫北刚洗漱完出来，就听到了封奈沙哑的嗓音：“对，今天他玩刺客，我不上场，采访？没兴趣，挂了。”

说着，封奈从床上站了起来，此刻他赤裸着上半身。

猝不及防，莫北对上了这一幕。

封奈的眉头挑了一下，冷笑道："好看？"

莫北没说话，这确实是个误会。

封奈穿着黑T恤走了过来："看够了就下楼，什么时候队长还要兼职给队员提供美色服务了？"

"什么美色服务？"猫猫熊叼着一根油条上来，一脸的疑惑，这是发生什么了吗？

封奈将战服外套拎了起来，直接走进了浴室。

莫北也只是侧过眸，继续整理单肩背包。

猫猫熊好奇得要死，到了车上还在想这个问题。

倒是腾灰突然说了一句："今天的友谊赛，对方请了外援。"

一开始，莫北并没有在意，一直到进了赛场……

"这不是南哥吗？"说话者是陈逾，他的嘴角带着轻蔑，"南哥，进了黑炎可要改改你自满的毛病，别像上次我们在一起对战天星的时候，你说可以速战速决，结果差点输。好在后半场被陆哥救回来了。是吧，陆哥？"

莫北这才看到，他的后面还站着陆一凡。

"一些人的实力究竟怎么样，自己最清楚。"

陈逾笑了："陆哥说得对，今天会深刻地让他认识到这一点。"

猫猫熊看着这人的态度，开始怀疑，以前他们说莫南的话究竟是不是真的。

"南哥，你怎么不说话？"陈逾又往前走了一步，"遇到以前的朋友要打招呼，这才是礼貌啊。"

莫北单手插着裤袋，淡淡地说道："看来你就是对方战队请来的外援。"

陈逾笑了笑，上前一步，压低嗓音说道："不只是我，陆哥还会作为赛前指导，你的手法我们了如指掌。你真以为加入了黑炎，你就能卷土重来？你算个什么东西，要背景没背景，现在手还伤了，还有脸留在这个圈子里。听我舅舅的，做个主播卖个笑多好，非要来和我们争。"

莫北深黑的眸落在了他的脸上："连你这样的人都还在圈子里，我为什么不能在？还有，别和我提手的事，因为这样会让我什么都不再顾忌，只想捶扁你。"

“哈哈哈，捶扁我？”陈逾大笑了起来，“南哥发火了，我真的是好怕哦。”说到这里，他停下了笑，满眼不屑，“这次可不要食言了，毕竟南哥一向喜欢说大话。”

莫北将陈逾的手挥掉，淡淡地说道：“放心，不会再像对天星的那场比赛，毕竟对一个打刺客位的人来说，最难对付的不是敌方，而是队友的陷害。”

陈逾眼神一狠：“南哥，你这是在为你的烂成绩找借口吗？出了事，要多从自己身上找找问题。”

莫北竟嗯了一声：“是该找找自己的问题了。”

咦？莫南怎么能忍到现在，都没有暴捶这些人？

“三分钟。”莫北插着裤袋，清冷地说道，“好好享受游戏的前三分钟。”

“嘁，他以为他是谁，手伤了还这么狂。”陈逾回到休息室之后，怒气冲冲地将易拉罐一踢。

陆一凡却像是想到了什么：“他的手，是不是好了？”

“有可能。”陈逾想到这个就有些急躁，“我以为弄成那样应该就没问题了，没想到还能恢复。这个莫南还真是像打不死的蟑螂，挡谁的路不好，偏偏挡我们两个的。就算他的手恢复了，以陆哥对他的了解，想要赢他应该很容易吧？”

“你说呢？”陆一凡不答反问，那自信的神色已说明了一切。

九点二十分，现场已经开始了赛前十分钟的倒计时。

虽然是友谊赛，但因为有黑炎参赛，热度也是居高不下。

当然，摄影师将大多数镜头放在了猫猫熊身上，除此之外，就是陈逾和陆一凡。

弹幕上开始飞了：“陆神也在？”

“他是作为外援指导出现的，预告上写的。”

“那黑炎难打了，陈逾也不错，我看过他的比赛，再加上陆神的指导，我家猫大千万要撑住啊。”

就在这时候，屏幕上传出角色锁定的声响：莫北向南——刺客位。

“不是吧？”

“我猫大这一场还怎么打？中野联动，也得刺客给力啊，莫南的刺客能看吗？他在图海的最后一场，还有人记得吧？杀6死，全靠队友在撑，真不明白，黑炎为什么让他来打刺客位！”

“感觉会变成单方面的虐杀，你们看陈逾选的刺客位，完全可以吊打莫南！”

猫猫熊在看到对面的阵容之后，也有些担心了，戴着耳机，呢喃了一句：“这完全是针对我兄弟的打法，因为是前队友特别熟悉他，才选的这个角色吗？”

另外一边的陈逾扬唇笑了起来，果然和陆哥预料的一样，莫南真的选了这个角色。

接下来，一开场莫南该去打蓝buff了吧？陈逾挥动着鼠标，没有任何犹豫，向着队友们发送了个位置。目标很明确，黑炎的野区。

玩游戏的人都知道，只要前期把刺客抓废，后期他就很难打上来。

“无论他的手好没好，前期都别让他发育，自然而然他就废了。”这是陆哥的原话。

和陆一凡想的一样，而且莫南选的这个角色，非常耗蓝（耗费游戏人物的技能蓝条），所以他一定会先选择蓝开！陈逾几乎预料到了自己的胜利。

可当他走到这儿的时候，瞳孔却骤然放大了！

没人？竟然没人！

“我刚说什么来着，猫大这一场没办法打，真搞不懂对方都来蓝区了，莫南那个刺客却不在，想一想都觉得讽刺。”

“估计打红buff吧，不过这个时间，也该打完过来了。”

腾灰没有上场，坐在那儿看着：“莫南那家伙到底在做什么，他难道连中野联动都不知道是什么吗？”说着，他偏过头去，说道，“老大，你说我对他有意见也好，不欢迎他也好，我承认上一场比赛，我带了个人情绪，不应该不去支援他。他的辅助玩得确实不错，但他这个人真的太自大了，他刚还在陈逾面前夸下海口，会打爆对方，现在却连个野区都守不住。我不是说他的打法怎么样，我是觉得这个人的人品……”

“他的人品，目前还不在讨论范围内。”封奈打断了腾灰的话，舌尖抵了抵薄荷糖，侧过脸来，说道，“没有做过深入了解，没什么判断依据，他的打法倒是可以说一下，这么长时间不出现在自家蓝buff野区，还有一种可能……

“他，在对面的野区。”

随着封奈漫不经心的尾音落下，陈逾总算看到了游戏地图上莫南的所在点，那银白色的影子长枪一挑，竟然出现在了对面的两个护城塔之间的位置。

等到导播跟着他的视角切过去，才发现这边野区的野怪，都……没了？

“这是什么情况？”

“刺激了哟，全没！”

“你反我的蓝，我就反掉你半个野区，挺帅的嘛，黑炎的这个刺客小哥哥。”

解说员们也反应过来了，笑着开了口：“本以为陈逾这边得了便宜，现在看来，黑炎的刺客有自己的一套打法，是知道对方会来反蓝吗？所以干脆放弃了自家的蓝buff，利用中单牵制陈逾他们的时间，直接拿掉了对方半个野区。不得不说，这意识是真的好。”

腾灰在听到这句解说之后，整个人都顿在那儿了，嘴巴也微微张开了：“莫南他……”

“是故意的。”封奈的神色并没有多大的变化，“毕竟是以前的队友，做一些意识上的调整很正常。”

腾灰骤然侧眸：“是老大给他做了赛前指导？”

“我？”封奈笑了一下，“在你眼里莫南到底是有多菜，连这种意识都没有？”

腾灰解释：“我不是这个意思，我就是……”

“我说过吧，”封奈俊美的脸侧了过来，“无论你喜不喜欢这个新辅助，他都是黑炎的队员，就算是备选的，也一样。”

腾灰的脸瞬间涨红了：“我错了，老大。”

封奈没有再说话，很显然，他的注意力更多地放在了游戏上。毕竟从一开始，他让某人今天来打刺客位，就是为了确定一些事情。

屏幕上，陈逾操作着的游戏角色，硬生生地在那儿顿了一下。

什么时候？他什么时候来的？

陈逾面对自家空荡荡的野区，恨不得现在就将莫南抓爆！

在旁边观战的陆一凡，身形跟着摇了摇，握紧了手，意识再怎么强，打法总不会变。他已经把莫南所有的习惯都告诉了陈逾。

既然把所有野区都打完了，莫南的血量肯定也已经没有多少了，只要埋伏好就行。

陆一凡朝陈逾看了一眼，陈逾立刻隐蔽在了草丛里。

这一次陆一凡没有预料错，因为，屏幕上的银白色身影确实朝着这个方向掠了过来。

弹幕上有人在说：“看来莫南要凉了。”

然而就在下一秒钟，人们却停顿了动作，因为莫北的长枪横挑过草丛，直接将伤害打在了陈逾的身上。

“他竟然知道陈逾藏在那儿！他是怎么知道的？”

“而且这家伙为什么不是半血，而是将近满血？”

由于视角一直放在陈逾这边，别说解说员有疑惑，同样观战的腾灰也是，所有人都盯紧了屏幕。

而封奈却偏了下眸，将视线落在了那个还在挥动鼠标的冰山少年身上，仍然漫不经心地说道：“看来比赛很快就会结束。”

“什么？”腾灰不解，这不是才开始吗？

封奈修长的手指敲了敲长腿：“看经济。”

“经济？”腾灰这才注意到莫南的数据，不仅仅是全场最高，甚至比陈逾的两倍还要多，“他，他是怎么做到的？”

封奈淡淡地解释道：“除了野区，他还提前断了那边两塔间的兵线，不然你以为他在对面这么久，是在养猪？他是要打满经济杀人。”

“杀人？现在？还没到三分钟？老大，你这真的是在用自己的能力去想别人了，莫南他怎……”腾灰刚抬起手来，看一眼时间，接着就顿住了，脑海中浮现出了莫南对陈逾说的话：“三分钟，好好享受游戏的前三分钟。”

难道莫南想说的是，就用三分钟？这怎么可能？

腾灰身躯一震，朝着前方看了过去！屏幕上那道银白色的人影又是一掠，根本不给陈逾任何逃跑的机会。

衣袖猎猎间，长枪一扫，她行云流水地上挑、暴击。无论陈逾怎么走位，都好像在她的预判之内。

“莫南是不是忘了，这里是对方的野区？”陈逾肯定会有支援。

“不愧是我逾大，他是故意的，就是为了拖住莫南！”

猫猫熊也发现了这一点，按着耳机，说道：“兄弟，看下路的位置！”

来不及了，对方的援兵已到。陈逾得意极了，一个拉动，掉头就想反杀，秀飞对方。

可就在这个时候，屏幕上少年左手握着的鼠标，一个蜿蜒如蛇的走位，黑发甚至都有些飘动。在场的人们顿时一愣！那是……Z字走位！

陈逾因为眼前人影的消失明显慌了，他甚至不清楚发生了什么，就在下一秒钟被银枪刺穿了心脏。

整个会场的人都听到了那道震耳的音效：

First blood！

第一滴血！

还是在对手有支援的情况下拿下的。

“等一下，莫南不准备回去吗？”

“你们看，他的血量！”

“不掉反而涨了？是吸血！”

封奈的目光落在了少年的右手上，在看到那手指倾斜的动作时，眸色甚至都有些发深了：“有点意思。”莫北的打法没变，意识却变了。

“什……”腾灰的话音还没落下，就听耳边又传来了一道游戏音效：

Double kill！

双杀？

除了陈逾之外，还有其他人倒下吗？

腾灰朝着屏幕看了过去，只见银白色人影的长枪下，躺着的是对方前来支援的法师！

弹幕从来都没有像现在这样干净过，甚至在现场都有人伸手捂住了嘴！

这场比赛开场才刚三分钟，莫南就一打二，拿下了双杀！

之前还淡定自若的陆一凡，在看到这一幕之后，一张脸彻底僵硬了，放在腿上的手紧了又紧。这是莫南的打法，莫南也曾经这么教过他。

可为什么这一次莫南打出来会这么厉害？因为他的意识提高了吗？不，不只是意识，还有手速！

陆一凡能感觉到对方的手速在他之上，这件事他早就知道，所以他才会做那些事。他以为他们之间的差距只有一点点，却从来都不知道，莫南的手速会比他快这么多！

然而，就在这个时候，屏幕上的白影却手持长枪停了下来。

“他又要做什么？”

“这是没有回家的打算吗？”

“不会是想要趁着对方没复活，直接反掉蓝区吧？”

没有那么复杂，莫北不过是在打暴君，随着音效腾起，全队经济翻倍！

弹幕再一次变成了一片空白，看到这一幕，陈逾根本不服气，复活之后又想往前冲，他现在根本不管比赛是输还是赢了，他就想杀莫南一次！

“你们都跟上我。”这是陈逾的命令。

可这并不是他的战队，有人直接开了口：“陈逾你先发展一下，我们和对面差的经济太多了。”

已经恼羞成怒的陈逾根本什么都听不进去，就是想要杀莫南，于是在对方中推开团的时候，陈逾自作聪明地绕到了最后面，想要出其不意地切掉站在那儿刷小野怪的莫北向南。

莫北向南只停顿了一下，接着连躲都没有躲，先是侧进草丛，接着长枪横穿，直接一技能上挑入团！

全视角能让所有人看到莫北那几乎秀翻全场的走位操作，配合法师猫猫熊的大招，打了对方一波爆炸性的团灭！

连解说员都忍不住了，说道：“漂亮！好一手中野联动！”

之前嘲笑莫北什么都不懂的人，现在已经说不出话来了。他们眼睁睁地看着那道银白色的人影，直接越塔清兵，衣袖猎猎间，断掉了所有的兵线，带着后来的四个人，直接上高地，推城池！

导播为的就是捕捉这一幕，将镜头锁定莫北。

出现在大屏幕上的莫北，容颜俊美，神色淡然，好像把游戏打得这么凶的根本不是她一样。可就是这样，几乎所有的妹子都被迷住了！

随着屏幕上水晶一般的碎片落下，“胜利”两个字，横穿了整个画面！

陈逾啪的一声摔掉了手上的耳机！

解说员轻笑：“三分钟双杀开龙，黑炎是早就计划好了吗？不愧是有K神压阵。”

腾灰闻言，身躯一震，别人不清楚，但他明白，这与老大根本没有关系。

三分钟。开赛前，莫南说让陈逾好好地享受前三分钟，这场比赛，三分钟之后的画面，就是陈逾被按在地上捶，不是瞬秒就是被抓。

腾灰又想起了之前，他们问莫南明明是打刺客的为什么要转型打辅助。

莫南的回答是："被前战队赶出来，我无处可去。其他战队不收，只有黑炎收队员时条件里没有这一条，不过黑炎只缺辅助。"

那时候腾灰只觉得他这根本就是意识跟不上，带不动全队，自知能力不足来打辅助了，还把话说得那么漂亮。可在看了这样一场比赛之后，腾灰几乎都想挖个地洞钻进去了。

他不该在不了解一个人的时候，就去判断那个人的人品，从而质疑那个人的技术。到底是从什么时候开始，他也变成这种听到一件事就相信的人了？腾灰恨不得捶暴自己！

猫猫熊则一把将莫北的肩揽了过去："说三分钟就三分钟，这波真的是帅飞了！"

"嗯。"莫北垂眸，眼神无波澜。

没有人知道，她今天之所以会这样打，并不是因为想要帅飞，而是因为她很清楚，有一个人一定在电脑前看着这场比赛。

那个人把所有的青春都给了电竞，却因为妨碍到了别人，落得深陷泥潭的下场，被无数相关、不相关的人非议。

说他不要脸，说他蹭热度，说他不配打游戏！

羞辱、背叛，以及手伤，这些她哥都遭遇过，她都会一点一点地向这些人讨回来。

陈逾，只不过是开始……

莫北想到这里，单手插着裤袋，突地一个抬眸，朝着陆一凡的方向看了过去。

原本看完这场比赛已经变了脸色的陆一凡，在接触到那道目光之后，不知道为什么，竟然有一种被看透了的感觉。好像他做了什么，那人都已经知道了一样。

不可能！莫南不可能知道他做过的那些事！

然而陆一凡想不到的是，这个站在这里的人，并不是莫南，而是早就尝遍人间冷暖的游戏天才Bey。

陆一凡做过什么，莫北并不知道，但没有哪一个朋友，会在你深陷泥潭的时候，还给你一脚，将你彻底踩在脚下。并且这个"朋友"还在误导别人，让别人以为是你人品不好。

如果是这样，她哥手伤的原因，就该好好研究研究了。

莫北很清楚，没有人会去分析这些，哪怕是曾经那么喜欢她哥的人，也只会说：好失望。

可真正失望，失去一切的是现在还带着手伤的人！那个人，遭遇了什么，只有她在乎……

“喂，大哥，你到底在想什么，老大和你说话，你都不回的啊？”猫猫熊见莫北还没将目光收回来，干脆伸手拽了拽她的衣角。

老大？莫北听了猫猫熊的话之后，朝着那个难以忽略的人看了过去。

只见他漫不经心地钩起了放在椅子上的外套，眸色浅淡得很，莫北问猫猫熊：“队长刚说什么了？”

猫猫熊：“让你去做个采访，然后和我们去休息室集合。”

“采访？”莫北挑眉，问道。

猫猫熊笑了：“你这种装新人的招数没用，比赛之后全场最佳，都要有一段小采访，别说你不知道。”

莫北还真不知道，毕竟她以前没露过脸。

“不过，刚才你看陆一凡的目光，怎么是那个样子的，都引起老大的关注了。”

猫猫熊的这句话，让莫北手指一顿：“关注？”

“就看看你，再看看陆一凡，嘴角像是很感兴趣地勾了一下，还说什么‘我们的辅助小哥哥打起刺客位来，真的是好凶，凶到让人觉得像是换了个人’。”猫猫熊说到这里，还打了个寒战，“老大居然叫你‘辅助小哥哥’，‘小哥哥’！”

已经被叫过很多次的莫北早就习惯了，让她在意的是猫猫熊的第一句话。这一次她特意调整了习惯，用的是她哥的打法。这样，那位K神还能看出不同来，确实有些头疼。

莫北进了休息室，她战服还没有换，就被那漫不经心的人影挡住了去路。

已经拉开衣柜的莫北，干脆把带来的私服都装进了背包，抬眸对上了封奈的视线：“队长，你挡住我的路了。”

封奈看着莫北，像是要从那张脸上看出一些东西来，但什么都没有。

不过，仅凭一个Z字形走位，他确实也看不出什么来。于是他侧身让出了地方，顺手掏出了不停振动的手机。

“老大，我们在南门，人约好了，白夜唱吧，你带莫南一起来吧！”是猫猫熊的声音，听上去还带着笑，大概是因为有美女在，所以他和往常很不一样。

封奈本来是不打算去的，现在，他侧眸看了一眼站在他身后的清隽少年，再一次想起了猫猫熊的话：“真看不出来莫南是这么长情的人……”

他随手将手机一塞，扔过去两个字：“走了。”

莫北并没有听到对话的内容，还以为他们是要去地下停车场，然后回公寓。

没想到还没出门，那人就将黑色的口罩一戴，修长的手指在手机屏幕上点来点去的，也不知道在做什么，直到他接了一个电话：“嗯，我在北门，穿着黑色衣服，定位准确。”

是出租车，居然还是用手机叫的。莫北侧眸，将视线落在了封奈的脸上，两个人还要等出租车绕过来。

这样的目光，封奈当然能察觉到，垂眸，声音透过口罩传来：“怎么？没见过别人打车？”

莫北淡淡地说道：“只是觉得队长不太适合这种平民化的交通方式。”

她怎么想都有违和感，毕竟名车更适合眼前这个人的身份和脸。

“没办法，我穷。”封奈依然慵懒地侧身拉开了车门。

莫北只扫了一眼他穿着的那双板鞋，一双板鞋三千多的人，穷？

出租车上，两个人并没有多少交流，车窗开着，凉风袭来，车就那么开了一段。

莫北将脸侧了回来：“这不是回基地的方向。”

封奈漫不经心地掀了下眼皮：“谁说要回基地？安静点，让我睡会儿。”

莫北没有再说话。

封临说得没错，他哥除了睡觉，没有其他会做的事，从早睡到晚。如果不是有比赛要打，或是有训练要做，估计这人根本不会起来。

不过，这人没有直接回基地，是为什么？很快，莫北就找到了原因。因为他们的目的地到了，是一家很高级的会所。

突然，莫北想起了赛前猫猫熊说过，要约女主播们联谊的事，脚步微顿了一下，但并没有什么大的影响。毕竟只是面对面坐着而已，不过这种地方，莫北很少来罢了。

封奈给了钱之后，率先下了车。很快就有人迎了上来，脸上带着意外的笑："封少，您怎么来了？"

"战队聚餐。"封奈只给他四个字，单手插着裤袋，风流倜傥的样子。

服务员很少看到他们经理对谁这么客气，不由得都朝着这边看了过来。封奈却像是早就习惯了一样，报了个包间号。那经理立刻将人引到了里面。

"猫神，听说K神也会来？真的吗？"

包间里灯红酒绿，烟雾袅袅。

猫猫熊已经点了好吃的，立刻答道："当然是真的，一会儿你们就能看到老大了。"

"那我能不能要签名，我真的好喜欢K神。"一个长相很甜美的妹子开了口。

猫猫熊笑了："这就要看你的魅力了。"

"我会努力的。"那妹子眨了眨眼。

殊不知猫猫熊已经把她排除了，这虽然是老大喜欢的类型，但并不像是和老大有关系的，不过，这没什么，一会儿谈话就能测试出来。

猫猫熊都有些等不及了，拿手机发了条微信过去："老大，你们怎么还没来？"

封奈手指微动："到了。"

第六章 马甲掉了

猫猫熊看罢消息，直接喊了一句："他来了。"

来了？

坐在那群主播中间的，就是杨梦若。她今天穿着游戏中人物的衣服，因为她听说过，封奈很喜欢温婉的古装风女孩。

平时，封奈好像不认识她们这些主播一样，也不会参加圈子里的聚会。今天黑炎战队的猫神主动约她们，说King也会参加这场联谊的时候，杨梦若就知道，她的机会来了。

如果她能通过这种私人方式认识K神，那他们以后就能熟起来。

杨梦若想到这里，拿起红酒杯，垂眸抿了一口。

这时候，一侧的门突然开了。

"老大！"猫猫熊叫道，"我们等你们很久了，你们好慢啊。"

封奈身形一侧，眼皮半撩着，并没有多少欢快的神色："想死吗？"

猫猫熊头皮一麻，侧过头去，在莫北耳边压低了嗓音说道："兄弟，我请了个人来……"

莫北并没有问他请的是谁，因为她一抬眸，就看到了坐在沙发上的杨梦若。

杨梦若穿着的衣服偏古风，以纯白色调为主，袖口很宽，是模仿的某位法师。

杨梦若是听到猫猫熊的那声“老大”之后，才朝着这边看过来的。随之，她的笑容有了明显变淡的迹象。不过，也就是那么一瞬间，很快，她就恢复了一脸浅笑，就好像上一次在后台说莫南蹭热度的并不是她一样。

猫猫熊推了莫北一把：“趁着这个机会好好谈，不要太感谢我。”

莫北侧眸：“感谢什么？”

猫猫熊压低声音说道：“你不是一直都想和她解开误会，好重新开始吗？我和老大都知道。”

重新开始？这大概是本年度最大的误会。

莫北侧脸，就见那位K神的目光落在了这边，还有些期待。

“兄弟，来，你坐到那儿去。”猫猫熊很贴心地想让他兄弟坐在杨梦若的旁边，还在那儿吆喝。

杨梦若则不露痕迹地攥了下酒杯，原本以为她旁边这个位置坐的会是K神，没想到会是这个废物！但无论对莫南有多么厌恶，她也不会在K神面前表现出来。于是，杨梦若一笑：“莫南，没想到你也会来，真的好巧。”

莫北不咸不淡地说了八个字：“这是黑炎赛后聚餐。”

杨梦若的手指顿了一下，嘴角的笑却没有消失：“也对，今天的比赛，我还没来得及看，不过听说你打得很漂亮。作为朋友，我真心替你高兴，以后你就留在黑炎打比赛吧，不要再想那些乱七八糟的事了。”

莫北却在这时候慢条斯理地开了口：“你所说的乱七八糟的事，指的是什么？”

“是啊，指的是什么？”猫猫熊也好奇。

杨梦若眨了眨眼，扮无辜：“没什么，我担心他的心态。”

“担心我的心态？很简单，”莫北的声音淡淡的，“话少点。”

杨梦若险些装不下去了，笑容都有点僵了。这个莫南怎么变得这么难对付了！

莫北则越过她，将背包扔在了沙发上：“我坐队长旁边。”

封奈在闻到那股柠檬味时，眼皮掀了一下。很明显，他所表达的只有一层意思，那就是“你最好不要真坐下”。

但莫北完全没有在意，已经坐在了那儿。

猫猫熊真的特别佩服莫北，敢这么和老大对着干。

封奈笑了，眼底却没有温度："随便你，别碰到我。"

莫北嗯了一声。果然，两个人虽然离得近，但没有碰到。

同时，封奈也发现了某人坐在自己身边的好处，最起码比起别人来，临坑坑的这个小哥哥身上并没有难闻的香水味。

倒是猫猫熊有些着急了，这样下去根本不行，要想知道老大对谁有好感，他必须先收集一下资料！

"对了，"猫猫熊双眸一转，大大咧咧地笑道，"以后咱们一起开黑怎么样？"

"好啊！"这句话简直说中了在场所有女孩的心思。

杨梦若也是盈盈笑道："K神，我发了申请，我看你上次说缺个辅助上分，我刚好是打辅助的，应该不会太坑你。"

猫猫熊闻言，一偏头，就听他家老大淡淡地嗯了一声。

奇怪，他家老大最不喜欢加人啊，怎么这次没拒绝？女孩们倒是很开心，也就没有去看那个页面。

一旁的腾灰还没忘记他和猫猫熊的计划："等回去之后再开黑，现在快开一局真心话大冒险，活跃一下气氛！"

"好！"

有人响应，游戏就这么开始了。

猫猫熊抽了一张卡片出来："6点，3点，1点！哈哈哈，都准备好，很劲爆！"

连一向话少的寒昔都将眸子侧了过来："别吊人胃口，快念。"

猫猫熊清了清嗓子："摇到几点就是几号哈，这次是大冒险，不许喝酒抵消。冒险内容是，6号要在3号和1号之间选择一个号码，同吃一根手指饼干。哈哈哈，如果被选的人拒绝，就去陌生人面前跳一支最性感的舞蹈！6号，谁是6号？"

大家互相看了看，都摇了摇头。6号，该不会……是K神吧，和K神同吃一根饼干，想想都会心跳加速。

杨梦若知道后，轻轻地拂了一下长发，手肘碰了一下色子，谁都没有发现。而后她一脸娇羞地问道："K神是6号吗？我是3号。"

封奈慵懒地掀了一下眼皮。

猫猫熊知道那是什么意思：敢让我真和别人同吃一根饼干试试，废了你！

“喀。”猫猫熊不敢直视那张俊美的脸，闭着眼睛说道，“1号有人摇到吗？没人的话，就老大和梦若了。”

杨梦若略微抬眸，脸上腾起了绯红。

猫猫熊看到这里，基本已经明白了，这里面根本没有和老大甜蜜双排的人。不然的话，老大的气场也不会是这个样子的。猫猫熊几乎能看到基地的厕所正在向他招手。

其他人却不知道，还以为K神真的对杨梦若有点特别的意思。

此刻，封奈侧过脸去，用一只手撑着下颌，双眸落在了莫北的脸上，洁白的犬齿微微露着：“这位摇到1点的小哥哥是打算从头藏到尾地看戏吗？”

“1点？那不就是1号！”猫猫熊唰的一下抬眸，看向莫南，“兄弟，你怎么不说话？”

无论是女主播们还是战队的成员，都朝这边看了过来。

莫北看着某大神一副要把她拉下水的样子，淡淡地开了口：“男孩和女孩，我以为队长会选择女孩。”

闻言，女主播们也开始议论了：“是啊，K神怎么不选梦若呢？”

“喂，又闹我，K神是怕女孩子会不好意思，选男孩比较好。”杨梦若羞涩地说着，暗地里却握紧了手。好不容易能和K神有些机会，莫南那个家伙却冒了出来，她的心思都白费了！

封奈则懒得说原因，站起来漫不经心地抽了根饼干。

莫北那双黑到极致的眸里，写满了拒绝。

看着某人那毫不掩饰的眸，封奈极度糟糕的心情莫名地好了那么一丝丝：“看你的样子，是打算逃？”

“没有。”莫北知道某大神有多么严重的洁癖，现在这样不过是为了拉她下水。

“那来吧。”封奈低眸一咬，皓齿衔住了手指饼干的一端，就那么手插着裤袋看着她。

莫北也站了起来，气质清冷得如同寒日初雪。

众人看着这一幕，不知道为什么，竟然觉得两人之间好像能涌动出什么暧昧的气息来。

不过转念一想，又觉得真的是漫画看多了，大概是他俩的身高差的原因，才会让大家产生这种错觉。

更何况K神此时的姿势也是够让人遐想的，叼着根饼干垂眸的时候，眼睛黑又亮，整个人慵懒又俊美……

莫北看着他，眉心微拧，她在考虑怎么下嘴咬住饼干的另外一端。

而封奈因为等得太久，并不想维持这样的姿势了，后背弓得更低了，似乎在说，快一点。

莫北伸手按住了他的肩，这次一抬眸就咬住了饼干，莫北的鼻息间算是淡淡的烟味混合着薄荷糖微微的冷冽的气息。

因为两个人都在咬饼干，所以两人之间的距离也越来越近了。

从封奈这个角度看过去，莫北的情绪淡得很，依旧有种洗发水的干净味道，透着一种清甜。她用的洗发水是水果味的？封奈漫不经心地想着。

很快，两个人就到了最危险的距离，再有两口就吃完了，可吃完也就意味着唇瓣会碰到。

莫北率先停在了那儿，目光清澈得像是能倒映出对方的脸。

封奈也停了。

有个女主播脸都红了："该不会真的要亲上吧？"

猫猫熊也在旁边看得很紧张。

现在怎么办？莫北眉头微挑，神色淡然。

封奈倒是自然得很，又咬了一口饼干。

那一瞬间莫北甚至能看到他的舌尖，她本能地就想要往后退。

他却突地伸出另外一只手来，放在了她的脖颈后，掌心按住了她的颈，接着侧过头，咬住了最后一点饼干。

那动作很快，他应该是料到了她会往后退，刚好趁机衔住，虽然那气息能打在唇上，但他俩的唇确实没有碰到。

可即便如此，旁边的尖叫声也传了过来！

"老大，你刚才那一下太撩了！真接吻的话没有哪个人受得了你吧？"猫猫熊早就忘了这一幕是怎么来的了，还在那儿感叹，"老大，你到底是从哪里学来的，上次真的有人亲你对不对？"

封奈垂眸，将衔着的那最后一点饼干吐进了垃圾桶，很慢很慢地说了一句："想知道的话，多刷几次卫生间，我告诉你。"

猫猫熊一僵，呵呵地向后退："我突然又觉得这种事，都是无师自通的！老大不用费心了！"

封奈没有再理他，拿起一瓶酒来喝了两口。刚才他们的唇确实没有碰到，但他的掌心却残留着对方皮肤的触感，凉凉的，还有些细、软，这多少让封奈有些不适应……

和封奈不同，莫北只觉得刚才那一下有些冲击感。

男孩子之间都是这种相处模式吗？

两个人又恢复到了之前的状态。他们虽然还是坐在一起，但基本都是各自做各自的事。

封奈摇晃着手中的骰盅，神色慵懒。

然而，就那个样子，人们也忘不了他唇齿间叼着饼干时有多撩人。这让女主播们一对上他的那张俊脸，脸上就会变得有些红。

唯有猫猫熊知道，真心话大冒险的游戏是不能再玩了。要是再弄点什么花样出来，老大一定让他活不到明天。

不过，他还是不甘心啊，只能和他兄弟咬耳朵："这些人都和老大没关系，莫南，你说那天让老大不断擦嘴的人到底是谁？"

莫北没有说话，低头将战服上的拉链拉到了最顶端。

猫猫熊自言自语道："也对，问你你也不会知道。"

莫北心想，我就是因为知道，所以才保持沉默的。

玩到差不多的时候，封奈第一个站了起来，给了服务员一些小费，侧过眸来说道："走了。"

猫猫熊看着自家老大，知道他这是要回去睡觉了。

"这就回去了吗？我和梦若还想请你们吃个消夜呢。"

猫猫熊看了看自家老大不耐烦的样子，忍痛拒绝了消夜提议："改天再约，改天再约哈。"

"那好吧。"能看出来女主播们都有一点失落，不过也并没有勉强。

只是杨梦若还是不甘心，于是拍了一张人们离开时的背影，发到了她的个人微博账号上："今天玩得很开心。"

这样的背影，众人还穿着战服。不出所料，很快就有粉丝在下面留言了："啊啊啊，这是K神吧？女神你和K神在一起了吗？"

杨梦若看着留言越来越多，笑了起来："不是你们想的那样，不过我确实是K神的粉丝。”

“现在是粉丝，以后可不一定了。”

“楼上的加1，粉丝之后就是女友啊，总感觉自己要失恋了，怎么办？”

基地楼下，正在拿水喝的封奈被艾特得眉心拧了拧，直接卸载了那软件。

猫猫熊瑟瑟发抖：“我应该告诉她们，别拍照片的。”

“总算是有点脑子了，我困了，别再来吵我。”

封奈说完，就踱步上了楼。他推开门的时候，莫北刚刚洗完澡，浑身都散发着一种很好闻的柠檬味，黑色的短发垂了下来，有些湿气，使她的冰山气质更浓了。

本来没有兴趣知道，但现在扯到了自己，封奈便将目光落在了莫北那张干净过头的脸上，漫不经心地问道：“你和杨梦若现在是什么关系？”

莫北擦着头发的手一停，淡淡地问道：“队长突然问这个做什么？”

“按照惯例，关心一下队员的私人感情问题。”封奈的眸色深了深，态度还是慵懒的，“省得到时候会有什么麻烦。”

莫北差不多明白了，话仍然少得很：“前女友关系。”

“前女友？”封奈把玩了一下手机，“如果你前女友对别的人有意思，你怎么办？”

莫北把毛巾拿开，答道：“和我无关。”

“真是冷淡，辅助小哥哥。”封奈最不耐烦的就是应付那些因为前男友在战队，就妄想靠过来的小白莲。

莫南这样干脆不理不睬的态度，还算不错。

莫北并没有意识到自己被某大神夸了，倒是听他的声音，鼻音有些重，像是感冒了的样子。

突然，莫北想起了上次小奶临交给她的小药箱，从抽屉里拿了出来：“小奶临给你的。”

封奈挑眉看了看那里面的东西，完全没有去翻的兴趣。他讨厌喝药，应该谁都知道。

莫北见他没有要动的意思，提醒了一句：“左侧放着的是感冒冲剂。”

“知道了。”封奈一边说着“知道了”，一边将药箱放在了一边。

同吃一根饼干这种事，实际上也并不是全然没有影响。只是因为封奈的性格，影响来得也有点迟。一离近，封奈只觉得周围都是莫北身上清新、干净的味道。有些催眠的作用，连带着嗓子也有些痒，这让他伸手按了按喉结，眉心也因此微微拧起。

一连喝了两瓶矿泉水，他仍然觉得不舒服。

人靠在那儿，他半睡半醒的时候，一侧眸，看到的就是对面床上躺着的少年，那人后颈的雪白皮肤格外显眼。

这让封奈好像又回想起了之前指尖的触感，入手的软。

临坑坑的这个小哥哥，闻起来香摸起来软，还真是适合拿来当抱枕……

比起基地里的安静，杨梦若那边的消息很火爆，开直播的时候还有人在问。通常这时候，不理的话，其实也不会有什么火花出来。

杨梦若红着脸，欲盖弥彰般说道："我们就一起聚了个餐，很多人都在，不只是我们两个人。好了，这个话题打住，下次我再见到他，会给你们要签名的。"

这样的话说出来，并没有毛病。但也成功地让粉丝们觉得到处都是粉红色泡泡了，因为符合他们心中所想的浪漫情节，就把所有的脑补都用在了两人身上。

"'下次我再见到他'，只有我一个人从这里面听出了其他信息吗？作为梦粉之一，是不会告诉你们，曾经K神和我梦若小仙女私底下打过游戏的。"

私下打游戏？这一消息可谓非常劲爆了。

毕竟King粉都知道，他家大神别说私底下打游戏了，就连做任务直播的时候，也肯定是单打独斗的。

除非是内部训练，但内部训练，肯定是不会让他们看到的。像这种私下打游戏的行为，那得多亲密的关系才做得出来？

"天哪，我现在越想越觉得我K神和我女神有什么。"

想要得到一个回应，所以越发往这方面引，无奈谁都没出来说这件事。

黑炎战队的所有成员都很安静，反而让杨梦若这边更像是在唱独角戏，过了半晌，人们也意识到了。

"总感觉不像是有什么的样子，如果真暧昧，我猫大应该会第一个出来。"

有些粉丝还是很理智的。

“我刚看K神的好友栏里，还是除了战队成员之外一个人都没有啊，这两个人应该……就只是见过面吃过饭的关系吧……”

一句话点醒了粉丝们。

而发这段话的不是别人，正是猫猫熊。意识到自己犯了个错误之后，他越看越想抽自己一耳光，没事搞什么联谊，简直是害人害己。好在这些话发出去之后，话题总算没有继续下去了。

这个话题确实没有办法继续，因为到现在为止，无论杨梦若上线下线多少次，她的那个申请游戏好友的验证消息，封奈都没有通过。

“搞什么？”

杨梦若一开始觉得K神肯定是忙起来就忘了。等她问过她的好姐妹之后，才知道她们也没有被K神通过！那这次的联谊还有什么意义？杨梦若的眸瞬间就沉了下去。再加上黑炎那边没人理她，一心想要制造话题的她，没有热度可炒不说，那场面还有点尴尬。

猫猫熊也是刚知道他家老大一个人都没有加。

不过，老大是不是从一开始就打定了主意，只给账号，不通过？

按照老大的腹黑程度，很有可能！

这点确实没错，如果不是为了送临坑坑的小哥哥去会所，他也不用多跑一趟。封奈偏眸，又朝着旁边的方向看了一眼，就算是还莫北的。

毕竟当时做采访的时候，有人问他“和莫南熟不熟”的时候，他因为不耐烦，就说了一句：“不熟。”

后来，他才明白有人把他的回应也拿来对付了莫南。

他们确实不熟，他回应得也没有错。莫南去过他们的后台，也是事实。

只是在了解了这个人之后，当初一些模糊的问题，也渐渐变得清晰了。

那时候有人带节奏，让他的粉丝误会，莫南是在蹭他的热度的话……

看来，是时候让人去查一查了，毕竟他可没兴趣被谁当刀使……

第二天，基地里就只剩下了莫北和封奈。

莫北刚醒，就听到了那边传来的咳嗽声，一声强过一声，那人的声音还很沙哑。

莫北顿了一下，目光很浅地放在了那个人的脸上，眉心微微拧起。那样的病态严重到已经能一眼看出来了，他不单单是感冒，应该还有点发烧。

莫北拿出手机，给助理打了个电话。

黑炎这边的助理，怎么也没想到有一天会接到莫南的电话，声音里还带着一丝尴尬："啊，莫南？怎么了啊？"

"队长在发烧。"她的语气依然冷淡。

助理一下子跳了起来："怎么会突然发烧？这该怎么办，我现在在外地走不开，偏偏又是周末，公司里还没有人……"

莫北听着助理着急的声音，黑色的眸微偏："知道了，我照顾队长。"她的语气很冷淡，但莫名地就让人觉得很可靠。难道是和她的气场有关系？

助理觉得还是亲自给大神打个电话为好。但很显然，封奈是不会接的。因为嗓子难受，他整个人都有点不耐烦，听到手机的振动声之后，从棉被里伸出一只手去，直接拉黑来电号码。

号码被拉黑的助理："……"

实际上就像小奶临说的那样，他哥的脾气算不上好，有时候甚至就是生人勿近的状态。现在封奈就是这个状态。咳嗽的感觉并不好受，他嗓子的状态肯定得不到缓解，现在就想睡觉，动都不想动。

他倒是听到了某人起身的声音，只是闭着眼拧着眉心，将棉被往上一拽，连后背弓起的线条，都充满了距离感。

对于第一次打群架，就敢让封奈脸上挂彩的莫北来说，这种距离感并不算什么。她半弯着腰，就要将刚才用温水泡过的毛巾，覆在封奈的额上。

意识到有人要对自己做什么，封奈睁开了双眸，用手挡住了莫北的手："拿开。"

一般来说，这样的他，无论是谁，早就打退堂鼓了。K神不耐烦的时候，真的没有人敢惹。

莫北却没有说话，直接将湿毛巾一压。封奈原本要眯起的双眼，也随着湿毛巾带来的舒适感而睁开了。

他看向眼前的人，这家伙还真是一点都不怕他。他鼻息之间是熟悉的洗发水的味道，应该是湿毛巾上的，算了，反正这味道也颇具催眠功效。

即便到了这种时候，封奈那张脸也是帅到没有朋友。

莫北拿了体温计过来，封奈不理。

"三天之后全国预赛。"莫北只说了这么一句话。

封奈连手都没有伸，一倾身就将那体温计叼在了嘴里，神情还是有些抗拒。谁来把临坑坑的这个小哥哥弄走，是他最关心的问题。

莫北没有料到他会有这么一个动作，手指还没有来得及收回，只感觉有什么柔软的东西从她这边划了一下，身体都跟着顿了顿。

封奈叼着体温计，并没有意识到他刚才碰到了什么。

过了一会儿，他将体温计一吐，沙哑着嗓音说道："不用看，没发烧，药也不用吃。你要是不想走，就安静点，让我睡觉。想走的话，把门带上。"

莫北没有听他的，黑色的眸看了一眼体温计："三十八点八摄氏度，高烧。队长是现在吃药，还是我打电话给封夫人，让她来带你去医院？"

封奈闻言，一下子笑了，只是那样的笑容邪佞得很，就连眸子里都泛着凉意："你什么时候留的我家里人的电话？"

莫北淡淡地说道："封夫人让我在学校里多多照顾你之后。"

"我咽不下去。"封奈这时候侧过眸去，不掩对药的嫌弃，"世界上怎么还有药片这种东西？"

这还是莫北第一次遇到不想喝药还怪药的人。

大概是脸长得帅气的话，即便说这种话，也不会让人觉得讨厌，反而有着说不上来的反差萌。毕竟咽不下去这种借口，过了十八岁之后，很少有谁会说了。

"两瓶矿泉水，队长想要送药片下去，应该也不会很难。"

封奈："知道了。"

他知道了，但是并没有吃药的打算，只是斜斜地靠在那儿，额上还放着一条毛巾。

莫北看他想要拿薄荷糖来吃，左手又挡住了他的动作，淡淡地说道："嗓子不舒服，吃糖会更难受。"

"辅助小哥哥，"封奈突地一个倾身，呼出来的气体还是热的，"你今天格外……"

莫北没有等他说完，就打断了他："要我给封夫人打电话吗？"

封奈的视线扫过少年，目光微凉。

接着，他身形压了过来，一把抓住了她的手腕，顺带着将她手里的药片一并送到了嘴里。

莫北没有料到他会有这么一个动作，手腕处有点烫。

莫北的后背顿了一下，看来他真的烧得很严重。

吃药的那位却若无其事得很，一副“从现在开始别再吵我”的姿态。

莫北看他灌了大半瓶矿泉水之后，像是还是难受得很，拿出手机来，不知道在看什么。

封奈则重新闭上了眼，能听到周围的声音，嗓子火烧火燎的，这莫名其妙地让他很不耐烦。

不过，现在莫北应该走了，毕竟房间里这么安静……

莫北到厨房把雪梨洗净，带皮切成块，放进了清水锅……

直到封奈被渴醒，手边放着的矿泉水没了，多了一碗不知道是什么的东西。

他端起来试探性地喝了一口，原本没有味道的舌尖，被淡淡的甜冲开了些味觉。

是梨汤？封奈知道基地不会出现这种东西，能有这种厨艺的，只有莫北了。

味道还不错。嗤，他怎么和临坑坑那货一样没出息了，不过是一碗梨汤，又不是没喝过。

封奈刚想要自嘲，门就开了，突地有人将手伸了出来，覆在了他的额上。

那手微凉、轻柔。

他并没有去阻止莫北的动作，但那双浅色的眸却凝在了她的手上。

“体温真能用手测出来，就不用发明体温计了。”

封奈又开始毒舌，莫北没去理，伸手将棉被往上一拽：“继续睡。”

被棉被挡住半边脸的封奈，手指又顿了一下，临坑坑的这个小哥哥，照顾人就是往人脸上招呼?

不过，烧刚退，身上还很乏倦，封奈很快就睡着了。

他睡着的时候一双长腿慵懒地搭在了一起，双眸闭着，长而卷的睫毛在眼睑下留了一圈剪影。比起醒着时的冷漠和疏离，这时候的他显然柔和了许多。

大概是身上开始发汗了，黏在身上很不舒服，他的眉心都微微地蹙着，直接将身上的棉被掀到了地上，一只手垂了下来。

莫北站在旁边。第一次给他盖被子的时候，并没有觉得有什么。到第三次的时候，封奈的身体顿了顿。接着，她将自己的棉被也抱了过来，盖在了某大神身上。两层，比较重，没有那么容易掀。

做完这些事之后，莫北就下了楼，打开了基地的电脑，打算将“乖徒儿”那个账号里的所有有用的东西都转到她的新账号上。只要二十分钟，她就可以把那些东西都转移走了。都这么长时间过去了，除了猫猫熊他们还在追杀她之外，别人应该已经忘了“乖徒儿”这样的小角色。

唰的一声！游戏账号登录的音效响起。然而，下一秒，莫北的手指就顿住了。

因为那上面有人买了好友提示上线功能，这是专门用来抓她的吗？

莫北立刻点了隐身，像是做贼一样进了游戏地图。

但由于太久没有登录这个账号了，她要想把一些东西转到她现在的账号上，必须先做任务，最多一个小时，应该也足够了。

莫北第一次在游戏里充钱，买了个刺客，但这次匹配到的人，却有些出乎意料。

“1楼这账号有点眼熟啊，这不是我陆神的账号吗？”

莫北修长的手指顿了一下，清浅的眸也跟着落在了屏幕上。

“2楼叫‘梦一场若离’？该不会是我梦女神吧？”

杨梦若轻轻地笑了起来，被认出来之后，干脆直接开了语音：“是我，1楼是一凡，所以麻烦5楼的妹子把刺客位置让出来，会躺就行。”

“乖徒儿”这样的账号，应该没有人会认为这是个男的吧？

再加上这个号是拿来练习的，莫北在选性别的时候本来无所谓，是师父给她选的女，还弄成了穿着一身黑色纱裙、头上戴着礼帽的吸血鬼。

形象可以由自己来捏，这是后来英雄改进之后，新添的功能。那时候游戏开发公司直接开发的权限，师父都用在了她身上。

“做游戏里靠脸吃饭的存在。”

莫北看了一眼她的人物形象，全区应该只有她的裙子是黑色的。

从某种意义上来说，也算是靠脸了……

“5楼怎么一直都不说话？”

“关键时候走什么神？”

“妹子，快答应了，喂。”

这样的情况让杨梦若心里已经有些烦了，这个“乖徒儿”是怎么回事？听不懂人话吗？

还有，她身上穿的那套衣服，是当初限量版的吧，这么一个毫不起眼的账号，怎么会有这样的衣服？

游戏里的形象也是形象，她为了招数用出来好看，不知道在游戏里花了多少钱来买衣服。

这样一看，倒是被对方的形象给硬生生地压了一截。

杨梦若咬了下唇，将镜头调了调，轻轻地笑了起来：“这个‘乖徒儿’应该是没在，没办法，有的时候遇到坑的，就是这样，只能双刺客了。”

“等一下，‘乖徒儿’好像改技能了。”

“不带打野带治疗是个什么鬼啊？”

“这个‘乖徒儿’其实是个演员吧？”

杨梦若偏眸，像是那人就坐在她的旁边：“怎么办，有可能会翻车。”

下面一群人在刷：“不会，有陆神在。”

陆一凡今天来，就是为了给杨梦若撑场面的，此时开了麦：“不用担心。”

“那我就选人了。”说完，杨梦若很自信地选了辅助。

游戏开始。

“这个‘乖徒儿’想做什么？”

“去对方野区了？”

杨梦若看着游戏地图，眉心微拧：“这真的是上来就要送一血。”

那ADC也在说：“我们不去，梦女神在下路和我一起打经济就行。”

“嗯。”杨梦若似是很无奈，“遇到这样一个坑真糟心。”

然而，她这句话刚落音。

就听耳边突地传来了一道音效。

First blood！

第一滴血。

不是对面。而是他们这边拿的？谁、谁杀人了？

人们还没有回过神来的时候，就见残血的“乖徒儿”从对方的野区掠到了下路这边，身上带着明晃晃的首杀标志。然而还没有完，掠光野怪，断掉兵线，都在对方野区。

这么彪悍的打法，让之前说着“刺客是来信仰的吧”或是“遇到天坑，还不让位给陆神”的人，瞬间都没声了。

就连杨梦若脸上的笑也顿住了。今天本来是想把话题量拉到自己身上的杨梦若，现在忽然被别人抢了风头，心里不爽到甚至想摔鼠标。

因为这个“乖徒儿”竟隐约有些要压过陆神的势头。

而一上来就被莫北拿走一血的刺客，原本是要在职业选手面前展示一下自己的技术的。现在，他只好咬了咬牙说道：“我好像遇到了一个高手。”

寒昔话少，半撑着下巴，朝着屏幕一扫，目光突地顿住了。

乖徒儿？不会是他听过的那个吧？

“这是哪个区？”

那人啊了一声，报了一串坐标之后，说道：“你认识？这是不是你们哪个大神开的小号啊？”

“不是。”寒昔只回了两个字，心里却腹诽了一大堆，不是大神，是大神在游戏里的前任，还是结过婚的那种。

这个号竟然还敢出现？寒昔的手指在鼠标上敲了两下。

那人立刻让开了位置：“你来。”

让大神对大神！可让他没有想到的是，对方竟摇了下头。

那人不明白了：“你们高手之间不是最喜欢过招的吗？”

寒昔并没有告诉他，那也要分谁。和老大的前任过招，他又不是猫猫熊那个傻子。

寒昔想到这儿，拿出手机来，按出了一串号码。

此时，就在黑炎基地的二楼卧室。半靠在床头的封奈，几乎整张脸都透在阳光里，没有多少血色，睫毛在他的眼睑下打了一圈剪影，使他看起来格外俊美。

他的手随着棉被垂在了一侧，像是被什么声音吵到了，按了手机之后，眉心微微地拧了起来：“谁？”

一个字，透着明显的睡意。

寒昔听出了这个字的不耐烦，决定言简意赅：“‘乖徒儿’上线了。”

不过是瞬间，封奈那双浅色的眸变深了，还透着阵阵的凉意，宛如漫画里的恶魔执事，听到了猎物到来的消息……

楼下，莫北已经大杀四方，成功地完成了她账号上的任务。“乖徒儿”

的战绩已经是8杀0死了。

死掉的杨梦若有些急了："'乖徒儿'你不参团在干吗？都不知道支援吗？"

莫北没有理，因为她正在被猫猫熊私信炮轰。

"哈哈哈，想不到我会来观战吧？你别不说话，我知道你在，你以为你隐身，就有用了吗？"

殊不知，莫北在看到他的消息之后，已经做好了直接下线的准备。

虽然还差一条"和好友一起打比赛"的任务没有完成，但现在不下线的话，就危险了。

莫北正想着，突地听到楼上传来了一道开门声，这让她直接强行关闭了主机。

做完这一系列的动作之后，莫北就毫无预兆地对上了封奈那张带着病气的俊颜，他黑色的发凌乱着。

但他眸里散发出来的戾气太明显："在做什么？"

莫北："机箱发热，我看看。"

他应该是知道"乖徒儿"上线了，这样看来真的是好险，如果再晚一分钟，她恐怕会被现场抓包。

封奈并没有多问，而是直接打开了自己的电脑。

莫北刚坐直了身子，就见他放在桌上的手机响了。

封奈手指一划，按的是免提键，毕竟他还要登以前的游戏账号抓人。

"老大，那个装萝莉的人妖出现了！老大，你快来，我现在正炮轰他呢，别让他给跑了！"

坐在旁边的莫北，拿过一侧的矿泉水来，不动声色地喝了一口。

神助攻。这是莫北唯一的想法。

封奈却在听到猫猫熊的话之后，放在键盘上的修长手指顿住了，对着电话问道："你说你正在做什么？"

"我在炮轰他啊，这个小人妖一定是被我轰得心虚了，连话都不敢说。"猫猫熊语气都是认真的，"老大，你快上线，不然他真跑了。"

封奈将手收了回来，染着病态的俊脸，在笑时总给人一种极致的冷："已经跑了。"

"已经跑了？"猫猫熊瞪眼，"怎么会？"

封奈嗓子难受，也不想和他废话：“打草惊蛇！蠢猫，打扫一个月的厕所。”

语音刚落，他直接挂断了电话。

现在的封奈，脸色冷得有些瘆人。和当初戏耍他的人擦肩而过，那种心情，可想而知。

莫北侧过眸去看了封奈一眼。对方在想什么，她很清楚。估计他是想抓到网上的那个“乖徒儿”，然后将其碎尸万段之类的。但是，“乖徒儿”那个号上还有一个任务没有做完……

这时，莫北的微信语音突然响了，是猫猫熊打过来的：“莫南，兄弟，我被老大拉黑了！”

莫北语气很淡地说道：“知道，我在队长旁边。”

“那你帮我告诉老大，这个‘乖徒儿’好像是在做任务，所以这个小人妖肯定会再次上线的。我派人盯着游戏，一旦他上线，我立刻报告给老大！”

莫北的目光略微一暗：“好。”

“那你问问老大，一个月厕所卫生的惩罚能减少不？”

莫北闻言看向封奈，紧接着，她听到了那懒懒、冷冷的嗓音：“等你抓住人再说。”

猫猫熊：“那老大，你把我加回来啊，这样才方便我们及时沟通。”

封奈漫不经心地嗯了一声。

莫北见这两个人说完了，刚要挂电话。旁边的人突地倾身：“你刚说哪个机箱发热？”

莫北心跳加速，但呼吸并没有变：“我这台运行的时候，温度会高。”

封奈看着莫北面无表情的脸，突地像是笑了一下，很纯粹的笑，皓齿还露出了一半，很像雪色初融的样子。

因为还在生病，他的一只手还搭在椅子边缘：“这位小哥哥，你刚才的话是认真的？哪个机箱在运行的时候，温度不会高？”

这一笑，实在是超出了莫北对男孩子的认知。帅气的男孩子或许有很多，但是帅到性感又清冽的，实在没有几个。

“有时间多读读书。”封奈站了起来，“还有，我睡着的时候，别往我身上盖棉被，重死了。”

最后那三个字，是尾音发出来的，有些瓮声瓮气。

莫北听后，心里有些发软："不盖棉被，感冒会加重。"

封奈朝着这边扫了一眼："现在智商又高了？"

万年嘲，说的大概就是眼前这位大神。

"兄弟，厉害了呀，敢在老大睡觉的时候动手脚。"

莫北扫了一眼手机，原来猫猫熊一直没有挂电话，刚才的对话他都听到了："是盖被子。"

"那也厉害，老大没直接踹你，已经是奇迹了。兄弟，我告诉你哦，我已经制定出了一套方案。"

"嗯？什么方案？"莫北漫不经心地问道。

猫猫熊兴致勃勃地说着："那个'乖徒儿'刚被我吓走，短时间之内肯定不会上线。我就趁着这段时间，去把人找全。六点之后，派人24小时用我的号来监测他在没在线，只要他一上来，我这边就会有显示，到时候直接线上抓人！"

六点之后吗？

莫北抬眸，看了一眼挂在墙上的钟，距离六点钟还有两个小时。

两个小时，够了。

"莫南，兄弟，你觉得我这个办法怎么样？是不是贼棒？"猫猫熊还一副求认可的语气。

莫北嗯了一声之后，问道："你喜欢吃什么？"

猫猫熊不太明白："你怎么突然问我喜欢吃什么？"

"犒赏你。"神助攻。

"真的？那我早点回去！"猫猫熊那边传来了收拾东西的声响，"在基地盯人上线还方便点！"

你说得都对，但是你不会再有那个机会了。莫北默默地想着，挂断了语音。

接着，她打开了手机客户端的游戏，顶替了电脑上的"乖徒儿"这个账号。

这样一来，不仅能不中断任务，还能在电脑上登录莫北向南这个账号。

即便某位大神突然下来，只要把手机往口袋里一放，装成是训练，就能避免被抓包。

再次进入游戏，莫北迅速地看了一下任务栏。她这个号在很早以前就设定成拒绝加人，好友很少。但偏偏最后一条任务是要和好友双排。

莫北一开始的时候是想着随便加一个人的，可没有一个人通过。

由于时间紧迫，她将视线落在了最粉嫩的那个头像上，发过去了一条语音："小奶临，在吗？"

刚刚上楼的封奈，指尖点开了屏幕，浅色的眸在看到"小哥哥"那个昵称之后，稍微顿了一下，接着开始打字："小哥哥，我在呢。"

末尾还加了一个卖萌的表情。还是那么可爱，莫北想，也就没有多心："我需要你帮我个忙。"

"什么忙哦，小哥哥，你说吧，我什么都可以帮你。"封奈嗤笑了一声，装临坑坑的语气真累。

莫北想了想，道："一会儿我发游戏邀请给你，你和我一起打一场竞技赛。"

"小哥哥又要带我飞了吗，太开心了！"封奈心不在焉地回复着，"不过，小哥哥要等一会儿哦，我要先洗个澡，刚才出去玩，弄了一身的汗。"

莫北闻言，又抬头看了一眼墙上挂着的钟："你大概多长时间能好？"

"二十分钟吧，小哥哥很着急吗？"封奈修长的手指动着，线条清晰的锁骨已经露了出来，那衣衫不整的模样，哪里像是在喊谁"小哥哥"？

莫北淡淡地嗯了一声，没有多说什么。

"那我现在上线。"封奈也想快点应付完。

他甚至在考虑要不要明天给临坑坑买个手机送过去，让他自己玩自己的号。他既然已经试探得差不多了，就没有必要总是装成临坑坑的语气和某人说话、打游戏了。省得基地里的这群人，真的觉得他是在和谁甜蜜双排，脑补出一大堆没有的事来。

莫北坐在楼下想着让小奶临和她一起过任务合不合适，但想在半个小时内找出一个好友来打竞技赛，只有小奶临是适合的。

只要，她再确认一个问题就可以。

"小奶临，你知不知道你哥哥以前在网上喜欢过谁？"

算年纪的话，小奶临是不可能知道的，毕竟他那么小。但如果他听说过的话，也有点危险。

莫北问这个问题，就是想要看看小奶临有没有听说过他哥哥在网上被骗婚的事。

封奈却在见到手机上的那句话之后，眸色深了深，接着回道："小哥哥，怎么突然之间问这个哦？"

"没什么，就是之前听了点八卦。"莫北岔开了话题，"同战队的人说他对以前的Bey神有意思。"

封奈看到这里，眉头挑了一下，临坑坑的这个小哥哥，真的是和猫猫熊在一起待的时间长了，想去厕所陪他了。

把"不喜欢"那三个字打完之后，封奈想到了自己的身份，一个字一个字地删掉，才打了一句话发过去："肯定是胡说的，我哥哥不喜欢男人的，Bey神不是男的吗？"

无论怎么样，他都要把最重要的意思表达出来，毕竟莫南性取向不明。莫北原本话就少，找了这么两句出来，已经是她的极限了。

不过，即便是两句话，也能套出不少信息来。

从小奶临的反应来看，他并不知道他哥在网上被骗过婚，这是其一。

其二，猫猫熊以前说的那个某大神因为被她杀过一次，所以对她心动了，纯属胡扯。

因为到现在为止，每个人都还以为Bey是男的。

既然如此，为什么某大神还执着于要把Bey找出来？莫北对这一点也是很好奇的，但……

"小奶临，你怎么知道Bey是男的？"

她用"Bey"这个账号打游戏的时候，小奶临应该不会玩才对。

封奈目光一动，临坑坑的这个小哥哥，还真聪明："我哥哥告诉我的啊，其实我知道为什么大家都觉得我哥哥对Bey有意思，因为我哥哥确实很欣赏这个人。之前他还向我大叔叔打听过Bey的消息，无奈，还是没有结果。我哥哥是想拉Bey入战队，没想到都被人给误会了。"

这样？莫北淡淡地说道："听猫猫熊说队长败给过Bey神，你哥哥没有记仇吗？"

当然不是，封奈之所以想要来打职业竞赛，就是因为从他叔叔那里，听说过太多次某个游戏ID。一开始不在意，所以连对方的信息都没有兴趣知道，他喜欢玩游戏，可大部分时间都只是随便玩玩。

直到有一次匹配到了那个ID账号在敌方。他打的刺客位，一直被压制，即便只死了一次，最后却输得很惨，他便安慰自己，毕竟对方是职业选手，肯定年纪比他大，阅历比他丰富，赢了他也不是什么了不起的事。

但他后来搜索了那个人的消息，才知道他们一样大。没有什么年纪和阅历的差别，这个人就是比他厉害。

那个时候，他只想加入与Bey敌对的职业战队，等有机会了，能再和Bey打一场。

可就在这个时候，原本要成为帝盟继任队长的Bey突然隐退了，连见面会都没有去。

Bey就那么随着帝盟解散的消息，消失得无影无踪。这么多年过去了，他也不知道自己想做什么，只是想找到那个人。

不过这些事，告诉临坑坑的这位小哥哥并没有意义。

所以，封奈很敷衍地回了一句："怎么可能？像我哥哥这么帅的人，是不会记仇的。"

莫北看了之后，眸色变了变，手指微动："你之前不是说队长这个人除了脸好看，别的一无是处吗？还说他又毒舌又喜欢记仇，根本不明白粉丝为什么喜欢他吗？怎么变说法了。"

封奈眯眼，临坑坑平时到底都说了他些什么？他指尖落下，开始打字："没有变啊，我哥非常会记在他脸上动过手和打扰他睡觉的人的仇。小哥哥，你一定要记住，别在这些方面惹到他。"

莫北："……"

好像，这两点她都占了……

封奈看着那边没有说话，浅色的眸又沉了沉，指尖没有停："小哥哥，还打游戏吗？我都等不及了，想要上分呢。"

他敲完，加表情，发送。

"嗯，打。"

毕竟对方还是个小孩子，莫北不想继续套对方的话，手指一动，将游戏画面点开，然后发送了一条邀请信息过去。

封奈点开，只当作平时的一场游戏来玩，反正以临坑坑的这位小哥哥的水平，他只要躺好就行。他倒是要好好想一想一会儿要怎么躺，才更符合临坑坑的坑货气质。

然而，就在下一秒，进入游戏房间之后，他的手指突然顿住了。

能清楚地看到，他浅色的瞳孔，在落在游戏画面上时，那骤然腾起的危险，就像即将来到的狂风暴雨。他没有看错，无论是形象还是游戏ID，都和他记忆中的一模一样。

乖——徒——儿——

很多问题，一瞬间充斥了封奈的大脑。

为什么临坑坑的这个小哥哥会用“乖徒儿”这个账号，还是，他自己就是……

封奈的手指在这一刻有了微微的收紧，一字一顿地按着手机：“小哥哥，是你吗？”

莫北淡淡地嗯了一声：“准备。”

“小哥哥什么时候改的名字啊，我都认不出来了。”封奈现在发现，临坑坑话多这一点，有时候也并不是没有用处，很方便用来确认一些事。

莫北没有多说：“小号。”

是吗？

小号？

封奈看着进入的游戏画面，长腿站了起来，一手插进了裤袋，一手拿着手机，眸色深了又深，侧脸像是隐进了暗色，表情不明。

怪不得莫北会有意无意地打听“乖徒儿”的事，他还以为是因为临坑坑的这个小哥哥也喜欢八卦。现在看来，并不是。

“小奶临，你玩什么？”封奈的耳边又响起了那道清冷的嗓音。

封奈听后，哂笑了声，满是轻嘲，字却没有忘记打：“想要打刺客呢，小哥哥。”

“好。”莫北把刺客位留给了对方，正式开始游戏。

封奈的目光从屏幕上一寸又一寸地掠过，如果说有什么他最不愿意去回忆的事，那就是他在网上动过心。在不知道对方是谁的情况下，他不仅在游戏里买了情侣装，还想在现实里和对方见面。

他如今想起来，真的是……

蠢。一个字，表达出了封奈此时的所有心情。

当时，他不是没有过要和某人好好谈谈的想法。结果，第二天那个玩着女号的人就消失了。

也是那天，封奈直接拔了网线。他除了职业赛之外，从不和基地以外的人双排。但“乖徒儿”造成的影响，对他延续至今。

只是，封奈没有料到，他一直想要从网上揪出来好好教训一顿的人，竟然就在基地里，还和他睡在同一个房间……

“怎么不动？是卡了？”莫北看着站在城池里迟迟不动的小人影，打出了一行字。

“嗯，卡了，小哥哥，你等我一下哦。”等我下去，灭了你，封奈眸色发深地朝着门框那儿走了过去。

是时候把第二个场子找回来了，乖——徒——儿！

莫北并没有意识到自己已经掉了马甲，作为辅助的她正在帮小奶临打野怪。

她的警惕心非常强，没有丝毫的松懈，在听到楼上有声音传来的时候，她突地一顿，手指直接按下了回城键，然后一个侧手将手机装进了裤袋。等她再抬起手来的时候，已经握住了电脑旁的鼠标。

封奈是能看到屏幕上，那个正在回城的游戏形象的，薄唇向上挑了挑，这是要逃？没有用了！

封奈嘴角的弧度更大了，在迈开长腿的同时，顺手将手机放进了裤袋。

生着病的他，在刻意收敛眸里的戾气之后，整个人显得很慵懒，并不是很具有威胁感，只是露着一截好看的锁骨，薄唇有些透白。

因为这个人突然下楼，莫北也没有办法再像之前那样平静。她用鼠标操作着电脑里的游戏人物，心思却都放在了自己右边的裤袋里。

离开几分钟的话，应该不算挂机。一旦挂机的话，她今天的任务就白做了。

但现在比起任务来，更重要的是，自然一点，不能让对方看出什么来。莫北的心理素质确实不错，即便这样，她的脸上也没有露出任何的情绪，反而右手一个走位，掠走了地图上的一个野怪。

也就是在这个时候，那个她想要提防的人，突然坐在了她的旁边，大概是因为病还没好，他的肤色看上去白皙极了。那样单手撑着下颌看着人的时候，浅色的眸像是能泛起一层其他什么东西，很容易让人想到吸血鬼这种俊美又危险的物种。

“莫北向南……”

莫北不明白他为什么会突然将自己的游戏ID念出来，遂侧过眸去，看了看那个人。却在下一秒，她撞进了那人的双眸，那双眸如泉水般深。

鲜少有人生病了还这么美，某大神应该是第一个。

封奈像是笑了一下："这个号是你什么时候申请的？"

莫北淡淡地说道："前战队收回账号之后。"

"也就是说，是最近才玩的？"封奈仿佛闲聊一般，眸子侧了侧。

临坑坑的这个小哥哥，还真是无论遇到什么情况，都冷静得很，就连在他脸上动拳头的时候也一样。

封奈说完，从烟盒里抽出一根烟来，就那么漫不经心地把玩着，丝毫没有要走的意思。

莫北看着电脑上的显示时间，已经过去两分钟了，某大神到底要在这里坐多久？

"辅助小哥哥，你看上去似乎有点心不在焉。"封奈侧眸，"怎么？有其他事要忙？"

莫北："有，距离上次队长吃药的时间已经过去四个小时了，我在想这次该用什么办法，让队长吃药。"

封奈睨着莫北的脸，冷冷地说道："那辅助小哥哥可要好好想一想了。"

莫北确实想要早一点结束这盘游戏，好去一个没有他的地方，把手机上乖徒儿那个账号的任务做完。

但是某位大神丝毫没有要走的意思，难道是因为在床上躺得太久，所以才会这么无聊？

莫北火速地进行了一波收割后，就打算走。只是在她刚想迈开长腿的时候，有一个人比她更快一步，用脚把椅子踢到了她的去路那儿。

莫北回眸。那个人仍搭着手臂，颈部的线条很漂亮，像是很随意地问了一句："你的手机呢？"

就这么几个字，莫北的手指骤然一顿，语气却很淡："队长问这个做什么？"

"我的手机没电了，用你的手机给助理打个电话，告诉他，该回来了。"封奈的姿势仍然懒散得很，长腿搭在了一起，不偏不倚地挡在了那儿。

莫北侧眸："知道了，我会通知他。"

原本以为这样说，完全没有问题，毕竟某大神并不是那种凡事亲力亲为的人。没想到，他却突然站了起来，右手握住了她的手腕，接着另外一只手准确无误地伸进了她的裤袋：“在这儿？”

因为离得太近了，近到莫北根本没有办法去做什么抵抗的动作，甚至连呼吸间都是他的气息。他身上那带着薄荷叶一样的烟味，一阵阵地喷在了她的脸上。

莫北速度很快，反手按住了他的手腕：“队长，手机属于私人物品。”

“你在进战队的第一天，我好像就说过，这里的规矩是什么。”封奈侧过去，拿着手机，右手从莫北的裤袋里抽了出来。

莫北双眸一动，即便毁了手机，也不能让他看到。可那个人却快她一步，伸出一只手来，直接将她按回到了椅子上。接着右手一抬，他看向了手机屏幕，仿佛确定了什么一般，那双眼里掀起了波涛一般的黑雾。

接着，他将目光移过来，放在了某人的脸上。

莫北能强烈地感觉到他身上散发出来的戾气。于是她想起了之前，媒体给他的评语：黑炎队长King，打法出其不意，冰与火一样灼人。

他冷漠、强悍，一旦反击就会快狠准得让人措手不及。

“这位小哥哥，你是不是应该和我解释一下？”封奈压低了声音，明知故问道，“你的手机上为什么会有‘乖徒儿’这个账号？”

莫北知道对方不好糊弄：“如果我说我是替别人玩的，这是其他人的账号，队长大概也不会相信。”

“当然，”封奈把手机往眼前的人怀里一扔，嗓音里充满了淡漠，“不相信。”

莫北将手机装进了裤袋，知道这一劫大抵是逃不过去了，与其这么天天提防着，倒不如痛痛快快地承认：“我就是‘乖徒儿’。”

“真是想不到，”封奈又是一个倾身，带着湿气的黑发，染得肩头有些水晕，再加上隐约露着的锁骨，有种邪佞的性感，“好大一个惊喜。”

惊喜？莫北刚一挑眉，封奈就又开了口：“我找了这么久的人，早就在基地了，你说这算不算是一个惊喜？”

莫北黑色的眸抬起来：“那个时候，我并没有想骗婚。”

“一个男的玩女号，用变音器，”封奈声音很淡，“不是骗婚是什么？”

莫北想说她并没有用过变音器，只不过那时候她的嗓音偏嫩，很容易听出来是个女孩，不像现在，只要她压低声音，声线就能和男孩子类似。

可如果把一切都说出来，就等于在曝光自己的身份，想到这儿，莫北沉默了。

封奈看着眼前的某人像是在想怎么做，他总是感觉心口有股怨气："怎么，无话可说了？"

莫北想了想，说道："我把情侣装的钱还给你。"

封奈偏头呵了一声，说道："我给你一个小建议，如果你不提我以前做过的那些蠢事，或许还能多活一会儿。"

"那时候我以为结婚只是做做任务，"莫北说道，"没想过要骗谁。"

封奈把玩着打火机，漫不经心地说道："你把这句话重复一遍。"

莫北听出了那里面的嘲弄，聪明地没有说话。

封奈目光微动："你好像是在提醒我，当初都是我在自作多情。"

"我不是这……"莫北的话还没有说完。

封奈缓缓地打断了她："如果知道你是个男的，你看我还会不会自作多情？说到底，还不是因为你骗了人？"

莫北知道多说无益，眼前这个人，现在之所以没有直接往她脸上招呼，百分之九十是因为这里是基地，还有百分之十大概缘于他与生俱来的教养。

某大神好像几次都是这样，即便你将他惹到生气的边缘，他也不会说失态就失态。之前打群架，他手里还拿着一本书，与世无争的样子。莫北到现在还记得……

"我现在只有一个想法。"封奈把打火机扔到了桌面上，"把你绑起来，扔进海里喂鱼。"

莫北看着他，觉得他应该不会这样做。

封奈踱步，朝着那边又走近一步："可惜，你是我的队员。"

莫北并不觉得对方会就这样放过她。

"所以针对队员，我做了调整。"封奈的目光淡淡的，"我在你身上浪费的整个青春，也该找回来了。"

莫北挑眉，有些不赞同："整个青春？"不过几个月的时间吧。

封奈单手插着裤袋，长身玉立："形容词，不懂？"

莫北侧过眸去，看着他："这种形容词让人很有压力。"

“你真以为在该找对象的年纪，想和有好感的人发展成现实中的关系，结果那个人告诉我他是个男的，这种事对我的心情没影响？”封奈说得慢条斯理，“真要是没影响，我怎么会到现在都没有女朋友？”

莫北扶额，那是你不想找吧。这句话莫北并没有说出来，毕竟她是来解决恩怨的，想了想，淡淡地开了口：“队长想怎么找回来？”

“先上游戏。”封奈眸色很深，声音却仍然是慵懒的，“我会把猫猫熊他们叫上一起围杀你。另外，一个月任由我差遣。”

莫北为了平衡关系，并没有拒绝：“好，还完两清。”

“可以。”封奈说着，眼角挑了一下，“把你的手机拿过来。”

莫北没有动。

封奈呵了一声：“看来你还不懂‘差遣’是什么意思。”

莫北这次动了，将手机随手扔了过去。

封奈修长的手指动了动，看似漫不经心地说道：“你这是和临坑坑在双排？系统文件显示你挂机了，看来你最近是水逆期。”

莫北话少：“拜队长所赐。”

“和临坑坑双排，就算不挂机也赢不了。”封奈偏眸，把手机又扔了回去，“隐身可见，追杀是免不了的，看你藏到哪儿去。”

“我有……”莫北话还没有说出来，她的手机就响了。

是猫猫熊打来的语音电话：“莫南，兄弟，你快，快让老大接电话，‘乖徒儿’那个小人妖居然又上线了。太出乎意料了，你告诉老大，我这次没有打草惊蛇，已经通知了游戏里以前帮派的兄弟们，就等着老大上线，一起屠杀那断了！”

她在游戏地图的什么位置，旁边这位大神是最清楚不过的，不直接报给猫猫熊坐标，反而让一群人全服搜索追杀她。

莫北大概明白了某大神想看到什么样的场面，手指动了动，操作着屏幕上的人物，来到游戏的生活区，这里是人们平时聊天、交易的地方。

小桥流水，古香古色，街道繁华。

莫北让游戏人物穿上了一条黑色的长袍，接着往最黑暗的地方一坐，手上还拿着一个黑色的水晶球，仿佛隐在了那里面，再也不动了……

起先，封奈还是有点耐心的，当他第三次看到猫猫熊一行人从这里经过，却没有注意到这个游戏地图死角的时候，眸色深了深：“看来，当初你不是没有上线，而是藏在了这儿。你到底是打了多少场游戏，才会对这个地图这么熟悉的？”

莫北将目光放过来，淡淡地说道：“这是我偶然碰到的。”

当然，这句算实话也不算。最早训练的时候，这个游戏并没有生活区，后来开放了之后，她就开始适应了。认真说起来，她确实比很多人熟悉。

封奈似乎在判断这句话的真假，这时候，他口袋里的手机响了。

封奈没有动，因为那手机的页面上还保留着临坑坑的账号。

莫北倒是看了他一眼，某大神似乎很不愿意接电话。

那声音响了三下之后，停止了。紧接着，莫北的手机就来了语音电话。

又是猫猫熊：“老大还在你那边不？”

“在。”他一直看着你们追杀我，连位置都不移动。

“呼，那老大应该能听到。老大，那‘乖徒儿’也不知道去了哪儿，我们把整个游戏地图都搜遍了，还是没有发现他。我这儿明明显示他在线的，难道是网络延迟？”猫猫熊简直有些抓狂了。

封奈慢条斯理地回了一句：“不用找了。”

“嗯？”猫猫熊简直不敢相信老大会这么轻易地放过“乖徒儿”。

封奈却伸手打开了他那台电脑，修长的手指放在了键盘上，起伏间已经传来了游戏的音效。他上线了。

由于两个人在游戏里的婚姻关系并没有解除，所以封奈这边一登录，莫北那边就传来了一阵提示：“您的夫君‘慵懒’已上线，需不需要传送？”

她很久没有听到这个ID名字了，但此时“夫君”两个字，很刺耳……

第七章　余情未了

封奈也听到了这道提示音，握着鼠标的手紧了紧，白皙的手背上，青色的静脉微微地突起了一下，估计是想砸鼠标。

莫北想着，抬手喝了口水，同时她也很清楚，为什么某大神没有解除游戏里的夫妻关系。就是因为有上线提醒和传送功能，一旦她上线，他就能找到她。

等到莫北把手上的矿泉水瓶放下，原本只有她一个人在的黑暗街巷里，突地传送来了一道身影，他的侧面还飞着一只黑色的蝙蝠。他长身玉立地站在那儿，雪白的袖口随风浮动："出来。"

莫北的右手动了，将长袍的帽子摘下，半垂在了颈后。

"竞技场。"封奈说了三个字，大概就是从追杀变成了要单杀的意思。

莫北站了起来，即便游戏里的形象，也像是个冰雪少女，话少得很。

夫妻对打，这在游戏里实在少见。

于是路人在看到这一幕的时候，都停下了动作。再加上封奈这个游戏账号，真的很有名，倒不是因为大家知道他是King，而是因为这个号是富豪榜第一，至今无人超越……

所以两个人一开战，游戏里就炸窝了。

"现在的有钱人都喜欢和自己的老婆打吗？"

“你们懂什么，这是情趣！”

封奈并不在乎公屏上聊的是什么，对着莫北道：“选刺客，一对一。”

莫北眸色很浅，右手按了下鼠标，两个人都选定了角色。

很显然，这不是一场普通的一对一。

莫北看过某大神打游戏时的视频，虽然她也很想拿出真本事来，试一试到底是他的刺客厉害，还是她的厉害。可，如果真那样做的话，她就会暴露。“乖徒儿”的身份被知道了，并不要紧。但Bey这个身份，不适合让任何人知道。代替她哥的事，更不适合被谁察觉，尤其是封奈。

游戏里的对战开始。“乖徒儿”连三分钟都没有支撑到，就死了！

被杀的莫北没有说话，只喝了一口水就准备继续。没想到赢了的那人却突然发起了投降。

游戏结束。

封奈把玩着打火机，漫不经心地说道：“饿了，懒得杀人。”

临坑坑的这个小哥哥，包容心太强，什么时候都是一脸平静的模样，毫无报复的快感。不过，差遣她就不一样了：“拿上你的钱包。”

莫北偏眸，语气还是淡淡的：“做什么？”

封奈捞起沙发上的黑色外套，钩在了手里，接着将口罩一戴，插着裤袋，扫了她一眼：“去超市。”

游戏里观战的人都被土豪大神这一手操作搞蒙了。他杀了人之后发起投降，是什么路数？

猫猫熊更是快把电话打爆了：“老大，你怎么不杀了？”

“饿了。”封奈慵懒地拿着手机，示意莫北推门。

猫猫熊表示了解，老大一饿确实什么都懒得做：“那我盯着‘乖徒儿’，免得他又跑了。”

闻言，封奈偏眸，视线落在了莫北的脸上：“不用，这次他不敢跑。”

猫猫熊有点蒙了：“不用？”

“因为我已经知道‘乖徒儿’是谁了。”封奈走到车前，说完这句就挂了电话，视线朝着莫北扫了一眼，很明显的意思，上车。

莫北照做了，只是帮大神买东西，势必会遭到围观。

一进超市，莫北就感觉到了周围的目光，已经有不少女孩子朝着这边看了。

“哎哎哎，看那边，帅哥，两个耶。”

“两个人的气质好般配哦。”

莫北看了旁边的某大神一眼，这个人的人气，好像就算除去电竞的成分，也不会有任何减少。

“看到前面的零食区了吗？”封奈的语气听上去仍然散漫，只是隔着口罩传过来，比平时要低。

莫北：“嗯。”

“第二排从上往下数，第三行，拿了那东西，放到购物车里。”

某大神记得这么清楚，以至于莫北都在想，那是什么东西？

她走过去，抬起眸来，朝着第三行看了过去。

辣条？

莫北伸手拿下来，朝着封奈的方向看了一眼。

那人站得不算远，漫不经心地点了下头。

莫北面无表情地将一包辣条扔进了购物车，封奈却仍然将目光投放在货架上，那意思很明显了，多拿几包。

莫北又拿了几包，这才推着购物车走到了封奈的面前。

虽然隔着口罩看不到封奈的神情，但他那双漂亮的桃花眸在此时是带着笑的。看来，他不是为了教训她，是真的喜欢吃。

莫北：“队长喜欢吃，怎么不自己去拿？”

封奈长身玉立地站在她旁边，淡淡地说道：“谁说我喜欢吃？买给临坑坑的。”

“哦。”显然，莫北不相信，“除了辣条，你还想吃什么？”

“右边，甜点区，你去看看今天有没有菠萝包。”封奈说完，又加了一句，“我喜欢吃刚做出来的，那样的不太甜。”

莫北单手推着购物车，走了过去。

封奈散漫地站在原地，扫向那个单手插着裤袋、拿起菠萝包放进购物车的人，眸色难辨。

莫北买完这些之后，两个人走去了鲜蔬区，在这里他们很显然与人群格格不入。

一个人眸色清冷地挑着菜，另外一个人慵懒地找了架子来靠，侧脸的弧线即便戴着口罩都俊美得很，长腿交叠地倚在那儿，不像是来买菜的，倒像是来拍杂志广告的。

不过，看某大神的样子，也很像是从来都没有来过这儿。他离一些有味道的东西很远，眉心还微微拧起。

莫北以为这样，他就不会注意到这里，没想到恰恰相反："别做西红柿炒鸡蛋，我不吃。"

莫北这次没有听他的，侧过脸来，淡淡地说道："没想做西红柿炒鸡蛋，晚上做西红柿炖牛腩。"

封奈闻言挑了下眉，没有再说话，又低下头去看自己的手机。

一趟购物下来，整个车都是满的。

大概是得到了自己想吃的辣条和菠萝包，即便是那车上有他讨厌的洋葱，封奈也没有挑剔，只不过眸里写着抗拒而已。

原本，莫北以为这样就完了，刚要去结账。没想到就在这时候，站在她旁边的人，直接伸出手来，将手臂搭在了她的肩上，然后一把勾住了她的颈。

淡淡的薄荷烟草香，带着青春的气息，从莫北的鼻间掠过。这让她推着购物车的手，毫无预兆地顿了一下。

在基地里，她经常看到某大神对猫猫熊他们做这个动作。因为都是男孩子，所以打打闹闹都无法避免。但这里面并不包括她。原因是什么？他们两个人心里都有数，就是后操场的那场架。

然而，自从知道她就是"乖徒儿"之后，某大神好像连表面的和平都不想维持了。

"你不会以为，我让你帮我买点东西，就算是差遣了吧？"那人的声音在耳边淡淡地响起，"需要你给自己买的东西，在前面。"

莫北抬眸，那架子上放着一顶很可爱的兔耳猫，粉色的，一看就是女孩子戴的。

"你不是喜欢玩女号吗？那你对这个应该也很感兴趣。"封奈侧眸过来，舌尖抵在下唇上，嘴角还带着笑，"拿过来，给自己戴上。"

莫北目光很淡，没有多说一句话，快步走过去，很干脆地拿起帽子往头上一罩。

旁边的妹子们看得忍不住捂住了嘴。

"啊啊啊，怎么办，好戳心，这个清冷的小哥哥有毒吧，这也太可爱了！”

可爱？

听着耳边的声音，封奈朝某人的方向扫了一眼：“就这么戴着吧，能降低我的仇恨值。”

莫北：……以为自己是主宰buff吗，还降低仇恨值？

不过，她头上的帽子确实有点碍事，一路上总有人盯着她，还不停地窃窃私语。

莫北能清楚地听到某大神在她旁边笑。但这些到了莫北这里，似乎都没有什么影响。

她将手机拿出来，低眸让人扫了支付码。

某大神就站在她旁边，眼角都带着笑。特别是结完账之后，莫北还扔给了他一盒东西：“胖大海有薄荷成分，队长最好含一粒。”

封奈不喜欢吃苦的，但这个还不错。他含在唇间，就能感觉一阵清凉。

莫北看着那人又笑起来了，偏过头去，想道，原来A大最不好惹的老大，是典型的猫科动物，完全没有生活常识，只要让他舒服、不烦他、投喂他就行。

开车的时候，封奈让莫北拿吃的给他。

莫北在菠萝包和辣条之间，选了菠萝包，毕竟感冒了还吃辣条的话，嗓子上火的情况肯定会加重。

某大神也清楚，所以并没有挑剔，只是单手摘了口罩，叼着菠萝包开车的样子，实在不像网上对他的描述：淡漠、慵懒、邪佞、不近人情。

不过莫北并没有把注意力放在这里。毕竟两侧垂下来的兔子耳朵，让她很想动手摘掉头上的帽子。总是有一种很不好的感觉，很快，她这个感觉就应验了。

因为她一推开门，猫猫熊就从里面冲了出来，在看到她之后，在那儿顿了顿，脱口而出：“兄弟，你不是说你不是弯的吗？这什么东西？”

莫北淡淡地回答道：“帽子。”

“我知道是帽子，有哪个直男会戴这种帽子的，兔耳朵。”猫猫熊说着，耸了耸肩，“欣赏不来，对吧，老大？”

封奈嘴角勾了勾，手上把玩着车钥匙：“确实欣赏不来。”

莫北侧眸，情绪很淡。

封奈的神情慵懒中带着邪气。

猫猫熊这时才像是意识到了什么，眸子都睁大了："你们去逛超市了，一起？"

可谁承想，老大面对他这个问题，只是慵懒地嗯了一声。

"老大，那个'乖徒儿'到底是谁啊？你到底是怎么找到他的，还是在现实里？"

听着那一个个的问句，莫北整理蔬菜的修长手指一停。

"目前没有告诉你的想法。"封奈扯开外套，挂在衣架上之后，就那么坐在了沙发上，皓齿咬开了第二个菠萝包。

猫猫熊本来暗下去的眼睛又亮了："老大，你怎么买了这个？还有吗？"

"没。"封奈回答得漫不经心的。

莫北并没有拆穿他。

猫猫熊也不相信："一定还有。"

封奈见他要去扯塑料袋，一伸手勾住了猫猫熊的脖子："想吃，自己去买。"

莫北见状，眸色浅浅。

果然男孩子之间交流的话，就是这样容易动手动脚。

"老大，你不让我吃菠萝包，也不告诉我'乖徒儿'是谁，还在杀了他一次之后，发起了投降。老大，你该不会是对他还余情未了吧？"猫猫熊在说完这句话之后，就觉得四周的空气骤然冻结了，好像连呼吸都有点发冷了。

封奈朝着他这边看了一眼，那双眸子像是能腾起黑雾："余情未了？这么八卦，看来你最近很闲啊？从明天开始，中途休息取消，直播增加两场。实在觉得不过瘾，你要不要去卫生间度过你的余生？"

"老大，我错了。"猫猫熊护住了自己的头。

结果封奈连揍他的兴趣都没有，踱步掠过了他，拿了一瓶矿泉水，将视线落在了莫北的身上，冷冷地问道："怎么？连辅助小哥哥都觉得我对某人余情未了？"

莫北听出了话里的嘲讽之意："没有。"

"没有最好，否则我很有可能一时冲动，做出什么来。"封奈说完这句话，就扯开衣领，走上了楼梯。在回房间之前，他回过头扔了一句："主食我吃米饭，米饭做软一点，这样能降低仇恨值。"

又是降低仇恨值，莫北的脸色依旧平静得很，拿出锅来，开始淘米，先把米入锅，紧接着，就去处理今天的菜。

猫猫熊在旁边看着她的样子，忍不住惋惜："可惜你是弯的，很多妹子没有机会了。"

莫北放下了刀，慢条斯理地抬眸："需要我揍你一顿，证明我是直的吗？"

"好好好，直的，直的。"猫猫熊用手戳了戳兔子帽，"兄弟，你说这个'乖徒儿'到底是谁啊，难道周围有谁平时玩游戏和我一样喜欢用女号？"

莫北侧刀将蒜瓣拍成碎片，只给了他一个字："我。"

猫猫熊拿着兔子帽的手僵住了，一双眸子跟着缓缓地睁大："你、你说什么？"

"'乖徒儿'是我。"莫北看过来，"我之前并不知道，'黑熊白猫'是你。"

猫猫熊指了指他刚认的兄弟，接着捂了下自己的嘴："这，骗人的吧？"

他刚才当着这两个人的面都说了点什么，怪不得老大刚刚让他的余生都在卫生间里度过！

"兔子帽就是队长买来让我丢脸的。"莫北淡淡地说道。

这简直就是暴击啊兄弟，怪不得老大会在游戏里投降，原来那会儿他们两个就在一起啊。

猫猫熊坐在沙发上，愣愣地看看在半开放式厨房里忙碌的清隽身影。

而楼上的封奈则在游戏论坛上匿名发了篇帖子："如果发现骗你婚的人妖号，是你现实生活中认识的人，怎么报复对方合适？"

很快，下面就有了回帖。

"现实生活中认识？那要看关系好不好了。"

"还得看长得怎么样。"

"性格呢？优缺点呢？"

封奈看完，回复："关系一般，话少人帅，没表情，会做饭。"

"冰山类型的？"

"这年头还有会做饭的帅哥？"

"你们现实中离得多远，不总见面吧？"

封奈低眸："天天见，同一个宿舍的。"

他没有说"战队"，是因为不想暴露身份。

"同一个宿舍的？！那还不赶紧在一起？！"

"楼主应该是已经动心了吧，不然怎么会强调对方会做饭这一点？"

"就是就是，暗暗地芳心初动哦……"

封奈在看到第三条的时候，果断按灭了手机，原本变浅的眸色，再一次深了下去。

什么乱七八糟的猜测？

他拿了矿泉水下楼，刚好有饭菜入锅的香气飘来。

一瞬间，整个基地都是勾人馋虫的味道。

猫猫熊已经开始吞咽口水了，正想着什么时候能开饭，就见那挺拔的身影走了过来，封奈用右手将放在桌子上的兔子帽一掠，直接扣在了莫北的头上。

莫北做菜的手停了一下，淡然的眸抬起。

封奈缓缓说道："仇恨值更高了，需要平衡一下。我想了个办法觉得不错，C大的老大如果戴着这样的帽子去上学，应该会有很多人围观。"

莫北："……"

"怎么？觉得为难？"封奈压低了声音问道。

"是有点为难，所以改变一下条件。"莫北将其中一个火关小，平静地说道，"一个月的时间改成一周，我就戴。"

封奈看着那人，漫不经心地说道："可以。"说完，他转头看了眼一旁的猫猫熊，目光幽暗，"看来你已经知道了。"

猫猫熊一下子坐直了身体："老大，你怎么看出来的？"

封奈懒得回答，目光落在了火上煮着的砂锅，淡淡地说道："我不喜欢喝萝卜汤。"很显然，他这话是对莫北说的。

莫北单手翻炒着白菜，眸子偏了偏："不是萝卜汤，是砂锅牛杂。"

封奈语速缓慢地说道："闻着有萝卜的味道。"

"萝卜和牛杂中和之后，异味会变淡，口感也不一样。"莫北说完，见他还站着没有走，干脆拿过一块垫手的东西，掀开了锅盖，看熬得差不多了，用木筷夹了一块牛杂。

封奈也不客气，倾身过去，皓齿张开，尝到味道之后，才满意了。

猫猫熊看着这一幕，觉得很神奇。老大向来喜欢吃，这他知道。但是老大喜欢吃的同时，挑食挑得不成样子。现在竟然这副表情，这……该说他兄弟莫南的手艺太好了吗？

因为有好好吃饭，这大概是封奈感冒好得最快的一次，不过……

“戴帽子这件事不会取消，你熬汤讨好我也没有用。”封奈吃完之后，又伸出手去，按了一下莫北的头。

莫北情绪很淡，似乎也接受了某位大神这时不时的接触，她以为男孩子之间都这样。

但猫猫熊在看到这一幕的时候，顿了一下。老大当初按他头的时候，是认识了至少一年之后吧。怎么到了莫南这儿，节奏都变快了？“乖徒儿”后遗症吗？

吃完饭的老大又将目光转向他：“洗碗和打扫厕所卫生，你选一样。”

猫猫熊蔫了：“不公平，老大你怎么不洗？”

封奈：“因为这些菜原本是做给我吃的，你只是沾光。”

猫猫熊：……论无耻程度，真的谁都比不过老大。

等到寒昔跟着助理进来的时候，看到的就是猫猫熊洗碗的一幕。

寒昔：“新的惩罚方式？”

猫猫熊哀怨地点了点头。

助理吃惊的却是别的：“少爷，你感冒好了？”

封奈嗯了一声。

助理心里震惊了，少爷每次感冒之后都不当回事，又不肯吃药，总是很难好起来。

这次……助理朝着莫北看了过去：“南哥，还好基地有你，少爷就是有点难照顾，他……”

助理的话还没有说完，就被莫北的三个字给砸晕了。

“好照顾。”

助理张了张嘴：“好照顾？”

莫北淡淡地嗯了一声之后，说道：“投喂就行。”

用“投喂”来形容他家少爷？助理摇了摇头，他需要静静，明明每次少爷感冒，他弄各种吃的来，都会被扔进垃圾桶。

这世界莫名有些奇妙……

而此时走上楼的莫北，看着那顶被买回来的兔耳朵帽子，眉心微微地拧了一下。现在这样还比较安全，某大神应该再也不会把她往Bey上想了。

只是，兔耳朵帽子……

莫北又睁开了眼，朝着书包的方向看了过去，轻轻地叹了口气。

第二天，C大已经炸了窝。

“你们今天看见没有，南哥头上戴的那个？”

“我南哥不会是被人给下了降头吧！”

“以前我只知道南哥帅，现在简直萌我一脸血啊！”

莫北听着周围的各种声音，脸上却仍旧波澜不惊。

就在这时候，辅导员提前来了，目光在莫北的头顶停留了好久，才找到了自己的声音：“莫南，你跟我来一趟。”

赵健健：……完了，他南哥一定要被扣操行分了。

哪承想，外面的氛围完全不同。

辅导员见莫北出来之后，刻意清了清嗓子，可还是按捺不住激动的心情：“这次的成绩出来了，这还是第一次我们C大的最高分高过A大。校领导找我谈话了，今天的交流会你得上台发言。”

莫北挑眉：“我？”

“对啊，就是你。”辅导员是真的开心，“放心，稿子我们几个老师都帮你弄好了，你先去熟悉熟悉。”

说完，他就一伸手，将莫北拖走了。

十点半，A大。

有人看了一眼扯开衣领的封奈：“封少，你真的要去？”

“怎么？”封奈漫不经心地问道，“我去不行？”

那人小声说道：“你之前从来都不参加活动，觉得吵，现在居然要去演讲。”

“台上视野好。”

封少的这句话他听不懂。不过，C大竟然有分数比封少都高的人？

跟在班主任身后走进后台准备间的封奈，倒是看到了那个比他分数还要高的“C大尖子生”。那人穿着一身黑色西装，指尖翻着演讲稿，最醒目的还是那人头顶的兔耳朵帽。

一般人，对于这种要求，大概都只会随便应付一下吧？

临坑坑的这个小哥哥，还真是……认真得让人连下手都要犹豫一下。

此时，莫北也看到了来人，目光就那么和封奈对上了。

在场的老师们，没有一个心里是平静的，再加上这两个人气质虽然不同，可在一起的时候，分明就是王不见王的气场。他们不会打起来吧？

辅导员提着的心，随着封奈走向莫北的时候，跳得更快了。

没想到封奈却扯了一下莫北头上的兔耳朵，嘴角一勾：“因为被你超了成绩，仇恨值更高了，怎么办？”

莫北看着比她高出一个头的人，目光浅淡地扔给了他一盒薄荷糖，对付这个人，投喂应该就行。

封奈的眉头挑了下，满眸的玩味，临坑坑的这个小哥哥似乎对他有什么误会，以为给他点吃的就能降低仇恨值？

呵，算了，看在某人这么认真执行约定的分儿上，吃一颗也没什么。封奈将糖盒打开，取出一颗放在掌心。

他这一连串的动作，已经让辅导员们都睁大眼睛了。

更不用说，他在吃完糖之后，像是朋友之间的闲聊一样，说了一句：“演讲稿，给我看看。”

莫北侧着俊脸，将其中一页递给了他。

有些辅导员惊得把手上的工作都忘了，上次两个人打架还都挂了彩，这才过去几天，怎么就是这种相处模式了？

封奈看了几眼稿子，觉得衣领有问题，干脆扯了领带，单手将演讲稿放下，对着莫北挑了下眉：“过来下。”

莫北抬眸，朝封奈看了过去。谁知那人竟然一下将衣领扯到了最下面，然后向外一翻，那双浅色的眸，隐隐地有些不耐烦：“你看看这上面是不是有东西？”

莫北将视线落了过去，尽量避开他那瓷白的锁骨，确实有东西，但很小，不仔细看，看不出来：“是吊牌扯下来之后，留在上面的塑料。”

“拿下来。”封奈的眉心拧着，说得有些漫不经心。

实际上，很少有人会看到封奈这个样子。他单手扯开衣领，让人去碰他，这更不可能。但现在封奈又不能直接将衬衫脱了，再去找那玩意儿，想来想去，也只有临坑坑的这个小哥哥适合给他取下那个小玩意儿。

莫北一开始并没有立刻动手，毕竟太亲近。但想到男孩子相处都是这样不顾忌，她如果太当回事了，搞不好反而会让某大神觉得她有问题。

所以很快，她就拿掉了他衣领上的东西，只是手指离开的时候，却碰到了她一直避而不看的他的锁骨。

封奈也知道自己被碰到了，毕竟那微凉、柔软的触感很真实，真实得让他像是又记起了什么，接着，看了过来，他伸手将衣领翻了回去。

辅导员在看到这一幕之后，已经被暴击得说不出来话了。

这两个人……会不会太亲密了？

封奈也意识到了，所以站在那儿，眸色有些淡。

莫北没感觉："还痒？"

封奈侧眸："怎么？这位分数第一的小哥哥要给我挠挠吗？"

"你把衣服扯开。"莫北放下了演讲稿。

封奈却笑了，用嘲弄的口气说道："别占我便宜，看你的稿子。"

莫北："……"

此时，场外的学生们都已经坐好了，正在等着两大学霸上台。

封奈单手插着裤袋，临上台前，视线在莫北的头上停了一下："帽子的事，你们老师没管你？"

莫北淡淡地说道："管了。"

封奈："看来是管的力度不够。"

"扣了学分。"莫北低眸，又扫了一眼演讲稿。

封奈挑了下眉头，接着手指一用力，将帽子摘了，指尖转动了两下："演讲完再戴，学分扣得太多，比赛会有麻烦。"

莫北侧眸看了他一眼，就见那人下巴弧线逆着光，舌尖抵着下唇，嘴里含着刚才她给的薄荷糖。果然，投喂很管用。

"准备上台了！"那边的辅导员背过身来，朝着他们两个招了招手。

这时，已经能听到前台那边的呼喊声了，坐在其中的赵健健心很乱。虽说他们C大好不容易在成绩上扬眉吐气了一次，但他南哥自从被辅导员叫走之后，到现在都还没有回来，该不会直接被勒令退学了吧？所以说南哥玩什么不好，偏偏学人家玩潮戴兔耳朵帽。

然而就在下一秒，赵健健愣住了！

不是因为别的，而是因为从台上走过来的那道人影，清隽冰冷，侧脸俊美，逆光而立，连带着身上的西装，都被他穿出了别样的质感。

“南、南哥！”

“我不会看错了吧？”

“比封少分数还高的是莫南？”

无论是A大的学生还是C大的学生都觉得不可思议。

听着那上面两人的发言，他们只感觉有些恍惚……

照相老师是负责记录现场画面的，示意两个人：“再靠近一点，友好一点。”

台下经常约架的男孩子们心里暗嗤一声，让A大的老大和C大的老大友好？这根本不可能！

然而，下一秒钟，这、这、这什么情况？

封少的手为什么要放在莫南那家伙的头上？这一定是他们在做梦！

倒是封奈，因为指尖上的触感而挑了挑眉，这家伙的头发怎么这么软……

演讲结束之后，校方考虑到每次由封奈引起的轰动，并没有让他久留。莫北就不一样了，作为C大的台面，辅导员想尽了办法留人。

赵健健觉得有生之年他们C大也能被列为学霸专区，那简直是不可思议。他正偏着头狂吹他南哥，就听耳边突地传来了一声轻笑：“莫南，你真厉害，我还是第一次见有人比封少的分数还高呢。”

说话的人是A大的校花杨千羽，被誉为“酒窝女神”。

她一出现，C大的很多男生都想要吹口哨。

能让杨千羽主动搭话，感觉这个事可以在泡妹子圈吹一年了，他们南哥真的是越来越厉害了！

莫北却清冷地站在那儿，淡淡地说了声：“谢谢。”

“不用谢。”杨千羽碰了个软钉子之后，并没有放弃，将手背在身后，“我刚才看你在后台，一直和封少在一起，是不是你们学霸都喜欢和学霸玩啊？”

莫北没有接这句话。

赵健健：……难道女神没有看见站在他南哥旁边的他？

杨千羽一笑，显得柔美了很多："如果方便的话，你能不能帮我补习补习？我请你吃饭。"

莫北刚要拒绝，就被一把抱住她长腿的小人儿打断了思绪。是小奶临，他仰着嫩白的小脸，一副很认真的小大人模样："不可以哦，小哥哥平时很忙，连休息的时间都少，补习什么的，你可以找老师啊。"

杨千羽认出了那是封奈最宠爱的弟弟，顿了一下，很快就笑了起来："小奶临，是我不好，没想那么多。"

说着，她就要伸手去摸小人儿的头，小奶临身子一偏，避开了。

杨千羽像是丝毫不在意这份尴尬，又笑了起来，侧过脸去看莫北："那我可以加一下你的微信吗，不会耽误你的时间。"

莫北还未开口，身后的赵健健就往前推了她一下，将她手里的手机推到了对方面前。

赵健健压低了声音："南哥你想想，有哪个正常的男孩子会拒绝校花？难不成你真想被人叫成'同性恋'？"

莫北一听，赵健健的逻辑是对的。不过是个微信号，加上也没什么。既能打破她哥"同性恋"的谣言，又能让人不把她往女孩那边想，一举两得。于是莫北滑开了手机，主动加了杨千羽。

要到微信的杨千羽笑了，她就知道没有人会拒绝她，除了那个什么都不放在心上的人。

"那回头联系。"杨千羽微笑着走了。

小奶临看着这一幕，小脸鼓了起来，抱着他小哥哥的长腿，很深很深地看了赵健健一眼。

赵健健被小奶临看得一颤，也不明白自己是哪里惹到了封小少爷，好在有他南哥替他解围！

"小奶临，你怎么来了？"莫北低眸，见小人儿有些蔫，眉心拧了拧。

小奶临瞪大了一双眼："我是来找小哥哥的呀。"

"你一个人来的？"莫北挑眉。

小奶临有些心虚了："刚才王伯还跟着我，我看到这边人多，就跑了过来，再回头去找，王伯就不见了。"

也就是说，他又走丢了。

莫北很快发现了问题，低头发了一条信息："队长，小奶临在我这儿，外面太晒，我先带他回我住的公寓。”

很快，封奈就回复了：“具体位置，我一会儿过去接人。”

“仁和公寓……”

知道了他小哥哥联系了他哥，一路上小奶临都很乖。

公寓里，最近汪冬冬为了挽回南哥的形象，熬得熊猫眼都出来了。看到他南哥腿上挂着的小人儿的时候，他还是控制不住地跳了起来，这、这……他南哥怎么又把封小少爷带过来了？

“叔叔好。”小奶临很有礼貌地赶人，“叔叔是不是要走了？”

汪冬冬：“……”

“汪叔叔要工作。”莫北揉了下小奶临的头，轻声说道，“当他不存在就好。”

汪冬冬：……不是，南哥，这也太扎心了！

莫北没有看他，只觉得孩子还是蔫的，低头问道：“喜欢吃千层吗？”

小奶临圆溜溜的眼睛瞬间就亮了起来，还露出了他的小虎牙：“喜欢！”

莫北看得忍不住捏了捏他的脸：“有草莓和杧果，要哪种口味的？”

“都要。”小奶临的手继续抱着莫北的腿，“老师说了，多吃水果好。”

莫北丝毫不在意有个小尾巴跟着她，从冰箱里拿了草莓和杧果，转身进了厨房。

汪冬冬越看越觉得这画面还真是和谐，恐怕封小少爷还不知道他大哥和他小哥哥是水火不容的关系吧。当孩子就是好，什么也不用知道，有东西吃就行了。

汪冬冬正这样想着，门铃再次响了起来，他只能站起来开门。

怎么回事？

K、K神？

一定是他开门的方式不对！

封奈刚摘了口罩，半挂在一侧，眸色浅淡地看了他一眼，漫不经心地问道：“莫南的助理？”

“是，是我！”汪冬冬面露惊恐，他和他南哥说什么来着，不要把封小少爷带回家，这不，人家哥哥都找来了！

汪冬冬打算用他的三寸不烂之舌来解释："K神你听我说，莫南他不是故……"

"来了？"他的话还没有说完，他南哥的声音就从他身后响了起来。

汪冬冬眼见着站在他面前的某位业界最难接近的大神嗯了一声，然后那位大神就走了进来，没有一点拿自己当外人的意思，总觉得有点微妙。

小奶临当下就冲了过来："哥，你看，小哥哥居然买了个兔子耳朵的帽子！"

封奈单手扯着衣领，很慵懒的样子："临坑坑，这招没用，以前我都教过你什么？不要一个人走，避开人群，就算想找人，也要让王伯跟着。你今天是怎么做的？"

小奶临碰了碰自己的脚，压低了声音："我下次不这样了。"

封奈将手按在他的头上，说道："最好是这样，你以为谁都像你小哥哥这样，捡了你给你做好吃的，最后还物归原主？你这么笨，卖给别人都不好出手。"

"看在你夸小哥哥的分儿上，我就不向妈妈告你的状了。"小奶临哼了一声，又转过头去，抱住了莫北的腿。

夸他小哥哥？封奈微拧了下眉。临坑坑的理解能力明显有待加强。

莫北走了过来，说道："我在做千层蛋糕，等小奶临吃完，队长再带他走吧。"

封奈没反对，就那么坐在了沙发上。

汪冬冬在一旁看得下巴都要掉到地上了。他南哥和K神，什么时候关系缓和成这样了？

封奈打量着四周，房间很小，却整洁、干净，再加上弥漫在鼻息间的清甜的奶油味……

封奈的薄唇动了一下，视线落在了围着少年转圈的小人儿身上。

临坑坑这家伙，为了吃，一点原则都没有。

又过了两分钟，千层蛋糕好了。莫北戴着手套把它端了出来，放在了木桌上，每一层都有草莓和杧果露着，再加上软绵绵的奶油，看上去非常诱人。

小奶临正准备开吃，封奈说道："吃那么多甜食，临坑坑，你是想牙齿掉光？"

小奶临听后，决定不理他哥，将头扭到了一边。

倒是莫北修长的手指顿了一下，抬起小奶临的下巴，看了看他嘴里的牙之后，把千层蛋糕一切，只留了最小的一块，其余的都推给了封奈和汪冬冬：“你们解决这些，小孩不能多吃甜食。”

汪冬冬本来是想要伸手接的，谁知，在接触到K神那浅色的眸之后，他后脊一冷，缩回了手，不敢吃了。

只见某大神，一手撑着下颌，一手将托盘接了过来：“好。”

小奶临在旁边气得双颊都鼓了起来。他哥好无耻！他哥为了吃到小哥哥做的蛋糕，就用这种卑鄙的办法！

小奶临不服：“老师说了，我这个年纪闹虫牙正常，你明明知道。”

“老师安慰你的话，你也信？”封奈说着，看了一眼小奶临的胳膊，“在学校的时候，有没有被撞到？”

小奶临摇了摇头：“小哥哥一直护着我，别人都不敢往这边凑，不过那个兔耳朵帽子好奇怪，不太像是小哥哥会买的东西。”

封奈慢条斯理地说道：“是吗？那你应该是对你小哥哥有所误解，他就喜欢这种女孩子喜欢的东西。”

莫北听着，并没有说话。转眼间，一整盘的千层蛋糕，就被封奈解决完了。

封奈也没想到自己会吃光。毕竟以前助理买回来的那些甜品，他只尝一口，就全丢到了垃圾桶，甜得发腻。某人做的，倒是很可口……

临走的时候，莫北递给了小奶临一个保鲜盒，里面的食物嫩黄嫩黄的，还透着香气。

小奶临闻着那味道，眼睛更亮了：“小哥哥，这是什么？”

“鸡蛋羹。”莫北半蹲着说道，“回去的时候吃。”

“谢谢小哥哥。”小奶临觉得自己简直太幸福了，踮着小脚，对着莫北的侧脸亲了一口。

封奈看着这一幕，侧过身去，长腿抵住了门：“临坑坑，走了。”

小奶临还是不舍得，对着莫北挥了挥他的小爪子，说了声：“小哥哥再见。”说完，他就一手抱着保鲜盒，一手扯着他哥的裤腿走了。

汪冬冬送走某位大神和某位小朋友之后，才松了一口气，转过头去对着他南哥说道：“你和K神的关系都这么好了，怎么不让他在网上关注一下你？K神一旦关注你，南哥，你的形象就能全回来，那些嘲笑你的人也……”

“不用这种办法。”莫北侧立在那儿，神色淡漠，眸底却酝酿着太多的东西，翻腾而过时，像是有火烧过一般，“我说过，让他们看看真正的电竞。”

公寓外，小奶临防贼一样地防着他哥，生怕自己怀里的鸡蛋羹也被抢走。

封奈眼底含笑，没有再说什么，带着腿上的小尾巴上了车。

王伯看到小少爷安然无恙，终于放了心。通过后视镜他还能看到他家小少爷坐在那儿，拿着个小勺子一下又一下地挖着东西吃，大概是吃得高兴了，眼睛都笑弯了，虎牙露在外面，可爱得很。

自从和那位莫少爷认识以后，他家小少爷就变得活泼开朗多了。

小奶临却突然像是想起了什么：“哥，我有件事要告诉你。”

封奈抽了张纸巾，按在了他弟的脸上，心不在焉地说道：“说。”

小奶临圆溜溜的眼眯成了一条细线：“今天有个女孩要了小哥哥的微信号，真的是让人好生气哦。”

封奈修长的手指一顿，接着又呵了一声：“这不是很正常吗？毕竟你小哥哥这么优秀。”

小奶临眨了眨眼，他怎么感觉他哥这句话怎么听都不是夸奖？

“正常是正常。”小奶临鼓起了脸颊，“要是别的人就算了，可那个女孩之前分明向你告白过，现在又要小哥哥的微信，三心二意的。”

封奈事不关己地抬眸：“然后呢？”

“我不想让小哥哥和这种女孩谈恋爱，她不过就是长得好看了点，心地一点都不善良，还不知道她接近小哥哥到底有什么目的。”小奶临的脸颊更鼓了，“哥，你为什么不是个女孩子？如果你是个女孩子，就能把小哥哥抢过来了，反正比长相的话，没人能比得过你。”

封奈很缓很缓地笑了，伸出手去，捏住了他弟的脸：“临坑坑，我看你是欠收拾了。”

而此时，要到莫北微信号的杨千羽，正在被宿舍里的人羡慕。

“不愧是千羽，不只和封少认识，现在还撩到了C大的老大。”

杨千羽笑了：“哪有那么夸张，好了，都睡吧。”

说完这句话之后，杨千羽看向了自己的手机，视线落在她今天刚加的那个微信号上，打了一句话过去："莫南，你睡了吗？"

发完之后，杨千羽很有信心地等着那边的回复。

然而，三分钟过去了，她的手机竟然还没有动静！

杨千羽敲了敲手机壳，又打了一行字："看来是睡了呢，那我们明天学校见吧，晚安哦。"

第二天，莫北一醒，就看到了两条未读信息，修长的手指滑了一下，并没有回复，只是单手拿起书包，干净利落地出了门。

A大和C大的交界处，虽然没了兔耳朵帽子，可莫北走在路上，依旧是话题中心，那张脸好像自带热度。

"莫南！"

突地，不远处传来了甜甜的喊声，是杨千羽和她的两个朋友走了过来："你竟然会出现在这里，不怕我们A大的人动手？"

莫北嗯了一声。

杨千羽又走近了一些，把手里的其中一瓶酸奶放进了少年的书包侧袋："请你喝。"

莫北的视线扫到了书包的一边，眸里并没有什么变化，但这一幕落在周围人的眼里就不一样了。

"果然，无论是谁都拒绝不了杨千羽，连南哥都沦陷了。"

原本在车上坐着的封奈，目光朝着这边侧了侧，眸色一深。是她?

临坑坑的这个小哥哥，还真是看人只看脸。

"嗤。"

一旁的助理不明所以，刚要开口询问，就见他们封少，推开车门，朝着人最多的地方走了过去。

"是K神！"

"不会是为了杨千羽而下车的吧？"

"热闹了，A大的老大和C大的老大要为了女人打起来了。"

那气氛确实很像，尤其封奈脸上还戴着黑色口罩。而莫北看起来淡漠得很。这两个人，每次同框，给人的感觉都是要干架。

围堵莫南的A大学生们已经在旁边摩拳擦掌了！

莫南这家伙勾搭谁不行，偏偏勾搭他们的校花！

站在那儿的女孩也碰了碰杨千羽，小声说道：“千羽，你真的好厉害，能让封少为你这样，还有莫南……”

“你别瞎说。”杨千羽否认，嘴角的弧度却有些压不住，她脸上绯红，“封少，我和莫南……”

还没等她说完，封奈就半倾着身体，从某人书包的侧袋抽了一罐酸奶出来，扔了过去：“他不喝酸奶。”

顿时，现场一片安静。每个人都以为封少过来是为了杨千羽，现在看来，好像……是为了莫南吧？

莫北本人也将目光侧了过来。

封奈只扫了她一眼，低声问道：“怎么，有问题？”

“没有。”莫北平静地把书包摆正。

封奈依然站在那儿，完全没有要走的意思。

杨千羽不想让自己就这么成为一个笑话：“是我考虑不周，那酸奶我就先拿走了。莫南，你和封少好好聊，回头再联系哦。”

果然，和她想的一样。他和封少的关系非常不错，只要慢慢利用他，以后她肯定能接近封少……

“等一下。”还没等杨千羽把算盘打完，封奈就又开了口。接着，用指尖点在了莫北的手机屏幕上，头也不抬地问道：“你叫什么？”

不过是刹那间，连空气都冻结了！原来封少连杨千羽是谁都不知道！那她以前说的那些话，都是编的？

杨千羽没想到自己的谎话会被拆穿，身体都有些僵。旁边的女孩子倒是开了口：“封少，你太过分了！”

“别说了。”杨千羽拽住了她的好朋友，一副受了委屈的样子。

封奈偏眸，语气平淡：“我怎么过分了？”

女孩攥拳：“你！千羽这么喜欢你，你——”

封奈呵了一声，侧过头去问莫北：“听到了？喜欢别人的女孩，你还留着，是要给人当备胎？”说着，他的指尖一动，“拉黑了，以后不要随便给人微信，尤其这种到处和别人说跟我熟的。”

这一句，让杨千羽彻底待不下去了！每个人都在看她，毕竟以前总听她说和封少很熟。

围堵莫南的A大学生们却有些恍惚，封少这是在担心莫南被人套路？这会不会不太对？

赵健健也觉得哪里不正常，尤其上课的时候，他看到他南哥的手机响，信息是封少发过来的，只有一句："下午放学，后操场见，去逛街。"

逛、逛街？他南哥和封少？不是约的打架，是约的逛街？

赵健健觉得他真的需要好好地静一静了！

黄昏，后操场，围堵莫南的A大学生们，正准备开个会。就见他们封少不知道为什么来了，脸上仍然戴着黑色的口罩，正看着手边的流浪猫……

有人忍不住问了一句："封少在这里是？"

"等人。"封奈将外套放在了一边。

等人？围堵莫南的A大学生们，互相看了一眼。

"是约架？"

封奈侧眸，仍然是一副心不在焉的样子："约人逛个街。"

他们封少约人逛街？还在后操场等人？

不过……等等！那是谁？

"莫南？"

已经开始有人条件反射地站起来，要拿棒球棍了，就听他们封少在那儿说了一句："你腿短到连走来后操场都要用这么久？"

闻言，莫北将目光落到那个人身上："去哪儿逛？"

围堵莫南的A大学生们在听到这个问句之后，集体呆滞！

封、封少约的人是莫南？

封奈像是没有注意到小弟们的表情一样，单手撑着栏杆一跃，落在了莫北的前面："这附近不就那么几个地方吗？"

莫北看着他，淡淡地问道："那先吃点东西？"

封奈站在那儿，像是笑了下，笑中还带着淡淡的邪气："也可以。"

围堵莫南的A大学生们，看着那两道渐行渐远的人影……震惊！

莫北心里倒是清楚得很。某大神找她，不会只是逛街那么简单，毕竟有一周的约定。不过，长这么大，莫北还没有和哪个男生出来逛过街。在这方面完全零经验的她，放学之前搜了很多攻略。

"两个直男一起逛街，需要做什么"之类的。

搜索结果不过就是吃饭、玩游戏、看电影等，她就按照流程走吧，反正投喂总不会有错。

红灯亮了的时候，两个人一起停了下来。

封奈单手插着裤袋，看着某人在搜索附近的美食，干脆空出一只手去，点了下对方的手机："这儿。"

莫北的手正停在屏幕上，猝不及防地被碰了一下。不过，看某大神的样子，好像也没什么，男孩子之间接触起来果然没有什么距离。

莫北觉得自己学到了一招，偏过眸去，点了导航走向。

封奈却在收回手的时候，扯了下衣领。其实，会碰到某人的手指，是在他意料之外的。不过，临坑坑的这个小哥哥做起事来的时候，倒还算顺眼。

两道同样修长的人影并排走着，这让来往的人都不由得猜测，他们是什么关系。

夏末秋初，又是周五，步行街上的人很多。随着天色渐渐暗下去，网红气球和糖葫芦随处可见。

"去买串山楂的糖葫芦。"封奈插着裤袋，漫不经心地说道。

莫北基本上明白了，某大神对于这种女孩子经常会吃的东西，大概都没有什么抵抗力。只是因为偶像包袱太重，所以他才不会主动买。

"一串山楂的。"莫北付完款，将糖葫芦递给封奈。

封奈站在那儿，看得出来心情不错。但他并没有接莫北手里的糖葫芦，而是就着那姿势，侧过头去，低头咬了一口。

这样近的距离，两个人额前的黑发都能碰到。莫北站在那儿，看着近在咫尺的那张俊脸，鼻尖能闻到的都是对方薄荷烟草的香味。

她并没有动，眸色有些淡，看着某大神咬完糖葫芦之后站直了身体，薄唇间含着糖片："味道不错。"

莫北扬手，像是要把糖葫芦递给他。

封奈缓缓地说道："你拿，你看我的样子，像是会拿糖葫芦的男人？"

莫北知道，某大神的偶像包袱真的很重。

倒是站在旁边目睹了这一幕的小孩，突地拽了拽他妈妈的衣袖："那个小哥哥都给大哥哥买糖葫芦了，还喂大哥哥吃。你为什么都不给我买？最起码我还能自己拿着，大哥哥连糖葫芦都让小哥哥拿，比我难搞多了！"

距离太近，孩子的话，几个人都能听到。

那妈妈顿时尴尬了，捂住了她家孩子的嘴，朝着他们这边笑了笑。

封奈挑了下眉，莫北淡淡地问道："队长听到了？"

封奈偏眸，缓缓地笑了：“一周的时间，我说什么，你做什么，不然这位小哥哥觉得，为什么我会叫你出来逛街？”

莫北从某大神的这一句话里，听出了准确的仇恨值。她不太明白，他的仇恨值为什么会这么高，她抬起头，问了一句：“队长还想吃什么？”

封奈的双手插着裤袋，眸色越发深了几分：“把我当临坑坑了，认为我只知道吃？”

说完，封奈又勾了下薄唇，偏过头去，将一旁正在发传单的“人偶熊”叫了过来。

“人偶熊”还以为他是要传单，走近了，却听他问了一句：“你身上的这衣服多少钱？”

“人偶熊”有点蒙。

封奈继续说道：“卖给我，传单会有人帮你发完。”

“人偶熊”摘了头上的头盔，不太相信会有这么好的事：“衣服不是我的，是公司的，不能卖。”

“租一个小时。”封奈说着，指了指一旁站着的莫北，“这个小哥哥想穿。”

被点名的莫北眉头挑了挑。

“人偶熊”有些不可思议，难以想象还有人有这种爱好。

“哦，我知道，你们是要拍小视频对不对？”“人偶熊”说着，就将衣服后面的拉链一拉，“租金就一个小时六十吧，传单得帮我发出去。”

封奈不清楚什么小视频不小视频的，反正目的达到了：“过来。”

继兔耳朵帽子之后，某大神又找到了新的乐趣。

莫北一脸冷漠地站在那儿，单手拎着熊衣服往上拽。

封奈就站在她旁边：“转过去。”

莫北的眉头挑了挑。

封奈漫不经心地说道：“拉链在后面，你头低一点。”

莫北照做了，低头时，无奈地听到了旁边的声响，好多人都在看。

毕竟气质这么高冷的小哥哥，居然正在穿人偶熊衣，怎么想怎么萌，再加上那张侧着都帅得让人心跳加速的脸，更是引来了不少人的围观。

好在封奈这时候戴着口罩，看不出来他的长相，如果被认出来，肯定会在网上引起不小的轰动。

“再低点。”封奈看着近在咫尺的那一截雪白肌肤，眉头向上挑了挑，临坑坑的这个小哥哥，会不会太白、太嫩了？比女孩子的皮肤好像都要好。

“好了。”封奈看着眼前胖了一圈的某人，说道，“转一圈。”

莫北控制住没有长叹一口气，她穿着人偶熊的衣服，就那么原地转了一圈，尾巴还是毛茸茸的。

这真的是……有点挑战她的认知。

而此时，已经有不少妹子被萌得忍不住想去找小哥哥合影了。

然而，下一秒钟，站在她旁边的高大人影，伸手拽住了熊尾巴，嗓音还是那样慵懒、低沉：“过来这边走。”

莫北一僵，视线看向那只落在她屁股后面的手上，忍了又忍，才没有把人一脚踹飞。

“小哥哥看上去好像不是很高兴？”封奈却笑了，将眸低过去，单手钩着熊头盔，“这个东西就不要戴了，毕竟有的时候发传单的速度，也和颜值有关。”

莫北站在那儿并没有说话，原本是长身玉立的模样，因为穿着熊衣，就变成了萌萌的。尤其她什么都不说，偏偏眼神里透露出了清冷，明显没有把某大神的幼稚放在眼里。

封奈找了个台阶，仗着自己腿长，坐在了那儿，慵懒地抬了抬下巴：“别让我白花钱，发吧。”

莫北向来利落、帅气的动作，此时因为服装，看上去有些笨拙，可越是这样，围过来的女孩子就越多。

封奈漫不经心地挑眉，临坑坑的这个小哥哥，倒是受女孩子的喜欢。

“传单，要吗？”莫北低眸，脸上没什么情绪，黑色的碎发落了下来，加上那衣服，莫名地就会让人觉得无法拒绝。

“要，要，要！”其中一个女孩一个“要”字忍不住说了三遍，说完之后捂住了自己的脸。

莫北却在看到这一幕之后，嘴角上扬了一下：“给你。”

笑，笑了？女孩在那儿愣了好久。

此时，一道修长的人影突地走了过来，直接将某人的手腕拽在了右手里，莫北偏眸，不明白某大神又要做什么，眉头挑了一下。

封奈看着眼前的人，说道：“你这种看到女孩子就走不动路的毛病，改不掉的话，会很麻烦。”

莫北把手抽回来，忍不住叹了口气：“哪里麻烦？”

封奈低眸看着某人：“全国预赛之后，会有多少人记住你，你心里应该有数。没点抵抗力，再传出睡粉的消息，全队都陪你凉？”

莫北一顿，双眸抬了起来：“不会有那样的消息。”

封奈单手插着裤袋，看着熊某人，淡淡地说道：“即便没有，也会有人编出来的。你从俱乐部里出来，一点教训都没吸取？”

莫北此时的眸色，变得特别深。

封奈还想继续嘲讽，没想到那人却迈着熊步，说了一句：“知道了，队长提醒人的方式，也够与众不同的。”

封奈的眉头挑了一下，临坑坑的这个小哥哥，果然扎手。

他的这个想法才刚升起，那人就又将头侧了过来，说道：“谢谢。”

虽然他与众不同，带着嘲讽之意，但听得出来，是为了她好。

那一句“谢谢”，倒是有点出乎封奈的预料。他在那儿停了一下，眉头上挑：“完全感觉不到这位小哥哥的诚意。”

莫北偏眸，冷冷地问道：“怎么算有诚意？”

封奈：“手举起来。”

莫北看着自己身上这衣服，照做了。

封奈慢条斯理地说道：“再举高点。”

莫北的目光落了过来。

封奈提醒某人：“诚意。”

莫北收回了视线，继续将手举高。

封奈将手机拿了出来，对准了某人：“卖萌。”

莫北忍不住了，视线落了过去，这次冷得很。

封奈却仍然是慵懒的姿势：“小哥哥看起来像要和我打架，装萝莉音的时候，你好像会的。”

莫北知道他说的是当初玩游戏的时候：“我卖过萌？”

“帮我打蓝buff。”封奈冷冷地说道。

莫北看着他：“我辅助帮刺客打蓝buff算卖萌？”

“别人都在边路，你总跟着我，不是卖萌是什么？”封奈这话听起来竟然有些道理。

莫北只用一个词戳破了他："辅野联动，会加快打野节奏。"

封奈突地笑了，缓缓说道："刺客出身果然和别人的思路不一样，不过你这样的打法，在之前的战队怎么没用过？"

莫北觉得某大神有点难防，三句话里面，总会有一句带坑。

毕竟，她和她哥的打法不一样。

"萌要怎么卖？"干脆把话题转移回来，莫北冷冷地看向他。

封奈原本是想回句，"你平时说'么么哒'不是说得挺顺的吗"，但下一秒钟，他就意识到了这句话不能说。他只将右手里的手机又抬高了一点，声音还是淡淡的："比个心。"

莫北照做了，用手指合成心的形状，不想配合的意思表达得很明白，但也抵抗不住那颜值来得具有冲击感。

大庭广众之下，所有的妹子都看着那个高冷帅气、穿着熊衣服的小哥哥朝着站在他对面的修长人影比了个心，好像在告白一样。

而被表白的人，酷到不行，只拍了张照片之后，就把小哥哥拽走了，拽的还是尾巴……

出租衣服的小哥看到两人回来了，看了看表："还有半小时呢。"

封奈淡淡地开口，语气里有些嘲弄的味道："不必了，黑历史，留一条就行。"

莫北正背着手弄拉链，表情依旧清冷，只是手背在后面碰了很久都没有将拉链拉下来……

封奈走过来，一手拿着矿泉水扔给莫北，另外一只手直接按住了某人的脖颈，修长的手指落在了那拉链上："小哥哥怕是残废了，连衣服都不会脱。"

莫北接过水，脸上已经没有什么波澜了，某大神嘲弄人这一点，当成日常就行。

倒是旁边发传单的小哥看见这人说话的时候刚好将口罩摘了下来，眼睛看着这边，慵懒又有点玩味的样子，好像一个人。

K神，是K神吗？还没等小哥看清楚，那两个人就已经走了。其中一个人将手按在了自己的后颈上，表情高冷得很。而像K神的那个人侧着头，单手搭在了对方的肩上，好像在笑。

这个时间，正是下班高峰期，本来要叫车的封奈，直接被莫北带去了地铁口。

通常情况下，封奈不会来人这么多的地方，毕竟被认出来会很麻烦。

票是莫北去买的，带着封奈，从某种程度上来看，和带着小奶临没有什么区别。不过，小奶临最起码听话、萌。封奈完全不同，在上了车之后，眉心都是微拧着的，一句话都不说地站在那儿，将上衣的拉链拉到了最上面，将下巴都挡住了，只剩下了那一双浅色的眸。

车上人挤人，一不小心，就会被人碰到。

封奈一直努力保持着与别人的距离，不想闻四周的味道。

莫北单手抓着车环，原本站直的身体，在看到某大神这个样子之后，朝着这边偏了下。

封奈挑眉，隐隐露出不爽的表情。

莫北淡淡地说道："抓住我，我的衣服是刚洗过的，没味道。"

封奈呵了一声："觉得我站不稳？"

莫北没说话，只是看着他。

车停了之后，又有一大批人走了进来，封奈的后背僵了一下，接着，左手伸了出去，拽住了莫北的衣服。

莫北的黑眸偏了偏，看到那修长、白皙的手指之后，脸上露出了了然的神色。

封奈仍旧漫不经心得很，只说了一句："看前面。"

莫北收回了目光，心想偶像包袱重的人，是不是都这个样？

封奈则闻着周围的味道越来越混杂，干脆往这边又靠近了一点。他一只手揪着莫北的衣袖，一只手拿着手机，百般无聊地在看什么。

两个人其实都是无所谓的态度。可偏偏就是因为气质太出挑了，再加上封奈那动作，所以引来了不少人的注目。

尤其是车厢里刚上来的几个妹子，在看到这一幕的时候，互相碰了碰。

"那边，看那边。"

"揪衣袖啊，好苏哦！"

"这是一对吧？"

"肯定！"

肯定什么？

封奈的眉心微微地拧了一下，朝着这边看了过来。

妹子们在对上那双眼之后，重重地顿了一下，这眼也太好看了，眸色浅得好像琥珀，不知道他摘了口罩会是什么样。

但莫名就觉得那气场好强。他刚刚玩手机的时候还不是这个样子的啊。

莫北也注意到了这边的动静，黑眸偏过来，只说了两个字："粉丝？"

"不是。"鼻息间又是混合的味道，这让封奈的眉心拧了半秒钟，就又伸出手去，揪住了某人的衣袖，"还有多久到？"

莫北将某大神的动作尽收眼底之后，又替他挡了下："还有三站。"

封奈低眸，将视线落在了眼前某人的碎发上，临坑坑的这个小哥哥，除了在游戏里骗了他之外，其他方面确实都还不错。

停车的时候，人太多，俯冲力让封奈的下巴时不时地碰到莫北的黑发。

莫北脸上的神色仍然清冷得很，只是耳朵的位置有些别扭，避开之后，干脆单手拽住了某大神的手腕："你站里面一点。"

封奈脸上戴着黑色口罩，倒是照做了。

妹子们看到这一幕之后，真是不知道该说什么了。冰山小哥哥简直男友力爆棚！

莫北并不觉得自己的做法有什么不妥。前辈说过，男孩子之间相处起来并没有多少顾忌。

倒是封奈低下眸去，扫了一眼那只一直握着自己手的手，眉头挑了挑。临坑坑的这个小哥哥打算握着他的手到什么时候？

下一站？还是下车之前？他们有这么熟？

就在这个时候，莫北裤袋里的手机响了，铃声很显然和其他号码打来时的铃声不一样，她握着车环的手顿了一下，并没有去接。

封奈的声音隔着口罩传过来，听起来比往常还要低沉："不接电话？"

"人多。"莫北这句话是个借口。

她很清楚电话是谁打来的，所以才没有接。而是过了一会儿，空出手来回了条信息："哥，有事？"

"我找了一个人去陪你，必要的时候能帮你掩盖。"莫南知道她这样是说话不方便，连短信内容都编辑得很少，"现在应该到了。"

到了，谁？莫北看着回信，眉头挑了挑。

此时，黑炎基地。

无论是腾灰还是猫猫熊，今天都文质彬彬得不像他们，因为家里来了一个特殊访客！

云深，一个最近蹿红的女艺人。她最近拍的剧，也是请他们做的场外游戏指导。是猫猫熊最喜欢的女神，没有之一！

有人曾用这样的一句话形容云深——“如果你没有看过如火如荼的彼岸花，就看看云深”，她的眉眼妖娆如画，是很勾火的那种美。

“来，吃点水果，经纪人买的，很新鲜。”云深浅浅一笑。

猫猫熊告诉自己要矜持：“我其实不太喜欢吃这些甜食。那个，女神，你要不要喝点水？”

云深看他脸都红了：“不用了，不过猫大真的好可爱，不像我男朋友，怎么逗都没有情趣。”

“男朋友？”猫猫熊觉得自己受打击了，他的初恋难道就维持了三分钟吗？

云深轻笑：“我男朋友很敏感，又被人伤过，就不想恋情闹得谁都知道。”

有女神做女朋友都不宣扬，是谁这么沉得住气？

猫猫熊想遍了整个娱乐圈的人，都没想出是谁来，难道是什么业界总裁、大佬之类的？

他正疑惑着，云深又开了口，眼中带着一丝笑意：“其实我男朋友，你们也认识。”

第八章　心动吃醋

他们认识？猫猫熊和腾灰对看了一眼，明显被这句话给震到了。

就在这个时候，咔嚓一声，基地的门开了，推门的人是莫北，她在看到客厅里那道倩影之后，修长的手指顿了顿，有了明显的迟疑。

“南！”原本坐在沙发上的云深，就好像变了个人一样，一下子就朝着门边跑了过去。

猫猫熊眼睛都看直了。

腾灰手上的水果也跟着掉了下来。

原本站在旁边的封奈，把玩着银质打火机的手顿了一下，侧眸朝着这边看了过来，眼底的颜色深了深。

云深对着莫北仰头一笑：“看到我惊不惊喜？”

莫北嗯了一声，并没有将人推开，反而空出另外一只手来揉了揉云深的发，眼底难得地露出了笑意，像是有什么东西融化了一样：“很惊喜。”

云深以前就喜欢被莫北这么宠着。那时候，Bey还不是大家都想认识的Bey，话很少，在班里很维护她，别人甚至不知道她会打游戏。这个被称为“游戏天才”的人，在帝盟解散之后，就冰封了自己。

云深看着眼前这张脸，曾经那么小的孩子，现在风度翩翩的，她几乎都要不认识了。

如果不是莫南，她都不知道，莫北回来了……

猫猫熊在旁边看得已经傻眼了，过了很久才找到自己的声音："你们，你们……"

莫北刚想开口，云深就笑了起来，比起刚才的美来，这时候多了一种撒娇的亲近："恋人。"

猫猫熊眸子都被震圆了。

莫北则看向云深，眉头微挑，好似在说，我们，恋人？

"我知道，你不喜欢把我们的关系告诉大家，但你都加入黑炎了，和之前的战队不一样，告诉他们没什么的，对吧？"云深眨了眨眼。

莫北像是无奈一般勾了下薄唇，语气还是冷冷的："你开心就好。"

猫猫熊一把捂住了自己的胸口，女神不是他的也就算了，还要接受女神和他兄弟发的狗粮。

两个人这样亲密的状态，说是恋人，确实没人会不相信。

原本站在那儿的封奈，视线并没有从这边离开。临坑坑的这个小哥哥，原来不是不笑，而是这里没有能让他笑起来的人。

当年在游戏里的时候，这人并不喜欢说话。他还以为这人本性如此，现在看来，见了女朋友之后，就不一样了。

猫猫熊并没有注意到他老大的变化："你们是怎么认识的？"

"校友。"莫北的话还是很少。

猫猫熊摇头："想不到，真是想不到。"

云深演技一流，也擅长编故事："本来我早就想追他了，谁知道被人捷足先登了，不过好在那人不懂珍惜。"

莫北的视线落了过来。

云深笑眯了眼："难道不是？你还喜欢那个主播？"

"不喜欢。"莫北喝了口水。

这一幕落在其他人眼里，就是秀恩爱了。

封奈见状，手顿了顿，抬了下眸，漫不经心地看着表。

云深当然看出了这位的意思，说道："不早了，我再待下去肯定会影响你们的训练，以后还请各位多多照顾我家男朋友。"

猫猫熊和腾灰还在恍惚："放心放心，肯定会的。"

"谢谢。"云深又是一笑。

“我送你。”莫北怕她的衣服上碰到东西，伸手挡了一下。

封奈的目光落过来，恰好看到了这一幕……临坑坑的这个小哥哥，还真是喜欢给人挡，看来在车上的时候，也是那人的习惯了。

封奈将视线移开，没太大的兴趣再看下去，果然，基地里不适合来女人。

猫猫熊则一把揪住了腾灰的胳膊：“真劲爆，有没有？”

寒昔回来的时候，看到的就是这个画面：“什么情况？”

猫猫熊眼睛一亮：“有八卦，要听吗？”

寒昔拒绝了猫猫熊的提议：“不听，训练。”

猫猫熊颓废地说道：“我现在被打击得一点动力都没有了，我女神都被抢走了。”

“你女神？”寒昔修长的手指顿了一下，“那个打游戏很菜，却被你说成很萌的女明星？”

猫猫熊呵了一声：“别说你不觉得我女神萌，碰到她的那一场，你打游戏的时候可是一直在笑。”

寒昔偏了下眸，显得有些心不在焉：“我是被她蠢笑的，教多少次都不会，从某方面来讲也算得上人才了。”

“这以后就不用你操心了。”猫猫熊下巴往桌子上一放，“你毕竟是打ADC的，我女神喜欢玩辅助。啊，原来是这样，怪不得我女神喜欢玩辅助，原来是因为她男朋友是打辅助的。”

寒昔的眸色像是深了深：“男朋友？”

猫猫熊见好不容易有人和他分享八卦了，刚要继续说点什么，就听见了打火机的响动。

封奈偏眸看着他，慢条斯理地说道：“不想训练，就去扫厕所，再多说一句，加时一小时。”

猫猫熊立刻老实了，回到自己的座位上，开始认认真真训练，毕竟老大看起来好像心情不是很好的样子。

封奈看了一眼游戏里自己躺着的尸体，干脆放开鼠标，拿起放在桌子上的矿泉水来喝了一口，临坑坑的这个小哥哥，是跨市送人吗？

游戏里，队友见他们家刺客站在城池中央一动不动，忍不住开语音了：“大哥，别演行吗，这是团战呢，你怎么连出都不出来？”

封奈没有说话，右手重新握住了鼠标……

此时，就在另外一栋别墅的门前，云深终于不用演了，声音都有点沙哑了：“你又回来打游戏了，真好。”

莫北的眼珠转了转，不知道在想什么：“我加入了另外的战队，背叛了师父。”

云深笑着说道：“你是不是忘了那个人的话，帝盟，从来都不是约束谁的存在。更何况，你在哪里，哪里就有他们的影子。你在，帝盟就在。”

闻言，莫北身形一顿。

云深捏了一下她的脸：“你哥说你回来的时候，我就担心你想不通这一点，然后影响预赛，现在好了，我又在你身边了。不过如果让封奈知道你就是Bey的话，他肯定会和我抢你……”

莫北：“云深，你想多了。”

“怎么是我想多了？你当年有那么多迷弟迷妹。”云深嘴角一勾，“而且封奈很明显对你很关注，我觉得他入圈都有可能是因为当初输给你，想要赢回来。你这么帅的人，才不能被臭男人抢走。”

莫北面色不改，左手空出来落在了她的头上，眸色很淡地看向车里：“再不回去，你的经纪人大概会把我当垃圾处理掉。”

云深太高兴了，以至于都忘记了，这时候将头转了过去：“红姐，介绍一下，这是我男朋友。”

男、男朋友？

金牌经纪人红姐深吸了一口气：“你现在是事业攀升期，更何况你不是说过对谈恋爱不感兴趣吗？”

“以前是，现在……”说到这里，云深顿了下，又抱住了莫北的手臂，眼神里带着特有的气场，“变了。红姐知道这个消息就好，如果以后有人问起来，你就承认；没人问的话，也不需要特意宣传。”

红姐带云深的时间不短，她很少看到云深表达过要什么。眼前这个少年，是第一个，这人会不会蹭云深的热度？那一瞬间，红姐想了很多，但就在下一秒，她的这种念头打消了不少。

因为莫北说了几句话：“谢谢您这些年对云深的照顾，我叫莫南，就住隔壁。云深不听话了，您可以去隔壁找我。至于她说的事，您也不用理会，一切以她的事业为先。”

红姐在圈子里这么多年，很少见到这么通透的人，怪不得会被他们的云女神看上。这个莫南，怎么看，都非池中之物。不过，他就住隔壁，难道……

“你是黑炎战队的？”红姐问道。

莫北嗯了一声。

红姐轻笑：“我去过你们俱乐部，最近因为有合作，和你们经理也很熟，怎么没见过你？”

莫北轻声答道：“我是新人，最近才入战队。”

新人？满身都是黑料的那个？想到这里，红姐的表情都有点变了。等到莫北走了之后，她才对着云深叹了口气：“你找谁当男朋友不好，偏偏找他，你是嫌你们的黑料都不够多，再加一把吗？”

云深笑了，看着那道缓缓走进月色的清隽背影，眼睛里像是有东西在闪：“红姐，你放心吧，很快，人们就会知道，她有多强。”

Bey回来了，这件事本身就足以震撼人心。

云深想，总有机会的。

现在她隐姓埋名，不被人理解。总有一天，那个话很少的人，会用回她自己在游戏中的名字——Bey。

云深的双眸晶亮，在夜色中看上去极美。

红姐在旁边看得非常不解，能让一个魔女变成小女孩。那个莫南，还真是不简单。

云深推开门时停了停：“红姐，不要随便出手哦，不然我失恋的话，会影响工作的。”

红姐摇了摇头：“你这么护着一个人，太罕见了。”

云深没有再说话，踩着黑色的高跟鞋，走进了房门。

黑炎基地二楼，是能看到那里的，封奈站在窗边，将振动不停的手机拿起：“喂。”

“哥，是我！”小奶临刚洗完澡，顶着一头湿卷发，语气颇为认真，“你今天有去保护小哥哥吗，没让他被女孩子拐跑吧？”

封奈偏头，单手打开了烟盒，接着叼了一根烟，含在了唇间，忽地笑了一声，可眸子里并没有多少暖意：“临坑坑，你小哥哥根本不用你担心，也不会被谁骗。人家早就有女朋友了，懂？”

“女朋友？小哥哥的？”封临的眸子都大了半圈，“什么时候的事？我不相信。”

封奈语带嘲讽：“你不相信有什么用，大人谈恋爱和你有关系？”

“小哥哥有了女朋友之后，绝对会宠女朋友的，以她为最先考虑，而忽略我们的。”封临双颊鼓了起来，“哥，你真的是太笨了，连这个都不懂。”

封奈提醒他：“是你，不是‘我们’。你小哥哥有没有女朋友，和我没关系。”

封临消化了一下这个消息，还是不太开心：“小哥哥的女朋友是谁哦？”

“一个明星。”封奈侧过脸去，将目光投向了窗外。

明星？封临垂头丧气：“那肯定很好看。算了，你让小哥哥接电话吧，我要和小哥哥聊聊天，证明我还没有失宠。”

封奈修长的手指弹了下烟：“你可以打消这个念头了，你小哥哥送人到现在还没回来。”

“送人？送谁？”封临眨了眨眼。

封奈心不在焉地反问道：“还能有谁？”

“他女朋友吗？去你们基地了？”封临感觉到了严重的危机，“哥，你不是说你们基地不能随便进人吗？为什么她会去你们基地，感觉这位小姐姐好厉害的样子。”

封奈慢条斯理地说道：“所以这笔账会算到你小哥哥头上。”

封临爪子一顿，刚想要说点什么，封奈就又开了口，缓缓说道：“挂了。”

莫北走进来，一开始并没有看到那道人影，刚打算进浴室，耳边就传来一道低沉的声音：“黑炎的规定是不许谈恋爱，知道为什么吗？”

封奈抬起眸来看了她一眼，接着，将香烟按灭在了一边，缓步走近，停住：“影响状态，耽误训练。作为队长，我不会干涉你们交友，但有一点，谈恋爱去外面，别来基地。”

莫北淡淡地说道：“好。”一个字，她从来都不会多说话。

电竞选手，为了保持状态，在赛前很少出门。接下来的两天，黑炎战队的所有成员都是这个状态。他们几乎脸也不洗，一睁开眼就是打开电脑玩游戏。

莫北和封奈大概是里面最干净的，尤其是封奈，头洗干净了的人，才准出现在他一米内。

猫猫熊真的累得不想动了：“老大，我们一点余粮都没有了，我好想吃雪糕。”

“外卖。”封奈给了他两个字。

猫猫熊一瘫：“雪糕送到这儿，都化了。”

同样想吃东西的还有腾灰，封闭训练是真的磨人。

然而就在这个时候，莫北的手机振了，封奈将视线落了过去。

“喂。”莫北说道，“不饿，不辛苦……好，你放外面，我去拿……好好拍戏，听经纪人的话。”

不用想，他们也知道电话那边的人是谁。过了一会儿，莫北就抱了一大箱零食进来。

猫猫熊彻底绷不住了：“薯片，哇，还有冰激凌！天哪，这真的是救命稻草！”

莫北淡淡地说道：“都是云深买的。”

“女神太善解人意了！”猫猫熊先捞了一个冰激凌，“这还是我第一次被秀恩爱秀得心甘情愿，以后你们多秀秀，不用客气！”

莫北将箱子放在了桌上，也挑了一根雪糕叼在了嘴里，只是她气质高冷，连吃东西的时候都与别人有一种反差感。

刚好里面还有一袋辣条，莫北看到之后，拿了出来就要扔给某大神。

封奈挥动着鼠标，杀了三个人之后，眸色有些深，漫不经心地说了两个字：“不要。”

不要？莫北还记得这人到了超市，第一件事就是让她拿辣条。上次买的，也早就不见了，他应该是喜欢吃才对的。

哦，明白了，偶像包袱，莫北了然地收回了目光。

封奈却在这时候把烟盒一扔：“没想到在游戏里没有良心的人，在现实里谈起恋爱来，还会为对方着想，真让人不可思议。”他说这些话时完全听不出不可思议的语气。

莫北：“……”

倒是猫猫熊悄悄地看了他们老大一眼，心想，他总算找到问题的关键了，怪不得老大这么没耐心，原来是“‘乖徒儿’事件”在作祟啊。

想到这儿，他又拿了一个冰激凌，是给寒昔的。没想到寒昔只是扫了一眼，完全没有要动的意思。

猫猫熊不解：“你不吃？”这口味是寒昔喜欢的。

寒昔喝了口水："嗯。"

猫猫熊却眉头一皱："你用你最擅长的角色，都死了？"

寒昔冷冷地说道："对面人多。"

猫猫熊："人多？"

这种路人局，就算人多，这家伙也能一打三吧，今天是怎么回事？

另一边，封奈将手机拿了过来，屏幕上都是临坑坑发来的消息。

"哥，你让我去你们基地看看，我又不打扰你们，就给小哥哥送点吃的。"

封奈看了之后，修长的手指微动："你小哥哥的女朋友送了一箱零食过来，现在吃得正开心，完全不需要你。好好玩你的，懂？"

他回完，直接按了关机键，又开始了长达三个小时的训练。

晚饭是助理送过来的，在看到桌子上的零食之后，助理愣了愣，但并没有忘记工作："明天首战，我们的对手是亚斯战队。"

猫猫熊："不会吧，点这么背？"

"没办法，都是同一个赛区的，早晚都要碰到。"助理只能说些表示安慰的话，"提前把他们打败，接下来的比赛也能轻松点。"

但说是这样说，他们去年就差点输在亚斯战队的手里。

如果不是老大在泉池旁换装备，利用复活甲击爆掉对方的城池，那场比赛，赢的就不会是黑炎了。可见亚斯战队当时的实力。

助理："今天大家都多吃点，吃完早点休息。我带来了一点亚斯最近的比赛资料，别人倒还好说，都清楚对方的作战手法。莫南一会儿看看，你之前没打到省区，也就没有遇到过亚斯。你看一下，也好心里有个谱。"

莫北吞下米饭，嗯了一声。

赛前看对手的资料，有助于比赛，这也算训练的一部分。把该交代的交代清楚之后，助理也差不多要走了，实际上他还是不放心莫南。

坦克辅助，带打野技能，那一场莫南打得确实很帅。

但全国预赛不像那种友谊赛，每一个战队都是专业的，莫南再用那种打法肯定是不行的。更何况，真的上场之后，有K神在，他能不能辅助好整个战队，这才是关键……

汪冬冬也担心这一点，于是晚上的时候，还给莫北打了电话，语气非常诚恳："南哥，全国预赛第一战，你不能再随便乱带技能了。现在很多人联名请求，不想让你继续留在黑炎，所以，你懂的。"

莫北："你是不是对我的辅助有什么误会？"

汪冬冬："我怎么可能有误会？你完全是用打刺客的方法在玩辅助，凶得不得了。"

莫北轻描淡写地说道："那就是误会。"

汪冬冬还想说点什么，莫北说了一句："我要睡了，有事改天说。"

汪冬冬：……南哥，你这一点都不像是要让人知道电竞是什么样子的大神!

封奈洗完澡走出来的时候，看到的就是某人刚将手机挂断的样子，擦着黑发的手停了一下。他不是没有见过谈恋爱的人，一般都是这个时间点通电话。是谁在和莫北通电话，已经很清楚了。

封奈那双桃花眼向上挑了挑，把毛巾随意地一扔："你那手机，我睡着之后，最好不要响。"

莫北侧眸看了他一眼，没有说话，而是抬起手来，扔了个什么东西过去。

封奈接住，低头看了一眼自己的掌心，一袋辣条?

"这里没别人，队长可以吃了。"莫北站在那儿，低头按了按床上的枕头。

封奈漫不经心地问道："谁告诉你，我是因为有人在才不吃的？"

嘴上虽是这样说，但他还是咬开袋子，叼了一根辣条，含在了唇间，脸上带着孤傲的神情，黑色的头发还在滴水，顺着他的锁骨滑了下去。

莫北把目光收回，尽量不去看他，避免看到什么不该看到的画面，手臂就那样搭在床铺的一侧，露出了一截白皙的脖颈。

封奈偏眸看了一眼，只一眼，接触到的雪白肤色让他的眸色都深了些，换了个姿势，按灭了房间的壁灯。灯光熄灭，整个基地都陷入了前所未有的安宁。

第二天早上八点半，五个人都整理妥当，坐进了公司的商务车。场馆外，到处都是支援声，甚至有人已经早早来排队了。

莫北一下车就听到了后面大喊着的"加油"声，这让她有一瞬间的停顿，抬起眸来，看向偌大的屏幕。这样的画面，她真的太久没有看到过了。

上一次看，还是三年前，当时她站在米兰赛场的休息室里，目送那些人上场。那个时候，她没有比赛资格，因为年龄和资历都不够，所以师父才会把外套罩在她身上。

那一年，他们替华夏拿下了世界冠军。

自此之后，每年的全国预赛屏幕上都会播放那些画面……

猫猫熊注意到了他兄弟的视线，知道他兄弟这是走神了，将人一拽："被震惊了吧？我第一次看的时候，也震惊得不得了，帝盟太酷了。"

莫北淡淡地嗯了一声，伸出手将战服外套的帽子扣上，黑色的短发垂下来，挡住了她的眼，没有让任何人看到，那里面的情绪……

比赛倒计时最后一分钟，炫酷的大屏幕落下，燃起了一团又一团的火焰。

紧接着就是现场粉丝们的应援声，直播间的弹幕更是被刷爆了。

那是黑炎战队成员的介绍。

King，国服刺客，最具价值选手，绝境之地也能创造奇迹，MVP纪录保持者。

猫猫熊，中路法师，团控一流，有他在，对方很难切入。

寒昔，国服ADC，灵活走位，王者意识，爆炸式伤害。

腾灰，超强上单，一人抗三人，后期无敌。

莫北向南，辅助。

整个黑炎战队，每一个队员都有自己的风格，只有莫北向南的介绍，简直少得可怜，毕竟粉丝们都不喜欢他。

但即便如此，莫北的情绪也没有什么变化。

主持人们继续对另外一个战队进行介绍：亚斯，省级强队，实力不可小觑。

"这一场比赛有看头了，强强对抗，不知道哪一队会更厉害。"

"这样不分伯仲的两个战队比拼，差的只是分毫，与其比谁更强势，倒不如看哪队意识强，失误少。"

"张解说员的意思是？"

"黑炎来的这一位新辅助，玩刺客的次数居多，他懂不懂作为一个辅助，该有什么意识至关重要，怕的就是他失误。"

"原来如此。"主持人笑道，"好了，现在每个战队的选手，都已经坐在了他们的位置上，来让我们看看他们挑选的角色。"

没有太大意外，每个人都选择了自己擅长的角色。

只不过亚斯在阵容上看起来要更强悍一点，一上来就抢了莫北曾经用过的辅坦，接着又把强势的英雄攥在了手里。

可以说，轮到莫北时，能用的英雄几乎被挑没了。

“他应该会选个血厚一点的，来抗打击。”

人们正说着，就见屏幕上唰的一声，莫北向南按了锁定键。那是一个血量非常薄，且没怎么在职业赛上出场过的辅助。

“有没有搞错？选这个？”

“胡闹的吧，这简直就是多搭一命送给亚斯。”

观众们躁动不已，就连张解说员都笑了：“这英雄抗伤害不行，控制又不到位，一点用都没有，真不知道黑炎的新辅助想做什么，是个谜哦。”

此时，游戏已经开始了。

亚斯那边下了命令：“莫南拿了脆皮辅助已经废了，看好封奈。”

这一句很明显了，亚斯研究过黑炎的打法，怕封奈来反野，所以很谨慎。

奇怪的是过了一分钟，都没有见到封奈的人影。倒是下路，只有寒昔一个人。亚斯的刺客抓住机会，提着弯刀掠了过去！

屏幕前的观众们都能看到这一幕。

“我也真是服了，辅助呢？辅助去哪儿了？就放我寒大一个人在下路？”

寒昔的意识很强，看着地图上没有了对方刺客的位置，立刻朝着防御塔的方向退了回去。

然而，即便这样，他还是被追上了，毕竟下路还有对方的坦克。

张解说员摇了摇头：“在我的记忆中，寒昔从来没有被这样吊打过，这一次的“锅”，真的应该由莫南来背，开局不保ADC，确实是个致命失误……”

然而，他的这句话刚一落音，屏幕上突地出现了两道人影。

一道意识走位，帮寒昔挡住了这个大招，另外一道则是横着长枪直接上挑。

亚斯的刺客掉过头去就想要逃。但，逃不掉！因为封奈的速度不知道为什么被加快了！

这时候他才意识到了什么，目光朝着莫南看了过去，是莫南的技能！就在这时，他被封奈的长枪刺穿了膛。游戏的音效声从耳边响了起来。

First blood！

首杀！

一血！

“我K神帅爆了！”有粉丝在喊。

亚斯的刺客却说：“要小心莫南。”

“小心莫南？小心他什么？”亚斯的其他成员不解，“血那么薄又没控制，还不知道保ADC。”

亚斯的刺客攥了攥右手上的鼠标，决定把自己的猜想说出来：“可他能帮封奈加速和回蓝，或许莫南选这个辅助就是为了让封奈更快。”

“你是说莫南已经意识高到能和封奈的想法同步了？”亚斯的ADC嗤笑了一声，“我觉着这不可能。如果真的是那样的话，莫南怎么可能被之前的战队赶出来？巧合而已，你不要自己吓自己。”

刚说完这句话，他就愣住了。是莫南，还有……封奈！这两个人明明刚才还在野区，怎么会出现在这里？

亚斯的ADC额头出了汗，侧手就要往后撤。

莫北一个电圈，直接减慢了他的速度，这样更方便了封奈的再次输出。

亚斯的ADC被那把长枪挑得已经丝血了。他一咬牙，先闪后走位，成功地回到了塔下，刚想要喘口气，就看到一道人影果断闪现进塔，二技能精准地打在了他身上，接着再利用一技能加速，掉头出塔。

延缓伤害，一击夺命！

“莫南太帅了！”

“脆皮辅助杀人，还是越塔！”

“等一下，这打法……该不会是辅野联动吧！”

“辅野联动？那是什么？”

主持人给了官方解释：“常规赛事，我们最常看到的就是，中野联动。顾名思义，中路法师和野区刺客，要进行实时的互动，为的就是不让对方的人来自家野区随便放肆。但辅野联动就不一样了，它能让刺客在短时间之内掠光野区。当然并不是所有人都能打出这样的效果，因为如果辅助一旦没有猜准刺客的意思，非但不会有用，还会拖慢刺客的节奏，刺客也必须要百分之一百地信任辅助。”

“辅野联动不是那么容易打的，莫南的想法很好，但毕竟他刚来黑炎，和封奈磨合得不会那么快。”张解说员客观地分析道，“亚斯也不是普通的战队，黑炎的这对辅野联动，怕是很快就要被拆了。”

像是在验证他的话，封奈和莫北同时出现在了大家的视线内。此时他们并不知道，他们即将进入亚斯的陷阱围剿圈。

观众们的心都提到了嗓子眼儿，黑炎的助理更是在场外惊出了一头的汗。如果这两个人被围在这里的话，之前打出的成绩就白费了！

“先打莫南！”

辅野联动，只要辅助没了，也就意味着阵型破了，更何况莫北玩的角色一旦被他们盯上，根本没有抵抗之力。

亚斯的刺客抓住了机会打算秒掉莫北向南。可下一秒钟，他的大招却空了？

因为那人影极快的走位，并没有把背后露出来，反而往回走了一步，回手扔了一个电圈进入左侧草丛的位置！

“糟了！”这是刺客的第一反应，“中计的不是莫南，是我们！”

什么？观众们还没有听懂这句话，就见一道银白色的人影从刺客的身后掠了过去，再大招上挑，长枪横穿间，秒掉了草丛里亚斯的输出！

是封奈！在没有人阻挡的情况下，他直接拿下一颗人头！

亚斯这边的人，已经僵住了，再看他们想要杀的莫北向南，已经到了护城塔下。

镜头闪过，那是一张平静的俊脸，瓷白的手腕上还戴着一个黑色护腕。少年看上去并没有劫后余生的喜悦，就好像这一切都在他的预料中一样。

刚才还说莫北和封奈配合不好的张解说员，现在脸都绿了。

“等一下，K神什么情况？还不走吗？”

亚斯那边也注意到了这一点，打算抓住机会，来个反转！

所有人都集中了精力要将封奈直接秒掉，可，也就是零点一秒的时间，在他们打出大招的瞬间，只见原本不该出现在这里的莫北，一个闪现技能，直接挡在了封奈的前面！

“莫南……他是疯了吗，他这等于送死啊……”

“不，不对，看他的出装！”

也不知道是谁喊了这么一句，众人再将视线落过来的时候，只见莫北像是加了一个金灿灿的防雨罩。

“是金身！”

金身，游戏角色装备的一种，能抵抗住所有的攻击!

“哇，这个辅助小哥哥不得了啊，什么时候换的装备？”

“帮我K神挡下所有大招的那一瞬间帅呆了！感觉我K神就是个小媳妇，哈哈哈。”

虽然弹幕上是调侃的语气，但这一个金身多有价值，只有亚斯那边的人才知道。他们所有伤害都浪费了，这简直就是最顶尖的抗伤害！他们的大招都没了，只能任由封奈进行收割。

与此同时，寒昔已经带着一波兵线，进了城池。

“清兵！”亚斯的队长紧急之下发出了命令，但右侧有猫猫熊在，法杖一挥，直接冰冻住想要回城的支援。

下一秒钟，破碎的声音响起，“胜利”两个字横穿了整个屏幕!

黑炎赢了，速度如此之快，破了以往与亚斯交战时的纪录。

在场的人愣了一下，才发出了热烈的欢呼声!

解说员都在感慨：“太快了。”

“黑炎，果然不能拿去年的眼光看他们。”主持人说道，“成绩要出来了，全场最佳是K……”

他的那个“神”字还没有说完，就愣在了那儿，因为全场最佳的标志竟然没有在封奈身上，而是……莫北向南，MVP!

所有人看着这一幕，都久久回不过神来。

主持人更是直接哽在了那儿，硬生生地把那个“神”字给吞了回去!

猫猫熊一把揽住了莫北的脖子：“行啊你，兄弟，竟然比老大的评分还高。”

莫北倒是没有什么情绪，就那么站了起来，心里想着男孩子之间……果然喜欢动手动脚。

封奈也站了起来，单手插着裤袋，朝这边看了一眼，黑色的发还有些凌乱，却丝毫都不影响他的帅气。

粉丝们却有些不愿接受他们K神不是MVP的这个消息。

那样逆天的操作，还不是全场最佳?

“算了吧，没有我K神，莫南这个全场最佳怎么拿？跟在我K神后面抢人头呗。”

“光抢人头就抢了三次。”

“那是补刀吧，不补对方死不了。”

“用他补刀吗？我K神自己就可以。”

“就是！”

看着吵起来的弹幕，陈逾终于笑了。莫南以为加入了黑炎战队，打得不错，就能重新爬起来？呵，他不会给莫南这个机会。

王俊走了过来：“做完了。”

陈逾摇晃了一下手机，笑得很得意：“稍微说点什么，就会有人被带动，舅舅果然分析得不错。”

“很好。不过，你们有谁能向我解释一下，莫南的辅助什么时候玩得这么好了？”王俊在说这句话的时候，脸上都是冷的，“还有，他的手又是什么时候痊愈的？”

陈逾一顿：“这点我也很奇怪，明明那个时候医生已经说了，他的手不可能再打游戏了。”

王俊深吸了一口气，看向了坐在这里的另外一个人：“一凡，你怎么看，你不是最熟悉莫南的打法吗？他也应该把所有东西都教给你了才对呀。”

“他和我在一起的时候……并没有玩过辅助。”陆一凡的眸色也很深。

王俊皱眉：“所以，现在你是在告诉我，你拿他没办法，并且连他打辅助的招数都没学过？”

很明显，陆一凡因为这句话眸子向上抬了抬，显出了不悦。

陈逾注意到了，连忙打圆场：“陆哥怎么会拿他没有办法？这个莫南不过是太狡猾了，留了一手。再加上亚斯那边一开始并没有意识到辅野联动这一点，等到下一场比赛，莫南就不会这么好打了。更何况现在不过是市级赛，能看出什么来？陆哥现在可是国队预备选手，级别都差着呢。”

他的这些话是在提醒他舅舅，陆一凡不是莫南，现在陆一凡的身份已经今非昔比了。

王俊也意识到了这一点：“我当然知道一凡的实力，为了能让你和一凡顺利被挑选走，战队成绩不好的事也都甩锅在了莫南的身上。不能就这么让莫南起来，一旦他被重新认可，那我们做的事，将会毫无意义。”

陆一凡听着，视线落在了屏幕上。

曾经，只要有莫南在，MVP的标志永远都不会落在陆一凡头上。陆一凡他们好不容易把莫南赶走了，他竟然还能回来！明明所有的战队，都不再考虑收他。

陆一凡握了握右手里的手机，再松开："就算黑炎已经接受了莫南，他们的粉丝也不会接受。只要他的黑历史还在，就不会有什么话语权。王经理不用太担心，即便他会玩辅助，遇到我，也飞不起来。"

"有你这句话，我就放心了。"王俊笑道，"其余的就交给网络，相信这次MVP事件，也够莫南喝一壶的……"

确实如此，因为MVP这个称号，选手们还没离开赛场，就已经有人开始科普莫南之前都做过什么，根本不配拿全场最佳。

杨梦若作为电竞主持人，也想抓住这个话题："K神，刚刚我们都看到了，无论是操作还是击杀，你的实力有目共睹。粉丝们也说了，这一场的MVP应该是你，毕竟伤害是你打出来的，莫南不过是跟在你后面抢了点人头。"

"抢人头？"封奈像是笑了一下，"说这话的人，打游戏的水平应该不怎么样。没看到我们辅助小哥哥把对方的刺客都打自闭了？他们以后可以考虑一下种种瓜、养养蛙，竞技类的游戏就不要玩了。"

被嘲讽了的杨梦若嘴角都僵了："大家都不是职业的，看不出来正常。听K神这样说，莫南应该是打得很不错了。"

封奈不答反问："刚才的比赛，你看过吗？"

杨梦若愣了一下，点了点头又摇头："没看全部。"

"那你确实体会不到莫南的辅助有多强。"封奈说到这里，将手插进了裤袋，又变回漫不经心的姿态，"精准走位，完美补刀，配合输出。尤其最后一波，极限换装，闪现替我抗伤害，这场比赛，他拿MVP，实至名归。"

别说是杨梦若，就连看直播的粉丝，也从来都没有见过他们K神这么夸过谁。

她好不容易才找到了自己的声音："很少听到K神夸人。"

"我夸了吗？"封奈淡淡地说道，"事实而已。"

莫北走过来的时候，听到的就是这一句。她长身玉立地站在那儿，看向那个被簇拥在中央、宛如巨星的人。她确实没有想到，他会帮她说话。

杨梦若已经采访不下去了，倒是一旁的主持人笑道："那在K神的眼中，莫南有什么缺点呢？"

“他？”封奈像是真的思考了一下，“做饭好吃，游戏打得不错，也干净，好像没什么缺点。非要说的话，就是他太招人喜欢了，比较麻烦。”

粉丝们：……让你说的是缺点不是优点！捂脸！

虽然最后那句“太招人喜欢了，比较麻烦”你确实是用嘲讽的语气说出来的，但这真不算缺点啊，我的K神！

封奈则在这时候看到了莫北，又加了一句：“对了，还有一个。”

主持人问道：“是什么？”

“我们的辅助小哥哥，喜欢在游戏里玩女号卖萌。”封奈淡淡地说道。

这一下弹幕炸了。

“我南哥当然萌，兔耳朵帽了解下。”

“哇，我终于找到我C大的人了。你们根本不知道，今天看比赛，看到我南哥露面的时候，是什么样的心情！”

“C大的，让我看到你们的手臂！”

“这里，这里，我以为我南哥只有学习成绩好，没想到游戏还打得这么好，简直是神仙！”

看着这么多人叫“南哥”，一些只看游戏的人还是有些蒙的。

难道这个莫北向南很火？不应该啊？自从那些事之后，人们早就脱粉了。

这些C大的，到底是哪里来的？

那边抛出莫南黑历史的封奈，唇角一笑，刚打算走，就被一个人搭住了肩：“谢谢队长帮我说话。”

封奈很明显地愣了一下，连带着眸色都有些深了。

人们也看到了这一幕，小声议论：“真没想到，K神和莫南的关系这么好。”

听着身后的话，封奈想要甩开的手，也只能收回来，任由某人搭着他的肩往前走。

等走到拐角处，封奈才停下来，又看了一眼某人搭在他肩上的手。

莫北也顺着他的目光看了过来，脸上没有什么情绪。

封奈慢条斯理地说道：“这位辅助小哥哥，你说‘谢谢’可以，搭我肩是怎么回事？”

“男人的表达方式，都这样。”莫北侧眸说道，“你之前不也揽过猫猫熊的脖子？”

听到这里，封奈偏头笑了一下："那你怎么不揽我的脖子？"

"不美观。"莫北仍旧话少。

封奈闻言，干脆也不说话了，直接动手，单手将某人的脖子一揽，按在了怀里："这样美观了？"

莫北有点猝不及防，黑色的碎发乱了，气息也跟着有些混杂："嗯。"

封奈看着被他揽住的这个人，隐约露出的锁骨，白得就像牛奶一样，入手的感觉很软……

他不由得移开了目光，手也跟着收了回去："以前打游戏的时候，你是故意的？"

莫北将战服拉链拉好："什么故意的？"

"跟在我后面，一副要我保护你的样子。"封奈又开始嘲讽她了，"还说自己没卖萌？"

莫北抬眸："那时候刚玩辅助，不太熟悉路人局，跟着你，是在练习辅野联动。"

"是吗？"封奈漫不经心地问道，"那是不是应该解释一下，你是怎么从那么菜，变得这么强的？"

莫北战服下的左手顿了顿，接着说道："多练习。"

封奈向前走了一步："你的意识和走位，计算全局也是练习出来的？"

"不是。"莫北情绪不变，"和之前我打刺客位有关，能多少预判到对方的行动。"

莫南以前打的确实是刺客位。

封奈双手插袋："既然能打辅助，怎么没在之前的战队，就试下这种打法。"

"之前的战队……"说到这里，莫北顿了顿，"并不需要我，无论打哪个位置。"

封奈听到这句话之后，正在想着要怎么说，莫北又很淡地加了一句："队长不是已经查到了，我为什么会被踢出队？"

意外地，这么几个字，竟让封奈有些说不出话的感觉，毕竟当时他说的那句"不熟"，无疑让莫南的处境雪上加霜。

"我希望留在黑炎。"莫北侧眸，"打进全国决赛。"

这样，那些说她哥是废物的人，才能明白，她哥不是废物，她哥是被战队内部舍弃和背离了。

莫北看过那些视频，唯一想到的就是她哥受伤的手以及因为长期训练劳损过度的肩。为什么做职业选手？明明知道，会被万人嘲，她哥仍然想要走下去，拿一个冠军。

她会等到她哥把状态调整好回来。在这之前，一些事，她也会弄明白的……

封奈并不知道莫北在想什么，只是看着走在前面的那道清隽的背影，浑身都像是罩了一层触碰不到的寒气……

"老大，兄弟，我终于找到你俩了。"猫猫熊从旁边大步走了过来，一把抓住了莫北的手，"兄弟，你记住，就算秀恩爱，也要注意分寸。太过的话，我可是会因为太羡慕你，而和你绝交的。"

莫北问道："什么秀恩爱？"

"装，你就和我装。"猫猫熊嗤笑了两声，手还没松开。

封奈漫不经心地说道："说人话。"

猫猫熊立刻觉得自己头皮一麻："我女神来了，就在外面等着你呢，手上还捧着一束花，应……"

还没等他说完，眼前的人影就不见了。

封奈看着莫北的背影，有一个问题他早就想问问临坑坑的那个小哥哥了，既然在现实里有女朋友，为什么还要在游戏里玩女号和他结婚？

猫猫熊并不明白他是哪句话说得不对了，怎么他们家老大连侧脸都是冷的……

退场区域，基本上坐的都是粉丝，但好在距离比赛结束也有一段时间了，并没有多少人还在。留下的几乎都在看到云深之后，第一时间围了上来，想要签名。

可有一道清隽的人影却比他们速度更快，是莫北，她伸出手去，替云深挡住了光："你怎么来了？"

"你回归的第一战，当然要来。"云深笑意浅浅，"你不知道我刚才在外面看的时候多兴奋，要不是他们按着我，我都想告诉刚才在弹幕上说你不行的人，'她怎么会不行，她可是Bey呀'。"

莫北淡淡地说道："不能说。"

"我知道，就想一下嘛。"云深说道。

两个人站在阳光下，似乎根本不畏人言，高冷的少年与美艳的少女站在一起，很是惹眼。

封奈和猫猫熊从那边走出来的时候，看到的就是这一幕。

云深也注意到了这边："我想请大家吃个饭，不知道会不会打扰到你们……"

"不打扰。"猫猫熊生怕老大再这么冷下去，他和女神的饭局就没有了，立刻笑道，"我们本来也要吃饭的，就是让女神请太破费了。你说是不是啊，兄弟？"

莫北也看了过来，只说了两个字："我请。"

"兄弟，爷们！"猫猫熊一见保住了饭局，立刻拿出手机，"我联系寒昔他们……"

并不想吃这顿饭的封奈，单手插着裤袋站在那儿，俊脸戴上了黑色口罩，一副生人勿近的模样。

莫北则看到云深被晒得脖子有些红后，下意识地伸手，又替她挡住了光。

封奈往这边看了两眼之后，直接将战服拉链拉到了下巴处，漫不经心地将视线放在了别处。莫北住的地方，他去过。那地方条件一般，莫北应该没多少积蓄，现在为了女朋友，什么都不考虑，就要请全队成员吃饭。

临坑坑的这个小哥哥，还真是……

算了，反正和他也没关系。封奈站在那儿，没有再说话，只觉得今天的阳光格外刺眼。

他也很晒，那人怎么不来替他挡……

因为云深的身份，莫北特意选了一个私人火锅店，隐蔽性好一点。

猫猫熊最喜欢吃火锅了，要了虾就想要下进去给他女神。

莫北将竹筷一侧，说道："她对海鲜过敏，不能吃。"

"吃一口两口也没事……"云深是想吃的。

莫北看了她一眼，云深笑了，伸出手去，捏了下眼前这张面瘫帅脸："好了，我不吃，你这人从小就这样，老干部。"

这时候，封奈却开了口："从小就这样？"

"怎么可能，女神你是不是对我兄弟有什么误会？"猫猫熊说道，"他之前可不这样，是吧，老大？"

封奈漫不经心地嗯了一声，又将目光落了过去，带着一丝探究的意味。

云深意识到了话里的漏洞，正要补救，莫北已经把话接了过去：“那时候当队长，得活跃气氛。”

猫猫熊张了张嘴：“兄弟，你是不是对当队长这件事有什么误会？”

“是。”莫北的话很少，“所以不活跃了。”

猫猫熊总有种无言以对的感觉。不过……

“这样说起来，你和我女神是青梅竹马了？”

莫北把火打开：“算是。”

封奈在听到这句话之后，眸色更深了。

就在这时候，包间的门被推开了，猫猫熊将手举高：“快来，快来，就等你们俩了。”

谁都没有注意到，云深在看到其中一道人影时，修长的手指不自觉地顿了顿。

寒昔踱步进来，没有去看某个方向，而是直接坐在了椅子上。

猫猫熊顺手就搭在了他的肩上：“你看看你想吃什么，今天重点宰莫南。”

“牛肉。”寒昔把衣领扯开，视线才落了过去。

云深忽地一笑，侧着脸问莫北：“你们黑炎战队，是按照颜值来挑人的吧，队友都这么帅，总感觉不太安全。”

“帅还不安全？”猫猫熊问道。

云深笑意浅浅：“容易被人搭讪，还容易被带出去联谊，是不是很危险？”

说到联谊这一点，猫猫熊是心虚的，立刻拍胸膛，说道：“女神，你放心，有我在，绝对不会让莫南看其他女孩子！”

“我倒是不担心这个。”云深的笑意变深了，“除了我之外，她不会看别人。”

封奈在听到这句话的时候，侧眸看了过来，就见那个一脸平静的少年夹了一块牛肉，放在了云深的碗里，应了一声：“嗯。”

再看看自己涮出来的，颜色差了很多，吃在嘴里也有点硬，封奈干脆不吃了，拿了瓶矿泉水，喝了两口。

云深则落落大方，还开了一罐啤酒。

猫猫熊一开始还拘谨，看云深这个样子，也就不装斯文了，直接把在基地抢食的样子展现了出来，莫北不声不响地反击。

还能看到莫北这个样子，云深是真的很开心。以前，帝盟的成员一起吃火锅时也是这样，那时候她们还小，有一个人总会抢一大堆菜给她们，笑颜带着邪佞："火锅这种东西，就要抢着吃。"

那时候，莫北虽然没什么情绪，但那双眸子却是亮的。

后来，熄灭的，似乎不只是她的眼睛，还有她那颗被蒙上灰的心。

现在，有了黑炎……

云深知道，在莫北的心目中，谁都替代不了帝盟。但庆幸的是，三年后，还有个纯粹的战队能让这个人回归。因为她太清楚了，这个人有多喜欢打电竞。

黑炎，不错。

只不过，云深有点懊恼的是，她自己曾经的行为。

比如，她在夜店里看到个帅哥，误以为对方是个少爷，要将人包下来。没想到他会是电竞职业选手，还是黑炎这个战队的。

现在想来，那天打游戏的时候，他肯定听猫猫熊说一起打游戏的是她，觉得她作风不怎么样。

所以她怎么打，他都觉得她菜，一副不想和她继续排下去的样子。

毕竟那天通过耳机传过来的那句带着笑的话，她还记忆犹新："闪现撞墙，神级操作了，云女神。"

云深的手指又顿了顿，眉心微拧，看来得解释，但很明显，今天不是个好时机。

聚餐一结束，莫北就把云深送进了车里："我这里没事，你好好拍戏，不要总去夜店，照顾好自己。"

"那你有事也要告诉我，别自己一个人担着。"云深说这话的时候，确实太像个女朋友。

莫北却知道这是担心自己，云深才会表现出这样的依恋来，伸出手去，碰了碰云深的脸："等市赛完，我去剧组看你。"

"那我就乖乖地等着你。"云深笑道。

等云深走了，猫猫熊还在对着莫北嗤笑："真是难舍难分，老实讲兄弟，你们亲过了吧？"

莫北的脸上并没有什么情绪，只是冷冷地拿开了他的手。

倒是一直戴着黑色口罩站在旁边玩手机的封奈，在听到猫猫熊的话之后，修长、白皙的手指，重重地顿了一下，侧眸朝着莫北的方向看了过去，目光落在了她的唇上。

不知道为什么，封奈脑海中，莫名就浮现出了后操场的一幕，就算是个意外，那也是他的初吻。

临坑坑的这个小哥哥当时不在意，是因为亲过太多次，所以才会没有那么大的反应？

想到这儿，封奈扯了一下自己的衣领，又勾着嘴角笑了，眸色深得像是没有月光的夜。这样看来，还真是不公平。

此时，基地的商务车开了过来，助理坐在副驾驶上，按开了自动门，让他们上来。

莫北是在猫猫熊后面的，就在她刚抬起腿来的时候，被人从后面拽住了战服的衣摆，接着用力往回一抻。

莫北回头，看到的就是一双深色的眸。是封奈，他站在那儿，冷冷地说道："你们先回去，我和他有话说。"

没有人敢拒绝。就这样，路边就剩下了他们两个人。

封奈的一只手还拽着莫北的衣角，周围有路人在回头看。

莫北低眸，看了一眼那只瓷白的手，她想问问某大神，要拽着她的衣角到什么时候，和小奶临一样。

封奈并不觉得自己的动作有什么不妥，漫不经心地说了一句："既然已经有女朋友了，为什么要在游戏里结婚？随便玩是这么玩的吗？"

莫北从容地答道："那时候还没有。"

封奈一顿，莫北再次看向了他的手。

封奈注意到了对方的目光，又笑了笑："怎么，衣角不能拽？"

"队长留下我，就是因为这个？"莫北不答反问。

封奈的眸色很浅："当然还有别的，我问过别人，如果在游戏里被人玩弄了，该怎么办。"

"玩弄？"莫北眉心微拧，"玩弄"这种词都出来了？

封奈没多说，将手机扔给了她："人们给了很多答案，你可以看看，选一条。"

莫北看着手中多出来的手机，目光低了低之后，拇指微动将页面滑开。

标题很醒目：如果你在游戏里被人妖玩弄了感情，刚好这个人是你现实生活中认识的，该怎么让对方负责任？

莫北扫到这里的时候，都想要叹气了，往下再看，才是重点。

“假戏真做啊。”

“就是，让小哥哥娶了你。”

“你躺平了，让小哥哥睡服你，也行。”

莫北手指一滞，抬起眸来：“这条也在选择范围内？”

封奈漫不经心地低眸，却在下一秒嗓音变得低沉了：“这条不在。”让他躺平？呵，这是哪儿来的搞笑建议？

“娶你也不太可能。”莫北的语气很淡，“假戏真做？队长，你喜欢男孩子？”

封奈在听到这个问题之后，突地笑了：“不喜欢。”

“那哪条都不合适。”莫北，“我是男的。”

封奈的笑意越来越深：“不过，你例外。毕竟你是‘乖徒儿’，我投入了那么多的感情和时间，总要讨回来。”

莫北凝眉看向他：“之前我们约定一周的时间，你说什么，我做什么，之后……”

“原本是这样。”封奈眸色很深，“但现在我越想越觉得不公平。”

哪里不公平了？莫北刚想开口，就被他握着手腕，拽了过去：“今天的仇恨值比以往都要高，所以辅助小哥哥做点什么吧，说不定我还能改变主意。”

莫北听出了那声音里的嘲讽，想了想，还是没有给他一个过肩摔。毕竟猫科属性的动物，越反抗它就会越折腾，更何况明天还有比赛。

广场上，封奈抬了抬下颌，浑身都散发着一种霸气：“去那正中心站着。”

莫北的视线落了过去，那是一面桃心做的墙，左侧还有一个小型喷泉，非常文艺。

她的眸色淡了又淡，才走了过去。

封奈心不在焉地问道：“你和你女朋友，谁先告的白？”

“我。”莫北这句并不是真的。

封奈把玩了一下手机：“那应该有经验。”

所以？莫北看向他。

封奈不紧不慢地笑道："游戏里，是我告白的。这里，你就告下白吧，女号大佬小哥哥。"

最后那几个字，莫北能清晰地感觉到他语气的加深。

告白？她看向渐渐多起来的人。在这里？

封奈像是看穿了她的想法："怎么？做不到？"

"做到的话，两清？"莫北就那么站着。

封奈点点头："对。"

莫北在听到这个字之后，又看向那个人。凭借她对他的了解，应该不会只是说说。这时候，围过来的人已经非常多了。

"我喜欢你。"

那声音清清冷冷，像是打在湖面上的水，带着这位少年特有的淡漠，却让听了的人，都觉得心脏一震。

"告白？"

"真的是告白！"

"好紧张，对面的那帅哥怎么不说话，快答应啊！"

不知道过了多久，封奈不负众望地开了口："抱歉，我只喜欢女孩。"

周围的人都顿住了，这是什么情况？刚拽人小哥哥手腕的不是他吗？他为什么会拒绝？

莫北却明白了他的意思，大概就是"我当时是什么心情，你也体验一下"。

"那还真是可惜。"莫北说完这句话之后，踱步走开，刚好有风吹过，黑色的碎发就那么挡住了眼。

妹子们看得心都碎了："冰山小哥哥现在肯定很难过，当众告白都被拒绝了，该有多伤心，还这么故作坚强，唉。"

莫北：……很轻的叹息，大概没有人会听到。

封奈看了一眼站在他眼前的人，告白这种事，对这个人来说，好像也没有什么特别的，在那么多人面前被拒绝，只要不是真的喜欢，都无所谓。

呵，也对。对一个有女朋友的人来说，告白，太司空见惯了。纵然是已经觉得没意思了，但为了让自己没有那么烦闷，封奈还是叫了辆车过来。

莫北能感觉到从封奈身上传来的冷意。

上了车之后，司机问：“两位去哪儿？”

两个人都坐在后面，却隔得有些远。

莫北没说话，毕竟接下来去哪里，她并不知道。

“报一下你家的地址。”封奈的声音很淡，右手还把玩着手机。

回家？莫北看了过来。

封奈笑了：“怎么？听到直接回家，失落了？”

莫北淡淡地说道：“队长，你开心就好。”

“不开心。”封奈往后一靠，双腿更显得修长了，“所以还没有完。”

莫北能感觉到他身上的气息更冷了，但并不明白是为什么。

接下来，两个人一路都没有说话，倒是封奈接了个电话。

“奈哥，你要的东西准备好了。要不奈哥带那人，去夜店玩一玩？奈哥大概不知道，这种人呢，十有八九是同性恋，验验就行。”

封奈单手撑着下颌：“不去。”

两个字，不多不少，那人隔着电话笑了：“那这人是谁啊，我认识吗？”

封奈的声音里满是冰冷的警告：“金子！”

“瞧我，不该问的不问。”金小少爷是真的很想看看让他奈哥不一般对待的人。以前也没见他报复过哪个对他表白的同性恋，基本上都是无视，遇到那种死缠烂打的，直接打趴下。用这种慢节奏的方式来报复一个人，实在不像他的作风。

金小少爷还是好奇，想要冒死见那个神人一眼。

“你不用下车，我过去，如果让我发现你没在车里，呵。”

一个“呵”字，简直让人头皮发麻，金小少爷立刻坐直了身形，花花肠子彻底没了。

过了差不多五分钟，出租车靠边停了，两人下了车。

封奈开了口：“我去拿个东西。”

莫北挑眉，这是让她在这儿等？

她看着封奈走近一辆很拉风的红色跑车。

车里的金小少爷已经按下了车窗，却因为距离远，只能看到那隐约的身形：“就是那家伙吗？看起来冰冰冷冷的，不过，越是这种，玩得越开。奈哥，这次我可是给你准备了很多东西，每一样都是剧组的新品，等……”

封奈侧过脸来，打断了他的话：“金子，你话越来越多了。”

“我这不是震惊嘛。”金小少爷笑得露出了一排牙，“虽然你只是用来吓吓人，但也是够劲爆的。”

封奈右手伸了过去：“把你老鸨式的笑收一收，回吧。”

金小少爷知道他奈哥不想让人看到，不过有些事，最好还是不知道的好，知道的话，搞不好还会被“灭口”。

所以金小少爷并没有多留，开着车就溜了。

封奈则走向了莫北：“不走？”

某大神太容易给人一种无害的错觉，所以莫北也没有去看放在他一侧的袋子里有什么。

就这样，两个人一前一后地上了楼。

只是，就在莫北刚刚打开房门之后，咔的一声，她的手腕就被铐上了，手铐的另一边，铐在了木椅上。

莫北回眸，看向了那个俊美的男人：“队长，你这是什么意思？”

封奈含笑斜睨着她，缓缓说道：“第二个节目。”

莫北站在那儿，因为不能动，安全感也会降低，有什么节目，是需要手铐这种东西的？

封奈空出一只手，将袋子拎了起来，放在了莫北的面前：“这些东西，你都可以挑挑，看看哪一个适合你。你应该对这些很熟悉，毕竟有玩女号的经验。”

莫北在听到这句话之后，右手顿了一下，再看向那个摊开的袋子，长发、衬衫，还有长裙……

莫北白皙的手指都跟着顿了顿，那双眼更是有了明显的改变。

封奈还是第一次看到这个人有情绪流露出来，嘴角的笑意更浓了，单手撑着椅背，缓缓压近：“怎么样，好看吗？”

莫北淡淡地说道：“我还不知道队长有这种癖好。”

“以前确实不感兴趣。”封奈说道，“不过，用在你身上的话，好像还很有意思，你说呢？”

用在她身上？莫北眸色渐深：“我是个男的。”

“你现在知道你是个男的了？”温热的气息打在耳后的时候，莫北的眸子动了动，视线落过去。

封奈将修长的手指放在了她的左耳上。

莫北下意识地将脸一偏，避开了这暧昧极了的动作。

封奈眼底带着玩味："先换衣服，不然就算戴了假发，我也下不去手。"

莫北被铐住的那只手，多少有些握紧的趋势。

封奈的嗓音还是慵懒的："这位小哥哥，看上去好像很不甘心。"

"队长如果真的想解决当年的事，可以揍我一顿。"莫北黑色的眸对上了眼前那张俊美的脸。

封奈看着她，眸色深了深："我们都是职业选手，怎么能打架？"

莫北：……上次在后操场没打？

封奈站了起来，右手撑在桌面上，就那么隔着餐桌，压低了身体，一只手抬了起来，手指直接放在了莫北的战服拉链上。

莫北下意识地一挡，眼里都能散发出凉意来。

封奈看着眼前这个碎发打下来、极力忍着什么的人，突地眸色有些发深，将头一偏，抵靠在了莫北的肩上，笑意不减，话里还带着嘲弄："这位小哥哥，你该不会真的以为我会对你做什么吧？"

莫北还有些不自然，因为这样的距离更近了。

封奈却并不觉得，将头抵在莫北的肩上，偏眸："无论我让你做什么，你的这张脸都没有变过。而是女朋友出现的时候，才有了表情。这让人就算报复起来，也觉得无趣。不过，游戏里，毕竟是虚假的。"

说着，他将莫北的手铐一解，就那么单手插着裤袋，站在那儿："从今天开始，你和我，关于'乖徒儿'的事，两清。"

莫北抬眸，顿了一下，才嗯了一声。

倒不是"乖徒儿"的问题解决了有多重要，而是如果刚才某大神继续的话，她的秘密很有可能会曝光……

但这样的莫北到了封奈的眼里就不一样了，那种总算摆脱了的感觉，确实是对他们以前的事一点都不在意。

这人，就这么烦他？

封奈扯开衣领，随手将袋子里的东西扔进了垃圾桶，缓步走出了公寓，隐隐地像是有些不易被察觉的失落。

似乎就像他说的那样，两清了……

第九章　买卫生棉

存在感极强的人一下子走掉，房间里会更显安静。

莫北看着外面暗下去的天，目光淡淡地顿了一下后，拿起了放在门边上的雨伞。

楼下，封奈刚一下楼，雨就跟着来了。以前封大少爷对这种事从来都不怎么在意，可今天他的心情格外不好，打电话的时候，声音都是低沉的：“仁和公寓，过来接我。”

助理看着前面堵成一串的车，声音都跟着有些发虚了：“少爷，现在路况不是那么畅通，我不知道我什么时候能开到那里……”

封奈的眸色更淡了，薄唇抿成了一条线：“算了。”

“那少爷你怎么回基地？”助理一边说着，一边拍了下脑门，“仁和公寓？那不是莫南住的地方吗，少爷要不先去他那里避避雨？”

封奈在听到这句话之后，漫不经心地说道：“不用，打车软件又不是死的。”

可是，这种下着大雨的时候真的能打到车吗？这句话助理是不敢说出来的。因为即便隔着手机，不知道为什么，他竟然也感觉到了一股冷意。

封奈挂断电话之后，就滑开了打车软件，输入地点之后，屏幕上只出现了一条信息：“在您前面还有36位在排队，请耐心等待。”

封奈双眸眯了一下，刚要迈步，头顶就罩了个什么东西过来。

啪嗒，雨打在了透明伞上。

封奈的脸侧了过去，视线落在了撑伞者瓷白的鼻梁上。

莫北一手撑着伞，一手插着裤袋，因为刚才的动作，黑发沾了湿气，从这个角度看过去，她俊美得就像是漫画里的男主角。

两个人的气质都很突出，即便封奈还戴着口罩，但仍然让路过的人不断回头。只是他们都不是很懂，两个男的为什么要同撑一把伞？

莫北并没有给封奈拒绝的机会，握着他的手腕，就上了楼。

打开房门之后，莫北并没有多说什么，而是拿了条毛巾出来。

封奈没有拒绝，单手擦着黑发，眼睛却落在了厨房那边。毛巾上是封奈非常熟悉的洗发水味，清新里带着柠檬的微甜。

厨房里，莫北已经关了火，弄了碗姜汤，让封奈喝。

封奈半靠在那儿，完全没有碰那碗姜汤的意思。

莫北侧过眸来淡声说了一句："里面加了蜂蜜。"

封奈这才眉心微拧地将瓷碗端了起来，喝了一口，觉得味道还不错。

他的手机响了，是助理，很着急的声音："少爷，你打到车了吗？"

"没打到。"封奈的指尖把玩着小瓷碗，"我在莫南这里。"

助理："那太好了，莫南在的话，肯定能照顾好少爷。"

说完这句，他像是想起了什么，急忙说道："对了，少爷，你好久都不发公众信息了，得发一条了，不然完不成这个月的任务……"

封奈："我上个月不是发过？"

助理快哭了："你就发了两个字。"

睡了，这种也叫发了？不过，之前少爷拒绝他，都是直接挂他电话，或者只给他两个字："不发。"

这次竟然没有直接挂他电话，助理觉得有戏，声音也有了活力："少爷，你就随手拍一张照片发，粉丝们也想知道你的日常。"

"知道了。"封奈的嗓音依旧淡淡的，"没别的事，挂了。"

这、这是答应了？

助理觉得有些不可思议！

公寓里，封奈将视线重新落回了那个站在厨房的清隽背影上，眉头稍微挑了挑，连带着眸色都有了变化。

日常吗？倒也简单。

封奈空出一只手来，将手机翻过来，对准了某个点，很是漫不经心地拍了一张，手指编辑着信息，刚想发出去，又觉得太单调，指尖顿了顿之后，干脆配了一行字："某人煮的这碗姜汤喝起来还不错。"

就在那条消息发出去的瞬间，粉丝们都炸了！在放大图片之后，粉丝们都愣住了！

那是一张感觉很好的照片，除了一个瓷碗之外，最为显眼的就是站在流理台前的修长身影，手上戴着隔热手套，因为有白雾看得不是很真切，但不知道为什么，那手套被他戴在手上，显得格外气质卓然。

入镜的还有一只随意搭在碗边的手，那手离瓷碗很近，骨节分明得很。那是他们K神的手！

"我记得K神以前不是说过姜汤这种东西就不应该被做出来祸害人类吗？现在居然说味道不错？"

"小哥哥的背影我怎么觉得有点眼熟，好像是莫南……"

封奈发完消息之后就按灭了手机，并没有看回复。

消息却在这个时候愈演愈烈。

"不会吧？"

"有点接受不了，这个莫南的黑历史太多了。"

"最近莫南出现的频率会不会太高了，是想借着势头洗白？"

"建议K神以后不要发这个人的东西了，不然我觉得我应该脱粉了。"

在用小号打完这两句话之后，杨梦若还是心有不甘，莫南那家伙到底是怎么搭上K神的？他们虽说在同一个战队，可上次联谊的时候，也没有见他和K神的关系有多好啊。

而且，莫南是什么时候学会做饭的？

该不会是他为了进黑炎故意学的吧？不过，那又怎么样？已经黑了的东西，是洗不白的。

只要他们一直掌控着舆论的方向，他就没有丝毫的办法。

杨梦若笑了起来，又登录小号在网上带了几句节奏。

外面的雨没有丝毫要停的意思，公寓里，已经充满了勾人食欲的饭香。

香芹炒肉和酸辣土豆丝，再加上莫北刚端上来的骨汤砂锅，一桌子的东西，红红绿绿地放在那儿，煞是好看。

封奈并不是很喜欢喝汤，可这一次，只感觉到了鲜。

封奈偶尔抬起眸来，扫过对面的人。有些留言说得没错，会做饭的人，确实比大多数人顺眼。

吃完饭之后，莫北泡了用来消食的乌龙茶。

封奈在洗碗，洗得一言难尽。

莫北走进厨房的时候，刚好看见他把一个碎掉的碗扔进垃圾桶……

封奈侧过眸来，对上了这道视线，理所当然地说道："以后买好一点的碗，碗的质量太差。"

莫北："……"

外面的雨仍然没有停，所以喝完茶之后，莫北就抱了一床被子出来，放在了沙发上。

封奈侧过眸，问道："什么意思？"

"队长去里面睡，我在这儿睡。"莫北淡淡地说道。

封奈单手插着裤袋站在那儿，浅色的眸扫了那个连躺都不能躺的沙发一眼，嗓音里又带出了嘲意："一起睡。你睡在这儿，是想肩膀废掉？"

一起睡……莫北的眉心刚刚拧了一下。

"都是男人，你怕什么？"封奈低眸咬了一颗薄荷糖，扫过对方的脸时，突地笑了，"你不会因为那些乱七八糟的东西，就真的以为，我会对你有兴趣吧？就算你穿女装，我也没兴趣，明白了？"

莫北并没有说话，毕竟"女装"这种话题略危险。

倒是封奈，说完那一句，刚要走开，莫北的电话就响了，屏幕一闪而过间，那个"深"字格外明显。

封奈偏了下眸，莫北则拿着手机，走到一边。

他隐约间还能听到莫北轻声说着："嗯，在公寓……没，不冷……知道，雨停之前不会出去……"

封奈站在原地，随着时间的推移，又朝着这边看了一眼。

莫北勾起了个笑，就如同冬雪初融，透着一丝清冽。他笑了，是因为那个打电话过来的人？

封奈没有兴趣听他们的对话，将目光收了回来，又看了看窗外，最后百般无聊地半弯着腰，将上衣一掀，踱步进了浴室。水打在身上的时候，他胸口隐约的烦闷才算是消了一点。

莫北打完电话过来，看着空荡无人的客厅，转眸看向浴室。是在里面？她这个想法刚起，封奈就单手擦着头，从浴室里走了出来。

那黑色的发还是湿的，他没有穿上衣，突起的锁骨上是一滚而过的水珠。这样的他，就如同苏醒的恶魔，嘴边还挂着一抹似有若无的笑。

莫北一抬眸看到的就是他这个样子。

大概是察觉到她的目光，封奈将视线投了过来，上下打量了她一眼，空出一只手来，将毛巾扔在了她的头上："别羡慕，在某些方面，没几个能比得过我的，你就更不可能了。"

莫北顿了一下，才反应过来他说的是什么意思。看来不只是男孩子之间的相处模式她要适应，男孩子之间的话，她也应该适应一下。

莫北侧眸，淡淡地说道："不羡慕，我去洗个澡，队长可以进房间，也可以打会儿游戏。"

毕竟这是个一室一厅的公寓，除了卧室之外，就只有浴室是能关上门来做伪装的地方。

如果避免不了要睡在一张床上的话，她就必须不露出丝毫的破绽。

莫北站在浴室里，后背是抵着门框的，上衣被她放在了一边，嶙峋的脊骨清晰可见，被白色的纱布一点点地缠着。

确定平得不能再平之后，莫北才将上衣套在了头上，很利落帅气的动作，黑色的发变得有些凌乱。

但这样，才更像一个男生，做完这一切之后，莫北走出了浴室。

封奈坐在床上，单手按着自己的脖颈，随意扭动了一下："你睡里面，这一次，记得把我推开。"

"好。"好在这一次的床比上一次的要宽，两个人躺上去之后，也能保持安全距离，只是不属于自己的气息，不知道为什么，在黑暗里，存在感格外强烈……

虽然闭上了眼，但莫北睡不着。大概是因为旁边多了一个人，即便尽量避免，也能闻到那淡淡的烟草味。

莫北动了动，想要侧过身去拿水，房间的灯却被旁边的人提前按亮了。

莫北偏眸，近在咫尺的冲击感，让她顿了一下。

那人赤裸着上半身，将毛毯一掀，眉心微拧："有没有驱蚊药？"

听了这句话之后，莫北才注意到他锁骨上被叮起来的包。

大概是因为她体质偏凉，即便到了夏天，也不怎么招蚊子。所以她并不会备驱蚊药之类的东西：“没有。”

封奈闻言，又要伸手去抓，可以看出来他被叮得并不好受。

莫北想了想，站了起来，再进来的时候，手里多了一管清凉款的牙膏。

封奈低眸看着那管牙膏，眉头挑了挑。

“能解痒。”莫北说着，又朝他的后背看了过去，一大片的红，像是连续被叮了多口！

看到这里，莫北直接伸手按在了他的脊骨上。

封奈身形骤然一停，视线落了过来。

莫北淡淡地解释：“这里也有。”

封奈没有多说什么，他能感觉到有指尖在他身上滑过时微微的凉，酥麻得连胸膛也有些痒，可偏偏那里并没有被叮到。

他侧过来的眸停了停，之后他便将目光收回来，这才漫不经心地开口：“你对谁都这样？”

“这样？”莫北看向他，眸色很浅。

封奈勾了下嘴角，眼底并没有多少暖意：“这么会照顾人，是把你对你女朋友的那套用在我身上了？”

“不是。”莫北说到这里，收起了牙膏，“之前游戏里的事，我想得太简单，是我欠你一个交代。”

封奈轻嘲：“愧疚？”

“嗯。”莫北抬眸，“我朋友不多，之前在游戏里也只有你一个好友，所以现在很抱歉。”

封奈听后，愣了愣。当初他之所以和这个人走得近，就是因为这个人在游戏里做什么事都是默默的，并没有黏着他。而且跟在自己身后帮忙打野的时候，真的有那么一点可爱。

现在看来，游戏果然会给人一种错觉，他还把一个男的当成了女孩……

封奈眉心微拧，不想再回忆那些黑历史，嗓音还是散漫得很：“把我当朋友，还直接消失？”

这句话莫北没有回答，毕竟因为帝盟解散后，她不想和陌生人见面。

但这些话，莫北不能说，她选了另外一个理由：“那时候在办入学和加入职业战队。”

封奈转头，将目光落了过来："不是因为我在游戏里追杀你？"

"不是，是那时候忙。"关于这一点确实是个误会，莫北解释时，也侧过了头。

顿时，两个人都愣住了。

这样面对面地侧躺着，在微暗的光里，只看得到对方淡淡的轮廓，近得让人觉得有点暧昧。

很快，封奈就将头又侧回到了原来的方向，声音传了过来："睡吧。"

莫北看着封奈的后脑勺，淡淡地嗯了一声，闭上了眼，变动了方向。

第二天，先醒过来的是封奈。他一睁开眼，就发现他的下巴正抵着那个人的后脑勺。泛着微凉的香甜，充斥着他的鼻腔。洗发水的味道？

封奈将鼻尖压低了，碰到了对方的发。好像不全是，不过，临坑坑的这个小哥哥，用来当朋友确实还不错。

封奈刚要站起来，电话就响了。

为了避免吵醒某人，封奈拿起手机走向了客厅。

被搭理的助理都有些想哭了："少爷，你的手机终于通了，你之前发的那个照片……"

封奈漫不经心地问道："怎么？"

"因为有莫南在，"助理犹犹豫豫，"一批你的粉丝都跑去他那里，让他离你远点。还有，他以前做过的事也被挖出来了，公司担心影响会不好，所以……"

"所以什么？"封奈此时的笑，很显然没有什么温度。

助理一听，声音都跟着弱了下去："所以为了避免粉丝有抵触情绪，上面建议少爷训练的时候和莫南的距离稍微远一点。"

封奈单手插进了裤袋，缓缓说道："公司的公关人员最近只会睡觉了？"

助理张了张嘴，额头上出了一丝汗："莫南是新队员，所以俱乐部暂时还没有给他进行相关的公关安排。更何况，他也没有自己的经纪人，所以……"

封奈确实明白。不过，发个照片，还要保持距离这种事……

封奈眸色一深："说完了？"

助理莫名地感觉到了后颈传来的冷意："说完了。"

"去买早餐，双人份，然后把战服拿上来。"封奈的语气更加淡了。

助理没有忘记自己的使命："那上面的建议……"

"知道了。"封奈说完，将手机一收，放进了裤袋。他回过头去，看到的就是那个人微侧着头，半张脸压进了枕头里，黑色的额发垂下来的样子。

封奈走过去，目光下移，这家伙连睡觉都穿得这么整齐，一点都不像年轻人。

有一点，封奈确实想不通。按照这家伙不争不抢的性格，怎么一打起游戏来，眼底就像是有一团火在烧?

封奈又看了床上的人两眼，打开烟盒之后，低眸咬了一根在薄唇间，并没有抽，只是那样慵懒地斜靠在了那儿，百般无聊地等着助理上来。

但看着看着，封奈却拧了下眉，缓缓地移开了目光，因为从这个角度看上去，这家伙太像个女孩子了。

就在他的手刚刚伸出去的时候，门铃响了，是提着早餐上来的助理。

莫北几乎是在那声音响起来的时候，就睁开了眸，映入眼帘的就是一张用手支撑着的俊美的脸。

两人的距离很近……

封奈见状，站直了身体，勾唇笑了："这位小哥哥不要误会，不过是帮你抻下被子。"

莫北神色未变，掀开棉被，站了起来："没有误会。"

但，她总觉得双腿格外沉。而且从昨天开始，小腹也有点发胀……想到这里，莫北下意识地看向了房间里挂着的日历。按照时间来算，她的经期就是这两天。

莫北的眸色变了变："队长，我最近要请两天假。"

封奈眼角一挑："有事？"

莫北嗯了一声之后，淡淡地说道："和云深交往一个月的纪念。"

封奈闻言，把玩了一下手机，没说同意，也没说不同意。

叮咚。门铃声又响了起来。

封奈干脆走出了卧室，将门打开的时候，眸色还是深的。

助理心里一颤，少爷这么不高兴吗?

"进来。"

封奈丢下这句话之后，就走回餐桌那儿，手里还拿着两个碗。

这时，莫北也走了出来，一头黑色短发蓬松着。

“少，少爷？”

封奈淡淡地扫了助理一眼：“怎么？”

“没……就是觉得你怎么会做这些……”助理心想你那双手是上过保险的，莫南他知道吗？而且，你可是什么都没干过啊，也不屑做这些东西，忘了你自己说过的话了吗？你说你的手，除了打架之外就是用来签合同打电竞的，做别的事，浪费时间。

封奈挑眉，漫不经心地说道：“盛个饭而已。”他昨天还洗过碗，这算什么，不过这种事，封奈并不打算说。

助理却被封奈这样的态度震了一下。他家少爷他最清楚不过了，十指不沾阳春水，最重要的是懒得沾，现在这么自然……

他怎么觉得自从认识莫南之后，他家少爷以前做不到的事情，现在基本上都做到了……连和莫南同睡一张床都同意了！

助理已经有些形容不上来了。如果少爷对莫南好，是因为临少爷的话，那么和莫南同睡一张床，少爷的牺牲会不会太大了？

莫北并没有去看助理的脸，而是在吃早餐的时候，给汪冬冬发了条信息。

不一会儿，汪冬冬就来了，手上还拎着一个从超市拿的袋子。他刚进门还不知道家里有别人，看见莫北之后，大声问道：“南哥，大夏天的，你喝什么红糖水？”

莫北没说话，只是将袋子拿了过来，眼尾冰冷地朝汪冬冬扫了一眼。

汪冬冬明白了，那是不让他再开口的意思，买个红糖而已，怎么这么小心？

然而，对于莫北来说，这却是一个不能让任何人知道的秘密，所以各方面都要注意。她体凉，如果不提前喝点红糖水的话，一旦例假来临，反应就会特别明显。

所以除了红糖水之外，还有放在她手心上的止疼片。提前预防，还能应对一些突发情况。

只是莫北没有想到意外会来得这么快。回到基地之后，打了三把排位，莫北就感觉到了小肚子的胀痛，用手覆盖上去的时候，只觉得掌心的凉，带动着身体全都有些发冷。

她半弯着腰，薄唇都是白的。

坐在她对面的猫猫熊倒是观察到了莫北的变化：“兄弟，你怎么了？”

“我有点不舒服，帮我向队长请两天假。”莫北说着，就站了起来。她没有去楼上，担心某大神会看出什么来，伸手将口罩一戴，走出了基地。

封奈接完助理的电话，回到电脑前，扫了一眼空着的座位，挑了挑眉：“他呢？”

猫猫熊还在担心，见到老大问了，立刻回答道：“莫南他不舒服回公寓了，说是请两天假。”

“请两天假？”封奈想到了那人之前说要陪女朋友的事，眸子眯了眯，临坑坑的这个小哥哥还真是为了爱情什么都做得出来。

猫猫熊不明白为什么他们老大的眼神一下子变冷了，只尽量降低自己的存在感，避免被误伤。

下午两点，从基地到公寓，其实用不了多长时间。但莫北因为小腹太疼了，觉得时间都变得格外漫长了。

出租车司机也看出了莫北身体不舒服，侧过头去问：“要不要先去医院？”

莫北按着自己的小腹，摇了摇头。

司机只觉得现在的男孩也太辛苦了，都这个样子了，还不去医院。

打开房门之后，莫北直接躺在了床上，但即便躺着，也不会很舒服，一层跟着一层的冷汗往外冒。

不知道是谁泄露了莫北的账号，手机上一直有信息发过来，让她好好解释一下，凭什么缠着他们K神，蹭他们K神的热度；也有骂她垃圾、不要脸的。

莫北只扫了一眼，就按了关机键。

此时，网上的言论还在发酵。

“莫北向南？不会吧，你喜欢他？”

“喜欢他怎么了？”

“倒也没什么，就是你低调点吧。说实话，我们真的对他喜欢不上来，他总是和我K神装熟。”

“有装熟吗？K神不是发了照片？”

“这个我问过了，那不过是K神随手拍的，为的是完成每月一条公众信息的任务。我觉得莫南的粉丝还是不要想太多了，好吗？”

“就是，我们K神和你们不约，好吗？”

你一言我一语，不过十几秒的时间，就能将事实扭曲掉。

云深看着，在公众平台发了一张图，图上不是别人，而是莫北之前打比赛时精彩的反杀时刻。

她像是丝毫不想掩饰了，配文只写了一行字。

“你打游戏的样子还是那么帅，看到你这个样子，我也该好好努力了。”

这是第一次，人们看到云深这么夸谁，而且语气里透露出来的崇拜是那么明显。

这不仅让粉丝们议论，连红姐都头疼得很：“你为什么要在这个时候帮他说话，你们两个加在一起，还嫌不够黑吗？”

“没什么。”云深将墨镜一戴，“我总要告诉她，她不是一个人在作战。”

如果不是莫南的手受了伤，Bey大概不会回来吧？

云深好像现在才明白，那个人说那句话的意思。

她说，他们不在了，帝盟也不在了，一些事做起来也就没有意义了。

很孤独吗？这样一次又一次地不被承认，随随便便一个不懂游戏的人，就能否定你的所有。

这样的时代，每个人都能对你指指点点。

Bey，你现在打游戏，打得还开心吗？

这样的网络舆论不仅云深会注意到，连小奶临都看到了，他越看双颊鼓得越厉害，最后跳下椅子，抱着封夫人的腿，让他妈妈给他哥打电话。

下午六点，莫北公寓门前，停了一辆劳斯莱斯。人们本来期待着会有一个豪门总裁下来，没想到抬眸看过去的时候，跳下来的却是一个小娃。

人们远远地就看到，小娃下来之后，回过头去，朝着身后喊了一句：“哥，你能不能快点？”

封奈的气质确实没有人能比得过：“那么着急做什么？”

好帅！这是围观者的第一反应。接着，人们看到了他身后扬起的战服。很多人都在想，这是什么人，难道是明星？刚出道的吗？怎么以前从来都没有看见过。

不得不说，幸好莫北住的这栋公寓是养老公寓，大部分住在这里的人，都是上了年纪的，也不知道电竞比赛什么的。

如果换成那种年轻人多的，不只是封奈，就连刚才莫北进来的时候，估计都有可能被认出来，受到围观。

现在这种状况还算保险。

封临手里还抱着一堆感冒药什么的："我怎么能不着急？小哥哥病了你都不告诉我，要不是妈妈逼问你，你都不会说。哼，小哥哥还没有回你消息吗？"

封奈嗯了一声之后，眉心也跟着微微地拧了起来。不接电话，不回信息，确实不像某人的风格。毕竟临坑坑的这个小哥哥，平时会把所有东西都安排好，不会这么让人担心。

难道真的病了？想到这里，封奈的眸色都深了，连带着步子都比平时更快了。

临坑坑倒是有点蒙了，怎么他哥一下子走得这么快，他都跟不上了！

封奈一边走，一边还不忘拨打语音电话，仍旧没有人接，他更加着急了。

封临从来都没有见过他哥这个样子，看来，他哥也不是完全不关心小哥哥嘛。

外面的天色完全黑了，月光透过窗帘打在了洁白的床上，修长的人影此时正半弓着后背，小腹处抵着一个抱枕，房间里连灯都没有开。

莫北躺在床上，疼痛感刚刚过去了一些，腰部酸得很，双腿也是沉的，整个人都疲惫得很。黑色的碎发已经被冷汗淋湿了，后背都印了一层痕迹。

就在这时候，她耳边突地响起了一阵又一阵的门铃声。

谁？

莫北睁开了双眸，看着房内的夜色，将抱枕松开，额头还在溢汗。

她还保持着基本的思维能力。不会是汪冬冬，没有她的电话，他是不会来的。那会是谁呢？

莫北按着后腰，站了起来，眼睑下是一圈黑色，脸色还是白的，双颊没有一丝的血气。

从卧室到客厅虽然并不远，但对于莫北来说，每走一步都非常痛苦："谁？"

"小哥哥，是我，还有哥哥！"封临听到里面的声响之后，兴奋地回应道。

莫北听后，手指重重一顿。他们怎么偏偏在这个时候来？突然，她想到了卫生间的东西，那些垃圾……

"马上来。"莫北的眸色深了深，只能靠临场反应了，遂伸出手去，开了门。

门外，封临的双手还抱着什么东西，因为个子还小，一副很费劲儿的样子，双颊红扑扑的。

他们队长双手插着裤袋，长腿挡在了封临的前面。

“你们怎么来了？”莫北伸出手去，按在了封临的头上。

封临抬眸，一双眼睛大得很：“担心小哥哥呀，小……”

封奈伸手将封临一提，封临双腿摇晃了两下：“哥，你干吗？”

“没看见你小哥哥一副不舒服的样子吗？让路，让他回去躺着。”封奈漫不经心地说道。

“哦，好好好！”小奶临还是很听话的。

等莫北被安排在床上之后，封奈一抬手，掌心放在了她的额上，微凉的触感让莫北顿了顿。

封奈挑了一下眉，浅色的双眸看着莫北。

莫北面无表情地想，这就是男孩子之间的相处模式吧。

封临还在那儿眼巴巴地看着他哥，像是在等结果：“哥，怎么样，小哥哥是不是在发烧？”

“不烫。”封奈慢悠悠地收回了手，又扫了莫北一眼，“你不是感冒？”

莫北抬眸，找了个类似的病因：“急性肠胃炎。”

“所以脸才会这么白。”封临伸手捏了捏莫北的手，“小哥哥很疼吗？我去给你倒水喝。”

封奈没有去看那个连水都不会烧的坑弟，而是拨开了带来的药盒，都是些清热解毒的，或者是感冒冲剂，还有两袋退烧药……这些，不治肠胃炎。

“你照顾你小哥哥，我下去买点东西，有事用你小哥哥的手机给我发信息。”

交代完这一句，封奈就走出了房门。

这对莫北来说无疑是好事，小腹的闷疼感已经让她连话都不想说了。

封临看着他小哥哥额头上都是冷汗的样子，乖得不像话，拿了纸给莫北擦汗。

莫北半躺在床上，听着旁边的声响，迷迷糊糊间，隐约知道封临在她旁边走过来走过去。

大概是因为她一直都没有吃东西，连带着身上的热量都没有，就那么躺着，小腹像是都能散发出寒气来……

此时已经买好了药的封奈，还听医生的建议，带了一个热水袋回来。

刚一进公寓，临坑坑就开始汇报工作："小哥哥好像比刚才更难受了。"

封奈的眉心又是一拧，进了卧室。莫北那张脸确实比刚才还要白。他顿了顿，捏了一粒药放在了莫北的嘴边。

莫北睁开了双眸，并没有要喝的意思。

封奈挑眉："怎么？"

"这是什么药？"莫北的声音明显比平时有气无力得多。

封奈："止疼药。"

莫北这才没多说什么，将药吃了进去，连水都没有喝。

封奈指尖顿了顿，像是要甩开那份触感一样地从床边站了起来。接着，他把买来的热水袋扔到了莫北的手里。

莫北在接触到热水袋之后，后背一僵，他知道了？

封奈淡淡地说道："医生说，敷这个东西，能让你好受点。你最好快点好起来，一张脸比女孩子还白。"

他又嘲笑她？

不过，不可否认，有了热水袋之后，她真的舒服了很多。

封大少爷照顾起人来，还挺像那么回事的。

只不过接下来要做的事，一大一小都犯了难。

他哥？真的会熬粥？封临不放心，露着脑袋在这边看着。就见他哥正拿着一把菜刀对着一根火腿肠比画，双眉皱紧，很不靠谱的样子。

这……小哥哥不会吃了他哥做的饭之后，肠胃炎更严重了吧？封临觉得自己的担心是非常有道理的。尤其在看见他哥把米放进锅里之后，好像煮了一下，又按了停止键，然后又打开。

封临眨了眨眼，问："哥，你到底行不行？"

封奈缓缓地嗯了一声。

封临又问："你拿鸡蛋做什么，是要炒鸡蛋给小哥哥吃吗？"

"鸡蛋放在粥里。"封奈说得漫不经心。

封临睁大了一双眼睛："要现在打进去吗？"

封奈：……他怎么知道，他只会喝。

"哥？"封临不明白他哥怎么不说话了。

封奈则将手机拿了出来，开始搜索鸡蛋火腿粥的做法。

封临嘴巴张了张："你刚才其实不会吧？"

"这种东西，搜一下不就好了？"封奈漫不经心地扫了他弟一眼。

封临看着他哥打了一个鸡蛋，然后捞了两片鸡蛋壳出来，他非常无奈。

好在聪明的人，总会想到办法，封奈拿出智能电饭锅，还随便切了点青菜。

封临看不下去了，想着先去尿个尿，然后继续去照顾小哥哥，结果一不小心就踢倒了洗手间里放着的垃圾袋。露出来的东西让封临脚下一顿，他连裤子都不解了，转头就又朝着厨房的方向跑了去。那纸上有好多血是怎么回事？是小哥哥怎么了吗？

封临匆匆忙忙地撞到了他哥的长腿上。

封奈正盯着那个电饭锅研究用法，嘲讽道："临坑坑，你小脑萎缩得连路都不会走了？"

"不是。"封临小脸一鼓，眼睛里是满满的担忧，"是小哥哥的病好像比我们想象的还要严重。"

封奈没有动，也并不在意："怎么个严重法？"

封临看他哥满不在乎的样子，一咬牙，踮起小脚来，在他哥的耳边说了点什么。

紧接着，封奈的双眸就变了，颜色越来越深："血？"

"嗯嗯嗯！"封临重重地点着头，忧心忡忡地说道，"小哥哥是不是病得很重，怕我们担心，所以不告诉我们的啊？电视上那些得了很重的病的人，都会吐血。"

卫生间，血？

封奈立即大步走到卫生间，在看到垃圾桶里的纸之后，整个人都愣住了。

身后的封临还在说着什么，他也没心情听，大步走回了卧室，眼神复杂地落在了床上的人身上。

已经进入浅层睡眠的莫北，注意不到他的变化。

封奈的眸色很深，修长的手指落在了莫北的胸前，正要解开那白色衬衫的第一颗纽扣。

咔嗒一声，门开了。是云深，她还穿着拍戏时的青花瓷旗袍，外面围了一个披肩，和墨镜一起拿在手里的，是一串钥匙。

封奈的视线落过来的时候，她的手指顿了一下。这是什么情况？Bey的脸色怎么会那么难看？而且，那个封奈的手，放在了哪里？

莫北也醒了，只一眼就看出了现在的情况，忍着小腹的闷疼，并没有说话，只抬眸看向了云深，眸底的颜色比平时还要深。那意思很明显了，需要她配合自己演一场戏。

聪明如云深，只是一笑就大步走了过去，直接顶替了封奈的位置。

她很清楚莫北是天生体寒，一旦到了经期，她脸上毫无血色不说，更是疼得什么东西都吃不下去。

她伸手抱住了莫北的腰，语气里还带着一点点埋怨："每次你不舒服就赶我走，我走了，还是担心你，就又回来了。你别再赶我走了好不好，南？"

莫北的脸上有些无奈，实在佩服云深的演技，空出一只手去，放在了云深的头顶，配合地嗯了一声。那嗓音还是淡淡的，却不难听出其中的宠溺。

幸好云深及时赶到，不然后果不堪设想。莫北不笨，大概也猜到了为什么封奈会有刚才那样的动作，肯定是看到卫生间里的东西了。莫北苍白着薄唇，继续说道："不赶你走了。"

"那太好了。"云深的嘴角带着笑，在莫北的脸上亲了一口，"那你和你们队长说说话，我去给你煮点粥。"

封奈在看到这一幕之后，都有些想要嗤笑自己刚才的反应了。卫生间里有一些带血的纸，很有可能是他女朋友留下的。

他怎么会因为看到这人病恹恹地躺在床上，就真的觉得这人可能会是女孩子呢?

封奈眸色一深，将手收了回来，冷冷地说道："不用。"

"嗯？"云深将头侧了过来。

封奈没有看她，只是把视线放在了床上，与莫北四目相对："粥已经熬上了，我和莫南也没有什么好说的。既然女朋友来了，就让女朋友照顾，我和临坑坑还有其他事。"

小奶临想说什么，但再看看坐在他小哥哥旁边的云深，又憋了回去。只得和他小哥哥道别，伸出手去，拽住了封奈的裤腿。一大一小两个人就这么出了公寓。

按下电梯的时候，他们的表情基本上是一致的，没有什么心思。倒是小奶临的头有些低："还以为能多陪小哥哥待一会儿，不过小哥哥的女朋友应该能照顾好他吧？"

"嗯。"封奈看着电梯的楼层，显然有些心不在焉，等到了一楼之后，迈开了长腿。

公寓内，好不容易等到他们走了，莫北伸手按住了自己的小腹，疼痛感都写在了脸上，视线落在云深的身上："你怎么来了？"

"你电话打不通，我担心你。"云深将手放在了她的小腹上，眉心都紧了，"怎么这么凉？"

莫北坐在那儿，后背倚在床头上，碎发垂下来，唇色苍白，说道："嗯。"

"我去给你泡杯红糖水。"云深很快就跑了出去，没多久又回来了，手上还端着一个瓷碗，有些疑惑，"厨房里的粥是你煮的？煮了多久了？好像能吃了。"

莫北略微顿了一下："不是我。"

"不是你？"云深挑眉，"难道是那位封大少，说起来，他刚才为什么会离你那么近？"

莫北目光微垂："应该是因为洗手间里的那些残留物。不过你来了，一切也就都能解释得通了。"

云深听了这话之后，并没有放下心来："你的意思是说，这位封大少爷一直都在怀疑你？"

"这方面没有。"莫北说到这里时顿了顿，"他应该不会做很深的联想。"

云深看着她："经过这次之后也不会？"

莫北没有给她答复，浅淡的眸色深了深。

"会，对吗？"云深还是担心。

莫北将她的长发拨开："刚才他确实怀疑了一下，但现在，念头应该打消了。"

"那也不是很安全。"云深想着有些着急了，"你们吃住都在一起，如果他开始往这方面怀疑了，你隐藏起来就会更难了。"

莫北喝完红糖水之后，将手放在了云深的头上，揉了揉："没有什么难的，这次是特殊时期，这两天过了就会好。”

云深知道莫北决定的事根本改变不了：“就怕相处时间长了，他会看出什么来。你是‘乖徒儿’这件事肯定让他看你和看别人不一样，如果再对你好奇下去……”

“我不会待到那时候。”莫北淡淡地说道，“等到我哥的手好了之后，我就回去。”

云深的手指顿了一下，连话都没有再说。她知道莫南的手很难再好了，可是她不知道怎么将这件事告诉莫北。

“好在封大少在这方面像是白纸一样，据说他从来都没有和女孩子接触过。”云深倾身，看着莫北，“这么大的一个帅哥天天在身边，也只有你能不为所动。”

莫北笑了一下，这笑容里有着特有的纵容：“深，你想说什么？”

“我想说你可以考虑考虑。”云深轻笑，“你们在游戏里都结过婚了，现实中感觉也不错。他还下厨给你熬粥，我觉得你俩挺合适的。”

莫北略微挑了下眉头，薄唇苍白无色，却越发显得清隽如冷玉：“又在胡说了。”

云深见她好一点了，又靠近了些：“你对他呢？什么感觉？”

“刺客玩得很好。”莫北的话仍然很少，像是恢复了一点，最起码额上已经不再溢汗了。

云深无奈，用手碰了碰莫北：“我问的不是这个，是其他方面。他离你近的时候，你什么感觉？”

莫北偏眸：“紧张比较多，因为有点担心被发现。”

闻言，云深又笑，伸手将人一抱：“看你这个样子，我就不担心你会被哪个臭男人抢走了。睡吧，我去给你端碗粥来，封大少熬的，不知道是什么味道。”

莫北也意外，那一位竟然会熬粥。毕竟他上次洗碗的时候，她多少也能看出来他没做过家务。意外地，粥并不难喝，到了嘴里还有淡淡的火腿香，适合肚子不舒服的人喝。

莫北喝完半碗之后，就又闭上了眼，疼痛感逐渐消失了，睡意也随之而来。

晚上，封奈到了基地之后，猫猫熊第一个冲上来问：“老大，怎么样？

我兄弟他还好吗？严不严重？我和寒昔都想要去看看。老大你再不回来，我们就要出门了。”

“不用去了。”封奈的眸里还带着漫不经心，将外套随手挂在了衣架上，眼神并不是很暖，“他女朋友在照顾他。”

“女朋友？”猫猫熊双眸都睁大了，“我女神？”

封奈对回答这样的问题并不感兴趣，迈步越过了他。倒是站在旁边的寒昔，一双黑色的眸深了深。

猫猫熊还在那儿感叹：“莫南这家伙也太幸福了吧。”

哐。寒昔头也不回地到了房间，用力地关上了门，只留下了一脸迷茫的猫猫熊。

封奈也回到了卧室，看着一侧空出来的床，像往常一样弯腰将T恤一掀，漫不经心地扔在了旁边，那双眸却没有离开左侧的空位。

习惯还真是容易影响睡眠质量。从浴室出来之后，封奈只擦了几下头，就躺在了床上。这个时间，一般他都会用来补觉。可他今天却没有丝毫睡意，拿起手机，习惯性地点开了莫南的头像，想要发消息。

等到意识到自己想做什么的时候，封奈的眉心拧了拧，随手把手机扔在了一边，按灭了壁灯，屋外的夜色似乎都要比平时黑很多。

公寓里，有了云深照顾的莫北已经比之前好太多了。

不过，云深一向不擅长做饭、照顾人，但一直在尽力照顾莫北，最后反而是她累得躺在了沙发上。

莫北从卧室里走出来的时候，看到的就是这一幕。

云深还穿着戏服，像个魔女一样，可熟悉她的人都知道，这家伙对人好的时候，什么都不顾。

莫北的手机上还有云深经纪人发来的消息，她侧手回了两个字，就是为了让对方放心。

很快，那边就回了信息：“她明天还要飞到剧组，一定要叫她起来，拜托了。”

“好。”莫北话少，打字时也是。

“还有一件事，最近有人不太喜欢她，用了一些过激的手段，能不能麻烦你明天送她下楼，只要到商务车这边来就行。”

“过激的手段？”莫北的眸沉了下来，“是什么手段？”

“毕竟是做演员的，会遇到这种事也正常。只是有些人觉得她不配演戏，就寄了很多扎针娃娃来。再加上她这段时间不顾风头公开支持你，引起了很多人的反感。很多事，我们这边也只能尽量采取一些措施，就怕有人跟踪她。”

回完信息之后，莫北修长的手指顿在了那儿。

一时之间，她心里有很多念头冒出，伸手将自己的战服外套盖在了云深的身上。清隽的身形微弯，她轻声说道：“我会让那些人知道，你没有支持错人。”

夜色过去，东边的天才刚亮，云深就醒了。本来她是想静悄悄地走的，刚拿开外套起身，就听厨房那边的门开了。

“醒了？”是莫北，她的手上还端着一碗小米粥，“过来吃早饭，有你喜欢吃的豆丁。”

云深勾唇一笑，伸手抱住了莫北的腰：“Bey神，你怎么这么能干？”

“专心吃饭。”莫北反手将小豆丁放在了她的盘子里。

云深注意到了莫北的唇还泛着白，吃完饭之后，又嘱咐了一大堆话。

莫北拿了一把雨伞过来：“知道了，又不是第一次疼，我在自己的公寓，不会出什么事。倒是你，以后不要随便乱跑。”

云深挑眉，捏了捏莫北那张没有表情的脸：“嫌弃我？”

“担心你。”莫北将目光投了过来，“云深，你觉得，我面对不了那些东西吗？”

云深手指的力道轻了：“我就是想让你开开心心地打游戏。”

“不可能了。”莫北打开了房门，“早在帝盟解散的时候，我们就都明白，职业电竞选手要面对各种各样的声音，好的、不好的，懂的、不懂的，无关的、有关的，要么不看，要么消化掉它。云深，不用太担心我，我没那么执着，也不会对什么失望。因为我，并不是带着希望来的。”

可就是这样的莫北，才让云深更不安。她伸手，握住了那只拿着雨伞的手臂：“你是不是忘了，你一开始为什么要打游戏？全国冠军，是你的梦想，不是吗？”

莫北侧过眸去，眼底微沉：“连帝盟都能解散，我的梦早就已经醒了。”

云深在那儿顿了顿，过了这么多年，她还是放不下吗？

也是，不可能放下吧？这个人是看着帝盟解散的。那些老将，没有一个是不被粉丝们挑剔的。更让人无法接受的是，帝盟解散之后，仍旧会有人借帝盟之名造假，以至于在那一天，那个并不大的人影站在大屏幕下，战服被风鼓起，孤零零一个人。她说："深，我不想打游戏了。"

现在，这个人回来了，却肩负了很多她看不见的东西。

Bey像个长大了的孩子，不再像以前一样，站在一群开玩笑的前辈里，偶尔毒舌一句，或是耳朵泛红地看着她最喜欢的师父。

如今的她，成熟、挺拔的背脊，像是能独自撑起整个天地一样。

因为她时常会觉得，无论莫北穿什么衣服，背后好像都能飞扬出"帝盟"两个字。

只是她不知道这样，对Bey而言，到底是好，还是不好。

云深走过去，跟在了莫北后边。

莫北则撑着透明雨伞，也不顾自己会不会着凉，只往前走着，一副要把她送到车上的样子。

聪明如云深，很快就悟透了："是不是我经纪人和你提了不该提的事。"

"不该提？"莫北眉心一拧，脚步停了下来，眸色浅淡，"你觉得不该提？"

她这是……生气了？

云深当然是了解莫北的，这个人从小到大都不会有什么情绪变化，除非她真的生气了。

"不是不该提，是我觉得你不用太担心……"

云深的话还没有说完，唰的一声，莫北将雨伞一扔，伸出手去，攥住了那个躲在墙角、拿着手机正在拍摄的人。

她的手抓紧了对方的后衣领，小腹还有点闷疼，以至于薄唇是白的。即便这样，她一旦动作起来，也不会让谁跑掉。

"你在拍什么？"莫北压低声音问道。

那人没有多大年纪，也并不是那种凶神恶煞的长相，看着就是一个普通人。

"什么我拍什么？莫名其妙。"那女孩推了推鼻子上的眼镜。

莫北将手压低，扫了一眼她的手机屏幕："莫名其妙？"

那女孩哈了一声："就算我拍了又怎么样？云深就是个演戏的，被拍不是常事吗？倒是一大早上的，她就从你住的地方出来，你们两个之间恐怕东西太多了吧？不想让我把东西发出去，就客气一点，你们俩的黑料可不少。"

云深并不想让莫北撞到这种事，可偏偏天不遂人愿，她刚伸出手去，要按住莫北的手腕，就听见莫北的声音清清冷冷地传了过来："你怎么知道她是从我住的地方出来的？"

女孩双眸一闪："你不是住这里？"

"连我住这里你都知道？"莫北目光微凉，"是调查过，还是跟踪？无论哪一种，都不像你嘴里说的就算你拍了又怎么样。"

女孩笑了起来："怎么，威胁我啊？"

莫北没有再说话，直接拿出手机来，按下了报警电话。

那女孩这时候才慌了："你要报警？是想把事闹大吗？你不怕你们的照片被……"

"不怕。"莫北低声说道，"这有什么好怕的？我们正常交往。倒是你，旁边的人知道你这么心术不正吗？"

那女孩一下子就像被点燃了一样："你这种垃圾，还好意思说我心术不正？你和云深，一个人品差到让人恶心，一个指不定陪酒陪了多少次。你们这样的人，竟然还有人喜欢，真是该揭露你们的真面目，让大家知道。"

"说完了？"莫北侧眸，拿起地上的雨伞递给了云深，"你先走，还要去机场。"

云深实在不放心，又怎么可能走？

莫北看着她："不放心，就把你助理留下。为了这样的人，你要耽误拍摄？"

云深闻言，打了个电话才离开。

经纪人听说报了警也就放心了。

后续的事，是莫北和经纪人处理的。那女孩到了警局就说，她只是单纯不喜欢云深，拍两张照片发布怎么了，只字不提跟踪的事。

这种案件不好处理，如果不是报案的人坚持，确实查不出什么来。

但莫北不是一般人，几次对质之后，那女孩出现了语言漏洞，被罚了款。

女孩在警局保证不会再犯，可转头却把照片发到了网上，可想而知会引起什么样的动荡。

本来人们就揪着莫北不放呢，现在更是要求黑炎直接停掉莫北向南的出赛资格。

李经理严肃地说道："莫南，在圈子里还是脾气收敛一点的好，因为拍照把粉丝送进警察局这种事，以后不要再出现了，会引起反感。"

上面这样交代，也是没有办法。有的时候，你明明知道是怎么回事，但在刻意的舆论面前，只能做出妥协。

"下次比赛，你就不要上场了，好好想一想吧。"经理叹了一口气。

莫北向南是个好苗子，只可惜，已经这样了，只能先冷处理。

莫北没有多说什么，小腹还在疼的她，额头上冒的都是冷汗。

她并不后悔自己所做的事。她在做的时候，也已经想到了后果。比起被骂，在她的心里，云深的安全大于一切。只是，她没有想到会被禁赛。

莫北躺在床上，看着天花板，握紧了左手……

封家。

小奶临实在见不得他小哥哥被这样攻击，暗暗决定去找帮手。

"妈妈，大叔叔的电话，你有吗？"

瑶池垂眸："怎么想起要你叔叔的电话了？"

"大叔叔以前不是做经纪人的吗？"小奶临的双眸又黑又润，"我想他出山来带小哥哥。"

瑶池笑了："你这个想法不错，但是你大叔叔不会答应的。"

"为什么呀？"小奶临不明白。

瑶池偏眸："因为帝盟解散了，他再做经纪人也就没有意义了，现在连比赛都不看。"

"这样的吗……"小奶临戳了戳自己的脸颊，眸子里不无失望。

但无论怎么样，他都不想再看到小哥哥被人黑了，想了又想，干脆把小哥哥玩游戏的视频，发到了他大叔叔的邮箱里。一些事总要去试试，万一大叔叔看了视频同意了呢？

下午，黑炎基地。

"禁赛？"封奈把玩着手机，突地笑了，语带嘲弄地问道，"为什么？"

助理刚想说话，封奈便用手机敲了敲桌子的边缘，半撑着下巴：“千万不要告诉我，是因为把跟踪狂送到警察局这种事。”

助理张了张嘴：“那是粉丝！”

封奈偏眸：“这种都算粉丝？要不要我们去卖笑？”

助理：“不用说得这么难听吧？”

封奈没有再说话，只发了一条公众信息：“跟踪偷拍就安分点，不想看莫北向南打比赛？这个有点难，到目前为止，这位辅助小哥哥我用得很顺手，并不打算换。”

助理看得脸色都变了。

封奈漫不经心地问道：“要不要连我一起禁赛？”

助理哪里敢，这可是他们少爷。

封奈的这个举动，让想要趁机把“莫南”打回原形的王俊，狠狠地皱起了眉。

陈逾也是一摔鼠标：“这种时候封奈竟然会出来护他。”

“就算是这样，莫南的路人缘也败得差不多了，没有经纪人，只要事多了，迟早会像以前一样洗不白。”王俊冷冷地说，“省赛的时候，你和陆一凡商量一个对策，无论用什么手段，必须赢。”

“好的。”陈逾眯眼，他就没打算让莫南那家伙好过！

黑炎基地里，猫猫熊还在分享独闻：“这人不是第一次了，之前还送过很多不好的东西给我女神还诋毁她。这次跟踪我女神，被莫南抓了个现行，才会直接被送到警察局去。我兄弟果然是个性情中人！”

封奈在一旁听着，喝水的手顿了顿，这样一来就说得通生性淡漠的某人这次为什么会这么冲动了。为了保护云深，某人连被禁赛都不在乎吗？

封奈的嘴角勾起了一抹冷笑，砰的一声，矿泉水瓶被他扔进了垃圾桶……

就在这时，猫猫熊又开口了：“老大，我觉得莫南那家伙现在肯定特别难受，我们去看他吧。”

封奈偏眸，只丢过来一句：“没兴趣。”

但是到了出发的时候，老大坐在了副驾驶上，猫猫熊顿时有些蒙。

看着穿着黑色外套、把拉链拉到下巴处、只露出那双狭长桃花眸的封奈，猫猫熊还是什么话都不敢说的，毕竟老大的气场太强！

公寓里，莫北再次醒过来的时候，已经是下午六点了。

都说黄昏降临，封魔时刻，莫北按着小腹躺了一会儿，并没有去开手机，所以也就没有注意到猫猫熊给她发的那条信息。

那条信息的大致内容是这样的：“兄弟，你怎么样了？你放心，你的事老大都帮你摆平了。看在你这么护着我家女神的分儿上，我们决定去看望你！”

莫北口渴，先是去客厅，发现矿泉水和放在沙发上的卫生棉都用光了，她略微顿了顿，拿了钱包和钥匙出门。

楼下就有大型超市，所以莫北穿得也很随意，黑色的T恤衫，下面是长裤。因为休息得很好，小腹已经没有那么疼了，只是会隐隐下坠，但她的脸上仍然没有什么血色。

超市内，她先是拿了一大瓶矿泉水，又拿了一袋红糖。

就在此时，不远处的鲜蔬区，几个大男人正在做平时很少做的事——挑水果。

“胃不好不能吃西瓜吧？”

“连西瓜都不让吃？”

“应该是，买点橙子什么的，保险。”

“没事，到时候我兄弟吃不了，我吃。”

封奈百般无聊地听着这样的对话，拿了两个木瓜放在了推车里，淡淡地说道：“走了。”

“就这样？”

“莫名感觉老大很懂。”

“连木瓜都扔车里了，容易让人想歪。”

封奈懒得和这一群人说，胃病的时候，最好什么都不要吃，喝点小米粥就行，省得这群人问他是怎么知道的。

反正最后东西买了，也是他们吃。所以，基本上都是哪个顺手拿的哪个。就这样，渐渐地，两拨人来到了相邻的区域。

莫北还在半弯着腰，挑纯棉材质的女性用品。

猫猫熊拿薯片时一打眼，就扫到了另一面侧着的人影，不由得在那儿停了一下。

封奈单手插着裤袋走过来，原本是想让他快点的，却被他一把拽住了胳膊，神秘兮兮地说道：“老大，你看那人，是不是我兄弟？”

封奈将目光落了过去，看到的就是那白皙、俊美的侧脸以及微抬着的下颌弧线：“是。”

“嘘，让我去吓吓他！”猫猫熊一时之间生起了恶作剧的念头，朝着莫北的身后走了过去……

此时的莫北刚将目光放在了其中一袋卫生棉上，指尖才落过去，肩上就传来了一阵轻拍。

“哈哈！”猫猫熊还没有注意到她拿的是什么，声音里都带着欢快，“没想到吧，兄弟，我们会出现在这儿……”

等一下，他兄弟手里拿的那是——卫生棉？他一个大男人买这玩意儿做什么？

不仅是猫猫熊，就连封奈的双眸都闪过了一丝疑惑，只不过在想到另外一种可能之后，他并没有动，而是站在那儿，视线放得有些远。

莫北确实没有想到这些人会出现在这里，在听到那道声音的时候，她的双瞳都缩了一下。庆幸的是，他们并没有面对面。

莫北并没有把手收回来，而是很自然地拿起了那包卫生棉放进了购物篮，清隽的脸上很是淡然：“你们怎么会在这儿？”

猫猫熊看着他兄弟的动作，嘴巴还有些合不拢：“卫、卫生棉？”

“买给云深的。”莫北的嗓音不冷不热，仿佛这并不是什么大不了的事，“放在家里备用，不然她住着不方便。”

我和荣光都归你

[下册]

战七少——著

青岛出版社
QINGDAO PUBLISHING HOUSE

第十章　成为兄弟

闻言，封奈再也没有兴趣多听。某人谈起恋爱来，还真是不理智。跑来买卫生棉?

呵——他打游戏的时候，倒是看不出来，还是说他只对特定的人暖……

封奈把目光一收，接着拧了拧眉。算了，管他是什么样子，只要不影响比赛就行。

猫猫熊则碰了碰他兄弟："你和我女神，进展这么快的吗？"

莫北偏眸，淡然依旧，不答反问："网上不是都拍到了吗？"

"嘁！"猫猫熊将手臂往莫北的肩上一搭，"果然越面瘫的人，做出来的事越让人不敢相信！"

走在前面的封奈并不想听到这些内容，但偏偏都进了他耳朵。他是不是应该提醒临坑坑的这个小哥哥一点，在私生活方面该注意再注意。也并不是他有什么特别的感觉，大概，他只是从"乖徒儿"这三个字里，抽不出来。

身后，猫猫熊还在调侃："还效仿小说里的男主角给我女神买卫生棉，真恩爱。"

那声音，走过来的腾灰和寒昔都听到了。谁都不知道为什么，刚才还笑着的寒昔，这时候眸色却深了下去。

莫北没有否认："她有的时候拍戏，注意不到。"

这样一说，就更可信了，猫猫熊觉得自己吞了满满一口狗粮。

莫北话锋一转：“你们怎么有空来我这里？”

“你没看到我给你发的信息？”猫猫熊问道。

莫北嗯了一声。

“我们怕你一个人在家里想太多，本来身体就不舒服。”猫猫熊眨了眨左眼，“你放心吧，事情老大已经搞定了，不会就这么让你被禁赛的。”

莫北手指一顿，朝着那道高大的身影看了过去。

这已经是他第三次帮她了。原来，这个圈子并不是所有人都只为了往上爬……

莫北向来不太会表达谢意，不过，经由前几次的积累，她多少也清楚了，对待某位大神，投喂就行。

于是，临走之前，她拿了几包辣条放在了购物车里。结完账之后，她就抽出了其中一包，递给了那个站在一旁、低头按着手机的人。

封奈在看到那包辣条之后，眉头挑了挑：“买给我的？”

莫北淡淡地嗯了一声。

封奈拿了过来，看了看那包装：“这个牌子的不好吃，下次买另外一个牌子的。”

向来不吃辣条的莫北也算长见识了，原来辣条也分哪个牌子好吃、哪个牌子不好吃。

“有辣条啊。”从超市走出来之后，猫猫熊下意识地就开始伸手了。

啪的一声，封奈挡住了他的手腕，缓缓说道：“我的，去吃你的水果。”

“那水果不是买给我兄弟的吗？”他就想吃包辣条，有这么难吗？

封奈呵了一声：“想吃可以，要承包整个厕所的清洁工作。”

“其实我不太喜欢吃辣条的，呵呵……”猫猫熊纳闷了，最近老大为什么比以前还要护食！

人多了之后就会显得闹，尤其在不大的公寓里，猫猫熊却对他兄弟住的地方很好奇：“这洗手间怎么这么一点，兄弟，你尿尿的时候，不会尿到外面吗？”

好在莫北有了上次的经验，出门之前洗手间都做过垃圾处理，不然以猫猫熊这样的性格，指不定会看出什么来。

男孩子之间相处，基本上都是没有顾忌的。莫北并没有去制止，小腹还是隐约有些下坠。

猫猫熊果然不负众望："这里怎么还有红糖？"

莫北为了避免他们联想到什么，轻声答道："给云深的。"

猫猫熊一顿："有你照顾我家女神，我也算安心了。"

莫北没有多说话，大概追星的人都这样？

封奈则站在窗边，没有什么高兴的情绪，接着，就见手机屏幕一亮。

"让莫南出赛可以，你这周直播必须露脸，不要再给我只露个矿泉水瓶！"

这条消息，封奈没有回，毕竟他心情不好。

经理："不要装不在，我知道你在，我看到你发的朋友圈了，你现在吃个辣条都晒？"

封奈这才动了动手指，回了一个字："嗯。"

"直播！"经理强调，"露脸！最好有点私生活的样子，不要总是嘲啊，我的大神。"

封奈的声音听起来很是漫不经心："知道了，先让我睡两天。两天之后，好好给你直播。"

"对了，你为什么今天没睡？"经理确实没想到他居然醒着，学校不是没有课吗？

封奈换了一只手回信息："莫南病了，我们来友爱队员。"

经理："你相信你是个会友爱队员的人吗？"

封奈懒得再说话，直接拍了张大家都在的照片发了过去。

经理这一次是真的有些震惊了！

不过这样看来，King是认准了莫南这个辅助，不然也不会同意直播露脸。股东们想要把莫南换掉的事，估计也不会那么容易成功了。

实际上经理清楚，莫南的事是有人在背后操作，为的不过是把莫南搞臭。但莫南并不值得公司耗费全部的精力去维护。

彼时的经理，并不知道，莫北到底有着怎样的价值……

第二天，海外，陆一凡正在参加一个私人酒会。他能有这个机会，也是公司花大钱弄来的，为的就是让他遇到那个人。

陆一凡还特意穿了战服来，他希望那个人看到他的穿着，就能想起电竞来。

做生意的人就喜欢这种会为俱乐部打广告的人，老总拍了拍他的肩，说道："多等一会儿，等人来了，我就替你们引见。"

陆一凡应了一声："好。"

他身侧的杨梦若却有些心急，想要到处走一走，但碍于这里不是她能乱来的地方，她也就只拍了一张自己拿着红酒瓶的照片，发到了公众账号上，配字是这样的："就要见到圈子里最重量级的人，你们猜猜是谁？"

这条消息一出来，引起了不少人的回复。

"总感觉我梦女神要见什么大人物了，太难猜了，重量级什么的，没有提示吗？"

杨梦若又发了一句："和我最爱的帝盟有关哦，好好猜猜。"

帝盟！所有人都知道这两个字所代表的是什么！

作为唯一在世界级比赛中拿下冠军的战队，帝盟的成员创造过无数经典画面。即使到了现在，一听到这个名字，一些潜伏很久的老玩家也还是会冒出来。

自从杨梦若发现，这两个字能为她聚集更多的热度时，就一直以帝盟的铁粉自称。

果不其然，她一提，热度就又来了。有人问："能不能拍照啊？"

杨梦若回复："我就不拍照了，但今天我们见的是当年带帝盟的金牌经纪人，很有可能他会回来带陆神哦。"

"真的？我太激动了！"

"好幸福，果然，关注梦女神，能知道好多有关帝盟的消息。"

就在那些人的欢呼里，突地一条消息出现了！消息是莫北向南发的。这是这么长时间以来，这个账号发的第一条消息："不可能。"

只有三个字，可就是这三个字，很多人都不满了，类似"真的是够了，又蹭热度"的回复，出现在了莫北评论底下。

汪冬冬也是操碎了心，打了电话过来："南哥，你平时不是不怎么上网的吗，怎么偏偏这一条你要回复？还是在这么关键的时候，你都已经被禁赛了。"

莫北很庆幸，现在公寓里只剩下她一个人。

否则的话，她此时眸底的锋芒是掩盖不住的。她将情绪压下去，手指抵着小腹，嗓音有些沉："封……"到嘴边的"封大叔"，改成了，"封逸，他不会带除了帝盟成员以外的任何一个人。杨梦若，她并不是帝盟的粉丝，如果是的话，就不会无视帝盟在解散时成员们说过的话。"

汪冬冬从来都没有听他南哥用这样的语气说过话，顿了一下，说道："南哥，你已经在杨梦若身上栽过一次了，就不要再栽第二次了，她想怎么说就怎么说呗。"

莫北没有再说话，只是眸色更深了，清隽的背影带着凉意，就像被触碰到了逆鳞的龙。

汪冬冬得不到回应，又开了口："反正南哥，你还是先……"

嘟——电话被挂断的声响。

汪冬冬伸手扶额，真的有些压抑。

莫南这段时间好不容易因为成绩积累出来的人气，一下子好像又没了。

他不太明白，为什么一向对所有事都能淡然面对的人，会理这么个话茬儿。

基地里，猫猫熊在看到那条回复的时候，也是同样的想法："我兄弟太冲动了。"

腾灰道："应该是为了帝盟，莫南每次进场都会看世界赛的经典回放。"

猫猫熊像是突地想到了什么："对，他当时还说他打职业竞赛就是因为帝盟。不过，看杨梦若发的不像是假的，该不会以后陆一凡的经纪人真的是……"

砰。一个牛奶盒扔了过来，打断了他的话。

猫猫熊愤然回头："谁？"

封奈单手插着裤袋，漫不经心地挑了下眉。

猫猫熊一噎。

封奈走了过去，只说了半句话："脑子是个好东西。"

可惜你没有，猫猫熊又不是不知道后半句是什么，奓毛了："老大，我觉得你最近对我非常不友好！"

"你可以当成是我心情糟糕，谁让你是我的官方搭档呢？"封奈说道。

他在想，到底是什么程度的喜欢，才能让临坑坑那个连情绪都没有的小哥哥，发这样一条明显会招黑的消息出来……

此时，海外私人聚会上，赚足了热度的杨梦若，心里开心得很。

莫南这次会冒出来，算是她的意外收获，他大概是没想到自己的“好兄弟”能由封大经纪人来带，心里难受了吧。

莫南的黑料真是越来越多了。

“梦若，一凡，你们过来。”

那边有人开了口，杨梦若才轻轻一笑和陆一凡一起走了过去，叫他们的人是他们公司的老总项国：“封逸已经来了。”

最近，莫南的势头越来越好，项国觉得自己必须找一个人来压一压莫南的热度，想来想去，最好的办法就是，请封逸将陆一凡捧出来。

“我们过去和他打个招呼。”

项国拿了一杯香槟，带着他们俩往内侧走去。

那边传来了一声轻笑：“改天可以约着出海，我倒是也会开船。”

项国朝着那道还在轻笑的背影，举了举酒杯：“老弟，好久不见，果然你在哪里，都能混得风生水起。”

那人回过头，看着三十多岁，长相俊美，嘴角半勾着，穿着笔挺的西装，整个人透着商业气息：“项总？”

两个字，就否定了“老弟”这样亲昵的称呼。

项国也不恼，笑着轻轻推了陆一凡一下：“好了，我介绍个小朋友给你认识，是打电竞比赛的，你应该感兴趣。”

封逸将目光落在了陆一凡身上，这个少年还穿着战服？！

陆一凡此时是谦虚的：“听项总提您提了很多次，这次终于见到您本人了，我很喜欢帝盟。”

封逸把玩了一下酒杯。

“项总，”封逸笑了，“我感受到了，毕竟来这种地方，还穿战服的人并不多见。”

项国一时之间也分不清他话里的意思。

杨梦若的脸红了红，说道：“封前辈您好，我也是你们帝盟的粉丝。我……”

“项总，”封逸并没有听她说完，薄唇还带着笑，“你这两个小朋友很有意思，是为了向我证明帝盟还没有过气，所以在拼命装粉丝吗？”

杨梦若一顿。

项国听出了其中的含义："老弟，我也不兜圈子了，我没有什么经验，就指望你抽空来点拨点拨了。"

"本来可以卖项总一个面子，"封逸嘴角扬了一下，"可是我特别讨厌不好好打游戏、光想歪门邪道的人。"

项国还想要再说话，封逸眸底有些发冷："项总，既然是私人聚会，那就喝喝酒、跳跳舞。我虽然是个唯利是图的商人，但被惹得不高兴了，也不会顾及其他。"

项国硬着头皮笑了笑："老弟说得对，喝酒，喝酒。"

封逸转过头，继续若无其事地和其他人谈笑风生。

实际上，帝盟解散那天，封逸就再也没关注过电竞圈的事。封家家大业大，需要人打理，他哪儿有空知道他们这些事！

不过，杨梦若和陆一凡他们应该庆幸，封逸如果知情，局面将会彻底不同。

没过多久，项国便带着杨梦若和陆一凡走了。

杨梦若问道："项总，我们回去之后，怎么说呀？"

消息她都放出去了，热度也上来了，总不能突然泼冷水吧？

陆一凡攥紧了手，压低声音说道："就一直放消息。反正刚才封逸也说过，他不关心这方面的事，他人又在海外。"

他这一句话，算是说到了项国的心坎儿里："就按一凡说的办。"

然而他们并不知道，当天晚上，封逸正是因为他们的出现，生出了登录私人账号去看看的念头，结果发现他最小的侄子给他发来了一封邮件……

"大叔叔，这个视频你一定要看，看完之后，我们来好好谈谈哦。"

封逸挑眉，按了播放键。游戏？这小家伙也开始玩游戏了？

一开始的时候，封逸看这个视频并不是很用心，甚至中间还接了一个生意上的电话。等他收线之后，刚要随便回封临几句，就听视频里的音效声响了起来。

Triblekill，三杀！

作为帝盟的王牌经纪人，他看过太多现场版的经典画面。只不过，让他的视线停留在视频上的是，银白身影在城池前来回飘逸。

那样的走位，莫名有些熟悉，封逸的双眸停了一下，右手滑动鼠标，又将视频的进度条往回拖了拖。

“视频看完了，这是谁？”

因为要冒充哥哥，莫北的打法已经变了很多，封逸并没有在第一时间认出那是他们的小不点。或许，他是该了解一下现在的电竞圈了……

国内，网上有关“电竞圈金牌经纪人要复出”的消息并没有停止，热度更是一天比一天高。因此陆一凡和杨梦若回国之后，就有直播媒体过来采访了。

陆一凡只说：“具体的消息，现在不方便说。”

杨梦若反倒大方地说道：“封总监的状态很好，我们聊了很多。作为粉丝，第一次感觉离帝盟这么近，我很期待封总监能早点儿从国外回来，尽快带陆神。”

此时，黑炎基地，身体恢复的莫北刚将门推开，听到的就是屏幕上放出来的这一句。

她在玄关站了一下，脸上带着淡淡的冷意。

正在被封奈教训的猫猫熊一回头，就叫了出来：“兄弟！”

闻言，封奈单手挥动着鼠标，将城池一毁，掐灭了烟，站了起来：“怎么，胃还疼？”

莫北抬眸，意识到了自己大概有些情绪上的泄露，神色淡淡地嗯了一声。

“去吃药。”封奈皱了下眉心。

莫北经期短，基本上已经干净了，早就不必再吃止疼片了。她干脆转移了话题，将袋子递给了封奈：“我给你们带了点儿吃的。”

猫猫熊一直在旁边观察着呢！

他亲眼看到他们家老大在接过袋子时，嘴角勾了起来。

这是高兴吧？怎么他总感觉他兄弟做的东西，他家老大都要独吞？

“乖徒儿”后遗症吗？

不过，他可以看出来，老大和莫北的关系比第一次见面时，好了不止一星半点儿。

一想到莫北来报到的时候，老大那双眼里明明白白地写着，想要扔这个家伙出去，猫猫熊就觉得老大和莫北现在的相处模式真是个奇迹。然而，更让猫猫熊震惊的，还在后面……

封奈坐回了自己的位置，扫了一眼助理催他直播的消息之后，目光落在了那个袋子上，漫不经心地向椅后一仰，回了三个字过去：“现在播。”

手机另一头的助理，直觉有诈：“不播矿泉水瓶吧？”

封奈呵了一声：“我又没收矿泉水厂商的广告费。”

助理暗示他：“那我就在公司这边好好看少爷直播了！”

封奈则选择了无视这条信息，伸手动了动电脑上挂着的摄像头。

封奈不喜欢直播，是尽人皆知的事。

房管里的橙马熟悉他们家K神的风格，打算场控一下。

没想到，他们家K神竟然露脸了！

不过，这眼，这眉，这张脸，截屏，截屏！弹幕已经被刷爆了。直播间的热度一直在飙升。

封奈戴上了耳机，修长的手指扶了扶麦，然后将手边的盒子端了起来，俊美的脸上是漫不经心的神情：“今天不打游戏，随便聊聊。”

聊天？这放在以前根本不可能！直播间几乎要炸了。

封奈像是笑了一下，回答着弹幕上的问题：“我在吃什么？这东西好像叫手切肠。”

“寒昔做的？他做的东西能吃？”

“嘲讽？我有嘲讽吗？事实。”

“等下。”

等下？

封奈那张俊美的脸向身后侧了过去。

助理有点儿担心地给他发信息：“少爷，你该不会就直播两分钟吧？”

没人回复。

紧接着，助理听到屏幕里传来了一道有磁性的嗓音。

“你过来。”

谁？

他们K神在对谁说话？

镜头一晃，封奈把一道清隽的人影拽了过来，漫不经心地说道：“做手切肠的小哥哥。”

是莫南！

小哥哥？

这称呼……

不过，莫南这颜值，和他们的K神不分伯仲，真的好帅！

莫北听到封奈的话之后，侧了下俊脸，在看到电脑上挂着的小型摄像头时，才反应过来他是在直播，一双黑眸于清冷中带着迟疑。

“和我的粉丝打个招呼。”封奈开口，慵懒的样子。

莫北站在那儿，身形压了下，淡淡地开口：“你们好。”

苏，太苏了！

打完招呼之后，莫北并没有多在镜头前待，这毕竟是封奈的直播。

“好了，小哥哥你们也见到了，还有什么问题？”封奈又撕开了一袋薯片，“零食？零食也是他买的。厨艺？我之前说过，很好。他来了之后，我很少吃外卖了。嗯，基地里都是他在做饭。猫猫熊？刷厕所。”

正聊着天，他们K神又开了口：“辅助小哥哥，帮我拿瓶水。”

粉丝们再次看到了那张清隽的脸，而且“小哥哥”这个称呼，他们K神怎么叫得这么顺口？

封奈喝了一口之后，转过头去，说道：“不是凉的。”

莫北：“常温的养胃。”

莫名地，粉丝们居然在这几个字里听出了养孩子的语气。

太有爱了！一些粉丝是这样想的，另一些粉丝可不是，他们在直播间闹开了。

“有没有搞错，我们是来看你的，你为什么非要莫南出镜？”

“K神，你就不能离那个莫南远点儿吗？”

助理一看这个也是头大得很，但偏偏，封奈还亲自回复了这句话：“不能，他是我的辅助，让我离远点儿，干脆别让我打比赛了。”

助理一听那话就觉得要坏，他们家少爷该不会一开始打的就是这个主意吧，为了替莫南出气。

“莫南那个靠建人设火起来的人，也值得你这样？真无语。”

封奈扫了一眼屏幕：“靠建人设就能用辅助拿MVP？那我们打电竞的平时不用训练了，天天在你们面前玩人设就行。生气？没有，我家助理现在应该在瑟瑟发抖，这次以后，估计就有教训了。”

“什么教训？比如，别拿让谁禁赛的事来让我做直播。”

这样真的很招黑，但助理又没有办法阻止封奈，好在直播间的话题变了，有人提起了封逸会复出的事，问封奈怎么想。

如果是以前，封奈并不会回答这种问题，可这次不太一样，因为莫北看起来好像很在意。

封奈开了口，只说了一句话："没听我叔叔说过他要复出。"

直播间里顿时安静了一秒钟，接着，弹幕就开始了！

"叔叔？"

"咦，叔叔？"

"这……我听到了什么？"

不仅是粉丝，就连基地这边，猫猫熊和腾灰的反应，都是一脸的震惊！

封奈倒是没有什么情绪，就像说了一件很平常的事。

莫北却在此时目光有了变化。

封大叔和封奈是叔侄？他们不仅都姓封，原来还是一家子。

莫北将视线落下，嘴角隐隐地上扬，像是勾了一下。

正在直播的封奈在看到这一幕之后，视线顿住了，心脏不知道怎么有些发紧，将头偏了过去，顿了一会儿又将头偏了回来："那边那个冰山小哥哥，笑什么呢？"

被点名的莫北，视线抬了一下，此时已经恢复了一脸的冷淡，看着封奈。

封奈挑眉，空了一只手过去，指尖轻戳在了莫北的脸颊上："这里，刚在笑什么？"

不得不说，这样的举动实在太亲近了，这并没有在莫北的预料之内，摄像头还开着。莫北不能躲开，如果她反应太过，会显得有问题。

而此时，看到这一幕的粉丝们，差点儿心跳停止。就刚刚K神做的那个动作，实在是太撩人了！

连猫猫熊都觉得他们家老大格外亲近他兄弟，老大每一次碰他的脸都是用拍的。像现在这样，老大全身都散发着荷尔蒙气息，还真没有。

这场直播结束后，几乎所有粉丝都知道了，他们K神对新辅助确实不一般，不像有人说的是莫南在蹭封奈的热度。

当然，更多的人还是在讨论，封奈那句"没听我叔叔说过他要复出"。

"照这样看来，封总是不可能来带人的吧？"

"这消息一开始就不靠谱，封总为什么不带自己的侄子，要带一个外人？"

"杨梦若不会才是那个要炒作的人吧？"

杨梦若看着不断冒出来的话，知道再不做点儿什么肯定不行了，直接打了电话到公司，让公司来想办法，转移大家的注意力。

王俊看了一下，有粉丝因为不满莫南在封奈直播的时候入镜，正在闹。那就用莫南来挡枪吧，一举两得，既能让杨梦若从舆论中出来，又能让人抵触莫南。

果不其然，节奏被带了起来。刚才丢了面子的粉丝们，闹得更厉害了，纷纷跑去黑炎俱乐部下面留言，让官方踢莫南出队。

黑炎的经理李策头疼："去帮莫南找个经纪人吧。"

这一次，真的太狠了，他不能再坐视不管。但……

"没有人接？"

执行人嗯了一声："现在莫南在风口浪尖上，再加上之前的事，经验丰富的经纪人说没时间，新来的经纪人又不知道该怎么带，所以没有人接。"

李策揉了揉眉心："我再想想吧，你继续找，不要停。"

好在现在的莫南对这些都不在意，如果换成是以前，这么大的舆论压力，可能会影响他的比赛状态。

实际上所有人都想错了，莫北并不是不在意，而是这些东西越多，越能激发她的斗志。打进全国大赛，才是她最应该做的。

距离省赛还有三天，没有人愿意当莫南的经纪人这件事，王俊也有耳闻，对着陈逾和陆一凡一笑："聪明的人都不会在这时候接莫南，你们只需要在省赛上打过他，一切也就成了定局。"

"现在的他和以前不一样。"陆一凡开了口。

王俊偏眸："他的技术确实提高了很多，但只要他的风评越来越差，就算是真的把成绩打出来，又有几个人会说他好？"

"就是。"陈逾跷着二郎腿，笑得很得意，"他早晚都要凉，陆哥，你不要太在意。"

陆一凡没有说话，虽然他并不想和莫南闹到这种地步，但是一直被压在第二的滋味，实在是不好受。莫南变成这样，也只能怪他自己……

周四，还没开始省赛，期末测试却来了。

之前师父就告诉过她，无论你现在在做什么，只要你是个学生，就应该好好上学。

虽然莫北一直觉得她师父说这句话的时候，多少有点儿让人觉得想笑。但在学习上，莫北也是一样的态度，能多学点儿东西，无论什么时候都是有用的。

只是，吃惊的却是C大和A大的人，两个老大一起来上学也就算了，封少还一副没有睡醒的样子，偏头对着身侧的人道："中午一起吃饭。"

莫北嗯了一声："你那边，还是我这边？"

"我这边吧。"封奈漫不经心地说道。

在旁边观看的人惊呆了，这，到底是什么情况？以前他们两个随时都能打起来，但现在，到处都是粉红色的泡泡！

尤其是封少，还在莫南离开的时候，突地伸出手去，不知道在干什么，反正落在了莫南的身上。

其实封奈并没有做什么，只不过是看到某人单肩背着的书包歪了，帮忙扶一下而已。

他也不懂那些女孩子在叫什么，只侧眸看了一下，手上调整单肩背包的动作没有停。

莫北察觉到他这个动作之后，稍微偏了下身形，和封奈一样，不明白周围的人为什么会这个样子。

毕竟男孩子之间相处起来就应该这样，已经在她的心里形成了固定模式。

于是，为了表明自己也很有男子气概，莫北完全没有拉开与封奈的距离，这让女孩子们更加激动了。

其实，无论是A大的人还是C大的人，都已经喜欢莫北喜欢得不得了了。

"南哥，你中午真的要和封少一起吃饭？"赵健健见他南哥终于和封少分开了，才敢凑过来。

莫北淡淡地嗯了一声。

赵健健又张了张嘴："你们这关系会不会变得太快了？"

"快吗？"莫北看着短信。

赵健健心想，这都不算快，那什么算快："都吓到我们了。"

莫北在这时候有些了然了，只说了一句："怪不得女孩子们会叫。"

赵健健：……她们叫是因为你们的举动……真的是太亲密了。

而且，赵健健觉得封少对他南哥真的很不一般！

甚至连校内网都出了一个“双大佬CP”楼，图片就是封奈和莫北。那帖子有人拿给封奈看了，原本以为按照封少的性格，肯定会让他们删掉。要知道以前有人拿封少和校花组CP，他直接黑了那层楼。

这次，封少却只是漫不经心地扫了一眼，就重新将脸埋进了双臂间补觉。一直到教授离开，他才站起身来去了校门口，毕竟要接某位小哥哥进来。

莫北刚一走进A大，就看到封奈已经在等了。

以前在这里，他们是约来打架的，现在约的是午饭。他们又是一起出现，想不惹人注意都难。

封奈早就习惯了被围观，以前并不喜欢出来吃饭，现在竟觉得还不错，反正被围观的也不只是他一个人。

他们一路走来，尖叫声都没有停过。

他们在食堂排队时，封奈半侧着身形：“想吃什么？”

“都可以。”莫北淡淡地答道。

封奈：“辣的？”

“嗯。”

这样旁若无人的交谈，让女同学们忍不住边看边捂嘴。

嘈杂声肯定会有，周围人太多，如果是以前的话，封奈肯定会不耐烦。

只是今天，大概是身边多了个人，他竟觉得食堂没有那么乱。

封奈端着托盘，找了个空位，再看看那桌面，眉心微微拧起，并没有坐下。

莫北走了过来，看他站在那儿的样子，就明白了是怎么回事。

她将托盘放下，然后拿了一袋纸巾出来，将桌面擦净：“你坐我这边。”

封奈漫不经心地坐了过去，嘴角像是隐隐地勾了下。

看到这一幕的女同学们，互相看了一眼。关于封少时刻都要冰山小哥哥照顾他的这一点，真的是……怎么说呢？和小媳妇一个样？

女同学们赶紧摇头把这种奇怪的想法赶走。怎么可能，封少怎么会是小媳妇？

可事实却是，莫北仍然在照顾封奈。

比如封大少喜欢吃鱼，但是鱼刺太难剔。

封奈弄了一筷子之后，就不想再弄第二次了。

莫北的情绪很淡，见状，将竹筷伸过去，剥了一块鱼，放到了封奈的碗里。

于是，周边的男同学们再一次看到了他们老大的笑，没有半点儿嘲弄的意思！

好不容易不嘲弄人的封大少，还拍了张照片，发了个朋友圈。

“有人帮忙挑鱼刺，还不错。”

照片中除了餐食之外，还有莫北的一只手。

封奈以前并不喜欢发这些东西，认为很无聊，现在，觉得还蛮有意思的。

毕竟有某人在这里，很容易让人忽略四周的环境。他单单看着那张没有表情的脸，就不会那么烦躁，反而想多看两眼……

这时，莫北的手机响了。

封奈看到发来消息的人是云深，侧了下眸：“这么担心，怎么不干脆直接搬去剧组？”

那语气，带着一丝嘲讽，他手下的力道也莫名其妙地大了。

莫北倒是很平静：“影响她拍戏。”

封奈的声调慵懒：“如果需要，我可以帮你进去。”

莫北想了想：“好。”

封奈呵了一声：“还真想住进剧组？”

“我感觉她那边不太对。”莫北现在偶尔也会关注和云深有关的娱乐新闻，隐隐觉得事情不对，“如果队长那边方便的话，我想今天去看看她。”

在听到这句话之后，封奈对上莫北那张脸的时候，修长的手指顿了顿。

临坑坑的这个小哥哥，只有遇到和云深有关的事，脸上才会有情绪变化。

封奈没多说什么，只打了个电话。

金小少爷以为自己眼花了：“奈哥？”

“是我。”封奈问道，“你哥最近是不是投资了一部偶像剧？”

金小少爷惊讶：“奈哥，你现在连偶像剧都关注了？”

封奈偏眸：“我朋友想进这个剧组去看看，你去打声招呼。”

“没问题！”那人一笑，“不过奈哥，你什么时候回封家大宅，带我玩。”

封奈嗓音淡淡地说道：“你觉得老爷子会让我回去？”

“哦，也对，你还在打游戏……”

封奈没有继续闲话家常：“挂了。”

“奈哥，等下，你朋友叫什么？”

封奈：“莫南。”

莫北看着封奈将手机一滑，放到了旁边，道了一声谢。

封奈还在吃饭，神情慵懒地说道：“不用。”

临坑坑的这个小哥哥，未免也太看重云深了！这样谈恋爱，不怕付出太多得不到回报吗？算了，反正和他也没有关系。

然而，放学之后，在看到莫北发来的那条“我去趟剧组，队长你先走”的信息之后，他的胸腔间像是有什么东西在那儿压着一样，让他不由得扯了下自己的衣领。

司机并不清楚是怎么回事，还在问：“少爷，莫少爷呢？”

“去找女朋友了。”封奈将手机随手扔在了一边，像是连再看一眼的兴趣都没有。

司机啊了一声：“那真是可惜了，少爷不是说今天要带莫少爷回家吃饭吗？”

“人都走了，怎么带？”封奈的语气里明显地带了几分心不在焉。

司机心想，那小少爷要失望了。

确实，封奈被接回去之后，封临连看都没看他一眼，圆溜溜的双眸朝后面望着：“哥，小哥哥呢？”

封奈没有回答，用手指扯了下他弟的西装外套：“你要去演戏？穿成这样。”

“我特地穿给小哥哥看的。”封临继续问，“小哥哥呢？”

封奈扫了他一眼，扔下了一句：“以后不要看见我就找你小哥哥，我怎么知道他去了哪里？”

没见到他小哥哥，封临瞬间变成了一副没精打采的样子，蔫蔫地踢了踢门。

而封奈，今天点开手机的次数格外多，信息倒是有，但某个头像，没有一点儿动静。

市区外，夜色染黑了天。因为是专门拍摄的地方，这里有很多灯光，还有几家餐厅。来这里拍摄的并非只有云深他们一个剧组。

“请问，云深是在这个剧组吗？”莫北打不通云深的电话，只能将目光投了过来。

工作人员一听云深的名字，瞬间变了脸色：“她呀，现在应该是在陪我们的李总吧。毕竟，为了加戏，她可是什么都能做出来的。”

莫北闻言，眸色深了深：“在哪里？”

“喏，那边的私人餐厅，吃完饭还可以直接去楼上要房间。”工作人员在暗示着什么，“多方便谈戏。”

莫北没有听他接下来的废话，直接朝着那边走了过去……

此时，包间里，云深也不知道自己喝了什么，一直觉得头晕。

而且一开始，是剧组里另外一个女配角约她吃饭的。后来，投资商李总来了。

云深一看这架势就知道有问题，正打算打电话，让经纪人来接她。

李总察觉到后，伸手将她的手机放在了一边：“现在的年轻人，吃饭的时候就喜欢玩手机。云深，我敬你酒，你都不理，这就过分了。”

对方竟然把手放在了她的头顶？云深生性刚烈，就想站起来，却感到一阵头晕目眩，酒里有东西！

李总假装好意地扶住了她：“这是怎么了？没喝酒怎么就醉了？”

云深想要将人挥开，却只引来了一阵嗤笑。

有人提议：“李总，云深喝多了，你送她回房间吧。”

“那我就发挥一下我的绅士风度了。”李总按住了云深的手腕，打的什么主意一目了然。

云深想将这个人的手甩开，却发现自己连说话的力气都没有，心里生出一阵又一阵的厌恶。其他人像是默许了一样。毕竟通常情况下，都是一个愿打一个愿挨，别看现在云深好像不愿意，等明天一有了戏，就不一样了。

云深的手机屏幕一直亮着，是莫北打来的电话。

云深想要去碰，那个李总直接将手机一扣，半拖半扶着，就想将云深带走。

云深的手推了又推，奈何她没有半点儿力气，看在别人眼里，颇有欲拒还迎的意味。

云深的手机要么无人接听，要么就被挂断。莫北按照店员说的地方找过来后，直接推开了门，看到的就是云深在撑着不让自己被人占便宜。

那一桌子人还没来得及说出“你是谁”时，李总就被莫北一把拽了过去。

“什么情况？”有人喊了起来。

莫北的双眸寒到了极点，那张俊脸上第一次充满了冷意：“什么情况你看不出来？她不愿意！”

李总呵了一声：“还轮不到她说愿不愿意。”

莫北偏了下眸，明知道这个时候动手有被禁赛的危险，她还是在收回视线的那一瞬间，直接抬起手来，干脆利落地给了对方一拳！

砰！

李总疼得直喊：“去叫人！我要让这小子吃不了兜着走！”

莫北的眼尾还带着寒芒，没有再理睬对方，而是伸手将云深揽了过来。

云深一开始还想抗拒，在闻到那人身上熟悉的味道的时候，才像是找回了一点儿力气：“北？”

“是我。”莫北伸手将她的长发拨开，淡淡地说道，“我带你回去。”

李总按着自己的脸，吐了一口唾沫：“想走？”

瞬间，进来了不下六个穿着黑衣的保镖。云深知道，她不能让莫北在这个时候动手，会被禁赛的！

而保镖们根本不给她们机会，上来就冲着莫北的肩砸了过来。

莫北一个侧身，长腿抬起，狠狠地将人踹到了地上。她穿梭在那几个保镖中间，拳脚带风。

李总看呆了，还没回过神，就被少年捏住了喉咙。那一瞬间，李总甚至觉得对方是想要杀了他的，双腿都有些发抖了。

旁边的人也在嚷嚷：“你这是干什么，快放开！”

莫北却好似这周围什么都没有：“云深，不是你随便就能碰的，你给我记住这句话。”

语毕，莫北一甩手，将那人放开，肩膀上还有被人踢的痕迹。她看了下云深的状况，弯腰将人打横抱了起来。

李总在后面，破口大骂：“告诉云深的经纪人，这个戏云深以后不用来了。还有，去给我查查，这小子是谁，我非要给他点儿颜色看看！”

“李总，这应该是最近和云深传绯闻的、一个打游戏的小子，好像叫什么莫南……”

“就是云深看不清楚局势，要维护的那个打游戏的小子？”姓李的一下子就笑了，“这两个人还真是不知道天高地厚。”

语毕，他打了个电话，脸上的疼痛感让他连语气都变得有些阴森了：“喂，刘记者吗？我这里有个不错的头条，你要不要……”

从包间走出去的莫北，注意到云深的情况不太对劲儿。

这时，经纪人也来了，看到她们两个人这个样子，就知道出事了，脸色都有些变了。

没等她开口，云深就用了全部的力气说了一句话：“不要让人拍到北。”

北？是谁？

红姐看向抱着云深的男孩：“她……”

“先去医院。”莫北没有解释。

红姐也意识到了这里不是说话的地方：“车在那边。”

姓李的打了那个电话，很快就有人来抓话题了。

于是，就在莫北将云深放到车上的时候，不远处的摄像头按下了拍摄键。照片加上文字，就有了具体的指向，没有人会去在意照片的后面到底是什么。

一句“流量小花和电竞选手，不得不说的事”引爆了整个网络。

看着诋毁莫南和云深的消息越来越多，李策的头都大了：“莫南的经纪人找好了吗？”

助理：“这个时候，更没有人愿意做莫南的经纪人了吧？”

李策：“没人也要找个人出来，必须做公关！”

得捞一捞莫南了，否则到时候吃亏的是黑炎。

这个时候，莫北站在医院的走廊，眸色都是深的。

云深确实被下了药。最近云深因为她口碑下降得厉害，才会遭遇这种事。

莫北从来都没有像现在这样，觉得自己能力有限。如果她够强，就不会这样……

病房里，云深已经恢复了力气，她躺在那儿，眉眼间却带出了冷意。

“她被拍到了。”

云深都能猜测到人们会怎么说。

“明天的饭局，我去。”

红姐猛地抬头：“你再去饭局，外面都不知道要说你什么了。”

“我从来都不在乎谁说什么。”云深将目光落到了红姐的身上，“不过，你放心，这次我是以云家人的身份去。”

红姐闻言一顿：“为了莫南？”

云深因为喜欢演戏，又不想让人觉得她是靠家里，所以一直没有公开自己的真实身份。即便受挫，她都会自己消化掉。今天，很显然不一样了。

云深的脸还是美艳得很，双眸却黑得像是墨：“我从来都没有想过她会回来，也从来都没有想过是以这种形式回来。电竞对她来说，代表了太多的东西，有回忆，也有感动，比起她来，我的演员梦，就像是小孩子过家家。如果亮出身份，能让她安心打比赛，那我就去亮这个身份，我不会允许谁利用这次的事，把她拉下来。”

红姐从来都没有见过云深这么护着谁过。这个莫南怎么能让云深变这么多，那条不该发的消息，也是因为云深不想让莫南觉得自己是一个人才发的。

莫北想完事，买了粥进来，眉头挑了一下：“在聊什么？”

“在聊圈里的事。”云深看着她手上提着的东西，笑得很灿烂，“你怎么知道我想喝粥？”

莫北说了一句：“猜的。”然后她就一直坐在病床前没有说话，直到云深睡着。

红姐在旁边看得摇了摇头，怪不得云深这么喜欢这个人。

莫北陪床时，视线扫向了自己的手机屏幕，消息不断在闪。

“据说云深很喜欢和投资商出去吃饭，就是那种为了加戏的饭局。”

“莫南，你被戴绿帽子了，快分手吧。”

“两个都是为了火什么都做的人，之前还卖人设，好恶心。”

她看后，直接发了条公众信息：“云深这个人有多好，只有真正了解她的人才知道。为了演好一个孤独症患者，她每天去医院和那些人待着，以至于后来都很难出戏。作为一个演员，她已经做到了她需要做到的。至于我，无论发生什么，你们恶心也好，不接受也好，我都会站在她身边。”

黑炎基地，一直在关注动态的猫猫熊，伸出手去拉住了寒昔的胳膊：“真看不出来，我兄弟这么爷们。”

寒昔也发了一条消息，但在看见猫猫熊的屏幕之后，修长的手指松开了鼠标。

那个女人似乎并不需要他帮，毕竟有男朋友……

封家，封临已经换上了自己的奶牛睡衣，尾巴还一摇一晃的，气得整张小脸都鼓了起来。

“这些人怎么总是说小哥哥和云深小姐姐！”

封奈也看到了莫北发的那条消息，眸色深了深，临坑坑的这个小哥哥，为了云深，真的是什么都会做吗？

“你什么时候和云深这么好了，还叫‘小姐姐’。”

封临说道：“她是小哥哥的女朋友，当然要叫‘小姐姐’。”

“是谁说，如果某人找了女朋友，会没有时间再做甜点的？”封奈偏眸。

封临眨了眨眼，小脸上还带着刚洗完澡的水汽：“哥，你不是说，小哥哥找不找女朋友都和你没关系吗？”

“我说过和我有关系？”扔下这句话，封奈就走进了浴室。

封临在那儿嘀咕着：“真没关系的话，你是这个态度吗？真是。”

封临说完，电脑就响起了一道声音。是他的社交账号来消息了？封临噔噔噔跑过去，小手按在键盘上，解开锁。

大叔叔的视频请求？封临很快就接了。

那边的封逸，嘴角半弯：“小奶临，好久不见。”

封临说：“好久不见，大叔叔，你要不要当我小哥哥的经纪人呀，他打游戏真的好帅的。”

封逸签了一份合同之后，把笔帽一盖：“你那位小哥哥，现在也在打职业赛？”

“嗯。”封临点了下头，“他有很多号，和我哥是一个战队的，职业号叫‘莫北向南’。”

莫北……向南？封逸的动作猛地一停，像是确定了什么，问道：“她是不是话很少？”

“大叔叔你怎么知道？”封临有些疑惑。

封逸更加肯定了心中的猜测，笑道：“看出来的。”

这也能看出来？封临想。

浴室的门开了，封逸问：“什么声音？”

“我哥洗完澡出来了。”封临侧过脸去看了一眼。

封逸看着镜头：“想我回去，今天的事就保密。”

“好的，大叔叔放心。”封临快速地伸手挂断了视频。

封奈走出来之后，看到的就是他弟站在电脑前，一副做贼心虚的样子……

“临坑坑，你又用我的电脑做了什么？”封奈单手擦着黑发走了过来，直接将毛巾盖在了小人儿的头上，“该不会是上我的游戏账号捣乱了吧？”

封临把毛巾扒下来：“我现在都有小哥哥带了，上你的账号做什么？分明是你总是用我的账号趁着我不在的时候，和小哥哥双排。”

封奈倾身：“那你倒是说说，你刚才用电脑在做什么。”

“我看了下小哥哥微博上的消息，好多人都在骂他，很烦的。”封临说。

封奈没有看他，拿起鼠标，随便浏览了两眼，让他惊讶的是其中一条信息，竟然是寒昔发的。

“没有接触过，就不要随便评价一个人。”

寒昔这是在替云深说话，用的还是大号。

封奈空出手来，发了条微信给寒昔：“你和云深认识？”

“嗯。”

寒昔回复得很快。

封奈偏眸：“我从来没有见过你维护过哪个女孩子。”

“我只是觉得这次的事，牵扯到了战队。”

寒昔的这个解释，让封奈又挑了下眉：“哦？”

很显然，他并不相信。

“你注意点儿，她是莫南的女朋友，别制造战队内部矛盾。”

寒昔发了个流汗的表情过来：“不会。”

“那就行。”

然而，真的不会吗？寒昔叼了根烟在薄唇间。

那个时候他如果答应云深，是不是一切都会不一样？寒昔看了看游戏里的灰色头像，一般这个时候，他上来都会看到云深在线的。

闪现撞墙，疾跑送人头，甚至一开始还送过塔，这么笨的人，是不可能做出陪酒这种事的。

寒昔亲眼看到过，她在剧组除了演戏、看剧本，就是在和他们学习游戏的真实操作。到底发生了什么，她被拍到了那样的照片？

这个问题，封奈也想问，他拿过手机来拨通了之前拨的电话。还没等那边的人开口，他就说话了："我朋友去剧组探班都能被拍到，那边什么情况？"

"我也正问我哥呢。"电话那边的人也很忧伤，"好像是有人故意找人拍的。"

封奈缓缓地问道："'有人'是谁？"

"真不好说，那张照片太……"

"找到拍这张照片的人。"封奈把玩着打火机，看着那篇报道，"我要和他好好聊一聊。"

电话那边的人顿时愣住了："奈哥，你真的变了。"

"有吗？"

"以前没感觉，最近……"他奈哥好像过分在意莫南这个人了。

"最近什么？"封奈将打火机放下，声音里带着警告。

电话那边的人摇头："没，没什么。"

"那就去查，挂了。"

封奈挂了电话之后，看到朋友圈显示了一张图片，那是张背影照，那个背影很修长，只是后背像是有点儿脏。

照片是猫猫熊发的："我兄弟终于回来了，我的消夜有着落了！"

封奈只看了一眼，就单手拎起背包，拉上了战服的拉链。

封临跑了过来，一把抱住了那两条大长腿："哥，你要回基地？今天不是说不回去了吗？"

"训练。"封奈只给了他两个字。

封临才不吃这一套："训练？你这两天都没有比赛，不要骗我。"

"这种事，我还不至于骗你。"封奈呵了一声。

封临的眼珠子转了一圈，落在了他的手机上："你是回去找小哥哥吗？”

封奈偏眸，淡淡地说道：“我找他干什么？”

封临心道，我都看出来了，你还不承认。

不过，他知道，他哥最要面子了，得慢慢来，让他想一招。

封临眼珠一转：“那你带我去找小哥哥好吗，他今天肯定很伤心，我要去安慰安慰他。”

“不带。”封奈迈开长腿，拒绝得很干脆。

封临飞快地跑了过去：“哥，做人不能这样，你还玩着我的游戏账号。”

“威胁我？”封奈回眸，问道。

封临睁着一双大眼睛：“我也是没有办法呀，我一次都没有跟你去过基地。你带我去，我也能冲着小哥哥卖萌嘛。”

封奈被他缠烦了，目光落下：“去了之后，你自己管你自己，别缠着我。”

“嗯！”小奶临抱着他哥的长腿点头，心道他哥今天是怎么了，居然没发现他动了邮件。

此时，国外，封逸打开了很久都没有登录的微博账号，这才发现最近都有什么消息。

他伸手推了一下鼻梁上的金边眼镜，连带着眼角都带出了寒意。他看了看“不可能”那三个字，下面有一大堆攻击的话。看来，他必须回去一趟了……

是夜，黑炎基地。

莫北正在冲豆奶，所以才有了猫猫熊发的照片，只是因为战服的颜色太深了，猫猫熊并没有看到她肩上的痕迹。

“对了，兄弟，我女神现在怎么样了？”

“在医院。”莫北手里的动作停了一下，连带着眸色都变得有些深。

猫猫熊却睁大了双眸：“医院？她怎么了？”

莫北手指冰冷，手上的动作很慢：“她被人下了药，在清理体内的药物。”

猫猫熊的身形骤然一顿。还没等他开口，身后就传来了一道嗓音：“下药？”

说话的人是寒昔，他单手插着裤袋，手指有些僵，双眸看向了莫北：“什么意思？”

“有人设了局。”莫北说到这里，那张俊美的脸，更加冷冽了，“我进去的时候，她体内的药物已经生效，但现在没有人会相信，她不是自愿的。”

“这么可恶！”猫猫熊简直要气炸了！

寒昔的眸沉了一下，那里面明显带着冷意。

本来看着平板电脑的猫猫熊，突地将头抬了起来：“兄弟，你该不会和人动手了吧？”

莫北没有否认。

猫猫熊张大了嘴：“你真的动手了？这下麻烦了。”

“什么麻烦？”腾灰将眸侧了过去。

此刻，很多人都在转一张照片，照片上，莫南拽着一个人在猛打。要知道，职业选手是不能打架的。

一些言论也就渐渐出现了。

“这样的人，就应该被禁赛。”

屏幕另一头的杨梦若，心里比谁都高兴。

当时，她一见有人爆料，就联络上了对方，原来，莫南得罪了娱乐圈里的人。

这一次，她倒要看看，莫南还怎么东山再起。

杨梦若看着评论越来越多，发了一段话出去：“有些人看来不只是忌妒强者，连自己是做什么的都不知道。怪不得陆神一说封大经纪人会带他，作为曾经的朋友，某人却会那样回复，真的是都不知道该说什么好了……”

她的这一举动，让原本降下去的热度又升了上来。

“禁赛”论愈演愈烈，黑炎战队那边扛了很大的压力。

如果不是少爷放了那样的话，高层大概真的会因为舆论而暂时放弃莫南。

李策已经准备好明天开会的时候，挨一场骂了。就在这个时候，助理敲门走了进来，兴奋地说道：“李总，有人接了。”

“接什么？”李策心想，他要不要直接去天台找个位置。

助理：“接莫南呀。”

顿时，李策的双眸都亮了："有人愿意做莫南的经纪人了？是谁？他什么时候来？让他最好现在就来上班！"

"呃……"助理摸了摸自己的鼻梁，"是网上应聘的，说是自己还在国外，要过两天。"

李策蔫了："这种应聘可信度太低了。算了，就死马当活马医吧，等他两天。"

基地里，猫猫熊被气得上蹿下跳的。

"天天说禁赛，而且这事怎么就扯上陆一凡了。真憋屈，我告诉老大去！"

莫北伸手拉住了他："不用。"

"为什么不用？"猫猫熊说道，"这个杨梦若，她就是故意的！"

莫北淡淡地说道："她的粉丝数量，连你的十分之一都没有，她要的就是你的回复。这样话题才能继续，其他的，只要不再牵扯云深就行。"

总有一天，她会让他们还回来。

无论是云深、她哥，还是利用帝盟……

猫猫熊看着眼前的人，明明眼底涌动着黑气，却又像是燃烧着什么。

"不会影响你打比赛吧？"

莫北停了一下："这样的手段，只会让我更想要赢。"

猫猫熊看着那道挺拔的背影，总感觉他兄弟成熟了很多。

"你之前不是脾气很火暴的吗，是个事都挤对回去？"猫猫熊不解地问。

莫北低眸："因为那时候没想太多。"

总不能告诉他，是因为换了个人吧？

猫猫熊摇头："果然挫折使人成长。"

莫北没有再理他，却突地停下了动作，甩了一下右手，又侧眸看向了同样的方向，眸色沉了沉。

"怎么了？"猫猫熊问。

莫北轻声答道："没什么，我回房间一趟。"

谁都没有注意到她在上楼之前拿了一瓶云南白药喷雾。

莫北刚上去，客厅的门就响了。猫猫熊回头看过去，就见玄关处出现了一道修长的人影。

他戴着口罩，身上剪裁得当的战服和黑发都沾了外面的湿气，给人一种清冷的感觉。

“老大？”猫猫熊吓了一大跳，“你怎么回来了？”

封奈侧眸扫了猫猫熊一眼，还没有说话，他身后就又钻出了一个小人儿。

现在是雨季，那小人儿还穿着小小的雨衣，小俊脸露出来的时候，看上去有些高冷。

猫猫熊双眸一睁，嘴角的笑是如此明显：“临临，你怎么来了？”

“来找小哥哥。”封临有的时候也是惜字如金。

“小哥哥呢？”因为穿着雨衣，封临看上去更像只小奶猫。

猫猫熊：“在楼上。”

“我去找小哥哥下来！”

不料，封临还没有跑，就被封奈揪住了后衣领：“先把你的雨衣脱了，别弄得到处都是水。”

闻言，封临只能停下来：“那小哥哥呢？”

“你小哥哥又不会跑。”封奈随手将钥匙扔在了一边，“我上楼去叫他。”

封临催促道：“那你快去，告诉小哥哥我来了。”

“到底谁是你亲哥？”话虽这样说，但封奈还是迈开了长腿。

房间里，莫北伸手按了按自己后肩膀的位置，确实很疼。后面已经有些青了，正在渐渐变黑。

莫北伸手，将黑色T恤往下拉了拉，摇晃了两下喷雾，侧过手去正要动。

吱呀一声，房门被推开了，莫北突地一顿，甚至有了瞬间的发僵。

走进来的封奈，则是看着那格外白皙的后肩，半滑的黑色T恤，下意识地移开了目光。

临坑坑的这个小哥哥，真的是白得有些不正常。

“你在上药？”在察觉到某人正在做什么之后，封奈的眉心微微地拧了一下。

莫北松开了衣领，T恤回到了原来的地方，淡淡地嗯了一声。

幸亏只是后肩……

然而，下一秒，那人就走近了她，直接伸手将她的衣领下拉到了一定的位置。

“怎么弄的？”他说话的时候，那阵阵的薄荷气息，一点点地打在了她的后肩上。

为了不让他看出异样，莫北并没有动，反而镇定得很：“不小心被椅子砸了下。”

封奈将眸压低：“‘不小心’该不会指的是，英雄救美的时候，被砸到的吧？手对职业电竞选手来说有多重要，用不用我再提醒你一次？”

“当时的情况有些急。”莫北淡淡地说道。

封奈看着那张没有什么情绪的脸，将旁边的喷雾拿了过来，又漫不经心地开了口：“侧过去。”

“嗯？”莫北皱眉。

封奈的语速很慢：“嗯什么嗯？上药。”

他给她上？莫北心里是拒绝的，可又担心，拒绝的话，又不像是男生之间的相处模式。权衡了一下，她才面无表情地说道：“我自己来就可以。”

“怎么？”封奈笑了一声，说道，“还怕我吃了你？我不是说过，我对男孩子不感兴趣吗？你这只手要是好不了，我就废了你，明白吗？”

莫北没有再说话，因为那人还在她身后，用手指扯着她的衣领。虽然这并不会露出多大的破绽，但毕竟不安全。

封奈见那身形坐直了，她的侧脸还是淡漠的，手才重新抬了起来，摇晃了几下喷雾，把药剂喷在了那泛青的右后肩上。

“谁砸的你？”封奈的气息又传了过来，因为要喷药，说话的时候，他们的距离比之前更近了。

莫北努力克制一拳揍过去的冲动。

“没看清楚。”她按着后肩动了动，并不是很在意，“当时太乱。”

封奈漫不经心地又喷了些药在那雪白的肩上：“总有指使的人。”

“一个投资商。”莫北的眸色变深了，给云深下药的应该也是他。

封奈挑眉，浅色的眸逐渐变得有些深，就像是找到了仇人一般。

莫北还在看着前面，总觉得喷药的时间有点儿长，刚要侧过脸来，后肩就被人用指尖碰了一下。那接触传来时，莫北的身形骤然一顿，就听耳边又响起了嘲讽：“这位C大老大，你是把自己当女孩子养了吗？这么白。”

莫北伸手把衣领拉回原位，脸上的表情没有什么变化："个人体质，队长不是也很白吗？"

封奈偏眸，没有否认，倒是觉得指腹间柔软的触感还在，有些像牛奶。

"下次上药记得喊人，下去吧。"

"好。"莫北答应着，却在想没有下次了，太危险，好在封奈的心思并不在这里。

封奈确实有些心不在焉，毕竟看到那抹青色的时候，他双眸里涌动出来的怒意，早就让他忽略了其他。

莫北的身手，他再了解不过了，如果不是一大堆人一起上，莫北不会这么轻易就受伤……

楼下，封临已经等得有些不耐烦了。

他刚要上去，就见两道人影走了下来，他直接跑了过去，小手往他小哥哥的大腿上一抱，非常黏人。

对封临的出现，莫北有些意外，伸手摸着小人儿的头："你怎么来了？"

"我来看小哥哥呀，我今天要和小哥哥一起睡！"封临昂着头说道。

封奈看了他弟一眼："你和我一起睡。"

"你不是说只有你未来的妻子才能和你一起睡的吗？"封临揪着莫北的裤腿，"我要和小哥哥睡。"

封奈："你小哥哥是有女朋友的人，会陪你睡？你要当第三者？"

封临的思绪有些乱了，和小哥哥一起睡怎么就是第三者了？

这时候，封奈的手机响了。

是李策打来的电话："King，有人接莫南了，人还在国外，这两天就会回来。所以，无论是你还是寒昔，都不要再回应了。"

他已经不想再出现上次双人直播那种事了。

"知道了。"封奈拿了颗薄荷糖咬在了齿间，"李总，还有别的事吗？没有我就挂了。"

"有，有。"李策轻咳，"最近有个活动……"

封奈："不做。"

嘟……李策顿了一下，生气地对着助理说道："他还知道叫我'李总'，我们到底谁管着谁？"

助理安慰他："少爷大概是照顾新成员。"

"这话说出来，你自己信吗？"经理摆了摆手，"算了，反正老爷子那边也说过，全国大赛之后，就想办法让大少爷退队回封家，到时候这个恶人还得我来做……"

基地里，封奈挂了电话，单手拎着封临上了楼，把人扔进了浴缸，让他洗干净再上床。

"我要小哥哥帮我洗，你洗得太粗鲁了。"封临玩着带来的小黄鸭，冲他哥抗议。

封奈则挑着眉，说道："到现在还玩小黄鸭的人，好好洗你的澡。"

"玩小黄鸭怎么了？"封临摸了一把水，指控，"你小时候也玩。"

封奈漫不经心地说道："不玩，没意思。"

封临这才想起来，妈妈确实说过，他哥没童年。

"我要去找小哥哥，我好久都没和小哥哥一起玩游戏了，我要和他玩游戏。"

封奈的手停了一下："你小哥哥已经三天不上线了，你还是死了这条心吧，有女朋友的人没空陪你。"

封临抬眸，恍然大悟："也就是说，你们没一起打游戏了？"

封奈没说话，俊脸侧过去，拿了一条毛巾，裹在了他弟的身上。

封临还想问点儿什么，就被他哥拎出了浴室。他出来之后，发现他小哥哥已经睡着了。

应该是太累了，他小哥哥连外套都没有脱，就那么侧着脸，躺在床上。

封临看着他小哥哥眼下那浅浅的一道暗影，是黑眼圈，看了就让人心疼。

封临用他软绵绵的手指碰了碰，见他小哥哥一点儿都没有要醒的意思，回头小声地说道："哥，你们打比赛是不是特别累？我看小哥哥刚刚还在训练。"

封奈也朝着那边看了过去，随手将薄被盖在了莫北身上，弯腰时，鼻息间还有淡淡的药味。

训练？难道是担心自己的肩膀会影响发挥？封奈的双眸眯了眯。

小人儿翻过身来，对着他哥，说道："以后要少让小哥哥做饭，他又要做饭又要训练又要去医院，还要上学，太累。"

封奈淡淡地嗯了一声，像是并不在意。

第二天，封奈直接打电话，让助理送饭过来，让他顺便用车送莫北去了医院。

莫北倒是看出了封奈对她的照顾，某大神在对待朋友这方面，确实很好。就像之前，他在游戏里也是如此。

因为莫北要训练，用到手的地方也多，昨天受伤的地方已经肿了起来，疼痛感也比昨天要强烈。她连抬一下胳膊，都会觉得沉重，好在省赛是明天开始。

莫北的眸色深了深之后，走进了病房。

云深还在病床上躺着，已经没有什么事了，拿了手机过来，正在记账，准备今天下午去饭局的时候，好好和他们算账。当然，这件事不能让莫北知道。

莫北进来的时候，云深收起了手机，笑意盈盈地问道："这么早？不累？"

"不累。"莫北将保温桶的盖子打开，给云深喂饭。

在莫北面前，云深就像个被宠坏了的魔女。

云深吃完就催着莫北走，莫北扫了她一眼："你有事？"

"不是我有事，是你有事，挂科的人，不准参加省赛，你忘了？"云深挑眉，"你们今天有考试吧？"

莫北抬眸看表："十点。"

"过去就差不多了。"云深笑道，"你不是最不喜欢逃课吗？"

莫北嗯了一声，接着说道："你是不是这次想要告诉大家，你的身份？"

云深一顿。

莫北单手拿起书包，看向她："如果是为了我，不用。"

云深想说点儿什么，莫北将眸侧了过来："我没有那么容易被打败，你不在乎的，我也不在乎。既然回来了，我就会一路赢到底。"

那一刻，云深仿佛又看到了那人背后的印记。也对，那些东西又怎么可能打败莫北！

莫北不是温室里的花朵，她是Bey。

她既然经得起别离，就能扛得起现在。那些被掩埋的，总会重新燃起来，只有荣耀加身，才对得起她重新挥动着的鼠标。

莫北走了之后，红姐过来，催着云深快点儿收拾一下上车。

云深慵懒一笑："不去了。如果我去说的话，她肯定会觉得我是为了她才这么做的。她这个人，总是喜欢揽责任。不过，她很帅，对不对？"

"他？莫南？"红姐真是受不了一个魔女变得这么花痴了。

云深嗯了一声，还是不习惯现在这个称呼。

红姐又道："今天的饭局你不去，就相当于放人鸽子。"

"被我放鸽子的人，多了去了。"云深拿了本书过来。

红姐刚想说话，云深的手机就响了，云深一看，是个海外号打来的。难道是家里人？云深按了接听键，没想到是……

"云小公举吗？"这个世界上，只有一个人会这么叫她。

云深双眸睁大，那张美艳的脸上有了明显的变化："你……"

"是我，你封大叔。"封逸推了下鼻梁上的金边眼镜，任由秘书跟在他身后。

云深笑了："封大叔，好久不见。"

"好久不见。"封逸将一份资料看完之后，交到秘书手里，继续说道，"三年前，你告诉我，你喜欢演戏，不想靠家里，现在怎么样？"

云深一顿，长发垂下来："有点儿难走。"

封逸的脚步停了下来，听着那边又传来了一声笑："好在她回来了，还能走下去。"

封逸闻言，轻轻一笑："那我就不用拦你了。"

云深挑眉："拦？"

"你们那边的情况，我基本上了解得差不多了。"封逸单手插着裤袋，"你今天没有告诉大家你的身份，刚刚好。"

云深不太明白："我说了之后，不是对事有帮助吗？"

"确实有帮助，但就算你公布身份，将来还会有人说，莫北向南之所以能拿冠军，是因为她的女朋友是云家人。"封逸的分析向来精准，"更何况，到时候你和云虎的关系也会曝光，会让人开始想，莫北向南到底是谁，怎么会认识帝盟的人，她现在还是莫南。"

云深手指停住："我想得太简单了。"

封逸："是因为你想护着她。"

云深真的很生气："有消息说你要回来带那个什么陆一凡，她说不可能，那些人就开骂了。再后来，她为了救我，被拍到了，说什么的都有。"

"这些事，我都会解决。"封逸看了一眼秘书递上来的会议单，"不出意外，省赛那天，我回国。"

云深的双眸闪过了一道惊喜的光："封大叔的意思是？"

封逸偏眸："我来带她。"

云深高兴之余还有些担心："可如果是大叔你回来带她的话，人们肯定会联想到帝盟，那她的身份不是会暴露得更快？"

"这一点我已经想好了。"封逸一笑，"这还要感谢我那个毒舌侄子做的直播，让我有了名正言顺回去的理由。"

帝盟的小不点，那两个人的徒弟，怎么都不应该被人这样践踏……

此时，莫北正坐在教室里填写试卷，修长的手指上握着一支钢笔，另外一只手压着试卷的边缘，后背挺拔，那张侧脸非常干净，甚至连上面细小的绒毛都能看到。

女孩们都没有心思答题，为什么他连写个试卷都这么帅？

只是，今天冰山小哥哥的手好像不舒服。一张卷子写下来，最起码做了五次甩手和按肩的动作。

赵健健也看出来了，等到交卷了，他立刻跑过来："南哥，你肩上是不是有伤？"

赵健健想像之前一样，查看下伤处，但他的手还没碰到他南哥，他就被一个人影罩住了。

"你的手，放哪儿？"

那声音有点儿淡，像是还带着笑意。

赵健健立刻把手收了回来，冲着来人嘿嘿一笑："封少，你怎么有空来我们C大了？"

封奈不答反问："刚才你在做什么？"

"什么？"赵健健解释，"我看南哥好像肩膀疼，就想看看他用不用上药。"

封奈扫了他一眼："上手扯衣服？用这种方式看？"

赵健健看到封少冷冷的目光，连忙说道："不是不是，从来没有过的。"

莫北倒是意外封奈会过来："队长，你过来，不怕被围观？"

这人来的话，应该会引起不小的轰动。

"如果不是因为来接你，你觉得我会来？"

那语气很是漫不经心，响在莫北的耳边，虽然听不出什么来，但莫名地就觉得这好像是在让人夸他。

莫北想了一下猫科动物的属性："谢谢。"

封奈偏眸笑了，可惜脸上戴着口罩，看不出来："书包拿来。"

"嗯？"莫北挑了下眉。

封奈的嗓音很平淡："肩膀不是还在疼吗？"

是，但不至于连个书包都拿不了，莫北这样想着。

赵健健在旁边看得一脸震惊。此刻的封少，太像是来接女朋友放学的人了。毕竟，封少连书包都在帮他南哥拿，这……

赵健健摇了摇头，刚把想法摇掉，就听那边又传来了一句话："吃完饭来找我，帮你上药。"

说着，封奈就伸出手，拉了下莫北的外套。

大概是离得太近，又或者是这人的存在感太强，莫北下意识地避开了这个接触："不太习惯。"

封奈碰了个空，眉头挑了挑，也没有多说什么。可就是他刚才那个举动，也足够让四周的人惊掉下巴了。

封少什么时候和别人这样身体接触过，扯衣领什么的，眼睛还半弯着，心情不错的样子。

一来二去，校内网"双大佬发糖记"的帖子又飘红了。

而看了照片的王俊，眸子一闪，拨了个号码："莫南的肩膀有了问题，他本来就是个废物，非要再回来，那就再让他断一次手。你们打比赛的时候可要好好利用。"

第十一章　王者回归

黑炎基地。

莫北坐在楼下，脸上没有什么情绪变化，心里却什么都清楚。

某大神决定的事，通常情况下很难改变。

她干脆点儿的话，上药的时间也会短。她也确实需要缓解疼痛，毕竟明天就是省赛的日子。

现在……莫北抬眸，看向已经朝她走过来的某大神，眸色深了深。

封奈一手拿着药罐，一手插着裤袋，那五官立体的脸离近的时候，存在感让人很难忽略，尤其他那双颜色偏浅的眸，像是能倒映出来什么。

为了不让他察觉出什么不对，莫北直接将外套一掀，侧身站在那儿，脸上没有什么表情。

封奈挑眉，嘴角微扬，捏住了她右肩的衣领，向后扯了一下，他的气息仍然让人没有办法平静。

莫北看着前面的电视机，尽量不去想。如果这时候猫猫熊他们在还好，最起码能转移一下注意力，偏偏基地里只有他们两个。

倒是莫北这样站着的时候，因为那清冷淡漠的气质，再加上穿的是白色T恤，总有一种谁家公子如玉而立的感觉。

封奈有的时候也觉得有意思，临坑坑的这个小哥哥，除了打游戏的时候像个现代人，其他的时候确实很不符合他的年龄。连他身上的味道，都不像其他男孩子，大概是洗发水太好闻的原因。

封奈抬手喷药时，两人会离得更近。

莫北下意识地动了一下，头顶碰到了他的鼻尖，很轻的接触。

从莫北这个角度来说，根本察觉不到。可就是这样的接触，却让封奈的手顿了一下。

封奈低眸，看着眼前的人，眸色像是有了些变化。

莫北意识到了他的停顿，想要回过头来，却被那人按住了左肩："这位辅助小哥哥，你没事乱动什么？碰到我了。"

莫北听出了话里的轻微嘲讽，马上回到了原位。

封奈看着那张清隽的侧脸，这才抬起手来，在对方右后肩的位置喷了一层："好像没有减轻，瘀青一直没有转黑，今天别再让我看到你练习。"

"新号升级的任务我还没有做。"莫北的嗓音依旧。

封奈呵了一声："做完你明天也就不用上场了，手不想要了？"

这一次，莫北倒是没坚持："知道了。"

伤势确实比她想的要严重，休息一天，对比赛也有帮助。

在封奈看来，那块瘀青碍眼得很。这次药喷完以后，不是莫北拽的衣领，是封奈扯回去的。只是他的手指在向上抬的时候，碰到了莫北的颈时稍稍停了一下，接着，便将手收了回去。

莫北被碰到的时候，思绪也顿了一下。她正担心他会察觉到什么，那人的手，就又落在了她的颈侧，像是发现了什么好玩的东西，指尖在那儿戳了戳，很轻的力道，轻声问道："你是不是全身都这样？"

莫北只觉得他们距离太近，避开他这个动作："什么样？"

"滑。"封奈说了一个字之后，重新将手插进裤袋，还是一副漫不经心的样子。

莫北一顿，接着，伸手将衣领拉回原位，往封奈的方向一侧，将没有受伤的左臂抬了起来，指尖落在了封奈的脸上，淡淡地说道："队长是想说皮肤好吗？那你的也不错，软。"

这是反调戏？封奈的嘴角勾了一下，似乎并不在意那根手指点在了他的脸侧。

也许这就是男孩子之间要好之后的正常举动。而且，莫北也发现了，某大神对她的接触并不抗拒。他那句说当朋友，应该也不是说说而已。

他们俩是觉得这样没什么，但打开门进来，原本还拿着手机做着直播的猫猫熊一下子就顿住了。

他那句："来来来，你们看看我们基地平时不训练时是什么样……"

他真的被眼前的这一幕给吓呆了！天哪，他老大和他兄弟干什么呢？

被他兄弟摸了脸，老大那个笑像个小狗什么的，还带着一点儿邪气……

等下！猫猫熊迅速地将手机转过来。但，已经晚了！整个直播间的弹幕飞到管理员根本无法控制。

封奈则侧了下眸，嗓音淡了很多："你站在那儿做什么？"

"直播。"猫猫熊深吸了一口气，很干脆地把手机上交，"这真不怪我，粉丝们想看看我们的日常生活，谁想到一开门就看到……"

封奈打断了他的话："我和莫南入镜了？"

猫猫熊后背一凉，硬着头皮点了点头。

封奈把他的手机扔回去："就这事？"

猫猫熊心里咦了一声，没关系？以前老大可不是这个样子的，非常不喜欢入镜的好吗？更何况是被传CP……

为什么猫猫熊总觉得，老大这段时间为了他兄弟破了很多例。他还没来得及细想，手机就响了，是俱乐部那边打来的电话。

猫猫熊能清楚地听到那边的人深吸了一口气："来，猫神，大爷，你给我解释解释，你的直播间到底是怎么回事？"

猫猫熊说得诚恳："李总，我能理解你的心情，因为我刚才就是你这种心情，真的。"

"理解？"李策抓了抓自己本来就没几根的头发，"呼，那两个人呢？"

猫猫熊抬眸，回答得很诚实："一起回房间了。"

"什么'一起回房间了'，你不要把话说得这么暧昧！"李策这才想起来，这段时间莫北和封奈都是睡在一个屋子里的，头就更加疼了。

第二天，全省入围赛，具有参赛资格的有十支战队。这十支战队每一支都是地区最强的，不然也不可能入围。甚至在这里面，除了黑炎之外，还有两支国服战队，可想而知赛事有多激烈。

市中心的广场外，已经站满了等待入场的观众，每个人的脸上都贴着各自所支持战队的队徽，激动得脸都红了。

场内立体环绕的八块大屏幕同时降落，每一块大屏幕上呈现的都是不同战队的画面。

音响师、灯光师、主持人、知名解说员，甚至连现场控制员都站在了自己的位置上。

倒计时一分钟，后台导演做了个“OK”的手势，现场调音师开始对接直播平台。

还有三秒种，作为首发战队的黑炎，成员们已经坐在了电脑前。

莫北仍然没有存在感，身上穿着战服，黑色的短发遮在眸上。

时间一到，选手们同时戴上了耳机。

比赛一开始，耀光战队就针对性地只抓莫北，玩辅助，如果速度太快，肩膀上的伤在抬手扯到时，肯定会疼。

他们原本以为很快就会结束，没想到莫北越来越集中在一点。

莫北的手渐渐连抬起来都有些费力了。

“今天莫北向南怎么回事？感觉好慢呀。”

“真实水平露出来了呗。”

“还好有我K神，这一局差点儿就输了，真险。”

第一局结束，场上都是议论声。

莫北站起来，唇色还有些浅，如果单看那一抹弧线，根本看不出来她的右肩膀有伤。

对面的耀光队长沈奥却在这时候笑了，王俊卖给他们的消息果然准确，这个莫南的肩膀确实有伤。

“看来黑炎的状态不错。”

“确实，不过最关键的还是下一场，莫南好像有点儿……撑不住了。”

解说员还在做第一场的赛后总结，封奈已经伸手拽住了莫北，直接把人带进了休息室。

啪的一声响，连带着旁边的柜子都有了响动。

封奈压低身形，将莫北的后衣领一拽，看着那肩上未褪的瘀青，眸子里带出了寒意。

“这位小哥哥都不知道疼的吗？”

莫北淡淡地说道：“没有特别疼，就是……”

“就是挥动鼠标的时候，速度跟不上。”封奈的声音有些冷，“一扯就会疼。”

莫北抬眸：“没有那么严重。”

封奈漂亮的眸此时颜色深得很，那气氛不太对。

跟进来的猫猫熊他们，站在门边咳了一声：“老大，经理还在外面，说需要临时开个会。”

封奈闻言，将手收了回来，接着扔给了猫猫熊一瓶喷雾：“让他上药。”

“嗯，嗯。”猫猫熊拿着喷雾走过去之后，莫北已经将衣领拉回了原位，不仅如此，连拉链都拉到了脖子处：“临时会议会说什么？”

猫猫熊的神色有些慌：“兄弟，你不要去了。”

莫北顿了一下，踱步越过他，来到了门外。

胖经理正在和封奈吐苦水：“你说无论粉丝怎么要求，你作为队长，就得护着手下的人。现在让他上场了，你又说要把他换下来，他下来谁上……”

“他的手需要休息，也打不了团战。”封奈侧过脸来，下巴的弧线隐在了暗色里，“我们已经赢了一场，即便这一场不赢，省赛的资格也有，只要我的个人成绩够好就可以。”

胖经理一顿：“不行，这样不保险。”

“比赛有哪一场是绝对保险的？”封奈的视线落过来，“用一只手换来的保险，根本没有意义。”

胖经理张了张嘴，刚要开口，身后就响起了一道嗓音。

“有些比赛，不是自己亲自去赢，更没有意义。”

说话的人是莫北，她没有办法告诉封奈，每一场比赛，对她来说都非常重要。因为只有一直赢，才能证明那些人是错的。她输了，也就意味着她哥输了。

同样，也没有人会在意，她哥和云深是什么样的心情。

所以，她不能放弃，更不能输，不然，她重新站在这里又有什么意义？

莫北的眸色，在那一刻是全黑的：“队长，我要留在赛场上。”

周围的人，从来都没有见过这个样子的莫南。

以前他脾气不好，不容人。后来他回来了，清隽冷淡，不喜欢说话。但无论什么时候的他，都不像这一刻一样，连带着那挺拔的背脊都像是能燃烧起来。

莫北想要亲自赢，就是这么简单。

李策还在犹豫："你确定你的手没有问题？不会影响比赛？"

"不会。"莫北侧眸，眼底漆黑。

李策硬着头皮问道："要是影响了怎么办？"

"我退队。"

李策一狠心，抬眸，说道："就按你说的做，影响了比赛，做退队处理。"

这时候，广播声传了过来："还有五分钟第二场比赛开始，各战队准备入场！"

广播声响起，也就意味着这个决定无法更改。

封奈站在那儿，没有多说什么，眼神有些冷。

入场的时候，他走在最前面，战服的衣袖被风吹起，显得他这个人难以接近。

莫北也看出来了，在那个人的心里，职业选手最应该保护的就是手。

他为了她，做了很多事，她却在这个时候来拆他的台，他生气也是情理之中的。

莫北想了想，跟在他身后入场的时候，把口袋里之前买的糖拿了出来，想要趁机扣到他的手心里。

但很显然，这一次，封奈并没有打算回眸，所以接连两次，莫北都只是碰到了他的手指，没办法把糖递过去。

就在莫北停住的时候，封奈却将脸侧了过来，语带嘲讽地说道："这位辅助小哥哥，你总偷偷拉我手做什么？"

偷偷拉手？听到这一句话的时候，其他的队员，甚至连寒昔，迈出去的步子都顿了顿。

莫北也是停了一下，毕竟"偷偷拉手"这种形容太偏离事实……

"拿来。"两个字，封奈说得很是漫不经心。

莫北挑眉，他是知道她在给他东西，所以才伸手的吧？

封奈看着那几颗糖，说道："团战的时候，速度跟不上，就往后面一点儿。有我这个队长在，还不用你来顶压力。"

莫北嗯了一声。

封奈把糖拿过来，再侧过脸去的时候，隐约地勾了下嘴角："所以，这位小哥哥，别再偷偷拉我手了。"

莫北又停了下，脸上没有什么变化，目光投过去，想了想。算了，他高兴就好。

两个战队交换场地，进行比赛。

莫北在队伍的尾端，是最后一个和对方擦肩而过的。

这时候，一句话飘了过来，就像是故意说给莫北听的一样："一些人总是痴心妄想要再爬起来，打了你一次不够，还要来第二次。黑了的永远都不会变成白的，连这点儿道理都不懂，不是废物是什么？"

莫北并没有停下来，只是侧了侧眸，那眼底仍然清冷得很。

说话的不是别人，正是沈奥，当初借势踩她哥的人。他看着莫北，脸上还带着挑衅的笑。

莫北将目光收回来，脸色并没有因为对方而有所改变。

沈奥被这份无视弄得眸色更深了，视线落在了她那右肩上，不在意是吗？那我就废了你的手！

"好了，现在我们所有选手都坐在了自己的位置上，比赛即将开始！"

"虽然第一场是黑炎赢了，但从状态上来看，耀光更好一点儿。"

"等一下，耀光控制选这么多？"

"应该是莫南的状态不太对，并没有什么威胁，想要直接把King控死，这一场黑炎难打了……"

唰的一声，音效打断了解说，游戏页面出现在了大屏幕上。

沈奥明显是有想法的，脆皮辅助，如果操作不够灵活的话，很快就会被消耗到废。他就是要让莫南的伤势更重，最后连手都抬不了！

这样的针对，谁都能看出来。

"难道莫南的手有什么问题？"

"不会是为女朋友打架的时候打伤了吧，那还真是活该。谁让一个职业选手，连保护自己都做不到。"

"看上去，莫南已经到极限了呢。"

这一点沈奥也察觉到了，他脸上的得意之色都已经掩藏不住了，正打算找机会打击一波，然而就在这个时候，观看比赛的人们突地一顿。

“莫南在做什么？”

“键盘和鼠标换了位置，这是什么意思？”

就连猫猫熊也侧了下眸：“兄弟，什么情况？”

莫北只是淡淡地说了三个字：“换手打。”

解说员们也察觉到了这边的动静，视线落了过来，只见莫北的那只手突地快了起来。

干脆利落的甩尾，完全不像是玩辅助的手速，倒像是，像是……顶级的刺客才会有的手速！

落点、补刀、走位。不知道什么时候，那道人影竟然出现在了K神身侧。这让耀光打出的伤害全都放空了！太快了！快得让人觉得，她的实力才刚刚展露出来！

耀光的辅助移动鼠标：“莫南和King会合了。”

沈奥压低了声音：“一个迫不得已用左手打的废物，你们都拦不住？”

“他好像并不是迫不得已才用左手打的，看上去比用右手打时还要厉害。”

沈奥不信：“你说什么傻话？”

然而，就在他话音落下去的那一瞬间，那道本来不应该出现在这里的身影，像风一般朝他掠了过来。

真的是莫南，他居然有这么快的速度？

沈奥森然一笑，来得正好！

像莫南这种靠灵活走位取胜的脆皮辅助，一旦被他的大招锁定，基本连逃都逃不掉，连续接招过去，将会直接把人带走。再加上现在沈奥所在的位置，太适合输出，几乎不用任何走位，只要一回头，就能打出他想要的伤害。

猫猫熊意识到了沈奥要做什么，握紧了鼠标，要给他兄弟提醒。只是那句“莫南小心”还没有喊出口，就见坐在他旁边的人，手腕一动，白皙的手带着鼠标划过，像是能带出风来。

那速度快得让猫猫熊几乎愣在了那儿。他兄弟，是左手才更顺手吗？

这怎么可能？

没有什么不可能的。游戏天才Bey，本来最擅长的就是用左手来打游戏，只是当初她的师父考虑到有人会利用这一点，专门让她进行过这方面的训练。

她双手都可以打。不过，曾经有人说过，Bey顶级的实力，一定是用左手打出来的。所以在电竞圈里，Bey又叫“左之领域”。

是什么意思，从字面上就能知道。那就是一旦Bey用左手打游戏，那就将势不可当。

因为要伪装成莫南，莫北连打法都进行过细致的调整，更不用说是左右手的使用了。

刻意隐藏这一点的莫北，接下来的操作，才称得上真正的王者回归！

然而场上的人并不明白这一点，尤其耀光那一边，但他们已经感觉到有什么东西不一样了。

可具体是哪里不一样了，他们还没有意识到。唯有猫猫熊，眼珠在不停地转动，因为他离莫北最近。

屏幕上的那道属于莫北的人影已经掠到了沈奥面前。沈奥虽然惊叹于对方的速度，但离得近了也就意味着对方是中了他的计！

“我说过，既然是掉下去了，就不要再妄想爬上来！”

沈奥又将伤害打了出去。就在下一秒，他的笑容突然之间僵在了脸上。

人呢？

人去哪里了？

等一下，是在他身后？

沈奥的大招空了，空得他一点儿思想准备都没有。

那个人如同影子一样就这样从他眼前消失了。

还没有完，紧接着第二道修长的人影掠了过来，黑发飘动，长袍白衣，剑锋所到之处，寸草不生。

是封奈！

有的时候辅野联动，并不一定是辅助去配合打野。在限定的情况下，辅助开团，刺客再入场，同样会有帅炸全场的效果，只要两者配合得够好。

不过是瞬间，沈奥的血量直接下降到了五分之一。

他立刻想到了后撤，遇到封奈，没有一个人想要继续打。好在封奈刚才没有要他的命，他离后面的护城塔也近，只要他速度快一点儿，一切都还可以控制。

沈奥这样想着，回过头去，脸色再一次变了。刚才原本要吃他一个大招的人，竟然在他的身后！

这是什么时候的事？莫北没有给沈奥思考的机会，唰！又是一道鼠标滑过桌面的声响。

镜头调整之后，莫北从画面上一闪而过，她的表情仍然没有丝毫变化，甚至比之前更冷淡，只是那只手的速度完全不同了。

沈奥的额头上已经开始出汗了，谁来告诉他，这个没有被他的大招打中的人，怎么会出现在他身后？

除、除非莫南能预判到他的动作？不，不可能！

就在他这样否认的时候，那飘忽不定的影子，出其不意，突地侧身，扛塔进去，进行了最精准补刀。

You have slain an enemy.你击杀了一名敌人！

随着这道音效落下，屏幕上的沈奥直挺挺地向后躺了下去。

他的双眸都有点儿呆滞了，像是根本没有反应过来这是怎么回事。

杀他的竟不是封奈，而是莫南！

“莫北向南的左手更厉害吗？”

许多人都有了这样的疑问。只是这一次的怀疑里，夹杂了一丝丝的感叹。毕竟历届比赛，很少有用左手的选手。但凡左手用得好的，那真的就是神级选手了。

耀光的辅助是最能直观地感受到刚才是怎么回事的人，眼睛都瞪到了最大程度，震惊地说道：“副、副队长，莫南他、他真的是以左手为主的。”

而且，那样的速度和手法，别人或许离得太远看不清，但是他看清了，为什么会和他之前看的一个视频那么像？

那个唯一留在网上的，有关游戏天才Bey的视频。

耀光的辅助连精神都无法集中了，只盯着那道人影，强烈地否认着自己的想法。不可能，不可能是Bey，莫南比起Bey来，差得太远了。

一定是莫南刚才那一幕打得太漂亮，让他产生了错觉。

没有人知道耀光的辅助在想什么，就连他的队友都有些着急了：“治愈，治愈！我没血了！”

耀光的辅助赶紧回神，给自己的队友加血。

本以为一切都会到此为止，知道了对方的左手并不差，他们再换战略就行。然而等到沈奥复活之后再打的时候，他才发现他把一切都想得太简单了。

尤其是King，他是故意的吗？单抓，并没有让沈奥死，而是每一次都把沈奥逼到相同的位置。

这样一来，沈奥为了避开King的大招，就要不断地将胳膊往上抬，再迅速地回撤，每一个举动都在拉扯他的肩。

一次，两次，三次，直到第四次的时候，沈奥就感觉到了微微的刺痛，再碰撞的时候，他的手不知道为什么竟然松脱了掌心的鼠标。

“沈奥？”队友们察觉到了他的异样。

沈奥咬咬牙：“该死，居然用这样的方法对付我。”

因为他用了这个办法来对付莫北向南，所以King才会用这种方法对付他？

不可能，一直在野区刷野的King，不可能知道他上半场的打法！

沈奥忍不住打出了一行字：“King，我以为你是个不屑于玩手段的人，没想到你也这么阴。”

沈奥将这行字发到了公屏上，所有人都能看到。

阴？K神怎么阴了？

粉丝们本来想辩解，就见公屏上又出现了一句话。

是封奈打出来的：“那你还真是不了解我，看来是手开始疼了。”

“你这样打比赛，还有身为第一MVP选手的道德吗？”沈奥两眼发红。

封奈呵了一声：“原来你也知道什么叫道德？”

沈奥一顿，想要这件事就此结束，就见屏幕上又出现了一句话：“他肩上的药，是我亲手上的。”

顿时，看直播的人炸窝了。

“所以现在K神是在替莫南报仇？”

“这么明显，这是第一次吧？”

“只有我关心亲手上药这回事吗？”

“我觉得我得提醒K神一句，这是比赛，我们要严谨，不能任性！”

最后这一句话，是胖经理李策忍不住了，拿手机用小号发的！

在比赛中说这样的话、做这样的事，可是要招黑的。

还有，以前封大少爷也不这样。这次怎么反应这么大？

亲手上药。

亲手上药?

李策深吸了一口气，刚要说话，手机就突然响了。

“喂?”

“李经理吗？”那边的人声音很有磁性，像是带着笑意。

李经理皱了皱眉，问道：“你是?”

“我是前两天在网上应聘的经纪人，现在就在场馆外，方便出来一个人带我进去吗？”

李策一听，这人说话时，态度还不错：“你等等，我让人去接你。”

“好。”

那最后一个字，莫名地让李策觉得耳熟。但是他并没有太在意，毕竟还有比赛要盯。

广场外，内部人员进出的地方，穿着一身西装的封逸已经站在了那儿。

秘书压低声音说道：“封总，用不用……”

“不用。”封逸没等他说完，就侧过脸来，嘴角弯了一下，“我是来应聘的，不是来谈生意的，等人吧，这个位置还不错。”

大屏幕正在播放比赛的情况。

有人隐藏了实力，玩起了辅助。封逸笑着摇了摇头，不过，就算是辅助，只要换手打的话，也就没有那么简单了。

谁让教她的那两个人，都是食肉性刺客，更不要说其中有一个，还会计算全局。

想到这里，封逸低眸，推了推鼻梁上的金边眼镜……

此时，就在场内，莫北的头上戴着黑色的耳机，斯文的长相，眼睛根本没有从屏幕上移开，睫毛很长，黑得像是能遮盖一切。她的手指白皙如玉，起落时甚至都带着虚影。

她的左手，真的是太快了。人们的念头才刚落，就见屏幕上，那设下的阵法形成了爆炸性的伤害，让残血的耀光战队根本无法回城。

就是这么一个空隙，另一道人影掠了进来，耀光的那个队员赶紧回身，想要用控制来挡一下。

唰唰唰的三声音效，银色的剑光像是从屏幕中开出了花，再一眨眼，他已经移出了塔下，根本控不住。

耀光队员们的双眸都睁大了，丝血的他们还没有来得及反应，正面就又出现了一道人影，是那个莫北向南！他们最看不上眼的辅助！

此时，莫北手上的鼠标仿佛切换了形态，像是手握着一把长月弯刀。用刺客的手法来打辅助，从来都没有人用过，而莫北，震撼了所有人。那修长的手指骨节分明，没有人能看清楚她的动作，只是伴随着最后一声特效声，喊声响遍了整个赛场。

“三连绝杀！”解说员激动地握紧了双拳。

网上的弹幕彻底变成空白了，这一场已经不用再比了，黑炎的兵线已经带进了耀光的高地。

只是比起胜负来，人们将更多的视线集中在了莫北向南的身上。

三杀。

用辅助三杀。

之前，一些人还能说莫南打辅野联动，就是跟在刺客后面捡人头。可今天，这场比赛的节奏，是莫北向南在带。

走位、计算、预判，还有她左手的爆发力，那让人根本避不开的速度。甚至K神在想什么，莫南都能想到，所以才有了这一波收割。

这样的打法，他们从来都没有见过。

最完美的配合，并不是在谁后面捡人头，而是那两个人的神之配合！

伴随着水晶碎片坠落的声响，解说员总算回过神来了，脸上还带着激动的情绪：“这一场打得太漂亮了。”

另一个解说员说道：“我低估了一个人，莫北向南，他并不简单，甚至说，他有资格单秀！只是，我不明白，他为什么要隐藏自己的实力。”

这个问题，封奈也想知道。电脑前的他，伸手摘掉了耳机，一双眸有些发冷。

猫猫熊则一把抱住了莫北：“兄弟，看不出来嘛，你这左手厉害的程度，都不亚于我Bey神了！不过，你小子可隐藏得够深的嘛！”

莫北手指一滞，猫猫熊都能察觉到的事，封奈肯定看得更加清楚。

莫北抬眼：“没有刻意隐藏，是打算全国大赛的时候再换手，被人提前研究出来，比较被动。”

“原来是这样。”猫猫熊拍了拍莫北的肩，“不愧是我兄弟，这么顾全大局！”

就在这时候，封奈开了口："这种话，只有你信。你，跟我过来。"

莫北的脸色看上去没有什么变化，心里却在抬步的时候就开始想说辞了。

到了人少的拐角处，封奈一停，漫不经心地开了口："换回左手打游戏似乎露出了不少破绽，对吗，Bey？"

莫北看了下自己的手："Bey？我不懂队长的意思。"

"还装？"封奈垂下双眸。

莫北抬眸："我就是我，不是别人，不用左手打，也是因为不想听到这样的话。"

知道莫北这段时间受到的议论，封奈一顿，缓缓问道："就这样？没有其他的原因了？"

"就这样。"莫北的眸色很深。

封奈看着，心不在焉地说道："你可是已经骗过我一次了，辅助小哥哥。"

"以后不会了。"莫北这时候愣了一下。

封奈的视线还停在莫北的脸上，用舌尖将薄荷糖推了推："再信你最后一次。"

"嗯。"莫北应着，心里泛起暖意的同时，也产生了淡淡的愧疚。

就在这时候，那边传来了一道声音。

"少爷，你怎么在这里？"说话的是接完人回来的助理，"南哥也在？刚好公司给你安排的经纪人来了，他刚从国外回来，感觉还……"

"不错"两个字，助理还没有说出口，莫北就见路的那一边，出现了一道穿着西装的身影。那个人仍旧是玉面公子的气质，嘴角带着似有似无的笑。他有着凌厉的手段和一流的造星能力，被誉为电竞圈的"金牌经纪人"。

她太熟悉那个人了，无论是他的笑颜，还是眉眼，都太熟悉了。

在这个世界上，总会有那么一些人，能让你丢盔弃甲，而眼前站着的人，就是她内心柔软记忆的一部分。

莫北的喉咙动了动，想喊"封大叔"。

最终，她还是没有叫出这个称呼。因为她知道封奈在看她，如果这个时候露出破绽，那她伪装她哥的事也会败露。

她从来都没有想过，会再看到帝盟的成员。是因为，帝盟解散之后，大家就像是彼此约定过一样，不再打扰彼此的生活。

莫北站在那儿，唇色比平时要白，有些情绪被她用力压在了眼底。

封奈确实在看这个人的反应，却什么都没有看出来。那边的封逸笑了一下，像是没有看到莫北这个人一样，目光落在了封奈的身上："怎么？离家出走之后，连看到叔叔都不想打招呼了？"

叔叔？那不就是封、封大经纪人？

助理的腿有些抖了，被吓的。

封奈抬了下眼，缓缓地看了过来，应该不是，他眸底的颜色浅了浅。如果莫南真的是Bey的话，他这个狐狸叔叔不会是这个反应。

"你不是说再也不给谁当经纪人了吗？"

封逸一勾唇："本来是。只是有人将主意打到了我的头上，想利用帝盟聚人气，我不出手不行。只可惜黑炎不收我当你的经纪人，只扔了一个新人给我。"

封奈呵了一声："你应聘的时候有说是你？"

"说了多没意思？"封逸笑了笑，"刚才游戏打得不错，不过，你亲手给人上药这一点，我倒是很意外。"

封奈漫不经心地说道："我上药的那人，叔叔你应该认识，毕竟是你带的人。"

封逸见招拆招："我带的人？莫北向南吗，人我还没见到。"

封奈的眸底划过一道芒，接着，好看的下颌向上抬了抬，别有深意地说道："人在那儿。"

封逸这才回眸看莫北，手指将金边眼镜向上推了推，另外一只手伸了出去："莫北向南？"

"我是。"莫北也伸出了手。

两个人就像是第一次见面一样。

封逸："以后我就是你的经纪人了。"

莫北："请多多指教。"

封奈就站在旁边，继续打量着眼前的那两个人。莫北很有礼貌，却也很冷淡，看来，是他想多了。

封奈踱步，靠近莫北之后，才压低嗓音又开了口："你不知道他是谁？”

莫北面色不改地摇了下头。

封奈的嘴角很慢很慢地勾了起来：“你是帝盟的粉丝，不知道他是谁，会不会有点儿假？”

莫北猝不及防地对上了封奈的眸，那双漂亮的眼里，有着一层又一层的雾气，带着很明显的试探意味。

“我看过帝盟的队员参加的很多次比赛的视频，里面并没有他。”莫北不答反问，“为什么假？”

封奈低笑了一声：“看来考试考得好，不代表聪明。这位小哥哥，你是不是忘了，我直播的时候说过，帝盟的经纪人是我叔叔？”

“这就是……”莫北刻意将自己的目光投了过去。

封奈看着莫北不舍得把视线收回来的样子，长腿一侧，挡在了莫北前面：“有这么崇拜他？”

“嗯。”莫北认真地说道，“刚才不知道他是谁，现在知道了，队长，你能帮我要个签名吗？”

封奈抬手搭在了莫北的肩上，身形微低：“这位小哥哥，你是个职业选手，要签名这种事，容易招黑。想想，你之前遇到我，不也是因为要签名才会被我误会的吗？”

两个人离得很近，莫北唯一能感觉的就是他的气息一直打在她的耳上，只是，要签名？应该说的是她哥。

莫北收敛了眼底的光：“那回基地再要？”

封奈呵了一声，这时候话语里有些嘲讽的意味了：“一个大叔，你崇拜他什么？”

莫北：“……”

“我好像听到你在说我的坏话。”那边还在和助理交谈工作事宜的封逸，侧眸看了过来，露出标准的狐狸笑，“小奈。”

小奈？助理差点儿滑倒。

封奈单手插着裤袋，倒也不恼：“年纪大了的人，都这样疑神疑鬼。”

封逸倒是没有什么其他的表情，只是在又看到莫北的时候，掩饰一样地推了下眼镜，那意思像是在说，这一关应该过了。

此时，图海俱乐部。

咣当一声！王俊站起身将办公桌上的东西挥在了一侧。

“他怎么会用左手？你们告诉我，莫南这个废物，怎么可能会用左手？”

“这……这我也不知道。”陈逾眼底都是黑的，“真没想到他还给自己留了一手。”

王俊冷嗤了一声：“你不知道，他前女友也不知道吗？”

杨梦若低下了头。

“那你呢一凡，你可是他的老搭档！”

陆一凡的手指紧了紧，视线还停留在那段三杀视频上。越看，他越能感觉到他们之间的差距，不能再让莫南起来，绝对不能！

王俊深吸了一口气，打了一个电话：“去把之前申请的小号都弄出来，伪装成莫南和南粉，去踩一凡和梦若。对，是踩，踩得越狠越好。”

陆一凡很聪明，一听就知道这是什么意思。

莫南以为靠着一场比赛就能改变人们对他的看法？不会那么简单，他们不会允许那样的事发生。

果不其然，因为这一踩，莫南的黑料在没有人注意到的地方，开始发酵。

夜色袭来，这一次黑炎的赛后聚餐多了一个人，为的就是要介绍新经纪人给队员们认识。

李策怎么都没有想到他随便招个经纪人，竟然能把这样一尊大佛招来，一时还不能完全冷静下来，翻着菜单的手甚至一直在抖。

倒是补看侄子直播的封逸，嘴角那狐狸般的笑带着一丝丝的玩味：“他以前这样过？和别人一起直播？”

李策摇头：“没，少爷第一次这么配合，说是友爱队友。”

“我就说，我还以为他转性了。”封逸脸上的笑意更浓了。

这还是他侄子吗？友爱队友？封逸作为一个见多识广的过来人，根本不相信这个说辞。

封奈推门进来的时候，看到的就是封逸脸上的笑，不好的预感让他皱了皱眉。以他的经验来看，这老狐狸这么笑的时候，基本上都没什么好事。

不同于封奈的漫不经心，其他人一进来，就蒙了，眼睛瞪得滚圆。

这，他们没看错吧？

和其他战队不同，黑炎接触过帝盟的内部资料，他们知道当时带帝盟的王牌经纪人长什么样。但真人的话，他们还是第一次见。

猫猫熊伸手捂住了嘴，回头去看莫北，见他兄弟没有什么表情，低声说道："是封总，带帝盟的封总！你说他怎么会出现在这里？是要和我们一起吃饭吗？兄弟，记住，别太有表现感，据说封总并不喜欢那些和他套近乎的人……"

莫北听后，嗯了一声，表面上看确实很像什么都不知道。

那边，封奈已经走过去，直接拉开椅子，并没有因为有自家叔叔在，有一点儿软化的意思，气场仍旧很强："长话短说，我的队员都饿了。"

封逸还在笑："既然饿了，那就边吃边说。"

封奈看了他一眼，这老狐狸到底在憋什么坏？

封逸推了推眼镜，抬起眸来，对着那边的猫猫熊他们一笑："都坐。"

猫猫熊平时吃饭有多豪放，今天就有多斯文，克制再克制，一心只想表达自己对帝盟的喜欢。

在听到猫猫熊说起Bey时，封逸轻笑了一声："你说Bey是你的偶像？Bey当时没打过比赛吧？"

"是没打过。"猫猫熊一不小心就说多了，"不过，我和老大遇到过他。"

封逸来了兴致："哦？听上去像是很有故事的样子。"

"当然有故事！"猫猫熊完全没有意识到自己被引导了话题，脱口而出，"我和老大那时候还没打职业竞赛，老大呢，是很有名的人民币玩家。我们正在双排上分，没想到一开局，对面打野就显示出了Bey的名字。Bey是真的厉害，当时老大就被……"

还没等猫猫熊说完，封奈就开了口，冷冷地问道："是怀念你的卫生间了吗？"

瞬间，猫猫熊闭上了嘴！还好，还好他那句"老大就被秒了"，没有说完。不然他就真的死定了！

但封逸听到这里，综合一下之前的事，也基本上能确定一些事情。他笑了一下，说道："怪不得之前他一直向我问Bey的事，看来是打游戏的时候输得很惨。"

"封总，你真的是料事如神。老大他为这个事，一直都在找Bey。"助攻的不止猫猫熊一个，腾灰也在其中。

封奈呵了一声，目光落了过去："老狐狸，你不用套我队友的话，我就是想找Bey切磋一下，现在的我，也和那时候不一样了。"

封逸听到这里，有意无意地向莫北那边看了一眼，接着，拿起了竹筷，笑意不改："切磋什么的，应该不可能了。"

都在同一个战队了，怎么切磋？不过看小不点的样子，应该是早知道这件事。

莫北确实早知道了，但作为当事人之一，她至今都想不起来，某大神那时候用的是什么ID名。

当时她天天训练，要打很多场路人局来锻炼反应能力，不是没有在游戏里遇到过高手。大概是那时候还小，她游戏打得太凶，也不想和谁交流，所以对当时的具体细节不太清楚。

但她也明白，某大神确实很想和她切磋，不然也不会在每次比赛结束之后，都对她心生怀疑。莫北垂眸，幸亏有封大叔做掩护。

封奈以为封逸说的是不会把Bey在哪里说出来，所以没有办法切磋。于是，封奈淡淡地说了一句："不一定，说不定哪天就会被我找出来。"

"谁？"封逸眉头挑了下。

封奈将竹筷放下，情绪没有什么起伏："Bey。"

莫北："……"

封逸是想笑的，尤其看到小不点抬手喝了口茶，像是在掩饰心底的无奈，更是觉得现在这状况很有意思。

这次封临叫他回来，还真是叫对了。不过，也不能表现得太明显，他这个侄子，城府深得很，再看出什么来，也麻烦。

封逸莞尔："找到记得告诉我，我们也很久没联系了。"

封奈懒得再和这只老狐狸就这一个问题说下去，心不在焉地嗯了一声。

莫北坐在那儿，默默地吃着饭，听着某大神没有要放弃找她的意思，有种祸从天降的感觉。

封逸放下竹筷，又看向猫猫熊他们："那就让我们说下正事吧，通过刚才的聊天，我发现了一点，你们似乎很容易被套话。"

猫猫熊觉得扎心了，怪不得寒昔一直没开口。

封逸一笑："这没什么不好，就是要多注意。以后我就是战队的经纪人了，我会辅助李经理的工作。”

猫猫熊撞了撞莫北的手肘：“兄弟，你听见了吗，是不是觉得不敢相信？”

莫北还能说什么，只能嗯一声。

猫猫熊也理解，他兄弟就是个面瘫，没准儿高兴得心里的小人儿正在舞蹈呢。

莫北刚想站起来表示一下，封奈就开口了：“把他当成个普通经纪人就行，他这个老男人，不讲究那些虚礼。”

封逸听后，眼角挑了一下，对上了莫北的眸，露出了浅浅的笑意：“莫南，你确实不用多礼，有什么问题，我会帮你解决的，比如你的住宿问题。”

住宿问题？封奈的眸子在别人看不见的时候眯了一下，这老狐狸想做什么？

封逸观察着他家侄子的反应，笑意更浓了，对着莫北说道：“你进来的时候，因为基地的空房间不适合住人，就把你安排到了你们队长那儿。现在解决了，你也可以回自己的房间了。”

封逸很清楚，小不点和别人住在一起，随时都有可能暴露。

不过，一眨眼，三年半过去了，谁能想到以前的小不点会长成现在这样的清隽模样？他之前在赛场见到她的时候，都有点儿惊讶了。看来当年Z让她不准只吃馒头，要多喝牛奶，还是有用的。

“他是辅助，我是打野，住在一起，有助于培养默契。”封奈侧眸，“封总要不说说，你为什么要让他单独住？”

“封总”这个称呼都出来了。

封逸勾唇，推了推眼镜，不动声色地说道：“莫南就住在你隔壁的房间，见面也方便。这样，你问问莫南，是希望一个人住，还是希望和你一起住。”

闻言，封奈看向了坐在他旁边的莫北：“你怎么想？”

莫北看着那双离自己很近的眼，稍微停了停，才道：“我明天搬，队长应该不喜欢被打扰。”

封奈一顿，伸手扯了下自己的衣领，一副慵懒的样子，冷冷地说道：“随便你。”

临坑坑的这个小哥哥，真的是怎么焐都焐不热。

封逸看着封奈的反应，原来他这个侄子对小不点，不只是有好感这么简单，可现在小不点的身份，是个男孩。

他真想看看他这个毒舌侄子在知道自己有可能喜欢上不该喜欢的人之后，会是什么反应。

封奈就没有那么高兴了，聚餐完上了车之后，拉高衣领，眼睛都是闭着的。

老狐狸一来，就给他搞事，到底有什么坏心眼儿？

莫北看着这一幕，思量半晌之后，从口袋里拿出了一包饼干。他的仇恨值这么高，投喂一下，应该会有用。

“队长。”

没人理，莫北轻轻地叹了口气，果然仇恨值满点，零食也没有用了。

车子一路开回了基地，还没等他们下车，封奈的电话就响了。

是封逸打来的电话，他只说了一句话：“回去之后不要再直播，今天集体休息，无论看到什么都不要回复。”

出事了，这是封奈的第一反应。同时他也明白，再大的事到了老狐狸那里，基本都能解决。

猫猫熊也注意到了问题：“有人说莫南用小号到处踩人。喊！这语气一看就不是我兄弟，有哪个人开小号还用自己头像的？看我，我的小号都是女号，别说是头像了，连年龄都与我自己不一样。”

封奈慢条斯理地说道：“装妹子很骄傲？要不要告诉大家，你在游戏里撒娇让人带你飞的事？”

封奈的这些话让猫猫熊再也不敢说话了。

封奈则侧眸，看向那个坐在他旁边、和他一起看屏幕的人。

那人像是习惯了，好看的手里拿着一袋饼干。

封奈没有哪一刻，像现在这样清晰地知道，他为什么总是会在意这个人。跌倒之后再起来，并不容易，这个人却一直站在泥潭里，从来都没有谁想过要拉他一把。可即便如此，他也没有被打垮。

想到这里，封奈开了口：“不用贿赂队长，队长也会护着你，我可不想再找个拖后腿的辅助来。”

莫北看他那态度，以为他是不要，刚要收回，她手中的那袋饼干就被抽走了。接着，她的唇边就碰到了一个什么东西。莫北一顿，对上了眼前那张俊脸。

那人正看着她，眼睛是浅色的，衣服的拉链现在已经拉了下来，眉头微挑，那意思很清楚是让她张嘴。

莫北的睫毛动了一下，正在适应，猫猫熊他们却直接僵住了身形！

老大他这……这是在做什么？

“怎么？”封奈倒是觉得没什么，漫不经心地笑了一声，“队长喂你吃个饼干，安慰你一下，你反应这么大？”

莫北以前也见过关系好的男孩子把吃的东西分给兄弟，所以，适应性极强的莫北，在顿了顿之后，面无表情地张嘴，叼住了那根饼干。

“手机拿来，有老狐狸在，这种事不难解决。他肚子里有那么多坏水，总要用用，不然无聊了，还得用在我身上。”封奈说完，才松开了手。

“好。”

他抬起眸来，是想要嘲弄人的，却又看到了莫北弯着的眉眼，轻轻一勾，又带着清冽。

轰隆隆，像是有什么声音从脑海碾过了胸膛，顿时，封奈的脑海里只剩下了一句话：眉眼是银河，眼里有星辰，美人如是。周遭的声音像是退散得有些快，剩下的像是有些说不出的味道。

突地，一道特殊的提示音响了起来，莫北双眸一动，还没等封奈有反应，她的手机就避开了他的视线。

封奈的眼尾挑了一下，眸底划过一丝疑惑：不寻常。

莫北知道这么直接去拿，肯定会引起封奈的怀疑。但是她确实没有想到，这个点，她哥会给她发信息。

没错，那道特殊的提示音，是莫北特意设置的，就是为了避免一些事，区别她哥发来的信息。

可一般情况下，她哥是不会主动发信息给她的，今天明显是意外。

莫北偏了下眸，果不其然，下一秒，封奈的声音就传了过来。

“什么人的信息，能让辅助小哥哥这座冰山着急？”

封奈的话里带着嘲讽的意味，毕竟谁都能听出来，那提示音的特殊，再加上刚才莫北的反应，这么在意。

“女朋友？”封奈单手插进裤袋，又是一勾唇。

莫北手指一顿，有这么一个好理由，当然会用上，侧过眸去，淡淡地嗯了一声："上次的事发生之后，我担心云深会再遇到什么，就设定了特别提示。"

封奈下车时，只扔下了一句："你对这段感情付出得还真是多。"

那声音听不出什么情绪来，但，封奈也不是第一次说这样的话了。只是这一次，他的语气好像比以前要冷。

封奈也觉得自己的心态有些不对，总是拿莫北对待云深的态度和对待自己的态度进行比较。是因为自己和莫北以前在游戏里结过婚，所以总拿莫北当"乖徒儿"？

莫北则见他走在前面之后，点开了信息。

哥："妹妹，不好了！"

什么不好了？莫北低眸，继续往下看。

"厨师大赛，妈给你报了名！"

莫北眉心微拧。

"现在妈在我这里呢，我正在想办法稳住她，我说你出去玩两天就回来……"

确实有些糟糕，莫北的手指顿了一下之后，戴上耳机，找了个角落，才把电话打了过去。

很快，莫南就接听了。

"哥，什么情况？"莫北淡淡地问道，"具体的。"

莫南半垂着眸子，说道："你也知道妈有的时候喜欢和人比，这次应该也是因为有人说了什么。再加上这个厨师大赛办得还正规，她就直接在现场给你报了名，三天之后比赛。"

"三天之后？"莫北的眉心缓缓地拧起，"我要在基地集训。"

莫南抓了下头发："我知道，但这个大赛不参加，我觉得妈会把你和我都宰了。"

莫北想了下，淡淡地开了口："你替我去。"

莫南："你，你说什么？我替你去？戴假发、穿女装？"

莫北："也不是不可以。"

莫南脸上都要裂开了："你、你真的要我穿、穿女装？"

莫南就是糙老爷们一个，本来是接受不了穿女装这个事的。但，因为是他妹提出来的，莫南从小就以护着他妹为原则。

现在他妹又在外面，他只犹豫了一下，就低声说道："行吧。"

解决完眼前的问题，莫南开始关心他妹："你这两天怎么样，习不习惯？我看了之前的直播，还是我妹厉害，宇宙无敌帅。"

莫北知道他在担心她："我没事，倒是哥你的手，现在是什么情况了，医生怎么说？"

莫南一顿，视线落在手腕上，骤然一黯，很快说道："说是要再养养。你就不用担心我了，还是帮我好好想一想该怎么应付这个厨师大赛吧，我现在去学做菜还来得及吗？"

"来不及。"莫北戳破了他的幻想，"你一做菜，妈就会看出来不是我。"

莫南站起来，皱着眉说道："我怎么把这个忘了，那怎么办？"

"假发你帮我买一顶。"莫北眸色变淡，"我回去一趟，哥你过来基地。"

莫南的脸有些僵："过、过去？"

"没错。"莫北淡淡地说道，"那天我不能离开基地，要完成基本训练。哥，你的手做平时的训练应该没问题。"

莫南哑然了一下，说道："这不是重点吧，重点是你的面瘫技能让我来做，太难。"

莫北挑眉："我不面瘫。"

他妹从小到大都否认自己面瘫。

莫南低笑了一声："好，你不面瘫，但你现在是和King住在一个房间吧，你真的不怕我去了，他直接打死我？"

"你装成我的样子，不会。"莫北回眸看了一眼木门，没有什么动静，又说，"明天我会搬到另外一个房间。"

"行，我过去。"莫南还想说什么，就听身后传来了敲门声。

"是妈！"莫南说了一句之后，回过头去应着，"嗯？知道！我在给她打电话了，她说能买票回来！"

隔着手机，莫北听到她妈的声音紧跟着传了过来："你告诉你妹妹，不用回来了，时间来不及了，让她直接去泉城参赛，酒店我已经订好了。"

泉城？莫北听着电话里的声音，手指一顿，看了一眼自己现在所在的位置。

莫南压低声音问道："你听到了？"

"嗯。"莫北垂眸，厨师大赛在泉城举办，有好处也有坏处。

好处就是，不用她哥在这里待多久，就不容易穿帮。

坏处就是，在这个城市比赛，很有可能被看到。

不过，既然是集训，就肯定不会有人乱跑，队友们都留在基地的话，这方面应该可以避免。

莫北抬手，看了一眼时间，不能在浴室里待太久："到时候见。"

莫南应了一声："好。"

此时的莫南并不知道，他妹现在正经历着他曾经历过的事。

就在图海办公室里，有几个小号由王俊操作着，正四处装莫南的粉丝，败坏莫南的路人缘。很快，就有了成果。

"莫南的粉丝，可不可以别这么到处碰瓷？"

"就是，粉丝行为偶像买单好吗？"

"莫南什么样，他的粉丝就什么样，厚脸皮又让人恶心。"

网上的言论一直没有停。

王俊看后笑了，对着陆一凡说道："莫南这次说不清了。"

陆一凡没有说话，他已经不在乎莫南的死活了。

王俊一笑，正要关电脑，就在这个时候，页面上的最新话题突然换了！

"昔日王者战队——帝盟的金牌经纪人回归！"就是这么一条消息，霸占了所有电竞话题头条。

王俊明显愣了一下，根本不相信，转过头去问陆一凡："这是什么情况？老板不是说，你们在国外的时候，谈得并不愉快吗？他怎么回来了？"

陆一凡也在看到那条消息之后，拧了拧眉。

就在这个时候，助理慌慌张张地闯了进来："王、王经理，封逸要开记者招待会！"

记者招待会？王俊握拳。

"这怎么办？"助理有些着急，"之前我们发布的假消息……"

"闭嘴！"王俊开口打断了他的话，深吸了一口气，"他常年在国外，这次或许是因为封家的生意才回来的，你急什么急？"

然而，此时记者会上已经坐满了人，帝盟金牌经纪人的号召力可见一斑。

封逸穿着一身得体的西装坐在台上。

一位记者拿过话筒之后，单刀直入："之前您每次回来都低调得很，但是您这次一回来，就宣布要召开记者会，原因是什么？是为了陆一凡吗？"

封逸的脸上带着笑："我回来确实是要带人。"

这个回答，让正在看采访直播的陆一凡和王俊，都愣了一瞬间。尤其是王俊，封逸回来真的是为了带人！

"那就是说爆料是真的？"记者们都有些不淡定了。

封逸笑了笑："一半一半吧，不能说全是真的，因为我要带的，另有其人。"

说完，他偏过头去对着助理说道："你去把人带过来。"

会是谁？人们心里隐约有了一个答案。

"应该是他没错。"

"自家侄子，肯定要带……"

然而，King确实出现了，但在他的身边还站着另外一个少年。那个少年身形修长，侧脸清冷，黑色的碎发下是一张俊美无瑕的脸，立在那儿不发一言。

顷刻间，现场的声音都停了。

正在看直播的王俊整张脸都青了，陆一凡更是攥紧手指，眸色深到了极致。

怎么可能？

"莫南！"

"怎么会是他？"

"封总，您做这个决定，有没有考虑过影响？"

封逸推了下眼镜，笑着问道："什么影响？"

"封总刚回来，大概还不太了解，您选的这个人，"那人继续说，"他赛前还跟人动手，这样的选手您还要带他？"

"如果他动手是为了救人呢？"封逸抬眸，不慌不忙地反问。

那人被噎了一下。

封逸扫了一眼那人面前的名牌，勾唇一笑："项总在媒体传播方面做得不错。不过我要提醒这位记者朋友，之前你们放出我要回来带你们战队选手这样虚假的消息，现在又引导舆论，看来是真的觉得我这个经纪人不行了。”

就这么一句话，打得整个图海俱乐部都措手不及，擅长操控舆论的人，这一次彻底被席卷了。

尤其杨梦若那里，毕竟之前她可是发这条消息出来的人。

封逸听着场下的骚动，又按下了投影仪：“这是莫南救人的证据，至于刚才那位媒体朋友的错误引导，我会保留追究权。”

他的话音落下，屏幕上出现了莫北抱人上车，还有云深被推进医院的那一幕。

人们才恍然大悟，他们一直骂的人真的是为了救人才动的手。而他们以为的陪睡小花，竟是被人陷害的。

在场的人都摇了摇头，有时候跟风的舆论，真的很可怕。

旁边的人接着问了起来：“封总，我们实在很好奇，你为什么会选莫南。能说说吗？”

这个问题封奈也想知道，深邃的眸朝这边侧了侧。

封逸笑了笑：“我有个小侄子，很喜欢打游戏，他说他认识了一个小哥哥，游戏打得特别好，就发了封邮件给我。原本我并没有很在意，后来看到那个人用左手在打比赛，她能让我想起曾经。”

这些话并不假，就因为太真实，封奈都没有听出那里面有什么不对。

毕竟最擅长左手打法的人，就是当年帝盟的队长，在场的人和封奈想的基本一样。

只有隔着屏幕的云深，知道她封大叔要表达的是什么意思。

因为那个人是Bey，所以他才会想起曾经。

云深眨了眨眼，甜甜地笑了。

“你帮我请个假。”

“干什么？”经纪人问道。

云深站起来，喜形于色：“现在应该不怕什么影响了吧？我要去找我的男朋友。”

经纪人：……真的是，头疼。

封逸这个记者会，有人总结过，封逸会选莫南，是因为莫南的实力。这样的消息，直接让王俊发飙了。项总更是直接打来电话责问他。

“陆一凡到底能不能赢莫南？你之前不是说过，无论莫南怎么样，你都有把握压下他的气焰吗？”

王俊低声说道：“老板，这次是个意外，我们会想办法解决的。”

“那就行，莫南的黑点已经足够了。接下来需要做的就是，陆一凡在对赛的时候，打败这个人。”

“是。”王俊说完，就挂掉了电话。

陈逾站在旁边，有些着急：“打败莫南没什么问题，但黑炎也太难对付了，没有谁打得过King吧？”

“不一定。”陆一凡抬眸，一双眼里倒映出了他层层掩盖下的野心，“国服辅助，他曾经是黑炎的成员，之前因为合同一直和黑炎谈不拢，所以退队了。上次在国外，封逸确实拒绝了我们，但他没有拒绝，我们已经在接触了。他是最熟悉King的人，无论是King的打野还是抓人思维，他都了如指掌。”

“越是熟悉，越容易攻克对方。”陈逾有些得意了，“真的是太好了，如果我们打赢黑炎，就能直接进入全国前十名。还是陆哥有办法！”

陆一凡没有再说话。这场比赛他一定要赢，既然黑不动，那就找些其他办法。他绝对接受不了，再一次被莫南超越！

人和人向来不同，于是朋友就分成了两种：一种是与你不离不弃，荣辱与共的朋友；另一种是因为忌妒你，会在背后捅你一刀的朋友。

只要别人下来，他就能上去。同样的话，王俊不是没有和莫南暗示过。

不同的是，对莫南来说，最不能做的就是陷害谁。这就是莫南，他大概性格冲动，说话不计后果，甚至犯过错。

但，他有他的坚持。可这份坚持，带给他的，是手上的伤。即便他在这三年里被磨光了锐气，黑料成堆，被人踩着上位，可他没有变，守住了本心。

莫北很骄傲，骄傲有一个这样的哥哥。

她哥小时候怕黑，但因为她有夜盲症，她每次训练完又都很晚，为了给她打光，都会跑到帝盟的训练基地，骑着单车带她回家。

他说得最多的就是：“我家小面瘫能进帝盟，这个事可以吹一年好吗？”

在那么多人都不支持她的时候，他在支持她；在那么多人都以她为神的时候，他对她只字不提。

因为他怕给她惹麻烦。

她哥从来都不是什么英雄，却护了她这么久。

莫北抬眸，看向那些得到最新消息要散场的人，无比清楚一件事。

当初让她哥连解释都解释不出口的，就是这些人。现在让图海俱乐部的人觉得麻烦的，也是这些人。舆论有的时候真的能翻手为云，覆手为雨。

她哥就是这样被毁的，她不会用这种方法打败谁。因为她很清楚，她哥想要看到的是什么。这里，不该是舆论说了算的，电竞赛场，技术为王，堂堂正正地赢，才是她该做的。

开完记者会后，封逸就带着封奈和莫北回了基地。

只是还没下车，封逸就看到了站在外面的云深，不由得轻笑了起来。

和封逸的表现不同，在看到云深时，封奈下意识地紧了一下他现在能触碰到的手腕。

莫北上了车之后就一直在睡，没并有察觉到。

封奈的眼睛眯了一下，这个云深，来得也太勤快了吧？

“封……”云深站在车外，本来想叫“封大叔”，看到车上还坐着的封奈之后，自然地改了口，“封总，您好。”

封逸轻笑：“你好。”

云深的经纪人有些蒙，这两个人为什么要装不认识？

云深毕竟是个演员：“我是来找我家莫南的，她在吗？”

封逸笑意浅浅：“在后座。”

云深听后，刚想开口叫人，封奈就打断了她：“他睡着了，云小姐可以明天再来。”

睡着了？是因为封大叔来了，所以整个人都放松了不少，才会在车上都能睡着吧？

云深明白，所以在听到之后笑了笑，看向了她们的封大叔。

封逸坐在副驾驶上，接触到那道目光之后又笑了起来：“小奈，基地都到了，怎么也要叫醒莫南。女朋友都来了，哪有让人第二天再来的道理？”

封奈看着靠在他肩上、呼吸均匀的莫北，她黑发凌乱，睫毛打下，俊脸微侧，眼睛微闭，发顶碰到了他的下颌。

之前他也在睡，只是车子开到一半的时候，他就醒了，醒过来看到的就是这一幕。封奈并没有把她推开，毕竟临坑坑的这个小哥哥身上的味道并不难闻，有凝神的作用。

一路上，只要一低头，就是那淡淡的柠檬洗发水味，这让封奈很受用，受用到他根本不想放手……

这时，莫北睁开了眼，因为刚刚睡醒，那双眼睛还不够清晰："我好像听到了云深的声音。"

封奈还没有说话，就见莫北一偏眸，推开了车门，车外的云深更是直接朝着莫北的怀里扑了进去。

而临坑坑的那个面瘫小哥哥，全然没有抗拒，反而伸出手去，摸了摸云深的头发，脸上露出了温柔的神色。那是和在其他人面前，完全不一样的感觉。

封奈看着这一幕，越看眸色越深，不知道在想些什么。

封逸看着后视镜里他侄子的举动，故意感叹了一句："这两个人还真是般配。"

封奈的眼睛里划过了一道光芒，抬起眸："老狐狸，你到底在打什么主意？"

"老？"封逸推了下金边眼镜，说道，"小奈，你好像很生气呢，为什么？"

"生气？"封奈不以为然，"我会吗？"

封逸很少看到他这个侄子口是心非的样子，看来，封临嫂嫂的人选有着落了。

封逸又看了刻意避开窗外那一幕的封奈一眼。原来，封奈在恋爱方面，完全没有开窍。

封逸将手臂搭在了车窗上："小奈，你先进去，我和莫南他们谈谈。毕竟是承认了恋情，一些事得双方配合注意一点儿。你是黑炎的队长，也可以说说你是怎么想的，我转达给她们。"

封奈回眸，单手插着裤袋："问我怎么想的？很简单，比赛期间，不应该谈恋爱。"

封逸听着这话，轻轻地咳了一声，认真地说道："这应该有些难，她们俩已经好了，你不同意的话，反而会影响莫南的状态。"

封奈笔直的后背一挺，漫不经心地说道："那还听我什么意见？随便他。”

封逸闻言，笑意更浓了。随后，他带着云深和莫北去了小区外的一家咖啡店，毕竟在这里谈话要方便一点儿。

封逸将眼镜摘了下来，看着眼前的人，笑道：“几年不见，小不点都长大了，小临发给我视频的时候，我还吃了一惊。不过也算是缘分，当初帝盟解散，我想让你转会，也是想要让你转来黑炎，和小奈同组。”

这还是莫北第一次知道她封大叔以前有这样的打算。

“算一下，你们错过了两次。”封逸轻笑，“能像现在这样碰到，确实有意思。”

莫北没有说话，封大叔的话，到了后面怎么还有看戏的意味了？

封逸知道小不点话少：“来吧，和封大叔说说，你们是网友，是个什么情况。”

莫北侧过眸去看云深，云深笑着说道：“这我可帮不了你。”

莫北在心里叹了一口气，脸上的表情却没有什么改变，把“乖徒儿”的事说了一遍，包括她“骗婚”。

结婚？还是在游戏里？

“哦？”封逸听完，双肩因为笑而有些发抖。也就是说，他那个侄子，不是没有喜欢过人，而是一直以为自己喜欢上了个男孩子？

莫北看着她封大叔，越发觉得那笑容很狡诈。

封逸注意到莫北的视线，轻轻咳了一声，止住了笑：“用别人的身份参赛，这一点如果被挖出来，小不点，你打算怎么处理？”

莫北视线一顿，接着抬眸：“等到我哥的手好了之后，就能把我换回去。”

“什么时候？”封逸问得一针见血，“全国大赛之前？还是这次比赛之后？”

过了半晌，莫北才道：“我会把自己藏好。”

“我知道。”封逸明白一切，所以才会担心，“在莫南回来之前，我尽量帮你保守这个秘密。但有一点，你要做好心理准备，你做这件事的初衷是什么，没有人在乎。到时候就算不被接受，受到恶意曲解，也不要厌恶打游戏。”

莫北觉得这话不像她封大叔说的，目光落了过来。

封逸又是一笑："我来之前，收到了一张卡片，上面写的字，连个署名都没有。"

发卡片的人是谁，封逸和莫北都清楚。

尤其是莫北，低下眸去，下巴的弧线半隐，嘴角忍不住地弯起："师父在看着我。"

"嗯。"能让小不点这样笑的，也只有她的师父，封逸继续询问，"你之前用Bey的账号打败过小奈，又是怎么回事？"

"不记得了。"莫北对于这一段记忆一直都很模糊。

封逸又笑了，他侄子念念不忘的对手，不记得他侄子也就算了，在现实里还让他侄子露出那种表情。

有趣，实在是有趣。

"封大叔，有一件事。"莫北抬眸，"我要和我哥互换两天身份。"

"什么？"

云深在听到莫北的话之后，有些不冷静了："互换两天？为什么？"

莫北："三天之后有个厨师大赛，我妈已经帮我报名了，我必须去一趟。"

"如果我没记错的话，闭关训练也是在三天之后。"封逸向来会抓重点。

莫北淡淡地说道："是，所以需要我哥来替我，就是担心会穿帮。"

封逸闻言，想了想才道："让莫南早过来两天，这两天就住在云深另外那套公寓里，让云深给他恶补两天演技。"

云深赞同："这个办法好，反正演我们北，只要话少、面瘫就行。"

莫北喝水的手顿了一下，脸上的表情没有什么变化："我不面瘫。"

云深看了她那样子就想笑，这样子还不面瘫，哪样子是面瘫？她家北真的是太可爱了。云深开心得直接伸手去捏她的脸。

买可乐回来路过这里的猫猫熊，手上的塑料袋都差点儿掉了，他女神和他兄弟也太恩爱了吧！

可还没等他反应过来，有人快他一步，走进了咖啡店。

"寒昔？"

他们家ADC怎么比他还冲动？

第十二章　封奈是同性恋

寒昔也意识到自己冲动了，冲进来的那一瞬间，并没有感觉，等到进来才发现，自己的行为有些说不过去。

干脆像平时一样，他走到收银台，点了杯咖啡，隐约还能听到那边传来的笑声，眸色深了又深。

猫猫熊这时也进来了，本想过去和书架后面的人打招呼，却被寒昔伸手拦了下来。

猫猫熊不解：“寒昔，你这是做什么？”

“阻止你去当电灯泡。”寒昔说着拎起咖啡，又朝门口走去。

猫猫熊想了一下，也对。不过，为什么他总觉得寒昔那语气有点儿不对?

一回到基地，猫猫熊就急忙和封奈分享八卦：“老大，你猜我和寒昔在回来的时候看到什么了。”

封奈连看都没看他一眼，心不在焉地抬手喝水。但这并没有影响猫猫熊想要分享的热情：“看到我家女神了，正在宠溺地捏我兄弟的脸，看得我都想谈恋爱了。”

“捏脸？”封奈动作一顿，将目光落了过来。

“对呀。”猫猫熊还没有意识到老大眼神里的冷意，“他们也算是苦尽甘来了，终于能大大方方地谈恋爱了，真好。”

“比赛期间谈恋爱，影响到状态，到时候谁负责？”封奈重重地关上了冰箱门，侧了过来。

猫猫熊一顿，老大这是生气了？猫猫熊刚想展示一下自己的求生欲：“我兄弟也是，谈什么恋爱，有我们这么多好朋友陪着他不够吗？真的是……”

还没等他说完，封奈就扔给他一个呵字，掉头走了。

其实，封奈的思绪，已经被“捏脸”这件事完全占据了，猫猫熊说了什么，他根本没有认真听。

和莫北见完面的封逸，联系了李策，让他现在派人过来，尽快让莫北搬到另外一个房间。

封奈洗完澡出来，走下楼的时候，刚好看到莫北带着人回来。

猫猫熊还在那儿问：“兄弟，你怎么把修理工都带来了？”

“是公司的人。”莫北淡淡地说道，“来帮我检查一下空着的那个房间。”

猫猫熊瞪圆了眼：“你真要搬？”

莫北嗯了一声，侧过头去，一抬眸，猝不及防地对上了楼上的封奈的目光。那目光很冷，又带着一些说不出来的东西。

他看了她一眼，直接掠了过去，透着隐隐的疏离：“训练。”

莫北眉心微拧，刚要开口，那边就传来了修理工的声音：“莫先生，你跟我一起上去吧，看看有没有什么其他需要加的，你都可以告诉我。”

“好。”

莫北跟了过去。

修理工很快便将房间整理好了，还对浴室和阳台做了检查。

“最迟明天你就能过来住了。”

说完，修理工便离开了。

封奈坐在电脑前，没有戴耳机，在听到这一句的时候，拿着鼠标的手微微顿了一下。

旁边的猫猫熊立刻愣住了：“老大，你刚才是‘空大’了吗？”

封奈扫了一眼游戏屏幕，没有说话，只抬起手喝了一口水。

倒是游戏里有人开始打字了：“刺客，你到底会不会玩？连大招都能空！”

封奈干脆利落地再进场，拿了个四杀出来。

……兄弟，这么厉害，我眼拙了。

不承想，刚四杀完，那边就……挂——机——了？

猫猫熊敢怒不敢言，老大心情这么不好吗？

封奈并没有什么表情，只是站了起来，黑色的额发遮住了眼，挺拔的身形有些泛冷。

晚饭他吃得也是心不在焉的，早早就上了楼。

莫北回房间的时候，灯已经灭了，只留下了床头的灯照明。她拿着毛巾进了浴室，再出来的时候，已经把战服换成了白T恤。

莫北将目光放在了那张俊脸上，嗓音很淡地叫了一声：“队长。”

他没有回应，看来是睡了，莫北看了眼空调直吹的方向，弯下腰，把封奈的薄被往上拽了拽，这才回到自己的床铺，按灭了床头灯。

她并不知道，就在她躺下之后，那个原本睡着了的人，睁开了双眸，朝着她这边看了一眼……

他的视线落在莫北的颈上，因为灯光，一切都显得有些朦胧，漆黑的发衬着那截纤细的颈项，蜿蜒而下，肤色雪白得让他不由得想要去触碰。

不行！封奈手指一紧，骤然收回了目光，把某种想法压了下去，然后起身走向了浴室。

水流很大，封奈将冷水打在脸上，整个脑海里只剩下了那张清冷净白的脸以及花瓣一般淡薄的唇。他感觉到胸腔内有一些越来越急促的鼓动，以及越来越热的血液……

哗！封奈又捧了一捧水打在了自己的脸上。

镜子里，水一滴一滴地顺着他的黑发打在他棱角分明的侧脸上，然后缓缓落下，滴在手背。

思绪被打断，一些其他心思也跟着冷却下去，他渐渐找回了自己的理智。大概是因为那是他的初吻，他才会这个样子，不像莫北向南，是有女朋友的人……

封奈想到这里，抽了一条毛巾捏在了手里，然后，拿出手机，拨通了一个号码。

夜店里，金小少爷迷迷糊糊地看了看四周，刚想喊“谁的手机在响”，就看到了自己手机的来电显示，骤然一个激灵。

这什么情况？他奈哥为什么会在大半夜给他打电话？

金小少爷站起来，把旁边的人拉了过来："是不是你，把我的行踪告诉我奈哥了？"

那人一脸蒙，在听到"奈哥"这两个字之后，也是一个激灵，像是听到了什么天煞一般，立刻从沙发上站了起来："奈哥来了吗？在哪儿？在哪儿？"

"不是你？"金小少爷抓了抓自己的头发，"那奈哥这个时候打电话给我干吗？难道不是因为知道我在夜店，故意吓我一下？"

金小少爷想得头都疼了，知道不接下场会更惨，鼓起勇气按了接听键，甚至在这之前，还让人把音乐换成了佛歌！

"喂，奈哥？"

封奈没多少话，嗓音有些冷："在哪儿？"

三个字，让金小少爷心虚得不行："在、在家呢，你没听到佛歌吗？我在楼下放的那个录音机。"

说着，手往上抬了抬，意思是让他的小伙伴把声音往上抬。

封奈缓缓地说道："你们家的录音机上周坏了，金爷爷最近一直都在找人修，让我帮忙介绍。"

你一个电竞冠军，为什么要这么关心老人们的家事？

金小少爷真的是服了："奈哥，我最近真的是在好好学习，就是今天学累了，来放……"

"我再问最后一次，你在哪儿？"封奈打断了他的话。

金小少爷绝望了："云会。"

"夜店？"封奈淡淡地说道，"我过去。"

金小少爷看着黑掉的手机屏幕傻眼了，旁边那人更是直接站了起来："我突然之间想起来，我爷爷说让我回去抄字，金子，我们明天再见！"

金小少爷把人往回一拽："别以为我不知道，你怕奈哥来。"

"大家都怕的好吗？"那人抓了抓头，"金子，奈哥为什么会过来，该不会是像上次一样，把咱们都揍成球，让司机一个个地把我们带回家吧？"

金小少爷："不知道！反正谁都不能走。"要倒霉一起倒霉。

"不是，咱们要不分析分析，奈哥过来是做什么的？"

“确实不太对，要真是替爷爷们收拾咱们，就会像以前一样，直接来，来了之后就揍一顿。”

“总不能是过来玩的吧？”

“奈哥以前就说过，来这种地方不要叫他，吵得他脑仁疼，没办法睡觉吧？”

“那我就搞不懂了，奈哥到底是来做什么的？”

三颗脑袋凑在一起，半天都想不出个所以然来。

窗外的夜色更浓了，繁华的街道，几乎到处都是霓虹灯。

尤其像“云会”这种高端娱乐场所，更是名车如龙，在这里，你不仅能看到泉城最有钱的人，那些网红、明星出现在这儿也不稀奇。

封奈的车在这里并不扎眼，再加上他的脸上还戴着口罩，根本不会被什么人认出来。

他的口罩，只有过夜店安检的时候，需要摘。封奈没摘，直接打了个电话，让下来个人。

金小少爷去了去身上的酒气，又把衣服整理了一遍，才敢露面：“奈哥。”

封奈没说话，看了两边一眼，金小少爷让检查的人让了路，再看向封奈时，非常乖：“奈哥，我们就是来写作业的。”

夜店的保安和路过的客人在听到这一句话的时候，面部表情非常丰富。来夜店写作业？忽悠谁呢？

其实金小少爷说的也不全是谎话，他真的是带着作业来的。

不要以为他好吃懒做，就是不学无术！太过分的话，他爷爷会让他奈哥教训他们的！

封奈扫了他一眼，淡淡地嗯了一声。

金小少爷顿时看不透了，平时他奈哥可不是这个样子的，奇怪……

倒是身后的保安们在看到自家小少爷这么对一个人之后，都有些震惊：“那是谁？”竟然能让小霸王变成这个样子。

“连口罩都不摘，应该是怕被认出来，难道是哪个明星？”

“开玩笑呢吧，金小少爷毕恭毕敬地对待明星？”

“也对……”

有金小少爷在，基本不会有人拦。

他们身后，还跟着一个经理，经理一直在笑，生怕哪里不周到。

这笑容，在他推开包间门的时候，彻底顿住了。这、这不是他的眼睛有问题了吧？

在写作业？一个个都在写作业？最搞笑的是刘少爷，你从哪里找了一本建筑系的专业书，随身带着的吗？不用写作业，拿出来做做样子，也得装出是在学习的样子吗？这里难道不是夜店吗？

经理觉得自己有点儿精神恍惚。

金小少爷一脸认真地说道："奈哥，你看，我们真的是来学习的。"

"呵。"封奈摘掉了口罩，嘴角缓缓地勾了一下。

就是那么一勾，站在旁边的经理差点儿腿软。

封、封少？

封奈没有去看其他人，走过去，敲了敲桌面："你这一页打算倒着看半个小时？"他这可以说是拆穿得很彻底了。

"都把你们的东西收起来，我今天没时间看你们演戏。"

三个在夜店向来呼风唤雨的"富二代"对看了一眼之后，金小少爷作为代表发言了："奈哥，要不要我让他们给你沏壶茶，放点儿轻音乐？"

经理在旁边听得也是忐忑，这次还好，不是佛歌。

"不用。"封奈淡淡地说道，"你们平时怎么玩，现在就怎么玩，我来散心。"

金小少爷呃了一声，去看刘旭。

刘旭立刻找经理："听到我奈哥的话了吧？"

经理瞬间做了个"明白"的表情，不一会儿，带了三个漂亮的长腿妹子过来。

金小少爷一看这个就糟了，茶都没喝下去，那边的刘旭已经觉得生无可恋了。

封奈放下茶杯，扫了他们一眼："原来你们平时都是这么玩的。"

这真的是冤枉了，他们蹦迪是一回事。但他们从不这么乱来的，疯了吗？

明明知道会被奈哥教训，谁会顶风作案！

"真的，奈哥，这次你要听我说……"金小少爷刚想要凭借三寸不烂之舌，告诉他奈哥这是假象，衣领就被他奈哥一把拽了过去。

等一下！他奈哥这是要做什么？他可是直男呀。就算是他奈哥这么完美的男人，也不能让他变成同性恋。

“奈、奈哥。”金小少爷结巴了，完全是被他奈哥看着他脖子，一副想要吻上来的姿势吓的。

封奈抬眸，扫了他一眼，因为眼睫很黑，这样看上去，更是妖冶邪佞：“躲什么？”

金小少爷委屈巴巴地说道：“奈哥，你这样看我，我会屈服的。”

“不用你屈服。”封奈把人丢回沙发上，像是松了一口气一般，接着用纸巾擦了擦手。

金小少爷：……他奈哥现在是在嫌他脏吗？明明他才是被拽过去的那一个。

不过，他奈哥刚才是在做什么？好像是在确认一些事。

正这样想着，金小少爷隐约地听见他奈哥说了一句：“果然是我想太多。”

“什么想太多呀，奈哥？”金小少爷的八卦心还是有的。

封奈看了金小少爷那张脸一眼：“要当同性恋找你就行，毕竟你比女孩子都漂亮。”

相对来说，封奈还是喜欢女人的，这和长相没关系。

金小少爷：……我怎么就比女孩子漂亮了！我这么阳刚！但，同性恋又是怎么回事？

金小少爷想问仔细点儿，封奈就已经站了起来：“我去找个房间过夜。”

“不用的，奈哥，让他们给我们安排就行。”金小少爷还是很财大气粗的。

封奈漫不经心地看了他一眼：“是给我。你们不回家，这么晚在外面浪什么，想被我打包送回去？”

三个人同时一僵。

他们的第一个念头就是奈哥恢复正常了。

他们的第二个念头就是恢复正常后的奈哥真的是好可怕！

对此，金小少爷在临走之前，还在朝着他奈哥保证：“我再也不来夜店了，再来夜店我就不是人！”

封奈目光凉凉地看着他。

金小少爷继续展现求生欲："奈哥，外面的房间不干净，你不是有洁癖吗？要不，你和我回去？"

封奈一想也对，打开门后上了车。

金小少爷美滋滋的，有奈哥这个护身符，他家老爷子肯定都没时间罚他了。

他们俩回到金家的时候已经很晚了。

管家在看到封奈之后，眼神中明显地带着诧异："我现在就去收拾一间客房。"

"不用，太晚了。"封奈压低了声音，"我和金子住一间就可以。"

金小少爷在旁边不断地点头，老爷子睡觉轻，这个时候弄出点儿什么动静来，到时候他奈哥去睡觉了，他肯定会被罚站一天。

不过，对于两个人同睡一张床这种事，封奈确实也忍受不了。

于是，等到金小少爷睡得昏天黑地之后，封奈拿了枕头，扔到了旁边的沙发上，半躺了上去，双眸缓缓闭上。脑海中的一幕却总是消散不了，以至于他躁得又将空调按低了好几摄氏度。

空调温度调太低的结果就是第二天感冒来拜访了，只是封奈这个人就算是生病了，也不会有人看出来。

金老爷子见到封奈是真的高兴，每说一句话，必定会捎带上金小少爷。

金小少爷显然已经习惯了，只要爷爷不举起拐杖来敲他就行。

吃过早饭之后，封奈陪金老爷子下了两局棋。脑袋有些昏沉，但并没有完全影响他的思路。下完棋，喝了两杯茶，封奈就动身回基地了。

从金家到基地，开车要一个多小时。封奈一路都在睡，衣领遮着下巴，鼻梁高挺，侧脸很白，显得有些病态。

金小少爷并没有注意到他奈哥和平时有什么不一样。

"把空调关上。"

快到基地的时候，封奈才醒了过来，嗓音沙哑地开了口。

金小少爷的第一反应就是："这么热关空调？"

封奈懒得说自己冷。

突然，金小少爷看到车窗前面的一道背影，嘿了一声："奈哥，不用关了，到了。前面那个是你队友吧，叫什么南来着？"

闻言，封奈修长的手指顿了顿，还没做什么反应。

金小少爷就把车停了下来，手舞足蹈地叫道："帅哥！这里！看这里！"

多事，封奈心里说着这两个字，却没有阻止金小少爷的行为，只是将脸侧到了一边。

车外，莫北回眸，看见的就是一个长得很漂亮的男孩子。

那个男孩子的头发有点儿长，被他用个小卡子别到了耳后，却又不显女气，单纯地好看而已。

"奈哥，奈哥，你朋友回头了！"金小少爷感叹道，"离近了看更帅呢。"

莫北听到"奈哥"两个字之后，才走近了那辆名车，在看到里面坐着的人之后，脸上的表情有了一刹那的变化。

就在金小少爷还想说点儿什么的时候，莫北已经拉开了车门，身形半弯，手按在了封奈的额上："你在发烧。"

发烧？

他奈哥？

金小少爷张了张嘴，这怎么可能？他奈哥可是刚才还淡定自若地赢了他爷爷两局棋的。

不过，这个莫南的胆子会不会太大了，就这么……这么扳他奈哥的脸吗？都不怕挨揍？

等一下，他奈哥居然任由人摸着他的脸，也不恼："没有。"

就这样？奈哥，你就这反应？你不是应该直接把人踹飞吗？这个莫南碰的可是你的脸呀！

金小少爷双眸都瞪圆了。

莫北的眸色深了深："这么烫，队长是觉得我没常识？"

封奈没有再说话，一般来说不会有人注意到他在发烧，他也不会表现出来，只是想睡觉而已。临坑坑的这个小哥哥还是第一个在这么短的时间能察觉出来的人。

"麻烦去小区门诊。"莫北没管他有没有说话，利落地上了车。

金小少爷还是蒙的，这个莫南真是帅飞了。在他奈哥面前还能强势起来的人，真的只此一个。而且，是错觉吗？他奈哥到了莫南面前，怎么这么乖？现在看来，他奈哥还真有那么点儿生病了的样子。

金小少爷都觉得神奇，他奈哥什么时候这么脆弱了？他奈哥以前即使发烧，也能直接把他们都打包回家的。

现在……他面前的奈哥是假的吧？

一路恍惚的金小少爷，到了小区门诊之后，看到他奈哥不愿意让护士小姐姐碰，那身形明显要躲，被莫南按住了手臂之后，一句："先抽个血。"

然后，他奈哥就不动了？不动了？这么配合的吗？

金小少爷都想在旁边拍照了，照给他的兄弟们看看，这是他们的奈哥吗？高仿的吧？

有莫北站在旁边，封奈确实没有像以前那样去抵触这些医疗上的东西。要知道，一个连吞药片都很艰难的人，像现在这样，已经是奇迹了，也怪不得金小少爷会是这个反应。

不过……

金小少爷摸了摸下巴，看着不远处。他奈哥和这个莫南也太亲密了吧？他和他从小玩到大的兄弟都不这样，勾肩搭背倒是有，打打闹闹的也正常。可没像他们这样过，一个人抽血一个人按着，还做眼神交流。

最重要的是那个莫南，人是冷的，但这一系列的动作下来，都像在哄小……啊呸！他奈哥怎么可能会是小狗，那可是一匹大尾巴狼，吃人不吐骨头的那种心机狼。

一定是他今天见到这样的奈哥不习惯，产生了幻觉！

金小少爷决定出去走走冷静一下，不能再看现在这样的画面，他怕自己看多了会胡思乱想。

封奈和莫北谁都没有注意到金小少爷不见了，他俩都在验血的窗口，一个身形半弯，按着对方的手，视线从头到尾都没有从抽血针上移开过；一个坐在旁边，手臂放在了窗口的位置，抽血针扎的明明是自己的指腹，他却完全没有看这边，而是将注意力都放在了他身边的人身上……

抽完后，护士小姐姐隔着窗口说道："交钱的单子放在这儿，手臂先别下垂，用棉签先按一会儿，五分钟后出结果。"

这个事，肯定是由莫北来完成的。但小区门诊的人并不少，不怎么来这种地方的封奈，要适应也需要时间。

看出了他的情绪，莫北坐在那儿偏了下眸，从裤袋里掏了一包桃子果干来，撕开之后，拿出一块，递到了封奈的前面：“我刚洗过手。”

封奈的眉头挑了一下，并没有拒绝，伸手摘掉了口罩。没有什么胃口的封奈，从早上就没怎么吃东西。现在果干一入口，他的口腔里全都是桃子的微甜，感觉非常舒服。

只不过旁边还有别人，封奈不着痕迹地向着莫北这边靠了靠，薄唇有些泛白。

莫北也注意到了，并没有说什么，封奈现在的身体很弱，应尽量避免感染其他细菌，和别人保持距离也恰当。

倒是从外面回来的金小少爷，手中的矿泉水瓶，差点儿被惊掉！

他就出去散了个步，这、这两个人这是在做什么？那个莫南偏着眸，手上是他奈哥正咬着的桃子果干，这个样子，好似在给他奈哥喂食。

被投喂的人是他奈哥。这一切都不普通好吗？

莫北走过来的时候，金小少爷还没回神。

“我去买个水杯，麻烦你留在这儿照顾一下队长。”莫北淡淡地说道。

金小少爷啊了一声：“买水杯做什么？我这里有矿泉水。”

“他现在在发烧。”莫北说道，“不能喝冰水。”

金小少爷无语，怎么感觉自己像生活不能自理一样。

“我去买。”莫北低眸，“果干也不够。”

金小少爷心道，别提果干，我还能正视你！

莫北侧过脸去：“早餐他吃了多少？”

“什么？”金小少爷显然没有注意。

莫北也没多说什么，目光淡淡地看着金小少爷：“我会回来得晚一点儿，要去路口买份粥。”

“嗯，好！”金小少爷听后，坐在了刚才莫北坐着的位置。

封奈漫不经心地拉开了与金小少爷的距离，俊美的脸在这种时候，难以接近的感觉愈加明显。

金小少爷犹豫着先试探地说了一句：“奈哥，那个莫南对你真好，亲兄弟这样的都不多了。不过你对他……”

后面的话，金小少爷说不下去了，因为他奈哥那双深邃的眸子里，溢出来的黑雾，仿佛在说：“如果你敢把这句话挑明，我就直接把你打包送回家。”

金小少爷顿时出了一后背的冷汗，赶紧收了音。

封奈缓缓地呵了一声："放心，我不会多做什么，比赛期间让人尽量别打扰他而已。更何况，他的眼睛里只有他的女朋友。"

就算是我先到的，也一样，后面那一句，封奈没有说出来。

但金小少爷越看越觉得他奈哥就像是电视剧里求而不得的男二号。

危险！太危险了！

他不能任由这两个人这么发展下去，尤其他奈哥生病的时候。人一旦生病了的话，就特别容易对照顾自己的人产生好感！

他要留在这里，当拦路石！

金小少爷是下定了决心要代替莫北来照顾他奈哥的，但他没考虑到一点，就是他奈哥连碰都不让他碰一下，而且眼神冷冽得一点儿都不像是在发烧的人。

谁说生病的人脆弱来着，出来！

莫北离开之后，封大少爷的配合度确实不太高。但临走前，莫北也把这边处理好了，必须打点滴。

封奈想了一下，最终挂了个吊瓶，坐在那儿，像是正在适应环境。

莫北买好东西回来，看到的就是这一幕。她先是把装了水的保温杯递过去，然后坐到他旁边，打开那碗粥："先喝水再喝粥。"

封奈的眉心拧了一下，莫北的目光落过去，放在他扎了针的右手上："疼？"

不是，只是不想吃东西，封奈这句话还没说出口，手指尖就被碰了一下。是莫北。

"不凉。"她抬手，将点滴的速度调慢了一半。

那边的金小少爷立刻凑了过来："那什么，莫南，有什么事，你让我来做。你这么忙前忙后的，休息休息，没事！"

再被你这么"照顾"下去，我奈哥想不成为同性恋都难！

莫北抬眸，双眼没有什么情绪地看着她被挡下来的手，和金小少爷那张漂亮的脸，顿了一下之后，将水杯拿过来，说道："我去接水，队长一只手喝粥不方便，你喂他。"

"嗯？"金小少爷蒙了，下意识地去看他奈哥。

封奈呵了一声："你是自己现在走，还是等我把针拔了，收拾你一顿？”

金小少爷一哆嗦：“我自己走，自己走！”

封奈没有说话，只是眼角抬起的一瞬间，根本就是书里的终极反派。

这时候，莫北回来了，扫了旁边的米粥一眼，还没说话。

封奈就漫不经心地开了口：“他不会喂人喝粥，刚刚差点儿把粥洒掉。”

金小少爷：……奈哥，我刚才分明连勺子都没拿起来，怎么就差点儿把粥撒了？

莫北看了金小少爷一眼，这位金小少爷看起来有点儿纨绔子弟的样子，看样子，做事是不太稳重。

将目光收回来之后，她就拿起了旁边的那碗粥，将盖子打开，勺子搅了五六下之后，自然地舀了一勺，低眸吹了吹。她将粥吹凉之后，自然地送到了封奈的嘴边。

目的达到的封大少，此时才真的笑了起来，薄唇微微地勾起。

金小少爷：……简直没眼看！

“奈哥，我走了，明天再来看你。”

金小少爷见状，想赶紧溜，顺便叫他的兄弟们出来分析分析，这是什么情况。

封奈淡淡地扫了他一眼：“走吧。”

金小少爷觉得总算解脱了，刚想打电话，手机上就来了一条短信：“今天的事，如果你说出去，你清楚后果。”

是他奈哥发来的短信。金小少爷立刻老实了，但坐上车之后，又想，不问他和他奈哥都认识的人总可以吧？

他可以去找他最近认识的那个影帝问问。反正那个影帝是同性恋，应该会很了解同性恋的感觉！

殊不知，就是这么一步，金小少爷今后会把自己搭进去……

社区诊所那边，封奈开始犯困了，毕竟退烧药里都有安眠成分，尤其是打点滴，就更容易让人犯困了。

封奈睡得并不舒服，他的身高将近一米九，连腿都伸不开，只闭眸靠在那儿，睫毛打下，眉心微拧，脸上没有什么血色。

莫北侧过眸去的时候，看到的就是那张找不出瑕疵的脸。本来她是要站起来的，却在刚要动的时候，那人将头靠了过来，抵在了她的左肩上。

莫北偏了下视线，并没有将人推开，也放弃了站起来的念头。

大概是因为突然入鼻的淡淡的柠檬气息，封奈那拧着的眉心，缓缓地舒展开了。俊美的脸从这个角度看上去，显得更加完美。

莫北又看了封奈一眼，空出一只手去，帮他把诊所提供的毯子盖上。

门诊里人并不少，尤其这样的季节，小孩子很多，哭声也就少不了。可唯独封奈他们这里，明明是在那一片嘈杂中，却一点儿都不受影响。

莫北看着手机上其他战队的比赛视频，偶尔会侧过眸来，看一眼吊瓶。

封奈就靠在她的肩上，戴着黑色的口罩，一只手扎着针，一只手随意地半垂着。

两个人给人的感觉截然不同，却相得益彰。光线折射进来，打在莫北和封奈的身上，唯美得就像是一幅画。

封奈大概才睡了二十分钟，睁开眼睛之后，首先闻到的就是鼻息间的柠檬味。

封奈挑了下眉，意识到自己是靠着莫北睡着的之后，抬起眸来朝着一侧看了过去。

莫北线条优美的下颌以及那形状好看的唇是离他最近的，很淡的颜色，却偏偏带着让人想要靠近的光泽……

“醒了？”莫北低眸，问道。

封奈抬手遮了一下自己的视线，看似在挡阳光，实际上他是需要把某些念头压下去。

他真的是，疯了吗？为什么三番五次，对一个和他有着同样身体结构的男孩子，有那样的想法？

明明知道这样不对，但他脑海里却不断地浮现出后操场那一幕。甚至……想去咬一下莫北的那天鹅颈，看看是不是和她的唇一样，又软又凉。明明自己对其他人没有这种感觉。封奈重新睁开了眼。

莫北并不知道他在想什么，只看到他抬手时没有注意到那只手还在打点滴，快他一步按住了他的手腕，避免拉扯到针管。

“很刺眼？”莫北的声音淡淡的，她轻轻地移动了一下自己的椅子，巧妙地挡住了光。

封奈突地开了口：“你对谁都这么好？”

他不是第一次说这种话。

莫北情绪未变："不是。"

不用想也知道他会说"因为我们既是朋友又是队友"。封奈起身，取过挂着的吊瓶，漫不经心地站了起来。

莫北一顿，也要站起来。

封奈看着莫北那张清隽的脸："这位小哥哥，我是要去卫生间，你确定要跟？"

莫北的睫毛动了动，接着放弃了自己的动作。

看到这一幕之后，封奈的眸色深了又深。

来到卫生间，封奈看着水流不止的水龙头，陷入了沉思。这是他第一次尝到这样的滋味，不确定、担心，甚至是羡慕，羡慕那个什么都不用在乎、就能得到莫南所有温柔的云深。

想到这里，封奈只觉得胸腔上像是被压了一块巨石，呼吸时都有些闷疼……

诊所休息区，莫北正在收拾他们这边的东西，毕竟只剩下了不到半瓶注射液，应该很快就能输完。

她刚把所有垃圾扔进垃圾桶，手机的屏幕就亮了，是云深发来的消息，只有一句话："我接到莫南了，正在高铁站。"

莫北空出一只手，敲了几个字过去："注意安全。"

云深："你放心，什么都安排好了。你只要记住你们闭关训练的最后那一天，给我个信号，让我把你从基地里带出来，和你哥互换一下，让你哥代替你回去就行。"

莫北："好。"

"放心了？"云深放下手机，对着坐在车后座的人问道。

那人戴着口罩，宽大的帽子罩在他头上，看不清相貌，露出来的鼻尖和那双眼睛，都和莫北非常相像。

不过，他的坐姿就和莫北不像了。

他修长的双腿全叉开着，笑起来又帅又痞："嗯哪，不过我现在是不是可以把口罩摘了？闷死老子了快。"

"摘吧。"云深轻轻一笑，"摘了之后让我调戏调戏。"

莫南修长的手指愕然一停："我说云深，你在北面前的时候，怎么不这个样子？”

“那是我偶像，你是我好姐妹，能一样吗？”云深开始动手动脚了，“来来来，不要害羞，妹妹快摘。”

莫南呵呵了两声：“你让我一个男的当你的好姐妹？”

“这和性别没关系，主要看气质。”云深眯眼一笑，这家伙到现在还没成为同性恋就是个奇迹，放在娱乐圈里早就有人教他开窍了。

莫南已经一只手摘掉了口罩，另外一只手随性地扯了一下衣领，像是笑了笑，眼底的火焰都像是要迸发出来一般。

“我什么气质？”

“流氓气质。”云深把他的外套一合，“北的扣子，都会一排排系好。”

莫南这才想起来，他妹在一些方面确实对规则有很高的要求。

他只得将衬衫的扣子一颗一颗地扣好，又学着莫北的样子坐直。

“像那么七分了。”云深勾唇，“接下来就是发型了……”

莫南揪了一下自己的小鬈鬈，他妹平时这么穿衣服不累吗？

“好了，接下来，我们正式开始吧……”云深说道，“从头到尾改造你的计划……”

另一边，察觉到封奈心情不好的莫北，回到基地之后，就拿出手机，点开了一个萌萌的头像：“小奶临，你哥今天心情不好，你和他说会儿话。”

然而，莫北并不知道，收到她这条信息的并不是封临，而是封奈本人。

封奈看到微信上的内容之后，眸色更深了，学着他弟的语气：“我哥他为什么心情不好哦？”

莫北：“不知道。”

“那我怎么安慰他？”封奈说完，发了个委屈巴巴的表情。

莫北按字：“随便说点儿什么，他应该就会好很多，你这么萌。”

我只会嫌临坑坑烦，封奈心里想着，突然问了一句：“小哥哥，你是不是很喜欢你的女朋友？”

莫北看了那话，随手回了个“嗯”字。

封奈看着手机屏幕，苍白的手指又一点点地攥紧：“如果有一个比你女朋友更好看的人，要追你呢？”

莫北回了一句：“没想过这种事。你先问问你哥心情为什么不好，然后告诉我。”

“我哥肯定是因为生病了。”封奈尽量让自己的表现和临坑坑一致，“我刚和他发过短信的，他就说他有点儿困。倒是小哥哥，你不觉得可惜吗？天底下的人这么多，不要只看着你女朋友，或许有比她更适合你的人呢。”

莫北挑眉，双眸淡淡：“你这是在让我劈腿？你也是个男人，你长大后要有担当，不要做渣男。”

莫北觉得，今天的封临说话有点儿怪怪的。

封奈却在看到这句话之后，眸色深到了极致。

渣？大概吧。不然他现在是在做什么。

“小奶临？”莫北看那边没回话，在想是不是自己说话的语气重了。

封奈有点儿沮丧，如果让莫北知道他这么卑鄙，大概连朋友都不会继续和他做了吧？

他垂眸，黑色的额发落下，遮住了他的眼，远远看上去竟有几分落寞：“没事啦，小哥哥，你放心，我会听你的话，不会变成渣男的。”

封奈从来都没有像现在这样，这一行字打完，仿佛能耗费自己全部的力气。

封奈将手机扔到了一边，把自己扔到了床上。他抬起手来，遮住了一切表情，没有再去回信息上的那个“乖”字。

他早就知道答案，也很清楚，临坑坑的这个小哥哥，在如今这种时代很少有，打起架来狠，但在一些事上，却很有原则。

如果是别人，封奈肯定不会感兴趣。

他对全然白的人，从不会多看一眼，但莫北并不白，只是自律和底线在莫北那儿占第一位。

封奈自嘲地扯了一下嘴角，拿出手机，发了条要调整状态的朋友圈。

封逸看了那张图之后，缓缓地笑了，他那个毒舌侄子，也“直”不了多久了……

“封大叔，你在笑什么？”云深偏眸。

封逸喝了一口茶：“没什么，想看戏而已。他呢？”

“里面，还在哀悼他的小鬏鬏。”云深话音刚落，改造完成的莫南就走了过来。

黑发、白色的T恤、鼻梁挺拔、睫毛很长、身上没有佩戴任何的饰品，他整个人都干净得很。

修剪过后的黑发打在他的额上，在走来的时候，给人一种浓浓的高冷的气息。

尤其他侧过脸去整理衣袖的时候，就更显得高冷。

云深的眼底划过了一丝笑，刚要夸人。

谁知一坐下，他就破功了："这样行不行？"

"只要你不说话，"封逸笑了一下，"应该不会有什么大问题。"

莫南说道："这个确实有点儿难。"

"我北从来都不会做这种动作。"云深站了起来，身形微低，那张美丽的脸，一直在逼近。

莫南退了再退，都有点儿心虚了。

"还有这个动作。"云深眯眼，"我北从来都不会躲我。"

莫南有些糟心："你们两个都是女孩子，从小关系就好。我不躲，你会把我当色狼的。"

"那是以前。"云深摸了一下他的头，"现在你在我心目中就是'南妹妹'，你得好好演，还有，你这动不动就要和人打起来的气质，得改一改。"

莫南拧眉："这个有点儿难，毕竟我是从小打到大的。"

"那就站两个小时军姿。"旁边的封逸突然开了口，放下手上的杂志，推了推鼻梁上的金边眼镜，"气质这东西，无非就是从你走路、说话、微笑，还有眼神四方面入手。其他的云深可以教你，但小不点的站姿从小就直，你也习惯习惯，还有，坐下来的时候，也一样。"

莫南："……"

一天两夜的时间，一眨眼就过去了，到了要交换身份的这一天，莫南还接了他妈一个电话。

莫妈妈那边有点儿吵："南子，北北什么时候到？她该不会晚点了吧，酒店那边说她没入住。"

莫南："妈，你不要胡思乱想，她本来就是下午的高铁，大概晚上才能到酒店。"

莫妈妈放心了："那就好，我也是晚上到，她那电话怎么总是打不通？”

“应该是在过隧道吧……”莫南笑了两下之后，说道，“妈，有我妹的信息，我先回一下，挂了哈。”

云深在旁边一笑：“演技派嘛，继续保持，前面就是黑炎的基地了……”

听到“黑炎”两个字，莫南也不知道为什么会这么紧张，手心都有点儿冒汗了。

实际上，昨天在练习的时候，莫南也隐瞒了一些东西，那就是手伤程度。

云深不是很懂游戏，自然看不出来。

封逸之前关注过莫南，他不应该是这个样子的操作。所以，昨晚看到他的手速之后，封逸也问了几句。得到的答案是，他太久没有打游戏，所以生疏了。时间太紧，封逸也就没再问了，这一点莫南感到很庆幸。

“莫南？”封逸的声音在耳边响了起来。

莫南才将眸落过去。

封逸推了下眼镜：“不用紧张，记住我的话，你去了那边之后，不要说话，什么事都不要慌。最重要的是别让小奈起疑，其他的都好说。”

莫南点了下头，他不说话的样子确实和莫北有着百分之九十九的相似度。

“我现在给北打电话。”云深见这边都准备得差不多了，就让司机把车停到了一边，拿起了包里的手机。

黑炎基地。

猫猫熊看着已经连续走错位置的人，试探性地问了一句：“兄弟，你今天是不是有什么心事？”

莫北将眸侧了过来，情绪很淡地回答道：“没有。”

“没有？”猫猫熊有点儿不相信。

封奈走了过来，手臂搭在了莫北的椅子上，先是把其中一瓶矿泉水放在了莫北的手边，然后将身形压低。他从莫北的身后，将手绕过去，滑动了一下鼠标，看了一眼那上面的战绩，漫不经心地说道：“这位辅助小哥哥，你是来划水的？”

莫北习惯了这种距离，所以并没有觉得有多亲密。

猫猫熊在对面看到了，有些艰难地低下了头。

莫北倒是没感觉，刚放下鼠标，电脑旁边的手机就响了……

是云深打来的电话。

由于莫北的手机是放在桌面上的，所以这一通电话站在旁边的封奈也能看到来电显示。

莫北双眸一闪，来了。

封奈漫不经心地说道："果然影响训练，来通电话就能让我们的辅助小哥哥魂不守舍。"

莫北的眸子抬了一下："还没开始训练。"

封奈双眸微眯。

莫北已经从椅子上站了起来，接通了电话，她特意将通话声放大，让基地的人知道是云深要约会。

"喂，准备好了吗？"

莫北嗯了一声。

云深的笑像是很甜的样子："那我现在去接你，你想一想我们去哪里玩。明天你就要开始训练了，肯定没时间。"

"看你喜欢。"莫北说完这句话之后，又聊了两句，才挂断了电话。

那边的封奈只抬起眸来朝着这边看了一眼，眸子像是被冻结了一样，连带着后背都能渗透出冰寒来。

基地外，云深刚要下车去接莫北，车外就传来一阵声响。

有人在敲车窗，是寒昔。他像是刚刚从基地出来，并没有穿战服。

云深一顿，第一反应就是按着莫南的头，向下压了压。

"有人。"云深说完这句话之后，黑色的眸一闪，拉开车门，下了车，脸上还戴着墨镜，就那么靠在了车门上："寒大，有事？"

寒昔看着她，眸色很深："嗯，有事。"

这答案倒是让云深有点儿意外。毕竟寒昔从跟她认识开始，就一直在拒绝她。他怎么还有事要和她说了？

但很显然，她不能在这里待下去，那里面坐着的可是莫南。刚从基地出来的寒昔，肯定见过北。如果现在就被寒昔看到莫南，那他们之前的一切努力就都白费了。

云深侧过脸去，常年的演戏经验让她并没有露出什么异样。

车内的莫南则更加压低了身形，这时候，怎么偏偏碰上了寒昔，看样子寒昔还和云深认识。

云深还在想办法，寒昔像是想了想，开口："其实我就是……"

后面的话，他还没有说出来，云深就笑了一下："不好意思，寒大，我今天是来接莫南的，有点儿赶时间。我们改天约一天，好好聊聊？"

被打断的寒昔顿了一下，一手按住了云深的肩，微微地压低了身形："你不是喜欢看我这张脸吗，现在又不喜欢了？"

云深顿了一下，这是什么意思？

"算了。"寒昔站直了身体，"不用约，没必要了，你这种人，真的没必要。"

云深看着那道渐渐走远的人影，眸子低了低，心里多少有些难受。

虽然确实是她先看上他的，但她后来不是没招惹他了吗？他把人拦下来，最后却什么都不说，莫名其妙。

云深伸手，唰的一声打开了车门，莫南总算是透了一口气，俊美的脸露了出来。

云深眯起了眸："你是不是都看到了？"

"没看到。"莫南想了想，又加了一句，"倒是听到了。他刚问你的那些话，看来你们之前有故事呀。"

"我看上他了，他没看上我。"云深眸色一深，接着勾起了唇，"还特别看不惯我，你说我是不是应该收了他？"

莫南下意识地要去摸自己的小鬏鬏，但为了和他妹的发型一致，已经剪了……

云大小姐在追人方面，也是颇为奇特，完全不在普通人理解的范围内。

"好了，你继续在这儿窝着吧，我去接北。"

有了这么一个小插曲之后，莫南的提防意识更强了，连车子都开到了离这边远一点儿的地方。

云深一到基地，就挽住了莫北的手臂："我给猫猫熊他们都带了东西，感谢他们在今天把你让给我。"

难得，听到这句话最先有反应的并不是猫猫熊，而是倚在那儿喝水的封奈。

他的视线落了过来，黑色的眸落在了云深勾着的那只手臂上，他走了过去："云小姐是不是忘了，他肩上还有伤？"

云深一顿，双眸抬起："还没好？"

"好了。"莫北说完这两个字之后，封奈笑了一下："看来是我多管闲事了。"

莫北的肩确实好了，不然她也不会去参加厨师大赛了。

"早点儿回来。"封奈倾身，嘴角勾着弧度，深邃的眸子里像是能溢出浓浓的黑雾，"还要麻烦云小姐把我的队员照顾好，不要再像上次一样，让他受什么意外伤害。"

这句话让云深又抬了下眸，封家大少爷对她的敌意，都已经明显到这个地步了？

云深并没有反驳，脸上的笑意也没有减一分："K神放心，上次那样的事，不会再出现了。"

封奈眼角半挑，很清楚对方不是那种三言两语就会被他说走的女孩。

猫猫熊意识到这边气氛不对劲，笑呵呵地把他女神手中的零食接过来："我刚好肚子寂寞了。"

"那你们慢慢吃。"云深笑笑。

莫北偏眸，淡淡地说道："走吧。"

云深应了一声："好。"

这两个人可谓俊男美女，气质虽不同，却能彼此相容。

封奈看着那一幕，双眸黑到了极致。他走上楼的时候，拨通了金小少爷的电话。

金小少爷正在影帝的注视下坐立难安。

"我那也是替你解围呀，不然你就被那个富婆占便宜了。"

影帝冷冷一笑："她敢吗？"

我现在知道她不敢了，金小少爷心道。

影帝扫了他一眼："你手机响了，刚好，让人把你抬走。"

奈哥？金小少爷无语，根本不能指望他奈哥做搬运工好吗？他做好准备之后，按下了接听键："奈哥，怎么了？"

"云深，她刚从基地把莫南带走。"封奈冷冷地说道，即便隔着手机，金小少爷也能感受到他奈哥身上的寒气。

现在已经完全清楚他奈哥意思的金小少爷，默默地抬了下头，看天花板："有了！奈哥，我让我哥给她加点儿戏，让她回公司。"

封奈淡淡地说道："很好。你现在就给你哥打电话，一个小时之后，我要看到我的辅助回基地。"

挂了电话，金小少爷在心里叹了一口气，他奈哥这根本就是彻底黑化了。

不得不说，现在封奈的心情确实不怎么好形容。他以为自己能忍，但看到云深从他面前把莫北带走时，才发现，他会这么忌妒一个人。

他甚至会想，莫北此时会不会正对着云深笑，又或者是……亲吻。

现在他甚至想，云深想要什么，他都可以给她，只要她把莫北让给他。

封奈并没有想过自己会这么喜欢一个人，现在他明白了，他喜欢上了一个男孩子。以前，他在游戏里喜欢上了那个人；现在，在现实里又喜欢上了那个人……

基地外，莫北由云深带着走到了莫南坐着的商务车旁边。原本就在注意四周的莫南把墨镜一摘，刚要隔着车窗开口，莫北就抬了下眸，一张脸俊美得很，就是有点儿冷。

"哥，"莫北的视线落在他的手上，"你的伤怎么样了？"

莫南肆意一笑，眼睛里看不出什么异样："医生说恢复得很好。"

"那就好。"莫北虽然没有什么表情，但莫南知道，她嘴角那微微的松懈，就代表她听到这个消息后很开心。

"我们找个离这里远一点儿的地方聊吧。"云深拉开了车门，"这里不方便。"

莫南表示赞同："如果再碰到前男友什么的，确实不好说。"

"前男友？"莫北坐到座位上之后，才将目光落过来。

云深一笑："只不过是在夜店的时候想买个人，没买下来，那时候我以为他是个少爷。"

莫北觉得事情没那么简单："你把谁当成了夜店的少爷？"

云深知道瞒不过她，便没有掩盖："你们黑炎的国服ADC，寒昔。"

莫北的眉心微微地拧了拧："你假扮我的女朋友，会不会影响到你谈恋爱？"

"艺人最好不要谈恋爱。"云深说道，"而且，现在我只想好好教教他怎么尊重女孩子，以后别这么自大。"

莫北闻言，看了莫南一眼。

云深真的是懒得看他们两兄妹眼神交流了，笑了一下："好了，不要说我了，你们两个快交流下，我们把北送去酒店之后，还得抓紧时间回来。"

莫北打开手机，让莫南开始看图片："这是基地的布局。哥，你的房间在二楼，封奈的房间在你对面，别进错了。"

莫南也认真了起来："好。"

"这儿是一楼。"莫北手指滑动，"不睡觉的时候，队员的活动空间都在一楼。客厅有两个冰箱，其中一个冰箱里的矿泉水，你不要动，是封奈的。"

莫南听到这里，有疑问了："怎么区分？"

莫北说得简洁："那水看上去很贵。"

莫南无语了，果然和他想象中的封大少一模一样。

"这儿是训练区。"莫北淡淡地说道，"和所有基地一样，每个人一台机子，我的机子是最右边这台。"

莫南的双眸看过去："都是'外星人'？"

"那肯定。"云深侧过身来笑了，"封大少的出场费是我的三倍。听说他第一次直播的时候，还差点儿让系统崩溃。不过封大少不是那么容易露脸的，据说连他们顶头的经理都不能让他出镜。"

莫北听到这里之后，睫毛一动，想起了前几天他们一起做的直播。

云深笑意加深："最搞笑的是，当时金老板在听完那经理的话之后，立刻和其撇清了关系，然后约了封大少出去表忠心。"

莫南的眉心微微拧起："金老板不是这里最有钱的那个……"

"金家和封家本来就是世交。"云深的手指摆弄了一下手机链，"因为封大少还帮着老爷子们教育过孙辈。所以，在封大少他们那个圈子里都知道，得罪谁都不能得罪封大少。"

"A大和C大的人也都不敢，"莫南补了一句，"除了我。"

云深看向他，再次嘱咐道："之前封大叔在这里的时候也说过，让你住进去之后，一定要小心他侄子。他侄子可是被当成封家继承人来培养的，表面看上去对什么都漫不经心，其实他对什么事都有把握……"

听到这里，莫北抬眸，问得认真："他很不好相处吗？"

莫南接话："肯定呀！"

好相处的话，我们能水火不容吗？

莫南叹了口气：“妹，这么多天，真的是辛苦你了。”

“辛苦？”莫北面无表情地喝了一口水之后，说道，“之前我确实被要求做过很多我不能理解的事，但现在，我们的关系很好。”

莫南顿住了：“关、关系很好？”

莫北淡淡地嗯了一声：“他人不错。”

莫南才不信！

莫北像是还在想其他形容词，想了半天才说了一句：“像猫，很可爱。”

云深、莫南：……你怕是对“可爱”这个词有什么误解吧？

莫南深吸了一口气，刚要开口，云深的电话就响了。

“是我老板。”云深抬眸。

莫南和莫北同时消了音。

云深手指一滑：“喂，金总。……嗯，在外面，开会？规划？非要现在吗？能不能晚点儿？”

那边的声音也跟着传了过来：“其他的人都到了，都在等你一个人。你明天就要进剧组，这部剧对你来说应该很重要才对……”

云深还没听完，莫北伸手挡住了她的手机，压低声音说道：“赶回去。”

云深看着她点了点头，对着那边说道：“金总，我现在回去。”

莫北等她挂了电话之后说道：“酒店我自己过去，你带我哥回基地，你们应该是同一个方向。”

“好。”云深看着她，“我会把莫南送到黑炎，你放心。”

莫北没说话，伸手揉了揉云深的头：“去剧组也注意。”

“嗯……”云深勾唇笑了。

莫南在旁边有些无奈了：“同样的脸，态度差太多了好吗，云妹妹？”

“气质，从现在开始，请你保持我北的气质。”云深眼角微挑，“别再像现在这样，到了那儿如果穿帮了的话，你清楚后果。”

莫南立刻不说话了，开始装面瘫。

莫北刚下车，云深就拿了一个袋子递给了她：“差点儿忘了，这是之前就准备好的，假发、裙子，还有一些贴身的东西。阿姨晚上到，看到你现在这个样子，肯定不行。”

莫北嗯了一声，把袋子接过来。

云深一笑：“穿好裙子之后，记得拍张照片给我。我特意给你挑的，很符合你的气质，冷冰冰的御女风范。”

很快，商务车就到了基地，莫南和云深一起下了车。

云深看了他一眼，黑发打下，侧颜俊美，恍惚之间，就和她脑海中北的身影重叠在了一起。

她伸手勾住了他的手臂，莫南没有躲，还偏过眸来看了她一眼，情绪控制得恰到好处。

云深一笑：“我们进去吧。”

莫南在心里深吸了一口气，将视线落在了那栋两层小楼上，接着，走了进去。

“兄弟？”还在吃零食的猫猫熊，看到走进来的莫南之后，眼睛都亮了，“你们不是去约会了吗？怎么这么快就回来了？不过，你可算是回来了，老大好像心情不怎么好。”

猫猫熊的潜台词是，你快点儿上去哄哄吧，反正这种事，你最拿手。

莫南却只是嗯了一声。

猫猫熊没有察觉出莫南有什么异样。

云深见他们俩没什么问题，莫南的状况又这么稳定，笑着说道：“我还有事，就先走了。”

“好。”莫南的状态仍然没有崩，侧过脸来，学着莫北的语气说道，“去剧组也注意。”

恍惚间，云深还认为这句话真的是北对她说的。

很好，如果莫南能一直保持这种状态的话，肯定不会穿帮。

莫南自己也这么觉得，看着云深走了之后，刚要上楼，就凌空响起了一道声音：“回来了？”

这声音他非常熟悉，是那个眼睛长到头顶的A大老大，封大少的声音！

好在莫南是背对楼梯站着的，那一瞬间的目光变化，并没有被人看到。

不过，封奈是在问他？

哦，对了，他妹说过，他们两个现在关系还不错。

莫南迅速地整理着心情，放淡了目光之后，才将脸侧了过去，一只手插着裤袋，黑发打在鼻梁上，从楼上的角度看过来，莫南确实不会有什么问题，又清隽，又冷然：“嗯。”

莫南总结了一下，就是少说少错，搞不清楚是什么状况的时候，直接用“嗯”字代替。

封奈从楼上下来，缓缓走近，他的一只手不知道为什么，被缠上了白色绷带，就那么随意地垂在了一侧。

莫南紧张得心都要跳出来了，努力控制自己的眼神不要变。

封奈在他面前站住，挑了一下眼角：“怎么感觉你有点儿凶？”

莫南垂在一旁的手攥了一下，淡淡地说道：“没有。”

封奈又离他近了一点儿，看着那张瓷白的脸，狭长的眼眯了一下，浓浓的压迫感扑面而来：“你好像……”

莫南偏眸，看着他。

封奈这才站直了身形，漫不经心地说道：“没什么，刚还以为你换了个人。”

我什么都没做，你怎么就觉得换了个人？莫南有些不寒而栗。

唯有封奈自己清楚，他的情绪并不是很稳定。一些他刚刚才意识到的问题，让他现在也有些不知道该怎么面对眼前这个人，甚至对于自己刚才做的事，还有一些愧疚和忌妒。

“你是不是觉得约会结束得太早？”

封奈脱口而出的话里，带着连他自己都察觉不到的轻微嘲讽。

莫南心想，黑炎连队员约会这种事都要管吗？

“没有。”他淡漠着一张俊脸，眸色浅浅。莫南已经在很努力地装面瘫了，但让他差点儿惊得跳起来的是，接下来封奈的动作……

封奈戳、戳他的脸？莫南的呼吸都快要被气停了！

“那为什么是这个表情？”封奈的嗓音没变，如削过一般的修长的手指，戳着莫南的唇角，和往常一样，漫不经心得很。

谁来给莫南这个大直男科普一下，一个男孩戳另外一个男孩的脸，这是什么操作？

莫南用力忍，脸上才没有破功。

即便他特别想把那人的手挥开，不承想，站在他对面的人笑了一下，淡淡地说道：“这位小哥哥真的是，约完会之后，连脸都不让碰了？”

封奈叫他什么？他以后都不敢再直视“小哥哥”这个词了！

莫南继续忍，继续面无表情。

难道这家伙经常碰他妹的脸？莫南低眸思考着。

封奈的手臂突地搭了过来，像是非常自然地落在了他的肩上：“不就是提前结束了约会吗，有那么不高兴？”

莫南一僵，虽然他妹说过，她和封奈关系还不错。但，莫南从没有想到是这么个关系不错法！戳脸、勾肩搭背？

“你身上这是什么味道？”封奈开口，打断了莫南的思绪。

莫南努力习惯着封奈，面无表情地问道：“味道？”

“嗯。”封奈的眉心微微地拧了一下，又靠近了一点儿，眸垂得更低了，“和你平时的味道不一样……”

莫南想说，你不会吧大哥，你连什么味道都要区分？

可封奈像是很在意这种事，身形又压低了一点儿，连那双深邃的眼都带着审核的意味，那张脸缓缓地朝着他这个方向靠了过来。

“是云深。”莫南侧过脸来，淡淡地说道，“云深今天喷的香水有些多，应该是之前沾到了我身上。”

封奈身形一顿，狭长的眸缓缓眯了一下，泛起了淡淡的寒芒。他们之前到底做了多亲密的动作，连香水味都能沾到。

原本是应该生气的，可是看着眼前的这双眼，封奈竟然并没有自己想象中的那么在意。

难道……不是喜欢？封奈有些不确定了，甚至就连心跳都像是平复了很多。那他之前的感觉到底是怎么回事？

莫南见他似乎接受了自己的答案，就打算迅速上楼。他现在算是发现了，封奈真的是不好对付。不行，他必须回房间，给他妹发短信问问，这种暧昧的相处模式到底是怎么回事。

然而，就在莫南迈开步子的一瞬间，手腕就被人拽住了！

莫南侧过脸去，看到的就是封奈那张绝美的脸。

拽手腕这种事，不是偶像剧里男主角会对女主角做的吗？

莫南的心情是复杂的，但那张脸还淡然得很，毕竟他妹遇事就这样。

但很快，莫南发现，他淡定不了，因为……

“你的肩是不是还没上药？”封奈的嗓音传了过来。

莫南下意识地就嗯了一声。

不承想，他刚“嗯”完，封大少就把他一拽：“去我房间，我帮你上。”

什么？莫南刚要把封奈推开，这次是真的不能忍！

“怎么？不愿意？”封奈侧眸，淡淡地说道，“又不是第一次上了。”

莫南：“……”

你给老子好好说说，你都对我妹妹做过什么？

不过，接下来的事都很正常。

封奈只是拿着棉签在莫南的肩上敷衍地涂抹了两下。

但是，封奈却确定了一件事。那就是，他确实对莫南没有什么兴趣，明明之前看莫南一眼，都会胡思乱想。现在他就觉得，莫南和金子对他而言，没什么两样。所以，其实他是直的？

那天的事怎么解释？

不过，现在，他很确定自己没有任何的冲动，他是直的。没有什么比这个更能让封奈松一口气，他之前都在想些什么？

封奈偏过眸去，勾唇笑了一下。

把衣领拽上去的莫南，隐隐约约听到耳边传来了一声叹息。

好像是在说，幸好。幸好什么？莫南也没有问。

不过，封奈那家伙可算是正常了，给他上完药之后，将药膏往他这边一抛，单手插着裤袋，不再有任何举动。

莫南松了一口气，这才是他熟悉的A大老大……

第十三章　莫北女装

同一时间，就在商圈的一家酒店里。

莫北伸手推门，从更衣室里走了出来。房间里的采光很好，光线从落地窗的方向射进来，都洒在了她白色的长裙上。

那件长裙如雪般美。

她的手上还拿着手机，电话是莫母打来的。

“北，你在哪儿？我在一楼餐厅。你快点儿过来，比赛快开始了。”

“好。”莫北偏了下眸，纯黑的长发带着微微的卷，就像是漂浮的海藻，自然垂落在一侧。

十一点，时间刚刚够，这是莫北唯一的想法。

酒店大厅，今天客流量明显很大。各种肤色、说着各种语言的人都有，聊得最多的，就是这是哪一位美食大师。

这简直让坐在餐桌旁的小奶临无聊极了，穿着黑色小西装的他，像个小王子一样：“妈妈还没忙完吗？”

“这届厨师大赛，请来的裁判都是米其林餐厅的大师。酒店是咱们家的，夫人她要把大师都安排好，小少爷再等等？”

他都等了一个小时了，封临小大人一样地叹了口气，算了，尿个尿去，然后打个电话骚扰一下他哥。

打定主意的封临，从餐椅上跳了下来。谁知，一不小心撞到了身后的人，砰的一声，那人手上拿着的东西掉了。

封临连忙说了一声："叔叔，对不起。"

"踩都踩了，说'对不起'有什么用？"那人却没有接受他的道歉，看了一眼自己被踩脏的鞋，直接将小人儿重重一推！

人们眼见着小人儿的头就要撞上桌脚，突地一道人影将服务生手里的餐巾一拽，直接甩了过去，绑住了桌脚，用力向后一拽。她接着一个回身，长裙微扬，广袖浮动间，挡住了小人儿的俯冲。

周围的人看到这一幕，都有些回不过神了。

被救的封临，嗅了嗅，抬着小脑袋一看，顿时，一双大眼睛都瞪圆了："小哥哥？"

等等！

"小哥哥，你怎么头发也长了，还穿了裙子？"小奶临有点儿蒙。

莫北在心里叹了一口气，面无表情地说道："你认错人了。"

"认错人？"

这眼，这脸，这鼻子，就是他小哥哥好吗！

小奶临眨了眨眼，看对方要走，直接伸出两只小爪子抱住了那条长腿。

"就当我认错人了吧。"封临仰着小脸一笑，"小姐姐。"

小姐姐？莫北低眸。

从这个角度看过去，封临巴掌大的小脸更漂亮了，卖起萌来就像只小猫。

"小姐姐，你能不能带着我？我妈妈不知道去哪里了，这里人又太多。我怕一会儿再一不小心撞到别人，又会被人推开，到时候我肯定会摔倒的。"

封临越说嗓音越低，一副可怜兮兮的样子。

然而，旁边那个推人的男人，却不乐意了："你这孩子是没有人教过你说话吗？你把我的鞋都踩成这样了，不推你推谁？"

莫北原本要迈开的长腿停了下来："他已经道过歉了，反而是您，刚才推的那一下，差点儿让一个孩子陷入危险。"

那人听着莫北的话，呵了一声："长得这么漂亮，却连个孩子都不会教。算了，国内就是这么落后，不像国外，也不指望你们这些人能有多高的素质。"

莫北冷冷地说道："既然国外那么好，你回国做什么？"

男人趾高气扬，刚想再说点儿什么，那边就来了个人："汤姆先生，您总算来了，我们后台还有个厨神采访，您这是……"

"遇到了不懂礼貌的人，没事，走吧。"男人临走之前，还用轻蔑的眼神看了莫北一眼。

莫北没有再理他，向右侧迈开了长腿，只是，她每走一步，抱着她腿的小人儿就会跟着走一步。

莫北无奈，低眸，封临委屈巴巴地说道："小姐姐，你也看到了，没有你保护我，我很容易就会被人打，那个人看我的眼神都凶凶的。"

莫北想了想，将声音放低："抱歉，我还有事，不能带着你。这样，我把你送到前台，让前台广播一次。"

"我不要。"封临用脸蹭了蹭莫北的腿，"小姐姐，你让我跟着你吧，我保证乖乖的，不吵不闹。"

莫北看着小人儿，还在犹豫。

"北北，你在做什么？比赛快开始了。"这时，莫母走了过来，看着抱着她女儿腿的小男孩，只觉得心都要被萌化了，"谁家的孩子，怎么长得这么好看？"

莫北："不知道。"

怎么会不知道呢？

小奶临一昂头，卖萌道："阿姨姨，我叫封临，是认识小姐姐的。"

"阿姨姨"这个称呼已经把莫母萌化了，她伸手捏了捏小人儿的脸。

莫北知道，她妈这是阵亡了，她心里的防线也在刚才因为看到封临被欺负的样子，有些动摇了，但还是说了一句："我不认识你。"

封临圆溜溜的眼落在了莫北的身上，难道他真的认错了？

"可我认识的一个小哥哥，和小姐姐长得一模一样。"

"一模一样？"莫北故作不知，挑眉，"你认识我哥？"

封临的眼睛重新晶亮了起来："小哥哥是小姐姐的哥哥？"

"嗯。"莫北淡淡地说道，"我们是龙凤胎。"

封临低下小脑袋，自言自语："怪不得。"

倒是莫母在那边一下子就激动了："小娃，你认识我们家南小子呀，怎么认识的？"

莫北感觉自己要被老妈坑了。

果不其然，小人儿开了口：“我有次迷路碰到一群人在打架，小哥哥好帅的，不仅救了我，把人都给打跑了，还把迷路的我送到了我哥那儿。”

莫母：“打架？这浑小子还是这么冲动！”

封临：“小哥哥不冲动，小哥哥一直都冷冷的，但是很温柔，还会给我做蛋糕吃。”

莫母越听眉心拧得越紧：“冷冷的？做蛋糕？这不是我们……”

“妈，”莫北一脸平静地提醒道，“他的家人来了。”

“家人？哪儿？”莫母还在找。

莫北侧眸：“那位，往我们这边走第六遍的先生，应该是不好意思打断你们的聊天，所以才一直没说话。”

“真的？”莫母问小人儿。

封临特别想说一句“不是”，但那样就太假了，所以奶声奶气地嗯了一声。

莫母：“那就好，我们也该走了，你和你家人回去吧。”

封临点了点小脑袋，乖巧地走到了助理旁边，对着要走的莫母挥了挥手。

等到莫北她们一转过去，小人儿就变了脸，摸着助理的口袋，把手机抽了出来，对着不远处咔嚓一声，一张照片就这样浮现在了屏幕上。

封临没有丝毫的犹豫，低着小脑袋打着字，最后小手指一点，把内容发到了他哥那里……

此时，基地里，黑炎的每个成员都在训练。

除了富有节奏的键盘敲击声，连蝉声都几乎没有，按照规定，封闭训练的时候，队员们的手机都处于被锁状态，会交到助理那儿暂时保管。

助理从昨天开始，也算是半驻扎在了基地里，当然还有封逸。

虽然封奈并不清楚，这只老狐狸为什么会拿着他那些文件，在他们的餐桌上签字办公。

不过，封奈并没有很在意，在发现自己是直男之后，已经基本上恢复成了那个只打游戏不说话的King。

封逸从文件里抬起眸来，扫了并排坐着的封奈和莫南一眼，见没出问题，嘴角勾了勾。

他这个侄子确实聪明，但人在情感混乱的时候，很容易失去判断能力。再加上莫南至今为止也没有出错，应该不会有什么问题。

莫南确实装得很像，保持着面瘫的状态，即便偶尔会被A大老大碰到手臂，他也在学他妹，一脸的淡然。

即便玩辅助对他来说有点儿难……

“兄弟，中路帮我盯会儿。”猫猫熊发来了消息，“我去对方野区干扰一波。”

没等莫南回复，他们中路就没人了。

莫南刚想过去，封奈的嗓音就在他耳边响了起来：“你的手还没好？”

莫南一瞬间就想到了他和他妹打法的不同上，很快地嗯了一声，还补充了一句：“明天就没事了。”

封奈这才将目光移开，开始了不知道第几轮的训练。

莫南松了一口气，这个人还真是难对付。

封逸把一切都看在眼里，刚要进行下一项办公内容，手机上就来了一条消息。

“我刚碰到了封临，换回来的计划，要提前。”

封逸看着那行字，目光一沉，情况有些不受控制了。

他必须切换B计划，以确保万无一失……

距离基地一个多小时车程的亚湾酒店，厨师大赛的预赛即将开始，每个参赛选手都在找自己的位置。

发完信息的莫北，穿着长裙，隐在了某个角落。

在开场之前，主持人都要感谢一下赞助者，也就是封氏。

封临跟着瑶池坐得很远。

不过，封临的心思现在也没在这儿，只盯着手机，俊美的小脸鼓了又鼓：“哥哥到底在做什么哦，连个信息都不回。”

瑶池听了小儿子的话之后，忍不住地笑了笑：“你哥在集训，你的信息他应该是看不到了，你还是好好和妈妈一起吃东西吧。”

看不到？那怎么行？

封临咬了咬小手指，双眸又亮了：“妈妈，现在在基地照顾哥哥的那个助理，也是咱们家的人是不是？”

“嗯，怎么了？这么想你哥？”瑶池一边说着，一边用餐巾擦了擦小儿子的嘴角。

封临嗯了一声，凑过去摇手：“妈妈帮我联系一下吧。”

瑶池没办法，拿出手机，按了一串号码过去。

正在基地坐着的助理，看到来电显示之后，双眸都睁大了，立刻点了接通键："夫人。"

"是我，奈儿又在封闭训练吧？"瑶池问道。

助理马上回道："是的夫人，今天刚开始。"

"没什么事，你把奈儿的手机给他，让他看下，临临给他发了信息。"瑶池说完，又有点儿担心，"这不会破坏你们的规矩吧？"

助理连忙说："不会，不会。"

瑶池笑了："那就好。"

"是。"

助理挂了电话之后，找到了他家少爷的手机，走到少爷的机位前："少爷，小少爷给你发了信息。"

刚打完一局的封奈，拧开矿泉水瓶，漫不经心地喝了一口："你告诉他，我今天没时间陪他玩，让他自己找点儿事做。"

助理说道："夫人打电话专门说的，小少爷这次会不会是有什么重要的事？"

封奈准备再开一局的手顿了一下，接着换了方向，抬手将头上的耳机一摘。他拿过放在桌上的手机，站了起来，开机，输密码，网络刚一连接，屏幕上就显示了四条未读信息，都是临坑坑发来的。

封奈修长的手指一滑。

"哥哥，你看看这个美美的小姐姐。"

"她和小哥哥长得一模一样。"

"你看我拍的照片！"

一瞬间，封奈的视线就那样被固定在了屏幕上，为什么这人会是这副打扮？

虽然照片照得并不是很清楚，并且只拍到了那人的侧颜。但可以看出，那人鼻梁挺拔，睫毛垂下，又黑又长，面容姣好。那双腿更是漂亮、细长，白皙如玉，在纱裙下，勾勒出了完美的曲线。

她的长裙领口微敞，衬得她的颈水水嫩嫩的，让人很想、很想……

封奈拿手机的手攥了起来，除了心脏剧烈的鼓动之外，一切声音都听不到了。

他体内所有的血液似乎也都开始从一个地方聚集，变得发烫、发热，封奈很清楚这是什么反应，就是前两天，一直在困扰他的反应……

助理还不知道发生了什么事，只见他们家少爷的眸子，颜色在渐渐变浅。

封奈接着偏头轻轻一笑，那笑意有种说不出的意味。

“他在哪儿？”封奈看向身后那空了的位置，眼神越来越冷，“莫南，他在哪儿？”

“这……”助理也不知道，他一直都没注意。

封奈没有去看助理迷茫的脸，拿着手机又回到了机子前，伸手一摘猫猫熊的耳机：“莫南呢？”

猫猫熊被吓了一大跳：“好像刚才老大你单排的时候，他被封总带走了，说是公司那边有事。”

被老狐狸带走了？封奈双眸缓缓地眯了一下。

猫猫熊都有些好奇了，老大这是怎么了？

不过，刚那么一晃，老大手机里好像有一张女孩子的照片？

天哪！猫猫熊内心的八卦之火重新被点燃了。他火速从游戏里出来，临时建了个讨论小组。

除了队长之外，他一个个地把他们黑炎战队的人都拉了进来。

大帅比猫猫熊：“同志们，消息！重磅消息！”

呵呵你一脸灰：“我被你强制拉出来了，你死定了，竟然在训练的时候开小差。”

大帅比猫猫熊：“没有，刚刚老大问我，莫南去哪儿了。”

此时，猫猫熊并不知道，他拉进来的那个“莫南”，并不是刚坐在他对面训练的莫南，而是即将开始厨艺比赛的莫北。

在看到手机里闪动着的消息之后，莫北抬眸又看了一眼时间，低眸打过去了两个字：“问我？”

大帅比猫猫熊：“是的，你不是跟着封总去公司了吗？”

莫北的手指从那句话上滑过，不动声色地打了一个字过去：“嗯。”看来封大叔和她哥已经在来的路上了……

猫猫熊不知道自己泄露了消息，还在打字：“这不是重点，关键是刚才我在老大的手机里瞄到了一张白裙女孩的照片！”

呵呵你一脸灰：“真的？”

大帅比猫猫熊：“绝无虚词，我都给惊着了。”

寒昔最直接："那女孩是谁？"

大帅比猫猫熊："没等我看清楚，老大就把手机移开了，这里面绝对有什么不可告人的秘密！"

莫北看了看自己身上穿着的那条白色长裙，只是在这低眸间，就想到了这里面的关联。应该是封临刚才见到她之后，拍了照片给他哥。

不能再浪费时间了，莫北扫过不远处的计时器，眼神略微有了变化。她不知道封奈在看到她的照片之后，会怎么想。

封奈要找莫南，就是因为他觉得照片里的人，才是他熟悉的那一个，他要去验证一些事。

封奈知道莫南有个妹妹，之前他在那家伙的行李箱里看到女士内衣的时候，那家伙就说过，那是妹妹的。

只是封奈从来都没有想过，他们兄妹会是长得几乎一模一样的龙凤胎。

照片是临坑坑刚刚拍的，那背景，封奈并不陌生，毕竟是自家的产业，既然找不到莫南，那他就去找莫南的这个"妹妹"。

封奈提挡加速，从来都不挑车的他，这次却开走了放在基地车库里的那辆法拉利跑车。

他漂亮、快速地甩尾，连角度都收放自如，这车线条流畅，颜色是火焰一样的红，车轮碾过街道上的树叶，几乎不留一点儿痕迹。

看着这一幕，分享完八卦走出来的猫猫熊都傻了，愣愣地打了一行字发到讨论组里："老大开着他那辆法拉利出去了。你们说，他是不是去找照片里的那妹子去了？"

这一条消息，很可惜莫北并没有看到，因为厨师大赛已经开始了。

参赛选手们都要上交手机，就是为了能让比赛公正、公平。

除了猫猫熊的信息以外，还有一条信息，莫北也没来得及看，那条信息是封逸发来的。

莫北白皙的手指半撑着桌面，侧脸仍然清隽，黑色的睫毛打下来，遮住她眼的同时也遮住了她的情绪。

速战速决，这是莫北唯一能想到的办法。她要尽快结束厨师大赛，回到基地，只要不是直接面对封奈，就还有机会。

"出来了！"厨师大赛主持人的提醒声，打断了莫北的思绪，"大家可以抬头看一下屏幕上的字，这就是此次比赛中，大师们对大家所做菜品的要求。"

不仅是参赛选手，就连前来观看的客人们，也都朝着上方看了过去。

那上面写着一行字："精致、美味、有感。"

精致与美味好理解。

"有感？"主持人偏头一笑，"听起来，这才是主题。"

莫北也看到了那一行字，和别人不同，她多考虑了一个方面——速度。

她要快速做完。就在她选材的时候，那边又传来了一道响声，是主持人在采访前排的选手："瞧我看到了谁，最近很火的汤姆先生。"

莫北一开始并没有将注意力放在这边，直到主持人问："请问汤姆先生，你打算做什么来应赛？"

那声音很自信："当然是最能象征优雅的法式菜。"

主持人："没有考虑过中餐吗？毕竟您是华人。"

"中餐？"那人像是笑了一下，"虽然我是从中国出去的，但是中餐确实有它的局限性。更何况中餐远远没有法式菜来得精致，这么高级的比赛，应该不会有人做中餐吧？"

确实，很多选手都在看到"精致"两个字时，把注意力集中在了西方菜色上。

莫北却在这时候，停了步子，侧眸朝着那人看了过去。

小奶临也认出了对方，特别想告诉他妈，就是那个人刚刚推过他。但封临知道一码归一码，他可以等到这个人比赛完，再把这个人赶出去，毕竟要注意自己家的面子。

可这人说的话，小奶临非常抵触，感觉处处都在贬低中餐，中餐很好吃的好吧。小哥哥如果在就好了，凭小哥哥的厨艺，肯定能让这人闭嘴。

封临不知道的是，他小哥哥就在这儿，不过莫北站的位置太偏僻了，别人根本看不到。

她放下了刚刚拿起来的意大利面，手指钩着细绳，将白色的口罩一戴，调整了方向。

"来，让我们看看选手们都挑选了什么食材。"

随着主持人的话题转移，画面也在切换，基本上所有人的首选都是蜗牛和鹅肝，还有人在拿龙虾。

食材不是无限量的，谁最先拿到，就算谁的，所以画面切过去的时候，那场面很像是众人在菜市场里抢菜。

每个人最想要的，就是鹅肝和蜗牛，如果不能得到两样，能得到其中一样也可以。

毕竟，一个合格的厨师，有时候也需要在没有满意的食材的情况下，做出适合的菜来。

那里面，有一个人没有参与这场抢菜斗争，非但没有抢，甚至在她这里，一切的节奏都被放慢了。

因为是普通食材区，厨师最先经过的就是这个地方，只有她一个人站在那儿，雪白的长裙并没有影响她的动作。

就连蹲下来去拿鸡蛋时，她也能给人一种移不开眼的美感。

她的手腕很白，莹瓷细致，在抬眸时，人们清楚地看到了她的眼，黑得清澈，没有一丝杂质。

她的脸上戴着口罩，人们看不清她的相貌，但垂下的黑色眼睫，让摄像师忍不住在她那张脸上停留了几秒钟。

“小姐姐！”封临忍不住地站了起来，开心极了。

瑶池倒是好奇了，小姐姐？临临认识的吗？

主持人大概没有料到在这种情况下，居然还有人以这种方式挑选食材，愣了一下之后才说道：“这位选手真的是让人觉得不可思议，不是吗？也有可能是已经放弃了去抢食材，毕竟就算是同样的东西，不同的人做出来的味道也会不一样。”

“罗莉和汤姆才是这场比赛的看点，在场的选手应该很难有人再超过他们。”说这话的是评委席上的第三个人，他的神色很轻松，像是看到了这场比赛的结果。

此时的莫北，却成了第一个挑选完食材的人。

莫北将拿来的食材，摆放在了桌面上，普通得让人们都猜不到她这是要做什么。

下一秒钟，莫北的动作，让所有人瞪圆了眼。

她起刀的动作很快，落下去的时候，火腿肠迅速被剥了包装，还有让人觉得最难对付的洋葱，到了她手里，根根丝薄。

接着，她将面粉和酵母放到了案板上，面粉加水之后按揉成团。

“这是？要做馒头？”

有人猜测。

“不是馒头吧，她手上沾了油。”

莫北快速地将手上的油面团放到了一个容器里，并盖上了盖子。接着，她拿起一个玻璃碗，先是倒了芝麻酱，再倒了点儿香油，然后是甜面酱、番茄酱一同混入，还用柠檬水提鲜。

“她在调作料了，不过只有火腿肠的话，会不会太淡薄？”

“她又在搅拌面粉了，这次好像调得有点儿稀，是要做什么？”

主持人也好奇了：“袁老师，你觉得这位选手，是想要做什么？”

“我现在只对汤姆做的菜感兴趣。”袁先生不屑地回道。

这话音一落，那边就传来了一阵响动，原来是汤姆在做菜时，露了一手好刀工。

袁老师笑道：“果然，汤姆的水平确实高出其他人很多，去国外进修，让他更专注于食材本身了。”

然而，就在下一秒钟，他就被打脸了！

莫北左手的起落，菜刀划过间，真的有一种神乎其技的感觉。

人们眼睁睁地看着放在那儿的樱桃，逐渐变成了花瓣的形状。

比刀工？莫北确实能教汤姆。

花瓣被她放入白色的托盘时，人们甚至都觉得有种莫名的诱惑。

她打开平底锅放油，又将面团拿出来，切成两指宽的一段，一段摞在另一段上，筷子上蘸油，从中间压下去。

“油条！”

已经有人看出形状，封临在下面看得特别想跳下去吃一根。

汤姆朝着这边看了一眼，眼神中多少有些轻蔑，看着自己烹饪完了的鹅肝，更觉得这次的胜利是属于他的了。

更让人意外的在后面，莫北打开了电饼铛，将面糊均匀摊开，随后还在上面打了一个鸡蛋。待涂抹均匀之后，利落地翻面，用小刷子刷酱，撒洋葱和菜末。

香气越来越浓，几乎充斥了所有人的呼吸。

火腿搭配上香脆的油条，放在饼上面，接着，卷起，定型。外表金黄酥脆，咬下去都会齿颊留香的薄饼，被她一刀切开，分成两半放在了白盘里，从这个切面看过去，火腿肠、油条、菜末、洋葱，每一层都有它色彩上的搭配。再加上花瓣式的樱桃点缀在中间，又有薄荷叶做点缀，旁边搭配的是一杯柠檬蜂蜜茶，用作料小碗放置在了白盘的空余位置，薄荷叶垂下，就像盛开的莲花。

在场的一些观众已经看得回不过神来了。

这道菜太普通了，它都不能被称为一道菜，甚至在以前，人们从来都没有把它看在眼里过。但现在，他们真的有点儿想吃了！

毕竟，他们从来都不知道这道菜做出来还可以这么精致、好看！

叮。莫北伸手按下了按钮，露在口罩外面的眸，颜色浅淡如初。

袁老师这时候插嘴了："汤姆也已经做好了，不如一起试吃也好做个对比。"

实际上汤姆是袁老师的徒弟，在他眼里，汤姆做的菜才是上等水平的菜。

"一起试吃？"主持人笑道，"不知道两位选手是什么意思？"

汤姆傲气地一笑："我倒是希望能有个人和我比一比。"

莫北只是淡淡地说了一个字："好。"她只想快点儿结束这场比赛。

两个人的托盘一起被端到了评委面前。

汤姆站在那儿，自信无比。

"肉质很鲜美。"史密斯切了一口蜗牛，露出了满意的神色，"不错。"

汤姆笑笑，表示接受了这句称赞。同时，他还朝着莫北的方向看了一眼，带着轻蔑和傲气。

然而，就在下一秒，汤姆的笑容便僵住了。

史密斯在吃了另外一个白盘里的脆饼之后，惊叹道："我的上帝！"并在说完之后，一口接一口，他一连吃了四口才道，"简直太美味了，很脆很香，层次感很丰富，有点儿像鸡肉卷，但比鸡肉卷好吃太多了。原谅我的失礼，我还是第一次吃这种食物！"

看过美食大赛的人都知道，评委很少去吃第三口，除非是真的很喜欢！现在史密斯的表现已经不仅仅是喜欢了。他享受的表情已经完全说明了，这道菜有多好吃！

史密斯有些迫不及待了："这位选手，你能不能告诉我，这个食物叫什么？哪国的菜系，是你自创的吗？"

"不是。"莫北淡淡地说道，"它叫煎饼馃子，这是我国北方城市的一种路边小吃。在地铁口、学校门口，都能找到它的踪迹。我将它做出来，是想告诉一些人，我国美食文化不仅仅博大精深，更重要的是在每一种食物里，你都能找到曾经的记忆。小时候我们在吃，长大了还会吃，它平凡却不普通，这就是中餐。”

这句话到底是说给谁听的显而易见，人们都因为莫北所说的在鼓掌。

汤姆站在那儿，脸色在不停地变化。

结果出来了，莫北的分数高出了汤姆很多。

无论是从菜色、刀工，还是这道菜本来所传达的感情上，莫北都完爆对方。

莫北走过去，擦肩而过时，汤姆忍不住地大声说道：“你这是报复！”

人们的目光都看了过来，汤姆呵了一声：“我不过是推了你们家熊孩子一下，教教他怎么做人。”

“汤姆先生，”莫北偏眸，“那是你误会了，我不过是在教你怎么做人。”

汤姆的脸又黑了一个度，人们听了这样的对话，就猜出是怎么回事了，看向汤姆的目光也都有了变化。

汤姆当然察觉到了，还想和评委说这结果不公平，那边就走来了一个穿着黑色燕尾服的男士：“这位先生，您可以安静一点儿了，不用觉得比赛结果不公平，因为您的比赛资格已经被我们夫人取消了。”

“什么？”汤姆睁大了双眸，“她凭什么取消我的比赛资格？”

男士轻轻一笑：“我们封家不会要粗鲁不懂礼数的人，这是夫人的原话，您的师父袁老师也会和您一起出去。”

顿时，汤姆的脸就白了。坐在评委席上的袁大师，手也是跟着一哆嗦。

唯有莫北，抬起眸来，视线停了停。

封夫人在这儿？那她更不能待下去了。

趁着所有人的目光都放在袁大师身上，莫北拿回了手机，悄无声息地退到了一侧。

封临还在这里，一双圆溜溜的眼睛亮得很：“妈妈太厉害了，我早就想赶那个人出去了。哼，他差点儿把我推到桌子上，幸亏有小姐姐在，救了我。”

“那我们就去感谢一下那个小姐姐。”瑶池优雅地说，“我也很想尝尝她做的煎饼馃子。”

封临重重地点头，小手被瑶池牵着，走下了观看席。

莫北此时已经趁着人们注意力的短暂分散，走出了参赛区。

就在此时，酒店门外，一辆焰火般的跑车，风驰电掣而来。

一个漂亮的转弯，吱的一声，车停在了酒店门前……

法拉利的线条，就足够拉风了，从那里面走出来的人，身上的战服还没有换，他单手插着裤袋，唇间咬着一颗薄荷糖。他气场很强，帅得有点儿不像真人。

走进酒店之后，他刚要抬步，手机就响了，封奈低眸，扫了一眼来电显示，步子也跟着停了下来。

莫南？

封奈按了接听键，莫北的嗓音传了过来："队长，你在找我？"

封奈眸色很深，声音却散漫得很："你在哪儿？"

莫北不动声色地说道："外面。"

封奈双眸眯了一下，缓缓说道："你这个电话打得还真是时候。"

莫北听出了他话里的含义，眸色未变："我刚看到猫猫熊的信息，队长找我什么事？"

封奈缓缓说道："没什么，只不过想找我们的辅助小哥哥谈谈心。"

封奈每次和她谈心，都不是什么好事。

"那队长在基地等我吧，我一会儿回去。"

明知道封奈出来了，莫北却没有戳破。

封奈更是浅笑了一声："我也出来办点儿事，说不定不等你回去，我就能见到你。"

他的每一句话都是陷阱，就看谁先沉不住气。

莫北的眸色变深了，只说了一个字："好。"

封奈挂断了电话，视线落在了眼前的经理身上。

那经理还意外他们大少爷会出现，就听封奈开了口："把比赛大厅的监控调给我。"

经理立刻去办，把画面直接共享到了封奈的手机上。

没有在比赛大厅找到人，封奈也没有浪费时间再上去，而是将画面倒回到了两分钟之前，接着按了暂停键。

他的手指敲在了那个穿着白色长裙的人影上，眸子里像是有一层薄光："立刻把这个人从酒店里找出来，我要知道，她现在在哪儿。"

大少爷竟然在找一个女孩子？经理不敢相信自己的耳朵，这简直太劲爆了！

封奈的手机上还有临坑坑发来的信息："哥，小姐姐都不见了，你怎么还没来？”

封奈没有回复，而是在看实时监控。

赛事主办方说想要见见莫北，莫母这才发现她家女儿的电话又打不通了。实际上并不是打不通，而是莫北切换了号码。

小奶临倒是发现了莫母，拽了拽瑶池的手：“妈妈，那个阿姨就是小姐姐的妈妈，刚刚还喂我吃东西了。”

瑶池牵着封临走过来，温柔地问道：“是莫太太吗？”

莫母回眸：“您是？”

“我是临临的母亲。”瑶池轻轻一笑，“之前真的是谢谢您了。”

莫母刚要开口，就见封临圆溜溜的眼睛突地睁大，开心地朝着那边喊了一句：“哥。”

是封奈，他一边看着实时监控，一边在判断人会在哪里。

比赛大厅是必经之路，因为他已经让人把右边的电梯和安全通道都封了。

三分钟的维护时间，应该能将人找出来。

封奈抬眸，将视线落在了那个叫着他的小人儿上，顿了顿之后，才带着经理走了过去。

封临立刻抱住了他的长腿，一点儿面子都不留地吐槽：“哥，你速度好慢。”

封奈漫不经心地把人弹开：“别影响我做事。”

“做事，做什么事？”封临眨了眨眼。

莫母看着这一大一小两个人，再看看瑶池，这一家子人长得都这么好看吗？

“奈儿，”瑶池介绍道，“这位是莫太太，刚刚临临又走丢了，受了莫太太的照顾。”

封临生怕他哥表现得冷冷淡淡的，立刻加了一句：“哥，这是小哥哥的妈妈！”

封奈的脚步停了停，说道：“阿姨，您好，我是封奈，莫南的朋友。”

莫母很显然有些恍惚：“南子的朋友？”她那个火暴儿子，还有这种气质的朋友？

“嗯。”封奈此时的耐心让跟在他身后的经理都觉得有些不可思议了，“我和莫南是一个战队的，之前还在一个房间睡，是很要好的朋友。”

封奈这样规规矩矩的样子，让瑶池都觉得今天的他实在不像是平时的他，这倒是有意思。这位莫太太不是那个很漂亮的女孩的母亲吗？怎么又变成南南的母亲了？

瑶池想了一下这里面的关联，低眸笑了笑："原来是这样。"

她这个儿子想给莫太太留下好印象，看来是真的把莫南当成特别好的兄弟了，这是个好现象。

莫北第一次出现在她家的时候，瑶池就有一种预感：莫北一定能成为封奈的好朋友。

瑶池忍俊不禁地对着莫母笑道："奈儿还是第一次这样主动和长辈搭话，不知道的人还以为他这是见到了未来的丈母娘，真乖巧。"

封奈闻言，手指一顿，表情有些难以形容。

封临则蹭着他哥的腿，明显在取笑他哥。

莫母也只当是一句玩笑话："要是有这样的女婿，我估计做着梦都能笑醒，你养的孩子都太优秀了。"

"哪里，莫南才是真的优秀，上次……"

瑶池还没说完，封奈就开口了："妈，你和阿姨先聊，我还有事。"

封奈虽然很想留在这里，但比起这些来，把人找出来才是重点。

封临一见他哥要走，爪子都没松："哥，你去哪里？"

"抓人。"封奈垂眸看着自己的长腿，缓缓说道，"松手。"

封临嘴巴撇了撇，像是又想起了什么："哥，我觉得你当阿姨的女婿有些难。"

封奈侧了下身："哪里难？你没听到阿姨刚才在夸我吗？临坑坑。"

"哥，你看那边。"封临抬了抬下巴，"看到那个一直站在阿姨身边的哥哥了没有？他们刚才一起吃饭来着，他还和小姐姐很熟的样子。"

封奈呵了一声，淡淡地说道："和我有关系？还没有我一半帅。"

"可阿姨很满意他呀。"封临努力让他哥有危机感，是因为他看到小姐姐的第一眼，就觉得他的嫂子应该就是她了，所以必须督促着他哥有动作。

首先，他得先让他哥和小姐姐认识，可现在小姐姐也不知道去哪儿了，真的是好操心！

封临还在想着，封奈就已经抬起了长腿。

封奈并没有告诉他弟，他现在就在找这位"小姐姐"，只不过不是因为想要认识对方，而是要确定，那到底是谁。

“那边停得怎么样了？”

封奈穿过大厅之后，问经理的第一句话，就是有关电梯的事。

“有告诉客人们在维修，让出行的人都从这边离开，楼梯那边也都留了人。”

封奈这才将目光落回自己的手机监控上，缩小范围之后，就可以不去看那么多的画面。这是封奈聪明的地方。

莫北也觉得这次要脱身恐怕会有点儿难，这么大的酒店不可能突然之间做客梯维护。

最重要的是，就在刚才她打第一个电话的时候，就已经察觉到封奈来了。即使在通话的时候，他已经不让旁边的人开口了，莫北也还是听出了那里面的背景音，就是这里。

莫北一开始并没有意识到监控这回事，等她意识到之后，目光一闪，觉得自己必须有所行动。

莫北将手机拿了出来，看到封大叔发过来的信息之后，按了一行字过去。

紧接着，她朝着卫生间的方向走去，这一次她像是故意在暴露自己的行踪。

卫生间那里是监控死角，也就是说，从画面上只能看到她去了那个方向。

然而接下来，才是她要做的事，她推开了男卫生间的门之后，直接将那门反锁。

莫南见她进来，才算是松了一口气，抬起手来就将带过来的战服扔了过去：“你快穿上，回基地去，我总觉得封奈那家伙应该是察觉到了什么。不行，我必须好好问问你，你和那家伙，你们平时的交流方式就是搭肩捏……”

莫南那个“脸”字还没有说出来，莫北就打断了他：“来不及了。”

“什么来不及了？”莫南皱着眉问道。

莫北眸色一深：“来不及回基地，而且这种时候如果我直接回基地，你在这边没有办法收场。”

“你是说妈那边？”莫南一笑，“你放心，哄妈我最在行了，我就说你赢了之后觉得没意思，提前回去了，你之前不也这样过？”

莫北看着他：“不是妈。”

“不是妈是谁？”莫南不明白。

莫北垂眸：“封奈，他看到了我的照片，我们长得一样这件事已经瞒不住了。他现在过来，应该是怀疑，我们互换了身份。”

听到这里，莫南直接抓了一把自己的头发：“我应该在装你时再装得像一点儿。”

“和你没有关系。”莫北的眉心轻轻地拧了一下，“我也不清楚破绽在哪里，但他确实在怀疑，刚刚已经探过我的话了，他来这里，是来找照片上的人的。”

照片上的人？莫南犹豫了一下，忍着他大直男的痛，说道：“那还不简单？你把假发和裙子都给我，他就算找，到时候找到的也是我……”

莫北抬眸。

莫南偏了下脸：“怎么？”

“我装男孩子可以，你装女孩……”莫北说到这里顿了顿，“封奈很聪明，你不用开口，应该也会被认出来，你的站姿、坐姿都太豪放。”

莫南在听到“豪放”两个字之后，咳了咳：“我们年轻的男孩子都这样，也就你做事像个老干部。那怎么办，我不扮成你的话，怎么解释？”

“确实没有办法解释……”莫北看着自己的长裙，又看看那张和自己一样的脸。

莫南被她看得都想要抓小鬏鬏了。

莫北才开了口：“骗不了他，但能骗监控……”

什么意思？

卫生间里的隔断隔开，等到莫南和莫北再出来的时候，已经完全换了风格。

莫南看着长裙飘飘的自己，真的是无法忍受，最后还不是让他穿了女装！

“你先出去。”莫北偏眸整理了一下自己的袖口，换回男装的她，侧着脸的时候，镜子反出光，有种说不出的感觉，“多在监控里露面，然后回房间就行。”

莫南拽了拽长裙，各种不适应：“我这样不会被人骂变态吧？”

“不会。”莫北说，“哥，你只要文静一点儿，别说话，那些女装大佬比起你来，都很逊色。”

他们俩连肤色都一致，一白遮百丑，再加上精致的五官，如果说之前莫南给人一种坏坏的帅，那现在则是火般的美。

实际上，他和莫北给人的感觉还是不同的，但从外貌上来看，确实不会有什么差错。

就像莫北说的，只要莫南走路时“文静”一点儿，让别人认错还是做得到的。

莫南深吸了一口气，走出卫生间，今天绝对是他的倒霉日，一会儿最好不要有人来和他说话!

可以说南哥走出去的时候，是相当霸气的，这让推门走进来的路人，甚至都怀疑是自己进错了卫生间，不对呀，这明明是男……

“麻烦，让让。”莫南一如既往地霸气。

路人：“……”

他在男厕所里被一个美女说“让让”？

莫北也看到了那路人的表情，她将黑色的口罩一戴，抬起手来，看着腕表上的时间，像是在倒计时。

三分钟之后，封奈的手机就传来了清晰的画面。

“少爷，人找到了。”经理走回了封奈的旁边，“她现在正往客房的方向走，监控一直都有记录，我们推断她应该是要回房间。”

封奈的眸色深得很，视线随着画面中的人移动着：“房间号。”

“1207。”经理知道会用上，已经提前调了出来。

封奈将视线收了回来，撑着桌面抬眸：“房卡给我。”

大少爷这是要一个人去？经理能脑补出一大堆画面来：“要不要我帮少爷准备点儿东西，比如玫瑰花什么的？”

封奈挑眉，扫了他一眼：“不用。”

“哦……”经理那语气还有点儿遗憾。

封奈没有再看他，刚要按电梯上楼，身后就传来了一道熟悉的嗓音：“队长。”

封奈停住了脚步，单手插着裤袋，眸色一深，缓缓回头，朝着身后看了过去。

莫北脸上的表情丝毫没有改变，和她在基地的时候穿的战服一样。

莫北把外套的拉链拉到了最上面，只露出了下颌处的那一抹弧线，黑色的碎发，映着她那淡淡的眸，很高冷。

是莫少爷呀！经理刚想上去打招呼，他们家大少爷却伸手，挡住了他。

经理还在不解，就见他家大少爷低眸，看了一眼自己手中的监控画面，修长的手指还在那个白裙女孩的人影上敲了敲。

这是什么意思？经理不明白。

莫北却很清楚，这也是她以莫南的身份出现在这里的原因，就是为了让他看到她和那个白裙女孩分别都在什么地方，用出现在他面前的方法，最直接。

封奈确实眯了一下双眸，甚至压低了声音对着那边问道："目标还在吗？"

"少爷，你放心，我们一直看着呢，这位客人已经上了楼，在走廊这边。"

封奈俊美的脸偏了一下，再一次把目光落到莫北的身上，问道："你怎么会在这里？"

"封总带我来的。"莫北走近，话仍然很少。

封奈看着莫北，眸色深得很："带你来酒店？"

"封氏产业，公司安排的活动。"莫北的心态向来很好。

封奈笑了，却一点儿都不温和："哦？什么活动？"

"我风评差，这里有个厨师大赛，他想让我在旁边做直播。"莫北抬眸，淡淡地说道，"我还没进去，就在屏幕上看到了我妹参加了这个比赛。我和我妹长得一样，进去做直播的话，会造成麻烦，现在活动取消了。"

"你和你妹妹长得一样……"封奈玩味着这句话，缓步走近，"这件事，以前你怎么不说？"

莫北像是不解，无意识地动了动睫毛："没人问过。"

这四个字，让封奈顿了顿，确实没人问过他，他妹妹长什么样子。

资料上也显示过，莫南似乎很保护家人。所有人都知道他有个妹妹，这个妹妹的存在感却极低，好像谁都没有见过……

但这并不影响封奈的直觉，他只偏头笑了一下，下一秒，就按着莫北的手腕，将人压在了墙上。

经理在旁边看着，以为这两个人要打架，脸都白了，想要上去劝。

封奈头也没回，漫不经心地说道："我和我们的辅助小哥哥聊聊。慌什么？旁边站着。"

经理：……少爷，你这不像是在聊天，倒像是要打起来呢。

莫北只侧眸看了一眼，自己被压住的手，随着他的接近，那淡淡的薄荷糖气息也跟着飘了过来，很近，近到仿佛她一呼吸，就能吸入他的气息。

封奈偏着头，盯着她。

不同于之前，这一次危险得让她觉得随时都有可能被吞噬，看来她是被彻底怀疑了。

灯光下，封奈的那双眸子，就如同破碎的繁星。

她在他面前，像是已经被看穿了一样……

然而，这并不是让莫北最被动的，被动的是，他突地倾身，就那么弯着腰，侧着那张俊美的脸，高挺的鼻梁微偏，碰在了她的颈上。

啪的一声！莫北拽着封奈的手，干脆帅气的动作，一下子就变换了自己和封奈的位置。

她压住了他的手腕，垂眸：“队长，你干什么？”

经理在旁边已经看呆了，刚刚大少爷那个举动……那个举动……怎么看都像是在那什么莫少爷吧？

封奈居高临下地看着莫北，漫不经心地说道：“闻一闻味道，你紧张什么？”

莫北淡淡地说道：“没有人这么闻味道的，这会让人觉得，队长对我有意思。”

经理在旁边一个劲儿地点头，大少爷刚才真的太不正常了，现在应该是清醒了！

可让他没有想到的是，他家大少爷却突地笑了一下，就着那个姿势，压低了身形：“如果我说‘是’呢？”

听到这句话之后，经理都震惊了，什、什么意思？

大概是那张脸离得太近，近到莫北也有一瞬间的思绪停顿，她皱了皱眉心。

还没等到她开口，封奈的声音又传了过来：“看了你妹妹的照片之后，我发现，我还真的有谈恋爱的想法了，现在再看到同样的脸，确实有些把持不住。”

经理在旁边松了一口气，幸好幸好，只是因为莫少爷的妹妹。

等下，莫少爷的妹妹？难道就是大少爷要找的那个白裙少女？这样看来，她的侧脸确实和莫少爷很像……

莫北松开了按着封奈手腕的手，冷冷地说道：“那队长也不要做这么奇怪的事。”

“奇怪吗？”封奈刚才那么靠近莫北的时候，不只是想要闻一下，还想要直接把她按住，一口咬上去，然后打破她现在的冷然。可他知道，如果他真这么做了，后果不堪设想。

而且，他也没有错过，莫北在看他时，那双眸子里充满了愕然。

他明明之前控制得很好，怎么这一次，就又不一样了？封奈不想听到莫北说这件事奇怪，更不想再看到莫北那种目光，好像真的就没有一点儿可能一样。

最关键的是，闻不出来的话，就不能辨别，这让封奈的眸色都跟着深了深。

其实有一点，任由封奈再如何聪明，也想不到，那就是莫北戴过假发，又穿着她哥刚穿过的战服，所以封奈靠闻味道不能辨别。

但他并没有就此作罢，而是站直了身形之后，轻轻一笑，继续说：“所以，为了让我看起来正常一点儿，要辛苦我们的辅助小哥哥让我辨别辨别了，省得我总是把你和你妹妹弄混，造成不必要的麻烦。”

莫北听到这句话之后，直觉不妙。

下一秒，封奈就直接捏住了她战服上的拉链，说道：“脱掉上衣看看。”

经理：“……”

大少爷，你这个要求会不会太过分了？

莫北也侧手，攥住封奈的手腕，冷冷地说道：“队长，我刚说了，不要做奇怪的事。”

“脱个上衣很奇怪？”封奈笑意不减，眼睛里像是有光，“男孩子都不会介意的事，你介意？”

莫北看着他，淡淡地说道：“脱上衣不奇怪，你帮我脱奇怪。”

说着，她将他的手一甩，指尖按上了自己的拉链，很帅气地扯开，然后将那外套扔到了经理的手里。

接着就要脱里面的半袖衬衫，莫北的情绪没有一点儿变化，修长的手指落在纽扣上，解开了脖颈处的那一颗。

她的眼睛在看封奈，心里在计算时间，并分析封奈的心理。

这是一场赌局，不到最后，不会知道谁输谁赢。

而莫北赌的就是，他不会让她真的在这里脱上衣，毕竟周围都是人。

莫北解到第二颗纽扣的时候，封奈能看到的就是那白皙到几乎透明的锁骨以及里面衬着的同色背心。

再往下就是第三颗纽扣，心口正中央的位置，还没等莫北的手指碰到那上面，封奈就将经理手里的外套拽了回来，一个侧手，扔到了莫北的怀里，成功挡住周围的视线的同时也成功地遮住了那让人心烦意乱的身形。

封奈确实做不到让除了自己之外的人看到这一幕，而且，让莫南脱，莫南就脱，难道真的是自己想错了？

封奈又低眸看了一眼手机上的监控画面，那道白裙飘飘的人影还在，可他没有了再看一眼的兴趣。他直接点了“关闭”之后，双眸抬起，又朝着莫北看了过去。

莫北像是有些不解，用黑白分明的眼睛看着他。

“穿上。”封奈扔了这么一句话过来。

莫北却没有动：“队长是真的区分好了？我不是我妹妹，以后队长最好不要再让我做这种无聊的事。”

封奈嗤了一声，像是在自嘲：“确实有些无聊。”

封奈觉得自己到底是不是同性恋似乎都不太重要，重要的是，他不想让莫北像现在这样，这么反感地看着他。

“大少爷，那位客人进房间了，您现在上来了吗？”

封奈耳机里的声音还没停止，那边就有一道人影走了过来，是封逸。他身上的西装依旧笔挺，脸上带着微笑，身后还跟着酒店的一个负责人。他走到这里之后，顿了一下：“小奈，你怎么来了？莫南过来，活动没办成，总要见下负责人。”

“好。”莫北转过头的一瞬间，右手的力道才有了稍微的放松，隐忍得太久，也确实会累，但好在和她计算的时间差不多。

封大叔赶上了，才是完整的说辞，这样的话，即便封奈有再多的怀疑，也会消除。

毕竟封奈并不知道她和封大叔的关系，也不会往封大叔是在替她圆谎这方面去想。

确实如此，如果说之前封奈还觉得有什么地方是不对的。封狐狸一来，还带着酒店的其中一个负责人，明显是为公事。也就是说，莫南出现在这里只是巧合……

实际上，封奈并不相信巧合。当他第一眼看到莫南在他身后的时候，他第一反应就是，莫南不应该出现在这里，莫南出现在这里才是有问题的。

也就更加让封奈觉得，他那个猜测，或许并不荒谬。所以，他才会让某人脱上衣，但现在看来，确实是他想多了。

想到这里，封奈按住蓝牙耳机："算了。"

算了？

那边的两个人相互对看了一眼，算了？大少爷刚刚不还是很……

封奈没有解释，而是直接挂断了通信设备，此时的他没有心思再去想别的。

封奈明知道莫北会是这种反应，但是他还是在这一瞬间，有了一种被刺痛的感觉。甚至觉得有些好笑，他竟然也会有一天，害怕有人和他不再亲近。

毕竟，莫北眼里的抵触意味太强烈。

既然是这样，就要慢慢来。什么其他的结果，都不重要，重要的是，他忍受不了来自莫北的厌恶。

说到底，还是他自己不愿意承认，他喜欢的那个人是个男孩，才会生出这么多荒谬的想法，把对方的妹妹代入到了对方的身上。

现在看来，什么妹妹不妹妹的，就算是长得一样，有个女版的莫南，他喜欢的还是眼前的这个人。承认吧，他喜欢的是莫南，根本没有办法改变。

就像是上了瘾，明明知道这样会让自己变得不像自己，但用什么办法得到对方，才是封奈现在应该做的事。

封奈的手指紧了紧，不能因为这一件事，把什么都磨灭。尤其，他不想再像刚才一样被这个人当成细菌一样甩开手。

封奈告诉自己，克制一点儿。只有克制一点儿，他才能有机会，让眼前这个人一点点属于自己。

从兄弟到恋人，也不是不可能，只要别让眼前这个人察觉就行。

接触这么久了，封奈很清楚，临坑坑的这个小哥哥或许很聪明，但在和人接触上，并没有什么明确的底线。那他就先想个办法，让自己和临坑坑的这个小哥哥越来越亲近……

现在，他需要找个借口，解释自己刚才所有的行为。

封逸看着封奈那双眼睛，嘴角勾了勾，走了过来，明知故问："你和莫南是发生什么事了吗？怎么气氛这么奇怪？该不会是你做了让人讨厌你的事了吧？我想想，比如太毒舌了，说了让人不舒服的话？”

封奈懒得理这只老狐狸，但不可否认，这些问题真的是有些扎心。

如果换成一个男的让他在这么多人面前脱衣服，还说类似表白的话，他估计会直接动手揍人。

封奈抬眸，将视线落在了那道挺拔的背影上。不能让他讨厌自己，既然是因为他妹妹起来的事，那就也利用他妹妹来摆平。封奈觉得，如果成功了，自己甚至可以借着这个机会，把对方慢慢变成同性恋……

莫北觉得放某大神一个人在这里，很不安全，倒不是担心他真去房间那边，而是她妈在这里。

所以，她走过来，像往常一样，淡淡地开了口：“队长，走吗？”

封奈已经做好了被暂时讨厌的准备，现在又听到了这句问话，嘴角勾了一下，临坑坑的这个小哥哥像是从来都不知道记仇是什么。

莫北不明白他为什么要笑。

封奈察觉到了一点，临坑坑的这个小哥哥确实不记仇，却与他有了距离感。这让封奈的眸色深了深，只想打破现在的局面。

没有了大少爷的命令，那些跟着监控的人也没有那么执着了，也就错过了半个小时之后从那里面出来的人影。

说到这一点，莫南就有点儿难受，明明他多带了一身衣服来，北非要把那衣服扔进垃圾箱，要穿他身上的那件，说味道不一样。

他现在再回卫生间找战服，不知道会不会被人当成变态。

这么大的酒店，居然没有一件保守的睡衣，浴袍倒是有，但他也没有时间穿了。

因为他收到了他妈的一条短信，说现在就要上来，他妈要是看到他这个装扮……裙子？假发？绝对会打死他!

莫南深吸了一口气，算了，先换个楼层再说。但莫南是真的没想到，这一换楼层会换出事来。

电梯门一打开，他就看到了一张再熟悉不过的脸。

四目相对间，那人把手机一收，那人有着一张俊美的脸，即便在笑的时候，也给人一种让人头皮发麻的寒意。更何况，他从来都不笑，尤其在看到莫南的时候。莫南在心里叫了一声，刚想淡定地按上电梯关闭按钮，那人就伸手，在外面按了下楼键。

莫南还在心存侥幸，或许没认出他来。毕竟他现在这么娘，对吧？

还没等他这个念头落下，那人就开了口："两年不见，你连穿女装这种爱好都有了？"

去你的！你们家的男人把穿女装当爱好？

莫南经常栽在说话上，这次肯定不能理人了。于是他抬起眸来，呵呵一笑："你到底上不上？"

还没等那人开口，那人身后就传来了一道元气满满的清脆的声音："冷，冷，你看我找到什么了？这里最大的网咖，听说打游戏赢了的人，能得到前台小姐姐的一个香吻。我们去吧，去……"

他的话还没说完，就顿住了。妈妈呀，这不是冷一直都特别关注的那个莫南吗？他怎么穿起女装来了？

莫南一看来人就觉得要完，这个身份互换要圆起来，因为费了他妹许多心思。不能在他这里出差错，因为一旦出了问题，那些人言，就会再次冒出来，没有人会去想背后有什么故事，他们要的，是满足他们想象的事情。

所以，当初那些人不相信他，将来也不会相信北。

身份这件事，他从来都没有打算换回来过。莫南不会在了，无论是现在，还是将来，有的只会是莫北向南。

"这位先生，你认……"

还没等到莫南说完，长相俊美但冷淡的那个人就打断了他："你现在是想说我认错人了？"

莫南确实不能装作和对方不认识，毕竟他们认识太久了。

叮的一声，电梯到了一楼，莫南从电梯里走了出来，直接按住了那人的手腕，站在那人旁边，声音压得有点儿低："不要把看见我这个样子的事说出去。"

唤冷侧脸，朝着抓着他的人扫了一眼，说道："我没那么无聊。"接着，他甩开了对方的手。

莫南倒是没有在意这些，如果是以前，肯定就直接暴脾气上头。不过，他之所以这么和对方说话，也是因为这人是唤冷。

莫南第一次失败的时候，唤冷是他敌对战队的一员，打完比赛之后拽住他，只对他说了一句话："别留在这个战队，你来我这边。"

那个时候，他没接受，甚至不明白唤冷那句"像你这种不知好歹的人，真的是活该”是什么意思。

现在他明白了，估计唤冷觉得他蠢，大概也不想搭理他。

莫南是有自知之明的，虽然最初入圈的时候，他和唤冷一起训练过。

那时候唤冷个头还小，不知道怎么回事，这两年越来越有气势了。他们各自为队之后，就很少联系了。

再加上两人的距离越来越大，他不断失败，而唤冷不仅打进了全国决赛，甚至这一届的冠军都有可能会是他们茂陵战队，唤冷简直就是明星一般的人物……

三年了，没有前进反而后退了的人，只有莫南。

莫南不怨任何人，侧过身去，把通往电梯的路让了出来，将目光落在了自己的手腕上。他只怨自己不够强，接着笑了一下。

唤冷是不想管莫南的，但总觉得莫南碍眼，蠢得碍眼。

“乔余，你去找件衣服给他，让他不管什么原因都不要穿着这样的衣服出来，辣眼睛。”唤冷扔下这句话，就走出了电梯，“我去拿外卖。”

被委以重任的乔余眨了下眼，队长这是……因为要和黑炎一起做节目，所以决定提前与黑炎的队员搞好关系？

不，不对，队长应该不会考虑到这些。那他现在这是单纯地看不惯莫南吧？

莫南也没想到唤冷会决定给他一身衣服，但既然是送上门的，他当然要换。毕竟让他这样出去，太难受了。

倒是乔余在旁边看着他：“你和队长以前，你们到底什么关系呀？”

“就类似现在的同期练习生。”莫南把T恤一掀，接着邪佞一笑，“他那时候可没有这么冷，萌得很。”

萌？

乔余刚想问点儿什么，门就开了，是他们的队长，手里还拎着外卖袋。

乔余立刻收回了话音。

莫南走过去：“谢了，回头还你人情。”

“不用。”唤冷侧眸，眼底带着寒意，“以后别这么多话，既然到了黑炎，就打好你的比赛，我会在全国大赛上等着你。”

莫南听到这里的时候，顿了一下：“好。”

他黑色的碎发落下，没有了小鬏鬏，也掩盖住了他眼底无人知晓的秘密，不会再有全国大赛了，这件事，只有他自己清楚……

身份互换的事总算没有穿帮，为了不让唤冷知道北的事，莫南干脆任由对方误会他是个女装爱好者。

走出来之后，莫南拿着手机发了条信息给莫北。

莫北知道唤冷，来这里之前，她哥就说过，他和唤冷以前相识，如果以后遇到的话，尽量避开。

不过，因为战队所在的区域不同，茂陵的实力向来强大，再加上唤冷和封奈一样，是王牌选手，要碰到对方也是全国大赛以后的事。

现在看来，这次互换身份产生的问题，会在接下来的时间里接踵而来。

她必须做好准备，将来在比赛的时候，碰到唤冷，她也不至于露出什么破绽。

只是，此时坐在商务车上的莫北并不知道会有节目的事……

而莫母这边的善后工作倒是没有什么问题，都是莫南来做的，包括莫母发现女儿又走了，生气得不得了。

母亲的情绪由莫南来平复："妈，你不是就单纯想让北北拿个奖吗？你看现在，奖也拿到了，就不要参加什么总决赛了。我看了一眼赛制，拿到总冠军的会被送到国外进修，妈，你舍得让北北跑那么远？"

不得不说，这一点确实说中了莫母的心思。

但是……

"北北最近怎么回事？"莫母质问道。

莫南故作不知："什么怎么回事？"

莫母皱眉："手机总是关机，还有你，你什么时候换战队了？"

"我们打游戏的，换战队很正常。"莫南捏了捏莫母的肩。

莫母偏眸："少来，你以前还和人说过，你要一个战队待到底。我说，你和北北，你们两个是不是有什么事瞒着我？"

"怎么可能？"莫南否认。

莫母哼了一声："最好是这样，不过你现在的队友确实不错。你运气还好，能认识封奈这么一个朋友，以后好好对人家，记住了没？"

莫南闻言，像是愣住了，最后找回了自己的声音："你让我好好对谁？"

第十四章　心动之吻

“封奈呀，他不是你们的队长吗？”莫母还在感叹，“我还是第一次见长得这么好看的孩子，和我家北一样。”

莫南呵呵了两声：“妈，我和北长得才是真一样。”

莫母捶了他一下：“气质，懂不懂？”

莫南想了想，突地反应了过来，有些着急了：“等等，妈，你是说你和封奈见过了？那你有没有说什么？”

“说什么？”莫母偏眸。

莫南：“就我平时怎么样，性格呀之类的。”

“是想说来着，”莫母回忆道，“你这小子在朋友面前还挺会装的嘛，妈妈也就没有拆穿你，知道要给你留面子。毕竟封奈那孩子一直都在夸你，看来对你是很有好感的。”

莫南作为“妹控”，现在恨不得杀回黑炎基地，因为他很清楚，那个眼高于顶的封家大少，不是对他有好感，而是对他妹有好感！

不知道是不是他想多了，总觉得还是不太正常的那种！不行，他必须让北和封奈保持距离。必须保持！

于是，莫北收到了一条内容为“你一定要记住，离封奈那家伙远点儿”的信息。正当莫北眉头微微地挑了下，刚要回复时，车门就被拉开了。

之前坐在副驾驶的封奈，就站在外面："下来，和我谈谈。"

莫北淡淡地说道："我没兴趣再脱上衣。"

封奈像是长叹了一声，然后说道："我就是想和你解释这件事。"

解释？坐在莫北旁边的封逸推了推鼻梁上的金边眼镜，看戏看得正高兴："哦？小奈还让莫南脱过上衣？"

"封总，"封奈俊脸微侧，"听说接下来，会有一个节目要做，你说我要不要配合你这个新上任的经纪人呢？"

他这个侄子，还真的是难对付，不过都用"解释"这种词了，应该不会有什么问题。封逸笑了下："你们慢慢谈，我去敲定这次的节目行程。"

他走了之后，商务车里就剩了助理这一个灯泡。

封奈抬眸朝着那边漫不经心地扫了一眼，助理立刻离开了。

莫北还在想她哥给她发来的信息，封奈随手就将一个手机扔了过来。

莫北接住，双眸低了低。

封奈也上了车，两个人肩并肩地坐着。

莫北看了看他，封奈侧手，敲了敲手机屏幕，她看到了一张照片——她在酒店时的照片。

莫北不动声色地问道："什么意思？"他不会还在怀疑她吧？

封奈笑了一下："帮我介绍吧。"

"介绍？"莫北又看了过来。

封奈将手搭在了莫北的肩上，漫不经心地说道："虽然你们两个的脸一样，不过，我好像对你妹妹一见钟情了。"

莫北："……"

封奈看着莫北那张没有表情的俊脸，笑意未减："所以在酒店的时候，我才会找你确认。"

"确认什么？"

莫北还在想封奈为什么会对穿着女装的她一见钟情，封奈用手指敲了敲莫北的侧脸："我是单纯喜欢这张脸，还是只喜欢你妹妹？"

莫北没有说话。

封奈："确认之后，我才相信，我确实是喜欢上了她。"

莫北没想过会遇到这种情况，想了想，开口："我妹妹还没考虑过找男朋友的事。"

“所以才要找你帮忙。”封奈又侧了下脸，看着莫北近在咫尺，心脏也跟着没有那么难受了，“你应该知道我，我从来都没和女孩子有过什么接触，家世清白，长得也不错，做你的妹夫。你觉得怎么样？”

莫北眸色浅浅，说道：“这事，我说了不算。”

“那你把她的微信号给我，我自己问问。”

封奈的这句话，让莫北的左手顿了一下：“她不用微信。”

封奈轻笑了一声：“真可爱，连微信都不用。”

这一次，封奈可以说是装得非常像了，就是为了让莫北相信，他没有问题，还是直的。

莫北也确实相信了，但……可爱？不用微信，怎么就可爱了？

“手机也不用？”封奈偏眸。

莫北再不说，反倒会显得有问题，于是报了一串号码出来。

实际上封奈记得并不是很用心，他所有的心思都用在看莫北上了，倒是把电话号码存上了，毕竟总要做做样子。

莫北还有一个手机是静音的，因为之前的事，接下来，再收她哥的短信，莫北都是用这个静音的手机。

看着封奈打过去，莫北的眸色没有变，亮着的只有她放在战服口袋里的手机，因为没有声音，所以也不会被发现。

封奈的眸色也很浅：“没人接。”

“陌生号码，应该都不会接。”

莫北刚说完，封奈就又笑了，这次有些心不在焉：“是吗？真可爱。”

莫北：……第二次了，夸她可爱。

她不接陌生人的电话不是常态吗，怎么又是“可爱”这种形容词？

“不过，有没有什么是你妹妹特别喜欢的？”封奈向后一仰，侧头看着莫北，“既然是去参加厨师大赛的，那肯定和你一样，都喜欢做饭吧？”

莫北不清楚他这是在试探，还是真的在打听，眸色一深：“嗯，喜欢，我做饭就是跟她学的。”

“别的呢？”封奈一不小心说了真实目的，“别的，你喜欢什么？”

莫北挑眉：“我？”

封奈不动声色地说道：“你和你妹妹是龙凤胎，喜欢的东西应该一样。”

“不太一样。”他们的性格不一样，共同的爱好只有打游戏。

封奈挑眉："既然这样，那接下来，你要好好帮帮我了。"

"帮？"莫北的话仍旧很少。

封奈像是有些不好意思，俊脸都跟着红了一下，接着清咳道："我从来都没有追过什么人。"

莫北等着他的后续，谁知某大神话锋一转，淡淡地说道："除了在游戏里追过你，谁知道你会是个男的，自从那次之后，我就再也没有对谁有过好感。"

莫北的眉心微微地拧了一下，那件事，确实……

"其实也不是很大的创伤。"封奈轻描淡写地开始做引导，"不过是让我没了追谁的自信。"

如果猫猫熊听到这句话，绝对会笑喷。那么多人等着和队长好呢，明明是他不喜欢，怎么就成了没了追别人的自信？

封奈像是有些无可奈何了一样："现在我好不容易喜欢上了一个人，可我并不敢直接表白，我担心对方不仅不会对我有好感，还会因为讨厌这样的感情把我彻底推开……"甚至连朋友都没的做。

后面这一句，封奈并没有说出口。

莫北侧眸，在想是安慰对方还是直接投喂，封奈的声音就又传了过来："你们长得一样，以后我们多亲近亲近，应该会有助于我到了你妹妹面前，能够这么自然地说话。"

是这样吗？

莫北侧脸的棱角，带着几分清贵，虽然看上去薄凉得很，但以封奈如今对她的熟悉程度，心里很清楚，她是在思考。某位小哥哥，走神、思考的时候，基本上都是这个样子。好像冷冰冰的，实际上是有些迟钝。

封奈以前就觉得，除了俊美之外，莫北身上有一种这个年纪不该有的气质。在这方面，莫北并不敏感。

封奈看准的就是这一点，继续以一种漫不经心的口吻说道："不过是男孩子之间的正常亲近，这个也要犹豫吗？"

莫北闻言，淡淡地说道："没有犹豫。"

"这才是朋友。"封奈重新将手搭在了莫北的肩上，嘴角隐隐地勾着。

莫北则垂眸看着自己的那张照片，睫毛打下，清冷依旧，心里有些想叹息。好在她和封奈现在不是住一个房间了，还有独立的空间，莫北可以放心地去翻看信息，以及调整那个被她藏起来的手机，以确保它一直都是静音状态。

大概是因为她上一条消息没有回复，一打开手机，短信箱里都是她哥发来的信息。

“封奈这家伙不正常。”

“他根本就是对你有想法！”

莫北看到最后一条的时候，按着键回过去了三个字：“我知道。”

莫南看着手机，心想也对，他都知道，北这么聪明，不可能不知道。

但他还是担心他妹的情商，他妹向来在这方面比较迟钝，莫南干脆直接挑明：“知道就听我的，和他保持距离，不要总是和他勾肩搭背什么的！”

莫北手指滑过：“我们是队友，肢体接触这一种，如果太刻意保持距离，会让人觉得可疑。”

莫南有些无奈，果然是他家小面瘫，什么时候都这么理智：“想得还是这么周到，不过你既然知道了，我也就没那么担心了，反正你自己会处理。”

莫北淡淡地嗯了一声。

莫南完全没有想过，他和莫北的想法完全不同。在他看来，封奈那家伙弯了，正在打他妹的主意。

而因为封奈今天在商务车上的这一出，在莫北的认知里，则是封奈看上了穿着女装的她，对穿着男装的她并没有想法。

莫南是真的没有想到那个向来不把任何人放在眼里，即便比赛时也都漫不经心的King，会这么有心机。

所以他这几条信息并没有改变什么，反而是莫北，在得知封奈因为她有了情感障碍之后，翻看了一些心理方面的书籍，越看眉心拧得越紧，书上确实有类似的案例。因为被欺骗，对异性不再信任，也不再感兴趣，甚至会怀疑自己的魅力，害怕被拒绝，不敢主动追求自己喜欢的人，等等。

这算是一种因为青春期创伤落下的心理疾病，通常会产生洁癖症、不喜欢接近异性等症状。他很符合，莫北沉眸。

接着，她放下了手上的书，侧眸看向放在那儿的被调成静音的手机……上面有一个未接电话。

治疗方法也很清楚，调动对方的积极性。

莫北修长的手指在书上敲了敲，俊美的脸在灯光下，带了些书卷气。

这样的画面，任谁看了，都只会觉得，莫北是一个自律到极点的高冷少年。

她侧着脸，将手机拿过来，黑色的睫毛下是颜色浅淡的眸，再落下时，已经打了一行字："听我哥说，你想认识我？"

她这样，应该够主动了吧？从来都没有给谁主动发过消息的莫北，睫毛动了动，像是在思索，似乎也不知道有什么比这句话更好的。想好后，她才按了发送按键。然后，她开始等回信。

而此时的封奈，正在落地窗前把玩打火机。他侧着俊脸，点了一根烟。

黑色的烟被他修长、白皙的手指夹着，有那么一瞬间，竟会让人觉得他的手指连骨节都泛起了苍白之色。

那根烟，他只抽了一口。他就那么长身玉立地站着，黑色的发落下来，打在他高挺的鼻梁上，看似什么都没有想。然而当一根烟都燃完了，火焰烫到了他的手指，他才将眸一抬，迅速处理手伤。

那样的感情并不轻松，所以他的双眸才会黑到极致。喜欢一个同性，和他所受的教育、对观念的认知，彻彻底底地背道而驰了。

痛苦、自我厌恶，甚至怀疑自己是不是哪里出了问题，可他无法放手。他甚至告诉自己，如果看到莫北和云深亲热的画面，他就死心。但只要一那样联想，他就恨不得把莫北抢过来，锁在他的手边。

明知这样的想法不对，可他就是改变不了。封奈站在浴室里，看着镜子里的自己，任由花洒喷出的冷水打在自己的脸上。

冷静一点儿，对谁都好，可他冷静不下来，纵然是用自己最不齿的手段，他也想让莫北属于他。

再从浴室里出来的时候，封奈的眸色浅了很多。发尾还在滴水，肩上全都是湿的，他却并不是很在意。

眸色变换间，他伸手抽了条毛巾搭在头上，情绪确实有些低，所以当他看到手机上显示的那条短信时，也没有立即回复。

他喜欢的是谁，他很清楚，现在提不起任何兴趣回信息。

半晌，封奈觉得演戏要演全套，如果他不回信息，说不定就前功尽弃了，但要他撩除了那人以外的人，他确实做不到。

并且，这条短信还是他的妹妹发过来的，封奈的手指动了一下，回复了一个"嗯"字。

收到短信的莫北，指尖顿了顿，这确实是一条试探短信。

如果某大神没有回，就证明他今天所说的话，都是假的。

如果某大神回得太多，那就不存在什么心理障碍的问题。

莫北的眼尾扫了扫心理学书籍，某大神连最后一个症状都对上了。

平时很强，可在喜欢的人面前，反而不能轻松地交谈。

莫北没有再回复，她需要好好研究一下，面对这样不被人察觉的心理问题，该怎么达到无形治愈。

莫北的这个试探加临时心理干预，并没有让她从坑里走出来，反而因为愧疚，让她更想去负这个责任。

大概是和成长环境有关，有那么一群人，在面对黑暗时，能步步为营，思维缜密；但在面对朋友时，又真心以付，天真到极致。

因为封奈理解了这样的辅助小哥哥，才会有这么一招，他是区别于这世间所有人的，他经历过了，不满世俗而来，那双眼或许已经不再干净，却在面对朋友时，仍然选择用最没有防备的姿态来面对。

或许，这就是封奈喜欢莫北的原因。

没有接触她的时候，他对她是本能的排斥；接触过她后，他越陷越深。是因为，他知道，人们说的高冷防御、心机颇深，在他看来那不过是因为懂得自己想要的是什么。

只有无能的人，才会去找别人的事。有能耐的人，没有那个时间去做这些，因为自己努力的时间都不够用，又怎么会看到其他人？

偏偏，标签就是这样来的。

封奈清楚，才更明白，莫北在面对他时，是真的暖。暖到不想放手，暖到他看出了她的软肋。

封奈说自己无耻，大概也是如此。但没有办法，就连他自己都想象不到他会这么喜欢一个人。

第二天，莫北在面对封奈时，看他的次数明显比之前的每一天都多。

封奈打开冰箱，拿了一罐牛奶出来，仰头喝下之后，觉得莫北那种把他当成标本来研究的目光太明显。

他半侧着脸，勾了下唇，说道："那边的那个辅助小哥哥，你要看我看到什么时候？"

被点名的莫北拿着玻璃杯喝了一口水，神色没有任何变化："不是要多亲近亲近吗？先熟悉下视线。"

"多亲近亲近？熟悉视线？"猫猫熊在旁边听得有点儿不明白了。

封奈现在只有一个想法：基地人太多，得调走几个。封闭训练马上就要结束了，为了让他们有更好的状态进入下一场比赛，他们接下来要调整休息，既然是休息，就不一定非要在基地。

“之前你是不是说过，想去海边？”

猫猫熊被这个问题问得有点儿蒙：“嗯，说过。”

“带上寒昔和腾灰，你们三个一起去。”封奈说道，“我抽屉里还有张卡，你去拿。”

猫猫熊觉得一定是自己说话的方式不对，为什么老大出钱让他们去海边玩？

虽然去年打进省赛决赛时，也出现过一次类似的情况，老大扔了一张卡给他们，让他们自己去玩，前提是不要打扰他睡觉。

但这次，老大的态度和去年完全不一样！

老大这么积极地让他们去玩，一定是在用这种方式试探他。

猫猫熊想到这个可能性之后，义正词严地说道：“老大，之后的比赛太重要了，我现在没有心思玩，一心都在想着怎么打新战略，是不会偷懒的，更不会出去玩！”

可以说，他的求生欲很强了。但今天封奈一点儿都不欣赏他的求生欲，狭长的桃花眸微微地眯了一下。

还是莫北解决了猫猫熊的危机，像是不经意地和封奈聊了起来：“我听说我妹昨天给队长发信息了。”

封奈嗯了一声，走了过来，眸色有些深。

莫北明知故问：“你们都聊了点儿什么？”

封奈说得真假难辨：“什么都没聊，昨天不是告诉过你我的情况吗？”

猫猫熊心里充满疑惑。

什么情况？

什么妹妹？

为什么总觉得这里面有什么他不知道的事？

莫北听完封奈的话之后，又抬眸朝着他看了过去。刚好看到他在喝牛奶的时候，那个舌尖伸出来轻舔唇角的动作，莫北的目光略微顿了顿之后，将视线移开。刚才那一幕，被喜欢封奈的人看到的话，肯定会刷飞弹幕。

封奈也注意到了莫北躲闪的眼神，临坑坑的这个小哥哥也有这样的时候。

接着，封奈拿着牛奶的手顿了顿，像是意识到了什么，突地笑了，有些故意地又重复了一下之前的那个动作。

只不过这一次，他在抵舌尖时，连皓齿都微微露着，浅色的牙齿散发着淡淡的光芒，双眸看着莫北。

莫北本来移开的目光，也抵不住有人要故意送上来，视线在封奈脸上停了几秒，心里唯一想到的词大概就是“非礼勿视”了。

接着，她面色平静地伸手，将放在餐盘里的面包片拿起来，抵在了封奈的薄唇上。

“队长，你该吃点儿东西了。”

那动作像是在投喂家里养的猫。

封奈和莫北原本就是面对面地坐着，中间隔着餐桌。

封奈倒是叼了这片面包，但视线却没有从莫北的脸上移开，看着某位小哥哥明显清冷式的拘谨，以及那从他这里再次避开的眸。

封奈勾着唇角笑了笑，临坑坑的这个小哥哥也会有不知道该怎么面对他的时候吗？

莫北目前正在对某大神做心理分析，就是为了做一些判断，可她发现，猫科动物属性的人确实让人琢磨不透。比如，他现在到底在笑什么？

猫猫熊在旁边看得愣住了。他们老大莫名其妙地笑什么？而且，老大和他兄弟越来越亲近了是怎么回事？

他兄弟居然主动去碰老大的头？主动？

猫猫熊看得都有些傻眼了，更不用说原本低眸喝着牛奶的封奈，突然被碰了一下是什么感觉，动作都在那儿僵住了。

偏偏莫北还一脸了悟地自言自语：“果然，洁癖。”

猫猫熊想说，兄弟，老大那不是洁癖，是被你吓到了！

莫北没有解释，而是低着眸，像是在思索。

倒是封奈像是反应过来了什么，侧过眸去，朝着猫猫熊的方向扫了一眼，成功地让猫猫熊闭了嘴！

莫北搜集完“症状”之后站了起来。莫北要走，封奈也没有必要在这里多待，毕竟他没有吃早餐的习惯。

封奈边走边问：“要帮我克服？”

莫北嗯了一声：“重度洁癖也属于心理反应的一种。”

这么认真？封奈忍了又忍，才将唇边的笑控制住：“那你打算怎么帮我克服？”

最好是亲亲抱抱举高高什么的，他都不会拒绝。

莫北看着他，问了一句：“你喜欢鱼吗？”

封奈只记得他说了一句：“不喜欢。”

结果就变成了，封奈系着围裙站在莫北旁边，看着莫北拿起了一条鱼！

封奈那张俊美的脸，上面有了明显不愿意在这里待下去的情绪。

莫北看着他：“觉得很脏？”

封奈没说话，给了她一个眼神。

莫北又拿着那条鱼，靠近了他一点儿。

封奈往后退了一步。

莫北说道：“应该可以。”

“可以什么？”封奈心里有了一种很不好的感觉。

莫北抬眸：“今天中午做水煮鱼，你帮我把鱼鳞去一去。”

去鱼鳞，那种黏乎乎的东西？那还不如杀了他，封奈刚要开口拒绝，莫北就握住了他的手腕，身形都靠得有点儿近，他能闻到那清冽的柠檬气息：“慢慢克服就不会觉得那么脏了。”

如果这句话是别人说的，封奈肯定会直接嘲讽，能克服的话，他活了十九年，早就克服了。可他现在面对的是莫北，就嘲讽不起来了。

尤其莫北还握着他的手腕，只要他一低眸，就能看到她头顶的旋儿。

这样的情况，她亲手教他的话，好像处理个鱼也不算什么。虽然手指触碰到黏乎乎的鱼时，他仍然有一种去擦手的冲动，但只要一偏头，接触到莫北的侧颜，就不是想要擦手了，而是想要抱她。

连教他去个鱼鳞都这么认真，临坑坑的这个小哥哥还真的是会戳他。

“怎么？”莫北察觉到他的目光，略微抬了下眸，“是不是习惯了，就没有那么难接受？”

封奈并没有控制住内心的想法：“还行，就是半年之内都不想再吃鱼了。”

莫北顿了顿，看来这种方法的效果并不是很好，刚要将手抬起来，封奈的身体就往下压了一下：“再试试，没有刚才那么恶心了。”

莫北挑眉：“你的表情不是这么说的。”

封奈轻呵了一声：“你还会看表情？”那你怎么不知道我喜欢你？

这是嘲讽的语气，莫北能听出来，她想了想，才说道：“既然没有那么恶心了，就试试清理鱼腹。”

封奈：“你认真的？”

莫北淡淡地嗯了一声：“循序渐进。”

“循序渐进”是这么用的？封奈看着莫北那张没有表情的脸，突地笑了一下，忍不住低下头去，半弯着修长的身形，抵住了她的肩。

莫北是真的在帮他治疗心理抵触，越是不喜欢的就越是要多接触。真的是……直得让人很想去欺负。

莫北不明白，好好的他又在笑什么，而且还是以这种姿势在笑。

但偏偏，他抵着她的肩时，微微侧过脸来，那一双深邃的眼，又好看得不得了。

她现在总算明白养猫的人，为什么都手痒了。比如现在，她也想去摸摸他的头，感觉好乖。

整个基地，也只有莫北觉得现在的封奈很乖。

助理从外面进来的时候，看到他家少爷正在杀鱼，整个人都是蒙的。他家少爷以前在看到鱼这种东西时，都要离开八丈远，现在居然在杀鱼！

他真的好想冲进去喊一句：“少爷，你的手可是买过保险的呀。你现在像什么样子，跟在莫南后面的小狗吗？再这样下去，我真的要对外宣布，你弯了！”

助理深吸了一口气，却不敢真去多嘴。

猫猫熊则全程都在傻眼，今天总觉得被虐到了是怎么回事？尤其刚才他们老大那一笑，他都快被他们老大笑弯了。老大，你恢复正常吧！

封奈并没有觉得自己不正常，反而在站直了之后说了一句：“真想治我的洁癖，有个最直接的办法，把……”

说到这里，他顿住了。

莫北问道：“把什么？”

封奈将视线移开，轻勾了下唇：“把细菌都消灭干净。还能有什么？”

助理：……他发誓，少爷想说的绝对不是这句！

封奈心里想的确实不是这一句。他低眸看着自己的手，上面沾着鱼鳞，眸里还有明显的不适应。他很清楚，那句真话不能说出来。“把你送给我”什么的，他一旦说出口，恐怕连现在这样的亲密都会消失。

莫北注意到了他的举动，只认为他是忍受不了现在的状态。她伸出手去，将封奈直接拽到了洗手池旁，打开了水龙头。

“鱼腹还是我来清理吧。”莫北转而将长刀一拿，不到一分钟，她就将那条鱼干干净净地放在了盘子里。

封奈则在低眸洗手的时候，突地撑着额头笑了一下。

要真的说，他为什么会这么喜欢一个人，大概是对方从来都不会强人所难。即便在这种情况下，依旧如此，别人大概不会注意封奈的这么一个细节吧。

但心里原本就藏着事的寒昔，趁着他们老大去浴室第二次洗手的时候，走了过去，淡淡地说道：“你警告过我，莫南和云深才是一对。那老大，你现在在做什么？”

封奈回眸看向他，一双眼黑得很，没有了半点儿在厨房时的暖意。

他擦了手，手插着裤袋走了出来，将目光落在寒昔的眼睛上：“那时候我并不知道你和云深发生过什么。为什么不告诉我，在夜店里想要包养你的那个女星是云深？”

寒昔一顿，接着笑了：“确实，早晚都会被你猜到。”

“你这段时间天天双排，又主动申请去那边的剧组。”封奈说道，“不难猜。”

寒昔嗯了一声，靠墙而立：“既然老大都猜到了，应该也算出来了，云深在提出包养我的时候，从时间上来算，他们应该已经在交往了，毕竟没有相隔几天。要我现在去告诉莫南吗？”

“不用。”封奈抬眸，“他不用知道这种事。”

寒昔忽地明白了：“你打算……”

“只要他能喜欢上我，就不用再一次在情感上受伤。”封奈侧着脸说道，“一个杨梦若已经够了，更何况云深在其他方面对他很好。”

寒昔长叹了一声：“所以老大，你是真的喜欢男孩子了吗？”

“放心，你这种的，我不会有感觉。”封奈走了过去。

寒昔看着那道修长的背影，皱了下眉，队长真的是连掩饰都不愿意了。

封奈以前总对莫北说：“你为什么要付出这么多？”

就是因为他知道这些，从他的角度来看，余下的只有忌妒和羡慕。他总是羡慕云深，能这么轻易地得到莫北的完全信任……

猫猫熊看到寒昔和老大聊天，非常好奇他们说了什么，十分八卦地压低了声音："你有没有觉得老大最近不太正常？"

人都弯了，还怎么正常？这句话寒昔并没有说出口。

猫猫熊还在那儿研究："而且老大还说让我们几个去旅游。"

"哦？"这个"哦"字，并不是寒昔说的，而是正走过来的封逸说的，他站在那儿，一笑："小奈主动让你们去旅游？"

猫猫熊点头："封总，你说奇不奇怪？"

"是有点儿。"封奈都心急到要把电灯泡都弄走了吗？他这个侄子"弯"得比他想象中的要快。

猫猫熊："岂止是有点儿？老大刚才还杀了鱼！我真的不敢相信，他会和我兄弟一起在厨房杀鱼。"

听到这里，封逸抬起眸来，朝着他侄子的方向看了一眼。

封奈察觉到这道目光之后，一点儿要解释的意思都没有，反而扯着唇笑了，似乎在说："你知道了又怎么样。"

封逸推了推眼镜，他完全不担心侄子弯了会带来什么不好的影响。毕竟他对小不点的情商和林风传授的教育还是有信心的。她穿着男装，体会到她兄弟对她有意思，这件事，大概不可能。也就是说，后面的戏，更好看。

封逸低眸，带着笑意走近，越过了他的侄子，朝着厨房的方向走去。

封奈莫名地就觉得这老狐狸没安好心。

倒是厨房里的莫北，看到封逸来了，眸子抬了一下："我正打算做水煮鱼，你和……"

后面的话，她并没有说完，因为旁边还有助理。

封逸知道小不点想说什么，很自然地掩饰了过去："午饭就交给小梁，有个节目需要你和小奈一起参加。"

"好。"莫北放下了手上的刀，站在那儿洗了手。

倒是助理不可思议地问道："少、少爷他、他参加节目？"

封逸侧过身来，轻笑："让他参加节目很难？"

助理捂脸："很难，第一次。"

"哦？"封逸意味深长地说道，"放心，这些以后都是常态。"

助理对封逸是佩服的："还是封总有办法。"果然业内王牌经纪人的称号从来都不是吹的。

"有办法的不是我，"封逸拍了拍助理的肩，"你可以谢谢莫南。"

助理听得一脸蒙，看着自家少爷，那么漫不经心地走出基地。

他还是有点儿恍惚，想要打开朋友圈发个公众消息给粉丝们，却发现他们经理提前一步做了这个工作。

“哈哈哈哈，苍天总算开眼了，谁说我管不住King？我告诉你们，他这次绝对会在节目中露脸，绝对！”

然后下面的评论是这样的：

“我K神成功地把俱乐部的胖经理逼疯了。”

“可怜的胖胖，又在幻想了，点蜡。”

李策的这条消息封奈也看到了。

封奈呵了一声之后，按了几个字上去：“我参加，是因为莫南。”

封奈那没有什么情绪的语气，却让李策知道了一件事，他们少爷似乎还在对他想让莫南停赛来挽回黑炎声誉的事耿耿于怀。

不过，少爷应该也知道，他也是没办法，所以才没怎么找他算账，但少爷今天这样的一条留言，已经有警告意味了。

看来，他以后真的不能再把莫南当成一个没有价值的人对待了。

无论是封奈，还是封逸，都不是什么纯善的人，觉得不公平，是小孩子才会有的行为。他们不是说莫北向南没有价值吗？那就让所有人都看看，莫北向南所带来的无限可能。

看到黑炎放出的消息时，王俊再一次沉了脸，他让人想办法，让大家回忆回忆莫南做过的事，甚至旧戏重演，装粉丝引流量。他先是让人披着“粉南”这个马甲到处骂人，然后又切换成大号，说莫南的粉丝怎么怎么没素质。他就不信封逸不来处理。

可惜，王俊失算了。封逸还真没让人过去，而是用公众号说了一句：“期待今晚的录制，你们呢，期不期待？”

粉丝们没有一个不期待的，这可是K神的综艺首秀呢！

而且更劲爆的消息是，这次的节目不仅仅有K神，还有冷神！

两大战队联手，不知道要做什么？粉丝们都在等官方消息，据说还有福利会给大家。

粉丝们真的是炸窝了。

只有资深媒体人明白，能说服两大战队联合出镜的人，也只有封逸了。

人们想得最多的，就是封逸要捧自家侄子了。可谁都不知道，封逸不是要捧谁，而是想让这些人知道，所有的殊荣，都会在不久之后，属于那个被他们在脚底下踩得太狠的莫北向南。

无论是现在的小不点，还是以前的莫南，他们是时候拿回属于他们的东西了……

因为是去邻市做节目。封奈和莫北都换了私服，全副武装地坐高铁去目的地。

封奈的脸上戴着黑色的口罩，背影很像莫北第一次见他时的样子。

只不过这一次，他没有像以前一样和人流背道而驰，反而在高铁站台的时候，一手插着裤袋，一手伸出去拨弄了两下莫北的黑发。

因为在站台上难免会有风，莫北的发都是凌乱的，察觉到他的动作，她只抬了下眸，什么都没有说。

那边却咔嚓了一声，封奈偏眸挑了挑眉："你干什么？"

"拍点儿花絮。"封逸替公司派过来的活动助理做了解释，"节目组那边要的，双人之间的互动应该比单人的好，你说呢？"

封奈漫不经心地说道："多拍点儿。"

活动助理：……这一定是个假的K神！

为了防止封总不在的时候，K神就不露脸，活动助理立刻说道："还有一个一分钟的直播回答预告，一会儿上了高铁之后，K神和南哥配合下？"

莫北摘了耳机，侧过脸来，应了一声："好。"

在两个小时的车程里，做一分钟的直播，并不影响什么。

他们买的都是商务座，一节车厢里，除了乘务员之外，也就只剩下了黑炎的工作人员。

有乘务员过来发酸奶和水果的时候，忍不住朝着那边看了一眼。

"是明星吗？"

"好像不是。"

"好帅。"

"不知道是做什么的，刚才那个冰山小哥哥接酸奶的时候，还对我说了声'谢谢'，感觉好苏……"

封奈听到这一句私语之后，朝着他身边的人看了一眼。

那人叼着酸奶袋，眼神淡漠地看着窗外，黑发还是有些凌乱，但因为鼻梁的挺拔和脸上的清冷，仍旧给人一种难以接近的感觉。

封奈眸色刚刚深了一下，活动助理就拿了手机支架过来，摆弄好位置之后，压低声音说道："K神，时间差不多了，你按下按钮，开始吧。"

封奈淡淡地嗯了一声，修长的手指刚一点，弹幕瞬间就刷飞了。

"K神！不是矿泉水瓶，我终于心安了。"

"我南哥是在喝酸奶吗？啊啊啊，他喝酸奶的时候也好帅，我也想喝！"

封奈看到这句话之后，才漫不经心地开了口："你们南哥，喝个酸奶，还能撩个乘务员。"

莫北偏眸朝着他看了过来，撩乘务员，什么时候的事?

"K神，你真的是为了莫南参加的节目？"

"莫南，你能像个打电竞的，别卖腐吗？还有，管好你的粉丝，别总到处刷存在感。"

活动助理一看到这条的时候，脑仁都疼了，就觉得节奏要歪，可他完全错估了他们K神的毒舌技能。

"刷存在感？"封奈薄唇一勾，眼底却没有丝毫的温度，"真想刷存在感，去我那里就好。我应该还没有过气，不需要我们辅助小哥哥的粉丝去其他地方，有点儿脑子的人都知道，现在刷存在感的人是谁。拒绝此类捆绑，告诉你们一件事，辅助小哥哥只和我捆绑，毕竟我们靠脸吃饭，专业'卖腐'。"

听到这段话之后，别说活动助理了，就连弹幕都停了一秒，之后彻底放飞了。

"如果不是知道我K神是直的，我真的要脑补后文了，我告诉你们！"

"'只和我捆绑'什么的，好羞耻。"

"K神以前不是不理黑子，直接叉出去吗？"

莫北："……"

莫北这张脸太有优势，即便不说话，随便往那儿一坐，就有漫画效果。

比如她现在看着弹幕，睫毛落下，说了一句："我能看到。"

四个字，再次让弹幕刷飞了。

"南哥，听我讲，我们都知道你能看到，才这么说的。哈哈哈。"

"抱走我冰山辅助小哥哥，你们这群坏人，就会欺负我小哥哥。"

莫北不明白，偏过头去看封奈，她哪里说错了吗？

封奈也想笑，慢条斯理地对着镜头一扫："最后那位，什么'你的'，说清楚，冰山小哥哥是谁的辅助？”

车窗外的光，刚好打进来，网络像是有些卡，可这些都抵不过封奈那张俊美的脸。尤其他的薄唇还向上微微翘着，这让他的姿势都带了些柔和，真的是让人差点儿沦陷。

“哇，心脏被暴击了，你的，冰山小哥哥是你一个人的好了吧？”

封奈偏眸，看向莫北：“听到了？”

莫北本来话就少，还没想好怎么回应，封奈就已经翻了一下活动助理给他的字条：“快一分钟了，谈正事，中奖的人有什么问题要问吗？”

“我，我！我想问南哥，和你关系最好的电竞选手是谁？你和我K神平时也是这么交流的吗？他是不是很难养？”

还在适应直播这种事的莫北抬了下眸，封奈淡淡地提醒道：“问你呢，回答。”

莫北道：“队长，嗯，不难养。”

这么几个字而已，K神就笑得这么开心？粉丝们真的是不知道该怎么形容自己现在的心情了。

第二个幸运粉丝说道：“南哥，看我。我得到了你们战队的周边战服领取资格，我95斤，身高152厘米，长头发，也不是很黑，你说我这样的萌妹子适合哪个颜色的战服呀，是冬季款还是夏季款？”

又是要她回答问题……莫北想了想，说道：“穿不了。”

粉丝：“为什么？”

莫北认真地说道：“太小，没这个号。”

粉丝：“……”

封奈坐在她旁边，笑得向后一仰，就那么抵在了莫北的头上，画面养眼得很。

你就这么靠上去了？又欺负我冰山小哥哥！不行，要截图！你们两个人的脸，靠得太近了！

封奈为了让某人不看这一刻的弹幕，继续笑着说：“喂，你认真的吗？”

“公司的战服最小号不是165吗？”莫北没有去管他是什么姿势，回过眸来，只看到弹幕上都是“哈哈哈哈”。

“哈哈哈，我赌十袋辣条，我南哥其实是想说‘太矮了，没有这个号’。”

“我南哥绝对是个‘宇直’，笑得肚子疼。”

莫北看了这一句，才反应了过来，大概是在想怎么安慰那妹子，那张脸因为不经常有表情，现在有了，也就让粉丝们清楚地看到了她们的冰山小哥哥是在想词。

莫北想呀想，想了大概三秒钟，最后，只有一句："抱歉。"

"我南哥已经很努力了，哈哈哈哈。"

"就是，楼上的不要笑，哈哈哈哈。"

"我是刚才的中奖粉丝，南哥，真的，太为难你了。不用抱歉，大不了，大不了我长高十厘米再穿！"

莫北嗯了一声，表情认真了："加油，多喝牛奶。"

粉丝：……加……油，我都二十四岁了，还怎么长？

活动助理也在旁边一直看一直笑，真的没想到莫南出场的效果会这么好，那到了节目里，应该也就不用担心了。

岂止是不用担心？这个一分钟的预直播，根本就不够粉丝们脑补的。因为他们发现，他们的脑补，远没有这两人在现场的时候甜，好想继续看。

并且，他们已经集体把自家K神抛弃了，只想逗冰山小哥哥来回答问题，想再看一次，那努力想要安慰人、结果徒然的俊脸。

几乎每一个粉丝都乖乖巧巧地守在官网，过一分钟就来催一次。

胖经理看着报过来的数据都有点儿蒙，一分钟点击率这么高，是不是有点儿夸张？

最关键的是，在下面留言的粉丝都在说："辅助小哥哥是主要的，记得带上我家K神就行。"

这是什么操作？封逸坐在那儿，折了下报纸，一脸浅笑。

北的优势出来了。不过，有一点，他没有料到，他这个侄子，竟然会让北这么放松。

就像……就像当年那个跟在那群人后，时不时冒出一两句扎心的话，然后低下头时，眼睛亮着的小面瘫。

封逸笑了一下，Z让他放心大胆地回来，大概也是这个意思吧。不忘初心、负重前行虽然重要，但在这里，能找到挚友，同样重要。现在的北，应该很相信他那个一肚子坏水的侄子吧？

活动助理不明白他们封总在笑什么。

造成轰动的两个人，像是没什么感觉，有一搭无一搭地聊着天。

“听不听歌？”封奈侧眸，将其中一个耳机递了过来。

莫北顿了一下，她的童年和别人的童年确实不一样。小的时候，因为性格冷淡，只有哥哥会陪她玩。

在帝盟做练习生的时候，她已经是小男孩的打扮了，每天吃两个馒头，和其他专业来学的人，似乎比不了。因为她父亲并不同意她入这一行，所以在零用钱方面也会控制。

除了师父之外，那么多人说她只会拍马屁的时候，师父只说一句话：“上场，打爆对方。”

然后她把对方打爆了，不止一个。

那时候，她跟着师父，牛肉全都是她的，鸡蛋也盯着她吃，师父还不让她总吃馒头。

那段时间，莫北觉得，幸福大概就是这个样子。

但问题的关键就出在这里，帝盟的人都比莫北大太多，更不用说林风勾肩搭背式的教育方式：“北，你以后交朋友的话，一定要随和一点儿，懂不懂？就算不懂，也不能像队长一样，别人一搭肩你就甩开，那你这辈子除非是遇到小黑桃这种真的不知道怎么回事的人，否则绝对交不到朋友。”

莫北那时候小，又容易把这事当真，自然而然地就形成了习惯。

男孩子之间相处不能扭扭捏捏，更不能有洁癖。

但帝盟终究还是解散了，除了云深这个闺密，莫北再也没有过朋友。

她隐退之后上了技校，同学们只知道，同级的有个女孩长得很漂亮，但太冷，大家都不愿意接近她。

帝盟解散之后，她就再也没有给过谁接近她的机会，那时候唯一让她放松的就是游戏里的“慵懒”，也就是眼前的这个人。

这还是第一次有人让她一起听一个手机上的歌，大概，同龄的朋友就是这个样子的。

莫北很多时候所羡慕的东西，在这一刻，好像都得到了。她嗯了一声之后，将耳机接了过来，扣在了左耳上，嘴角很轻很轻地上扬起来。

猝不及防地偏过眸去，封奈连视线都停在了原处。他心脏轻颤，连人都跟着顿了顿。

车窗外的风景在倒退，阳光没有一点儿褪色的意思，封奈抬手，将胳膊往自己额上一搭，压住了自己黑色的额发。他就那么往后一仰，薄唇间隐约能看到笑，是那种自嘲的、控制不住的笑。

莫北没有注意到，只听着耳机里的音乐，拿过乘务员送来的水，喝了一口，侧过身去，看到封奈那个样子后，才问了一句："怎么？"

"口渴。"封奈把手放下，视线落了过来。

水只有一瓶，莫北正想着叫乘务员过来，再买一瓶，那人已经单手撑着面前的小桌板，将头靠了过来，然后就着那个姿势低眸，薄唇碰到了瓶口。

很普通的水，可因为之前被莫北碰过，他莫名地就觉得有点儿好喝。

莫北则动作都顿了一下，看着那张溺在光线里的脸犹豫着，要不要提醒他，这瓶水她刚喝过。

大概是察觉到了她在想什么，封奈侧了脸，就那么偏头看着她，笑起来的时候，黑发落下，充满了魅惑。

"好像有效果了，对我的洁癖。"

莫北嗯了一声，接着，又开了口："队长。"

"怎么？"封奈的眼睛这样看着她，更显深邃。

莫北淡淡地问道："我能摸摸你的脸吗？"

封奈：……什、什么？

"刚刚，你像猫在偷喝水。"莫北这次干脆没等他同意，就把手放了过去，先是碰了碰他的鼻梁，然后是脸颊，好看、修长的手指慢慢往下。

封奈身形一顿，只觉得那微凉的触感像是羽毛扫过，撩得他喉咙有些发痒，心里的异样让他伸手攥住了莫北的手腕，但停下来之后，又隐隐地觉得不满足。

可继续的话，会让他脑海中那些梦境里的片段越来越清晰，清晰得他的呼吸的起伏都变了，还有些隐隐的发烫。

啪！

封奈偏过头去，动了下喉结，像是有些漫不经心，嗓音却比平时低："别闹。"

莫北看着自己被甩开的手，助理在旁边小声说："南哥，你别在意，K神就这样，不喜欢被碰脸的。"

"嗯，我知道。"莫北缓缓说道，"看来还是没治好。"

助理：……治什么？

莫北低眸，抽了张湿巾给封奈，意思是嫌脏的话，擦擦脸。

封奈接过来，没有说话，此刻他的喉咙都有些发干了。临坑坑的这个小哥哥到底知不知道自己刚才在做什么？

莫北看着封奈越来越神色难辨的俊脸："我下次再摸时，提前说。"

"别用'摸'这个字。"封奈抬眸，看着莫北清隽的脸，半晌，干脆把她的头往自己肩上一按，"听歌吧你还是，再也没人比你还直了。"

莫北嗯了一声："他们都这么说。"

"很骄傲？"封奈问道。

莫北："没有，事实。"

封奈："……"

他这一辈子没碰到过几次让他无法吐槽的情况，临坑坑的这个小哥哥这么直，怎么掰？

封奈站了起来，单手插着裤袋，丢下了一句："我去买瓶水。"

现在的他，处于发情期，再这样下去，就真的有些糟了。

倒是乘务员在看到摘了口罩的他之后，微微地愣了愣。

"矿泉水。"封奈像是已经习惯了这种目光。

他在面对别人时，还是不容易让人接近。

乘务员问："你不帮你旁边座位的那个小哥哥带一瓶吗？"

封奈闻言笑了一下："再要一袋辣条，他喜欢吃。"

他为什么要买两瓶矿泉水？矿泉水这种东西，就是要两个人喝一瓶。

莫北侧过脸来，看到的就是那袋辣条。

旁边的助理却有些不淡定了："K神，你买辣条？"

"买给你们南哥的。"封奈说这话的时候，仍旧有些漫不经心。

助理恍然大悟："怪不得，我就说。"

莫北抬了下眸，看着被某大神扔过来的包装袋，她一口辣条都不吃，但还是撕开了袋子，拿了一根辣条出来，递还给了封奈。偶像包袱重的人，果然还是需要投喂。

助理还在旁边，笑呵呵地开口："南哥，K神应该不吃这种东西的。"

封奈扫了一眼过去，缓缓说道："陪你南哥吃。"

助理心想，有南哥在，果然什么都能变得不同。

莫北面无表情地投喂了四根之后，就折起了包装袋。

封奈挑了下眉，很明显没吃够。

莫北一句“对胃不好”，就把人摆平了。

从头看到尾的封逸，放下报纸，扫了一眼他那个侄子嘴角的笑。小奈这是装小狗装上瘾了？一些粉丝说得没错，他侄子真该好好做个人。

两个多小时的车程，走到一半的时候，莫北就有点儿困了，眼皮开始发沉，连带着身体都开始朝着封奈这边靠。

封奈是没有见过其他男孩子在高铁上怎么睡的，刷完留言之后，他侧过头去，看到的就是莫北已经闭上了眼。因为她睫毛很长，再加上肤色白得很，但即便这样，也改不掉身上的冷淡，只不过是比平时更好欺负了。

封奈这次没有伸手去戳她，因为知道她还没有睡实，两个人还是戴着同一副耳机。车窗外的阳光不浓不淡，他轻嗅着近在咫尺的柠檬清香，耳朵里有人在唱：“摘一颗苹果，等你从门前经过，送到你的手中帮你解渴。”

封奈手指钩着白色的线，想要把耳机从莫北耳边拿开，莫北却伸手按住了他的手腕，歌声还在继续：“像夏天的可乐，像冬天的可可，你是对的时间对的角色。”

封奈的眉头挑了一下，就听莫北淡淡地问了一句：“队长，这是什么歌？”

“有点甜。”封奈说完，就没有然后了，因为很明显，某位小哥哥这时睡实了，完全没有了防备，连手指的力道都松了。

封奈看着眼前一头歪在他怀里的人，他很少从这个角度看那人，她白皙、修长的脖颈和那下巴处的弧线，都尤其干净。歌声随着列车驶入连绵的山洞，渐渐降低：“已经约定过，一起过下个周末，你的小小情绪对我来说……”

莫名地，他的胸膛就像被破开了一道口子，隐隐地在渴望更多的东西，一些忍耐更是在黑暗中支离破碎。他知道在列车过山洞的时候不会有人看到车内的情况，而睡着的那个人更不可能有所察觉，封奈单手举起旁边的一本《乘客须知》，就那么侧过脸去，很轻很轻地咬住了莫北浅色的唇。

轰隆隆。

一片嘈杂的声音中，封奈唯一能听到的就是他自己的心跳。和记忆中的软，又不太一样，现在的这种感觉，只会让他呼吸不稳。他克制地捏着手中的《乘客须知》，车外是彻底的黑，车内更是。

平原地区的山洞很短，不过是四十多秒的时间，等到车开过去，车内重见阳光的时候，封奈已经坐直了身形。唯有他手里攥着的那本《乘客须知》，知道刚刚到底发生了什么。

不知那样坐了多久，封奈才松开了手，像是笑了，又像是更绝望了，闭上了眼，唇边残留着的，大概就是他这辈子都难戒掉的气息。

他没有忍住，想要试探一下，或许试探之后，就会发现自己接受不了。可试探的结果，却是他控制不住的想法，想要莫北清醒地看着他吻她。可他很清楚，她一旦睁开了眸，估计就会直接把他推开，剩下的，只会是厌恶。别说是这个人，就连他自己都接受不了有谁是弯的这件事。他不想和临坑坑的这个小哥哥连朋友都做不成，可他还是忍不住出手了。

封奈抬起手来，挡住了双眸，嘴里弥漫着淡淡的腥甜，并没有意识到自己的嘴出了什么问题。

快下车的时候莫北醒了，侧眸看向他，眉心略微拧了一下："你的嘴。"

"嘴？"封奈抬手喝了口水，拧瓶盖的手带着些刻意的掩饰，"怎么？"

莫北还没说话，要过来说接下来行程的活动助理愣住了："K神，你的嘴怎么破了？"

"大惊小怪什么？"封奈抬手，用指腹滑了一下，"刚吃辣条的时候弄的。"

助理松了一口气："还好不是太明显，不然一会儿上镜，粉丝们肯定会问。"

"不明显他们也会问。"封奈像是并不在意，"又不是第一次破了。"

他这么一说，助理就想起来了："K神的嘴之前也破过，说是被人打了。"

莫北摘耳机的手停了一下，活动助理是真好奇："K神，你是真的被打了吗？我问过小梁，小梁跟在你身边，说这种事他不敢说。"

封奈缓缓说道："他确实不敢。"

不知道为什么，活动助理在听了这五个字之后，脖子有些发凉，但八卦心战胜了一切："那是真的被打的吗？打你的人到底是谁呀？不得不说，那个人的胆子真的很大。"

"关于这个问题，你可以问问你们南哥。"封奈拿过背包，低眸将黑色的口罩一戴，就朝着车厢连接处走去。

活动助理两眼放光地看着莫北："南哥，是谁呀？能打到K神脸的人，我真是佩服这哥们儿，他打完之后肯定害怕了。"

"没害怕。"莫北回了三个字，心说，就是成了黑历史。

活动助理一脸问号："没害怕？怎么可能，南哥？你应该知道是谁，不然K神不可能让我问你。"

莫北想了想，答道："是我。"

活动助理当场就呆住了，然后慢慢地大笑了起来："南哥，哈哈哈哈，你这个笑话真冷。"

莫北也不坚持："你觉得是笑话，就当笑话听吧。"

活动助理："……"

其实这一点，对于封奈来说已经不重要了。戴上口罩，离开这个话题，是因为这一次他嘴上的伤是怎么来的，他自己最清楚。

为了让自己回归理智，他狠狠地咬了自己一口，才会没有按照自己的想法，不顾一切地深吻下去。

戴着黑色口罩的封奈就那么站在车厢连接处，明明是再普通不过的姿势，由他做出来却像是漫画封面人物一样。

他后背挺拔，长身玉立，双眸看着外面的风景，接着向身后一靠，就那么半倚在了那儿，闭了一下眼……

他像是在平复什么，放在裤袋里的左手紧了紧。莫北走过来的时候，封奈已经站直了身形，黑眸朝着这边偏了一下。

他脸上的口罩，衬得他那双眼深邃得过分，再加上睫毛又长，他整个人就越发引人注目了。

也不知道是预直播的原因，还是节目组那边扛不住粉丝的纠缠泄露了消息，封奈和莫北一出检票口，就传来了一阵阵的尖叫，这大概就是电竞全明星时代到来的证明。

出来的人朝着那边看过去，有很多人都在流动，手里还举着封奈的海报。

这样的场面，和莫北第一次遇到封奈时一样，人山人海，寸步难行。

节目组那边倒是派来了人，努力指挥着控制场面。莫北看着这一幕，还没有动。封奈已经伸出手去握住了莫北的手腕，大步朝着那边走去。

因为是假期，高铁站的人流量也达到了顶峰，这两个人却非常惹眼，身形挺拔，穿着的私服更是不加掩饰地诠释出了一种惊心动魄的帅气。再加上封奈的举动，更是让一些人伸手捂住了嘴，真的是甜炸了。

更有人干脆直接喊话："南哥，上了节目，多多照顾我们家K神！"

莫北听到这句话，认真地回答了一个"好"字。

封奈偏头，像是笑了一下，敲了敲莫北的手腕：“上节目后，你照顾我？”

“嗯。”莫北淡淡地说道。

封奈想说，你这个“嗯”字说得有底气吗？今天直播，你摄像头能找对吗？

“辅助小哥哥打算怎么照顾我？”等电梯的时候，封奈还不忘吐槽，“用一两个字来开展和终结话题？”

莫北想了想，反驳：“没有。”

封奈呵了一声：“辅助小哥哥，敢不敢多说一个字？”

“我没有像你说的那么话少。”莫北说完，眸子偏过来，说道，“多了很多个字。”

听上去很认真，封奈露出一丝笑意：“那就拜托你在节目里多多照顾我了。”

莫北伸手，按了下楼键：“可以。”

这个小哥哥还真的是认真的？封奈忍不住，笑得双肩都有些发颤了。

莫北不明白他为什么要笑。只是看着他眼睛弯成了月牙儿，黑色的发有些凌乱，她就又想要帮他整整。但刚才某大神在高铁上也表现出了一点，就是最好不要动不动就碰他，为了不让对方太反感，莫北只好忍住了。

这次过来是录节目的，而且时间很紧。一见面，节目的分导演就把各个环节告诉给了封奈和莫北。这次省略掉了开黑打游戏的环节，只是让他们回答一些问题或做一些有爱的互动。粉丝们都期待得不得了，尤其在听到莫北和封奈在高铁站的对话之后，他们是真的很好奇，南哥要怎么在节目里照顾他们家K神！

节目组后台，化妆师正在给他们上妆。封奈拿着手机，漫不经心地看着实时互动消息。

自从有了他和莫南的CP楼之后，他就会时不时地点开看一看，上线的时间一下子比以前多了十倍。

封奈很清楚，他喜欢看这些，只不过是因为现实中他们并没有组成CP。他是喜欢对方，但对方对他一点儿那方面的意思都没有，还怎么掰都掰不弯，纯粹地只是把他当成朋友在对待。

封奈沉了眸，将手机一滑，锁了屏，闭上眼，任由化妆师在他脸上折腾。

实际上，他们俩都只需要稍微修饰一下、吹个发型就可以了。

就在他们试穿服装时，身后有人走近："吴导，冷神他们来了。"

冷神？莫北的眉心微拧了一下。她哥认识的那个唤冷？事情好像不像她想的那么简单了。

这个念头刚从她的脑海中划过，那边就有人被簇拥着走了进来。

那人还穿着战服，头发是纯黑的颜色，鼻梁很挺，因为身高太高了，所以一眼就能看出来。

莫北的眸色随着那人的走近变得深了起来，脸上却没有什么表情。但她知道，这个人看到过她哥穿裙子的样子。并且，这个人和她哥一起训练过，甚至比陆一凡更了解她哥，只不过唤冷不知道她的存在。这样的人，她要怎么做才不会被他拆穿？

莫北垂在西装袖子里的手微微地紧了紧。好在她哥说，上一次唤冷看到他穿裙子，已经有些不想再看到他了。只要她不主动说话，唤冷应该也不会开口。

然而，莫北没有想到，还会有另外一个人。

"莫南，嗨，我们又见面了，这次你还正常点儿。别说，你穿西装还挺帅。"

说话的人，莫北并不认识，但那人就跟在唤冷的身后，再加上他身上穿着与唤冷同样的战服，不难判断他的身份。无论什么身份，以她哥的性格，但凡见过的，应该都会有些自来熟。

莫北想到这儿，学着她哥，抬了下手，说了个"嗨"字。

那人还想说点儿什么，唤冷就开了口："乔余。"

被叫到的乔余立刻一笑，用唤冷听不到的声音说道："莫南，你上次不是说我们队长以前很萌吗，这次做节目，彼此关照哈。"

萌？她哥又乱用形容词了。莫北抬眸，脸上的情绪未变，单手插着裤袋，微微点了下头。

唤冷踱步过去，两队人擦肩而过，似乎和以前没什么不同。

唤冷的脚步停了一下，声音跟着传了过来："别忘了我和你说过的话。"

"我当然不会忘。"莫北也偏了下眸，毕竟按照她哥的性格，听到这样的话，都会还过去。其实莫北并不知道，他和她哥到底约定过什么。

唤冷走过去，在镜前坐下，侧脸棱角分明，造型师们立刻围上去开工。

距离节目开始还有两个小时，后台的工作人员都忙忙碌碌的，唤冷在坐下来之后，看着镜子里那逐渐消失的两个人影，眉心微微地拢了一下。莫南自从改玩辅助之后，水平确实高了很多。今天一见，看来不只是进步了，连话都变少了。虽然各自为队之后，他们并没有见过几次，每次见面，那人看到他也当他是陌生人。可今天，那人是真的话少……

休息室，坐在那儿的封奈咬了一颗薄荷糖，漫不经心地问道："你认识唤冷？"

低眸看手机的莫北嗯了一声，然后把刚收到的信息看了一遍之后，按了删除键："我们一起当过练习生。"

"关系很好？"封奈的视线落了过来，突地笑了一下，"不然你怎么会觉得他萌？"

有关这个形容词，莫北也想问问她哥，毕竟唤冷那个人看上去和"萌"这个字半点儿都不搭边。

"怎么？一个问题要想这么久？"封奈现在说不清楚自己是什么心情，偏过身去，将视线落在了莫北的脸上，"你答应过他什么？"

莫北淡淡地说道："互相努力。"这个答案应该没错，毕竟他们一起当过练习生。

封奈像是笑了，缓缓说道："那还真是情谊长久，都去了不同的战队，还能互相努力？"

莫北还来不及去想他这句话的意思，封奈就已经站了起来："我出去一趟。"

莫北收回目光之后，眼底一闪，又给她哥发了一条短信："有没有你知道，但别人都不知道的有关唤冷的事。"

"他以前特别矮，算不算？"莫南也愁了，怎么他妹会遇到那家伙，接着回，"他进俱乐部之后突然之间就长高了，所以很少有人知道他以前又矮又小、还像个小姑娘的事。"

莫北顿时觉得头有点儿疼："哥，你那时候该不会就说过，他像小姑娘吧？"

"怎么会？"莫南看了一眼对面的医生，尽量让自己的手不要抖，"你哥我有那么不会说话吗？我不过是夸他萌，也不知道为什么他气得要死。"

莫北："……"

莫南继续说："他是不是见了你爱搭不理的？他就这样，我们以前关系就不好。"

莫北伸手揉了揉眉心，想叹息："我以为你们关系不错。"

"他人确实不错。"莫南偏头笑了一声，"他是我们同期练习生里走得最好、最长久的一个，我却渐渐地疏远了他。"

莫北手指一顿，不知道应该回复什么。这是第一次，莫北从她哥口中听出了后悔以及羡慕。当妹妹的不会不知道哥哥的实力，当练习生的时候，那些边缘的赛事，她哥次次拿回来的都是冠军。

那时候，她接电话，她哥还很高兴地告诉她，他遇到了一个和自己同样厉害的人，他们现在一起当练习生了，他得努力一点儿，不然就要输给对方了。那人看起来长得矮，操作却厉害得很，就是不好接近，好像是个"富二代"。现在那人的一条裤子被弄坏了，正在生闷气呢，特搞笑。

"唤冷就是那个你想要和他一起打游戏的'富二代'吧？"莫北这条信息发过去之后，很久都没有收到回信。直到她想要再编辑一些什么发过去的时候，手机上才有了一条最新消息："他很强，一直都知道要选什么路走，这大概就是我们的差距。"

莫南没有对任何人说过，他第一次输给唤冷的时候，没有忌妒，也没有觉得不甘，而是刚知道那个人已在不知不觉间超过了自己太多太多。甚至到后面，两人见面时莫南都会有自卑感，毕竟对方所在的战队，是国家级的。

莫南也是在那个时候才意识到自己开始走下坡路了。但这不怨任何人，他在别人蛰伏的时候，开始透支自己，甚至到了最后，没有了利用价值。人，没有重生的机会，也不会有后悔药吃。

莫南闭上了眸，脑海里全都是医生冲着他摇头的画面，再睁开时，回复短信的速度都快了："所以北，你躲着他点儿，我真怕他看出来你有问题。"

"知道。"

莫北发完这两个字之后，看着那句"这大概就是我们的差距"要删除短信的手停了停。

她哥从小就生性火暴，放荡不羁，但这并不代表他不思进取。她哥会在别人说"你哥学习这么差，你肯定也学习不好"时，发奋努力，下一次考试直接考到一百分，把卷子扔到对方桌上："看清楚，谁学习差？以后再在我妹面前乱嚷嚷，后操场见。”

她哥在被自己最在意的小伙伴甩得那么远时，到底是什么样的心情？

莫北垂眸，手指微动，最后一条信息也从手机中消失了……

休息室外，封奈并没有去哪里，而是慵懒地靠在那儿，朝活动助理要了一根烟。

现在的封奈，胸口就像是压了一块巨石。闷得他甚至有一瞬间的冲动，想告诉莫北，他对她到底是什么心思。

云深是她的女朋友，封奈控制着自己尽量不去破坏，即便自己早就猜到了云深和寒昔之间有什么。他也不想让莫北被人背叛。

封奈承认，他在一点点地让莫北变弯，可现在他发现，临坑坑的这个小哥哥不仅仅有女朋友，甚至还有关系这么好的兄弟。那他排在第几？封奈本以为自己才是离莫北最近的人，最起码在朋友里是。事实证明，封奈高估自己了。

封奈勾了下唇角，烟雾缭绕间，让人看不出他脸上的表情。

他站直身形，侧手将烟按灭。

莫北察觉到了，某大神的情绪似乎有些不对，却没有时间多想。这个时候导演来到休息室，要带他们去彩排。

彩排倒也简单，就是个出场，要表现出在基地时的样子，现场还弄了台假电脑。

“怎么样？”封逸和外面的记者们沟通好之后才走进导播室，他看着彩排镜头，突地笑了，“不用刻意，等真上了节目互动起来的时候，你想要的画面自然就会出来。”

节目导演诧异：“封总知道我想要什么画面？”

“CP感。”封逸侧眸，“这个最能抓人。”

节目导演有些心虚了：“我会控制一点儿，我知道黑炎不赞成走这个路子，K神也不喜欢。”

“不用。”封逸伸手推了推眼镜，“收视率高的话，多给莫南点儿正面推广就好。”

节目导演有点儿蒙：“给莫南？不是给K神？”

“小奈？”封逸慢条斯理地说道，“他还在乎什么正面不正面？推广就更不用了，他本就是个推广体。”

节目录制倒计时，也就是开播的前五分钟，灯光、舞台以及现场的观众，都已经准备就绪。

现场除了电竞选手之外，还有两个明星，上面的意思是这毕竟是个综艺节目，让明星来压阵，最起码能保证收视率。

可当大批的粉丝涌进，单单一个节目预视频就引爆点击率时，他们终于知道了，大家到底是来看谁的。

最后一分钟倒计时开始，所有的灯光和机位都集中了过来，大幕拉开，最先看到就是一台电脑。

电脑前坐着的人，手指抬起、下落得飞快，头上戴着耳机，棱角分明的侧脸，在昏暗的灯光中也不减半分的清冷，是莫北；而站在她旁边的不是别人，正是封奈。

封奈漫不经心地笑了一下，单手摘了莫北头上的耳机，就那么半斜着身形，靠近莫北，也不知道在她耳边说了什么。

那样的画面，对粉丝们来说却是暴击！

第十五章 双人节目

等到所有嘉宾都上台之后，观众们还是只想看封奈和莫北。导播室似乎也知道，所以时不时地就会把镜头拉过来。

男明星从来没有遇到过这种情况，两个打游戏的怎么就比他的欢呼声还高？他略微朝这边看了一眼之后，就又笑了起来。他没有担心太多，毕竟有些素人上节目时，并不知道什么是镜头感。

确实，封奈也发现了，所以那时候才会低下头去吐槽："这位小哥哥还说要照顾我，镜头你找对了吗？"

莫北这时候已经站在了休息区域，镜头什么的，她一开始找过，后来发现自己真的是不太擅长，也就放弃了。

封奈站在旁边提醒莫北："脸，左边一点儿，再过来一点儿，抬头。"

这一连串的互动，被在场的观众看到了。主要是他们南哥被指挥得太明显，南哥顺着K神的指引，总算是精准地对上了机位。

"哦，这里。"莫北认真地说道。

离台子近的观众忍不住喊了一句："没错，就是那里，南哥听K神的就行，虽然他平时也不给我们看脸，但他比起你来还是有经验的。"

那声音录不到节目里。另一个主持人听到这句话之后，再回到中央舞台的时候，笑了起来："现在我自己有个特别好奇的问题想要问问一个在场的嘉宾——莫南，刚刚你和K神在做什么？K神好像一脸无奈。”

突然被点到名的莫北从教学中抬起眸来，不慌不忙地认真回答：“他在帮我找镜头。”

莫北和封奈一起出现在了屏幕里，顿时，粉丝炸窝了，弹幕飞上了天。

现场的观众更是捂住了嘴，拽了拽旁边和自己一起来的朋友，眼里都带着笑。

莫北并不清楚他们在激动什么，侧眸看了封奈一眼。

封奈单手插着裤袋，即便在这种场合，也影响不到他身上那种天生的矜贵。四目相对，他看着莫北，漫不经心地开了口：“小哥哥，你还真是莫‘宇直’。”

莫北眸色很淡：“队长不是也一样，‘宇直’？”

观众们看着那两个人一说话就没有停下来的意思，并且两人越站越近，两张截然不同的俊脸凑在一起，对谁来说都是暴击。

连主持人都想笑：“那现在，找到了吗？”

闻言，莫北和封奈一同朝着主持人那边看了过去，可谓默契十足。只是这两个人，眼睛里像是都藏着深海，望不到尽头。

主持人做了个捂嘴的动作：“我现在总算能体会到观众们是什么心情了。有没有人说过，你们两个站在一起的时候很有杀伤力？”

听到这个问题，莫北把话筒递给了封奈，封奈挑了一下眉头，一脸慵懒地把话筒还了回去。被迫回答问题的莫北像是想了想，抬手，回答道：“没有。”没人敢说。

主持人等了半天就等来了这两个字，都有点儿愣住了。

弹幕又飞起来了：“哈哈哈哈，心疼主持人。”

倒是站在一旁的明星觉得自己被冷落了，拿起话筒来，说道：“我以前一直以为游戏打得好的人，肯定是内在美比较多一点儿。我没有别的意思，就是，你们不是都是宅男吗？平时应该都在训练，没有多少外出的时间才对。这一次的节目录制，会不会影响你们的节奏？还是说，打游戏的时间长了，觉得累了？”

这个问题，问得并不像表面那么友善……

封逸站在台下，听到这些话的时候，镜片有些反光。坐在休息区的唤冷也抬了下眸。

主持人刚想把话题岔开，封奈就缓缓地笑了起来：“你觉得我们有什么别的想法？”

“都上综艺节目了，应该可以转型来我们圈了。”男明星一勾唇，他以为对方掉进了他挖的坑。

封奈笑意浅浅，很容易让人想起他在基地弹烟灰时的动作：“没兴趣，不过……如果我们去你们的圈，估计就没你什么事了。”

活动助理听到这一句都想哭了，他就知道，让K神安安分分地参加个节目，是不可能的事！

男明星眯起了眼：“你不会是因为我那些问题有情绪了吧？我就是好奇问问。”

“你误会了，我就是简单地说一下，我长得比你帅。”封奈在说这句话的时候，嘴角勾了一下，真的是无比帅气。

男明星咬了咬牙，脸上却没有露出任何表情：“我还是第一次听有人夸自己。”

“遇到你，我自信了很多。”封奈抬眸一笑，“我以前一直以为，当明星的长得应该都特别好看，现在才发现，好像不是。”

男明星攥着话筒的手都紧了。

封奈就那么长身玉立地站着，一举一动都显得那么矜贵。

无论弹幕上男明星的粉丝是说“这个人是谁？怎么一点儿规矩都不懂？”还是说“真无语，不就是个破打游戏的吗，还敢说我男神？”都抵不过一句：“King，黑炎战队队长，世界赛场上得过单人环节电竞冠军的人，他的存在让亚洲的其他战队至今想起来都会不安。在你们的男神把其他国家的人当成偶像来崇拜的时候，他在对外赛时，仅靠一人之力逆风翻盘，连国外的观众们都站起来为他鼓掌。他是一名电竞选手，不懂可以，请尊重。”

封奈的粉丝没有吵回去，而是直接科普，科普完之后，明确表示：“我是来看我辅助小哥哥怎么照顾我K神的，其他的退散，退散。”

现场主持人怎么也要控场，笑道：“呵呵呵，看着两位嘉宾互相挑衅，是不是很过瘾？接下来不要走开，广告之后，会有更精彩的环节等着大家。”

接下来是广告播出的时间，导演那边给了暂停的信号。导演不动声色地朝着男明星那边扫了一眼，让他注意配合。

男明星倒是点了下头，垂下眸去的时候，手却攥紧了。

封奈好像并不在意，说完之后，就看向了在他旁边站着的莫北。

莫北也在看他，看着看着，开了口："队长，你和他说那么多做什么？"

封奈漫不经心地说道："你不是不想回答问题吗？送上门的这个，刚好能凑时长。"

一分钟的广告时间很快过去，再一次开机的时候，连带着唤冷他们也都站在了舞台中央。电竞选手为一组，主持人和两个明星为一组。

这一次的比赛内容是男明星提议的，说想让大家多运动运动，挑其中一个人出来，看看谁能踢到挂着的易拉罐。

大家都知道，该男明星一直对外说自己学过武术。这个环节也是节目组特意为他设定的。下个环节的主角才是电竞选手们。偏偏男明星心里存了气，他的目光掠过唤冷这一组，又掠过封奈，最后落在了莫北身上。

莫北身上还穿着西装外套，虽然气质有些冷，但在电竞选手里面是最矮也最瘦的，看上去就是那种平常不怎么锻炼的宅男。于是主持人让男明星挑人的时候，原本是应该挑唤冷的，那男明星却对着莫北一笑："这位小哥，要不要来试试？"

台下的一些观众都有些揪心，莫南看上去这么瘦小、柔弱，这人该不会是故意的吧？

唤冷也眯了下眼，毕竟他接到的台本，这一环节应该是他上。

封逸又推了一下自己的金边眼镜。

活动助理想要跳脚了，怎么一到正式录的时候，都和台本不一样了？他正要站起来去找导演，封逸便伸手挡住了他，接着一笑："不用，让她玩玩。"

主持人因为男明星两次更改剧本，眉心微微拧起。这时候，莫北却向前走了一步，穿着西装的她很是清冷，淡淡地说道："可以。"

男明星笑了，心里得意着，脸上却没有表现出来，反而又有些犹豫了："这种事对你来说会不会太难？我毕竟练过几天，易拉罐总共挂三个吧，你碰到一个就算你赢。"

莫北抬了下眸："不用。"

"这么干脆？"男明星轻蔑地笑笑，"那行吧，你要是踢不到的话，不要勉强，小心身体。”

说完这句话，他走到了已经吊好的易拉罐前，半倾着身体压了压腿，然后示意旁边的人都后退：“别让我踢到你们。”

主持人和他的搭档都向后退了退。

莫北站在那儿，清冽淡漠得就像是一道风景线。

男明星深吸了一口气，抬腿。只听啪的一声响！第一个易拉罐被他踢到了。

观众们发出阵阵惊呼，主持人负责带头鼓掌。

啪！又是一声响。第二个易拉罐也被男明星踢中了。

等到第三个的时候，男明星并没有踢到，他脸上也有一瞬间的懊恼。他的搭档过去，试了一下，差点儿摔倒：“这个是真的难，换成我的话，肯定一个都踢不到，你这架势以后都能接打戏了，厉害。”

主持人见状，担心莫北做动作的时候会伤到：“不用太认真，就是玩个游戏。”主持人走到莫北身边，宽慰道。

莫北淡淡地嗯了一声，却踱步到了挂着的易拉罐前。她的站姿惹眼得很，腿长腰细，后背又直，身上的西装外套更是没有一丝的褶皱，气质泛冷，只会让人想到“清贵”二字。

男明星连看都没有看莫北，在他看来莫北根本踢不到。

莫北则侧了下颈，单手解开了自己的西装外套。她那一解，惹得粉丝们两眼冒光，真的是太养眼了。可还没等到他们从这个动作中回神，只见莫北突地一个长腿侧踢，啪！这是第一声。紧接着，第二声在莫北落脚再次抬腿之后，连易拉罐都被踢得有些歪了。然后是第三声，这中间没有丝毫停顿。而且她每一次抬腿侧过去，弧度都像是被测量过一般。

她的动作干脆利落又帅气！她的速度之快，有些人甚至都没有反应过来。

空气中有着凌厉的风声，莫北在最后一次抬腿时，西装外套和白色衬衫的衣摆因动作被一同掀起时，她腰上覆盖着的那一层薄肌，白皙如雪却帅气逼人。

“好帅！”观众们尖叫连连。

那男明星不过是回个头和人说话的工夫，莫北已经踢完了三个易拉罐！

而主持人也难以置信地瞪大了眼，还没做好准备，就已经结束了。还好机位一直对着这边，不然恐怕都录不到。真的是太快了，比起男明星每次抬腿都要做准备来，莫北的一套动作行云流水。

主持人还在想要说些什么，那边就有一个人比他更快一步来到了莫北的身边，然后拽着莫北的西装往下一抻，莫北顺着他这个方向退了退。

是封奈。

莫北回眸看了看，像是有些疑惑。

封奈漫不经心地问道："你解外套干什么？"

莫北："易拉罐挂得太低，解了方便。"

封奈缓缓说道："别随便解外套，别人看了，还以为我们参加的是什么不健康的节目。"

莫北："好。"

主持人已经不会再场控封奈和莫北了。

其实，观众超喜欢看他们说小话的，但那男明星见莫北夺了自己的风头，更加不甘心了。他不能就这么结束，不然以后多尴尬！

"真是想不到，打游戏的人会有这么好的身手！"男明星笑道，"我以为你们平时都只是坐在电脑前面训练呢。"

莫北抬眸，淡淡地说道："是这样。"

男明星笑呵呵地说："讲讲你平时是怎么练的，怎么这么厉害？"

莫北看了易拉罐一眼："这种程度的，不用练。"

男明星脸都黑了，但他仍旧不服，双眸一眯，继续笑道："我之前没有了解过你们这个群体，不知道会不会有小孩子把你们当偶像，开始沉迷游戏，荒废学业？"

就是这么一个问题，莫北的气势瞬间就变了："你是个明星，喜欢你的人把你当成偶像，是不是以后就只会追星，然后成绩越来越不好？"

那男明星不料会有这样的发问，身形一顿。

莫北淡淡地继续说道："我很喜欢有艺德的明星，好的演员能带给人力量或陪伴。在这里我提醒你一句，我们不是打游戏的，我们是电竞选手。"

男明星知道话说到这里，他必须维护自己的形象："我不是这个意思。我是说，你看现在有很多人确实沉迷于游戏对不对？"

莫北看着他，缓缓说道："那和我们有什么关系？"

男明星笑道："因为他们想要成为你们。"

“是吗？”莫北侧过眸去，握住了封奈的手腕，“没有几个人能有队长的天赋和坚持，有人想成为他，应该不可能。”

被突然攥住手腕的封奈，缓缓地勾了下嘴角：“辅助小哥哥的意思是说，专业的电竞选手，每天需要花十个小时来做练习，从手速、战术到心理素质，都会有标准。游戏能让生活变好，现在确实是这样，但我们要的不只是为了自己，我们想做的是，在国际电竞赛场上，飞扬的是华夏的红旗。你从头到尾似乎都误会了，到底什么是电竞选手。”

莫北嗯了一声，他的总结很对。

其他人都被冰山小哥哥的这个点头，萌得不要不要的。

男明星看着台下的响动，就知道自己这次真的是掉进坑里了，一张脸又青又红，想要再说点儿什么，可是，主持人没有给他机会。主持人拿起话筒，说道：“是的，很多人对电竞选手都存在误解，相信这一次节目之后，人们会更加清楚，沉迷游戏和电子竞技是两回事。所谓偶像，一定是你能在他身上学到会让你变得更好的人，无论是电竞选手还是明星、演员，他们的坚持、努力，拼搏不息，希望你们看到的是这些。”

掌声响起。

主持人很快一笑：“我说过，我们应该来点儿甜的，下面这个环节就是你们最期待的了。想不想看男神之间的互动？别走开，广告之后马上回来……”

如果说上一次暂停，工作人员还没有表现出什么来，那这一次，所有工作人员都收到了不要再给那个男明星画面的信息。

男明星后悔得要死，他以为他能像之前打压小明星一样，把他们打压下去，怎么都没有想到，最后坐冷板凳的会是自己。恼羞成怒的他，干脆连录都不录了，站起来就要走。

主持人见状，心里乐开了花，对台下的观众说：“有人要赶行程会先走，我们继续。”

这一次，就算不想走，他也得走了。

感觉清静了很多的主持人，终于在广告回来之后，开始了他真正的访问，这一次他是先问唤冷他们，平时都在做什么。

“训练。”

然后就是粉丝们的表白。

到了封奈和莫北这里就不一样了，主持人一笑：“有粉丝说，K神是专治各种不服，南哥是专治各种K神。关于这点，你们怎么看？”

“对。”莫北淡淡地答道。

封奈偏眸，看向坐在他旁边的人，对？

莫北一脸清隽，视线并没有要躲开的意思。

主持人立刻问道：“那平时南哥都是怎么做的？”

“投喂。”莫北回答问题的时候，仍旧话很少。

主持人好奇这样的形容词：“投喂？”

莫北嗯了一声。

主持人：……就完了？

原本以为要被爆料的封奈，这下漫不经心地笑了，也是，某人开口并不容易。

主持人也不指望能从K神那儿得到解释了。

粉丝们却炸窝了。

“我K神连反驳都不反驳，这小媳妇儿样，嘻嘻。”

“逆CP了，捂脸。”

“南哥用的是‘投喂’两个字，可见我K神平时在基地是什么状态。”

主持人笑得有些明显：“有人说K神唱歌很好听，平时和队友们去唱过歌吗？”

封奈恢复了一个人时的状态：“没。”

主持人立刻选了下一条：“K神，你觉得南哥怎么样？”

“非常好。”封奈漫不经心地抬了下眸。

主持人：“如果你是女孩子，会嫁给他吗？”

“我是女孩？你们是不是主语、宾语不会用？”封奈轻轻地吐槽了起来，“这辈子都不可能。谁打的比方？”

主持人笑道：“粉丝们，他们都说你在南哥面前，很像个小媳妇儿。”

封奈：“……”

接着，镜头前的封奈，半边唇角一挑，皓齿微露，因为五官太好，就算是冷笑也有一种俊美邪佞的感觉。

“呵。”这是封奈唯一发出的声响。

主持人有点儿被他这个笑帅到，更不用说看着屏幕的观众。

“他们还说了什么？”封奈漫不经心地挑眉，“都说来听听。”

主持人从容地说道：“有一条，说你想让南哥亲亲抱抱举高高。”

封奈笑道：“谁说的？以后来我面前说。”

粉丝们都下意识地摸了摸自己的脖子。

主持人倒是觉得有意思：“K神的粉丝都很可爱，不过我看莫南这么瘦，应该抱不动K神吧？”

封奈还没开口，莫北的视线就投了过来：“可以。”

封奈一顿。

主持人明显不信，大笑道：“我知道男孩子都想证明自己有力气。放心，我们没有这样的环节。”

封奈朝主持人的方向看了一眼，有些漫不经心。

主持人甚至觉得他这是在吐槽节目组，说“该有的环节为什么没有”之类的。

摇了摇头，将这莫名的感觉甩掉之后，主持人才开了口：“下面是问莫南的问题，为什么会想到来打辅助，以前明明是打刺客的？”

莫北抬了下眸，唤冷也想知道这个答案，尤其在见到今天的莫南之后。

“黑炎招的是辅助。”莫北的声音没什么起伏。

主持人：“就这样？没什么别的原因？”

莫北：“嗯。”

主持人：“我们都知道，你之前打得并不好，你是加入黑炎之后，才想要努力的吗？”

主持人念完这个问题，都想要咬自己的舌尖了。

莫北却只是眸色淡了淡：“一直。”

主持人嗯了一声：“一直？”

莫北补充道：“一直都这样，只不过以前没人知道，现在黑炎发现了我。”

世界似乎有一瞬间的静止，主持人也有些不知说什么好了，只能继续：“现在你在黑炎了，发展得也很好。作为粉丝的我们，只希望你不要在外面说原战队和陆神的不好，以后大家都是朋友。可以吗，南哥？”

莫北侧了下脸，回答得很干脆：“没说过，不可以。”

随着她的话音落下，观众席上响起了雷鸣般的掌声。

主持人也知道这场面不好，但这些问题不应该出现才对。给稿子的人到底是怎么回事？显然，有人在莫南要回答的问题上动了手脚。

王俊他们想了办法，要借着这次节目的机会，当着全国观众的面，让大家都知道，莫南到底是个什么样的人。

这个问题，已经侧面在说莫南忘恩负义了。

风向来了，讨伐声就有很多。

主持人知道问题不该出现在这儿，向来会考虑很多的莫北，自然也知道。只是这一题，连沉默这个选项都不会给她，所以即便看出来了是个坑，她也要跳进去。问她这些问题的人，在想什么，她心里明白。

莫北眸色深了深，抬起头来的时候，刚好看到活动助理在冲她示意，让她改口。可活动助理目光所及的那张脸仍然清隽俊美，没有丝毫要更改说法的意思。

“封总。”活动助理急了，转过头向封逸求救。

封逸低头，推了一下眼镜，像是在笑：“这帮家伙，有样学样，师父这样，徒弟也是这样。”

什么师父这样，徒弟也是这样？快点儿想办法呀，活动助理再去看主持人。

主持人是真的蛮喜欢莫北的，以为莫北是不明白这样回答会引起什么，正要把话题拽回来：“莫南应该不是这个意思，问题问得太快了，他大概没有反应过来，我……”

“他就是这个意思。”封奈一笑，打断了主持人的话，顺带着抬起手来，搭在了莫北的肩上，身形向前倾了倾，双眸看着镜头，“省赛最后一场，黑炎和他的原战队会对战，你们让我的辅助和对方做朋友？我们比赛还怎么打？”

说到这里，他还勾了下唇，但那双眼睛里却没有一点儿笑意：“更何况莫南是被赶出战队的，并没有临时改合约。问这个问题的人，不好意思，现在他是我的了，并不打算再还给你们。”

封奈也不管下面是什么反应，慵懒抬眸，做了结语：“想做朋友的可以，来竞技场找我，赢了，朋友随便给你当。”

聪明的人一听就知道是怎么回事了，打得好不好，在黑炎那里才是重点。

主持人也有意要往回拉话题："K神真的很护队员呢。"

现场的观众也笑了起来。

"好了，还有最后一个问题。"主持人读着屏幕上的字，"南哥，我是你的老粉，再次看到冷神，你是不是很开心？毕竟一起当过练习生，而且你以前还经常夸冷神来着。我现在也粉冷神了，就想问问南哥，以前的冷神是什么样子的。"

主持人都有些惊讶："你们两个……早就认识？"

莫北嗯了一声："他是个'富二代'，以前打游戏就打得很好，长相也很帅，就是没有现在高。"

在听到最后一句的时候，唤冷的视线落了过来，那意思像是在说："你多说一个字试试。"

莫北见到了成效，也就没再说下去。

但她刚才那些话，已经很多了。坐在旁边的封奈将目光落了过来，看着莫北和唤冷的对视，他垂在旁边的手，一点儿一点儿地攥紧，脸上却看不出什么表情来。甚至在机位扫过来的时候，他还向后靠了一下。

现场众人中，只有封逸知道，他这个侄子已经有些不耐烦了。他是因为听到小不点说别人帅吗？

主持人站了起来："听起来，两位的关系真的是不错，不然不会这么了解对方。"

这句话让封奈的眸色更深了，好在主持人没有继续这个话题，而是拿起卡片说道："问题什么的就不问了，队员之间有没有默契，还是要从活动中去体现。下面这个游戏的规则很简单，现在大家应该已经看到场景布置了，你们各自为队之后，比较瘦小的那个人要背着另外一个人走到前面，分开之后再进行答题。输的那一队，要戴着那边的猫耳朵，一起做出招财猫的动作。

"问题我们已经在大家刚来的时候问好了，从里面抽出了答案，看的就是你们的默契程度。当然，时间的长短也很重要。"

主持人说完这一句，笑着看向了封奈："K神，虽然我们没有亲亲抱抱举高高，但是我们有背这一项，就让莫南来背你吧。"

封奈的思绪还停留在刚才那件事上。

莫北拽了一下他的手腕，然后半弯着腰，微微倾下了身。自从穿过毛绒熊衣服之后，她对这种东西一点儿都不想再尝试了，更何况是做招财猫的动作！所以这一次，莫北还是想要赢的。

可站在那儿的封奈，却没有立刻动。

莫北清隽的俊脸偏了偏……

封奈看着那近在咫尺的人，抛开刚才那两人对视的画面，在让莫北背自己和看莫北戴猫耳朵之间，犹豫了一下。最后还是决定，他两者都要，反正是不怎么想赢，干脆就浪费了一点儿时间。

所以莫北偏过头来的时候，封奈装作不经意地将手按在她背上，然后身形压低，脸微侧了一下。

从观众这个角度看，两个人离得太近了，好像一不注意，封奈的薄唇就会碰到莫北的脸上。

主持人正觉得不好背的时候，莫北一用力，黑色的碎发落下，迈开了步子，那姿势很帅。

想要拖后腿的是封奈，在闻到莫北身上的味道的时候，他的眸色就在一瞬间深了。像现在这样，他无论是鼻息间还是身体接触到的，都是莫北。他的胸膛贴着莫北的后背，只要他头一侧，就能碰到莫北的耳。

于是他干脆借着这个姿势慢慢贴近莫北，结果意料之外的软，没想到平常看起来挺拔的后背，会是这样的触感。

封奈的嘴角勾了一下，气息打在了莫北的耳边。

莫北愣了一下，知道这种情况很正常，毕竟他在她背上，这样，很容易让她耳朵泛红。

为了避免这一点，莫北只能放慢速度。但背着一个人的话，放慢速度，只会让某些感觉放大。再加上他们还在比赛，莫北克服了一下之后，刚一加速，就觉得脸颊处滑过了什么东西。

那东西有些软，有些凉。顿时，莫北连抬腿都有些困难了。

应该不是她想的那样，莫北偏了下眸，去看后背上的人。

本以为那人会漫不经心，没想到他眉心微拧，靠过来的嗓音，也让她的心跳漏了半拍："喂，碰到了。"

莫北企图用自己的清冷蒙混过关："什么碰到了？"

"呵。"封奈笑了一声，又压低了下身形，"这位小哥哥，我刚才亲到了你的脸，你别说你没感觉。"

莫北淡淡地说道："所以队长你离我远点儿，靠太近，容易碰到。"

"我已经离你够远了。"封奈说是这么说，怎么会离远呢，但刚才那个轻擦，确实是个很甜的意外。

他并不是故意的，不过这一点儿都不影响在他看到那只白玉般的耳开始泛红时，想要看到她更多的反应。是不是连她的脖颈、锁骨，都会是这种让人想要咬下去的颜色？

莫北现在脸色确实有些泛红。她平常没有表情，性格清冷，但肤色白，遇到什么事的时候，才会开始红。

观众们不明白，这两个人突然之间慢下来是怎么回事，提醒了一句："时间。"

莫北这才甩掉了"会不会又碰到"之类的杂念，向前跑了三步，就将封奈放在了指定的位置上。

如果让封奈来评价这个环节的话，除了路途太短，没有什么缺点。临坑坑的这个小哥哥，武力值太强，也不是什么好事。

他都刻意耽误时间了，还是没被对手落下。

封奈的眸色深了深，看来还得继续耽误时间……

第一次参加综艺节目的莫北，并没有往有人要拖后腿的方面想，毕竟刚才那一碰，也确实有些打乱她的节奏。其实好在是莫北，换了其他任何女孩来，估计现在早就顾不上答题了。

莫北想了一下后果，连听题时的表情都认真且俊美，摄像师觉得要把镜头放在她身上才对。

主持人看着莫北放在自己身上的目光，莫北睫毛那么长，眼神那么真挚，都有点儿不忍心挖坑了："这题是关于K神直播的，和喝的有关。"

莫北抬眸："矿泉水瓶。"

主持人："正确。"

封奈则是眉头挑了一下，这题也太简单了吧？

主持人转过头去："K神，莫南已经打过很多场比赛了，哪一次是让大家觉得最精彩的？"

封奈漫不经心地说道："每一场都很精彩。"

这句话确实没毛病，但……

莫北侧眸朝着某大神的方向看了过去，那双眼像是已经看出了什么。

“错，扣一分。”主持人的语速开始变快，又问了莫北一个问题。莫北又答对了。

然而到了封奈这里，他思考的过程尤为漫长，直到时间到了，他才说出了正确答案，但已经晚了。

从答题上来说，他们这个组合落后了对方一分。

“没办法，两位只能接受惩罚了。”主持人晃了晃手上的黑色猫耳箍。

莫北走过来，看着封奈。

封奈的嘴角勾了一下：“怎么了？”

莫北淡淡地问道：“队长，你什么时候能改一下你的恶趣味？”

“戴猫耳朵这种事，你不喜欢吗？”封奈没否认，都表现得这么明显了，也没什么好否认的，干脆一把拿起猫耳箍，转手就戴在了莫北的头上，“很适合你呢，小哥哥。”

莫北的长相偏清冷，再加上肤色本就白，刚才背人时出了点儿汗，正顺着侧脸的弧线下滑，她抬手抹去，现在黑色的发上多了一对猫耳朵，呈现出来的反差感更是能戳人心。

莫北将东西都戴上了，事已至此，现在她的内心只想叹息。但她想了想，这是个双人惩罚，便也伸出手拿起了另外一个猫耳箍……很利落地戴在了某大神的头上。

封奈身形顿了一下，确实没有料到莫北会来这一手。不过，封奈戴上猫耳箍，似乎并没有违和感。

虽然他气场很强，给人一种恶魔般的感觉，但因为猫耳箍是黑色的，反而很容易让人把他和漫画中的人物进行对比。再加上是莫北给他戴上的猫耳箍，就别说画面有多强了。

两个人就那样站着，四目相对。别说是粉丝们了，就连主持人都觉得这一幕真的太有CP感了。

莫北嘴角微挑，眸色很淡：“比起我来，队长更适合戴这种东西。”

火药味颇浓，大概像是他们第一次约架时一样，不一样的是，封奈漫不经心地笑了下，好似并不那么在意：“拖我下水？”

“赛制是这样，所以队长为什么要故意输？”莫北抬手，把猫耳箍稳定好，虽然没有什么表情，但整个脸上都写着无奈。

“当然是想看看你怎么学招财猫。”封奈一笑，站直了身形。

莫北：“……”

封奈偏了下眸：“赛制。”

莫北真的是头大，朝着他这边扫了一眼。

封奈笑道：“来吧，小哥哥。”

莫北抬了下手，侧过身去想要问主持人能不能改成别的。

封奈已经握住了她的手腕，然后一下抬高，猝不及防，两只招财猫被镜头捕捉。

莫北仍旧清冷，而封奈却在笑，两个人靠得很近。

有人发现，封奈那双狭长、漂亮的眼，似乎都用来看莫北了，真的是不让人想歪都难。也是这一个离近了的镜头，人们发现了封奈薄唇上疑似被咬破了的痕迹。

节目一停，主持人就对着所有嘉宾说了一声：“辛苦了，刚才导演也通过耳返告诉我了，这次我们的节目在网上的点击率爆表。谢谢大家，希望以后还能有合作的机会。”

接下来，就是各家战队活动助理的事儿了。

退场的话肯定是按照顺序来的。从舞台到休息室，嘉宾都有特殊通道可以走。只是离开的时候，擦身而过时，唤冷嗓音很冷地对莫北说了一句话：“你什么时候和封奈关系这么好了？你变了的好像不只是性格。”

莫北西装下的手指一顿，神情淡然：“他是我的队长，我们关系好很正常。”莫北按照她哥的性格，略微侧了下眸，如果是她的话，不会说这么多话的，“另外，我当然不能像以前一样，毕竟现在成熟了，也懂得一些事该怎么做，不该说的不说。”

唤冷的眼里没有一点儿温度：“那就再好不过了。”

语毕，他没有再说什么，走了过去。

莫北停了停，如果不是主持人在节目里问了那个问题，她现在应该也没办法三言两语把唤冷打发走。

她哥说得没错，陈逾、王俊、陆一凡，哪怕是汪冬冬，这些人都只会认为莫南这个人的变化是来自打击，毕竟手伤了。

只有这个唤冷，是真的很了解她哥。她都在刻意模仿她哥了，还是没有彻底洗脱嫌疑。

省赛之后的局势，会碰到哪个战队，还不清楚。但现在莫北只希望不要一上来就碰到唤冷。如果是对战的话，她不确定，她的打法会不会被唤冷发现。

封奈原本是走在前面的，等到他看到莫北和唤冷肩膀碰到一起的时候，停下脚步，单手插着裤袋，回眸看了过来。

这个距离，封奈无法听清唤冷和莫北说了些什么。

但莫北的停留，让封奈的眸色有了变化。

一秒钟过去了，两秒钟过去了，莫北还是没有半点儿要走的意思，像是陷入了什么回忆，那张清隽的脸都和平时有些不同了。

这让封奈的心不由得一紧，接着踱步回来："这位小哥哥，你的魂是不是都要被勾走了，连一会儿还有见面的机会都忘了？"

莫北抬眸："魂？被勾走？"

封奈说得有些漫不经心："看到同期练习生，又都是朋友，他说了什么让你在这里站了这么久？"

莫北睫毛微动："说了些以前的事。"

"哦？"封奈像是缓缓地笑了一下，"我对你们的以前不感兴趣，但是提醒你一句，进了全国大赛，我们肯定要和他们对上。如果被我发现，你对昔日好友手下留情什么的，我惩罚你的手法会有很多种。"

莫北还以为他会问得很详细，现在知道不会了，说道："比赛是比赛。"

"虽然你看上去诚恳，但是为了避嫌，你们还是少联系为好。"封奈顿了顿，"避免有些粉丝看了会胡思乱想。"

莫北有些疑惑："胡思乱想什么？"

"比如给你们组CP什么的。"封奈的眸色深得很，"在节目里，你夸了他那么多，肯定会有人这么想。"

莫北避重就轻："都是一些脑补，应该没事。"

"删起来麻烦。"封奈笑了，"所以小哥哥，安分守己一点儿，明白吗？"

莫北："……"

"安分守己"是这么用的吗？

莫北看着眼前渐渐远去的背影，还是觉得有些头疼，他这莫名其妙的仇恨值又是怎么回事？

本以为一切都停止了的她，等走出退场的地方后，那边的闪光灯亮起时，她顿了一下。

是来采访的人。由于他们是第一次参加综艺节目，因此结束后会有一个简短的采访。

很明显，封奈和莫北都忘了还有这件事。封奈走过去的时候，俊美的脸上还带着特有的漫不经心的表情。

很多直播平台的人都来了，外面一圈还站着一堆粉丝，虽然用安全带隔开了，但不影响他们在现场见到心中的大神。

“K神，终于等到你们出来了。”采访的人将话筒一举，“大家都很期待哦，要不要和大家打个招呼？”

“嗯。”封奈的嗓音还是淡淡的，侧过眸去看了莫北一眼。

他们俩之前并没有商量过，可在这一刻一同半弯了腰，朝着外面的方向深深地鞠了一躬。

莫北是在站直身形之后，才意识到某大神和她做了同样的动作的。

他们俩又对看了一眼，采访的人在旁边看着都笑了：“鞠躬完就互相看，粉丝们说得没错，两位大神果然是有默契的。”

那边的粉丝们已经捂住了脸，害羞！他们会说“最喜欢看这两个人这副样子了”吗？

“好了，我现在把话筒交给K神。”主持人伸手，“有什么需要对大家说的吗？”

封奈接过话筒，说道：“谢谢。”就两个字？

“你是南哥附身了吗？”那边有粉丝喊了一句，所有人都笑成了一团。

封奈单手插着裤袋，眉头挑了一下：“真让我说，不怕吐槽？”

“不怕！”粉丝们异口同声地说道。

封奈的眸色很深：“以后不要总去高铁站堵我们。想看我们，就来比赛现场，我们是电竞选手，你们要分清，我们不会按照你们想的发展。是学生的，回去好好读书；已经工作了的，保持理智。我们能回报你们的，就是打进全国大赛。”

“全国大赛”四个字让在场的人都有些沸腾了。

King在用自己的方式，告诉所有人，什么才是电竞。

就连莫北都侧了下脸，那双黑白分明的眸子比起其他时候，带出的东西更多……

大概是这目光太引人注目，那边的粉丝又喊话了：“辅助小哥哥，辅助小哥哥，虽然我们K神很帅，但你能不能不要总是看他，你看看我们，看看我们！”

突然被叫到的莫北，顿了一下之后，才将目光落了过去：“嗯。”

“好想抱回家！”

“冰山小哥哥又卖萌了！”

粉丝们又兴奋了。

莫北的眉心却微微拧了一下，卖萌？不是他们让她看的吗？

认真的莫北同学是看不透这一点的。

封奈拿着话筒，说道：“不要总是觊觎我的辅助，你们又不会打游戏，老叫他做什么？”

“我不会打，南哥会打嘛，南哥能带我们飞！”反正粉丝都已经喊第一句了，就豁出去喊了第二句。

封奈慢条斯理地看过去：“你打哪个位置的？”

被点名的妹子有些激动：“法师。”

封奈挑了下眉：“团控位置还让一个辅助带？你可以考虑一下卸载游戏。”

K神又开始吐槽了？

K神又开始吐槽了！

那妹子也不怕：“南哥的辅助和别人的不一样，K神你不是都被带飞过？”

封奈像是笑了一下，拿起话筒：“你们到底是谁的粉丝？”

“你的！但我就是想和你抢南哥！”

封奈：“……”

主持人从来没有见过这么有意思的场面，笑得腰都有些站不直了。但他毕竟要把话题往回拉：“已经没有时间了，我在这里问一个弹幕上刷得最多的问题。K神，大家都很好奇，你的嘴到底是怎么回事，破的地方实在很可疑，方便告诉大家吗？”

活动助理就在旁边，他觉得他们K神肯定会说“不方便”。

结果，K神一笑，缓缓说道：“不过是被某位小哥哥碰到了，你们怎么这么八卦？”

某位小哥哥？

能被他们K神称为“小哥哥”的人，只有他们南哥好不好？

莫北更是直接皱了下眉心，朝着他这个方向看了过来：“我什么时候……”

封奈打断了她的话：“你不知道的情况下。”

莫北看着他，眸底的意思却很清楚，队长，你连这种谎都说的吗？

封奈平静地说道：“都是意外。”

主持人一笑：“什么样的意外，能让嘴有伤呢？”

“很多种意外。”封奈说到这里，双眸看了过去，“第一次，也是你们辅助小哥哥在我脸上挂的彩，那时候我还不怎么待见他，就随便切磋了一下。”

这消息真的是太劲爆了，现实里居然有人能把K神震住！

封奈看着大家意外的眼神：“这一次就更不巧了，坐高铁的时候，我手里拿着东西，某位小哥哥碰了我一下，稍微划破了一点儿，都被你们看出来了。你们是侦探吗？”

听到这里，活动助理明白了，K神这是让大家别往下挖，到时候不知道会出现什么版本，干脆就给出了合理的解释。

CP粉们的心，则是上上下下的，就像是在荡秋千。不过，他们真的不需要听什么合理的解释呀。

K神突然又开口了：“不过，你们放心，弄伤我的事，我会找某位小哥哥负责到底。”

站在旁边的莫北，此刻脸上的表情没有丝毫变化，内心却只想叹息。

不可否认的是这一次的综艺节目让更多人了解了什么是电竞。

莫南家。

刚好走进房间的莫母看到电视，有些纳闷儿：“综艺节目？讲的还是你们电竞圈的事？”

她问的是莫南。她正要坐下来好好看看，都介绍了谁，莫南却更快一步，直接关了电视，垂下的发刚好挡住了他的脸，隐约间能听到他的声音：“妈，你看错了。”

“我看错了？”莫母说到这里，抬起了头，“不说这个了，北总是不回我电话，这边的人又总想见她，我怎么也要给人家一个交代吧。”

莫南心不在焉地问道：“谁？”

“就你封阿姨呀。”莫母笑道，“说起来，她是真的人美又温柔、知性，怪不得她教出来的孩子都那么好。她也说了，和你在他们家见过面，还夸了半天，说你很懂事。”

莫南听到这里，不知道为什么，总有一种很不好的预感。

“你该不会是想让北去封奈家……我是说……呵呵呵，封阿姨，你该不会是想让北去见她吧？”

莫母笑得有些甜：“什么叫我想？是你封阿姨想见北，说她在厨师大赛时的表现很优秀，让她去领个特别奖，顺便大家一起坐下来吃顿饭。”

莫南抬手，按住了自己的头：“你答应了？”

“肯定要答应呀。”莫母有点儿疑惑，“这种事为什么不答应？”

莫南：“……”

你真是我们的亲妈呢！

正往基地走的莫北，并不知道会有一个坑正在回程的路上等着她。

录完节目之后，莫北和封奈都有些累了。返程的高铁票买的是晚上的，这个点不会有什么人在才对，但封奈认识的人里有一个是例外，那就是好蹦迪的金小少爷。

他们刚从高铁上下来，封奈的手机屏幕就亮了。他滑开之后，就看到那边有个金毛头像在闪：“奈哥，奈哥。”

封奈没打算理，这个点他只想回去之后直接睡。

“奈哥，你怎么不理我？”金小少爷的精神是不灭的，“算了，我就自己说吧。奈哥，我不是一直都帮你观察着云深吗？尤其自从上次看你打点滴之后，我有个朋友说，他们这个圈子，一般来说都不会谈恋爱，尤其女孩子，是不会承认有男朋友的。除非对方特别有钱，像你这样还行，南哥应该财力就一般吧，云深的这段恋情，他觉得有问题！”

金小少爷本来是想发完这条语音消息之后进包间再说两句就走人的，可谁知道，他一进去，就遇到了一个熟人。

不是他说，他总觉得那个人面兽心的影帝很难对付，虽然他才是小老板。

金小少爷正琢磨着要怎么对付影帝时，手机就响了。

“什么问题？”

金小少爷的第一反应就是打语音电话过去。

封奈漫不经心地挂断之后，看了一眼坐在他旁边的莫北，修长的手指微动：“旁边有人在，语音不方便，你直接说，什么问题？”

金小少爷低头，开始费劲地打字：“你看云女神长得那么漂亮，说实话圈子里打她主意的人不少，如果她有了男朋友，就有合理的理由拒绝别人了。这样一来，一部分饭局也可以避掉。所以就此推测，云女神很有可能会因为这个来找一个她特别信任的朋友假冒自己的男友。等这段时间过去，两人就各自恢复单身。”

封奈在看到这段话时，眸色变得越来越深，像是在平复一些情绪，眼尾带出了淡淡的笑：“你的意思是说，云深和莫南在假扮情侣？”

“嗯。”金小少爷继续打字，“这不是我的意思，这是圈内人的分析。而且，你不觉得他们确实和其他情侣不一样吗？”

封奈又看了身侧的人一眼：“怎么不一样？”

“他们平时都不怎么见面，”金小少爷摸了摸下巴，又道，“而且也没有过多亲密的动作。我在剧组可是看到了，云女神每天都在拍戏，连信息都不怎么发，太不像有男朋友的人了。”

封奈看完，打了一行字发过去：“云深进剧组之前刚见过莫南。”

“这我知道，他们也会约会，我总感觉他们的感情太淡了。”金小少爷继续打字，“奈哥，我说这些真的是有依据的。”

封奈修长的手指按着屏幕：“想一想怎么证明你说的话。”

金小少爷双眸一亮：“这没问题，小意思。”

“如果真的像你说的，他们是假扮的情侣，金爷爷那边就暂时不会抓你回去。”封奈打出了这么一段话。

“奈哥，你放心，我最擅长做这种事！”金小少爷的回复有种不加掩饰的开心，“他们是真是假，试探一下就知道。到时候奈哥把莫南带来就行，其余的，我安排！”

发这条信息的时候，金小少爷正在美滋滋地笑，也就没有看路，刚按了“发送”键，就有人叫了他一声：“金少！”

但是已经晚了，他还是撞到了人。金小少爷抬眸，就见被撞的那人整理了一下身上的黑色夹克。

那人还想给他解释，金小少爷就把人一抓。全场的人都有点儿蒙，这什么情况？

“我有事找你。”金小少爷的两只眼睛都是黑黑亮亮的。

影帝偏过眸来笑着，一倾身，手指就捏住了金小少爷的脸：“小老板，你想做什么？”

“手，拿开。”金小少爷拍着他的肩，“你现在不是和云女神在一个剧组吗？你明天帮我把她约出来。”

影帝一顿，冷笑道：“之前你打听了那么多，看来还真是喜欢云深的。怎么，小老板也要学那些人，要用手中的权力了？”

“别胡说。”金小少爷一脸认真地说道，“我还是个孩子呢。”

影帝站了起来：“拉皮条的孩子？你怎么不自己约？”

“都怪我哥，我哥那个土匪，云女神现在听到‘金’这个姓就烦。”金小少爷半边脸鼓了鼓。

影帝扫了他一眼：“约出来可以，你还要安安全全地把人送回来。”

金小少爷一笑：“没问题。”

影帝没有说话，心想，金家还能出这种人？

金小少爷则在搞定之后，发了条信息：“奈哥，你明天想办法把莫南带过来，到时候我发地址给你，绝对会试探出来他们是不是情侣！”

莫北并不知道封奈已经开始怀疑她和云深之间的关系了，她现在要处理的是，她哥发来的信息：“封阿姨要约你见面吃饭，妈已经答应了，怎么办？我现在很晕。”

莫北一进房间，就用被调成静音的那个手机打通了莫南的电话：“哥。”

莫南一边接电话，一边提防着他妈会过来：“在。”

“哪天见？”莫北说话向来都是直切重点。

莫南的双眸却瞪圆了：“你真要去见？”

“妈想要这个奖。”莫北平静地说道，“更何况如果我不去，让妈一个人去，只会暴露出更多的问题，我在那儿还可以阻止。”

莫南伸手抓了抓自己的黑发：“我怎么没想到，妈真的和那位封阿姨一见如故了。她们单独见面的话，一聊天估计就能聊出事来了。”

莫南虽然没有莫北想得多，但是他并不笨，脑筋转了转后又道：“决赛之后才能发这个奖，还有六天的时间。我尽量让妈这周没时间去找封阿姨，等你们见面的时候，我再想个办法把妈叫出来，你和封阿姨单独聊的话，应该会安全很多。”

莫北没有否认，但也没有肯定。毕竟要考虑封临这个因素，所有的事都不会十全十美。到时候会发生什么，她再做适当的临场反应吧。

“现在除了见面这个事，还有一件事。”莫南伸手按在了自己的额上，有些头大，“这次的综艺节目，我担心妈会看到，现在所有的播放器我都已经给她卸载了。这个节目，电视上都哪个台播？我好有点儿应急准备。”

莫北已经想到了这个问题：“只要避开一个台就行。张阿姨她们喜欢看宫斗剧，也不会看这种年轻人看的节目，所以传播不到妈这里。六天太久了，你下载个没有这个综艺节目的播放器，给妈开个会员，多下载一些宫斗剧让她看，自然就会避免掉节目这一块。”

“我现在严重怀疑，妈在生咱们的时候是不是把好的基因全都给了你。”莫南笑了，“你可真是哥的救星，太聪明了。我一会儿就给妈把所有的宫斗剧都下载下来，分散她的注意力！”

莫北嗯了一声，看着电脑上的游戏页面，说道：“哥，有件事，我一直想问你。”

“什么事？”

莫南刚要松一口气，莫北的声音就跟着传了过来：“你的手现在恢复到什么程度了？”

莫南在听到这句话之后，后背突然一震，站在那里像是僵住了，声音却是带着笑的：“挺好的呀。”

“好？”莫北的眸色变深了，多少有些试探的意味，“那医生有没有说，你什么时候能回来打比赛，手速会不会受影响？”

莫南的手指一根根地攥得有些紧，最后将所有的情绪都压下去之后，才像平时那样笑了起来：“手速肯定会受影响，要进行康复，怎么了？”

“没什么。”莫北听着那边的声音并没有什么不妥，眸色渐渐地淡了一点儿，“如果快的话，全国大赛的时候你就能回来了，到时候会有二十支战队，赛时和强度都要比现在强，你……”

莫北还没有说完，莫南就喊了一声：“糟了，妈过来了，我得去应对，先挂了！”

嘟——嘟——

等挂了电话之后，莫南才以背抵墙，修长的身形靠在那儿，垂下了眸子，所以没有谁能看清楚他的表情。

他拿着手机的手，垂在了身侧。“不能再打比赛了”这种话，他不想，也不能说。但一想到，他妹那强到让人震惊的实力时，就觉得，这一切是值得的……

夜色越发深了，原本就过了零点，现在外面更是一片漆黑。

莫北却没有睡，手机屏幕上，是有关陆一凡的视频。对方很熟悉她哥的打法。

如果上场的并不是她，而是她哥，肯定会被针对得一点儿实力都发挥不出来。

好朋友吗？那她就帮她哥从这个好朋友身上，把该讨的都讨回来。

莫北闭上了眼睛，安静得像是什么事都没有发生过。

第二天训练时，猫猫熊总觉得他兄弟太猛了。

他坐在电脑前，看着显示出来的数据，嘴巴张得都有点儿大了：“兄弟，你不觉得你这个辅助打得对面都自闭了吗？”

莫北没说话，抬手喝了口水，侧着清隽的脸，准备开第二局。

“兄弟，真的，不是我说，你得给普通玩家留一条生路。新赛季，大家都在上分呢。”

莫北：“越是这种时候，越能练反应力。”

猫猫熊一顿，问旁边的人：“这杀伤力，正常吗？”

“大概是因为下一场的对手是前队友。”腾灰将头冒了出来，“我以前是不知道，现在看了他和老大的节目之后有点儿明白，为什么莫南这么想赢了。”

猫猫熊呵呵了两声：“我就看到了一大堆的狗粮。你还记得老大和我传CP的时候，老大是怎么对我的吗？他让我扫厕所，还说我什么时候有思想觉悟了，什么时候再出来。你再看看老大现在，真的是双标又无耻。”

“哦？怎么个无耻法？”

猫猫熊一时口快，没仔细去听发出这声音的人是谁，就在那儿哼了两声：“要是莫南是个女的，我都怀疑老大这是在借着工作的名义谈恋爱呢。”

“我们的猫神是什么时候有的这种想法？”封奈单手插着裤袋，将水放了过去，有些漫不经心地说道，“嗯？”

猫猫熊后颈都发凉了，重重地吞了一下口水，把耳机一戴，朝着莫北的方向喊：“兄弟，中路，快，中路来埋伏一波！”

下路已经推到底的莫北，眸色淡淡地朝着猫猫熊这边看了一眼。

封奈却笑了，眼尾带着冷意，伸手摘了猫猫熊的耳机：“我又要借着工作的名义，把你的辅助带出去谈恋爱了。猫神，你不会有什么想法吧？”

“老大，瞧你说的，是你的辅助，你的！”猫猫熊谄媚地说道，“带走，随便带，不要说是谈恋爱，结婚都行。”

莫北：“……”

封奈把耳机放下，又是一笑：“那猫神，你可要好好训练哟。”

猫猫熊都快要哭了：“老大，好好训练的任务肯定完成，求你，你别叫我‘猫神’。”

封奈收了目光，只留给了他一句：“训练时间，八卦少聊。”

“是！老大！”猫猫熊擦了把冷汗，老大总算恢复正常了，叫他“猫神”的老大，比直接让他去扫厕所的老大还吓人！

不过老大带他兄弟单独出去，是做什么？

莫北也想知道。虽然这两天都不用刻意训练，他们为了保持状态，会以心理放松为主。但通常这种时候，每个人都会自觉地加两到三个小时的训练时间。

封奈起这么晚，眸子底下还有一圈青色，是因为，昨天回来之后，他没有立刻睡，又打游戏打了好几个小时。

所以，这种时候外出？莫北侧了下眸：“队长要带我去哪儿？”

“一个饭局。”封奈侧身，说道，“我有个发小想做编剧，并且想以我们这一行做题材，说在我身上找不到灵感，让我带个人去。”

莫北淡淡地说道：“带猫猫熊去。”

“他太吵。”封奈缓缓说道，“我发小就是个话痨，你想让我被两个话痨摧残？”

猫猫熊：……为什么躺着都中枪？

封奈抬眸：“更何况，你是不是忘了要负责的事？”

“负责？”莫北眉心微拧，“负什么责？”

封奈看着她，像是很随意地，抬手指了指自己的嘴角："嘴伤。"

莫北："……"

比起负嘴伤这种天降飞锅的责任，她不如跟着某大神出去一趟。向来"宅"字为先的莫北，跟着封奈上了商务车。

在车上，封奈一直在摆弄手机。

原来，这是金小少爷组织的，用来测试莫北与云深恋情真假的饭局。

准备出发的云深，把墨镜一戴，还穿着剧组里的深红长裙，露着白皙的脚踝，像白玉一般透明，看上去是真的气场十足。

她和经纪人上了保姆车后，经纪人轻笑："我的大小姐，你现在的状态真是越来越好了。"

"毕竟是有男朋友的人了。"云深一笑，她现在的身份和北有关，就不能让北在电竞圈里难看。她可是个"贤内助"。

不过，据她观察，那位影帝一向不喜欢乱七八糟的东西。她怎么也不会想到影帝会设饭局，还和他们的小老板一起。看来有些八卦新闻上说得没错，那两个人确实走得还挺近的。真是有意思……

坐在包间里的金小少爷没想到他奈哥会把他说成一个文艺咖，只好临时弄了个剧本来，又抢了助理的眼镜戴上，喝了一口酒之后，抬头问："这样像编剧吗？"

影帝朝他这边扫了一眼："你这是打算骗谁？"

他的话音刚落，就有人推门走了进来，来人是封奈。当然，也少不了莫北。

金小少爷一下子跑了过去："奈哥，你让让，让我看看我男神。"

男神？莫北眸色很淡地对上了金小少爷那张好看的脸，她清隽的气质在这种暗光交错的场所里，更显得高冷。

金小少爷开始装文艺了："男神，自从上次一别之后，金某一直想要再见到你，故设下此局……"

"说人话。"封奈漫不经心地打断了他。

金小少爷立刻改了说话风格："就大家一起吃吃饭，唱唱歌，玩玩游戏什么的。"

"还有呢？"封奈单手插着裤袋，问道。

金小少爷怎么能忘掉最重要的事："还有就是帮我找找灵感。那天我看见男神南哥，就有了写剧本的冲动。你看这个主线怎么样，从被万人唾弃到登顶为王，这中间……”

莫北在那儿听着，抬起头来看看封奈，封奈没有要管的意思，她只好侧过眸来，淡漠地继续听。

“这个主角呢，最好是有个隐藏身份，”金小少爷也是说爽了，连他身后的那群明星都不管了，“比如昔日的王者什么的。对了，就Bey神那样的，我奈哥最喜欢这个Bey神了，而且他也够神秘！”

莫北听到这里，修长的手指顿了一下。

“最喜欢？”莫北若不搭话只会显得不合情理。

金小少爷还想说点儿什么，封奈漫不经心地看了他一眼。

金小少爷立刻严肃地说道：“男神，南哥，来，我介绍你认识一下我们圈里的人。”

本来坐在那边的明星们，就对新进来的这两个人好奇极了，尤其那个被小老板叫“奈哥”的，能让金家人这样对待的，是真的很少有。

这里面认出封奈的，也只有某影帝，某影帝的眸色深了深。

金小少爷带着人过来：“这一位，你肯定认识，现在银幕上的很多角色都是他演的，他……”

金小少爷的话还没有说完，门就又被推开了，这一次进来的是身着长裙的云深。

平时素颜的她，已经被人说是“美艳”了，今天更是抬眸一笑间，就艳压了这包间里所有的女星。

她没想到的是，竟然会在这里看到北，她呆呆地站在那儿，双眸都瞪圆了。

“莫……你怎么会在这里？”云深差点儿把“北”字叫出来，还好她很快改了口。

第十六章　双向暗恋

莫北的神情也有些变化，不过她向来情绪淡漠，也表现不出什么来，只说了一句：“来帮人找灵感。”

云深笑了：“在这里帮人找灵感？”

莫北嗯了一声。

云深见到莫北是开心的，自然就加快步子走了过去，挽住了莫北的胳膊：“今天果然是我的幸运日。”

“幸运日？”除了云深之外，莫北大概不会让谁这么轻易靠近自己。

云深的笑意更浓了：“对呀，幸运日，不然怎么会碰到你？”

金小少爷在旁边听到了，后颈都有些发凉了，云女神这个时候怎么这么会说土味情话了？难道你就没看见站在你旁边的那位封大少，目光都冷了吗？

金小少爷伸手，偷偷地拽了拽他奈哥的衣袖，小声嘀咕：“演戏，云女神的演技一直很好，这绝对是在演戏。”

封奈侧了下眸，眸色很深：“最好像你说的，是演戏。”

“不然也太奇怪了。你看情侣们都是男孩子主动，女孩子这么主动，不正常，对不对？”金小少爷还是坚信有什么地方不对劲。

封奈扫了他一眼：“莫南的性格，会主动？”

“奈哥，你不懂，谈恋爱的时候，不管什么性格，只要是情侣，男的都会主动。”金小少爷在这方面还是很有经验的，毕竟他被很多姐姐表白过，“你仔细想想，你和莫南在一起的时候，你不是也主动吗？你这种性格，我一直以为你根本不会谈恋爱或喜欢上谁的，娶个电脑或键盘进门，我还比较相信。结果呢……”

封奈没有再听金小少爷说了什么，因为他发现从刚才开始，莫北的视线就没有从云深身上移开过……

莫北和云深站在一起的时候，确实非常般配。除了俊美之外，莫北脸上总有一种说不出的薄凉，站在这群人里，更显得气质出挑，与美艳的云深站在一起，就是一对金童玉女。

某影帝将目光又落在了那个一直找封大少说悄悄话的身影上，缓缓开了口：“大家都坐下来聊吧。”

“好。”金小少爷还是很响应这句话的，毕竟只有坐下来之后，才好开展他的计划。

某影帝说道：“人齐了，小老板别忘了你欠我这一次的人情。”

“好说好说。”金小少爷豪迈得很，只要能证明云女神和莫南是假情侣，他以后的日子只剩下逍遥快活了，还人情什么的，简单！

那时候的他并没有料到，有的时候，人情债是最难还的。

这饭局是金小少爷和云深的师兄设的，云深当然要上前与饭局的组织者打招呼。

让封奈的眸色变得格外深的是，无论走到哪儿，云深都会带着莫北。

他抬手缓缓地扯了一下衣领。

“来来来，都喝口酒，庆祝一下。”金小少爷拿了开好的红酒，就要给每个人都倒上，为的就是先拉近彼此的距离，这样才能确保一会儿的游戏环节能顺利进行。

他只有把云深或莫南灌醉，才能测试出来一些东西。

很显然，封奈也是同意这个做法的，所以他并没有阻止。

没想到，到了莫北那儿，他倒酒的手腕居然被挡了。

金小少爷的鹿眼又圆了，这是什么情况？

莫北嗓音很淡地开了口：“我不会喝酒。”

“南哥，你放心，这样的杯子喝不醉，一杯而已，意思一下。”金小少爷为了活跃气氛也是拼了。

莫北抬眸看着他，那眼底自带的冷然不知道为什么让金小少爷有点儿心虚……

“南哥不信？”金小少爷说道，“不信我先喝一个。”

莫北淡淡地说道：“我没酒量，和信不信你没关系。”

金小少爷还想说点儿什么，云深伸手接过了酒杯，莞尔：“我男朋友从小就不喝酒，这酒我喝，小老板觉得怎么样？”

金小少爷的后颈更发凉了，因为他奈哥看过来的目光越发冰寒透骨了。他费尽心思把这两个人叫过来，真的不是让他们来秀恩爱的。挡酒这种事，要挡也是他奈哥帮挡呀。

“女神说的哪里话？”金小少爷又开始装文艺腔了，“南哥不喝就不喝，我们玩点儿别的，先唱歌，一会儿玩真心话大冒险怎么样？”

云深放下酒杯：“好呀。”

金小少爷闻言笑了，手上的卡片已经被他处理过，为的就是测试出云深和莫北到底是不是真的情侣。

“来来来，音乐都停一停，把酒瓶转起来。先说好，我们向来的游戏规则就是只有大冒险，没有真心话。”

莫北对这种游戏，并不是很热衷。

转了三轮，金小少爷有些着急了，也该转到莫南了吧。

金小少爷正着急时，这一轮终于转到莫南那儿了。

金小少爷告诉自己不要太激动，朝着他奈哥的方向看了一眼之后，才站起来说道：“南哥，把你的卡片拿出来吧，看看是什么惩罚。”

莫北抬了下头，脸上没有什么表情，卡片她看过，这次的大冒险，比上一次同吃一根饼干还要高了一个段位。

金小少爷明知道上面写的是什么，还一副好奇的样子。

莫北看了看他之后，又侧过眸去看了封奈一眼。

封奈挑眉，喝酒的动作顿了顿：“看我做什么？你的卡片上写的是什么？”

“找一个人接吻？”金小少爷打破了沉默，举起酒瓶，双眸都瞪大了，看上去真诚无比，“南哥，恭喜你，中大奖了！”

莫北看着他，缓缓说道：“大奖？那给你？”

“不行，我的初吻要留给我的老婆。”金小少爷说得义正词严，“而且南哥，这题对你来说就是大奖呀。你看，我云女神不是在这儿吗？刚好给你们一点儿亲近的机会。”

封奈的目光却不一样了，他看向金小少爷的时候，那双眼里的冰寒几乎能冻结整个包间。

金小少爷虽然被看得头皮发麻，但他还是给了他奈哥一个“相信我”的眼神。

封奈的目光并没有一丝的暖意。

金小少爷开始冒冷汗了，好在他奈哥的视线不能一直投过来，毕竟那旁边还站着莫南。

封奈确实表现得有些漫不经心，因为他不想他的心思被莫北猜到。比起不能得到，他更不想从莫北的眼里看到厌恶。

但，接吻？

封奈的眸色深了深，他现在最想做的就是把金子“打包”回家。

金小少爷感觉到了那股杀气，咽了咽口水，但如果是假情侣的话，肯定不会接吻的！

毕竟谁都知道，云女神连一些亲热的戏都没拍过，了解她的人都知道，她对这方面很在意。而且，莫南也不像是对感情乱来的人，要是真的是假情侣，绝对不会接吻。

金小少爷走的就是这个路线，尤其他以未来金牌编剧的目光来看，这两个人的相处确实也不像是情侣，倒像是……很好的朋友。

“你说得对。”

莫北突然开口，那双眸子里就像是藏着一缕还未散去的晨雾，纯黑的颜色，散发着淡淡的光芒。

“什、什么？”金小少爷觉得自己这一次要栽了，他不是想要莫北认为他说得对呀，他是想要测试出来她们是假情侣呀！

莫北只侧眸看了他一眼，话向来不多的她，直接用行动代替了自己的话。她单手撑在了云深的一侧，身形微倾着靠近。因为这个动作，白色T恤都微微下滑了，露出了里面性感的锁骨，是半透明的肤色。大概是她们靠得太近了，那样的姿势让人觉得脸红心跳。

云深倒是没什么想法，也意识到了一个问题，如果北不做这个大冒险的话，那她们情侣的身份，大概就会被人怀疑。

如果是其他人还可以自罚三杯来不做这个冒险，但北向来撑不过三口，更别说是三杯了。

更何况如果是情侣的话，北抽到这种卡片，肯定会和女朋友来接吻。演技精湛的云深，只是睫毛动了动，此刻的她就像是情窦初开的少女……

在场的人没想到这一切却被打断，那边有个酒杯被人碰倒了，红酒顺着桌沿流下。

莫北没有靠近云深，是因为有人将她猛地往后一拽，力气之大，握得她的手腕都有些疼了。

莫北侧眸看了过去，拽她的人是封奈。

他一只手攥着莫北的手腕，另外一只手则从她背后绕过来，按在了她的腹部。这完全是好哥们儿之间，才会有的姿势。但，封奈知道自己对莫北并不是什么好哥们儿的心思。而是，他看不得她和谁这么亲密，更何况是接吻。已经试出来了，假情侣好像只是他的妄想，他的心难受得像要被揉碎一样。但他知道，自己不能失去她，所以不能急。

封奈想到这里，笑了，漫不经心地说道："这位小哥哥，你是不是傻，还真亲？"

莫北还没开口，云深就笑了："我们是男女朋友，亲一下而已，怎么是傻？"

这个封大少，会不会反应太大了？

封奈将目光落了过去："你们私底下怎么亲都没事，这周围有这么多人，不太好吧，云小姐？"

云深身形一顿。

封奈："上一次他过来找你，就闹了很多不好的事出来。这一次，你们两个都注意点儿，要是这儿有人借着你们玩游戏，又拍照上传，到时候怎么办？"

金小少爷是蒙的，毕竟他带来的都是自己人，谁敢拍照，谁就没有好果子吃，更别说外传。那奈哥是……

他懂了！

金小少爷拍了下脑门儿，对着莫北说道："奈哥说得没错，南哥，有人的地方就有江湖，谁知道有没有什么阴险之人呢？为了云女神好，这个大冒险就取消，省得有人拍照什么的。"

莫北："在场的人，不都是你请来的朋友吗？"

金小少爷噎了一下之后，一脸认真地说道："你别看他们是我请来的，但这种事，我却不能替他们保证，万一里面真有人品不好的人呢。"

在场的明星："……"

在某影帝看来，金小少爷说的这些话，并没有什么不对，但这次显然是有人不想看接吻这一幕了，直接来了这么一个借口。

金小少爷有些坐立不安了，毕竟他奈哥的那双眼，一直隐隐透着戾气。这样的奈哥，实在是让他有些害怕。

莫北和云深对视，透着隐隐的默契和亲昵，从头到尾都让封奈觉得刺眼。以至于他握着酒杯的手，都有些泛白了。

因为计划失败了，还没到凌晨，金小少爷这个东道主就结了账。这种状态，真的是不能再待下去了。他奈哥那双眸，就像是隐藏在夜里的狼，就连他都猜不透他奈哥在想什么了。

聚会结束，云深是由莫北去送的。站在路边，看着她们离开后，封奈浑身像是能渗透出黑雾，那是种肉眼无法看见的变化。封奈偏过头去，自嘲般笑了一声。

金小少爷被他笑得有些胆战心惊，刚想说点儿什么，封奈就转身走进了夜色："别跟过来。"

他一句话，没有人敢再接近他。

天不知道从什么时候开始下起了雨，封奈走到基地的时候，全身都湿了。他丝毫不在乎，只抬头看了一眼钟表，已经这么晚了，某个送人的小哥哥还不打算回来吗？

想到这儿，他拿过手机来，登录了一个账号，点开其中一个头像，发了一行字过去："小哥哥，你最近在做什么哦？我好想你。你都不陪我玩游戏了，是不喜欢我了吗？"

就在这段话的末尾，封奈还加了一个哭泣的小猫的动图过去。反正临坑坑在装可怜的时候，都喜欢用这个动图。

发完信息的封奈，就那么靠在墙上等着，看着时间一分一秒地过去，对方却一直没有回复他。因为在陪女朋友，所以连临坑坑的信息都不回了吗？

封奈的右手缓缓攥紧，就想用他弟的账号打几把游戏，平复一下情绪。

可当他进去之后，动作却停了，因为他看到的是没有回他信息的某位"小哥哥"正在游戏中。

那位小哥哥就在他的"好友观战"里，而且小哥哥并不是一个人，小哥哥的后面，还跟着一个女孩子形象的辅助。

小哥哥还尤为照顾那个辅助，补刀补得很精准，藏在草丛里，将蓝buff打成残血之后，直接让给了辅助。

也就是说，小哥哥就是在为那辅助打蓝。

封奈抬眸，朝着那辅助的头顶看了过去。

那辅助的ID名字是四个字——云深似海，云深。

封奈眼底一沉，

就这么等着，根本不是他的风格。

他打开了好友对话框，又拿出了小临装可怜时用的语气。

封天临下：“小哥哥，你为什么不理我呀？我给你发消息，你都不回，你是不是不喜欢小临了？”消息的最后，他还加了一个哭泣的表情。

实际上，莫北并不是在和云深双排，而是她算着时间，想要让她哥在全国大赛之前练好辅助的玩法。

但要想做到不引人注意，唯一的办法就是让她哥玩云深的号。

毕竟，带女朋友玩游戏，并不会让人觉得有什么异样。

于是，在莫北接收到这条游戏好友信息时，操作明显停了一下。

莫南还不知道是因为什么，问了一句：“怎么了？”

“有人找我。”莫北的话仍然很少。

莫南挑眉：“有人找你？现在？游戏里？”

“嗯。”莫北语气平淡地回应着。

她空出一只手来，回了条好友信息过去：“等。”

打完这一个字之后，莫北又觉得这样对小孩太冷淡，又加了一句：“么么哒。”

封奈看到这三个字之后，修长的手指敲在了一旁的桌面上。

他眼底的冰寒并没有散去。

看来，他还是要装成他弟的样子才行。

毕竟这位小哥哥现在对他可是敬而远之呢。

封奈握着鼠标的手缓缓收紧。

他表面看上去不动声色，可实际上，心里却空荡得很。

莫北这边很快结束了第一局。

莫北再看在线好友的时候，小临还在。

这个点，小孩不睡觉吗？

莫北还没打字，就收到了来自对方的一条信息。

封天临下："小哥哥，我看到你在打游戏了，你带我也打一把吧？"

莫北担心出状况，并没有答应："太晚了，你去睡，明天带你。"

封奈看着莫北回过来的这句话，握着鼠标的手更加紧了。

连临坑坑的撒娇战术都不管用了吗？

那个人就那么重要？

封奈将手重新放在了键盘上："小哥哥，我真的好想你，今天是周五，妈妈说可以晚睡的，而且我好不容易才能上来打把游戏，小哥哥就这么赶我走吗？呜呜呜……"

莫北看着小人儿发来的话，想了想，这段时间，小临确实没有怎么上过线。

她想，叮嘱好她哥的话，应该也没关系。

"一会儿小临会进来，哥，你不要再开麦了，打字沟通，别让他知道你是谁。"

莫南发了个"ok"过来："不过，小临是谁？"

"队长的弟弟。"

莫北发过来的这五个字，成功地引起了莫南的注意。

"你是说那个目中无人，谁看见他都想动手打他的，封奈的弟弟？"

莫南这一个又一个的形容词，就没有一个是好的。

莫北："……"

"对了，有网友说过，他是个弟控。"也不知道莫南想起了什么，哈哈哈地笑了起来，"你快去，把他叫进来，他特别小是不是？"

莫北嗯了一声："不到五岁。"

"去吧。"莫南一笑，"我关麦。"

莫北知道她哥在打什么主意，警告他："你别逗他。"

"你哥我是那种人吗？"莫南说道，"兄妹之间的信任呢？

莫北没有再说话，示意莫南闭麦，才将"封天临下"邀请进了游戏房间。

封奈点了"同意"之后，就看到了那个云深似海的人物形象，头上戴着皇冠，穿着梦幻长裙，就那么站在那个人的旁边，他俩宛如一对璧人。

封奈眸色一沉，跟着打出了一行字，明知故问："小哥哥，这个人是谁喔？"

"云深。"莫北淡淡地说道，"今天陪她过一下任务。"

封奈双眸眯着："小哥哥，我听我哥说，你们今天一整天都在训练，晚上还要打游戏，不累吗？"

"嗯。"莫北的话仍旧很少，"准备。"

封奈依言，点了点鼠标，本以为云深是不会说什么的。

他没想到，一行字就那么冒了出来："你叫小临是吧？小临，你打什么位置？姐姐带你哟。"

不用。封奈本来想甩这么两个字过去的。

但考虑到他的伪装，打出来的字也就成了这样的语句："我太坑了，只有小哥哥保护我，我才能打，都不知道该打什么位置呢。"

莫南一笑："别怕，姐姐保护你也一样。"

呵，封奈冷笑一声。

他以前怎么没发现云深的话这么多？

游戏进入了匹配阶段。

莫北还是ADC，莫南辅助。

封奈看着这边只少一个法师了，就随便选了团控。

一开场，也没什么，封奈为了让自己的技术看起来和他弟一样，还偶尔走错了位置。

莫南在那儿笑得实在忍不住了："小临，闪现撞墙呢，佩服佩服。"

封奈挑眉，打字："所以我才需要小哥哥保护呀，这个操作真的太难了，小姐姐把小哥哥让给我吧，不然一会儿我就被打死了。"

"你怎么不让你哥带你打游戏呢？"莫南打字，"老找我男朋友不地道喔，你哥可是全服大神呢。"

封奈没想到对方会提到自己："他平时就会睡觉，根本不带我。"

"你也觉得你哥除了觉睡得好之外，一无是处？"莫南逗人上瘾之后，就有点儿忘了自己是谁了。

封奈的眸色变深了，一无是处？

"云深。"莫北开了口。

莫南这才想起来，他现在是女孩子，女孩子！

"我的意思是，你哥都是沾了那张脸的光，太帅！"

封奈挑眉，慢条斯理地回了一句："小姐姐好像不太喜欢我哥。"

"一般般，想揍他。"莫南也是很诚实了。

揍？云深说话这样的吗？封奈淡淡地问道："我哥得罪过小姐姐？"

莫南的字还没有打出来。

莫北就开了麦："云深，过来拿你的蓝。"

莫南听出了他妹这话里面的警告，只好收了手，去了野区。

站在中路的封奈，将视线转了过去，又要帮她打蓝？

封奈抬眸，故作不经意地来了一个走位大招。

冰雨落下。

莫南硬生生地在那儿停了停。

因为，蓝没了……

没错，确实是蓝没了！

莫南抬眸朝着那道人影看了过去！

"小临，你不是还有蓝吗？"

封奈看着那人，打了一行字过去："我是想帮你们打的，没想到按错了大招，小姐姐你不会怪我吧？"

莫南怎么会和一个小孩计较？

虽然这小孩是封奈那家伙的弟弟，还在关键时候拿了他的蓝buff。

但C大老大就要有老大的气魄。

莫南站在原地，直接按了"回城"。

封奈嘴角一勾，正在打字的手并没有停："小哥哥，小姐姐回去了，你帮我打下中路的塔吧，我根本不敢出去，怕对面的刺客来了，会单抓我。"

莫北语气平淡地问道："你还知道刺客会抓你？"

平时小临都是直接冲上去的，今天怎么会考虑了？

"被抓过太多次了，怎么也要吸取教训呢。"封奈回答得滴水不漏，"有小哥哥在，就算对面来抓我，小哥哥也能打爆他们！"

莫北当然不会让小孩失望，手持狙击枪掠进："你跟在我后面。"

"好呀。"封奈装临坑坑已经装得毫无破绽了，包括说这些话。

倒是莫南，在满蓝之后，跟着走了过来。

对面的法师也来了。

莫北一枪打过去，就将那法师打下去了半罐血。

这时候，对面的刺客发现了她的位置，一个掠进就要杀人。

封奈却更快一步，挥动法杖将人冻在了原地。

莫北一个回手，打出了最大伤害。

就这么一个小小的配合，莫南赶到之后，却觉得有些疑惑了。

这个小临刚是蒙的吗？

应该是蒙的吧？

毕竟哪个小孩子会预判这种事？

莫南并没有多想，作为辅助，肯定是跟着莫北这个ADC的。

再加上兄妹两个有意训练。

就算莫南有心要逗小临，但也不能不顾莫北的警告。

接下来，他安分了很多。

只是莫南并不知道，电脑那头的人并不是小临，而是封奈。

在封奈看来，那个云深似海还不如说他几句。

封奈越看，眸色变得越深，连带着手上的力道和速度都忘了去伪装，什么时候加快的，他都不知道。

他就那么守在中路。

起初是对面的法师来了，他收下法师的人头。

再过了两分钟，对面的刺客想要配合法师来抓他。

封奈先是一个闪现技能躲开了对方的暴击，再扔了个二技能在自己身上，冻住刺客之后，大招一动，连带着对面残血的法师都逃无可逃。

游戏里直接响起了一道音效。

Doublekill，双杀！

这一道音效，成功地让莫南停住了脚步，噼里啪啦地打了一行字过去：“小临，厉害了呀，你刚还说自己坑，这根本一点儿都不坑，帅！”

看到这行字之后，封奈的手指顿了一下，掩盖似的回道：“刚才我扔二技能的时候都扔错了地方，没想到那刺客刚好过来想要敲我，就被我直接冻住了，今天的运气真是棒棒的！”

运气？

莫北看着那句话，又扫了一眼击杀数的显示。

3：0

封临已经杀了三个人了，却一次都没有死过。

今天小临的运气，确实有些好，甚至是好到过头了……

莫南还在那儿打字：“你这孩子不错，这么谦虚，又萌又乖，和你那眼睛长到头顶的哥哥一点儿都不一样。小临，你一定要保持下去！”

眼睛长到头顶?

封奈并不在乎云深对自己是什么印象。

只是这样的说话方式，让他的心里多了一些猜疑。

但还没等他仔细研究。

莫北在扫清两个人之后，避开刺客，向后一个翻滚，单手拎着狙击枪，来到了他旁边，淡淡地开了口：“你不是小临。”

顿时，封奈的手指顿了顿，果然，临坑坑的这个小哥哥聪明起来的时候，真的让人很难避开。

莫南还是蒙的，打了一行字过来：“不是小临？”

莫北“嗯”了一声，冷静地说道：“小临基本不会抢蓝，打团战的时候，永远第一个冲上去，无论玩的是什么角色。他不一样。”

永远第一个冲上去?

临坑坑的操作手法还真是一如既往地菜。

封奈薄唇一勾，直接开了麦：“我们的辅助小哥哥，还真是不好糊弄呢。”

这声音……怎么这么耳熟?

莫南还在回想。

莫北修长的手指一顿。

是他。

封奈?

小临的号居然是他在玩。

莫北的第一反应就是她哥刚刚有没有什么地方露了馅儿。

封奈没有停下来，像是打了个哈欠：“终于不用装临坑坑了，打起来好累，又不能痛痛快快地杀人。”

听到这里，莫南总算记起来这是谁的声音了，一句脏话差点儿出口。

反应最快的还是莫北：“云深，你先下线。”

莫南被点醒身份之后，回了个“好”就赶紧闪了，再被封奈那个家伙看出什么来，实在是不好弄。

这样一来，游戏房间里，就只剩下莫北和封奈两个人了。

莫北直接地问道：“小临的这个账号，是不是一直都是队长你在玩？”

“了解战队的新辅助，用这种办法最迅速。”封奈说得心不在焉。

莫北没有再说什么，像是在思索。

封奈看到某人的反应之后，忽然嘴角一勾："怎么？你能玩女号，我不能装小孩子？"

莫北抬眸："小哥哥，你为什么不理我呀，我给你发消息，你都不回，你是不是不喜欢小临了，哭戚戚！"

"……哭戚戚这一句，队长是怎么念出来的？"

封奈勾唇，缓缓一笑："这些不重要的话，辅助小哥哥会不会记得太清楚了？"

莫北没再说话，毕竟已经转移了封奈的注意力，没有让他去多问云深今天的表现，她哥的身份自然也不会暴露。

而封奈只是在想一个问题：

没有了临坑坑的马甲做掩护，他以后要怎么自然地再在网上接近这个人……

封奈并没有表面看起来的那么不在乎，甚至是有点儿后悔。

他从来都没有这么冲动过。

不过是因为那两个人站在一起，莫北向南帮云深打蓝而已，封奈就在游戏里把什么都忘了。

封奈的手指紧了紧，莫北向南对自己的影响，似乎早就超出了他的预料。

他这个人，从小就不是什么善人，得不到就毁掉，似乎是藏在他骨子里的。

不像莫北向南，做什么都收放自如。

封奈眯眼："看来，你并不打算问我为什么要用小临的号来骗你了。"

"队长会说实话？"莫北抬眸。

封奈："那天他回来说在学校的时候，有一个很帅的小哥哥救了他，还要陪他打游戏，我确实很好奇到底是谁，能一点儿脾气都没有地带临坑坑那么坑的人打游戏，还让他觉得自己把把打得都不错。后来见了面，我才知道是你救了我的弟弟，你当时的心理是什么样的，我很想知道……"

"确实符合队长的恶趣味。"莫北将视线收回来，好像已经知道了他的想法，并没有多说什么。

也正是这一点，让封奈的眸色更深了："不过，我发现了一点，在欺骗这种事上，你还真是冷静，我知道你是乖徒儿的时候，让你做了那么多事，你倒是很快就接受了这段时间都是我用临坑坑的账号来陪你玩的这件事，我该夸一下我们的辅助小哥哥，果然心理素质过人吗？”

很显然，那段在游戏里的曾经，只有他一个人在乎，而对方早就忘了。

封奈低头，轻轻地笑了：“算了。”

莫北闻言，还没反应过来，那人已经退出了游戏。

莫北的手机一直在响，都是她哥发过来的信息。

“他是一直都在玩他弟弟的号吗？

“装小孩子来接近你，这绝对是有预谋的。

“要不是今天有我在，他肯定到现在都不会露出马脚。

“他一口一口地叫着你小哥哥，还说自己坑。

“他抢我的蓝，根本就是故意的。

“心机，真的是太有心机了！

“北，你不要嫌哥啰嗦，他……”

莫北没有看后面的话，只发过去了三个字：“我知道。”

莫南其实是坐立不安的。

整个黑炎战队，他最担心的就是封奈。

并不是因为什么偏见，而是他知道，那个人太聪明了。

北真的应付得过来吗？

他低头，看向自己的右手手腕，眼中的情绪明暗交杂，让人看了莫名揪心……

而对于“慵懒”，莫北一直都心存愧疚。

她当时走得彻底，甚至连一句解释都没有留。

“慵懒”是第一个和她相处超过三个月的异性朋友。

那时候，他们每天都在一起做任务，打怪升级。

她当时用左手打辅助，控制不住力度，总抢人buff，打得奇烂无比，很多人都会骂她。

那时候，只有那个白衣飘飘、顶着“慵懒”这个ID名的人，在她跟着他从蓝buff跟到红buff的时候，没有叫她走开。

而且，他还开了语音，问了她一句：“辅野联动？”

那时候她还小，声音确实比现在软一点儿，不这么冷淡。

她只“嗯”了一声。

知道她想要练辅野联动，他一直让她跟着他。

他甚至还会在她在草丛里藏着的时候，发起进攻的信号。

从那天起，莫北开始向着全能转型。

她还向人打听过，有没有哪个战队的练习生中有ID名叫“慵懒”的。

她得到的答案是没有。

“慵懒”和她年龄相仿，却在意识上已经超越了很多职业选手。

莫北并没有不开心，只是偶尔会觉得有点儿孤单。

可自从认识了“慵懒”之后，那种孤独感消失了。

因为这个世界上，不止她一个人有那些想法。

那时候，他们或许还有点儿嫩。

但与“慵懒”共同成长、并肩作战的感觉，莫北到现在都忘不掉。

如果不是“慵懒”，她成不了全能型选手。

所以，他对她来说，并不是没有意义。

只是那时候见面太不合适，她才会撒那样的谎。

现在想解释也晚了，因为，她早晚都会离开……

基地外，夜色越来越浓，封奈并没有睡，看了一眼安静的手机，黑色的碎发落下，有种说不出的落寞，或许他真的该放弃了……

第二天，迟钝如猫猫熊都看得出来，老大在和他兄弟保持距离。好在老大要出去，他是被封家大宅的人叫走的。

猫猫熊跟了封奈这么久，也基本上明白了一件事：除了封家大宅那边，去其他地方老大不会这样打扮：米色长裤，白色衬衫，少了往日的慵懒，多了一丝尊贵。

封奈不再是睡不醒的样子，一张俊脸棱角分明，眼尾都带着寒芒。

莫北也没有见过这样的封奈，那种冰冷是无形的。

外面已经有车子在等了，用的牌照都很少见。基地里虽然有很多跑车，但没有哪一辆会比这辆加长的林肯惊人。

“少爷。”有专门的司机，戴着白色的手套，正站在那车旁等着，就连他身上的制服都高档得很。

封奈长身玉立地站在那儿，侧了下眸：“爷爷找我，到底什么事？”

“少爷回了大宅就会知道。”司机一笑，“我也不知道。”

封奈并不想回去，尤其这个时候，只有一周就要参加省决赛了，别的人都在训练，他这个队长却要离开。眸色深了深，封奈并不放心老爷子的做事风格。

他之所以现在还听老爷子的话，是不想让老爷子对黑炎出手。

老爷子在想什么，他心里明白。

“打游戏这种事，可以玩玩，但不能当真。你要是真的一心放在这上面，封家怎么办？既然你是封家的继承人，就应该明白孰轻孰重。不要真的以为，你想做什么就能做什么。”这是那时候，老爷子就已经告诉他的话。

也是因为这一点，当年帝盟解散之后，江城没有任何一个战队敢要他，所以他才会来这里。

不过，既然老爷子都派人过来了，看来，连这边老爷子也进行了投资。

“少爷。”司机又提醒了一声。

封奈这才上了车，单手撑着侧脸，双腿微抬地坐在了车椅上，说道：“我以前就说过，不要把车开到基地里来。”

“是，少爷。”司机说道，“以后我一定注意。”

封奈不喜欢封家大宅，更提不起什么要去的兴趣，俊脸微微地侧着，视线落在站在车外的莫北身上，他还不如在基地里，和莫北在一起。就算他要与莫北保持距离，最起码还能看到她……

封奈想到这里，不经意就对上了车窗外的莫北的眼。

莫北站在那儿，身形微微顿了一下。

猫猫熊见他兄弟不动，回过头去问：“怎么了？”

“没什么。”莫北将视线收了回来，心思莫名……

这时候，腾灰在一旁开了口：“老大回去，该不会又是见哪位伯父家的女儿吧？”

“有可能。”猫猫熊的脑袋也像是开了光，“上次老大回去之后再回来，你还记得吧？”

“当然。”腾灰摸着下巴，“那时候老大一边接电话一边在扔衣服，衣服上一点儿脏东西都没有，他还非要把衣服扔掉，说是以后不要再介绍什么女孩子给他认识了，他不再回去之类的。”

猫猫熊眉心微拧地猜测着：“难道这次是因为他满意对方？”

听到这儿，寒昔朝着身后看了一眼，那儿除了莫北之外，就没有别人了。

寒昔的话不多，警告着猫猫熊：“别乱脑补。”

“不是脑补吧，我也觉得很有可能。”腾灰道，“我觉得老大最近有想要谈恋爱的感觉，而且这次老大回去见的应该是这个人。”

说到这里他顿了顿，将手机页面定住之后，拿给了莫北他们看：“玉家的千金，刚从英国留学回来。不知道消息是真的还是假的，说实话，真人更漂亮。”

莫北看着照片上的那个少女，肤白貌美，双腿修长，脸颊还挂着两个酒窝。她看起来清纯又干净，那双眼也透亮得很，有些不谙世事的样子。

“是玉梓馨！”猫猫熊双眸都睁大了！

腾灰：“你认识？”

“嗯，如果是她的话，老大今天恐怕会回来得很晚。毕竟老大和她也很久没有见了，要聊的应该不少。”

莫北听着猫猫熊的这句话，视线落在了一旁，那儿有一块薄荷糖，是她放在封奈键盘上的。而他并没有拿……

封家大宅是一处闹中取静的四合院，古香古色的，又似一座茶馆。

院内的布局，是按照古时风水来的，有水，有鱼，偶尔会有叮咚一声响，就像是远离喧嚣。

封老爷子喜静，四合院周围绕了一圈绿植，有种低调的奢华，却不只让人觉得雅致。

但懂的人，就能明白在这种寸土寸金的地方，要想拥有这么一座大宅，不仅仅要家底雄厚，还要有一些错综复杂的关系。

院内还布了一个莲花池塘，池塘旁摆的是棋盘，用透明的玻璃做隔断。

封老爷子就坐在那儿，旁边放着龙头拐杖。他胡须雪白，正和坐在他对面的人谈着什么，偶尔笑上一笑，儒雅又深不可测。

有人进来附在他耳边说了一句：“董事长，大少爷来了。”

封老爷子闻言，看向一侧梳着双马尾的少女：“梓馨应该也很久没有见过奈儿了吧？”

“嗯，去了英国之后，就再也没有见过。”玉梓馨笑，这时候更是勾起了嘴角，“不过经常看有关他的新闻，您是不知道，他现在粉丝越来越多了。”

封老爷子低笑道：“都是玩玩，他早晚都得来管家里的事。”

“这些我明白。”玉梓馨伸手帮长辈们倒着茶，又是甜甜一笑，“奈哥怎么可能只打游戏？英国那边的学校很好，等奈哥大学毕业之后，封爷爷就把他送出去，他要真正开始学东西了。”

封老爷子眉眼中透出了满意，侧过头去对着玉梓馨的爷爷说道：“老石，还是你会教孩子，看看梓馨又聪明又懂事，我那个孙子要是像梓馨一样，我也就不用这么费心了。”

“男孩子怎么和女孩子比？”玉子石笑道，“你就别谦虚了，你们家奈儿比很多人都优秀，整个大院的小辈，都对他又惧又敬。你看他出去的时候，你没给他一分钱吧，再看看现在，他的个人价值都多少了。”

生意场上的人，聚到一起基本上都是这样的套路，即便世交也是如此。

封奈进来的时候，听到的就是这样的寒暄。几乎不用过去，他就猜到了这一次老爷子叫他回来是为了什么。

两个老人聊得开心。

玉梓馨是第一个看到封奈的，双眸里都能溢出惊喜来：“奈哥，你来了？！”

封奈淡淡地嗯了一声。

此时的他和在莫北面前时的他完全不同，有着从骨子里散发出来的漠然，却又因为从小到大的教养，让他不至于失了礼貌。

玉梓馨已经习惯了他这个样子，等他坐下之后，头微微地歪了一下：“我们等你很久了，封爷爷还说你不回来就不开饭，都有点儿饿了。”

“是吗？”封奈漫不经心地问道。

玉梓馨看着他的样子，像是想到了什么：“等一下，我有礼物要送给你。”

说着，她侧过去，拿了一个透明的玻璃盒出来。

封奈看过去，是一瓶他之前找了很久都没有找到的香水……

他这个人睡眠质量不高，虽然走到哪里就睡到哪里，但很容易做梦，除非有一些好闻的味道。

他这种利益至上、心思复杂的人，好像有的时候在心理上，真的和其他人不一样。

这香水，也是他很早很早之前在世界大赛的观赛区，在别人身上闻到过的。是很清冽的柠檬味，适合助眠，但国内并没有这一款香水。国外很多专柜也会因为市场调换，撤掉一些香水。

这一款已经被撤掉了，要想找到确实不容易。但封奈想要一样东西，又怎么会找不来?

所以，这款香水他找到过，但也不知道是哪里出了差错，总觉得和他当时闻到的并不一样。

“谢谢。”封奈说着，并没有去接那个玻璃瓶，只是淡淡地说道，“不过，香水这种东西，还是留给你自己用吧。”

玉梓馨的手顿了顿，像是有些不明白，他之前不是找过这款香水吗？怎么现在又……

封老爷子既然是存了撮合封奈和玉梓馨的心思，当然不会让玉梓馨下不来台：“梓馨，这点你得怪我了，他要是真收了你这个礼物，我都要问问他怎么学起女孩子，还喷香水了。”

玉梓馨聪明，知道这是在给她台阶下呢，立刻说道：“封爷爷，现在的香水有很多都是男士用的。不过也对，奈哥还是别用了，这样都比我们女孩子好看了，再比我们女孩子好闻，简直没天理了。”

气氛重新变得和谐，封奈百般无聊地听着。他现在确实已经不需要这些了，有哪一款香水，能比莫北身上的味道好闻？莫北身上的味道很淡却能一直萦绕不散，越是夜深的时候越是能让人想起来。

封奈不止一次地想过，如果他可以光明正大地抱着莫北睡觉就好了。这样一来，他就能将脸埋进她的脖颈间，嗅着她那带着浅淡的柠檬气息的发香。

封奈想到这儿，将茶杯放了回去，视线对上了封老爷子的视线：“爷爷，如果没有什么事，我就先回去了，还有一周就是省决赛了，最近很忙。”

“再忙应该也有时间陪家人吃饭才对。”封老爷子拄着拐杖，也跟着站了起来，“坐下，先吃饭。”

从封老爷子的话里，封奈不难听出那微微的怒意，但这次他并不想再像上次一样，在这里睡一觉，陪爷爷商场上的人，像是在联姻一样。

就要省决赛了，所有人都在训练，他出现在这里已经是浪费时间了，如今还要浪费时间去做多余的事，就更没有必要了。

只是封奈明白，不能就这么走，因为他所有不明智的反抗，最后，老爷子都会把惩罚放到黑炎那边。

“只能陪爷爷吃个饭。”封奈笑了起来，斯文有礼地说道：“玉爷爷他们应该也不会在这里待太久，毕竟刚回国，按道理说最想做的应该也是陪家人吃一顿团圆饭。”

玉子石一听这话，顿了下，笑道："奈儿说得没错，我们一会儿也要回去吃饭。"

封老爷子是想要留玉子石爷孙俩的，封奈却快他一步开了口，笑道："我也很久没有回来了，想和爷爷单独吃顿饭，玉爷爷不要怪我才好。"

"怎么会？"玉子石还能说什么？他转过头去，说道，"这人老了，最难得的就是孙儿孙女们心里有自己。你看，还是奈儿孝顺。"

封老爷子淡笑："不惹我生气就不错了。孝顺什么？让奈儿送送你们。"

这一点，封奈不可能再拒绝，陪着玉子石他们走出了四合院。

他的行为举止彬彬有礼，只是从始至终充满了疏离感。

玉梓馨低眸，说好的要在封家留宿，最后却变成了连一顿晚饭都没吃，这样的心理落差可想而知。

以前奈哥最听封爷爷的话了，为什么这一次，她感觉不太对了？

玉梓馨心里有些隐隐的着急，她一直告诉自己，像他这样的天之骄子，会有这样的孤傲性格是理所当然的。自从一年前，玉家和封家合作，她见到他之后，就是这种感觉。

可能是他太喜欢打游戏，对现实里的事好像都没有什么兴趣。

后来她才发现那只是表面现象，封家的继承人，又怎么可能像是表面看上去那样散漫？

他什么都懂，只不过不想管。但封爷爷也说了，封家早晚都是他的，游戏什么的，只会让他玩玩。

玉梓馨在等，等到他不打游戏的那一天，那他肯定就会看到她。

毕竟封爷爷的意思也很清楚，等封奈大学一毕业，就把他送到英国和她在同一所大学里继续深造，所以她并没有表现出什么来。因为她很清楚，他不想谈恋爱，那些对他有企图的女孩子，他都觉得麻烦。

以前不是没有人想接近他，遇到这种事，玉梓馨用的办法也很简单，告诉他，让他亲自去拒绝。

他每拒绝一次，玉梓馨就更明白一点儿，不能暴露心意，同时也不用担心，除了她之外，有谁还能留在他身边？

想到这里，玉梓馨才把情绪控制住，又露出了甜甜的笑。

临上车时，她回过头来说道："我再帮你找找你想要的那个味道的香水，刚才封爷爷在，确实不适合送你香水。"

“不用。”没了长辈，封奈的反应更淡了。

玉梓馨调皮一笑：“我先找找吧，到时候你闻了，说不定就需要了。”

封奈没有再给她回应，单手插着裤袋，俊美的侧脸上，情绪微不可察。

车上的玉梓馨就这么隔着车窗看着外面的修长身影，眼里带着一丝志在必得的神情。

“还看，再看眼睛都要出来了。”玉子石看着他孙女的样子，不由得笑着摇了摇头，“你呀你，一回来就要来封家。”

玉梓馨一笑：“这有什么，封爷爷不是照样把他叫回来了？”

“我听说他们要省决赛了，这时候让他回来，可是在耽误他的时间呢。”玉子石提醒着孙女。

玉梓馨不以为然：“封爷爷本来就不喜欢他打游戏，我这是在给封爷爷找让他回来的借口，封爷爷不是挺开心的吗？”

确实，玉子石想了一下好友的反应，又道：“这个办法偶尔用行，可别经常用。”

“爷爷你放心吧，我又不笨。”玉梓馨一笑，“会引起他反感的事，我经常做，他会不理我的。”

玉子石却没有那么乐观：“我看奈儿还没有要谈恋爱的打算，他既然为了打游戏，离开过家，这方面你也注意点儿。”

“爷爷，你真的以为我回来，什么都没有做吗？”玉梓馨侧眸，“我最近也开始打游戏了，练得还不错。金家那边不是有这个领域的直播平台吗？以后我就可以以采访的方式，去黑炎基地，也能多了解他一点儿。”

玉子石笑道：“你这心思要是能分出来一半用在爷爷身上，那就好了。”

“爷爷，这是追男朋友，那能一样吗？”玉梓馨抱怨道，“就是不想让他一眼看出来，我才从基层做的。那些打游戏的，看到我有时候两眼都发直。也不知道为什么，他会这么喜欢游戏。”

玉子石安抚道：“好了，要是他真和其他人一样，听家里人的安排，围着你转，你不是也就不会费这么多心思了吗？”

“爷爷，你又取笑我。”玉梓馨笑起来的时候仍然很甜。但有人在一些位置上久了，就会觉得这份优越感是她该得的。其他的人，她看不上都正常。谁也不会去想她这样的做法是否触碰了封奈的底线。

封奈喜欢一个人，同样用手段。他看云深不顺眼，完全可以叫人把云深毁掉，可他并没有那么做。因为，喜欢上一个有女朋友的男孩子，已经触碰了自己的底线。

他再喜欢谁，只会用手段来得到这个人，其余的，比如破坏那人女朋友的工作之类的事，所有让那人感觉到不适的事情，他都不会做。

即便他的心里有个声音一再告诉他，更过分一点儿，那个人就会属于他，他也会压下这些念头。

哪怕有一天，他真的限制了那人的自由，不让那人去见谁，也不会是用玉梓馨这样的方式。

封老爷子看得通透，当然知道小女孩在想什么。只要玉梓馨和他的理念一样，能让他的孙子不再打游戏，他帮她一把不算什么，再加上两家的家世又相当。但今天，很显然他的宝贝孙子把他们所有人都套路了。

“人走了，你现在高兴了？”这是封老爷子见封奈走进来之后说的第一句话。

封奈也不藏着掖着，在老狐狸面前，根本不用掩饰自己的目的，只伸手扯了一下自己的衣领，说道：“你明知道我不喜欢这样的见面方式，还要安排，我只能自己想办法赶人。”

以前就有人说过，封家这么多人，封奈是最了解封老爷子的。

就像现在，看到自家孙子这样，封老爷子不怒反笑：“你还有理了？”

“总比我走好。”封奈伸手替老爷子倒了杯茶。

封老爷子将茶杯拿了起来：“你也到谈恋爱的年纪了，不要总弄那些没用的东西。”

“比赛并不是没用的东西，爷爷说过会给我三年的时间。”封奈抬眸，不卑不亢地说道，“还有四个月，四个月之后我就会回来。”

封老爷子笑意浅浅：“奈儿，你是我的孙子，我才会由着你胡来，但是你也应该明白，什么事你该做，什么事你不该做。你们战队的那个莫北向南，你最近和他的消息是不是太多了？”

之前再怎么云淡风轻，在听到“莫北向南”四个字的时候，封奈的动作还是顿了一下：“他是我朋友。”

“能从你口里听到这句话，还真是稀奇。”封老爷子看着他，眸色有些深，“能被你称为‘朋友’的，应该是金家的人、玉家的人。我说过很多次了，可以让你玩，但玩的时候，你要注意，不要放太多感情在上面。”

封奈看向他："我不过是交个朋友。"

"记得你很小的时候和我说过什么吗？"封老爷子轻笑，"我问你要不要和孤儿院的小朋友玩，你说他们有他们的生活，你有你的生活，你可以资助他们，也可以对他们很好，但他们永远都无法了解你在想什么。你和他们是两个世界的人，你也不会和他们成为朋友。"

封奈放下了茶杯，目光深浅难辨。

封老爷子慢条斯理地继续说："怎么到了莫北向南这里，就成了例外？"

"例外？有吗？"封奈淡淡地说道，"我战队里的人都是我的朋友，爷爷不是知道，我对队员都是这样的态度吗？"

封老爷子的手拂过龙头拐杖："所以我才不想让你继续打游戏，什么人都能成为你的朋友，你觉得这样的想法对吗？"

封奈看着他："如果爷爷想要一个按照你的方式生活的继承人，可以供你选择的有很多。"

闻言，封老爷子站了起来："看来我们在沟通上还是存在问题，你这几天就在家好好想一下，什么时候想通了，什么时候再走。"

这一句话，封奈不用想都知道那代表了什么。封家大宅里保镖这么多，他再能打也出不去。

封奈没有去做徒劳的反抗，这时候，该用经纪人了。

但很显然，为了切断他和外界的联系，封老爷子这一次真的用了心，竟然开启了信号干扰系统。手机拿在手里和废铁基本上没什么两样，封奈的眸色沉了沉，看向了挂在客厅里的钟。

时间慢慢流逝，本来打算走走过场、吃顿晚饭就回去的封奈，此时的眼神都是冷的。

封奈很清楚老爷子是从什么时候开始起的不再让他回去的心思，"莫北向南"这四个字，让封奈没有控制住……

随着夜色的到来，封奈看钟表的频率也跟着多了起来。

有人送来了吃的，低声劝着："少爷，你身体不好，多少也吃一点儿。"

封奈一动不动地坐在那儿："你去问问爷爷，他什么时候让我走。"

"这……"对方为难得很。

封奈漫不经心地笑道："放心，我会吃，只是单纯问一下。"

说着，他便拿起了手边的竹筷，老爷子是在和他玩真的，那他就必须想办法快点儿出去……

封奈想事向来复杂化，自己都被关起来了，再激怒爷爷，只会让爷爷察觉到，莫北对他的重要性。

他刚才已经情绪不稳了，不能再把底牌亮出来，即便别人来问，他也只是说省决赛要开始了，让老爷子早点儿放他回去。

他做这些都是因为不能表现得太在乎，现在还不是彻底反抗的时候。如今的情况，莫北已经被爷爷知道，只会对莫北不利。封奈不希望，自己的一些事情会影响到莫北。

莫北经历得也不少了，接下来，只需要单纯地打游戏就好。

他这边带来的影响，他会解决，绝对不会连累黑炎……

晚上八点，这个时间，基地的人都刚刚吃完饭正坐在客厅里休息，再有两个小时，助理就会催他们睡觉。

越是临近比赛的这两天，越是要保证他们的作息正常。

猫猫熊已经不止一次朝着门口的方向看了，等到差不多九点的时候，他打完一局游戏，问："老大该不会今天不回来了吧？"

寒昔的注意力都集中在电脑屏幕上，并没有回答他的话。

这已经是第二天了，莫北向南和云深仍然在双排。就连寒昔发过去的消息，都像是石沉大海一样。

经过昨天的教训，莫南已经安静了很多，就怕多说多错，不回消息是最正确的。也省得被人看出什么来，主要是他担心再冒出一个小奶临来。

没想到除了寒昔的两条信息之外，游戏里格外平静。

莫南掌握了不少辅助打法的技巧，和莫北两个人一直都在上分，还替云深把任务过了。

莫南总觉得顺利得让他有些不习惯，就发了条私信过去："北，那个心思重到不行的封大少，没再怎么样你吧？"

"没有。"莫北只回了两个字。

莫南奇怪了："按照他的性格，昨天来了，今天应该也会来才对呀。"

"他不在。"莫北打完这三个字之后，视线放在了封奈的键盘上，伸出手去，将那颗无人问津的薄荷糖拿了起来……

结束训练之后，莫北就上了楼，脱衣服准备睡的时候，她又碰到了那颗薄荷糖，就在战服的口袋里。

莫北将它拿了出来，放在了一旁的床头柜上，再看到手机之后，手指按了几个字："我给你买的糖，你没有拿走。"

莫北按完看了看，又删掉，重新编辑了一条，发了过去："等你回来，我们谈谈。"

然而，处于信号全面屏蔽状态的封奈，除了电视和书能看之外，不可能收到任何一条来自外界的信息。

以前老爷子不会做到这一步，是因为封逸回来了。这一个不听话的老爷子好管，两个人加起来，还不够他头疼的。

老爷子越看那些采访，眸色就越深，秘书在旁边看得后背都发凉了。

"要不要去告诉李经理，不要让少爷再接受这样的采访？"

那弹幕上说的都是什么？"他们一定是一对儿""同性才是真爱"之类的。这种话，董事长看了，更加不会放少爷去打这个比赛了。

老爷子是个商人，以利益为重。但在没有巨大冲突的情况下，他也是会给少爷足够个人空间的。不然也不会有个三年约定，更不会让少爷这么放手去闯。要是老爷子真的是那种冷血到极点的人，早就在最开始的时候，彻底打压少爷了，就是因为是亲人，老爷子才犹豫不决。

少爷心里也明白，所以在对待老爷子的时候，该有的尊敬也没有少一分。祖孙两个人在观念上一直都在斗智斗勇并且玩得还和谐，但现在不一样了，凡事都要讲究一个度。

莫北向南要是少爷的一个朋友还好说，这些什么一对儿的想法……少爷自己估计都不愿意听到。

哪怕退一万步来说，少爷就算真的对那个莫北向南有了情愫，也并不意味着少爷会接受这样的说法。

封老爷子喃喃道："这和什么样的采访没关系。老王，你在封家待了这么久，什么时候见奈儿和谁这么亲近过？"

答案是没有。就是因为没有，老王才不好回答。

"奈儿从小就想要个玩伴儿。"封老爷子拄着龙头拐杖，站了起来，"看来他现在是找到了。"

玩伴儿？说的是莫北向南？老王在心里松了口气。

只要老爷子没有太往那方面想，那这一切就都还有余地，但老爷子的下一句话，还是让老王后背一凛："老王，你觉得奈儿是更喜欢男孩子还是更喜欢女孩子？"

"当然是女孩子！"这句话老王回答得很快。

老爷子回眸扫了他一眼："那就让梓馨过来吧，也让他多接触接触女孩，别在一些事情上混淆了感觉。"

"是，我现在就去打电话，联系玉家。"

老王是最清楚老爷子一开始的想法的人。老爷子当初觉得玉家合适，只是单纯地想知道少爷对玉梓馨有没有意思，但在少爷这次"有技巧地赶人"后，现在大概只想让少爷和玉家联姻了。两家就算不联姻，少爷也不能喜欢男孩。

卧室里的封奈还在看书，配合程度都让看守他的人觉得内心发寒。但是，他们这次真是误会封奈了。封奈清楚，老爷子要"整治"他，是迟早的事，这倒没什么。

封奈修长、白皙的手指一下接一下地敲着桌面。他表面看上去是在看书，实际上则是在思考。老爷子已经注意到莫南了，上次的采访肯定会看到，这无疑是火上浇油。

可有一点，老爷子就算要这么关着他，也只能是在全国大赛开赛之前。因为即便是老爷子，也不能控制哪个战队能参加全国大赛。

想到这儿，封奈的手指停了，眼尾闪过一道光，他现在只需要想办法，从这里出去……

夜色越来越深，封奈走到阳台的时候，还想有些动作，就见特别秘书老王正在楼下站着。

老王看到他之后一笑："少爷，老爷子正在喝茶，你要不要也下来喝一杯？"

喝茶？堵他还差不多吧，老爷子真是越来越会玩了。

封奈漫不经心地站在那儿："不了，我抽根烟，去睡。"

说着，他偏头点了一根烟，就那么斜靠在了阳台上，侧脸在夜色中一如既往地俊美。

封奈叼着烟，抬头看向了夜空。

如果不是临近决赛，他在封家大宅冷静两天也好，再不冷静，看着莫北和云深在游戏里亲密，他估计真的会控制不住，把莫北拉进房间锁起来。

封奈将视线落在了自己把玩的手机上。屏蔽信号这一招，到底是谁教他爷爷的？等事完了，他再去找那人好好喝喝茶。

此时，跟着剧组拍戏的金小少爷打了个喷嚏，随后紧了紧身上的外套。

同样在剧组的云深被经纪人叫到了旁边："封总给我打了电话，明天剧组这边没有你的戏，你和莫南去约约会。"

"约会？"云深一笑，"这么好？"

经纪人感叹了一声，果然谈恋爱的人都是一个思维……

第二天早上九点，云深就出现在了黑炎基地。她并没有空手来，仍然带了一堆零食和水果。

猫猫熊和腾灰是开心的。

而寒昔站在那儿，没有一点儿要动的意思，看着嘴角带笑的云深，越发觉得心口像是被什么东西压住了一样。

莫北从楼上下来，身上穿着白色的卫衣加上黑色的长裤，她的冰冷气息尤为突出。

云深走上前，自然地挽住了莫北的手臂："那我们走？"

莫北淡淡地嗯了一声，临出门时，回眸看了寒昔一眼。

等到上了车之后，莫北开了口："你和寒昔……"

云深偏眸一笑："看谁能笑到最后的关系。"

莫北挑了下眉，还想说点儿什么，云深浅笑："北，现在我们两个这样并不影响我。我们小老板倒是有一个脑洞开得很对，有你这么个名义上的男友，很多饭局我都有了借口不用去参加。所以，你不要有心理负担，明白吗?

"好了，让我看看去哪里。"云深双眸一亮，"我们好久都没有一起逛过街了，去逛街吧！"

莫北手指一顿，显然是记起了什么，清隽的脸上都有了其他的情绪。

云深嘴角的笑意更浓了："放心，这次不用你总试裙子，你陪我就行。"

"嗯。"莫北淡淡地应道。

云深突然觉得，今天的北有些心不在焉。

"怎么了？"云深侧眸。

莫北抬眸："在想事。"

云深："是有关训练的事？"

莫北嗯了一声，目光还是淡，并没有提封奈彻夜未归的事。

倒是云深笑了起来："今天怎么不见封大少？之前我每次来接你，他的眼神都很冷，不知道的人还以为我抢走了他的男朋友。"

莫北闻言，抬了下眸，那眼神像是在说，别笑。

云深倒是乐和得很："封大少爷那样子确实像是你对不起他，不应该和我出去约会的感觉。北，要是他知道你是个女孩子，我估计我们这位封大少肯定会栽。不过，最怕的是他会对现在身为男孩子的你都有想法，所以北，你千万不要对封大少这个人太没防备。"

"不会。"莫北的嗓音很淡，"他已经去相亲了，对男孩子并不感兴趣。"

相亲？云深眸底划过了一丝光，毕竟这样一来，北更安全了。

北居然会主动提起这种事，云深对此颇感意外。

"北，你该不会是……"云深眼珠子一动。

莫北朝她看过来，问道："什么？"

"没什么。"云深一笑，"我们一会儿好好逛。"

北现在是男孩子的身份，封大少那人要是有能耐追上来，让北意识到她自己现在这是在在意就再好不过了。

那个大猪蹄子还敢去相亲？那她也不用点透她家北了，这样就好，北的感情，应该让北自己去发现。

莫北感觉今天的云深，与以往不同，尤其是下车之后，去逛街的时候更是如此。

两个人就是普通的逛街，没有想到要藏着，也没有想着要刻意做什么。但即便云深戴着墨镜，穿得也很休闲，她们在一起的画面还是被拍到了，并且还上了娱乐新闻……

此时，就在封家，玉梓馨早上就来了，但封奈从头到尾都没有露面。

老王已经过来三次了："实在不好意思，玉小姐，少爷应该是最近训练太辛苦，好不容易回来一趟，起来得会晚一点儿。"

"没关系，我自己看看书就行。"玉梓馨并不觉得等的时间长。

本来她还愁找不到借口，天天来封家呢，现在来了，当然不会轻易走，昨天都没有和封奈说上几句话。

老王见她这么说，也算是安了心，但少爷那里……老王深吸了一口气，又走回了二楼。

“少爷，我知道你已经醒了，玉小姐已经在下面等了很长时间了，你不去见一见，是不是有失礼仪？”

这话，老王是打开门之后，站在门边说的。

封奈慵懒地掀开棉被，漫不经心地坐了起来，淡淡地说道：“人不是我约的，王叔，你应该去找爷爷，问他打算什么时候去见见他约的人。”

“少爷……”老王还想说点儿什么，封奈表示自己不想再听，拿过遥控器，打开了电视，随手按了两个台，最后停在了一个电竞频道上。

老王压低了声音说道：“少爷，老爷子知道这次的决赛对你很重要，也没想真关你，但最近一些采访太不像样子了。”

封奈修长的手指顿了一下，明知故问：“什么采访？”

“还能有什么采访？”老王长叹了一口气，“大概是我们这一辈的人真的老了，怎么有这么多孩子都开始说‘同性才是真爱’这样的话？”

封奈侧眸：“你也说是孩子了，孩子的话，王叔那么在意做什么？”

“主要是老爷子看了，觉得荒谬。”老王摇头，“少爷，你要真想让老爷子承认你们是在打电竞，而不是在玩游戏，总这样可不行。”

封奈一笑：“王叔，哪怕我喜欢的是男孩子，也不会认同那种话，所以王叔你放心，爷爷看到这样的话是什么心情，我能理解。”

“还是少爷懂老爷子的苦心。”老王看着封奈那张俊脸，有股想要说些什么的冲动，最后想起老爷子嘱咐他的话，又压了下去。

老爷子并不像表面看起来的那样严肃。

老爷子这一次，也只是担心自己时间不多了。再加上他向来在乎少爷，老人就想掺和一下孙子的感情，错就错在，手段太直接了。只希望将来少爷真的能理解。

想到这里，老王的眸色都有些暗了。因为心情复杂，他也就没有听出来封奈话里最关键的那句：“哪怕我喜欢的是男孩子。”

倒是封奈，在这个时候看了他一眼：“最近公司是不是有什么事？”

“没，都挺好的。”老王笑道，“少爷怎么这么问？”

封奈看着电视画面：“爷爷这次的做法有些急，不像他老狐狸的作风。”

老王双眸有些飘忽：“老爷子是觉得少爷你到了年纪，该谈恋爱了。”

“还不是时候。”封奈一语双关，既然老爷子已经注意到了他想要藏起来的人，那就改变下策略。莫北有多好，他会时常在老爷子耳边说上几句。

老王也是了解封奈的：“那既然少爷明白老爷子的心，玉小姐那边，少爷是不是应该下去一趟？”

“王叔，这是两码事。”封奈勾唇一笑，“我明白，不代表我赞同，这种事屈服了第一次，就会有第二次。强塞给我的，我不会要。”

又失败了，果然谁都说服不了少爷，一会儿老爷子听了这话，肯定是又气又想笑。

老王本来以为到这里，他基本上就能下去和玉小姐说抱歉了，然而就在他转身要走的时候，电视上出现了一幅画面。

面容清秀的少年旁边站着一个卷发齐腰、面容姣好的女孩，那女孩戴着墨镜，涂着口红，左手挽着少年的胳膊，像是在和少年说着什么。

而少年为了配合女孩的身高，肩膀微微地倾斜着，黑色的睫毛打下，露出的那半张脸上，写着些许纵容。

少年像是很认真地在听女孩说话……

封奈双眸微沉地看着电视屏幕，拿着遥控器的手越攥越紧，越紧眸色就越深。

下一秒，老王只听身后砰的一声响，连忙回过头去，看见的就是地上被摔成两半的遥控器。

这是怎么了？

老王抬起眸朝着封奈看过去，完全不明白为什么上一秒钟少爷还好好的，下一秒钟脸色会这么难看。少爷那双眼没有了温度不说，薄唇的颜色还苍白到了极点。

他还从来都没有见过这样的少爷，祖孙两个再怎么斗，少爷的态度依旧漫不经心，因为知道老爷子不会真的拿他怎么样。但今天……

老王还没从眼前这一幕回过神来，刚想要开口，就听那向来慵懒的嗓音变了：“王叔，去找衣服吧，我下去见见玉小姐。”

这么好说话？

老王总觉得少爷的这个决定做得有些不符合常理，尤其他那张俊美的侧脸，还是冷冰冰的，就更加让人不知道他在想什么了。

封奈站在那儿，也不需要别人理解他的做法。他现在一闭上眼，脑海里就是刚才他看到的那一幕。他甚至想问问莫北，他到底哪里比不上云深。他被关起来了，彻夜未归，莫北还有心情去逛街。

封奈想要找出莫北所有的不好，或许这样，他就能少喜欢莫北一些，也就不会再这么冲动了。

可他发现，就算莫北没有把他放在第一位，还和他在保持距离，他还是想要莫北只属于他一个人，管他什么伦理和道德。

封奈深吸了一口气，再睁开眼的时候，眸底的黑雾像是水，仿佛能从眼里溢出来。

老王给封奈准备的是黑色的英伦长款风衣和与之搭配的长裤，封奈这样一穿，只显得那张脸更加矜贵冰寒。

他从楼上走了下去，玉梓馨看着换上私服的他，脸上微红："奈哥，你总算醒了。饿不饿，要不要吃点儿东西？"

"我确实饿了。"封奈淡淡地说道，"不过不想在家里吃。"

玉梓馨侧眸看了老王一眼："不想在家里吃？"

"玉小姐不是来找我散心的？"封奈缓缓说道，"待在家里，怎么散心？"

玉梓馨知道封奈是被关了，且一直都在找机会出去。现在怎么办？她确实很想和封奈一起出去。但她也从来都没有看到过，哪个人会这样明目张胆地利用人的，只能一直看老王。

老王听到这番话之后，就去了书房。封老爷子刚开完一个会，老王把前因后果说了一下之后，说道："还是不要把少爷看得太紧了，您说呢？"

"派十几个人跟着他们，别让奈儿拿手机。"封老爷子下了命令，"保证他怎么出去的，怎么回来。"

"是，我这就去安排。"

老王说完就下了楼，与玉梓馨擦肩而过的时候，朝着她点了下头。

玉梓馨立刻对着封奈笑了起来："好，我们出去散散心。"

封奈并没有看她。他朝着门外走去的时候，也能看到十几个保镖在后面跟着。

如果是平常，封奈肯定会吐槽："这叫散心？这和犯人出去放风有什么区别？"但今天，他没心情吐槽。

即便坐在加长的林肯车上，他侧脸的冰寒也没有散去，反而随着时间的推移，放在旁边的手都慢慢攥紧了。

而目送林肯离开的老王则非常不解。按照道理来说，少爷是不会妥协的，他自己都说了这种事妥协第一次就会有第二次，怎么会变的？到底发生了什么？老王一直想也没有想出所以然来。

在车上，玉梓馨无疑是高兴的："我知道一家法国餐厅，环境很好，奈哥，我们去那里？"

"去银河SOHO。"封奈淡淡地说道。

玉梓馨有些奇怪，那儿不是女孩子们最喜欢逛的地方吗？

她平时也经常去，毕竟那里有很多奢侈品店。

但封奈应该很少去才对。

玉梓馨还在疑惑呢，司机已经侧过眸来，开始用眼神询问了。

玉梓馨轻笑："听奈哥的，去银河SOHO。"

司机听了命令，向目的地开去。

到了银河SOHO，封奈就迫不及待地上了楼。

越接近服装区域，封奈的眸色就越深。

电视画面显示的是这里，但莫北和云深在哪一层，还有没有在逛……这些封奈都不清楚，他唯一清楚的是，再看到莫北的话，他大概会控制不住自己……

二楼男装区，被云深推进试衣间的莫北，完全不知道发生了什么。

云深在沙发上坐着，将杂志卷起来，看到这一幕之后，嘴角弯着的弧度更大了。看到北这样平静、美好，她当然很开心。

莫北系上纽扣之后，才回眸朝着云深的方向看了过来。莫北似乎早就知道了，陪云深逛街，她肯定会让自己试衣服，所以并没有抗拒。

云深发现，不管长多大，北都没有变。尤其这样任由她打扮的样子，更像是那时候的小面瘫。

忍不住笑了一声之后，云深走过去，一把抱住莫北的胳膊："我的男神这么帅，压力真的是好大。"

"别闹。"莫北嗓音清淡，实际上是真的在让云深别闹，但旁边听到的人，只觉得那语气里充满了宠溺。

云深大方地任由人们看着，也不在乎自己的身份，浅笑着对店员说道："我们就不换下来了，麻烦你算一下多少钱，我结下单。"

在云深这里，北向来是最得宠的换衣洋娃娃，她浅笑着伸出手去，将手放在了莫北的西装衣领上……

这一幕落在别人的眼里，只觉得他们是情到深处。

玉梓馨就站在不远处，笑意不减："奈哥，我们要不要去另外的店逛一下？左边看起来不错。"

"你自己……"封奈那个"去"字还没有说出口，修长的双腿就停在了那儿。

他侧过身去，看着隔壁的那家店里的一对璧人，原本就腾起的黑雾在眸里翻腾不已，仿佛下一秒钟，就会吞噬周遭的一切。

封奈就那么站在那儿，左手微微地攥紧，指节处都泛白了。这是他第一次这么清楚地认识到，莫北从来都不是他的，而是别人的。

这样的认知，封奈连带着嘴角都带上了淡淡的邪佞。痛苦到底是什么样的滋味，大概就是求而不得。封奈攥着的手又紧了紧。

察觉到封奈情绪变化的玉梓馨，侧过眸来顺着他的目光望了过去："奈哥，你在看什么？"

没等到封奈说话，玉梓馨只感觉旁边的人像是一阵风，就那么大步朝着某个方向走了过去。

云深帮莫北解开纽扣之后，刚笑着说了一句："这样才更好看。"她就感觉身后传来了一阵寒意。

而莫北也在这时候抬起了眸，在看到那张引人注目的俊脸时，视线顿了顿，接着，就看到了他身旁站着的长发女孩。

那女孩肤白貌美，唇边还有两个酒窝，像是为了追上他，刚才还疾走了一阵，呼吸都有点儿不稳："奈哥，你走那么快做什么？是遇到熟人了？"

奈哥？

云深在听到这两个字之后，也将头回了过去，接着笑了起来："封少，好巧，你也来逛街？这是……"说到这里，云深顿了顿，想起之前北提起的"相亲"两个字，嘴角弯了弯，"女朋友？"

封奈在听到后面三个字的时候，眉心猛然一拧："不是。"

"哦？"云深笑意未减，"那是我误会了。"

封奈无视掉了她的话，双眸依旧看着莫北："你不在基地训练，出来做什么？"

"和队长一样。"莫北淡淡地说道，"逛街。"

封奈的眸色更深了，不知道在想什么，嘴角轻轻一勾，眼底的寒意并没有散退，直接攥住了莫北的手腕："那刚好，可以一起逛。"

第十七章 保持距离

那力道有些大，饶是莫北，如果不动手的话，也不能甩开。

云深双眸抬了抬，一起逛街可以，只是这位封大少是不是哪里搞错了，拉着她的“男朋友”逛，是什么意思？不管相亲对象了？

玉梓馨在看到这一幕之后，笑容僵在了脸上。

奈哥对这个莫南真的非常不同，如果这个莫南真对她造成了威胁，她绝对会处理掉。

玉梓馨想到这里，脸上才恢复了甜美的笑容，迈步跟了上去。

“奈哥，你不给我们介绍一下吗？这个帅哥是谁？”

玉梓馨说这话的时候，眼睛放在了莫北身上，笑意盈盈地，还将头偏了一下，这个莫南长得确实好看，但越是这样，她就越要提防。

“是奈哥在学校认识的朋友，还是哪个明星？”

玉梓馨话说得俏皮，又站得离莫北近了一点儿。

封奈没有开口，现在的他攥着手中的人，尽量在平复一些情绪。

莫北倒是看了她一眼，淡淡地说道：“不是。”

“那是怎么和奈哥认识的？”玉梓馨问道。

莫北任由她越靠越近，眼神中却没有什么情绪：“我们是队友。”

玉梓馨看着那张泛着清冷气息的俊脸，手指微微顿了一下，她还没有见过对自己这么冷淡的男孩子。平时只要她卖个萌，那些男孩子就会心软。

“队友？那肯定知道平时黑炎的队员们都是怎么训练的吧？”玉梓馨聪明，并没有只从封奈的角度去聊天，“能和我说说吗？”

云深在旁边看着这一幕，眉头挑了一下。

玉梓馨或许不认识她，她却知道玉梓馨。玉家要和封家联姻的消息，从半年前就在传，而放出这个消息的人就是玉梓馨。

她们圈里的人，基本上都会参加一些商业酒会。那时她躺在阳台上躲清净，就听到那边有人想要冲封大少爷告白。聪明一点儿的人，都知道不要去找封大少爷表白，他没有谈恋爱的心思，并且也不喜欢谁有目的地接近自己。

熟知这一情况的玉梓馨，肯定会劝自己的闺密直接放弃。

可玉梓馨却对她的闺密说：“不要太自卑了，你这么漂亮，又善解人意，不试一试，你自己也不甘心对不对？”

云深立刻明白了，玉梓馨心机深得很。那一天，云深是看着表白的那个妹子哭着离开的。云深看着那些人还围绕在玉梓馨周围夸她单纯可爱，就觉得后背有些发凉。

云深伸出手去，刚想把莫北拽回来，就听一道漫不经心的嗓音传了过来：“不能。”

说话的人是封奈。

他扫了玉梓馨一眼，语气淡淡地开始拿云深当挡箭牌：“玉小姐注意一点儿，别随便搭讪，这位冰山小哥哥是有女朋友的人。”

玉梓馨：“……”

云深轻笑：“封少这是因为玉小姐多问了几句，所以吃醋了？封少放心，有封少这样的相亲对象，玉小姐是不会再看上谁的。”

封奈听到这句话之后，眸色都跟着变深了，飞快地看了莫北一眼，像是在解释：“我不是那个意思。”

“那是什么？”云深想帮她家北把封大少的真心话逼出来，也省得这个玉梓馨让北烦心。

玉梓馨能长时间和封家交好，最重要的一点就是，她很清楚一件事，那就是必须在封奈面前，否认他们有什么亲密关系：“云小姐，你误会了，我和奈哥只是好朋友。”

这样的话，总有些此地无银三百两的意思，毕竟能和封奈做异性好友的人，真的只有玉梓馨一个。

连莫北在刚听到这句话的时候，都朝着玉梓馨绯红的脸看了一眼……

哪知封奈却拽了一下莫北的手腕，有些漫不经心地挡住了莫北的视线：“这位小哥哥，你在看什么？她能有我好看？”

封奈轻声说道，尤其最后一句，更是轻得只有莫北能听到，他那样的语气，让莫北侧眸看了他一眼。

封奈的眼神，此刻也没有掩饰，分明就在说“你个渣男”。莫北觉得自己是不是哪里误会了，淡淡地说道：“别闹。”

这是在说谁？在说封奈？最关键的是封奈竟然还在旁边低笑了一声。

玉梓馨在听到这道笑声的时候，身形再一次顿住了。怎么感觉这不太对?

封奈又开口了：“云小姐，玉小姐就拜托你了。”

云深指了指自己，突地笑了：“拜托给我？封少，你是不是拜托错了对象？”

“你们都是女孩子。”封奈单手插着裤袋，说道，“我和莫南都是电子宅男，不喜欢逛街。玉小姐又自称我的好朋友，我总不能亏待好朋友吧？由云小姐带着逛，再好不过。”

云深：……听上去好有道理，她还真的差点儿信了！

可以说，这位K神将“自称”两个字也是用得极为巧妙了，云深可以看到玉梓馨那张脸霎时间就白了。

封奈这是要做甩手掌柜，把玉梓馨甩给她了。这样就能自然而然地带走他想要带走的人。不得不说，现在云深才发现，他这么有手段。

玉梓馨也不笨，她为的就是和封奈在一起，现在却偏偏让她和一个女明星去逛街？甚至还说她是在自称他的好友。虽然颜面尽失，但她不会轻易退却。

玉梓馨甩了一下自己的长发：“奈哥，你是我带出来的，封爷爷又让我好好看着你。虽然我也很想和云姐姐去逛街，但万一你不见了怎么办？”

玉梓馨说这句话最重要的是提醒封奈，现在的他，离开她半步，都会被带回去。

然而，还没等她的酒窝荡起，一道没有什么情绪的嗓音就响了起来……

“队长，卫生间去不去？”

卫生间？玉梓馨还没有从这句驴唇不对马嘴的话里回过神来，只觉得脸边刮过了一阵风，是莫北。

众人只看到，冰山一样的少年，伸手扣住了另外一个帅哥的手腕，那张脸仍然清隽淡漠，背影更是挺拔得让人心痒，简直男友力爆棚。

玉梓馨双眸都跟着睁大了，下一秒就打算跟上去，莫北这时候回眸看了她一眼，淡淡地说道：“玉小姐，我们是去男厕。”

只那么一句，玉梓馨就顿住了脚步，因为再往前走就太尴尬了。

云深却在旁边有些纳闷儿，北要带封大少去男厕？你是忘记你是个女孩子了吗？

被扣住手腕拉着往前走的封奈，丝毫不在乎去的是哪里，而是低眸看着莫北的后脑勺。

有那么一瞬间，封奈很想告诉所有人，莫北现在握的是他封奈的手腕，而不是云深的。

“什么情况？”莫北边走，边问身后的人。

封奈显然有些心不在焉：“嗯？”

莫北又往前走了几步，利用视线暂时的盲点，停了下来。

封奈看着自己被握着的手腕被莫北松开了，眉心缓缓一拧，怎么不多握一会儿？

“跟着你的那些是什么人？”莫北的双眸清冷，话仍然很少，实际上她刚才之所以看玉梓馨的时间长一点儿，是因为她注意到，十几个穿着黑色西装的男人，像是有意无意地绕在四周。

包括现在，他们一动，那些人就动，还没等封奈回答，莫北的眼尾扫过去，见到那十几道人影之后，又将封奈一拽。

封奈明白莫北为什么会突然提起要去卫生间了，原来是察觉到了。

“不愧是C大的老大。”

莫北感觉到封奈的气息打在了自己的耳后，这话从某大神嘴里说出来，总有些慵懒的意味。

她没有立刻说话，而是真的朝着卫生间的方向走去。最里边就是安全通道的门，就算有人追上来，也只有四五个，她和某大神完全能解决。

封奈在看到那个安全指示的时候，几乎立刻就猜到了莫北的心思，既然要逃跑，那就应该把戏做足，所以封奈再开口时，说的第一句话就是："我在家里被关了一天，你却在外面逍遥快活，小哥哥，你的良心呢？"

莫北现在听到"小哥哥"这三个字，总有点儿阴影，毕竟那会让她不由得想起封奈才是那个在游戏经常缠着她玩的封临……

"别叫我'小哥哥'。"莫北说完这句话，又说道，"我给你发过信息。"

封奈声音很低，像是笑了一声，带着落寞的情绪说道："我手机都被屏蔽了，接收不到，还好今天能在这儿看到你，不然……"

网上的封临被揭穿之后，莫北就知道某大神的话不能全信，但听到这句，心里还是有些湿漉漉的感觉。

她回过眸去，看到的就是某大神微垂着头颅的样子，觉得应该投喂一下。可惜衣服换了，口袋里没有装任何零食，她干脆空出了一只手，匆忙地拍了拍那人的脸以示安慰，又转过头去继续走，毕竟他们身后还有人。

也就是这么一下，让封奈原本没有什么情绪的眸，像是沾染了一丝黑。接着，在莫北将头转过去之后，他的薄唇微微弯了起来，然后垂下眸去，继续说道："我为了出来，从昨天到现在都没有吃东西，现在饿得都没力气了。你从我叔叔身上应该就能看出来，我们封家的人每一个都是狐狸，我爷爷更是如此。他手段毒辣，为了让我相亲，甚至装病让我回家。

"这一次大概是因为我不太听话，就直接关了我的禁闭。"封奈一边走，一边说着，语气听上去有些委屈，"还让玉梓馨想方设法来接近我。刚才在车上的时候，她一直想拽我的手，都被我避开了，拍了我的照片打算发朋友圈，我让她删了。现在又让我陪她逛街，如果我不答应她，我连出来都困难，呵。"

最后那个"呵"字，让莫北的心里更湿了，想了想，将掌心里的手腕握得更紧了："有我，能走。"

封奈看着莫北的动作，嘴角几乎是控制不住地上扬，临坑坑的这个小哥哥果然对软绵绵的人没有抵抗力。不然她又怎么会放任临坑坑胡来？不能在网上装了，那他就在现实里装。

封奈有些受够了，在一个地方那么等着，只能看着莫北和别人逛街、吃饭、浅笑，甚至……亲吻，却什么都不能做，既然这样，那不如真的开始想办法得到莫北。

莫北的注意力都用来观测位置和距离了，并不知道身后的人是什么样子。倒是一侧的玻璃，倒映出了封奈俊美的脸。

封家的那些黑衣保镖，并非不了解他们少爷。如果换成是少爷把别人拽走，他们肯定会第一时间赶上来，但今天这个冷冰冰的男孩，好像也不过是拉着少爷去卫生间而已。

保镖们一开始确实是这么想的，所以也走得并不慌忙。可他们这个想法才刚一落下，就见那个冷冰冰的少年拽着少爷就是一个侧身。那条通往卫生间的路，少爷他们并没有走到头，而是朝着安全通道的方向大步走了过去。跟在最前面的黑衣保镖们是最先反应过来的。糟了，少爷他们根本不是想去卫生间，而是想要走！楼道的门已经被莫北拉开了，保镖们的第一反应就是追和用耳麦通知所有人。

“少爷要跑！”

四个字，所有的黑衣保镖都奔跑了起来。

商场里的人们都不知道这是怎么回事，看到这么多身着黑色西装的人出来，又个个身手矫健得很，双眸都瞪大了。

“这是怎么了？”有人在问，但是没人能回答上来。

楼道里的声响越来越大，第一批人倒是追上了，但让他们四个人没有想到的是，虽然追上了，但在下一秒钟，直接被人拽住了衣领，然后一个用力，又推了回去。

起初他们还以为动手的是少爷，等到看清楚之后，才发现是那个宛如冰山的俊美少年。

那少年的动作快到不可思议，那爆发式的力道让他们都有些蒙了。现在的年轻人都这么能打吗？

原本只有少爷一个人，他们就很难对付了，现在又加入了一个。

不到十秒钟，追上来的四个人都被打趴在了地上。

莫北拽过封奈，只对那些人淡声说了句“抱歉”，就朝着楼梯下面大步走去。

后面还有人在追，这一次来的人更多了，就像是电影里经常会看到的画面，但莫北和封奈的身手显然是他们比不了的。

虽然速度被他俩落下了一大截，黑衣保镖们却胜在执着。再加上他们的身体素质也好，并不是什么绣花枕头，所以要想甩掉他们也不容易。还有一批人是坐电梯下来的，就是为了堵封奈和莫北。

冷静如莫北，从安全通道出来之后，并没有往电梯那边去，而是握着封奈的手腕，朝着另一个门走了过去。

在临近门口的时候，莫北像是想到了什么，转过头去说道："口罩。"

封奈刚说了一句："在裤袋里。"他就感觉莫北的手钻了进来，冰冰凉凉的，贴在他长腿的位置，他整个人都猛然一顿，眸色也跟着变深。

不知道是不是刚才从楼梯上跑下来的原因，莫北只觉得响在自己耳边的呼吸声有些沉。

她并没有多想，因为后面的人已经跟上来了。她拿到口罩之后，就直接展开，戴在了封奈的脸上："帽子也扣上，别被认出来。"

"好。"封奈的声音有些沙哑，因为刚才想了不该想的画面。

不过，就那样的动作，是个男人都会有想法。封奈的眸色明暗难辨，还好接下来是剧烈的奔跑，莫北察觉不到他的心跳，否则肯定会怀疑刚才的事。

心脏是最先有反应的，几乎快要跳出来，他听到内心深处叫嚣着，让莫北尽快属于他。

要压下这个想法，对封奈来说，好像越来越困难了，尤其在分开了一天之后。

莫北并不知道封奈在想什么，除了要避让周围的人，那冷静的视线，都用在了观测路线上。

不仅他们后面有人，侧面也有。莫北抬眸，视线落在了不远处的柏油路上，眸底有那么一点儿黑。

像是已经有了计划，她只顿了一下，然后拽着封奈的手，朝着右侧快步走了过去。

原本还打算拦截他们的人，看着那两个人瞬间改了方向，连忙又跑了过来。

莫北没有停，手上还拉着封奈，西装外套被风吹得鼓起了衣摆，就那么穿过了人最多的广场，然后示意封奈上天桥。

两个人都是翻栏杆的高手，举手投足间，每个动作都很帅，这已经引来很多人观看了，更不用说后面还有这么多穿着黑色西装的追兵。

莫北仍然在计算时间，行走的速度快而不乱，直到最后一刻才跑起来。

封奈看着莫北，嘴角的弧度从始至终都没有变化。他的心脏比任何时候跳得都快，大概是从来没有和谁一起这么跑过，手腕从始至终都被莫北攥着。封奈能感觉到莫北的体温，无论什么时候都透着一股凉意，让人一旦接触之后，就不想要再让对方放开。

“上车。”莫北右手拽着封奈，左手则按在公交车即将关闭的车门上，她计算得没错，他们跑过来，公交车刚好临近关门。

唰的一声响，车门一关，莫北和封奈气喘吁吁地上了车。

保镖们最终还是晚了，只能在马路的那头，眼睁睁地看着公交车消失在了拐角处，脸上的表情不只是懊恼。因为他们看到了少爷给他们的手势，隔着车尾玻璃让他们回去，一副漫不经心的样子，即便戴着口罩，也能看到他那半弯着的眼，一点儿都不像需要被人解救的模样，倒是散发着漫画里恶魔执事的气质。

保镖们顿时明白了，少爷是故意的，他早就可以自己逃走了。

封奈出来逛街自然不是因为被爷爷或者玉梓馨要挟，他本来就是看了电视，为了找莫北才会出来，现在找到了，又能让莫北觉得他受到了压迫，要带着他逃，他当然要配合。

更何况……封奈低眸，视线落在了他眼前那发旋上，他们的王牌辅助，对逃跑很有一手，身手又帅气，完全不用他再计划什么，只要跟着莫北就行，这样被保护的感觉，很不错。

上下班高峰期会路过大型商场的公交车，想必没有人不了解，封奈和莫北能跳上来，也是多亏了他们身手好，不然以现在这样的拥挤程度，确实不容易上人。

莫北上车之后的第一件事，就是想给云深发信息，无奈空隙太小，再加上公交车司机开车都猛，一个急转弯，原本跑了一路的莫北，为了避免和人碰到，只好空出一只手来去找支撑点。

封奈见状，握住了莫北的手，脚下一动，圈出来了一个小圈，将莫北的手放在了自己的腰上，他则伸手按在了车厢铁皮上。没有多余的手环，基本上其他人都会你碰我我碰你，重心不稳，像封奈能这样做支点的根本没有。一来是因为他高，二来是因为他的腿真的很长。

莫北也看了一眼，自己的手所处的位置。他的腰……但好像除了这里之外，确实没有什么其他地方可以支撑了，好在一站的时间并不是很长。

然而，莫北有一点计算错了，人太多的话，下车都困难。

封奈的嗓音隔着口罩传了过来："我们一会儿再下，距离太近，容易被截回去。"

莫北淡淡地嗯了一声，没想到这一站人更多了，他的身形也会跟着向她这边靠近。

从侧面看，莫北是站在了封奈的怀里，最重要的还是她的手，在他的腰上。

他们俩离得很近，近到封奈的鼻息间全都是她身上的柠檬味，带着微微透出来的体香，让他眸色一深，低声说了一句："好难闻。"

"难闻？"莫北抬眸看着他，眸色还是淡的，但很快，她就顿了一下，因为这么近的距离，她的鼻尖像是都能碰到他的下颌。如果再临时来个急转弯，不知道她还会碰到他哪个位置。

莫北想到这里，视线在封奈那性感的薄唇上顿了顿，接着移开，说道："刚跑过，我身上应该出汗了，队长可以离我远一点儿。"

"不是说你。"封奈的声音更淡了一点儿。

莫北打量了一眼他两侧的人，她并没有闻到什么味道。但某大神应该确实不习惯这种公众的场所，所以人一多，他就会微拧眉心。

封奈没给莫北多想的时间，又在她耳边说了一句："闻得胃里难受。"

那有磁性又好听的嗓音有些低，很容易让人心软。

"再忍忍。"莫北学过心理学，重度洁癖是什么样子，她也清楚，如果是对气味敏感的话，那应该确实会有相对的身体不适。

封奈看着莫北好看的眉眼，以及微敞着的衣领，里面的肌肤白得像是上好的瓷玉，能看到锁骨凹陷下去的痕迹，让人很想要留下一些什么东西。

封奈当然没有忘记，这一颗纽扣是谁替莫北解开的。

现在只要一闭上眼，他还是能回想起那个让他全身血液都像是被冰凝住的画面。

封奈的手指紧了一下，又松开，眼神却没有丝毫的变化，只是往莫北那边更靠近了一点儿："帮下我。"

帮？还没等莫北做反应，封奈腰身半弯，以一种依赖的慵懒姿势，将头放在了她的肩上，俊脸侧着，薄唇对着的就是她的颈。

莫北该庆幸他戴着口罩，不然这样一动，还真有点儿让人招架不住。可即便如此，那徐徐而来的气息仍然不可避免地打在了她的耳上："你身上的味道很好闻。"

莫北明白了封奈的意思，但这样的距离也太近了，而且姿势也很暧昧。

她已经看到那边有女孩子在脸红了，她们想了什么，不用多想她也知道。

莫北原本是想要将封奈推开的，即便她的手还在他的腰上。

封奈察觉到了莫北要做的举动，又开了口，隔着口罩，传过来的声音有些低："好饿。"

这两个字，让莫北的手指顿了顿，想起他被关了一天，又没有吃饭，她将视线放远了一点儿。

算了，她推开的话，他的胃会更难受，莫北淡淡地说道："那我们早点儿下车。"

"好。"封奈嘴上这样应着，心里却巴不得下一站能迟一点儿到来。

封奈和莫北确实很抓人视线，再加上又是这样的姿势，就更吸引人扭过头来看了。

不过，不得不说封奈的演技是真的好，就连围观的人都觉得他是不舒服，才会靠在莫北身上的。

现在正值秋季，这个天气已经不用吹空调了。昏黄的光伴随着微风一起进入车厢的时候，身着黑色西装的莫北只感觉车子在一拐弯时，封奈的头就会碰到她的下巴，软软的黑发扫过她的耳时，总有一种说不出的痒。

莫北按在他腰上的手顿了顿，不能避开，只能任由他像是在闻什么一样。

他的鼻尖隔着口罩碰到了她的脖颈，有意无意地滑过那一侧，就好像是吸血鬼在进食时总能带给猎物最酥麻的触感，以至于猎物逃无可逃。

莫北知道他是因为周围的气味，才会这样，可确实也影响到了她。

不可否认每个人都有自己的敏感点，再加上莫北本就青涩，这样的触碰，让她觉得四周的声音都像是被抽空了一样。

像是知道莫北的思绪断了，封奈借着机会又贴近了一点儿，将头埋得更深了。

莫北因为他这个动作，莫名地身形一颤，自己的手放的位置，也让那种感觉有些加深。

柔韧的腰腹触感，从指尖传递过来，莫北意识到男女有别的同时，警告了自己一下，不能占对方的便宜。即便某大神长得确实很让人想要犯罪。

莫北偏了下眸，鼻尖碰到的就是封奈的发，太亲密了，还是早点儿下车好。她清冷的侧颜在这时微动，有了自己的打算。

莫北抬眸看着公交车上的电子报站器，另外一只手抬了两次，最终也没有将封奈推开。

在她看不见的地方，封奈的那双眼，笑得有些邪气。

“队长。”好不容易到了站，莫北要将人带下车。

封奈却没有动：“你确定走两站，他们追不上来？”

莫北没说话。

封奈又侧了下眼：“下一站，安全点儿，顺便想一下，我们去哪里。”

莫北淡淡地嗯了一声，不想让自己看上去太在意这种接触，毕竟她现在是男孩子。

莫北注意到，旁边有两个妹子频频往他们的方向看。

在想到有可能被认出来后，她的第一反应就是去看封奈的口罩有没有戴好。

她刚一侧眸，那人就将外套一扯，拉开，遮住她的脸，嗓音跟着传了过来：“现在是你更容易被认出来。”

莫北的手指停了一下，配合他的动作，朝这边站了站。

这时候封奈站直了身形，形成的包围圈还在，莫北的鼻息间全都是他身上的薄荷烟草味道，其他的一切，莫北都看不到了。

她向来冷静，也没有多做什么，除了公交车司机加速的时候，她的鼻尖不可避免地碰到了他的锁骨。

她察觉到他顿了顿，应该是这种肌肤之间直接的接触，让他不习惯。

莫北拉开距离，淡声说了句：“抱歉。”

“嗯。”他的声音听不出来是什么情绪，越来越让莫北觉得是占了他的便宜。

好在这样的姿势并没有维持太久，莫北听着到站的声音响起，干脆直接伸出手去，将封奈的手腕拉住，要穿过人群，并不是很难。

“你是不是握我的手握上瘾了？”封奈在莫北耳边问道。

莫北闻言，顿了一下，看了看自己的手，然后才松开，确实握的时间有点儿长。

“现在我们去哪儿？”封奈好似并不遗憾自己的手被放开，就那么插进了裤袋，告诉自己想要尝到更多的甜头，就要时常以退为进，“基地是不能去的，等于自投罗网。”

莫北也想到了这一点，淡淡地说道：“我那里，封家应该也很容易查到。”

“嗯。”封奈偏眸，“还有一周决赛就要开始了，老爷子不会不让我参加决赛的。”

莫北漫不经心地问道：“你身份证带了吗？”

“钱包被扣了，你觉得呢？”封奈不答反问。

莫北像是想了想，清隽的脸侧过来，淡淡地说道：“那就只能开一间房了。”

封奈目光一动，紧接着，戴着口罩的嘴角，有了明显的弧度。

知道某大神有洁癖，莫北并没有图便宜去找快捷酒店。

这附近就有一家星级酒店，房间里还有电脑，再从前台要一个笔记本电脑，他们还可以联机训练。酒店对面就是大型超市，买什么东西都方便。

莫北向来都是理科生的思维，想的也是常会遇到的问题。

封奈却没有去考虑这些，莫北在酒店前台咨询的时候，他就双手插着裤袋，站在旁边看着。

粉丝们说得没错，单单看背影的话，封奈确实冷得让人难以接近。

实际上除了莫北在的时候，大部分情况下，封奈的眼里都仿佛没有其他人的影子。这不过是被他身上的那种散漫劲儿给掩盖住了，让人察觉不到罢了，仔细看就能看清楚，他的眼底此时就像是有冰碴儿在。

是因为他知道，莫北在咨询房间的时候，还不忘给云深发信息，打的字很多。

甚至在云深说了一句“玉小姐非要问我，你们在哪里”的时候，莫北回了一个“乖”字过去。

封奈这一天的欢喜，都被这一个字冲没了，像是整个人都被浇了一盆冷水，从头凉到了脚。

封奈每天都在找莫北和云深是在假扮情侣的证据，找到现在，他才发现，或许找不到了。因为莫北的眼里，只有云深。

封奈全身的血液都像是凝固了一般，放在一侧的手也在跟着攥紧，连带着薄唇都变得有些苍白了。他伸手摘掉了口罩，好像只有这样，才能更顺畅地呼吸。

他的心脏就像是被什么东西勾走了，空荡得让他越来越想要握住莫北。可惜，她不是他的。

封奈低眸时，眼底变成了全黑。

"我要去看一下云深。"莫北已经发完信息，朝着封奈这边看了过来，"队长，你一个人住，没问题吧？"

封奈黑色的额发垂下，叫人根本看不清楚他的表情："嗯。"

"这是房卡。"莫北办理好入住手续，就将东西放在了封奈的手里。

封奈紧了下手，看着那道离开的清隽身影，连喉结的滚动仿佛都有些艰难。

他无数次地想，如果当初，他没有因为莫北玩女号，就在游戏里追杀莫北，而是按照本心，去和莫北见面，是不是结果就会不一样？

谁都不知道，那时候封奈拔掉网线，并不是因为知道了"乖徒儿"是个男孩子，而是他无论什么时候上线，都再也看不到"乖徒儿"了。

大概是太年轻，总是想要得到回应，他觉得自己的付出得到的是一场骗局。

当时的封奈不是没有惆怅过，但很快，他就成了职业选手，没有时间去想那些细枝末节的东西。更何况他怎么可能会对一个男孩子动心？还是隔着网络的人。

毕竟那时候在游戏里玩人妖号骗钱的很多，封奈只是单纯地觉得，没想到对方还敢骗到他头上。

就是这样的心，争强好胜，才会在后来，他登录账号的时候，总会下意识地去看一眼"乖徒儿"的头像是不是亮的。

封奈并没有多喜欢"乖徒儿"，只是觉得少了一个让自己觉得有趣的灵魂伙伴。

按照当时的情况，他可以没有任何顾虑地去吸引"乖徒儿"。现在，好像一切都晚了。

莫北最终还是不放心，叫了助理过来。

封奈却没有去房间，而是叫了辆出租车，助理立刻跟了上去，才发现少爷是要去莫南的公寓。

然而封奈并没有上去，他只是看着那栋楼里亮起来的灯光。他在赌，赌莫北并不会留云深过夜。

灯光把封奈的影子拉得很长，就那么一个影子，对应着楼上灯火通明的房间，总显得有些格格不入。

助理远远地看着，也不敢接近。

他都不知道他家少爷站在这里是在等什么，偏偏少爷警告过他，让他不要去联系莫南。不然的话，他一个电话就能把莫南叫下来。

他眼看着天越来越黑，少爷却一点儿要走的意思都没有。

公寓内，莫北已经是第五次看手机了。

云深笑着问："怎么？有事？"

"没有。"莫北将手机的页面一关。

"你已经是第五次拿手机了。"云深提议，"要不要聊聊封少？"

"队长？"莫北挑了下眉。

云深笑意浅浅："你刚才不是在看他的信息？"

"是。"莫北答道。

云深意有所指："很少见你这么等着谁的信息。"

莫北抬眸："我走的时候，他不太对劲儿。"

"是吗？"云深还想问点儿什么。

莫北看了眼时间："不早了，睡吧。"

说着，她伸出手去，按灭了壁灯。

窗外，封奈那双深邃的眸像是和灯光一起熄灭了一般，心脏空得让人能感觉到确切的疼来。

助理眼见着上一刻还站在他身侧的人，突地动了，封奈再也没有等，而是向相反的方向走去。

封奈就走在月光下，纯白的高领毛衣让他看上去透着一种说不出的清冽和安静。

大概是他太安静了，竟让人觉得心里泛疼。

他没有进商务车，而是走出了小区。

助理不知道他为什么突然要走，担心地在后面跟着。

走了差不多一条街之后，他的声音才传了过来，就像是什么都没有发生过一样："不用跟着我，我不会有事。"

助理哪里敢不跟?

封奈停了下来，拨通了一个电话。

过了不到十分钟，金小少爷就风风火火地来了。

封奈侧眸看向助理："现在放心了？"

助理怎么敢当着金家少爷的面说"更不放心了"这种话?

金小少爷忙说："奈哥说得没错，你就放心吧。"

助理真想说："金少，你知道现在什么情况吗，你让我放心，少爷他差点儿失控。"他现在甚至都不敢仔细回想刚才少爷的那双眸。少爷刚才连眼眶都泛红了，像是忍到了极致，那一脚下去，估计连保险杠都能被踹废。

幸亏，少爷忍住了，不然真的会闹出大事。

少爷现在这个状态，他是真的想要跟，但那扫过来的余光，冷得让他头皮发麻。

"那少爷就交给金少了。"

封奈气场全开时，确实会让人不敢多说什么，等到了夜店，金小少爷开始觉得这是个错误的决定。

因为从坐下开始，他奈哥就在喝酒，一瓶接一瓶，根本没有停过，空酒瓶增加的速度太快了。

金小少爷看得都有些愣了。

下一刻，金小少爷才意识到他奈哥根本不是来散心的，"失恋"那两个字恐怕说的是真的。

金小少爷是讲义气的，他奈哥都失恋了，他要跟他奈哥一醉方休，这样才够哥们儿。所以，最后喝得烂醉如泥的并不是封奈，而是他。

封奈也是第一次不喜欢自己的酒量，无论喝多少，都不会醉倒，以至于还是会想那个人，想那个灯光熄灭的画面。

他们都已经成年了，懂得男女朋友在一起的时候，都会做什么。就是因为清楚，所以他心脏的疼痛感怎么都消除不了，那里就像是破了一个洞，冷冷的风在不停地吹。

他以为喝酒能麻痹自己，然而，没有用。太清晰了，无论什么，都随着那盏灯一起灭了。清晰得让封奈意识到了一件事——这一切都是他的一厢情愿。

莫北向南原本就只喜欢女孩，经过今晚，他大概会更加觉得，比起男人来，还是女孩子更好。

封奈太了解莫北向南了，不是决定好了的话，是不会随便碰谁的。既然这样，是不是意味着他早就认定了云深，不过就是差这么最后一步而已？

接下来，他甚至有可能会向云深求婚。毕竟像临坑坑的小哥哥那么古板的人，肯定是起了要娶云深的心思，才会让她留宿。

想到这里，封奈扯了下自己的衣领，手臂垂在那儿，黑色的额发落下，遮住了他的眸。

如果不是封临打电话过来，他觉得自己都要崩溃了，封奈按了接通键。

封临立刻问："哥哥，你在哪里，在基地吗？"

"没有。"封奈侧眸看了一眼脸都红了的金小少爷，"在和你金哥玩。"

封临甩了甩自己的袖口："我还以为你和小哥哥在基地呢。爷爷今天过来了，送了一大堆玩具给我，还问了我有关小哥哥的事。我就把小哥哥救我的事说了，爷爷听后只笑没说话，我都看不懂了。哥哥，你要不要回来？"

"嗯。"封奈并不在乎自己去哪儿，他站直了身形之后，扫了一眼醉倒在一边的金小少爷。

封临听出他哥今天和平时不一样了，有些疑惑："哥，你的声音，怎么回事呀？感觉好沙哑。"

就像是哭过一样，可他哥是不可能哭的。

"没什么。"封奈淡淡地说道，"你听错了。"

封临也没多问："那我跟王叔叔去接你。"

"十一点了，你睡觉，让老王自己来。"封奈说到这里，走过去，用脚尖踢了踢金小少爷的腿。

金小少爷真的是喝得头晕了，但他也没忘记自己今天是干什么来的。他醒了之后，站起来，想要勾他奈哥的肩，发现因为身高问题，根本够不到。只能大着舌头说道："奈哥，听我的，他、他算什么？不、不就是长得好、好看了一点儿！我、我这儿有很多帅、帅哥，到时候任、任你挑。"

封奈没说话，金小少爷就要打电话叫人。

封奈这才开口："够了，你是自己回去，还是我把你打包带回去？"

"我自己回！"金小少爷这一下清醒了不少，小声地说，"我这不是看你难受才出主意的吗？”

封奈转身，淡淡地说道：“那你叫他来。”

“嗯？”金小少爷怀疑自己的耳朵出了问题。

封奈侧眸，眼底像是没有亮光：“不想让我难受，让他来我身边就行。”

“我、我打电话！”金小少爷大着舌头，翻出了云深的手机号，他没有莫北的号码，拨过去，听着那边的忙音，“关机了，应该是睡着了。”

他不说“睡”字还好。提到“睡”这个字之后，封奈身上的最后一丝力气都被抽走了。他拎了瓶酒，微微地垂下了头。

金小少爷恍惚地察觉到自己是不是哪里说错了，但他确实也喝醉了，脑袋晕晕乎乎的。

“我今天非要打通云深的电话，我继续打。”

封奈没有理他。

老王来得还算及时，只是在接到封奈之后，他是吃惊的。开车回家的时候，他还一直在留意车座上的动静。

封奈坐在那儿，整张脸都像是隐藏在了黑暗里，只隐隐地能看出轮廓来。

气温已经开始降低了。

夜风吹过，老王伸手开了暖风，他是担心大少爷会感冒，毕竟他从来都没有在大少爷身上闻到过这么重的酒味。

这到底是怎么了？

封临也想问同样的问题。由于第二天休息，封临并没有睡觉，反而很有毅力地在沙发上等着他哥回来。

可他的小虎牙才刚露出来，小手还没碰到封奈的大长腿时，就察觉到了他哥确实不对劲儿。

封奈也没有像往常一样，唤他“临坑坑”，反而伸手揉了他的头一下，就想要上楼。

封临叫了一声：“哥。”

封奈低声说道：“今天累了，明天再陪你。”

封临看着那头也不回的背影，小爪子抓了抓自己的头发，精致、白皙的小脸上有了担心的神色。

他哥是怎么回事？他闻到了他哥身上的酒味。

他哥天生酒量好，也喝不醉。那到底是怎么回事？

封临看得出来他哥在难受，歪着小脑袋想了想，然后冲管家要了一个手机。

接着，他编辑了一条信息发到了某个电话号码上，然后，他就开始用双手捧着脸，晃着两条小短腿等了。

可是他等呀，等呀，一分钟过去了，十分钟过去了，始终没等来回信。封临的眉心皱了一下，有些忍不了，决定直接去问他哥。

楼上，卧室里，封奈已经躺在了床上，有洁癖的他，没有去浴室冲掉身上的酒味，就那么看着天花板，连灯都没有开。

封临走进来时发出的响动，他是能听到的。

“哥，”封临凑近了一点儿，睁着一双圆溜溜的眼睛，问道，“你是不是和小哥哥吵架了呀？”

封奈手指一顿：“没有。”

“小哥哥今天都没有回我信息。”封临低眸，“我还以为你们吵架了。”

“是吗？那应该是他睡了吧。”

封奈已经感觉不到心脏还有什么血液在流动了，嗓音也低得很，这一夜，大概是他过得最漫长的夜。

封临察觉到了，不知道为什么，看他哥的背影，总感觉他哥像是快要哭了一样。

他哥那张脸，仍旧俊美得很，只是比起往常来，那份冷然、桀骜收敛了不知道多少。

封奈没有再说话，他从来都没有觉得时间过得这么慢过，失重感越来越强烈。

起初，封临还会在旁边偶尔说上一两句话。

过了一会儿，房间里什么声音都没有了，封奈伸手将棉被盖在了封临的身上。

这时，封奈已经开始咳嗽了。

他却完全没有察觉，有的时候，五脏六腑都疼了，也就注意不到其他地方了。

值得庆幸的是，他总算觉得累了，眼皮开始发沉，此时，外面都有了微微的光亮。

莫北是早上七点才看到的短信，旁边的云深还在睡。

莫北从床上坐了起来，黑色的发还有些蓬松，来不及做其他事情，低眸按了几个字过去："没有，怎么了？"

这个点，封临是不可能醒的，再加上他用的是管家的手机，莫北自然也收不到回复。

她再去看自己的手机，微信页面上，某大神仍然没有和她说话。

到了差不多八点的时候，莫北打了个语音电话给封奈，没有人接。

这时云深已经醒了，看她正在打电话，笑了下："有事？"

"没有。"莫北收了手机，扫了一眼日历，算了，去找他更直接一点儿。

只不过封家很大，瑶池和封临都不在，莫北要见封奈，自然也就要先等着。

毕竟就算知道是莫少爷，大少爷曾经带着来过，用人们也不敢把人直接请上楼去，更何况大少爷还在发烧呢，连早饭都没吃，也不适合见人。

不过，还真的是少见，竟然有同学来给大少爷送笔记。

用人们觉得稀奇，上茶的时候，都带着笑："管家还在忙，很快就来。"

"谢谢。"莫北将茶接过来。

严格意义上来讲，这是她第一次感觉到他和她的生长环境不同。

上一次，因为有瑶池在，并不需要这个样子，但其余的人来封家的话，应该都是这个流程吧。

莫北理解，师娘家里也是如此。

"莫少爷！"老王见到莫北之后，双眸都亮了，"我刚听说有客人来了，还以为是金少爷酒醒了来看大少爷呢，没想到是你，我现在就去告诉大少爷！"

大少爷肯定会特别开心，而且，能让大少爷好好吃药的人终于出现了！

"莫少爷，你先吃点儿茶点，坐在这儿等等。"老王也没有和莫北多寒暄，"我很快下来。"

莫北嗯了一声，老王就立刻上了楼。

老王知道大少爷心情不好，再加上他昨天喝了那么多酒，又有点儿发烧，人还没有起来，连水都没有喝一口，就是不想让谁进他的房间。

如果是平时，老王也不敢敲这个门，但来的人是莫少爷，他也有了底气。

封奈的状态确实不是很好，高大的身躯躺在床上，黑发是蓬松的，睫毛很长，打了一圈黑影下来，眉心还微微拧着，眼皮底下有着明显的青色，薄唇也是苍白的。

在听到敲门声之后，他连棉被都没有掀，反而将脸埋得更深了。

老王知道这样叫不动大少爷，站在门外大声说道："少爷，莫少爷来了，还给你带了东西！"

床上的人骤然一顿，接着，那双眸睁开了，颜色却很深。

老王侧耳，是想听听里面有什么响声，却没有听到任何的动静。

难道大少爷还没醒？

老王还在猜测，唰的一声，门开了。

封奈身上穿的还是睡衣，凌乱的黑发有些翘，那双薄唇也有些凝血，但他本人却好像丝毫不在意，就那么走下了楼。

老王感叹了一声，果然，还是莫少爷来了有用。

然而莫北却不这么认为，因为在她对上封奈的目光时，能感觉到很深的疏离感。尤其他从楼梯走下来的时候，眼神都有些凉，那种里面什么都没有的微寒，像极了她第一次见他的时候。

莫北看到了他受伤的手，刚要开口，他的声音就响了起来："找我有事？"封奈的语气淡淡的，就像是在招呼一个朋友。

可就是这样，老王也感觉到不对劲儿了，大少爷之前见到莫少爷时可不是这个样子的。

莫北的手指也顿了一下，目光对上他的："我并不知道昨天你去了我那儿。"

"所以云深是今天走的？"封奈问得漫不经心，像是在做最后的确认。

莫北嗯了一声，并没有察觉到这是一道送命题。

封奈眼底的颜色变得更深了，他像是低笑了一声，连喉咙都有些沙哑了，接着抬起眸来，看了老王一眼："你先去忙别的，我和莫少爷有话要说。"

老王意识到不对劲儿，他从来都没有见过这样的大少爷，那双眼里一点儿光亮都没有，黑得像是能看到茫茫的雾气。

老王还是有些担心的，朝着莫北的方向看了一眼。

莫北也察觉到了封奈的不对劲儿，只是她并不清楚问题出在了哪里。

等到老王走了之后，封奈又开了口："那应该是在一起睡过了？"

莫北否认也不是，不否认也不是。

封奈的嘴角扯了一下："喂。"

莫北抬眸。

封奈把玩着手中的银质打火机，缠着纱布的手指，在这时候看上去格外苍白："'乖徒儿'的事算了。"

莫北的动作顿了一下，有些意外会听到这句话，毕竟从她见他起，他就一直因为这件事有着很高的仇恨值，为什么今天……

"送吃的这种事，以后也不用了。"封奈说着，站了起来，淡淡地继续说道，"我上楼，你可以随意逛逛。"

很平常的对话，可放在他们两个之间，就会变得特别客套。而且聪明如莫北，自然听出了他的话里有逐客的意思。

为什么会变成这样？

在封奈走了之后，偌大的客厅就显得更空荡了。莫北在那儿站了一会儿，被拒绝的滋味并不好受。

老王走过来，硬着头皮开始解释："大少爷应该是生病了太难受，莫少爷要不就先逛逛，我去让他们做点儿吃的。"

莫北："不了，我回去。"

她倒是想要给他做点儿东西吃，或冲个药。这儿毕竟既不是基地也不是酒店，而且他的眼里有明显的不耐烦，在这里，应该也不需要她去照顾他。

莫北想了想，对管家说了一句："如果队长难受得厉害，你就让他含点儿含片，还能止住一点儿咳嗽。"

老王笑道："私人医生就在来的路上了，会盯着我们后厨做饭，含片什么的，都备着呢。"

这样看来，确实没有用得到她的地方，莫北没有再说什么，只嗯了一声。

这一次，她没有再去看二楼，就这么走出了别墅。

二楼落地窗处，封奈站在那儿，看着那道清隽的人影越走越远，咬得薄唇一侧都溢出了惊人的红。

他尝到了腥甜，那味道和莫北身上的气息截然相反，莫北的身上散发着淡淡的柠檬味，封奈想就那样将莫北禁锢在自己的身边。

封奈清楚地知道，一旦他真的把心里的野兽放出来，结果会怎么样。

现在，他才知道，人们常常说的一句话“真正的喜欢，总是会带着克制”是有道理的。

因为有更无法面对的，所以，他亲手推开了莫北带来的温度。可心里一直有个声音在说，能不能回头看看我……

他胸口的疼痛感，随着那道背影的远去，越来越让他难以支撑。

封奈觉得，“行尸走肉”大概说的就是他现在的情况。

明明刚到中午，他却觉得哪里都是黑的，躺在床上，盖上棉被之后，就是这种感觉。喉咙火烧火燎的，异常难受，他却不想起来喝水。

他甚至在想，疼一点儿也好，好过心脏空荡荡的感觉，他们再也没有别的可能了。

封奈对莫北的疏离很明显，就连封临也感受到了。

封临在听到管家说他小哥哥来过之后，本来一双圆溜溜的眸子都亮了，还以为他小哥哥在楼上。谁知道只有他哥一个人在床上躺着，像是睡着了一样。

“小哥哥走了？”封临还是觉得有点儿不可思议，他哥竟然没有留小哥哥？！

老王也是不解的，把今天发生的事告诉了封临。

封临越发觉得他哥和他小哥哥就是吵架了，不过，他哥也确实不对劲儿。

封奈的不对劲儿，连私人医生也察觉得到。

私人医生开什么药，封奈都喝。但封奈的脸上就是没有丝毫的情绪，吃饭时也是这样。

瑶池看在眼里，将竹筷放下：“奈儿，你是不是有什么心事？”

“没有。”封奈喝了一口汤，“只是身体不舒服而已。”

瑶池并没有去拆穿大儿子，别人是看不出来他神色的区别，她又怎么会察觉不到？再加上小儿子一直在冲她眨巴眼，她也就知道了，这里面一定有事。

喝完汤之后，封奈就上了楼，一点儿回基地的意思都没有。

封临小小的身子靠到瑶池身边，在她耳边说道："妈妈，哥哥是和小哥哥吵架了，所以心情不好。"

"他也会和别人吵架？"在瑶池的印象里，她的这个大儿子，对待别人基本上喜欢就是喜欢，不喜欢就是不喜欢，从来都没有吵架一说。

封临双颊都鼓了："反正是在冷战，今天小哥哥来看他了，哥哥都没有留小哥哥。"

听到这里，瑶池感叹道："真怀念呀。"

封临纳闷儿："怀念？"

"临临，你记住，只有真的好朋友之间才会冷战。"瑶池笑道，"虽然比喻不太恰当，但是年轻的时候，你爸也经常和我冷战。"

封临认真地说道："妈，我不想被喂狗粮，更何况你和老爸都已经离婚了。"

"说得也对。"瑶池优雅一笑，"不过，就算是真的好朋友，冷战的时间长了的话，也就真的再也回不到最开始的时候了。"

封临听到这里，总结出了一点："那我是不是要去给他们创造一下和好的机会？！"

"具体的事，要他们自己解决。"瑶池摸了摸封临的小脑瓜，"别人插不了手。"

封临瞬间就蔫了，明显有些失望。

瑶池笑道："不过，让他们见见面，把话说开，倒是个不错的办法。"

"我明白了！"封临从椅子上下来，忽闪着一双大眼睛，"妈妈，我能不能用用你的手机？"

瑶池笑意不减，将手机递过去："不能玩游戏。"

"不玩，保证不玩！"封临说道，"我要给小哥哥打电话，约他出来。"

瑶池闻言点了点头："想法不错，但有个问题，既然他们肯定是在冷战，你怎么说服你哥去见小哥哥？"

封临歪了下小脑袋，接着一拍脑瓜："我有办法，只要是战队的事，哥哥肯定会出去，我去联系金哥哥和猫猫熊哥哥。"

瑶池轻笑："金子什么时候也成了黑炎的人了？"

"金哥哥是出钱的，而且他不是最擅长玩吗？我口袋里都没有小钱钱了，最近哥哥没给我，就先让金哥哥组织。"封临说起话来，就像个小大人一样。

瑶池刚要捏捏小儿子的脸，管家就走了过来，在她耳边说了句什么。

"又喝醉了？这次是和谁？"瑶池起身。

管家低声说道："和张总他们，接下来好像是要去娱乐场所，总裁说夫人不许。"

"我不许？"瑶池一笑，"他最近是不是新交了什么女朋友？"

管家犹豫了一下，刚要开口。

瑶池见封临已经注意到了他们这边的谈话，笑了笑，给了管家一个制止的眼神之后，才将目光落到封临身上："我去接你爸。"

封临点了点小脑袋，鼓着双颊，说道："顺便告诉他，不要总是去学校给我开家长会了，好多人都想泡他，烦死了。"

瑶池听后笑了："我会转达给他的。"

"那妈妈再替我亲亲爸爸，我今天应该是顾不到他了，要让哥哥和小哥哥和好呢。"封临还是很会安排人的。

瑶池温柔不减："到时候看情况。"

管家很佩服夫人，虽然离婚了，但夫人从不在孩子们面前说他们爸爸的坏话。

封临正努力给他哥制造与小哥哥见面的环境，他刚上去看过一趟，他哥好像是真的心里难受，不然不可能不理他，只是在那儿慵懒地躺着。

封临先联系的金小少爷，金小少爷表示："必须和好！"

不然现在封奈只是颓，等他不颓了，心情不好的时候，再看到他们，肯定会把他们都打包送回家。

"我本来就有计划要让他们两个出去玩。"金小少爷夹着手机，"泡温泉怎么样？临临，你和黑炎战队的人说，让他们去约奈哥和南哥，到时候咱们把他们安排在一个房间里。嘿嘿嘿，我就不相信，这样奈哥还能忍得住。"

封临真的是听不惯他那猥琐的笑，小手揉了揉自己的耳朵，看在计划还不错的分儿上，点着小脑袋同意了！

猫猫熊是完全配合，要知道他兄弟好不容易融入了黑炎，可千万别再和老大过不去，于是果断加入。

而楼上的莫北，很显然今天有点儿心不在焉。虽然表面上看不出来，但今天她做饭时，竟然把糖当成了盐。

寒昔都给跪了，顿时找到了他厨神的自信。

猫猫熊吃完之后，越发肯定，他兄弟不是不在意老大，吵架、冷战什么的，真是害人不浅。

猫猫熊开始认真思考，如何自然地让他兄弟答应一起去泡温泉的事。

莫北很少被人拒绝，大概是因为平时也不主动关心谁，除非是相熟的人。送笔记去封家这件事，是她越界了吗？

毕竟他们在现实里认识的时间并不长。莫北不是很会和人相处，尤其一些分寸上的事。

她在尝试去揣摩，包括肢体接触。只是他似乎并不想和她走得太近，不然也不会下那么明显的逐客令。

莫北知道做亲密无间的朋友，向来都是一件难事，但不知道为什么，心里还是有些空。

洗完碗，她登了“乖徒儿”那个账号，看着那个昵称为“慵懒”的灰色的头像，莫北有时会想，如果当时见了面，会怎么样。

为了消除这些情绪，她一连开了三把游戏，杀人杀得差不多了之后，才切换了账号。

省决赛就要开始了，这一场打完，就是全国选拔赛。

这段时间无论对她还是对她哥来说都非常宝贵，所以即便状态不怎么好，莫北也没有忘记练习。

但莫南只玩了一把，就看出了他妹的速度比平时要慢。

“基地有事？”莫南猜测着问道。

莫北：“没有。”

那这是怎么了？莫南想起了那天差点儿露馅儿的事：“那个封冰碴儿是不是又用了什么诡计？”

莫北一顿：“封冰碴儿？”

“我给他起的外号。”莫南为了让他妹注意一点儿，也是不遗余力，

“他还真的是会挖坑。”

莫北修长的手指微动：“他挺好的。”

在看到这四个字之后，莫南都有些被震到了，毕竟能让北夸的人，寥寥无几。

这时候莫南突然意识到了一件事，就算他们家小面瘫从小到大都没有喜欢过什么人，看上去就和个冰山王子一样，但她确实是个女孩。

莫南不是没有见过学校的女孩子们见到封奈时是个什么状态，这才是最危险的。

封奈这种天生就招女孩子喜欢的生物，万一他们家小面瘫对封奈动心了怎么办?

莫南以前没有想过会有这种可能，毕竟在他妹的眼里除了游戏就是做菜，他没见她对哪个男孩子感兴趣过。

现在莫南只有一种想法，总感觉要完，不过，他妹这么理智，又比他聪明，应该也不会有事。

莫南想象了一下封奈变成他妹夫的情景，嗯，不得不说……有点儿爽!既然是他的妹夫，那以后他让封冰碴儿干什么，封冰碴儿应该都会去做。在这一点上，莫南觉得简直美滋滋。

但封奈想占他妹便宜?绝对不行!莫南越想越觉得要让他妹小心，别被美色所惑!

就在他刚要开口的时候，敲门声传了过来。

敲门的人是猫猫熊，他把事情简单地说了一下：“反正就是这样，那里风景不错，老大也会去。”

温泉？莫北因为这两个字，没有立刻答应。她不可能和他们一起去泡温泉。

猫猫熊知道，按照他兄弟的个性，如果要去的话，肯定会直接开口，犹豫就代表不想去。

猫猫熊这时候成功地发挥了自己的口才：“错过这次机会之后，再想出去就难了。全国大赛的时间比较紧，好不容易咱们战队的人集体出去一次，看你自己吧。我就是觉得老大感冒还没好，我们照顾不好他，要是你跟着的话，还好一点儿。”

莫北闻言，黑色的睫毛动了动，像是在权衡。

猫猫熊刻意地自言自语："唉，到时候老大要是真不吃药，也只能让他多泡泡温泉了。"

"那儿除了温泉还有什么？"莫北开了口。

猫猫熊一见他兄弟有松动，立刻说道："还有个葡萄庄园，说是能自己采摘葡萄、酿酒。"

"我不适合泡温泉，"莫北不动声色地说道，"会呼吸不上来。"

猫猫熊一听："那就不泡，反正泡温泉也不是重点，关键是你和……"

莫北朝着他的方向看了过来。

猫猫熊立刻改了说辞："关键是你能一起去！"

"好。"只要去了不泡温泉，应该就不会出什么事。

而且，她也要走了。就当是一场告别旅行，对封奈，莫北始终觉得有愧疚。不去的话，这份情绪也会一直影响自己。

莫北低眸，朝着电脑的右下角看了过去。那上面有时间显示，距离省决赛的开赛时间还有不到十五天。十五天之后，她应该就不会在这里了。

莫北想得很简单，最起码，在她离开的时候，能尽量弥补一些对封奈的遗憾……

第十八章　她是女孩

猫猫熊在莫北答应之后，立刻就去联系其他人了，这事要由封总去说，他们老大才会相信。

封逸在接到电话之后，正在看他侄子的采访后续，像是笑了一下："泡温泉？你说你们大家都想去？这个'大家'也包括莫南？"

"当然！我兄弟特别想去！"猫猫熊也是个会说话的人，"之前我们都有点儿误会我兄弟，这次大家一起出去玩玩，凝聚力会更强。对决赛也有帮助！"

封逸收回了目光："我知道了，你们安排具体行程吧，我会让他出来的。"

"谢了，封总！"猫猫熊挂了电话之后，就去和封临通信了。

助理站在封逸旁边，微微地拧了下眉："一起出去玩，方便吗？"

"只有一天的话，没事。"毕竟莫北和封奈从一开始就住在一起，既然那时候封奈都没有发现什么，那去玩的话，应该也不会出什么问题。

而且，封逸像是想到了什么，扬起嘴角来笑了笑："这应该是小不点第一次和别人一起出去玩，不错的体验。既然她答应了，那就是想去，我那个侄子不配合，也说不过去。"

助理闻言，再一次肯定，封少大概真的不是封家的孩子。

封逸从某种程度上来说还是很了解他这个侄子的，在看到采访后续之后，他决定稍稍地推一把。

毕竟，他这个侄子在喜欢人的时候，看上去还是容易欺负的。封奈小时候可不是这样，因为太完美，不懂以心换心，所以无懈可击。

现在，他总算明白了，当你真的喜欢一个人的时候，是能舍去部分骄傲的。

当然，封逸也是看小不点还想要他侄子这个朋友。

他的这个侄子，表面看上去慵慵懒懒，漫不经心，可该做的事，一件都没有少做。

不得不说，他这个侄子，确实是个天生的商人。付出就要得到，是封奈向来的信条。可很显然，封奈并没有把这一点用在莫北身上。该说一物降一物吗？

封逸拿着手机转了一下，然后拨了个电话过去。

他拨出去的第一个电话，没有人接听。

他拨出第二个电话，仍然没有人接听。

他拨出第三个电话时，那边才有了反应。

大概是不想和封逸说话，对方只发了个符号过来。

封逸并不在意，先是发了一张照片过去。

那照片有些年头了，只是上面的小孩，黑着脸穿了件公主裙。

很快，封奈就将电话回拨了过来。

“删了它。”封奈那微微沙哑的嗓音通过话筒传了过来。

封逸笑意不减：“小时候的你多可爱，看看你现在，你是怎么变得这么不讨人喜欢的？”

“你们老人家大概不太懂什么叫作青春叛逆期。”封奈吐槽，“更何况是单身三十四年的老人家。”

封逸的额角明显鼓了一下，刚要开口，封奈就又说话了：“删了它，有什么条件，你直接说。”

“黑炎之前的团队旅游你从来都没有去过。”封逸站了起来，“现在作为黑炎的指导兼经纪人，我不得不培养一下你们的战队凝聚力。”

“靠旅游培养？”封奈问道。

封逸笑道：“你可以不去，我的朋友圈最近都没有什么新的照片可以发。”

封奈像是在忍，过了将近半分钟，才传来了声音：“哪里，几点？”

封逸轻笑："我一会儿会发到你的手机上。还有，提醒一下，把手机充好电，你现在这样，都让我怀疑你是故意不看手机的。"

"年纪大的人想事果然复杂。"封奈说完这句，就挂了电话。他确实不想看手机。

全国大赛之前，他只想和莫北保持距离，把心底的猛兽压一压。因为他不确定，这只猛兽一旦被放出来，会有什么后果。

那天如果不是有人拦着他，他会直接上去把莫北拉下来，然后锁在只有他能看到的地方，让莫北哪里都去不了。他甚至想要莫北身上都是他的气息。

封奈将手机扔到了一边，左手还缠着纱布。

他看上去仍然俊美得很，但眼底却是黑的。

如果可以的话，他并不想以现在这个状态去见莫北。他怕他控制不住，把莫北从里到外都蹂躏一遍。如果被莫北知道，大概会觉得他这种想法很恶心吧。

封奈低眸，唇像是向上扯了一下，在低笑，却没有一丝欢快的神色，反而眸色越来越深，深到有些发黑。

管家上来送药的时候，把之前莫北给他的笔记本放在了一侧。

封奈看到之后，并没有说什么，而是拿起来翻了两页，放回了托盘上："扔了。"

管家一顿："少爷，这……"

封奈没有听，走进了浴室。

管家无奈了，只觉得浪费了莫少爷的一片好心。这两个人到底是怎么回事，不是关系很好的吗？

唉！管家叹了口气之后，就下了楼。

别墅里有用人，并且每到某个时间点，就会有专门的用人来清走垃圾。

封奈走进浴室之后，控制着自己不要回头，因为印象太深刻了。

当他站在楼上，希望莫北有哪怕一次为他回头的时候。

那样的感觉，真实得让他意识到，他喜欢的人并不喜欢他。毕竟莫北对云深什么样，谁都清楚。

封奈垂在一侧的手握得有些紧，就像金子说的，莫北不就是长得好看一点儿，游戏打得好一点儿，会照顾人一点儿吗？

如果他愿意的话，会有无数相同条件的人出现，为什么非要这么卑微地喜欢一个人？

然而，就在这时候，窗外的音乐声响了起来，那是垃圾回收车快要到了的信号。

听到这个信号后，封奈将手上的毛巾一扔，几乎跑着下了楼。

管家和用人们看着大少爷的举动还有点儿蒙，封奈却什么话都没有说，伸出手去将其中一个人手上的垃圾袋拽了过来。

用人没有明白封奈这是要做什么，随后就看到有着严重洁癖的大少爷一言不发地打开了那个垃圾袋。

他白皙的右手伸了进去，像是在翻找什么，他此时侧脸的线条都和平时不一样，薄唇是苍白的，没有一点儿颜色。

不可能没有反应，但是他在强忍，忍的同时，在没有找到自己想要的东西时，双眸都有了变化："只有这一袋？其他的呢？其他的在哪里？"

用人震惊地看着他泛红的眼，伸手指了指旁边。封奈一口气拆了两袋，但，都没有，哪一袋里都没有。

管家似乎意识到了他在找什么，把最右侧的那一个垃圾袋打开，从里面拿出了那个笔记本。

封奈见了之后，薄唇的苍白之色才有了变化。

他伸手将笔记本接过来，就那么丝毫不在意手上还沾着什么，踱步上了楼……

第二天，和往常不同，这一次，战队的人都没有坐商务车。

按照金小少爷的做派，不弄几辆跑车来，真的是对不起自己，更何况他狐朋狗友那么多。

猫猫熊看得有些头疼，应该提前发条信息，提醒金小少爷低调点儿的。

金小少爷先开口了："怎么就你们？我奈哥呢，你不是说有办法让我奈哥出来的吗？"

猫猫熊也不清楚怎么都快到点了，老大还没有出现，着急地抬手看了一眼手表："再等等。"

金小少爷压低了声音："该不会奈哥不来了吧？"

那他们这个计划还有什么意义？

猫猫熊也在担心这个问题，就在这个时候，寒昔的手机响了。

他侧了下眸，只说了两句话，走了过来："队长让我们去高速路口等他。"

“老大吗？”猫猫熊先是一脸“太好了”的表情，接着自言自语了一句，“怎么老大只给你说，不给我们说？”

莫北也没有收到信息，她看了一眼自己的手机，并没有说什么。

在金小少爷看来，他奈哥只要还出来，一切就都还有可能。

八个人，三辆跑车也够了，金小少爷特意让莫北坐在了他的车上，他已经打算好了，一会儿到了高速路口，就让奈哥也坐他的车。

两个小时的车程呢，他们坐在一起总能消除一点儿距离感什么的。

今天不算冷，车里也不用开暖气，阳光通过车窗射进来，打在了莫北的脸上。

很轻松的感觉，这对莫北来说，确实是一次少有的体验。

金小少爷无论什么时候都情绪高涨，在畅通的路段更是会和朋友的车并驾齐驱。几辆车的驾驶员都戴着耳麦，他们可以随时通话，他这种兴奋的情绪很容易传染给别人。

“奈哥是说在这个高速路口吧？”

“等一下，我好像看到老大了。右边，穿黑色夹克的那个，看到了吗？”

金小少爷一侧眸：“看到了，这绝对是奈哥，慢一点儿，等我向右靠。”

莫北闻言，朝着他们说的那个方位看了过去。

隔着车窗，红枫树之后，那里站着一个人，他的指间夹着一根烟。他身形挺拔，穿着一条黑色的九分裤，露出了半截脚踝，带出了清冽的少年感。

他的一边耳朵上还挂着口罩，大概是因为要吸烟，所以才把口罩摘了一边。

可即便如此，他身上的邪佞和矜贵都没有减少半分。

“奈哥！”金小少爷按下车窗叫了一声，“快上车。”

封奈按灭了手上的香烟，拉开车门之后，就看到了坐在后面的莫北。

他黑色的眸只在莫北的脸上停留了三秒钟。紧接着，他又站直了身形，然后将车门一关，单手插进了裤袋，转到了另外一头，然后敲了敲车窗。他那意思是让金小少爷出来？

金小少爷也不太懂：“奈哥，怎么了？”

“换位置。”封奈淡淡地说道。

金小少爷啊了一声，心道他的安排，怎么就不行了呢？

莫北抬眸，看了一眼封奈的后脑勺。

封奈和莫北都没有说话，车里的气氛一下就变得沉默了很多。

金小少爷坐在那里那叫一个尴尬呀，本来以为他奈哥和莫北能挨着坐两个小时的，现在看来，他可以死了这条心了。

他奈哥一上来就戴上口罩闭上眼，一副“我要补觉，生人莫近”的模样，根本没有想要说话的意思。

虽然平时他奈哥坐车也是这样，但自从莫南来了之后，这种场景很少再出现了。

莫北看在眼里，原本准备的糖，也没有拿出来，再加上他们之前在一起的时候，都是封奈找话题聊，然后你一句我一句就会聊起来。这次封奈疏离感太重，重得甚至有些冰冷。

于是金小少爷想象中封奈和莫北坐在后面，充满粉红色泡泡的场景并没有发生。倒是这辆车里的气压比其他两辆车里的气压都要低，低到金小少爷一到服务区就赶紧下车了，准备上个厕所，再想办法换其他的车来坐。

莫北也下了车，去了商品区，水、辣条、牛奶、巧克力、薯片。除了水之外，后四样都是之前他们一起逛超市的时候，某大神会放进购物车的零食。莫北基本上将后四样买齐了。

金小少爷出来，看到的就是这一幕，真没看出来，这个莫南还是个喜欢吃零食的冰山王子。

然而，等他走到车边，那包零食就出现在了他奈哥的手上。

这什么情况？金小少爷很想看看怎么回事，奈何他做这个小动作，他奈哥一抬眼皮就能看见。

不过他奈哥也没有管他，只是漫不经心地低眸扫了一眼手中的零食袋，然后随手扔到了后座，淡淡地说了三个字：“我不吃。”

莫北大概没有预料到会有这种情况，修长的手指都顿了一下。

金小少爷在旁边看着，只觉得那一瞬间，莫北那道清隽的身影不知道为什么，竟有些说不出的落寞。

“那什么，奈哥确实不怎么吃零食。”金小少爷忍不住解释了一番。

莫北只是嗯了一声，什么都没有说，但实际上，她很清楚某大神不是不怎么吃零食，只是在疏远她。

莫北确实没有了办法，她甚至不清楚他是因为什么才会这样。毕竟之前，无论多么高的仇恨值，他都不是这样的表现。

在莫北看来，某大神很好哄，仇恨值高的时候，投喂就行，他总会笑起来，可现在完全不一样。

莫北看着坐在前面的封奈，她没有什么和朋友相处的经验，也就更不明白像这种冷战的局面该怎么打破。

金小少爷最终没有换车，他怕他一换车，封奈和莫北甚至连目的地都没到就彻底没救了。不行，他必须调节气氛!

为了让莫北不那么尴尬，金小少爷哈哈了几声："我最喜欢吃这个牌子的辣条了，南哥你真会买。"

莫北闻言，抬手把那袋零食放在了坐在她旁边的金小少爷手里，淡淡地说道："给你。"

"那我就不客气了。"金小少爷说着就打开了一包辣条，其实他只是不想让莫北难堪。他把袋子翻得很响，辣条放在嘴里的时候，他更是嗯嗯两声："好吃，好吃。"

接着，他就要去开第二袋。可就在这个时候，封奈那冰冷的嗓音从副驾驶那边传了过来："金子。"

"嗯？"金小少爷嘴里还叼着辣条，他能感觉到他奈哥朝着他的方向看了一眼，也不知道是不是他的错觉，总感觉他奈哥看他的眼神并不是那么友善。

"你吃个东西要这么吵？"封奈漫不经心地说道。

金小少爷还天真地以为是自己的声音太大，影响到了他奈哥的休息，接下来就只吃不说话了。

他并不知道，当封奈的眸落在那些空了的包装袋上时，右手已经开始在握紧了。

等到最后一个服务区的时候，封奈伸手把金小少爷拽了出来，金小少爷还在吃巧克力呢。

"奈哥，怎么了？"

封奈："去卫生间。"

"嗯？你去吧，我不去，我刚去过了。"

封奈呵了一声："你去。"

金小少爷被这声呵弄得有些后颈发凉，他没惹他奈哥吧？金小少爷实在不明白他奈哥这又是怎么了。

"辣条很好吃？"封奈漫不经心地问道。

金小少爷一抖，好像有点儿明白了："其实也就一般。"

“‘一般’你还吃完了？”封奈像是笑了一声，“剩下的薯片什么的还吃吗？”

“不吃！我绝对不会再吃了！”金小少爷都有些瑟瑟发抖了。

毕竟他奈哥的样子就是在说“我现在还能好好听你说话，你再多吃点儿试试，看我会不会打断你的腿，把你打包送回家”。

封奈弹掉了指间的烟蒂，俊美的脸上一点儿都没有教育了人一顿的痕迹，看上去仍然有种说不出的疏离感。

莫北看了回来的他一眼，没有察觉到什么，唯一的感觉就是，她旁边的金小少爷不再吃东西了，而且还把零食都装好，一把还给了她。

“南哥，零食你还是自己吃吧，千万不要再给别人了。”

莫北听得莫名其妙的，浅色的眼尾挑了下。

金小少爷又重复道：“真的，不要再给别人了。”

他要是吃了南哥的零食，会被奈哥拉过去谈话的，他这幼小、脆弱的心灵实在承受不住。

金小少爷的嘱咐是没错，但有些事怎么可能会按照预想的那样发展？

一到景点，莫北手里的零食就被盯上了。

这个点大家都有点儿饿了，又不能立刻吃饭，看莫北拿着吃的，基本上都跑了过来。

“兄弟，你简直是我们的救星。”

猫猫熊说着就打开了一袋薯片，旁边金小少爷带来的朋友也叫了一声“南哥”，之后也开始分零食，每个人都叼了块巧克力。

金小少爷站在他奈哥旁边，小心脏都要发抖了！

他甚至都能感觉到从他奈哥身后冒出来的黑雾一般的寒气。这群人真的是一点儿眼力见儿都没有！

金小少爷赶紧分开那群人：“都抢什么？一会儿该吃饭了。”

说着，他压低了声音，在其中一个朋友的耳边说道：“这零食是买给奈哥的。”他不用说得太明白，跟着他来的那两个人直接后背一僵。

封奈什么话都没有和他们说，只是擦肩而过时，那扫过来的一眼冷到了极致。

金小少爷和他那两个朋友纷纷身子一僵，头皮都开始发麻了，金小少爷赶紧把人领进去挑房间。

八个人，刚好两个人一间，除了莫北之外，没有人敢和封奈住一间。

听到这样的安排，封奈眉心拧了一下，把金小少爷扔了过去："我们两个一间。"

金小少爷啊了一声："奈哥，还是不要了吧？你难道忘了，小时候我说梦话，你把我踹出房间的事了吗？我……"

金小少爷的话还没说完，封奈就挑了下眉。

"哈哈哈，我开玩笑的！我们住一间！我一定和你住一间！"

站在最外围的莫北抬眸，将视线落在了金小少爷的脸上。

金小少爷立刻表示这真的和他没关系，他已经预料到，他今天是不可能有床睡了。

莫北的情绪看上去没有什么变化，只是在低眸时，眼底略微发深。

"那我们两个就住一间房吧，兄弟！"猫猫熊说得很快，毕竟刚才老大的做法，都有点儿像是在变相拒绝莫北了。

莫北只嗯了一声，嗓音很淡，既然她出来，就做好了准备，反正和谁住一间房都不方便。只是……

莫北低眸，算了，一些事也不能勉强，毕竟封奈和金小少爷确实更熟悉……

猫猫熊想的是，他兄弟的情绪现在肯定特别低落，于是一进房间，就开始说，这里有多好。

"一会儿咱们一起去泡泡那个药汤，我告诉你，真的，对男孩子特别好！"

莫北把包放下，抬眸看他一眼："我不泡温泉。"

"对呀，我怎么把这个给忘了？"猫猫熊一脸惋惜地说道，"那一会儿我们泡完，再一起去下面蹦迪。"

莫北整理着东西，面无表情地说道："吃完饭再说吧。"

猫猫熊心道，完了，他兄弟一定是伤心难过了，才会这么不积极，只希望一会儿吃饭的时候，他兄弟和老大的关系能改善一下。

温泉度假村，里面的食材都很好，晚餐是自助类型，像是一个大型的派对，很容易让人放松。

这里灯光很好，是高级西餐厅的感觉，大厅里的服务员穿的都是燕尾服，倒红酒的姿势很专业。

猫猫熊他们一群人无疑是这里面最惹眼的。有莫北在，很难低调。

因为是在室内，所以她只穿了一件白衬衫，有两个女孩子一直朝这边看。

还有人在打趣："如果不是南哥有女朋友了，绝对会是我们这群人的一大威胁。"

金小少爷听了这话，压低了声音说道："你们够了，不会说话就别说。"

封奈右手摇晃着酒杯，像是没有听到一般，但他的眼神更冷了。

金小少爷从刚才在房间的时候，就感觉他奈哥不一样了，竟然没有嫌弃他，而是扯开了衣领，就那么站在落地窗前，像是正在努力克制着什么。但这气场也太冷了，他奈哥也不和谁说话，就这么坐着。

金小少爷觉得他要活跃一下气氛，并提醒他奈哥一下。毕竟从刚才对零食的态度上，他就能看出来，他奈哥并不是真的不在意莫北了，而是太在意。

"南哥，猫猫熊说你不泡温泉，那一会儿你吃完饭去哪儿呢？"金小少爷说着，还朝他旁边看了一眼，"你是第一次和大家出来玩，要是觉得哪里没意思，就说出来。可千万别抛下我们，就自己走了。等打完省决赛，你们接下来也就没训练了吧，得各自休息一周吧，听说你还要回老家……"

莫北淡淡地嗯了一声。如果一切都安排妥当的话，她就不再回来了。

所以她才想要尽量在离开时，不要有那么多遗憾，更不想在这个状态下，和封奈说再见，但现在看来，只能这样了……

"回老家？带我女神一起吗？"

莫北没有否认，是因为手机来了电话。

她说："我接个电话。"说完，她就站了起来。

他们隐约能听到："嗯，我现在在度假村，一个人睡觉害怕？我看看……"

"一定是我女神，我看这次咱们的八人行，要变成七人行了。"

"为什么？"

"你没听南哥说的他看看吗，比起温泉来，谁不想回去陪女朋友呢？"

听到这最后一句话，封奈放在一侧的手，缓缓地攥了起来，眼底翻动着的黑雾，更是暴露了他现在的状态。

和封奈有着相同心情的寒昔，抬起手来猛地喝了一杯酒，然后压低了声音说道："该放手了。"

这一句，不知他是说给封奈听的，还是说给自己听的。

封奈没有说话，只是低着头，将木椅一推。

"老大，你去哪儿？"猫猫熊见封奈站起来，也跟着站了起来。

封奈不冷不热地扔下"抽烟"两个字之后，就消失在了人群里。

金小少爷看着这一幕，摸了摸下巴，心想这样可不行，他必须让奈哥振作起来！

度假村的夜很美，有山有水还能偶尔听到夜莺的叫声，更不要说因为温泉水萦绕而出的雾气。

莫北就站在外面，知道云深打这个电话过来，就是担心她一声不说就走。

"云深，"莫北抬眸看着漫天繁星，"就算回去，我也会和你联系。"

云深听到这句话之后，长叹了一口气："你这么说，我还怎么让你留下来？"

莫北低声一笑。

"你要注意一点儿，金小老板那个人，太喜欢让别人喝酒了。"云深提醒道，"你可千万别喝酒，知道吗？"

在帝盟的时候，他们也经常这样嘱咐她。

莫北单手插着裤袋，说道："知道。"毕竟她的酒量确实不怎么好。

"你知道就好，我就担心你着了道。"云深轻笑，"封大叔又没在那儿，没有人管得住你。"

莫北的脸上没有什么情绪："我喝完酒有那么可怕？"

"不是可怕，是可爱。"云深笑意不减，"所以才更加不能让别人看到。"

莫北对自己的酒后表现还是有一些了解的，酒品这种事，确实也不在她的控制范围之内。虽然自己具体会做什么，莫北并不清楚，因为一喝酒她就会断片。但从以前师父他们的反应来看，她确实不适合和陌生人一起喝酒。

两个人又聊了一会儿，莫北才挂了电话，她按照原路走了回去，快到酒店的时候，隐隐地闻到了一股薄荷烟草香。

几乎是她一抬头，就对上了一双漂亮的眼睛，眼睛的主人正静静地看着她。

是封奈。他此刻正背靠在柱子上，身影被灯光拉得很长，在夜色中显得越发邪佞，再加上他的指间还燃着一根烟，明明暗暗的红点，给他身上布了一层说不出的冷冽。

两个人隔着几米的距离。莫北并不清楚，为什么他落在她身上的视线会那么冷。

还没等她开口，封奈就走了过来，目光扫过莫北拿着的手机，淡淡地说道："旅行也算战队活动，为了带女朋友回家提前走这种事，你最好不要提。"

莫北的眉心微微地拧了一下。

封奈则是认为验证了心里的猜想，眸色变得更深了，身形跟着逼近，近到连莫北都感觉到了压迫感……

封奈的右手刚要抬起，耳边就传来了一道声音："我是哪里惹到了你？"

莫北面色清隽，黑色的碎发被夜风吹得有些凌乱："我们不是朋友吗？为什么要远离我，还说这种话？"

封奈看着她，像是漫不经心，语气却是冷冰冰的："朋友？我从来都没有想过拿你当朋友。"

封奈的这句话一说出来，莫北整个人都顿了一下，像是有些无措。

封奈的眼底藏了太多的东西，薄唇那样勾着，隐隐地有些要毁灭的味道："你以为我不想和你做朋友吗？"

莫北抬眸。

封奈继续说道："可惜，做不到就是做不到。"

莫北放在裤袋里的手也握紧了，眸色浅浅："我知道了。"

"所以你就要放弃了，不问我为什么？"封奈像是笑了，声音有些沙哑，"你对除了云深之外的人，都是这样，不感兴趣，连多费一点儿心思都不会。买给我的零食，也照样能送给别人。"

莫北张了张嘴，想要说点儿什么。

"对你来说，我只是你的队长，不是吗？"封奈说完这句话之后，就掉转了身形。

莫北有的时候并不会处理这种事，她的第一反应就是不能让封奈走，伸手将他的手腕拽住。

"不只是队长。"这是莫北给出的解释。

可就是这样的解释，封奈才更加清楚，莫北根本没有注意到他在说什么。

“‘不只是队长，还是朋友’，你想说这一句？”

莫北嗯了一声。

封奈侧过眸去，看着那张肤色白净的脸，只感觉心脏都快要被对方掏空了。对方却根本不明白，他的心为什么会这样。

“我刚才说过，我要得太多，根本不想做你的朋友。”

莫北一顿，手指失了力气。

封奈的声音有些低：“所以，离我远一点儿。”

莫北这一次没有伸手，她不能勉强别人。

大概封奈一直都在以慵懒的方式和她相处，以至于莫北都忘记了，游戏里的那件事，他应该是怨她的。他们无法成为朋友，这大概是最可惜的。

莫北低眸，缓缓地松开了自己的手，或许这样也好，知道自己在他心目中并不是那么重要，走的时候也能干脆点儿。

他们并没有再说话，只是一前一后地走着。

灯光打在脸上，封奈停了一下，他很想问：“你是有多喜欢云深，才会连回老家都带着她？”

他也曾在刚才那一瞬间，想不顾一切地按住莫北，告诉莫北，他到底是怎么想的。

但当莫北问他“我们不是朋友吗”时，封奈知道他再也下不去手了。

即便他想把莫北绑起来，打压、摧毁，他甚至想过要怎么拆散莫北和云深。

可封奈明白，莫北不想要这种感情，是真的把他当成了朋友。

可悲的是，他们只是朋友。

因为舍不得毁掉莫北，所以他只能看着自己在一段关系里，不断挣扎、沉沦，无药可救……

从外面进来之后，封奈并没有回餐厅，没吃几口的他，直接回了房间。

他想的是，莫北现在应该正在收拾东西，以她的秉性，肯定会用最快的时间回去照顾云深。

封奈就那么躺在床上，突然有一种说不出的疲惫感。

他没有开灯，仿佛什么都看不见，时间才不会过得那么慢。

金小少爷一进门，看到的就是这幅画面。有的时候，他都有点儿心疼他奈哥了，那么骄傲的人，为了莫南真的什么都做了，可惜了。

“这么早，睡什么？”金小少爷走过来，“奈哥，我们去泡温泉嘛，也许泡泡温泉，你就知道了，你还是对女孩子感兴趣。男孩子之间有什么好看的，对吧？”

金小少爷在说这句话的时候，自信满满。毕竟他们有的，莫南都有。没准儿他奈哥看一下女孩子，就什么想法都没了呢。

封奈扫了他一眼，明显是不感兴趣。

金小少爷也不能让他奈哥自己在这里躺着。

他用尽了办法，他奈哥才穿着浴袍和他一起来到了山后。

金小少爷没想到，莫北也在泡温泉的行列之内。听刚才的意思，莫北不是要走吗？

封奈的身形也顿了一下，因为只有他清楚，莫北没有走，大概和他说的话有关，毕竟莫北一向有集体荣誉感。

一行人里，除了莫北之外，每个人都穿了浴袍。

她穿的是酒店专门为不下温泉的客人准备的短衣短裤。

这样的衣服，别人穿着确实一般，但莫北肤色太白，在地灯的照耀下，双腿修长，露在外面的锁骨更是精致，她站在雾气弥漫的温泉池旁边时，越发显得莹润如玉。

金小少爷顿时想把刚才的话收回去，怎么莫南这个人就连这种情况下，也好看得要命，难怪他奈哥会栽。

封奈将睡袍一扯，扔到了莫北的身上。

莫北抬了下眸，还以为他们能有和好的余地，却见他已经到了温泉池里，背影仍旧充满疏离感。

这么多人里，能了解封奈思维的，也只有金小少爷了，封奈肯定是不想让别人看莫南。

金小少爷走过去，提醒道：“南哥，你披上睡袍吧，刚有两个男的一直在看你，估计他们以为你是女孩……”

“女孩？”莫北眉心一拧，她敢这样来，就是因为不会被人看出什么来。

金小少爷咳了一声，隐晦地说道：“那什么，南哥，你也懂的，咱们男的就喜欢看腿，虽然南哥你不女气，但你那腿是真的很美。”

莫北的手指微微地停了停，脸上没有什么表情，只是淡淡地反问了一句："是吗？"

金小少爷以为这么比喻对方不高兴了，毕竟没有哪个男的喜欢别人说他有两条美腿。

金小少爷觉得自己必须重新想一下说辞："我的意思是说，奈哥给你这件睡袍，肯定有他的顾虑。"

金小少爷说完就撤了，他怕再说错话。

在金小少爷说完后，莫北就将睡袍披在了身上，接着，才抬起眸来，朝着从温泉池里走出来的封奈看了过去。

莫北向来觉得男孩子的腿才是真的好看，尤其是封奈的腿。

泡温泉的时间不短，封奈和莫北却连一句话都没有说。

所有人都休息的时候，封奈和莫北更是连坐都没有坐在一起。

金小少爷都感觉到绝望了，他向来觉得自己会暖场子，可这种场子要怎么暖？看来只能把希望寄托在一会儿的蹦迪上了。

他奈哥喝了点儿酒，说不定还能好受一点儿。

他奈哥现在是一副漫不经心的表情，实际上那双眸子里的冰寒一点儿都没散过。封奈的眼里唯一有些温度的时刻，就是发现莫北并没有提前走的时候。可也就是那么一秒钟的时间，紧接着，他整个人又冷了下去。

莫北也能察觉到封奈的冷意，然而她并不知道他在想什么。

他从来都没有把她当朋友看待过，这句话，对莫北来说，影响很大。

所以，莫北也在适当地与他保持距离。

她体会过那种感觉，你并不想和对方做朋友，对方还以朋友自居时的不舒服感。

在知道她是"乖徒儿"之后，他才消除了全身的冰寒，让她接近他，大概他觉得现在差不多够了。可他也说过，她对待其他人和对待他一样，他想要更多。

莫北低了下眸，侧脸看上去仍然清隽，浑身的气压却莫名地有些低。

封奈和莫北的状态都需要作调整。

金小少爷就奇怪了，怎么他们连到了夜店这种地方，都能震得住场子？

震耳欲聋的音乐声，强而有力，跟着心脏的跳动一起。

舞池里已经挤满了人，每一个人都伸着手臂，或摇晃着身体。

莫北和封奈走过的时候，一些人的目光不由自主地就移了过来。

他们俩确实惹眼，尤其莫北这种气质的，在这里实属罕见。

封奈更不用说，每次他们奈哥从夜店里把他们打包送回家的时候，总会有一堆人来要联系方式。

舞池里，已经有个美女在他面前停下来了："请你喝杯酒，可以吗，小哥哥？"

美女还有她的其他的伙伴，都在跟着起哄。

他们手里还拿着手机，像是还按了录像功能。

封奈的眼神有些淡漠，他不喜欢被拍。

他尽量让自己的脸隐在不被灯光照到的地方，更是懒得说话，推开旁边的人就要走。

那美女见状，脸上还带着笑。

"小哥哥害羞了。"

金小少爷听到这里已经觉得不妙了。

他平常也喜欢玩短视频，知道为什么会这样，一些人确实会找陌生人来配合。但他奈哥被拍到的话，真的会引起一定的麻烦。

美女向来都没有被人拒绝过，经常被人叫"仙女"，也觉得从自己的颜值上来看，封奈肯定是害羞了，于是继续向前走去。她的小伙伴还在给她录着。

封奈最近的心情本来就不好，左手还缠着纱布，此时的表情已经有些冷了。

那美女还在笑："真的不留个微信吗？"

她说着就要继续往前，就在这个时候，突地一道人影，挡在了她的面前。

然后，那人伸出手去，修长的手指，握住了正在录像的人，力道大得那录像的人脸色都发青了。

美女脸色一变："你干什么？"

莫北松开了手，清隽的身影挡在了封奈的面前。

"在没有经过别人允许的时候，就随便拍别人，从某种意义上来讲，这已经是不礼貌了，还继续追着要联系方式？你们的狂欢，别人不必配合。"

美女本来抬眸时见又来了一个帅哥，还想再开一部手机，现在一听，脸色都有些难看了："真有意思，外面有多少人给我广告费让我拍，我都没拍，不给拍就算了，你这什么态度？"

莫北面色未变，只将浅色的目光放在了那个手机上："删掉。"

"还真以为我非录他不可？烦死了，删了，给他删了。"那美女再精致的妆容，也掩盖不住脸上的不耐烦。

此时，封奈像是低笑了一声，那嗓音里没有一点儿温度："看来，有不少人会看你的短视频。"不熟悉他的人根本听不出来里面的寒意。

那美女的脸色缓和了一点儿："一百多万呢，要是让我拍一下，说不定你一下子就火了。"

"听上去不错。"封奈淡淡地说道，"不过，可惜了，我的第一志愿是做个医药科研人员，对火起来这种事完全不感兴趣。但既然说到这里了，我们先谈一下素质问题，是谁给你的错觉，觉得任何人都喜欢被你录？刚好我的肖像权也是有商业价值的。要不要再来聊一下法律问题？知道为什么对你是这种态度吗？因为你们这种人，浪费了别人的绅士行为。"

美女的小伙伴们都觉得这也太扯了，都是来玩的，一起喝杯酒，留个联系方式，录个短视频怎么了？

"还说做什么医药科研人员，土包子吧？"

莫北在听到最后一句的时候，目光扫了过去，黑色的眸深到极致时，总会给人一种头皮发麻的感觉："医药科研人员从来都不是什么土包子。那么多得了绝症的人之所以能活下去，是因为还有愿意当医药科研人员的人存在。你们喜欢娱乐是你们的事，拿着手机随便拍别人，叫别人'小哥哥'，在别人不觉得有困扰的前提下或许会觉得你很可爱；当别人明确表示这是困扰的时候，你还在往前走，过分的到底是谁？"

猫猫熊双眸都瞪大了，他从来都没有听他兄弟说过这么多话，这明显是为了老大。谢天谢地，他们两个终于要和好了。

事实证明，猫猫熊没想错，早在莫北挡在封奈前面的那一刻开始，封奈就知道，他输了。

这时候，他更是当着众人的面，用额头抵住了莫北的后肩，半弯着腰，像是在笑。

莫北还在和别人说话，听到这声笑之后，眸子侧了过来。

封奈看着她："我还是第一次见你这么和人吵，原来我们的辅助小哥哥也有话多的时候。”

熟悉的吐槽，打破了他们之间所有的疏离。

莫北垂在一侧的手，像是顿了一下，就听他在她耳边，像是又低声说了一句：“是我输了。”

莫北挑了下眼角，不是很明白他这句话的意思。

那边的美女和她的小伙伴，已经自动地走开了，临走前还说了一句：“晦气。”

莫北侧眸，看着坐在她旁边的人。

“很好看？”注意到了莫北的目光，封奈拿着手里的啤酒，视线落了过来。

莫北以为他在说夜店的装潢，嗓音淡淡地嗯了一声。

“我说的是我。”封奈漫不经心地说道，“你不是从刚才就一直在看我吗，看得怎么样？”

莫北没料到他会这样说，顿了顿才道：“很养眼。”

“哦？”封奈笑了，这笑容勾人得很。

金小少爷不屑一顾，他就知道，这两个人一旦关系拉近，被塞狗粮的绝对是他们，不过好在他奈哥都想通了。

然而，此时的金小少爷并不知道，封奈不是想通了，而是决定要把一切都说出来。

无论是厌恶还是什么，先喜欢上的那个人，永远都是输家。

封奈认了这个事实，他要告诉莫北，他喜欢她。其余的，就让她来抉择。

封奈抬起手来，喝了一口啤酒，侧过脸去，看着莫北，眸色很深，说道：“一会儿这里结束后，我们聊聊？”

“好。”莫北抬眸，气质未变，似乎对什么都不在意，但仔细看，却发现那双眼睛比起之前来，多了一份聚焦。

这是高兴的表现吧？

和他兄弟相处久了，猫猫熊也多少能分辨出他兄弟一些细微的眼神变化了。

金小少爷见封奈和莫北和好了，更是开心得不得了。

“来来来，让我们干一个！”金小少爷用啤酒碰着桌面，劝酒的理由很特别，“能不能摆脱单身，就靠这一杯酒了。”

蹦迪小团伙说了一句：“干杯！”然后，所有人都拿起了手上的酒瓶。

唯有莫北。

金小少爷看了，笑嘻嘻地说道：“南哥，这里又没有女孩子，你就算喝醉了，也不怕什么对不对？到时候让我奈哥把你带回去，保证不会有人拍到你。”

莫北想起了之前云深对她的嘱咐，金小少爷劝酒的本事，确实厉害。

莫北还没开口拒绝，封奈的声音就传了过来，有种低低的磁性：“你又想被打包送回家了？嗯？”

金小少爷立刻变了立场，求生欲望十足：“酒有什么好喝的？说实话，酒什么的，我已经喝腻了。来，南哥，我们喝果汁，养生！”

莫北的表情没有什么改变，她只想安静地喝果汁。

不过这果汁，好像和她平时喝的不太一样，有些微微的香，还带着果味。

因为好喝，莫北又给自己倒了一杯。

封奈看到之后，挑了下眼尾：“喜欢喝？”

“嗯。”莫北这一次加了冰，味道比之前更淡了，口感适中。

封奈见状也没有多说什么，又抬手喝了一口酒。虽然夜店自制的这款果汁会有些度数，可也就两三度左右，男孩子的话，应该都没事。

封奈把玩了一下银质打火机，看着莫北又倒了一杯，不由得有些失笑，他这不是能喝吗？

灯光交错间，音乐声震耳欲聋。此时才算是全场都兴奋了起来，金小少爷摇晃得很有节奏感。

他们这一桌的人是最显眼的，尤其是封奈喝酒时勾唇笑的样子，比他刚来时俊美多了。

莫北侧过眸来，看了他一眼。

金小少爷歪头看着莫南，莫南这一款，说实话很少见，他整个人身上都泛着一股清冷，单单看坐姿就和他们这种经常来蹦迪的不一样。再加上他那张脸，在昏暗的灯光下，越发显得矜贵。要是自己是个女孩子的话，在夜店看到莫南，也会忍不住去搭讪的。

“南哥，你以前应该没来过这种地方吧？”

出乎意料，金小少爷得到的答案竟然是“去过”。

“去过？”金小少爷明显有些惊讶，“和谁呀？”

莫北又倒了一杯果汁，还未意识到她的口渴和果汁有关：“队友。”

“队友？陆一凡他们？”

金小少爷说到这个名字的时候，莫北眉心一拧，声音都有些冷了：“不是。”

“咦？”金小少爷糊涂了，除了黑炎之外，莫南之前的队友不就是陆一凡他们吗？

金小少爷还想多问点儿什么，封奈就按住了莫北的手腕，打断了他们的聊天：“别喝了。”

“好。”莫北嘴上应着，又抬起手来，喝了一杯，有一滴落在了嘴角，她用舌尖舔了舔。

封奈却在看到这一幕的时候，手指一滞，侧过眸去，将视线移开，喉结控制不住地动了一下。

金小少爷还在疑惑，自顾自地在那儿呢喃着什么，最后说道：“是我犯浑了，以后不提那些人。你就放心吧，有我奈哥在，肯定会帮你报仇的。”

突然，金小少爷意识到，这么开心的时候，似乎不该提这种事，打开色盅：“来来，南哥，我们摇色子，你喝果汁我喝酒。”

莫北嗯了一声，也不知道刚才的话听进去了多少。只是有一点，一旦摇起色子来，就不是喝一两杯的问题了。

金小少爷输得多，喝酒也快。

莫北虽然没怎么输，但也差不多又喝了三四杯。

封奈突然微微地侧了下脸，像是要有什么举动，莫北却快他一步松开了手，然后离远了一些。

猫猫熊松了口气，还好，还好他兄弟躲得够快。

腾灰却和他完全不是同一个想法，只有他自己认为，老大刚才浅笑着靠近，是打算吻莫南吗？一定是他喝多了，老大怎么可能想要吻莫南？

然而下一秒，让气氛骤然变化的事发生了！

金小少爷本来吃狗粮吃得好好的，手上还拿着啤酒，正打算感叹一下人生时，谁来给他解释解释，他怎么就突然之间被人抱住了？！

而、而、而且抱他的人……

金小少爷完全不敢沉溺在对方的美色中，因为从他这个角度，可以直观地看到他奈哥的脸瞬间冰冷到了极致，并带出少有的清冽。他奈哥放在他身上的目光，更是寒得让人头皮都发麻了。

金小少爷立刻举起了双手，以示自己的清白，还不忘提醒眼前的人："那什么，南哥，你是不是抱错人了？"

南哥，看在我费尽心思让你们和好的面子上，为了你我都能活下去，你可一定要说"是"呀！

莫北抬了下眸，眼底波澜不惊得像是什么都没有发生一样，那张脸更是俊美，还透着这个年纪特有的少年感，完全看不出来和平时有什么不同。

金小少爷屏住了呼吸，就等着对方撒手。

莫北也确实空了一只手出来，那只手却直接落在了金小少爷的头上，莫北淡淡地呢喃："好可爱。"

"南、南哥，你、你……"金小少爷已经开始结巴了，他能明显地感觉到来自他正前方的目光更加冷了。

金小少爷都快要哭了，这种摸头杀，他真的是消受不起。

偏偏他又完全不是莫北的对手，连推都没有办法把人推开。他必须告诉他奈哥，这次他真的是冤枉的。

"我会给你买个铃铛。"莫北眸色很深。

封奈听到这里，缓缓地笑了："买铃铛？"

金小少爷："……"

猫猫熊搓了一下脸。

腾灰在摇头。

寒昔只给了猫猫熊和腾灰一个"愚蠢"的眼神。

半晌，猫猫熊问："那，老大送莫南回房间，这种事好吗？"

"老大不送，你送？"腾灰灌了自己一口，试图让自己淡定点儿。

猫猫熊立刻摇头，开什么玩笑，在知道老大对他兄弟是那种意思之后，他还敢送他兄弟回房吗？

从舞池到客房还是有一段距离的，除了喜欢抱人这一点之外，莫北看上去一点儿都不像喝醉了的样子，走路时没有半分摇晃，站姿仍然挺拔如松柏，脸上清清冷冷的，还知道自己住在几楼，会抬手去按电梯。

封奈侧眸看着站在他身侧的莫北，眸色很深，如果是不熟悉莫北的人，估计不会认为她喝了酒，毕竟她身上并没有酒味。但只要是和她有过交集的人，就能看出端倪来，因为她开口说话了。

“我不能喝醉。”莫北白净的脸上，是前所未有的认真的神色。

封奈哦了一声，知道这时候要搭话：“为什么不能喝醉？”

“他们说我喝醉之后，就是一场灾难，不让我在外面喝酒。”莫北回答着封奈的话，很显然已经忘了要提防，“到现在为止，我都不知道会有什么灾难，我并没有耍酒疯，也没有哭哭啼啼。”

封奈伸出手去，替莫北整理了一下风衣：“你确实不应该在外面喝酒。”

“为什么？”大概是酒劲儿来得更厉害了，莫北脸上都浮现出了疑惑。

封奈嗓音很淡，像是随口说出来的：“因为我会吃醋。”

莫北顿了一下，思绪成了糨糊，却依然冷静地说道：“你的仇恨值一直都很高，本来投喂就好，后来也不知道是和谁学了什么，连投喂都没有用了。”

“你能想到的就是这个？”封奈呵了一声。

莫北摇了下头。

封奈还是第一次看人这么摇头，规规矩矩的。配上莫北那张好看的脸，让人实在没有办法生气。

“我明明只会买零食给你吃，为什么你要说，我可以送任何人零食，我又不是中央空调，”莫北说道，“他们也不是猫科动物。”

封奈被气笑了，心里又因为这番话变得柔软，倾身的时候又将头抵在了莫北的肩上：“你的意思是，我是猫科动物？”

“嗯。”莫北顺势抱住了他，“喜怒无常，领土意识很强，仇恨值时不时就会上来。”

封奈低声说道：“听上去没有一个好的形容词。”

“长得好看，打游戏的时候很帅。”说到这里，莫北还顿了顿，“平时也很帅，就是总不知道收敛，怪不得经常会被怪蜀黍骚扰。”

封奈的唇角缓缓勾起：“除了喜欢抱人之外，你还成了个面瘫话痨吗？”

“我不面瘫。”莫北纠正他。

电梯里，封奈矜贵俊美，薄唇上是未收起的笑。他微微地半弯着身形，抵在了莫北的肩上，衣领歪着，姿势暧昧。

喝醉了的莫北，思维不缜密，伸手抱住了封奈。

封奈一顿，跟着低声说道："以后我们两个人的时候，你可以多喝喝酒。"

"不喝。"莫北淡淡地说道，"我酒量不好，喝不过你。"

封奈漫不经心地笑着："怕了？"

莫北："人都有弱点，我的弱点就是酒。"

看着那张脸认真起来的样子，不知道为什么，封奈就想要伸出手去捏一捏。

他也这么做了。入手柔软，他的眸色深了又深："确实是个弱点，这么放心让别人送你回房间，这位小哥哥你还真是……"

"你不是'别人'，"莫北打断了他的话，抬起眸来说道，"你是'慵懒'。"

封奈没料到会听到这样的答案，手指碰到了莫北的脸："所以我是特别的？"

"嗯。你是朋友，很重要很重要的朋友。"

封奈眼里的光也随着这一句话渐渐熄灭了，之前涌动出来的所有暖意都消失了。

酒后吐真言，也许放在别人身上并不合适，但放在临坑坑的这个小哥哥身上，再合适不过了。

"朋友……"封奈站直了身形，黑色的额发因为他这个动作垂落了下来，接着他笑了，笑容浅浅的。

还没有等他有接下来的动作，莫北就快他一步开了口："你不想和我做朋友，我知道，因为我在游戏里骗过你。如果可以的话，我也不想说谎。"

封奈抬眸时，脸上闪过了明显的诧异，因为他从来没有见过莫北露出这种表情。

为什么？明明受伤的是自己，为什么莫北看上去比他还要难过？

"如果可以的话，我也不想说谎。"莫北重复着这句话，手都跟着垂在了一边。

游戏里的事，封奈从来都没有真的怪过她。他只是遗憾她是个男孩子，全区追杀只不过是想让她再次上线。

可这些，她永远都不会懂。毕竟，她只把他当朋友……

“朋友会想要吻对方，让对方只看着自己，甚至想独占对方所有的时间吗？”封奈说着，伸出手去，按在了莫北身侧，声音有些沙哑地问道，“会吗？”

莫北看着那张近在咫尺的俊脸，整个人都是茫然的：“会吗？”

封奈扫过莫北的眼睛之后，重重地将拳打在了墙上，像是在笑，可眼里却没有一点儿温度：“是我蠢，为什么要和喝醉的你说这些东西？”

“我没醉。”莫北晃了一下头，仿佛在找思绪。

封奈静静地看着她，然后将手收了回来，眼神里有着比落寞还要深的情绪：“是，你没醉，你只是喜欢云深……”不喜欢我而已。

后半句，封奈并没有说出来。

“云深很好。”莫北像是想起了什么，“谁都不能欺负她。”

封奈身形一顿，淡淡地嗯了一声，整个人都像是结了冰的湖水。

好在这个时候，电梯停了，他们的楼层到了。

没有封奈拦着，莫北抬起长腿来，就要迈步，头跟着就撞到了门上。

砰的一声，那响动并不小。

封奈回过神来的时候，就见莫北正按着自己的头，脸上还是没有什么表情，语气认真地对他说：“队长，这个门自己会走。”

现在可以确定了，莫北是真的醉得很彻底。

封奈走过去，重新握住了莫北的手腕，接着，从裤袋里拿出了手机：“把你刚才说的话再说一遍。”

莫北按着额头的手还没有落下：“这个门自己会走。”

“很好。”封奈按了录像完成键，喝醉了的莫北，也注意不到这些。

封奈握着莫北的手，他仍然控制不住，想要得到她，就算不能得到，也想多留一点儿可以威胁她的东西，只要是云深没有看到过的东西就好。

想到这里，封奈的右手不由得攥紧了，等意识到自己力道很重的时候，才发现莫北的手腕都有些泛青了。

封奈立刻减小了力道，甚至还用指腹去碰了碰那截青色。临坑坑的这个小哥哥喝完酒之后，除了说话伤人之外，也太乖了，不会躲他，更不会疏远他，就这么任由他牵着。

封奈甚至想，她一直这么醉着也不错。

很快，两个人就到了房间，封奈将门关上，是想把她送去休息的。

莫北却在躺到床上之后，看到了钟表上的时间。

这时候的她走路都有些摇晃了，头更是晕得厉害，但向来规律的生活习惯，让她的身体和大脑都残留着记忆。

“到时间了。”说着，她就要起来，脚落地时没看好，差点儿摔倒。

封奈外套还没放好，就伸手接住了莫北：“什么时间？”

“洗澡的时间……”莫北的眸子黑得有些失真，“我该去洗澡了。”

封奈听完，手指顿了顿，说道：“你走不稳，不洗了，明天再洗。”

莫北看着他，没有说话，突地，伸出手去，解开了自己的衣领。

封奈眉心一拧，像是被打败了一般，握住莫北的手腕：“别扯了，我带你去浴室。”

“带我去浴室？”莫北的目光落了过来，“是要和我一起洗吗？”

封奈听了这话，侧过脸来，漫不经心地问道：“如果我说‘是’呢？”

“我们不能一起洗。”莫北停住了脚步，身体有些晃，语气还是淡淡的，“你会被我吓到。”

封奈见状又开了口，听不出什么情绪来：“我也没打算和你一起洗，这位小哥哥，你可以进去了。”

浴室门打开，酒店基本上都是差不多的布局，有浴缸的地方都会有帘子可以拉上，或者用隔断隔开。

封奈担心喝醉的莫北，在洗澡的时候，摔倒了都没人知道，就那样长身玉立地站在了隔断外，单手插着裤袋，背对着莫北而立。

清醒时，莫北肯定不会让他待在这个地方。

但现在的莫北已经醉到身体微晃了，她走到花洒前，想也没想，就抬手按了开关键。

封奈正看着前面，他的右手还转动着打火机。

他没有想过要回头看，因为他担心自己会控制不住。

可就在这个时候，突地一道不该响起的水声，让他猝不及防地朝身后看了过去。

映入他眼帘的就是穿着衣服的莫北，正在花洒下淋自己，白色的衬衫已经湿了。

只是这一次，雾腾起时，莫北那原本就让封奈喉咙发干的腰线，细得像是被他一只手就能折断一样。

封奈的眸色不由得沉了一下，然后跨步过去，将按钮一按，肩上还被淋湿了一点儿：“你在干什么？”

“洗澡。”莫北说完之后，才看了自己一眼，“我好像忘记脱衣服了。”

封奈将身体微晃的莫北扶住：“把‘好像’两个字去掉。”

“嗯。”莫北看着他，眼睛没有焦距，“我忘记脱衣服了。”

说着，她就要去自己扯。

封奈的心脏都是躁动的，直接伸出手去，按住了莫北的腰，低声问道：“衬衫不想要了？”

“解不开。”莫北说。

任由谁，都不会把她现在的神色和酒醉联系在一起。

直到听了封奈的话之后，莫北才解开了两颗纽扣，领口彻底开了之后，她的脖颈以及锁骨白得有些发光，就像上好的瓷器，丝滑细白，更显得那张脸漂亮。她的眼神里透着冷漠，神情永远都是冷冷的，好似带着雪意。

如果是平时，并不会如何，但偏偏现在她那薄薄的唇上，沾上了一点儿水汽，让人看了只想往那上面，狠狠地印上很多印记。

封奈的手突然顿住了，并不是因为这一幕，而是因为他看见了缠在莫北身上的布条。

此时的封奈，根本没有办法形容自己的思维，或者说是，他没有了思维。

他鲜少会有这种大脑空白的时候，甚至连血液都跟着在沸腾了，以至于他没有立刻采取下一步的行动。

紧接着，他笑了，偏过头去，薄唇落在了莫北的耳上，并没有说话。他像是连自己都不敢相信，直到他的手指划开了她后背的布条……那双原本就已经变深的眸，沉得就像夜。从小到大，他被夸得最多的就是能分辨事宜，非常适合做商人，可现在封奈不这么觉得了。他喜欢的那个“辅助小哥哥”，其实是个女孩子。这个事实，像是大雨一样席卷了他的全身……

番外　小剧场 初遇

五年前，米兰，英雄联盟全球总决赛。这是第一次有战队代表华夏去争夺冠军，即便在海外，也阻挡不住人们的热情。还未开战，放眼望去，已是人山人海。在那其中有一道人影非常显眼。

不大的男孩，看上去像个中学生，偏偏西装笔挺，衣领微扯，一张脸帅得孤傲清冽，就像是从某个商业聚会中离家出走的小王子，来到了他不该出现的地方。

“少爷，少爷！”

不远处，拥挤的人群里，能看到一堆黑衣保镖像是在寻找什么。

那男孩眉心微拧着嗤了一声，将脸侧到了另一边，但即便这样，他还是被认了出来。

带头保镖张望着，忽地双眸一亮：“在那儿！”

男孩的行踪彻底暴露了。他反应很快地往侧面走去，利用自己个头还不高的优势，半弯着腰想要抄近路。没想到他刚一迈开步子，就被一个和他同样大小的人揪住了后衣领。

“这里不能走。”

男孩回头看过去，见到的就是一个戴着棒球帽、皮肤很黑、穿着外套的小子。

那人居高临下地看着他，脸上戴着口罩，眼里没有丝毫的情绪。

“我带你去那边排队。”

接着，那人转身，男孩这才看见那小小的人影，身后居然还背着一个巨大的键盘。

他挑了下眉，没有说话，见那边的保镖快来了，干脆跟了上去，无非是为了让这个人掩护他。

小莫北也察觉到了对方的动作，只当他是自己来的，有些不安，全程都在为男孩开路。

而男孩则单手插着裤袋，低眸，很好地隐藏了起来。

到了检票的地方，小莫北才停下：“就是前面了。”

男孩嗯了一声，看那黑小子和自己差不多大，刚要开口。

“你还小，注意安全。”小莫北扔下这句话，就走了。

男孩：……谁还小？

男孩看着小莫北身上背着的红轴键盘，不由自主地挑了下眉，这个黑小子也是打游戏的？

有这么小的职业选手？

如果不是职业选手，黑小子为什么要背着一个键盘？

周围的人很多，黑小子走了之后，男孩的鼻息间那股淡淡的柠檬香也消失了。

男孩才发现这里的气味尤其重，这让他不由得抬手捂住了自己的鼻。

他好不容易出来，当然不能在这里浪费时间。说到底，他还要感谢黑小子。不然，他还不能这么安全地进来。

男孩回头看了一眼离他很远的黑衣保镖，嘴角一勾，检票进了赛场观战区。即使年纪还很小，他却已经颜值爆表。他站在那儿，很多人都在回头看。

男孩这才反应过来，自己身上的衣服太惹眼，早知道刚才就应该和黑小子换一下外套穿。

倒计时开始，火炬燃起，屏幕落下，是那个王者战队！

男孩将视线投了过去。只见那些人一字排开，战服飞扬，脚踏火焰而来。所有观众都在激动。毕竟，他们代表的是国家，和其他人不同。

男孩并没有大喊他们的名字，反而将目光落在国旗上。差一点儿他就看不到这一幕了，作为华韩双服的路人王，错过这一场赛事，会是他最大的遗憾。这样说还要感谢那个黑小子。

男孩想到这里，刚要抬步，就被两条修长的腿挡住了去路。

“每次离家出走都搞得这么轰动，小奈你还真是让人不省心。”说话的人是封逸，他作为战队随行经纪人，今天的穿着格外低调，看着眼前的男孩，伸手推了一下鼻梁上的金边眼镜，“走吧，该回家回家。”

封奈漫不经心得很，反正想要看的他已经看到了，无所谓回不回家。

只是往后台的方向走了两步之后，他又看到了那个背着键盘的、和他差不多高的背影，忽地开口问他旁边的人：“这里还有像我这么大的人做职业选手，代表国家出战？”

“十四岁？怎么可能？”封逸笑了，“没有出赛资格的。”

封奈继续说道：“没有？他穿着战服，还背着个键盘，很小，长得也黑。”

封逸的笑意更浓了：“你看见小不点了？”

“小不点？”封奈拧眉。

封逸：“Bey。”

Bey?

封奈突地抬眸，朝着不远处那道挺拔的小背影看了过去，原来那就是Bey，在游戏里单杀他的人……